찰스 디킨스 1860년 무렵

▲찰스 디킨스 박물관 디킨스는 결혼 1년 뒤인 1837년, 런던 중심가에 있는 이 집으로 가족들과 함께 이사 왔다. 그는 이곳에서 《올리버 트위스트》외 여러 작품을 집필했으며, 그 필력으로 온 도시에 자신의 이름을 알렸다. 1925년, 찰스 디킨스 박물관으로 꾸며져 공개되었다.

◀▼박물관 실내 정경과 내부 도서관

찰스 디킨스 박물관 소장 기록 사진 디킨스는 〈가정잡지〉에 실은 자전적 수필에서 그 자신이 해군, 배와 뱃사람들의 이미지에 깊은 인상을 받고 성장했음을 밝혔다.

▲코벤트 가든 작가 미상. 코벤트 가든은 17세기부터 1974년까지 런던에서 가장 큰 청과물, 꽃시장이었다. 디킨스의 눈에 비친 이곳은 '과거와 현재의 수수께끼, 로맨스, 풍요와 가난, 아름다움과 추함, 깨끗한 농가의 뜰과 더러운 도시의 하수구, 이 모든 것이 하나로 어우러진' 한없이 매력적인 장소였다.

◀찰스 디킨스의 초상화 프란시스 알렉산더. 1842.

▼디킨스의 첫 작품 《보즈의 스케치집》 초판본 1836년 출판.

▲런던의 어린 노동자들 1800년대 기록 사진
디킨스가 어린 시절 겪은 노동착취는 그 뒤
작품 활동에 많은 영향을 주었을 것이다.

▶소설《오래된 골동품 상점》의 바탕이 된 가게
1800년대 기록 사진

▼예 올드 콕 테이번 17세기 이전부터 런던에
자리잡고 있던 술집. 본디 이름은 '예 콕 앤
드 보틀'이었으며 숙박이 가능했다. 찰스 디
킨스, 새뮤얼 페피스 등이 자주 묵었다.

▲갯즈 힐 저택 영국 로체스터에 있는 이 저택은 1858년부터 디킨스가 세상을 떠난 1870년까지 살던 곳이다.

◀디킨스의 두 딸 케이트와 메리

▼디킨스의 서재 갯즈 힐 저택이 일반에 공개되는 날 촬영되었으며, 그가 살아 있을 때 찍힌 유일한 저택 서재 사진이다.

▲〈디킨스의 꿈〉 로버트 윌리엄 부스. 1875. 갯즈 힐의 서재를 배경으로 생전의 그를 추억하며 그린 작품.

▶서재 문 갯즈 힐에 있던 디킨스의 서재 문은 실재 책장들과 나란히 설치된 모형 책장의 형태였다.

▼디킨스의 책상 그가 세상을 떠난 뒤, 많은 이들이 이 책상을 소재 삼아 그를 기리는 작품들을 남겼다.

▲〈찰스 디킨스〉 존 에버트 밀레이. 1870. 디킨스가 세상을 떠난 바로 뒤, 그 무렵 최고의 화가 밀레이가 남긴 스케치.

◀디킨스 흉상

▼찰스 디킨스 200주년 기념우표

세계문학전집018
Charles John Huffam Dickens
DAVID COPPERFIELD

데이비드 코퍼필드 I

찰스 디킨스/신상웅 옮김

동서문화사

디자인 : 동서랑 미술팀

데이비드 코퍼필드 I II
차례

데이비드 코퍼필드 II

1장
내가 태어나던 날

　나의 자서전이라고도 할 수 있는 이 이야기에서, 과연 내가 주인공인지, 아니면 다른 사람에게 주인공의 자리를 넘겼는지는 다음을 읽어보면 알게 될 것이다. 먼저 출생에서 시작하자면, 여기서는 오로지 내가(물론 다른 사람에게 들은 이야기를 믿는 것에 지나지 않지만) 어느 금요일 한밤에 태어났다는 점만을 기록해 두겠다. 시계가 12시를 울릴 때, 나는 첫 울음소리를 냈다고 한다.

　내가 태어난 날과 시간을 보고서, 유모와 현명한 이웃 여인들은 직접 내 얼굴을 보기 여러 달 전부터, 첫째, 내 일생이 불행한 운명을 타고났으며, 둘째, 내가 유령과 망령을 보는 하나의 특별한 능력을 타고나리라 예언했다. 금요일 밤 자정 앞뒤에 태어난 불운한 아기들은 남녀를 불문하고 이러한 두 가지 재앙을 면할 수 없다고 여인들은 말했다.

　처음 예언에 대해서는 여기서 밝히지 않아도 내 경력을 보면 그 예언이 적중했는지 아닌지 알 수 있을 것이다. 두 번째에 대해서는 만일 타고난 그 방면의 소질을 아기일 때 다 써버린 것이 아니라면 아직 한 번도 가진 적이 없다고 말해두겠다. 그렇다고 그런 특질이 없음을 불평하는 것은 절대 아니다. 만일 누군가가 지금 그러한 특권을 가졌다면 그는 기꺼이 그것을 즐겨야 할 것이다.

　나는 양막(羊膜)*1을 머리에 쓰고 태어났는데, 그것을 15기니의 헐값으로 팔겠다고 신문에 냈다고 한다. 그 무렵 뱃사람들의 수입이 시원찮았는지 아니면 양막에 대한 믿음이 모자라 수중 구명조끼가 더 안전하다고 믿었는지는 알 수 없지만, 그것을 사겠다고 나선 사람은 단 한 명뿐이었다고 한다. 그는 증권중개업에 관계하는 대리인인데 2파운드는 현금으로 내고 나머지는 셰리주로 치르겠다고 했다. 그 이상은 낼 수 없다고 했다는 것이다. 그래서 광고료만 손해

---

*1 이것은 행복의 모자라고 불리며, 수난(水難)을 막는 부적으로 여겨졌다.

보았다.—셰리주에 대해서 이야기하자면, 사실 불쌍한 우리 어머니가 갖고 있는 셰리주를 시장에 내다 팔 정도였던 것이다.

그로부터 10년 뒤에 양막은 우리 시골에서 쉰 명이 제각기 5실링의 선금을 걸어 놓고 제비를 뽑아, 당첨된 사람이 5실링을 더 내고 가져가도록 하는 추첨 판매에 붙여졌다. 나도 그 자리에 있었는데, 내 몸뚱이의 일부가 그런 식으로 팔려 나가는 것을 보니 매우 언짢았으며 얼떨떨한 기분이었다.

내 기억으로는 손바구니를 든 어떤 노파가 양막을 차지했던 것 같다. 그 노파는 마지못한 듯 약속된 5실링을 모두 반 펜스짜리 잔돈으로 냈는데, 그나마도 2펜스 반이 모자랐다. 많은 시간을 허비하면서 몇 번이고 세어보고 2펜스 반이 모자란다고 여러 번 말했으나, 끝내 노파는 모르는 체했다. 그 뒤 그 노파가 익사하지 않고 아흔두 살을 일기로 당당하게 침상에서 죽었다는 사실은 오래도록 기억될 특기할 만한 일이다. 다만 내가 알기로 그 노파가 마지막까지 자랑으로 내세웠던 사실은, 자신은 다리를 건널 때 말고는 평생 물가에 가본 적이 없노라는 것이었다. 나는 아직도 노파가 차를 마시며(차는 노파가 환장할 정도로 좋아하는 것이었다) 뱃사람들은 신앙심이 없다고 불같이 화를 내던 모습을 기억하는데, 노파 얘기로는 그들은 함부로 아무런 목적도 없이 세상을 떠돌아다닌다는 것이었다. 차를 포함하여 우리가 현재 누리고 있는 여러 편안한 생활들이 뱃사람들의 그 불경스러움 덕분에 가능했던 거라고 아무리 얘기해봐야 소용없었다. 노파는 한층 더 노골적으로 자신의 반감을 드러내며 "아무튼, 떠돌아다녀선 안 돼"라고 반박하는 것이었다.

다시 내 출생에 관한 이야기로 되돌아가겠다.

나는 영국 동부의 서퍽 주 블룬더스톤 아니면 스코틀랜드 사람들이 말하는 식으로 '그 근처'에서 태어났다. 나는 유복자였다. 아버지는 내가 태어나기 여섯 달 전에 세상을 떠나셨다. 아버지가 나를 한 번도 본 적이 없다는 사실을 떠올리면, 지금도 묘한 생각이 든다. 묘지에 세워진 흰 비석을 보고 처음으로 나는 철없는 생각을 했다. 우리 집의 조그만 거실에는 난롯불이 피워져 있고 촛불도 켜놓아서 우리는 따뜻하고 밝은 곳에서 지내는데, 아버지는 어두운 밤에 혼자 묘지에 누워 계시다니 하고. 더구나 식구들이 문을 굳게 잠그고 빗장까지 지르는 것은 때로 너무 지나치다고 생각되었다.

우리 집 대고모는 집안에서는 독보적인 인물이었다. 대고모에 관해서는 앞으로 자세하게 설명할 것이다. 이 대단한 인물을 언제나 두려워한 불쌍한 어머니는 대고모를 불러야 할 때면 한참을 떨리는 가슴을 가라앉힌 뒤에야 미스 트롯우드 또는 미스 벳시라고 불렀다.

대고모는 연하의 아주 잘생긴 남자와 결혼했는데, 그 남자는 '겉모습이 훌륭하면 인품도 훌륭하다'는 격언과는 동떨어진 인물이었다. 왜냐하면 부인을 매질한다는 소문이 있는 데다, 한 번은 생활비 문제로 다투다가 충동적이긴 했지만 어쨌든 진심으로 대고모를 2층 창문 밖으로 내던지려고 한 적도 있기 때문이다. 결국 성격 차이로 인해, 대고모는 위자료를 지급하고 그와 이혼했다. 남자는 위자료로 받은 재산을 정리하여 인도로 갔는데 우리 집안에 나도는 사실무근의 소문에 따르면, 그가 인도에서 코끼리를 타고서 개코원숭이와 함께 다니는 광경을 누군가 보았다고 한다. 하지만 '개코원숭이'가 아니라 '인도 신사' 또는 '인도 귀부인'일 게 틀림없다.[2] 여하튼 그 뒤 10년도 못 돼 그가 죽었다는 소식이 들렸다. 그 소식이 대고모에게 얼마만큼 영향을 주었는지는 아무도 모른다. 대고모는 그와 헤어지자마자 처녀 때의 성을 다시 썼고, 멀리 떨어진 해안가 조그마한 어촌에 있는 오두막집을 사서 하녀 하나만 두고 세상을 등진 채 독신녀로서 은둔생활을 했기 때문이다.

아버지는 한때는 대고모의 사랑을 듬뿍 받았었다고 한다. 그러나 대고모는 나의 어머니가 '밀랍 인형' 같다는 이유로 아버지와의 결혼을 결사반대했다. 대고모는 어머니를 한 번도 만나 본 일은 없었으나, 어머니가 스무 살도 채 되지 않았다는 사실만은 알고 있었다. 그 뒤로 아버지와 대고모는 서로 만나지 않았다. 결혼할 때 아버지의 나이는 어머니의 두 배였고, 몸은 약했다. 그리고 1년 뒤에 아버지는 세상을 떠났다. 내가 세상에 태어나기 6개월 전이었다.

이런 정황 아래 그 중대하고도 파란만장했던 금요일 오후—이렇게 표현한다 해도 무리는 없으리라—가 시작되었던 것이다. 어머니 배 속에 들어 있던 나는 그때 무슨 일이 있었는지 전혀 알 도리가 없었지만 말이다.

어머니는 건강도 좋지 않은 데다 의기소침하여 눈물을 머금은 채 난롯불 앞에서, 자신과 아비 없이 태어날 아이를 생각하며 실의에 빠져 있었다. 세상은 이 유복자의 출생에 완전히 무관심했지만 2층 서랍에 넣어 둔 몇 다스의

---

*2 Baboon(개코원숭이). Baboo는 영어교육을 받은 벵골 사람, Begum은 힌두의 상류계층 여성을 뜻한다.

축하 핀*³만은 환영하고 있었다. 내가 태어나던 그 맑고 바람이 몹시 불던 3월의 그날 오후, 어머니는 난롯가에 앉아서 앞으로 닥칠 시련들을 생각하며 막막한 미래에 대한 불안과 슬픔에 잠겨 있었다. 그때 창밖으로 우리 집 정원을 향해 걸어오는 한 낯선 부인의 모습이 눈에 들어왔다.

어머니는 금세 그 부인이 미스 벳시라는 것을 알아차렸다. 울타리 너머로, 저물어가는 노을빛이 그 낯선 부인을 비췄다. 부인은 다른 이를 압도하는 그 특유의 침착하고 위풍당당한 모습으로 정원 문 쪽으로 걸어오고 있었다.

대고모는 집에 다다르자, 자신이 어떤 사람인지를 다시 한 번 과시했다. 아버지는 자주 대고모의 행동거지가 보통 사람과는 아주 다르다는 점을 어머니에게 넌지시 알려주곤 했다고 한다. 과연 대고모는 초인종을 누르지도 않고 바로 창문으로 와서는, 유리창에 코를 박고서 집 안을 들여다보았다. 불쌍한 나의 어머니는 뒷날 그 코를 떠올리며 완전히 납작하게 찌그러져서 하얘 보일 정도였노라고 말하곤 했다.

내가 그 금요일에 태어날 수 있었던 건 이처럼 대고모가 어머니를 놀라게 해준 덕분이었다고 지금까지도 나는 믿고 있다.

어머니는 안절부절못하며 의자에서 일어나 뒤편 구석으로 갔다. 미스 벳시는 방 안을 천천히 그리고 유심히 훑어보고는 다시 반대쪽을 살피기 시작했다. 그렇게 네덜란드제 나무 시계에 조각된 사라센 사람의 머리처럼 눈을 움직이다가 어머니를 보자 눈길을 멈추었다. 대고모는 얼굴을 찡그리더니, 마땅히 하인이 굽실거리며 나와 문을 열어주는 것에 익숙한 사람처럼 어머니에게 몸짓을 해 보이는 것이었다. 그래서 어머니는 문 쪽으로 갔다.

"데이비드 코퍼필드의 미망인이 맞나보군." 미스 벳시는 어머니가 입고 있는 상복과 풀이 죽은 모습을 보고서 말했다.

"네." 어머니는 힘없이 대답했다.

"미스 트롯우드에 대해서 들은 적이 있겠지, 그렇겠지?" 대고모가 물었다.

어머니는 들은 적이 있다고 대답했다. 그러면서 어머니는 자신의 대답이 상대에게 '당신의 방문이 그리 달갑지 않다'고 말하는 것처럼 들리면 어쩌나 걱정이 들었다.

---

*³ 색색의 핀을 쿠션에 꽂는 방법으로 축하 글을 써서 임신한 여성에게 선물한다.

"내가 바로 그 사람이야." 미스 벳시가 말했다. 어머니는 고개를 숙이며 들어
오시라 청했다.

둘은 조금 전 어머니가 있던 거실로 들어갔다. 복도 맞은편에 있는 가장 좋
은 방에는 불을 피워놓지 않았으므로—아버지가 돌아가신 뒤로는 한 번도 그
방에 불을 피우지 않았다—거실로 안내한 것이었다. 두 사람이 자리에 앉은

뒤 미스 벳시가 한 마디도 없자, 어머니는 참으려 무진 애를 썼지만 결국 울음을 터뜨렸다.

"오, 쯧쯧." 미스 벳시는 황급히 말했다. "그러지 마라. 어서, 그쳐. 어서!"

한번 터진 울음은 막을 도리가 없었다. 어머니는 눈물샘이 아예 말라버릴 때까지 내처 울었다.

"모자를 벗어라, 얼굴 좀 보자꾸나." 미스 벳시가 말했다.

어머니는 모자를 벗기 싫었지만 대고모가 너무 두려워 거역할 수 없었다. 그래서 대고모의 말대로 했다. 모자를 벗을 때 어머니의 손이 심하게 떨렸으므로, 아름답고 훌륭한 머리카락이 흐트러져 얼굴을 덮었다.

"아, 저런! 아직 어린애잖아!" 미스 벳시가 말했다.

어머니가 나이에 비해 젊어 보이는 것은 확실히 사실이었다. 어머니는 그게 자기 잘못이라도 되는 양 고개를 숙이고 흐느끼면서, 자기는 정말 어린애 같은 과부이고 머잖아 어린애 같은 어머니가 될 수밖에 없다고 말했다. 대고모는 치맛자락을 걷어 올린 채 한쪽 무릎에 두 손을 포개놓고, 두 다리는 난로 철책에 걸치고는 얼굴을 찡그리며 난롯불을 바라보고 있었다.

"세상에. 떼까마귀숲이 뭐야, 떼까마귀숲이." 갑자기 미스 벳시가 말했다.

"이 집 이름 말인가요, 고모님?" 어머니가 물었다.

"그래. 왜 하필 떼까마귀숲이야? 너희 부부가 조금이라도 현실적인 감각이 있었으면 떼까마귀숲이라 부르느니 차라리 요리법*4이라 부르는 게 낫다는 것 정도는 알았을 거다."

"이 집을 사면서 남편이 붙인 이름이에요. 그이는 이 근처에 떼까마귀가 살고 있다고 생각했거든요."

저녁 바람이 몹시 거세지면서 정원 끄트머리에 서 있는 키 큰 느릅나무들이 요란한 소리를 내며 흔들렸다. 바람이 어찌나 거센지 정원 쪽으로는 제대로 눈도 뜰 수 없을 정도였다. 나무들은 비밀을 속삭이는 거인처럼 서로를 향해 고개를 기울인 채 그렇게 있다가는 또다시 거센 바람에 휘말리며 제 가지를 공중으로 튕겨 올리는 것이었다. 마치 방금 나눈 비밀 이야기가 너무나 사악한 것이어서 마음의 평온을 찾지 못한 채 괴롭게 신음이라도 하는 듯이. 그

---

*4 떼까마귀숲을 뜻하는 rookery와 요리법 cookery의 발음이 마치 압운(rhyme)처럼 같은 운을 띠고 있는 것을 이용한 놀이의 하나.

동안 숱한 풍상을 겪어온 듯한, 나무 위쪽 가지에 얹혀 있는 까마귀 둥지들이 폭풍우로 요동치는 바다 한복판에 떠 있는 난파선처럼 위태롭게 흔들렸다.

"그래, 그 새들은 어디 있지?" 미스 벳시가 물었다.

"네……?" 다른 생각을 하고 있던 어머니가 되물었다.

"떼까마귀 말이야, 그놈들은 어떻게 됐느냐 말이다." 미스 벳시가 말했다.

"여기서 살게 된 이래로 한 마리도 보지 못했어요. 우리는—그이가 그렇게 생각했죠—이 근처에 까마귀들이 아주 많을 거라 생각했어요. 그런데 둥지가 너무 낡은 것을 보니 까마귀들이 둥지를 버리고 떠난 지 이미 오래된 것 같아요." 어머니는 대답했다.

"철두철미하게 데이비드 코퍼필드식이군!" 미스 벳시는 소리쳤다. "머리에서 발끝까지 데이비드 코퍼필드식이야! 근처에 까마귀 한 마리 안 보이는데 냉큼 제집에다가 '떼까마귀숲'이라고 이름을 붙여버렸지. 겨우 새둥지 몇 개 있는 걸 보고서 말이야!"

"코퍼필드는 죽었어요. 어떻게 제 앞에서 죽은 그이를 욕할 수 있으세요?"

불쌍한 어머니는 적어도 그 순간만큼은 대고모에게 덤벼들어 머리채라도 쥐고 흔들고 싶었으리라 나는 생각한다. 그러나 설령 어머니가 그런 예기치 않은 충돌에 대비하여 마음을 가다듬고 미리 충분히 준비했다 하더라도, 대고모는 어머니쯤이야 한 손으로도 쉽게 제압할 수 있었을 것이다. 어머니는 얌전하게 다시 자리에 앉아 졸도해버렸다.

어머니가 스스로 정신을 차렸거나, 미스 벳시가 어머니의 정신을 차리게 했거나, 어느 쪽인지는 정확히 모르겠으나, 아무튼 어머니가 눈을 떴을 때 미스 벳시는 창가에 서 있었다. 어느새 땅거미가 지고 어둠이 몰려와 있었다. 누가 피워 놓았는지 난로에서 타오르는 불빛 덕분에 두 사람은 흐릿하게나마 서로를 알아볼 수 있었다.

미스 벳시는 무심코 바깥 경치를 바라보는 체하다가, 앉아 있던 자리로 되돌아오면서 물었다. "그래, 예정일은 언제지?"

"전 떨려 죽겠어요." 어머니는 더듬더듬 말했다. "무엇 때문인지는 몰라도 꼭 죽을 것만 같아요."

"아니, 절대로 그렇지 않아." 미스 벳시는 말했다. "차나 마시거라."

"아아, 차를 마신다고 제게 무슨 도움이 되겠어요?" 어머니는 울먹이며 힘없이 말했다.

"되고말고." 미스 벳시는 말했다. "쓸데없는 공상 때문이야, 계집애 이름이 뭐지?"

"딸일지 아들일지는 아직 몰라요." 어머니는 순진하게 대답했다.

"아기에게 하느님의 은총을!" 미스 벳시가 외쳤다. 이로써 대고모는 2층 서랍 속 바늘꽂이에 새겨 놓은 두 번째 글귀를 무심코 인용한 셈이 되는데, 사실 이 축원의 말은 내가 아니라 어머니를 향한 것이었다. "그런데 내 말은, 그게 아니라…… 너의 집 하녀 말이야."

"페거티예요." 어머니는 대답했다.

"페거티라고!" 미스 벳시는 발끈하며 말했다. "신을 섬기고 교회에 나가는 인간 가운데 그런 해괴한 이름을 달고 다니는 자가 있단 말이냐?"

"페거티는 그 아이의 성이에요." 어머니는 힘없이 말했다. "코퍼필드가 그 애를 그렇게 불렀지요. 왜냐하면 그 애의 세례명이 제 것과 같거든요."

"페거티!" 미스 벳시는 거실문을 열면서 소리쳤다. "차를 가져와! 네 주인마님이 아프잖아. 어서, 뭘 꾸물거려!"

마치 본디부터 이곳의 주인이었던 것처럼 당당하고도 낯선 목소리가 거실문 밖을 내다보면서 자기를 부르자 놀라서 촛불을 들고 복도를 달려오던 페거티와 눈을 맞춘 뒤, 대고모는 다시 문을 닫고는 자리에 앉아 전과 똑같은 자세로, 즉 두 다리는 난롯가 철책에 걸치고, 치마는 걷어 올리고, 한쪽 무릎에다 양손을 올려놓은 자세로 돌아갔다.

"계집애일 거라고 했지. 계집애가 틀림없어." 미스 벳시는 말했다.

"아마 아들일 거예요." 어머니는 실례를 무릅쓰고 말했다.

"틀림없이 계집애일 것 같은 예감이 든단 말이야." 미스 벳시가 대꾸했다. "내 말에 반박하지 마. 계집애가 태어나면 내가 친구가 되어줄 생각이니까. 난 대모(代母)도 되어줄 거고. 그 애의 이름은 벳시 트롯우드 코퍼필드라고 불렀으면 해. 벳시 트롯우드는 불행해선 안 돼. 잘 키워야 하고 잘 보살펴서 그 애에게 맞는 짝을 구해줘야 해. 그 점은 내가 보살필 수밖에 없겠군."

마치 옛날 자신이 저지른 잘못이 떠오르는 것을 억지로 누르면서 말하지 않으려는 듯이 말끝마다 미스 벳시는 머리를 흔들었다. 어머니는 벳시 대고모를 몹시 두려워했고 너무 불안해서 기가 죽은 채 당황했으므로 아무것도 눈에 들어오지 않고 무슨 말을 해야 할지도 몰랐다.

"데이비드가 잘해주었니?" 미스 벳시는 잠시 뒤 마음을 가라앉히고 물었다. "너희 부부는 금실이 좋았겠지?"

"아주 행복했어요. 코퍼필드는 제게 아주 잘해주었답니다." 어머니는 말했다.

"뭐! 코퍼필드가 오냐오냐 하며 네 버릇을 망쳐 놓았구나, 그렇지?" 미스 벳시가 물었다.

"이 험악한 세상에 다시 혼자 남아서 스스로 살아가게 되고 보니, 버릇을 망쳐놓았다고 할 수도 있겠네요." 어머니는 흐느꼈다.

"울지 마라!" 미스 벳시는 말했다. "너희는 어울리는 한 쌍이 아니었어. 정말로 잘 어울리는 부부라는 게 있는지는 모르겠다만 말이다. 그래서 내가 물어본 거야. 넌 고아였지?"

"네, 그래요."

"그리고 가정교사였지?"

"코퍼필드가 드나들던 어떤 댁의 보모 겸 가정교사였어요. 코퍼필드는 저에게 친절했고, 매우 잘 보살펴 주었어요. 그리고 마침내 저에게 청혼을 했지요. 그래서 그의 청혼을 받아들여서 결혼하게 된 거예요." 이렇게 간략하게 어머니가 말했다.

"아, 불쌍한 것!" 미스 벳시는 난롯불을 바라보면서 얼굴을 찌푸리고 생각에 잠겼다. "그 밖에 다른 건 없나?"

"네?" 어머니는 말을 더듬었다.

"이를테면 집안 살림이라든가." 미스 벳시가 말했다.

"별로 잘하지 못해요. 생각만큼 잘되질 않아요. 하지만 그이가 잘 가르쳐 주었고—" 어머니가 대답했다.

"데이비드는 뭐든 잘했지." 미스 벳시가 비꼬았다.

"저는 열심히 배웠고, 그이도 꾸준히 가르쳤으므로 큰 발전이 있었을 텐데. 불행히도 그이가 죽어서—" 어머니는 여기까지 말하고는 울음이 나와서 말을 더 잇지 못했다.

"이거 원, 그만, 그만!"

"저는 가계부를 적어서 매일 밤 그이와 대조하곤 했어요." 어머니는 또다시 울음을 터뜨렸다.

"오냐, 알았다 알았어! 이젠 그만 울어."

"가계부 때문에 의견이 충돌한 적은 한 번도 없었어요. 코퍼필드는 제가 쓴 3과 5를 구별할 수 없다고 하고 7과 9의 끝을 구부리지 말라고 딱 한 번 말했을 뿐이에요." 어머니는 흐느끼는 목소리로 이렇게 말하고는 더는 말을 잇지 못했다.

"그러다간 병난다." 미스 벳시가 말했다. "자꾸 그러면 너에게는 물론 배 속의 계집애에게도 좋을 것이 없어. 자, 그쳐!"

이러한 설득은 어머니를 진정시키는 데 약간 효과가 있었다. 그러나 어머니가 울음을 그친 가장 큰 이유는 점점 심해지는 몸살 기운 탓이 컸다. 한동안 침묵이 이어졌다. 여전히 난로 철책에 발을 올려둔 미스 벳시가 가끔 탄식하듯이 '아아' 하고 소리를 낼 뿐이었다.

"내가 알기로는 데이비드는 연금에 가입해 있었어. 너를 위해서는 무엇을 해 주었지?" 벳시 대고모는 잠시 뒤 물었다.

"코퍼필드는 사려 깊고 친절하게도 연금의 일부를 저에게 남겨주었어요." 어머니는 난처한 듯이 말했다.

"얼마지?"

"연 105파운드예요."

"평소 그놈 하던 꼴을 생각하면 더 나빠질 수도 있었어." 대고모는 말했다.

'더 나빠진다'는 말은 그 순간에 꼭 들어맞는 표현이었다. 페거티가 찻잔과 촛불을 들고 와서 어머니의 상태를 살폈다. 급히 2층 침실로 옮겨야 했을 만큼 몸 상태가 매우 나빠져 있었다. 방 안이 밝았더라면 벳시 대고모가 벌써 어머니의 상태를 보고 다른 방으로 옮겼을 것이다. 어머니를 2층으로 옮긴 다음 페거티는 즉시 자기 조카 햄 페거티를 의사와 간호사를 부르러 보냈다. 위급한 상황에 대비한 특별 전령으로서 어머니 몰래 햄 페거티를 집 안에 두고 있었던 것이다.

의사와 간호사가 몇 분 간격을 두고 도착했다. 그들은 한 낯선 부인이 왼팔에 모자끈으로 모자를 묶어 걸치고 보석가게의 솜으로 귀를 막은 채 난로 앞에 앉아 있는 것을 보곤 깜짝 놀랐다. 어머니가 대고모에 관해 전혀 말이 없었기에 페거티도 대고모에 대해서 아무것도 모르고 있었다. 대고모는 그들에게 그야말로 수수께끼 같은 존재였다. 비록 솜으로 귀를 틀어막고, 또 주머니 속에 그런 솜뭉치가 잔뜩 들어 있었지만, 대고모는 여전히 위엄이 있었다.

의사는 2층에 올라갔다가 다시 내려왔다. 그는 이 낯선 부인과 몇 시간이고 마주 앉아 있게 될지도 모른다고 생각했는지 예의바르고 사교적인 태도를 취했다. 의사는 몸집이 작고 대단히 온순해 보였다. 방 안을 드나들 때도 부딪치지 않으려고 살금살금 옆걸음질 쳤다. 셰익스피어의 《햄릿》에 나오는 유령처럼 사뿐사뿐 걷되 그보다 천천히 걸었다. 그는 자신을 낮추는 겸손의 표시로, 언제든 사죄할 준비가 되어 있다는 듯이 고개를 한쪽으로 기울이고 다녔다. 누구에게 싫은 소리 한 번 해본 적 없는 사람 같았다. 그러니 화를 낸다거나 하는 건 꿈도 꾸지 못할 일이었다. 뭐, 그도 사람이니까 어쩌다 한 번쯤은 조심스럽게 싫은 내색을 보이거나 할지도 모르지만, 그나마도 제대로 끝마치지 못할 것 같았다. 걸음걸이만큼이나 그의 말도 느렸기 때문이다. 더구나 온갖 격식까지 차리려드니 무슨 말이 더 필요하랴.

의사 칠립 씨는 고개를 한쪽으로 기울이고 상냥하게 대고모를 바라보며 가볍게 인사하고는 자기 왼쪽 귀를 만지작거리더니 귀에 틀어넣은 솜에 대한 궁금증을 나타냈다.

"부인, 귀가 아프신 모양이지요?"

"뭐요?" 대고모는 코르크 마개를 따듯이 한쪽 귀에서 솜을 뽑으며 되물었다.

칠립 씨는, 뒷날 그가 어머니에게 말한 바에 따르면, 그때 대고모의 퉁명스러운 반응에 놀라 자빠질 뻔한 것을 겨우 버텼다고 한다. 그러나 그는 다시 한 번 상냥하게 물었다.

"귀가 불편하십니까?"

"무슨 쓸데없는 소리." 대고모는 퉁명스럽게 말하고는 다시 솜으로 귀를 막아버렸다.

이러고 나니 칠립 씨로서는 그저 난롯불만 바라보고 있는 대고모 쪽을 멀거니 넘겨다보는 것 말고는 달리 할 일이 없었다. 드디어 2층에서 올라와 보라는 전갈이 왔다. 올라간 지 15분쯤 지났을까 칠립 씨가 되돌아왔다.

"어떤가요?" 의사와 가까운 쪽 귀에서 솜을 빼내면서 대고모가 물었다.

"네, 부인. 점점 차도가 있습니다." 칠립 씨는 대답했다.

"흥!" 대고모는 멸시조의 감탄사를 내뱉고는 아까처럼 귀를 막았다.

칠립 씨는 정말이지—그가 어머니에게 얘기한 바로는—너무나 놀라서 기절하기 일보 직전이었다. 그럼에도 그는 거의 두 시간 동안이나 난롯불만 바라보고 있는 대고모 곁에 앉아 있었다. 그는 부름을 받고서 다시 2층으로 올라갔다가 잠시 뒤 되돌아왔다.

"어때요?" 대고모가 다시 솜을 뽑으며 말했다.

"네, 부인. 차츰 좋아지고 있어요." 칠립 씨가 대답했다.

"흥!" 대고모가 잡아먹을 듯 성난 표정으로 외쳤다.

칠립 씨도 이번만큼은 참기 힘들었다. 왜냐하면 나중에 그가 말한 바에 의하면, 그러한 대고모의 행동은 일부러 그의 기분을 망쳐 놓으려는 의도로 해석할 수밖에 없었기 때문이다. 그래서 이런 취급을 당하느니 차라리 위층에서 다시 부를 때까지 어둡고 찬바람 들어오는 계단참에 가 앉아 있기로 했다.

교회에 꼬박꼬박 나가는 데다 교리문답도 척척 해내는, 다시 말해서 증인으로서 믿을 만한 사람인 햄 페거티는 이튿날 다음과 같이 보고했다. 그런 일이 있은 지 한 시간 뒤에 그는 우연히 거실 안을 들여다보다 초조하게 방 안을 이리저리 서성이던 미스 벳시에게 발각되어 달아나기 전에 붙잡혔다. 그때 위층에서 발자국 소리와 말소리가 들렸는데, 솜으로 귀를 틀어막아도 소용이 없었는지 그러한 소리가 최고조에 달하자 대고모는 극도로 초조해져서 애꿎은 그에게 화풀이를 했다. 즉 그의 멱살을 잡고서는 거실 이쪽저쪽으로 끌고 다니면서 2층에서 소리가 크게 들릴 때마다 쥐고 흔들어대고, 머리카락을 움켜쥐고, 셔츠를 잡아당기고, 그의 귀를 자기 귀로 착각하여 틀어막기도 하고, 그밖에도 온갖 방법으로 그를 들볶아댔다. 이와 같은 사실은 그가 대고모의 손에서 풀려난 지 얼마 안 된 12시 30분쯤 조카의 몰골을 확인한 하녀 페거티를 통해 어느 정도 확인되었다. 하녀 페거티의 말에 따르면, 그때 그의 얼굴은 아기인 내 얼굴만큼이나 붉었다고 한다.

온순한 칠립 씨는 조금 전에 있었던 일에도 불구하고 대고모에게 조금도 악의를 품지 않았다. 그는 환자에게서 자유로워지자마자 곧바로 조심스럽게 거실 안으로 들어와 대고모에게 공손히 말했다.

"부인, 축하합니다."

"무얼 축하한다는 거예요?" 대고모가 날카롭게 대꾸했다.

칠립 씨는 대고모의 험상궂은 태도에 다시 한 번 어리둥절했다. 그래서 그의 마음을 조금이나마 누그러뜨려 볼 요량으로 고개를 끄덕여 인사하고는 미소를 지어 보였다.

"답답한 사람 보게나, 뭐하는 거야! 어서 말해 봐요!" 대고모는 안달하며 소리쳤다.

"안심하십시오, 부인." 칠립 씨는 한껏 부드러운 목소리로 말했다. "더 이상 걱정할 일은 없을 겁니다. 그러니 안심하세요."

이쯤이면 서론은 집어치우고 어서 본론이나 얘기하지 못하겠느냐며 상대방 멱살을 쥐고 흔들어 놓을 것만 같았던 대고모도 웬걸, 잠잠히 고개만 가로저을 뿐이었다. 하지만 칠립 씨는 그의 그런 조용한 반응에 오히려 더 겁을 집어먹었다.

"자, 부인, 축하합니다. 모든 것이 끝났습니다. 아주 잘 끝났어요." 칠립 씨는 용기를 내어 말을 이었다.

그렇게 5분여 장황하게 떠들고 있는 동안 대고모는 말없이 노려보고만 있었다.

"그래, 애는 어때요?" 대고모는 팔짱을 끼고서 물었다. 한쪽 팔에는 여전히 모자가 매달려 있었다.

"곧 완쾌될 겁니다." 칠립 씨는 대답했다. "우울한 집안 사정을 고려해도, 산모가 젊으니까 금세 회복할 겁니다. 지금 산모를 만나셔도 좋습니다. 그러는 편이 산모에게도 좋을 겁니다."

"그 '계집애' 말이에요. 그 '계집애'는 어때요?" 대고모가 날카로운 투로 물었다.

칠립 씨는 고개를 더욱더 갸우뚱 기울이며 대고모를 바라보았다.

"아기 말이오, 아기는 어떻게 되었어요?" 대고모가 물었다.

"부인, 이미 아시는 줄 알았습니다만, 아들입니다."

대고모는 그 말을 듣자 한 마디 말도 없이 모자 끈을 잡아당겨서는 새총을 쏠 때처럼 그걸로 잠깐 칠립 씨의 머리를 겨냥했다가, 그러고는 모자를 비스듬히 비껴 쓴 채 나가버렸다. 그러고는 다시는 돌아오지 않았다. 그는 성난 요정처럼, 또는—주변 사람들이 내게 그것을 볼 수 있는 능력이 있다고 말하던 바로 그—유령처럼 사라져갔다. 영원히.

아니, 나는 내 요람에 누워 있었고 어머니는 자신의 침대에 누워 있었으나 벳시 트롯우드 코퍼필드는 내가 조금 전까지 여행했던 그 커다란 꿈과 어둠의 나라로 떠나 버렸다.

   그리고 우리 집 창의 불빛은 이러한 여행자들의 무덤을, 그리고 나를 태어나게 한 아버지의 무덤을 비추고 있었다.

2장
최초의 기억들

하얀 공백으로 가득한 유아기의 기억을 더듬어 올라가 보자면, 어린 내 눈 앞에 맨 처음 뚜렷하게 다가온 존재는 머리칼이 아름다운 젊은 어머니와 볼품 없는 페거티였다. 페거티의 눈은 어찌나 새까만지 그 덕분에 얼굴 전체가 어두워 보일 정도였고, 뺨이며 팔은 또 어찌나 단단하고 붉은지 새들이 사과인 줄 알고 그녀의 뺨을 쪼아 먹지나 않을까 걱정스러웠다.

이 두 사람은 언제나 조금 떨어져서 마루 위에 몸을 굽히거나 무릎을 꿇은 자세로 나를 불렀으므로 내 눈에는 그들이 작게 보였고, 나는 끊임없이 이쪽에서 저쪽으로 그들을 쫓아다녔다. 페거티는 집게손가락을 내밀어 나에게 잡도록 했는데, 바느질을 많이 한 탓인지 촉감은 거칠고 딱딱했다.

나만의 환상일지 모르지만 우리의 기억은 보통 우리가 가정하고 있는 것보다 훨씬 더 먼 과거로까지 나아갈 수 있다고 나는 생각한다. 또한 아주 어린 아기들 가운데 상당수는 놀라울 만큼 치밀하고 정확한 관찰력을 갖고 있다고 나는 믿는다. 그래서 관찰력이 뛰어난 어른들 가운데에는 커가면서 그러한 능력을 습득한 사람보다 어릴 때 능력을 잃지 않고 그대로 간직해 온 사람의 숫자가 비율상 훨씬 더 많을 거라 생각했다. 순수하고 온화하고 쾌활한 성격 또한 어릴 적부터 간직해온 유산인 경우가 대부분이듯이 말이다.

두서없이 이야기를 늘어놓는 것 같아 약간 염려가 되지만 어쨌든, 이러한 결론에는 내 개인적 경험이 녹아 들어가 있다는 점만은 분명히 해두고 싶다. 그리고 굳이 내 경우를 두고 말하자면, 내가 관찰력이 치밀한 어린애였다는 사실과 어른이 되어서도 어릴 적 기억들을 고스란히 간직하고 있다는 점에서 나는 위에서 말한 두 가지 특질을 아울러 갖췄다고 하겠다.

앞에서 말한 것처럼, 과거를 회상하면 뚜렷이 떠오르는 것은 어머니와 페거티이다. 그 밖에 무엇을 기억하고 있을까? 어디 보자.

몽롱한 기억 속에서 나의 집이 나타난다. 1층에는 페거티가 일하는 부엌이 있고, 이 부엌에는 뒷마당으로 통하는 뒷문이 있다. 뒷마당 한가운데 서 있는 기둥에는 비둘기가 살지 않는 빈 비둘기 집이 있다. 한쪽 구석에는 역시나 비어 있는 큰 개집이 자리잡고 있다. 그리고 내가 보기엔 무서우리만큼 커 보이는 많은 닭들이 위협하듯 서성이고 있을 뿐이다. 옆문 밖에는 거위들이 내가 나타나면 목을 길게 빼들고 나를 따라온다. 밤이면 나는 거위 꿈을 꾼다. 들짐승들이 우글거리는 한복판에서 잠든 이가 사자의 꿈을 꾸듯이.

페거티의 부엌에서 앞문까지는 긴 복도가 이어져 있다. 그것이 내겐 얼마나 장대한 여정이었는지! 이 복도 바깥에는 컴컴한 광이 있는데, 밤에 그곳을 지나갈 때면 뛰어가곤 했다. 아무도 없는 광 안, 흐릿한 불빛에 드러나는 단지, 물병, 오래된 차 상자 따위의 물건들 가운데 다른 그 무엇이 숨어 있을지 몰랐다. 열린 문으로 퀴퀴한 냄새가 풍겨오는데 거기엔 비누 냄새, 오이절임, 후추, 양초, 커피 냄새 따위가 한데 뒤섞여 있었다. 그리고 거실이 두 개 있다. 하나는 나와 어머니 그리고 페거티가 저녁이면 함께 지내는 거실이었다. 페거티는 우리 식구와 다름없어서, 손님이 없을 때에는 일을 끝내고 늘 같이 있었다. 또 하나는 주로 일요일에 쓰는 가장 좋은 거실인데 화려하게 꾸며놓았지만 아늑하지는 않았다. 나에게는 그곳이 약간 음침하고 쓸쓸해 보였다. 언제인지 정확히는 알 수 없지만, 아주 오래전 페거티가 아버지의 장례식에 대한 이야기와 검은 옷을 입은 조문객들의 이야기를 들려주었던 탓이다. 그리고 어느 일요일 밤엔가는 이 방에서 어머니가 나와 페거티에게 죽은 나사로가 되살아난 이야기를 읽어주었다. 나는 너무 겁이 나서 잠을 잘 수 없었다. 결국 어머니와 페거티가 나를 침실에서 데리고 나와, 침실 창 밖의 묘지가 얼마나 고요하며, 죽은 이들이 장엄한 달빛을 받으며 얼마나 편안히 쉬고 있는지를 내게 보여주어야 했다.

그건 그렇고, 그 묘지의 풀만큼 푸른 것이 없고, 그 나무들만큼 우거진 것도 없었다. 또 그 묘비만큼 고요한 것도 없었다. 이른 아침, 어머니 방의 벽장 속 내 침대 위에서 일어서며 묘지 쪽으로 고개를 돌리면, 풀을 뜯는 양들과 붉은 햇살을 받아 빛나는 해시계가 보였다. '다시 시간을 말해줄 수 있어서 해시계도 기쁜 걸까?' 나는 궁금했다.

교회에는 우리가 늘 앉던 자리가 있었다. 등받이가 얼마나 높았던지! 바로

옆에 창이 있어서 우리 집이 한눈에 내다보였다. 페거티는 예배 중에도 도둑
이 들지 않았나, 불이 나지는 않았나 보려고 뻔질나게 우리 집 쪽을 바라보았
다. 그러면서도 내가 한눈파는 건 못마땅해했다. 내가 의자 위에 서서 뭐라도
구경하려 하면 페거티는 얼굴을 찌푸리며 목사님을 보아야 해요! 하는 눈짓을
했다. 하지만 목사님만 줄곧 쳐다볼 수는 없었다. 나는 저런 하얀 것을 두르지
않은 목사님을 잘 알고 있는걸. 너무 빤히 쳐다보면 오히려 이상히 생각하여

왜 쳐다보니? 물으실까 두려웠다. 이제 뭘 하지? 도저히 그냥 있을 수 없어서 하품이라도 해야 했다. 나는 어머니를 보았다. 그러나 어머니는 나를 안 보는 척했다. 나는 복도에 있는 아이를 보았다. 아이는 내게 얼굴을 찡그려 보였다. 열린 문으로 쏟아지는 햇빛을 바라보았다. 길 잃은 양 한 마리가 교회 안으로 들어오려 하고 있었다. 더 이상 양을 바라보고 있다가는 벌떡 일어나 크게 소리를 지를 것만 같았다.

하지만 그랬다가는 무슨 일이 벌어질는지! 나는 벽에 박혀 있는 기념비를 올려다보았다. 그리고 이 교구의 돌아가신 보저스 씨를 생각했다. 오랫동안 앓던 병이 악화되어 의사도 더는 손쓸 수 없게 되었을 때 부인의 마음은 어떠했을까? 역시 칠립 선생님을 불렀을까? 선생님도 끝내 어쩌지 못했을까? 만약 그렇다면 선생님도 분명 일주일에 한 번 정도는 생각할 텐데, 어떤 기분일까?

외출용 목도리를 한 칠립 씨를 바라보다 설교단 쪽으로 눈길을 돌렸다. 이 설교단은 놀기에 꼭 알맞은 장소로 보였다. 참으로 멋진 성채였다. 상대편 아이가 성채를 점령하려 계단을 올라오면 장식술 달린 벨벳방석을 녀석의 머리에 덮어씌우는 거야. 그러는 사이에 눈꺼풀이 자꾸만 감기더니, 후덥지근한 공기 속에서 목사님이 생기 없이 부르는 찬송가를 듣는 체했으나 실제로는 전혀 들리지가 않았다. 결국 나는 의자에서 바닥으로 쿵 하고 떨어졌다. 페거티는 죽은 거나 다름없는 나를 안고 밖으로 나왔다.

다음으로, 바깥에서 보는 우리 집의 모습을 떠올린다. 쇠창살 달린 침실 창문은 향기로운 공기가 들어오도록 열려 있고, 앞마당 느릅나무에는 다 허물어져 가는 낡은 까마귀 둥지가 아직도 매달려 있다. 이제 나는 버려진 비둘기 집과 개집이 놓여 있는 우리 집 정원을 지나 뒷마당으로 향한다. 내 기억에 이곳은 높은 울타리로 둘러싸여 있고, 문이 있고, 문에는 맹꽁이자물쇠가 채워져 있으며, 나비가 많이 모여든다. 안에는 다른 어느 정원에서도 볼 수 없는 탐스럽게 잘 익은 과일들이 가지마다 주렁주렁 열린다. 어머니가 광주리에 딸기를 따 넣으면 나는 옆에 서서 몰래 몇 알을 입에 넣고는 시치미를 뗀다. 거센 바람이 불다가 곧 여름은 지나간다. 겨울철 해질녘이면 우리는 거실 안을 춤추며 뛰논다. 어머니는 숨이 차면 팔걸이의자에 앉아 쉬면서 윤기 흐르는 곱슬곱슬한 머리채를 손가락으로 돌돌 말거나 허리를 쭉 펴기도 한다. 어머니가 건강을 드러내 보이기를 퍽 좋아하고, 당신의 아름다움을 자랑으로 여기고 있음을 나는 누구보다도 잘 안다.

이것이 내가 맨 처음으로 느낀 인상들이다. 그리고 또 한 가지, 우리 모자는 페거티를 조금 두려워했고, 무슨 일이든 대체로 그의 의견을 따랐던 것 같다. 이것들이—만약 그렇게 말할 수 있다면—내가 보고 들은 것에서 얻은 최초의 견해였다.

어느 날 밤, 페거티와 나는 단둘이서 거실 난롯가에 앉아 있었다. 나는 페거티에게 악어에 관한 이야기를 읽어주고 있었다. 그때 내가 더 분명하게 읽어주어야 했거나, 아니면 그녀가 더 관심을 가지고 귀를 기울여야 했을 것이다. 왜냐하면 지금도 기억하는데, 내가 다 읽고 나자 페거티는 그것이 채소에 관한 이야기라고 멍청하게 생각하고 있었기 때문이다. 나는 책 읽기에 지치고 잠이 와서 죽을 지경이었지만, 어머니가 이웃 마을에 갔다가 돌아올 때까지 자지 않고 놀아도 좋다는 허락을 받은 참이었다. 흔치 않은 기회였으므로 잠들어버리느니, 무슨 일이 있어도(당연히) 끝까지 이 자리를 지켜 낼 셈이었다. 그러나 졸음 가득한 눈으로 보아서 그런지 페거티가 풍선처럼 부풀어 엄청나게 커 보였다. 그래서 나는 손가락으로 눈꺼풀을 들어올리고 페거티가 바느질하는 모습을 뚫어지도록 바라보았다. 그녀가 실에 바르고 있는 조그마한 양초 토막과 자를 담는 초가집처럼 생긴 작은 통, 위에다 붉은 돔의 세인트폴 사원을 그려 넣은 미닫이문으로 된 재봉함, 손가락에 낀 쇠골무 그리고 아름다워 보이는 페거티를 바라보았다. 나는 너무나 졸려서, 잠시라도 눈을 떼면 금방 곯아떨어질 것 같았다.

"페거티, 결혼한 적 있어?" 나는 갑자기 물었다.

"아, 데이비 도련님. 갑자기 결혼은 왜요?" 페거티가 되물었다.

페거티의 깜짝 놀라는 몸짓에 나는 잠이 깼다. 그녀는 하던 일을 멈추고 실 끝자락까지 바늘을 바싹 당기면서 나를 바라보았다.

"페거티, 하여튼 결혼한 적이 있어? 페거티는 참 예쁘잖아." 내가 말했다.

그녀는 확실히 어머니와 스타일이 달랐지만 다른 아름다움을 지녔다고 나는 생각했다. 우리 집 제일 좋은 거실에는 어머니가 꽃다발을 그려 넣은 붉은 벨벳 발받침이 있었다. 내가 보기에는 이 발받침 색깔과 페거티의 얼굴색이 똑같았다. 발받침은 매끈하고 페거티의 얼굴은 거칠었으나, 그것은 별 문제가 아니었다.

"데이비 도련님, 제가 예쁘게 생겼다고요? 그렇지 않아요! 그런데 왜 결혼이란 말이 생각났지요?" 페거티가 말했다.

"모르겠어! 한 번에 여러 남자와 결혼해서는 안 되지. 그렇지, 페거티?"

"물론 그렇지요." 묻기가 무섭게 페거티가 대답했다.

"하지만 만약 한 남자와 결혼했는데 그 남자가 죽는다면 다른 남자와 결혼해도 되지. 그렇지, 페거티?"

"그럼요. 하고 싶으면 해도 되지요. 그건 그 사람의 뜻에 달렸어요." 페거티는 대답했다.

"그런데 페거티는 어떻게 생각해?" 내가 물었다.

이렇게 묻고 나서 나는 호기심 어린 눈으로 그녀를 바라보았다. 그녀가 너무나 유심히 나를 보았기 때문이다.

"제 의견은," 페거티는 내게서 눈길을 돌려 잠깐 생각하는 듯하더니 일을 계속하면서 말했다. "저는 결혼한 적이 없고, 앞으로도 그럴 일은 없겠죠, 데이비 도련님. 제가 아는 건 이게 전부랍니다."

"페거티, 화난 건 아니겠지?" 나는 잠깐 말없이 앉아 있다가 말했다.

나는 페거티가 정말 화가 난 줄로 생각했다. 그녀가 너무 퉁명스럽게 대답했기 때문이다. 그러나 오해였다. 그녀는 하던 일감(그녀는 자신의 스타킹을 깁고 있었다)을 내려놓고 두 팔을 활짝 벌리고 내 곱슬머리를 꽉 껴안고서 흔들었다. 어지간히 힘껏 껴안은 게 틀림없다. 그녀는 꽤 뚱뚱해서 옷을 입은 상태에서 조금이라도 힘을 주거나 하면 드레스 뒷단추가 툭툭 떨어져 나가곤 했기 때문이다. 그녀가 나를 껴안고 있을 때 뒷단추 2개가 튕겨져 나가 맞은편 구석에 떨어지던 것을 지금도 기억한다.

"자, 크로킨딜*1 이야기를 더 들려주세요." 페거티는 여전히 악어의 이름조차 똑똑히 모르면서 말했다. "아직 반도 못 들었으니까."

왜 페거티가 그런 이상한 얼굴을 하고서 악어들로 화제를 돌리려 했는지 알 수가 없었다. 어쨌든 졸음기가 가신 나는 악어 이야기로 되돌아갔다. '우리는 태양의 열기를 받아 악어 알이 부화하도록 모래에 묻었습니다. 그러고는 달아났지요. 악어들이 가까이 쫓아오는가 싶으면 갑자기 몸을 틀어 반대쪽으

---

*1 페거티는 크로커다일(crocodile)을 잘못 알아듣고 그렇게 발음하고 있다.

로 달렸어요. 악어들은 몸집이 커서 빨리 돌 수가 없거든요. 그 다음엔 토인들처럼 악어들의 뒤를 쫓아 물속으로 들어가 날카로운 나무를 악어의 목구멍 깊숙이 밀어 넣었어요. 요컨대 우리는 악어와 결투를 벌인 셈이었지요.' 적어도 나는 악어와 결투를 벌였지만, 페거티는 어땠는지 의심스럽다. 그녀는 이야기를 듣는 내내 생각에 잠겨 자신의 얼굴이며 팔 이곳저곳을 바늘로 찔러댔으니 말이다.

크로커다일 이야기가 시들해져서 앨리게이터 이야기를 시작하려는데 초인종이 울렸다. 우리가 문으로 나가 보니 어머니가 서 있었다. 어머니는 그날따라 유난히 예뻐 보였다. 그런데 어머니 곁에 아름다운 검은 머리카락에 구레나룻을 기른 신사가 서 있었다. 그 신사는 지난 주일 예배를 마치고 교회에서 우리 집까지 같이 걸어왔던 분이었다.

어머니가 문간에서 몸을 굽혀 나를 안고 키스했을 때 그 신사는 내가 군주보다도 더 큰 특권을 가진 꼬마라고 했던가, 아무튼 그 비슷한 말을 했다. 나는 좀더 자란 뒤에야 그 말의 뜻을 알게 되었던 것을 기억한다.

"무슨 뜻이에요?" 나는 어머니 어깨 너머로 그에게 물었다.

그가 내 머리를 어루만져 주었지만, 어쩐지 나는 그와 그의 낮고 굵직한 목소리가 싫었다. 그리고 나를 쓰다듬는 그의 손이 어머니의 손에 닿을 것 같아서 질투가 났다. 역시 그랬다. 나는 있는 힘을 다하여 그의 손을 밀쳐냈다.

"아, 데이비!" 어머니는 꾸중을 했다.

"귀여운 애로군!" 신사는 말했다. "엄마를 끔찍이도 아끼는구나!" 나는 어머니의 얼굴에 그토록 아름다운 빛깔의 홍조가 떠오르는 것을 전에는 본 일이 없었다. 어머니는 무례한 나의 행동을 점잖게 꾸짖고 나서, 나를 꼭 껴안은 채 돌아서서 그 신사에게 집까지 데려다 주어서 고맙다고 말하며 손을 내밀었다. 그가 어머니의 손을 잡았을 때 어머니는 내 쪽을 슬쩍 바라봤던 것 같다.

"애야, 우리 안녕 하고 인사하자." 그 신사는 어머니의 장갑 낀 작은 손등에 입맞춤하면서—아아, 나는 똑똑히 봤다!—내게 말했다.

"안녕!" 내가 말했다.

"자, 우리 세상에서 가장 좋은 친구가 돼 보자꾸나!" 그 신사는 웃으면서 말했다. "악수하자!"

내 오른손은 어머니의 왼손에 쥐어져 있었으므로 대신 왼손을 내밀었다.

"손이 틀렸잖아, 데이비!" 신사는 또 웃었다.

어머니는 나의 오른손을 내밀었으나, 앞서 말한 이유 때문에 나는 오른손을 내밀지 않기로 결심하고, 손을 뒤로 빼버렸다. 그리고 왼손을 내밀었더니 신사는 그 손을 쥐고 열심히 흔들면서 씩씩한 아이라며 몇 마디 칭찬을 하고는 떠나갔다.

문을 닫기 전, 정원에서 뒤돌아보며 우리에게 불길한 검은 눈길을 마지막으로 던지던 그가 나는 지금도 또렷이 떠오른다. 말없이 꼼짝하지 않고 서서 보고 있던 페거티는 그의 모습이 사라지기가 무섭게 문을 닫고 빗장을 걸었다. 우리는 모두 거실로 들어왔다. 어머니는 보통 때와 달리 난롯가의 팔걸이의자에 앉지 않고, 방 맞은편 끝에 앉아서 혼자 콧노래를 흥얼거렸다.

"마님, 즐거운 저녁 시간이었기를 바랍니다." 페거티는 촛대를 들고 방 한가운데 나무통처럼 뻣뻣이 버티고 서서 말했다.

"페거티, 참 고마워. 아주 즐거운 저녁이었어." 어머니는 즐겁게 대답했다.

"낯선 사람을 만나는 것이 때로는 기분전환이 되지요." 페거티가 넌지시 떠보았다.

"그래, 정말 그런 것 같아." 어머니는 대답했다.

페거티는 여전히 거실 한복판에 우두커니 서 있었고, 어머니는 다시 노래를 시작했다. 그 사이 나는 잠이 들었다. 하지만 깊이 잠든 건 아니었는지 잠결에도 그들의 말소리가 들려왔으나 정확한 내용은 알 수 없었다. 불쾌한 선잠에서 반쯤 깨어 일어나 보니, 페거티와 어머니가 눈물을 글썽이며 이야기를 하고 있었다.

"코퍼필드 나리가 보셨으면 마음에 안 든다고 하셨을 거예요, 틀림없어요." 페거티가 말했다.

"제발! 미칠 것 같아! 나처럼 하녀한테 학대받는 불쌍한 애가 또 있을까! 나는 왜 스스로를 '애'라고 부르면서 내 권리를 침해받아야 하지? 내가 결혼한 적이 없기라도 하단 말이야? 페거티?" 어머니는 소리쳤다.

"하느님께서도 마님이 결혼하신 건 알고 계세요." 페거티가 대답했다.

"그러면서, 어떻게 감히 그럴 수 있어." 어머니는 말했다. "페거티, 나를 불쾌하게 만드는 그런 심한 말을 하다니. 나는 이 집을 떠나면 기댈 사람 하나 없는 외로운 신세라는 걸 잘 알면서."

"그러니까 더 그래서는 안 된다는 거예요. 그래서는 안 돼요! 그렇게 할 가치가 없어요. 절대로 안 돼요!" 페거티가 대답했다. 페거티가 어찌나 단호하게 나오는지 촛대를 내팽개치는 건 아닐까 생각될 정도였다.

"어떻게 그렇게 심하게 굴 수 있어. 이렇게 부당한 태도로 말할 수 있느냔 말이야! 예의에 벗어난 어떤 일도 하지 않았다고 몇 번이나 말했는데도 마치 모든 것이 결정된 것처럼 이야기하고 있잖아. 넌 존경에 대해 이야기했지. 페거티, 대체 나보고 어쩌란 말이지? 사람들이 감정을 채우려고 바보스럽게 구는 게 내 잘못이야? 물어보자, 내가 어떻게 해야 해? 넌 내가 머리를 깎고, 얼굴을 까맣게 하고, 또는 불이나 끓는 물에 화상을 입어 흉하게 되기를 바라는 거지? 그렇게 되었으면 좋겠지?" 어머니는 더 많은 눈물을 흘리면서 말했다. 페거티도 이런 비난에 마음이 많이 상한 듯이 보였다.

"내 사랑하는 아들, 내 하나뿐인 아들 데이비! 이 세상 무엇보다 더 사랑스러운 값진 보배 같은 내 아들에 대한 내 애정이 부족하다고 하다니!" 어머니는 내가 앉아 있는 팔걸이의자 쪽으로 와서 나를 어루만지며 말했다.

"그런 뜻으로 말한 사람은 아무도 없어요." 페거티는 말했다.

"네가 그랬잖아, 페거티!" 어머니는 말했다. "너도 네가 한 말을 알잖아. 그게 아니면 도대체 무슨 뜻으로 그랬다고 생각할 수 있겠어? 넌 잔인한 사람이야. 너도 나만큼이나 잘 알고 있잖아. 지난여름에 낡은 초록색 양산이 다 해지고 가장자리가 아예 너덜너덜해졌는데도 내가 이 애를 위하느라 새 양산을 사지 못한 걸. 너도 그걸 알잖아, 페거티. 그렇지 않다고는 못할 거야." 그러고 나서 어머니는 애정 어린 태도로 나를 돌아보고 내 뺨에 자기 뺨을 가져다 댔다. "데이비, 내가 너에게 몹쓸 엄마니? 나는 더럽고 잔인하며, 이기적인 나쁜 엄마니? '그렇다'고 대답해 보렴. 아들아, 내 아기야. 그러면 페거티가 널 사랑해 주겠지. 페거티의 사랑이 엄마의 사랑보다 훨씬 더 나을 거야. 나는 너를 전혀 사랑하지 않지, 그렇지?"

이 말을 듣자 우리는 다 같이 울음을 터뜨렸다. 그중에서도 내가 가장 큰 소리로 울었다고 생각한다. 나는 정말 가슴이 찢어질 것 같았다. 처음으로 어머니가 슬퍼하는 모습을 보자 미칠 듯이 화가 나서 페거티를 '짐승 같은 것'이라고 하지나 않았는지 모르겠다. 정직한 페거티는 매우 괴로워했다. 이때 그녀의 옷에는 단추가 하나도 달려 있지 않았을 것이다. 페거티가 어머니와 화해하고

서 팔걸이의자 옆에 무릎을 꿇고 나에게도 화해를 청했을 때, 흥분하여 가쁜 숨을 몰아쉬느라 단추가 모두 떨어졌기 때문이었다.

우리는 모두 녹초가 되어서 잠자리에 들었다. 나는 자지 않고 오랫동안 흐느껴 울었다. 심하게 흐느껴 운 뒤 일어나 앉자 어머니도 자지 않고 이불 위에 앉아 있다가 몸을 굽혀 나를 껴안아주었다. 잠시 뒤 나는 어머니의 품에 안겨 깊이 잠들어버렸다.

내가 그 신사를 다시 본 것이 그 다음 일요일이었는지 아니면 훨씬 뒤였는지는 생각나지 않는다. 교회에서 그를 만나, 예배가 끝나면 그와 같이 집으로 걸어오곤 했다. 그는 또 우리 집 거실 창가에 놓여 있는 유명한 제라늄을 구경하기 위해 거실로 들어오곤 했다. 내가 보기에 그는 꽃을 별로 좋아하는 것 같지 않았지만, 돌아갈 때는 꽃 한 송이를 달라고 요구했다. 어머니는 손수 골라 가시라고 애원하다시피 말했지만 그는 거절했다. 그 이유를 나는 이해할 수 없었다. 결국 어머니가 한 송이를 꺾어서 주자 그는 그 꽃을 받아 쥐고서 소중히 간직하겠다고 말했다. 그것이 하루 이틀만 지나면 시들어 버린다는 것도 모르다니, 나는 그가 엄청난 바보라고 생각했다.

전과는 달리 페거티가 우리와 함께 저녁시간을 보내는 일이 점점 줄어들기 시작했다. 어머니가 페거티를 전에 없이 꺼리는 것 같았다. 우리 셋은 서로에게 정말 다정한 친구였는데, 이제는 함께 있어도 전과 같이 단란하지 않았다. 페거티는 어머니가 옷장 안의 예쁜 옷을 닥치는 대로 입거나 이웃으로 자주 외출하는 것을 반대하고 있다고 나는 생각했다. 그러나 그 이유를 충분히 알 수가 없었다.

나도 검은 구레나룻을 기른 그 신사와 자주 만나게 되었다. 그런데 처음 만났을 때나 나중이나 똑같이 싫은 마음이 들었고, 그에게 불안한 질투를 느꼈다. 그러나 만약 내가 어린아이의 본능적인 반감을 넘어선 어떤 이유와 다른 이의 도움 없이 페거티와 나의 힘만으로 어머니에게 잘해 드릴 수 있다는 막연한 생각을 가지고 있었다 해도, 그것은 내가 좀더 나이를 먹었더라면 깨달았을 그런 이유는 아니었다. 그런 생각은 내 머릿속에 떠오르지도 않았고, 전혀 그럴 기미도 없었다. 나는 사태를 부분적으로 관찰할 수는 있었지만, 그 조각들을 모아서 하나의 그물을 만들어 그 속에다 누구를 가두는 일은 불가능했다.

어느 가을 아침, 나는 어머니와 함께 앞마당에 있었다. 이때 그 신사, 머드스톤 씨가 말을 타고 나타났다. 그는 말을 세우고 어머니에게 인사했다. 그리고 요트가 있는 친구를 만나러 로스토프트*²에 가는 길이라면서 내가 원한다면 앞에 태우고 가겠다고 쾌활하게 제의하는 것이었다.

날씨는 맑고 상쾌했으며, 말도 콧김을 내뿜으며 앞발로 대문을 걷어차고 있는 것으로 보아 달리기를 퍽 좋아하는 듯 보여서 나는 매우 가고 싶어졌다. 그래서 나는 2층 페거티한테 가서 몸단장을 하게 되었다. 그동안 머드스톤 씨는 말에서 내려, 고삐를 한 팔에 걸치고 들장미 울타리 바깥쪽을 어슬렁거렸다. 어머니도 울타리 안쪽을 왔다 갔다 하면서 그와 보조를 맞추었다. 그때 페거티와 내가 조그만 창문으로 그들을 몰래 내다보던 일이 지금도 떠오른다. 때로 그들은 유유히 거닐면서 그들 사이에 가로놓인 들장미를 유심히 살폈다. 지금까지 천사처럼 착하던 페거티도 그 모습을 본 순간 화가 나서, 내 머리를 반대 방향으로 심술궂게 빗질하던 기억이 또렷하다.

머드스톤 씨와 나는 곧 출발하여 길가 푸른 잔디 위를 달렸다. 그는 나를 한 팔로 편안히 잡아 주었다. 평상시처럼 불안하지는 않았으나 나는 그의 앞에서 태연히 앉아 있을 수가 없어서 때때로 고개를 돌려 그의 얼굴을 쳐다보았다. 그는 얄팍한 눈을 갖고 있었다. 깊이 없는 그런 눈동자는 아무리 살펴도 표현할 적합한 말이 없다. 멍하니 바라볼 때는, 특이한 빛깔 때문인지는 몰라도 아주 보기 흉하게 되고 만다. 여러 번 그를 쳐다보는 동안, 그의 얼굴에 점점 위엄이 떠올랐다. 그가 무엇을 그렇게 열심히 생각하고 있는지도 알 수 없었다. 가까이서 살펴보니 그의 머리카락과 구레나룻은 의외로 더 검고 숱도 많았다. 네모난 그의 얼굴의 아랫부분과 매일 짧게 깎아 억센 턱수염이 검은 점을 찍어 놓은 것처럼 보였다. 나는 반년 전에 이 근처에 왔던 밀랍인형장수가 가지고 다니던 인형이 생각났다. 이러한 턱수염, 고르게 자란 눈썹, 하얗고도 검고 또 갈색인 얼굴빛(그의 낯빛, 그의 기억이 어리둥절하게 했다) 등을 미루어 보면 많은 의구심이 듦에도, 그는 미남이었다. 불쌍한 어머니도 그를 미남으로 생각했음에 틀림없다.

우리는 바닷가 호텔로 들어갔다. 거기서 두 신사가 여송연을 피우고 있었다.

*2 서퍽 주에 있는 항구. 해수욕장.

이들은 저마다 적어도 네 개의 의자를 깔고 누워 있었으며, 올이 굵은 재킷을 입고 있었다. 방 한쪽 구석에는 코트와 배에서 입는 외투, 깃발 따위가 한 꾸러미로 묶여 있었다.

우리가 들어가자 그들은 귀찮은 듯이 몸을 굴려 일어나면서 말했다. "여, 머드스톤! 우리는 자네가 죽은 줄 알았어!"

"아직 안 죽었어." 머드스톤 씨는 대답했다.

"이 꼬마는 누구지?" 나를 잡고서 한 신사가 말했다.

"이 애가 데이비야." 머드스톤 씨가 대답했다.

"데이비 뭔데?" 그는 물었다. "설마 존스*³는 아니겠지?"

"코퍼필드야." 머드스톤 씨가 말했다.

"뭐! 매력적인 코퍼필드 부인의 그 골칫덩어리 말인가? 그 예쁜 젊은 과부 말이야." 신사가 외쳤다.

"퀴니언, 조심해. 눈치 빠른 놈이 있어." 머드스톤 씨는 대답했다.

"그게 누구지?" 신사는 웃으면서 물었다. 나도 누구인지 알고 싶어서 재빨리 그들을 쳐다보았다.

"셰필드의 유명한 칼잡이 브룩스 말이야." 머드스톤 씨는 대답했다.

그 사람이 셰필드의 브룩스라는 말을 듣고 나는 마음이 놓였다. 처음에는 그가 나를 두고 말한 줄 알았기 때문이었다.

셰필드의 브룩스에겐 매우 우스운 평판이 있는 모양이었다. 브룩스란 말이 나오자 이들 두 신사는 크게 웃어젖혔을 뿐 아니라, 머드스톤 씨도 아주 즐거워했다. 한참 웃고 나더니 퀴니언이란 신사가 말했다.

"자네 계획에 대해 셰필드의 브룩스 생각은 어떠한가?"

"현재는 브룩스가 상황을 잘 모르고 있는 것 같아. 그러나 대체로 찬성하지 않는 것 같네." 머드스톤 씨가 대답했다.

이 말에 더 큰 웃음이 터져 나왔다. 퀴니언 씨가 브룩스에게 건배하기 위해 셰리주를 가져오도록 벨을 누르겠다고 했다. 그가 그렇게 하여 술이 도착하자, 그는 나에게 약간의 술과 비스킷을 주었다. 그리고 내가 술을 마시기 전에, 나를 일어나게 해서는 "셰필드의 브룩스를 저주하며 건배!"라고 말하게 했다. 이

---

*3 데이비 존스는 바다의 악령을 가리키는 이름이다.

러한 건배는 박수를 받았으며, 그들의 폭소는 나를 웃게 했다. 그러자 그들은 한층 더 크게 웃어 젖혔다. 우리는 모두 몹시 즐거웠다.

그 뒤 우리는 절벽 위를 산책하고 잔디에 앉기도 했으며, 망원경으로 주위를 바라보기도 했다. 사실 망원경을 눈에 가져다 대 보았지만 아무것도 보이지 않았다. 그러고는 호텔로 돌아와 일찍 저녁을 먹었다. 우리가 밖에서 산책하는 동안 두 신사는 줄곧 담배를 피웠다. 그들의 그 올 굵은 재킷의 냄새로 판단하자면, 아마 그 재킷을 양복점에서 가져온 그날부터 그들은 담배를 피워 댄 것이 틀림없다. 나는 우리가 요트를 탔던 것을 잊을 수가 없다. 그들 셋은 선실로 내려갔다. 내가 채광용 창으로 들여다보니 그들은 무슨 서류를 바삐 매만지며 열심히 작업하고 있었다. 그들은 선실에서 일하는 동안, 나를 어떤 사람에게 맡겼다. 그는 빨간 머리에 머리통이 컸고, 빛나는 아주 작은 모자를 썼으며, 가슴 부분에 대문자로 '종달새'라고 새겨진 줄무늬 셔츠와 조끼를 입은 멋있는 사람이었다. 나는 '종달새'를 그의 이름으로 생각했다. 그는 배에서 사니까 문패를 붙일 대문이 없어서 가슴에다 이름을 새긴 것이라 생각하고, 미스터 종달새라고 불렀더니, 그것은 자기 이름이 아니고 배 이름이라는 것이었다.

나는 온종일 머드스톤 씨를 살폈다. 그는 두 신사보다 더 근엄하고 침착했다. 두 신사는 아주 쾌활했으나 경솔했다. 그들은 허물없이 우스갯소리를 주고받았지만, 머드스톤 씨와는 좀처럼 농담을 하지 않았다. 머드스톤 씨가 그들보다 더 똑똑하고 냉정한 것 같았으므로, 그 두 사람도 나처럼 그에게 일종의 경외감을 품고 우러러보고 있는 것 같았다. 퀴니언 씨가 이야기를 하면서 머드스톤 씨가 불쾌해하지나 않을까 확인하려는 듯이 곁눈질로 슬쩍슬쩍 동정을 살피는 것을 나는 여러 번 보았다. 그리고 한 번은 다른 한 신사 패스니지가 신이 나서 떠들고 있을 때 퀴니언이 그의 발을 밟아서, 말없이 근엄하게 앉아 있는 머드스톤 씨를 보라고 눈짓으로 경고하는 것도 보았다. 그날 하루 내내, 머드스톤 씨는 셰필드 농담을 제외하고는 한 번도 웃지 않았다. 그리고 셰필드 농담은 머드스톤 씨가 한 농담이었다.

우리는 저녁 일찍 집으로 돌아왔다. 나를 안으로 들여보내 차를 마시게 하고, 그는 어머니와 또다시 들장미 울타리 옆길을 산책했다. 그가 돌아가자, 어머니는 온종일 내가 한 일과 그들이 한 말과 행동을 자세히 물었다. 그래서 나는 그들이 어머니를 두고 한 말을 그대로 전했다. 그랬더니 어머니는 웃으면서, 당치도 않은 말이라며 그들을 무례한 사람들이라고 했다. 그러나 어머니가 내심 기뻐한다는 것을 한눈에 알았다. 지금과 똑같이 그 당시에도 나는 그것을 알고 있었다. 기회를 보아 셰필드의 브룩스 씨를 아느냐고 물었더니, 어머니는 모른다고 대답하고는 칼이나 포크 같은 것을 만드는 사람일 거라고 대답했다.

비록 내가 떠올리는 어머니의 모습이 변하고 쇠약해지기는 했어도 어머니의 얼굴이 내 기억에서 완전히 사라지지는 않았다. 이 순간에도 거리를 누비는 많은 사람 가운데서 찾아낼 수 있을 정도로 어머니 얼굴은 내 뇌리에 또렷하다. 그 얼굴에서 아가씨 같은 순진한 아름다움이 없어졌다고 내가 어찌 말할 수 있을까? 그 옛날의 그날 밤처럼 어머니의 입김이 지금도 내 뺨에 느껴지는데, 어머니 얼굴이 변해 버렸다고 어떻게 말할 수 있을까? 이렇게 내 기억 속에 그 모습이 또렷이 떠오르고, 또 그 사랑스러운 젊은 회상에 대하여 내가 어느 때 어느 누구보다도 더 진실했으며, 그 시절 간직했던 추억을 아직도 고이고이 간직하고 있는데.

그날 밤 이야기를 마치고 내가 잠자리에 들 때, 잘 자라고 말해주던 어머니의 모습을 나는 지금 그대로 여기에 쓰는 것이다. 어머니는 장난치듯 침대 곁에서 무릎을 꿇고, 두 손으로 턱을 괴고 웃으면서 말했다.

"그들이 뭐라고 말했지, 데이비? 다시 말해 보렴. 믿어지지가 않는구나."

"매력적인―" 나는 이야기를 시작했다.

어머니가 내 입술에 손을 대고 더 말하지 못하게 했다.

"매력적이라고는 안 했을 거야. 그랬을 리가 없어, 데이비. 그 정도는 나도 알고 있어." 어머니는 웃으면서 말했다.

"그랬어요. 매력적인 코퍼필드 부인이라고." 나는 짧게 덧붙였다. "그리고 예쁘다고도."

"아니야, 아니야, 예쁘다고 했을 리가 없어." 이렇게 말하면서 손으로 다시 나의 입을 막았다.

"분명히 그랬어요. 예쁘고 어린 과부라고 했어요."

"무례하고, 얼빠진 사람들 같으니! 우스운 사람들 다 보겠네! 그렇지 않니? 데이비―" 어머니는 큰 소리로 말하고는 웃으면서 얼굴을 가렸다.

"정말 그래요, 엄마."

"페거티에게 말해선 안 된다. 이런 이야기를 들으면 그들에게 화낼지 몰라. 나도 몹시 화가 나니까 말이야. 페거티가 이 일을 몰랐으면 좋겠어."

물론 나는 말하지 않겠다고 약속했다. 어머니와 여러 번 입을 맞추다가 나는 곧 잠들어버렸다.

많은 시간이 지난 지금에 와서 생각하면 내가 다음에 이야기하려는 페거티의 매혹적이고 모험적인 제의가 바로 그 다음 날 일인 것 같지만, 실제로는 아마 두 달은 지나서였을 것이다.

어느 날 저녁 어머니는 평소와 같이 외출했다. 우리는 전처럼 양말짝, 줄자, 밀랍 조각, 뚜껑에 폴 성당이 그려진 상자, 악어 이야기책 따위를 곁에 어지러이 늘어앉아 있었다. 이때 페거티가 나를 몇 번이나 바라보면서 마치 무슨 말을 하려는 것처럼 입을 열었다가는 그만두었다. 나는 그녀가 하품을 하는 줄 알았는데, 아니라면 꽤 놀랐을 것이다. 그러다가 그녀는 나를 달래듯 말문을 열었다.

"데이비 도련님, 나와 같이 야머스에 사는 내 오빠 집에 가서 두 주일 정도 보내지 않겠어요? 참 즐거울 텐데?"

"페거티, 당신 오빠는 좋은 분이야?" 나는 물었다.

"참 좋은 분이죠!" 페거티는 두 손을 번쩍 들면서 말했다. "거기에는 바다도 있고, 보트도 있고, 큰 배도 있어요. 어부들도 있고 모래톱도 있고, 또 같이 놀아 줄 '앰'도 있어요."

페거티는, 내가 첫 장에서 말한 자기 조카 '햄'을 '앰'이라고 불렀다. 그는 자기 조카를 영어 문법의 한 부스러기 정도로 알고 이야기했다.

페거티가 많은 즐거운 일들을 이것저것 이야기해 주어서 나는 흥분하고 말았다. 그래서 나는 참 재미있겠지만 어머니가 뭐라고 할지 모르겠다고 대답했다.

"도련님, 허락하실 거예요. 내 1기니를 걸어도 좋아요. 어머니가 돌아오시면 바로 말씀드리지요. 두고 봐요!" 페거티는 내 얼굴을 유심히 바라보면서 말했다.

"하지만 우리가 없으면 엄마는 어떻게 해? 엄마는 혼자 살 수는 없을 텐데." 나는 이 점을 논의할 생각으로 테이블에 작은 팔꿈치를 올려놓으면서 말했다. "엄마를 혼자 두면 안 돼."

페거티는 말이 없었다. 별안간 페거티가 양말 뒤꿈치의 구멍 난 곳을 찾았더라도 정말 작은 구멍이라 꿰맬 필요도 없었을 것이다.

"이봐, 페거티! 어떻게 엄마를 혼자 두고 간단 말이야?"

페거티는 내 얼굴을 바라보면서 말했다.

"아, 저런! 어머니가 그레이퍼 부인 댁에서 두 주일 정도 머문다는 걸 모르나요? 그레이퍼 부인이 친구를 많이 초대한대요."

그렇다면 나는 갈 준비가 다 된 거나 다름없었다. 나는 무척이나 조바심이 나서 어머니가 그레이퍼 댁에서 돌아오기를 마음 졸이며 기다렸다(어머니가 놀러간 집이 바로 그레이퍼 댁이었으니까). 어머니가 돌아오면 이 멋진 계획을 위해 어머니의 허락을 얻을 수 있을지 없을지 확인할 생각이었다. 그러나 외출에서 돌아온 어머니는 내가 생각했던 것처럼 놀라지도 않고 흔쾌히 들어주었다. 머무는 동안의 숙식비는 어머니가 부담하기로 했다.

출발할 날이 곧 다가왔다. 손꼽아 기다리며 지진이나 화산 폭발 같은 자연의 큰 이변이 일어나 우리의 여행이 멈춰지지나 않을까 걱정했음에도 불구하고, 출발 날은 너무 빨리 닥쳐왔다. 아마 시일이 촉박했기 때문일 것이다. 우리는 아침 식사 뒤 출발하는 마차를 이용하기로 했다. 만약 내가 밤새도록 몸단장하고 모자와 장화를 신은 채로 그냥 잘 수 있게 해준다면 나는 돈이라도 내주고 싶은 기분이었다.

비록 지금은 가볍게 이야기하지만, 너무도 단란했던 나의 집을 떠나고 싶어했던 그때를 떠올리고, 결과적으로 그렇게 함으로써 영원히 버리고 만 것을 그 시절엔 몰랐음을 생각하면, 지금도 가슴이 아프다.

마차가 도착하고 어머니가 작별 키스를 해주었을 때, 나는 어머니에 대한 사랑과 지금까지 한 번도 떠나 본 적이 없는 집에 대한 애착 때문에 울음을 터뜨렸다. 이 일을 생각하면 지금도 기쁘다. 어머니도 울음을 터뜨렸다. 게다가 내 가슴 너머로 어머니의 심장 고동이 느껴지던 것을 떠올리면 더욱 기쁘기 그지없다.

마차가 움직이기 시작했을 때, 어머니가 대문 밖으로 뛰어나오면서 마차를 세우라고 소리치고는 내게 다시 한 번 키스해주던 일, 어머니가 얼굴을 들고 나에게 키스해주던 그 열성과 사랑을 곰곰이 생각하면 기쁘기만 하다.

길에 서 있는 어머니를 둔 채 마차가 떠났을 때, 슬퍼하는 어머니 곁으로 머드스톤 씨가 다가가 위로하는 것같이 보였다. 나는 마차 덮개 옆으로 뒤돌아 보면서, 그 사나이가 왜 왔을까 궁금해졌다. 페거티도 다른 쪽 옆으로 뒤돌아 보았는데, 마차 안으로 되돌린 그의 얼굴 표정으로 보아 몹시 불만인 것 같았다.

나는 다음과 같은 상상을 하면서 얼마간 페거티의 얼굴을 바라보고 앉아 있었다. 만약 옛날이야기에 나오는 소년처럼, 페거티가 나를 내다 버리기 위해 고용된 하수인이라 하더라도, 나는 페거티가 떨어뜨릴 단추를 표지삼아 다시 집으로 길을 찾아갈 수 있을 것이라고 말이다.

3장
설레는 첫 여행

마차를 끄는 말은 세상에서 가장 게으른 말이라도 되는 것처럼 고개를 숙이고, 마치 짐이 도착하기를 기다리는 사람들을 지치게 하려는 듯 어슬렁어슬렁 발을 끌며 걸었다. 말은 이런 나의 생각을 비웃듯이 히죽거리며 웃는 것 같았는데, 마부는 말이 기침 때문에 고통스러워하는 것뿐이라고 했다.

마부도 말처럼 고개를 숙이고 손을 두 무릎 위에 올려놓고서, 졸린 듯이 몸을 앞으로 숙인 채 말을 몰았다. 사실은 마부가 없어도 마차는 야머스까지 잘 갈 것만 같았다. 말은 자동으로 앞으로 가고 있었으니까. 그런데도 휘파람만 잘 불었지 그런 건 전혀 개의치 않았다.

페거티는 음식이 가득 담긴 바구니를 무릎 위에 놓고 있었다. 음식은 우리가 이 느러터진 마차를 타고 런던까지 가도 충분할 양이었다. 우리는 실컷 먹고, 실컷 잤다. 페거티는 바구니 손잡이에 턱을 얹고 졸았으나 무슨 일이 있어도 바구니만큼은 절대로 놓치지 않았다. 게다가 어찌나 코를 심하게 고는지 도저히 여자가 내는 소리라고는 믿어지지 않을 정도였다.

우리는 좁은 샛길을 여러 번 드나들었고, 침대를 여인숙에 배달하거나 여러 곳을 들르며 시간을 많이 소비했으므로 그새 나는 녹초가 되었다. 이런 상황에서 야머스가 보이자 나는 얼마나 기뻤는지 모른다. 강 건너 들판이 펼쳐져 있는 것을 보니 그것은 매우 푹신푹신한 습지처럼 보였다. 지구가 만약 지리책에 나와 있는 것처럼 둥글다면 이다지도 편평한 땅이 어떻게 생겨날 수 있는지 도무지 신기하기만 했다. 그러나 이곳은 야머스이거나 그것의 한 귀퉁이가 분명했다.

좀더 가까이 가 보니, 부근의 풍경 전체가 일직선으로 나지막하게 하늘 아래 펼쳐져 있음을 알 수 있었다. 그래서 나는 페거티에게, 작은 산이라도 하나 둘쯤 솟아 있었으면 더 아름다웠을 것이라고 말했다. 그리고 또 이 지역이 바다에서 좀더 멀리 떨어져 있어서, 마을과 바다가 더운 물에 적신 토스트처럼 뒤죽박죽되어 있지 않으면 더 좋았을 것이라고도 했다. 그랬더니 페거티는 현재의 우리 처지에 만족해야 하고, 자신으로 말하면 야머스 훈제청어*¹ 토박이라고 불리는 것이 자랑스럽다고 어느 때보다 힘주어 말하는 것이었다.

시내로 들어서자(이곳은 참으로 이상한 마을이었다) 생선, 궐련, 콜타르 따위의 냄새가 코를 찌르고, 선원들이 걸어다니는 모습이나 짐마차가 자갈길을 덜커덕거리며 오가는 것이 보였다. 나는 이렇게 붐비는 곳을 잘못 평가하여 페거티에게 미안한 생각이 들었다. 내가 마음에 든다고 분명히 말하자 페거티는 매우 만족스러워했다. 야머스야말로 이 세상에서 가장 아름다운 곳이라고 페거티는 말했다. 나는 이곳에서 태어난 훈제청어들에게나 그럴 거라고 생각했다.

"아유, 저게 앰이지? 정말 몰라보게 컸구나!" 페거티가 소리쳤다.

정말 그는 술집에서 우리를 기다리고 있었다. 그리고 오랜 친구처럼 나에게 기분이 어떠냐고 묻는 것이었다. 내가 태어난 이후에 그는 우리 집에 온 적이 없었으므로 나는 그를 몰라보는 게 당연했다. 그러나 그가 나를 등에 업고 집까지 갔으므로, 우리는 곧바로 친해졌다. 햄은 키가 6피트나 되는 건장한 젊은이였고, 큰 키에 어울리게 살집이 있고 어깨에도 근육이 붙었지만, 애티 나는 웃는 얼굴과 숱 적은 곱슬머리는 그를 양처럼 순하게 보이게 했다. 그는 천막천으로 만든 상의와 다리를 꿰지 않아도 저 혼자 능히 서 있을 정도로 빳빳한 바지를 입고 있었다. 그리고 머리에는 모자를 썼다기보다는, 낡은 건물 꼭대기에 시커먼 무언가를 놓은 것같이 보인다고 나타내는 편이 정확할 듯했다.

햄은 나를 등에 업고 옆구리에는 조그마한 상자를 끼었고, 페거티도 조그마한 상자를 하나 들었다. 우리는 나무토막이 흩어져 있는 꼬불꼬불한 길을 돌기도 하고 나지막한 모래 언덕을 넘기도 했다. 그리고 가스 공장, 밧줄 공장, 보트 만드는 곳, 조선소, 폐선 처리장, 뱃밥으로 널빤지 틈을 막는 일꾼들의 작업장, 의장(艤裝) 공장, 대장간과 같은 너저분한 곳을 지나서, 아까 멀리서 보였던 단조로운 습지에 도착했다. 이때 햄이 말했다.

"데이비 도련님, 저쪽에 있는 것이 우리 집이에요."

---

*1 이곳의 특산물이다.

이 말을 듣고서 황무지 너머 먼 곳을 살펴보기도 하고, 강 건너 저 멀리를 뚫어져라 바라보기도 했으며, 바다 쪽을 바라보기도 했지만 집이라곤 보이지 않았다. 그리 멀지 않은 곳에 검은 거룻배 아니면 낡고 헐어서 못쓰게 된 배 같은 것이 물기 하나 없는 땅바닥에 놓여 있었다. 그리고 배 위로 튀어나온 쇠 굴뚝에서는 평화롭게 연기가 나오고 있었지만, 그 밖에 집같이 생긴 것은 어디에도 보이지 않았다.

"저거 말이야? 저기 배처럼 보이는 거?" 내가 물었다.

"맞아요, 데이비 도련님." 햄이 대답했다.

저것이 큰 괴물 새가 낳은 알이거나 모든 것을 다 갖춘 알라딘의 궁전이라 해도, 저 안에 산다는 낭만적인 생각만큼 나의 마음을 사로잡지는 못했을 것이다. 그 집 옆에는 재미있게도 문이 뚫려 있고, 그 위에는 버젓이 지붕이 덮여 있는 데다 작은 창문도 몇 개 나 있었다. 무엇보다 이 배의 굉장한 매력은, 이것이 진짜 배이고 물 위를 수백 번 떠다녔을 것이며, 아무튼 이렇게 메마른 육지에 올려놓고 사람이 살게끔 설계되지는 않았을 것이라는 사실이었다. 이 점이 내 마음을 사로잡았던 것이다. 이 배가 애당초 사람이 살도록 만들어진 거라면 비좁고, 불편하고, 다른 집들과 너무 떨어졌다고 생각했겠지만, 그런 것을 전혀 생각하지 않고 설계되었기에 흠잡을 데 없는 집이 되는 것이었다.

집 내부는 깨끗하고 흠잡을 데 없이 잘 정돈되어 있었다. 탁자도 있고, 네덜란드제 시계도 있고, 옷장도 있었다. 옷장 위에는 굴렁쇠를 굴리는 씩씩하게 생긴 아이와 양산을 들고서 산책하는 부인의 그림이 그려진 찻쟁반이 놓여 있었다. 찻쟁반이 굴러떨어지지 않도록 성경으로 괴어 놓았다. 만약 찻쟁반이 굴러떨어지기라도 하면 성경 주위에 놓인 많은 컵과 접시와 찻주전자는 박살이 날 것 같았다. 또 사방 벽에는 성경을 주제로 한 몇 개의 평범한 색채화 액자가 걸려 있었다. 가장 눈에 띄는 것은 붉은 옷을 입은 아브라함이 푸른 옷을 입은 이삭을 제물로 바치려는 것과, 노란 옷을 입은 예언자 다니엘이 녹색 사자의 굴로 던져지는 그림이었다. 조그마한 벽난로 선반 위에는 선덜랜드[*2]에서 건조된 '사라 제인' 호(號) 모양의 범선 그림이 걸려 있었다. 범선 그림의 뱃고물은 진짜 나무로 만들어져 있었다. 천장 대들보에는 갈고리가 몇 개 걸려

[*2] 영국 북부 항만 도시.

있었으나 그것이 무엇에 쓰이는 것인지 그때에는 알 수 없었다. 이 밖에도 자물쇠가 채워진 함과 궤와 다른 도구들이 모자라는 의자 대신 자리를 채우고 있었다.

이런 정경은 문턱을 넘자마자 한눈에 들어왔다. 내 지론에 따르면 이것이 어린애다운 것이다. 페거티는 조그마한 문을 열더니 내 침실을 보여 주었다. 그것은 내가 이제껏 갖고 싶어했던 완벽한 침실이었다. 배 뒤쪽 끝에 자리한 그 방에는 조그마한 창이 하나 나 있었다. 전엔 키가 지나간 구멍이었겠지만 지금은 창문이 되어 내 키 높이에 맞았고, 벽에 걸린 거울은 테두리가 굴껍데기로 꾸며져 있었다. 그리고 내가 눕기에 꼭 알맞을 침대 하나가 놓여 있었다. 탁자 위에 있는 푸른 잔에는 해초 한 다발이 꽂혀 있었다. 벽은 우유처럼 새하얗게 칠이 되어 있었고, 조각 천으로 만든 이불은 색깔이 휘황찬란하여 눈이 부실 지경이었다. 이렇게 재미난 집에서 특히 내 신경에 거슬리는 것은 구석구석 스며든 비린내였다. 콧물을 닦으려고 손수건을 꺼내면, 마치 거기에 큰새우를 싸 놓았던 것 같은 냄새가 풍겼다. 이런 사실을 페거티에게 말했더니, 그녀는 자기 오빠가 큰새우, 게, 가재 장사를 하기 때문이라는 것이었다. 얼마 뒤 나는 이러한 물건들이 잔뜩 쌓여 있고, 건드리면 와르르 무너질 것 같은데도 신기하게 잘도 버티고 있는 것을 보았다. 냄비와 주전자가 보관되어 있는 좁은 헛간에서 말이다.

흰 앞치마를 두른 친절한 한 부인이 우리를 맞이했다. 이 부인은 내가 햄의 등에 업혀 약 4분의 1마일 떨어진 거리에 이르렀을 때부터 문에서 굽실굽실하던 여인이었다. 그리고 푸른색 구슬 목걸이를 한 아주 귀엽고 예쁘장한 계집애도(나는 그렇게 생각했다) 우리를 반갑게 맞이하여, 내가 키스하려고 하자 싫다면서 어디론가 숨어버렸다. 잠시 뒤 삶은 가자미, 녹인 버터, 감자, 나에게만 주는 구운 고기 따위의 푸짐한 저녁을 먹고 나자, 순한 인상의 털북숭이 사나이가 나타났다. 사나이는 페거티를 '아기'라고 부르면서 볼에 '쪽' 하고 정다운 키스를 했다. 평범한 그녀의 태도로 보아 그 사나이가 페거티의 오빠임에 틀림없다고 나는 생각했다. 과연 그러했다. 그녀는 곧 그 사나이를 나에게 이 집 주인 페거티 씨라고 소개했다.

"뵙게 돼서 반갑습니다, 도련님. 보다시피 좀 누추합니다만. 내 집이라 여기고 편히 지내세요." 페거티 씨는 말했다.

나는 고맙다고 말하고서, 이렇게 멋진 곳에서 틀림없이 유쾌한 시간을 보낼 것이라고 대답했다.

　"어머니도 안녕하시지요?" 물론 안녕하시다고 나는 대답했다. 엄마가 안부전 하랬다고 말했지만 그건 내가 듣기 좋으라고 한 말이었다.

　"참 고마우신 분입니다. 어머니께 신세를 많이 졌지요. 도련님, 두 주일간 이 곳에서 햄과 꼬마 에밀리와 즐겁게 지내신다면 우리 모두가 영광으로 생각하 겠습니다." 페거티 씨는 이렇게 말하면서 누이동생을 보고 고개를 끄덕였다.

　집 주인답게 환영 인사를 마친 다음 페거티 씨는 "이곳의 진흙은 물만으로 는 도저히 씻기지 않는다니까요"라고 말하면서 더운물을 퍼 들고 몸을 씻기 위해 밖으로 나갔다. 그가 다시 왔을 때는 모습이 몰라보게 달라져 있었다. 얼 굴마저 새우나 게나 가자미와 비슷한 데가 있어 보였다. 따뜻한 물로 목욕하 기 전에는 새까맣던 그의 모습이 씻고 나자 새빨갛게 되었기 때문이다.

　차를 마시고 나서 문을 닫으니 아주 아늑하고 따스했다. 밤에는 춥고 안개 가 끼었기에 이 집이 더할 수 없이 즐거운 피난처로 생각되었다. 먼바다에선 파도가 일고 있고, 집 밖에선 안개가 벌판을 뒤덮고 있을 것이다. 근처에 집이 라곤 여기 이것 하나뿐이고 그것도 배로 만든 집이라는 사실을 생각하면, 마치 마법의 나라에 온 것처럼 황홀해지는 것이었다. 꼬마 에밀리도 부끄러워하지 않고 난롯가에 놓여 있는 제일 낮고 가장 작은, 둘이 앉기에 꼭 알맞은 장롱 위에 나와 나란히 앉아 있었다. 흰 앞치마를 두른 부인은 난로 맞은편에서 뜨개질을 하고 있었다. 마치 다른 집이라곤 없다는 듯 세인트폴 사원 그림이 있는 바느질 통과 양초 조각을 옆에 놓고 페거티도 바느질을 하고 있었다. 카드놀이를 가르쳐주던 햄은 그 더러운 카드로 점치는 법을 생각해내려고 만지작거렸으므로, 카드마다 생선 냄새가 나는 엄지손가락 자국이 묻었다. 페거티 씨는 담배를 피우고 있었다. 그래서 나는 흉금을 털어놓고 이야기할 절호의 기회라고 생각했다.

"페거티 씨." 내가 말을 꺼냈다.

"네, 도련님."

"당신 아들 이름을 햄이라 한 것은, 노아의 방주 같은 배에 살기 때문인가요? 그래서 노아의 아들 이름 그대로 햄이라고 부르는 건가요?"

페거티 씨는 내 말을 심각하게 생각하는 것 같더니, 다음과 같이 대답했다.

"아닙니다, 제가 지은 이름이 아니에요."

"그러면, 누군데요?" 나는 교리문답 질문 제2번을 날렸다.

"그야 저 애 아버지지요." 페거티 씨는 말했다.

"아저씨가 아버지인 줄 알았는데!"

"햄은 나의 형, 조의 아들이에요." 페거티 씨가 말했다.

"그분은 돌아가셨나요, 페거티 씨?" 나는 잠시 침묵을 지킨 다음 정중하게 물었다.

"물에 빠져 죽었어요." 페거티 씨가 말했다.

햄이 페거티 씨의 아들이 아니라는 사실에 나는 꽤 놀랐다. 그렇게 되자 페거티 씨와 여기 사는 다른 사람과의 모든 관계를 알고 싶은 호기심이 나서 페거티 씨에게 물어보았다.

"꼬마 에밀리는 아저씨 딸이지요, 페거티 씨?" 나는 에밀리를 바라보면서 말했다.

"아녜요, 제 매부 톰의 딸이에요."

나는 어리둥절했다. "그분도 돌아가셨나요, 페거티 씨?" 이번에도 그러는 게 예의일 것 같아서 경건하게 침묵을 지킨 다음 넌지시 물었다.

"물에 빠져 죽었답니다." 페거티 씨는 말했다.

나는 이 이상 물으면 안 될 것 같았지만, 아직도 궁금증이 풀리지 않은 데다 기왕에 내친걸음이기도 하여 계속 물었다.

"아저씨에겐 아이들이 없나요, 페거티 씨?"

"없습니다, 도련님. 저는 독신이에요." 이렇게 말하며 그는 짧게 웃는 것이었다.

나는 놀라서 말했다. "그러면 저분은 누구세요, 페거티 씨?" 나는 앞치마를 두르고 뜨개질하고 있는 부인을 가리키면서 물었다.

"저 분은 거미지 부인이지요."

"거미지라고요, 페거티 씨?"

그러나 이때 나와 특별한 관계가 있는 페거티가 더는 묻지 말라는 강한 신호를 보냈으므로 나는 자러 갈 때까지 말이 없는 식구들만 바라보고 앉아 있었다. 마침내 잘 때가 되자 페거티는 내 방인 조그마한 선실에서, 햄과 에밀리는 고아로 어릴 때 부모를 잃고 의지할 곳이 없게 되자 이 집 주인인 페거티가 양자와 양녀로 삼았으며, 거미지 부인은 가난하게 살다 간 동료 선원의 미망인이라고 말해주었다. 또 페거티 씨는 자기의 착한 마음씨를 화제에 올리면 몹시 화를 내면서 욕설을 퍼붓는다는 것이다. 만약 집안 식구 가운데 어느 하나가 이 문제를 입에 올리면 그는 오른손 주먹으로 탁자를 힘껏 내리치며 (한번은 탁자를 둘로 쪼개버린 일도 있다) "또다시 그런 말을 지껄였다간 이 집에서 영원히 쫓겨나든지, '고옴(Gorm)될' 줄 알아"라고 무시무시하게 폭언을 내뱉는다는 것이다. 그러나 '고옴'된다는 이 끔찍한 수동형 동사의 어원을 아는 사람은 없었다. 그런데도 식구들은 모두 그 말을 매우 지독한 저주로 생각하고 있었다.

나는 이 집 사람들이 나를 환대하고 있다는 것을 알았다. 그리고 이 배의 반대편에 있는 내 방과 같은 다른 조그마한 방으로 여자들이 잠을 자러 들어가고, 집주인과 햄이 아까 내가 보았던 천장에 달린 갈고리에 자기들의 그물침대를 매다는 소리를 흐뭇한 기분으로 듣고 있었다. 이러한 기분은 졸음 때문에 더해갔다. 점점 잠으로 빠져들수록, 바다 위에서 울부짖고 있는 바람이 밤사이 사나운 기세로 습지를 가로질러와서 갑자기 높은 파도를 일으키며 덮치지는 않을까 하는 막연한 불안이 솟구쳤다. 하지만 나는 배 안에 있는 데다가 또 페거티 씨라면 무슨 일이 일어나든 같이 있어서 결코 나쁠 사람이 아니므로 겨우 마음을 가라앉혔다.

아무 일 없이 아침이 되었다. 굴껍데기로 테두리를 꾸민 거울에 햇빛이 비치자마자, 나는 벌떡 일어나 꼬마 에밀리와 함께 바닷가에 나가 돌을 주웠다.

"너는 배를 잘 타겠지?" 나는 에밀리에게 말했다. 이런 말을 할 생각은 없었다. 하지만 무엇이고 이야기하는 것이 여자에게 친절한 행위인 줄 알았으며, 우리 바로 옆에서 햇빛에 빛나는 돛이 에밀리의 아름다운 눈동자 속에서 살짝 그림자를 드리웠기에 이런 말이 내 머릿속에 떠올랐던 것이다.

에밀리는 고개를 가로저으며 말했다. "아니, 나는 바다가 무서워."

"바다가 무섭다고?" 나는 드넓은 바다를 바라보면서 말했다. "난 무섭지 않아."

"아! 바다는 잔인해. 나는 바다가 우리 식구에게 잔인하게 구는 것을, 바다가 지금 우리 집만큼 큰 배를 산산이 부숴버리는 것을 보았어." 에밀리는 말했다.

"그럼 그 배가 혹시……."

"아빠가 돌아가신 배냐고? 아니야. 난 그 배를 본 적이 없는걸."

"그럼 아버지도 못 봤어?" 나는 에밀리에게 물었다.

꼬마 에밀리는 고개를 끄덕였다. "응, 아무것도 기억나지 않아."

우연의 일치였다. 나는 재빨리 나도 아버지의 얼굴을 모른다는 것, 그래도 어머니와 나는 이제껏 행복하게 살았으며, 지금도 그렇고, 앞으로도 행복하게 살아갈 거라고 말해주었다. 또 아버지의 무덤은 집 근처 묘지에 있는데, 나무 그늘에 가려져 있으며, 상쾌한 아침이면 그 나뭇가지 밑으로 산책을 하는데 그때마다 새들의 노랫소리를 듣는다고 말해주었다. 그러나 에밀리가 고아가 된 것은 내 경우와는 조금 달랐다. 에밀리는 아버지보다 어머니를 먼저 잃었다. 그리고 아버지의 무덤이 바닷속 깊숙한 곳에 있다는 것 말고는 정확한 위치를 아는 사람은 아무도 없었던 것이다.

"너의 아버지는 신사이고 어머니는 훌륭한 숙녀지만, 나의 아버지는 어부였고 어머니도 어부의 딸이었어. 아저씨인 댄도 어부고." 에밀리는 조개껍데기와 조약돌을 찾으며 말했다.

"댄이라면 페거티 씨 말이야?"

"응, 댄 아저씨."

에밀리는 집이 된 배를 턱으로 가리키며 대답했다.

"네 아저씨는 좋은 분 같아."

"좋은 분이라고? 맞아. 만약 내가 부잣집 사모님이 되면 아저씨에게 다이아 몬드 단추가 달린 하늘색 윗도리, 중국 천으로 된 바지랑 빨강 벨벳 조끼에 삼 각모, 커다란 금시계, 은제 파이프, 또 보석상자 같은 것도 드릴 거야."

네 아저씨라면 그런 것들을 받을 자격이 충분하다고 말해주었다. 그러나 솔 직히 말해 그 아저씨가 조카의 선물을 걸쳤을 때 과연 어떻게 보일지 도무지 상상이 가지 않았고, 삼각모는 더더욱 그랬지만 내색하지 않았다.

에밀리는 걸음을 멈추고 하늘을 올려다보면서 선물들을 떠올리는 것이었다.

우리는 조개와 조약돌 줍기를 계속했다.

"너 귀부인이 되고 싶니?" 나는 물었다.

에밀리가 나를 바라보고는 소리내어 웃으면서 "그래" 하고 고개를 끄덕였다. "그야 물론 귀부인이 되고 싶지. 우리 모두 지체 높은 사람이 되면 좋겠어. 나 도, 아저씨도, 햄도 그리고 거미지 부인도. 그렇게 되면 폭풍우가 불어닥쳐도 걱정이 없잖아. 딱히 우리만 잘살고 싶어서가 아니야. 저 가난하고 불쌍한 어 부들 모두를 위해서야. 그들이 다치면 우리 돈으로 도와주기도 하고."

내가 들어도 그것은 매우 장한 생각이었다. 그래서 전혀 실현 불가능한 공 상으로는 보이지 않았다. 매우 훌륭한 생각이라고 말했더니 꼬마 에밀리는 부 끄러워하면서도 대담하게 "그런데도 넌 바다가 무섭지 않니?"라고 물었다.

지금의 바다는 잠잠했다. 그러나 웬만한 크기의 파도라도 밀어닥치면, 나는 에밀리의 물에 빠져 죽은 가족들이 생각나 두려워서 달아났을 것이다.

그런데도 나는 무섭지 않다고 대답했다. "너도 그렇지 않니? 말로는 무섭다 고 했지만."

왜냐하면 우리는 삭은 나무다리 위를 걷고 있었는데 에밀리가 너무 가장자 리로 가고 있어서 곧바로 떨어지지나 않을까 매우 조마조마했기 때문이다.

"이 정도는 식은 죽 먹기야. 하지만 바람이 몹시 부는 밤에 잠에서 깨면 댄 아저씨랑 햄이 걱정돼서 벌벌 떨어. 도와 달라고 소리치고 있을 것 같아서 견 딜 수가 없어. 그래서 난 귀부인이 되고 싶은 거야. 이 정도는 아무것도 아니야. 봐, 하나도 무섭지 않아!"

에밀리는 내 곁에서 빠져나가, 우리가 서 있는 곳에서 바다 쪽으로 난, 깊은 바다 위에 난간도 없이 높게 걸쳐 있는 톱날 모양의 각목 위를 내달렸다. 내가 화가라면 지금 여기서, 그 잊을 수 없는 눈동자로 바다를 똑바로 바라보며 투신자살하려고 하는(나한테는 그렇게 보였으므로) 꼬마 에밀리의 모습을 그대로 그릴 수 있을 텐데.

다행히 날쌔고 대담한 그 조그마한 모습이 방향을 빙글 바꾸어 나비처럼 무사히 돌아왔다. 쓸데없이 걱정하고 고함친 것을 생각하니 웃음이 나왔다. 옆에 아무도 없는 것이 아주 다행이었다.

그날 이후 나는 어른이 된 뒤에도 이따금 생각했다. 감춰진 계시 같은 것이 있는데 그날 에밀리가 했던 돌발행동, 신비롭게 바다를 바라보던 그 눈길, 그것엔 그녀를 죽음으로 이끄는 자비의 힘 같은 것이 있었던 게 아닐까? 죽은 아버지로선 당연한 일일지도 모르지만, 그날 그 순간 그녀의 삶이 끝나도록 유혹의 손길이 뻗쳐 있었던 것은 아닐까? 한번은 이런 생각을 한 적도 있었다. 그때 만약 그녀의 앞날이 어떻게 될지를 어린아이인 내가 알았더라면, 그녀의 생사가 내 손에 달려 있었다 해도 과연 나는 손을 내밀었을지 의문이라고. 또 이렇게 스스로에게 물은 적도 있다—물론 오래 이어지진 않았지만 있었던 건 사실이다. 그날 아침에 내 눈앞에서 그냥 바닷속에 빠져버리는 게 에밀리에겐 차라리 낫지 않았을까 하는. 사실 나는 그편이 나았겠다고 생각했던 것이다.

아니, 어쩌면 이건 너무 빠른지도 모르겠다. 너무 준비가 잘 되어 있었다고도 할 수 있다. 그러나 이미 써버린 이상 그냥 두어야겠다.

우리는 멀리까지 산책하면서 신기해 보이는 것은 줍고, 꼼짝 못하고 있는 불가사리는 조심스럽게 바다로 돌려보내 주었다. 지금도 불가사리에 대한 지식이 거의 없으니, 그것을 불가사리가 좋아했는지는 잘 모르지만.

이윽고 페거티 씨의 집으로 향했다. 우리는 새우를 넣어 두는 바깥 헛간 그늘에 숨어서 발을 멈추고 천진난만한 키스를 나누었다. 그리고 건강하고 기쁨에 찬 얼굴로 아침 식사를 하러 안으로 들어갔다.

"꼭 두 마리 어린 개똥지빠귀 같군." 페거티 씨가 말했다. 이 지방 사투리로 개똥지빠귀를 메이비쉬라고 했는데, 이것을 나는 칭찬으로 받아들였다.

물론 나는 에밀리를 사랑하고 있었다. 뒷날 내가 할 수 있었던 숭고하고도 고상했던 최고의 사랑보다도 더 순수하고 헌신적으로 진지하고 다정하게 그녀를 사랑했다. 나는 푸른 눈동자의 어린애를 멋대로 신성시하고 천사처럼 여겼던 것이 틀림없다. 만약 어느 화창한 날, 그 애가 조그마한 날개를 펴고서 내 눈앞에서 날아갔다 해도 나는 의아하게 생각하지 않았을 것이다.

우리는 음침하고 오래된 야머스의 벌판을 몇 시간이고 정답게 산책했다. 마치 시간 자체가 완전히 자라지 못해서 우리와 같은 어린애처럼 언제나 놀고 있다는 듯이 우리는 나날을 놀면서 보냈다. 내가 에밀리에게 너를 많이 좋아한다고 말하고는, 만약 너도 나를 좋아한다고 말하지 않으면 칼로 자살하겠다고 했더니, 그 애도 나를 사랑한다고 했다. 그래서 나는 그 애가 말한 것을 의심하지 않았다.

신분의 차이나 아직은 너무 어리다거나 우리 앞길에 어려움이 있다든가 하는 것에 대해 에밀리와 나는 별 걱정을 하지 않았다. 왜냐하면 우리에게는 미래라는 것이 없었기 때문이다. 우리는 더 어려지는데 대한 생각을 전혀 않는 것처럼 나이를 먹는다는 생각 역시 하지 않았던 것이다.

거미지 부인과 페거티도 우리를 따스한 눈길로 바라보았다. 그리고 저녁에 우리가 정답게 궤짝 위에 나란히 앉아 있으면 "아이구! 요렇게 앙증맞을 수가 있나!"라고들 속삭이곤 했다. 페거티 씨는 파이프를 입에 문 채로 우리를 보고 빙긋이 웃었고, 햄은 저녁 내내 웃기만 했다. 아마 그들은 새로운 장난감이나 콜로세움 모형을 보고 느끼는 종류의 쾌감을 우리에게서 얻고 있는 것 같았다.

나는 얼마 지나지 않아 거미지 부인이 페거티 씨의 집에 살면서 예상 외로 즐겁기만 한 것은 아님을 알게 되었다. 거미지 부인은 성격이 예민한 편이었다. 그래서 이 조그마한 집에서 사는 다른 식구들을 힘겹게 할 정도로 지나치게 훌쩍거렸던 것이다. 거미지 부인이 쉴 방이 따로 있어서, 그곳에서 감정을 추스르며 기분전환할 수 있다면 좋겠다고 생각한 적이 여러 번 있었다.

페거티 씨는 윌링 마인드란 술집에 들르곤 했다. 우리가 그 집에 닿은 지 이틀인가 사흘째 되던 날 밤, 저녁 8시에서 9시 사이에, 거미지 부인이 네덜란드제 시계를 쳐다보며, 페거티 씨가 또 술집에 가서 없다고 말했다. 그때부터 나는 그가 술집에 간다는 사실을 알게 되었다. 더구나 오늘은 아침부터 그가 거기에 갈 것을 알고 있었다고 말했다. 거미지 부인은 온종일 심기가 좋지 않았다. 아침나절에도 난롯불이 잘 타지 않고 연기가 난다며 갑자기 울음을 터뜨렸다. "어차피 나는 기댈 데 없는 외로운 존재야. 하는 일마다 제대로 되는 게 없어." 불쾌한 일이 일어났을 때 거미지 부인은 이렇게 말하는 것이었다.

"아, 금방 다시 살아날 거예요." 페거티가 말했다. "연기가 매운 것은 우리도 마찬가지예요. 당신만 불쾌한 것은 아니잖아요."

"아녜요. 나한테 훨씬 심하다니까요." 거미지 부인은 말했다.

그날은 살을 에는 듯한 바람이 부는 몹시 추운 날이었다. 난로 곁에 있는 거미지 부인의 전용석은 의자도 편안하고 내가 보기에는 이 방에서 제일 따뜻하고 기분 좋은 자리인 것 같았다. 그러나 그날은 그것이 부인의 마음에 전혀 들지 않았다. 거미지 부인은 자꾸만 춥다고 불평했으며, 등에서 바람이 이는 것처럼 썰렁하다고 말했다. 부인은 추위 때문에 눈물까지 흘리면서 "나같이 외로운 신세가 또 있을까. 모든 것이 나에게는 불리하게 돌아가" 하고 말했다.

"굉장히 춥네요. 추운 건 누구에게나 다 마찬가지라고요." 페거티가 말했다.

"나는 다른 사람보다 더 추위를 타는걸요." 거미지 부인은 물러서지 않았다.

저녁 식사 때도 마찬가지로, 귀한 손님으로 우대받는 나 다음으로 언제나 거미지 부인이 상을 받았다. 그날은 생선이 작고 뼈가 많은데다 감자까지 약간 탄 것이었다. 솔직히 말해서 우리 모두는 다소 실망했다. 그런데 거미지 부인은 우리보다 더 실망하여, 눈물을 흘리며 으레 하는 신세타령을 되풀이했다.

9시쯤에 페거티 씨가 집으로 돌아왔을 때 이 불쌍한 거미지 부인은 아주 초라하고 비참한 모습으로, 그의 구석 자리에서 뜨개질을 하고 있었다. 페거티는 쾌활하게 일하고 있었다. 햄은 큰 장화를 꿰매고 있었고, 나는 에밀리를 곁에 앉혀 놓고 식구들에게 책을 읽어주고 있었다. 거미지 부인은 말 한 마디 없이 절망적인 한숨만 내쉬며 차를 마셨다.

"자, 다들 별일 없으신가?" 페거티 씨는 자리에 앉으면서 말했다.

우리는 모두 무슨 말이나 몸짓으로 그를 환영했지만, 거미지 부인만은 뜨개질을 하면서 고개를 저었다.

"무슨 일이 있었나요?" 페거티 씨는 손뼉을 탁 치면서 말했다. "기운을 내요, 아주머니!"

거미지 부인은 기운을 낼 것 같지 않았다. 부인은 낡은 검은색 명주 손수건을 꺼내 눈물을 닦고는 주머니에 집어넣지 않고, 언제든지 쓸 수 있게끔 손에 쥐고 있었다.

"무슨 일이라도 있었나요, 부인?" 페거티 씨가 물었다.

"아무 일도 없었어요." 거미지 부인이 대답했다. "당신, 월링 마인드에 다녀오셨죠?"

"아, 예, 오늘 밤은 월링 마인드에서 한숨 돌리고 왔지요." 페거티 씨가 대답했다.

"당신을 그곳으로 쫓아버리다니 미안합니다." 거미지 부인이 말했다.

"쫓아버렸다고요! 나는 쫓겨난 적이 없는걸요." 페거티 씨가 진지하게 웃으면서 말했다. "가고 싶어서 간 것뿐이에요."

"정말 마음내키는 대로군요." 거미지 부인은 머리를 흔들고 눈물을 닦으며 말했다. "그래요, 그래. 당신 마음대로 하시는군요. 당신이 그렇게 마음내키는 대로 하는 것이 나 때문이지요. 미안해요."

"뭐, 당신 때문이라고요? 당신 때문이 아니에요! 그런 생각 조금도 하지 말아요." 페거티 씨는 말했다.

"그래요, 그건 그래요." 거미지 부인은 소리내어 울었다. "나는 나를 잘 알아요. 아무도 상대해 주지 않는 외로운 존재라는 것도, 다른 사람들보다 더 예민하고, 예민한 감정을 다른 사람들보다 더 솔직히 나타내지요. 이것이 저의 불행이에요."

이 모두를 종합해 보건대, 그 불행은 거미지 부인 말고도 이 가정의 다른 식구들에게까지 미치고 있었다. 그러나 페거티 씨는 이러한 반박은 하지 않고, 단지 기운을 내라고 거미지 부인에게 다시 한 번 간청했다.

"나는 내 마음대로 할 수가 없어요, 전혀 그렇게 되질 않아요. 내 고민이 나를 어긋나게 하지요. 고민에 강해지려고 해도 그게 안 되는걸요. 내가 이 집을 불안하게 하고 있어요, 그 점은 틀림없어요. 오늘도 온종일 당신 누이동생을 괴롭혔어요. 데이비 도련님도요." 거미지 부인은 말했다.

이 말을 들으니 나는 갑자기 측은한 생각이 들었다. 그래서 괴로운 마음에 가만히 있을 수가 없어서 소리쳤다. "아녜요, 당신은 나를 괴롭히지 않았어요, 거미지 부인."

"이러면 안 된다는 건 알지만," 거미지 부인은 말했다. "무엇보다 은혜에 대한 보답이 아니니까. 나는 양로원에서 살다가 죽어야 해. 어차피 아무도 신경 쓰지 않는 버림받은 몸이니, 어중간하게 신세를 지다가 모두의 기분을 망쳐놓느니 그편이 나아. 아무것도 마음대로 못하고, 어차피 남에게 폐만 끼친다면 차라리 내 교구로 돌아가는 게 낫지. 댄, 차라리 양로원 신세를 지다가 죽어 사라지는 편이 낫다고요."

거미지 부인이 자러 가자 지금까지 속으로 깊은 동정을 보내던 페거티 씨가 우리를 둘러보고 고개를 끄덕이며 속삭이듯 말했다.

"부인은 아직도 고인을 잊지 못하는 거야."

거미지 부인이 아직도 마음속에 지니고 있는 고인이 누구인지 나는 전혀 몰랐다. 내 잠자리를 살펴주기 위해 따라온 페거티가, 여기서 고인이란 거미지 부인의 죽은 남편을 말하며, 이럴 때마다 페거티 씨는 언제나 부인의 생각을 이해하고 깊게 동정한다고 설명하자, 나는 모든 것을 알게 되었다. 조금 있다가 그도 그물침대에 누웠다. 나는 그가 햄에게, "딱하기도 하지, 역시 죽은 사람을 잊지 못하는 거야" 하고 같은 말을 되풀이하는 것을 들었다. 우리가 머무는 동안 거미지 부인이 우울한 심정에 빠져 있을 때면(두세 번 정도 있었다) 언제나 페거티 씨는 동정의 말을 아주 부드럽게 건네는 것이었다.

이렇게 2주일이 순식간에 지났지만, 그새 조수의 변화 말고는 별다른 변화가 없었다. 조수의 변화에 따라 페거티 씨의 외출 시간과 귀가 시간이 달랐으며, 햄이 일하는 시간도 달랐다. 햄은 일이 없을 때면 때때로 우리와 산책을 하면서 크고 작은 배를 구경시켜 주었고, 한두 번은 우리를 작은 배에 태우고서 노를 저어 주기도 했다.

일련의 보잘것없는 인상일지라도 어릴 때의 추억이 깃든 곳에는 특히 애착이 가는 법이다. 아마 나만이 아니라 누구나 다 그럴 것이다. 나는 그 뒤로 이 야머스라는 이름을 듣거나 읽으면 교회에서는 종이 울려 퍼지고, 꼬마 에밀리는 내 한쪽 어깨에 기대 있고, 햄은 한가하게 물에 돌을 던지고, 태양은 짙은 안개 속에서 나와 바다 저 멀리서 배를 비추어, 배들이 마치 그림자처럼 보이게 하던 수많은 일들이 생각난다.

마침내 집으로 돌아가는 날이 오고야 말았다. 페거티 씨와 거미지 부인과 헤어지는 것은 참을 수 있었지만, 에밀리를 두고 떠나는 것이 가슴 아팠다. 나는 그 애와 팔짱을 끼고 마부가 묵고 있는 여관으로 가면서 편지를 하겠다고 약속했다. (나는 이 약속을 나중에야 지켰다. 그러나 그것은 흔히 원고에 쓰는 글자보다도 더 큰 글씨로 써야 했다.)*³ 헤어질 때 우리는 매우 침울했다. 만약 내 생애에서 공허감을 느껴본 적이 있다면 바로 이날일 것이다.

이번 여행을 하면서 나는 집에 대해서 모두 잊고 있었으므로, 떠올린 적도 거의 없었다. 그런데 막상 귀로에 오르자마자, 나의 어린 양심은 그 점을 나무라는 것처럼 똑바로 집으로 향하고 있었다. 그리고 마음이 울적할수록 그곳이 우리 집이며, 어머니가 나의 위안이고, 내 편이라는 점을 사무치게 느꼈다.

집으로 가는 도중 우리가 지나치는 경치가 점점 더 친밀해지자, 나는 빨리 집에 닿아 어머니 품으로 뛰어들고 싶은 충동이 더해갔다. 그러나 페거티는 이러한 나의 황홀한 심정을 함께 나누기는커녕 억누르려 했으며(물론 친절하게 대해주긴 했지만), 당황하는 것 같았고, 기분이 언짢아 보였다.

우리는 블룬더스톤의 떼까마귀 집에 도착했다. 아, 그날을 어찌 잊으랴! 금방이라도 비가 내릴 것 같은 음산한 날씨의 춥고 흐린 오후를.

문이 열렸다. 나는 기뻐서 흥분한 나머지 웃었다 울었다 하면서 어머니를 찾았다. 그러나 나를 맞이한 사람은 어머니가 아니라 낯선 하녀였다.

"이봐, 페거티! 엄마는 아직 안 온 거야?" 나는 우는 소리로 물었다.

"아녜요, 데이비 도련님, 어머닌 돌아오셨어요, 데이비 도련님. 조금만 기다려요. 잠깐 말할 것이 있어요." 페거티가 말했다.

페거티는 흥분한 데다 마차에서 내릴 때는 언제나처럼 어설폈으므로 힘이 없어 보였다. 그러나 나도 멍했고 이상한 생각이 들어서, 그녀에게 그런 말은 하지 않았다. 페거티는 마차에서 내려 내 손을 잡더니 묘한 표정으로 나를 부엌으로 데려간 다음 문을 닫았다.

"페거티! 무슨 일이야?" 나는 정말 놀라서 물었다.

"아무것도 아니에요, 데이비 도련님!" 페거티는 억지로 쾌활함을 가장하고는 대답했다.

"무슨 일이야? 엄마는 어디 있지?"

"데이비 도련님?" 페거티가 말했다.

"그래, 어머니는 왜 대문까지 마중 나오지 않아? 그리고 왜 이리로 들어온 거야?" 내 눈은 눈물로 가득 찼고 나는 금방이라도 쓰러질 것 같았다.

---

*3 묘비명을 뜻함.

"귀여운 도련님!"

페거티는 나를 꼭 안고서 말했다. "왜 그래요? 말해 봐요, 우리 귀염둥이 도련님!"

"엄마가 돌아가셨어? 빨리 말해봐."

페거티는 "당치도 않아요"라고 큰 소리로 외치고는 주저앉아 숨을 헐떡이면서 내 말을 듣고 깜짝 놀랐다고 말했다.

나는 그녀를 진정시키려고, 아니 그보다는 내려앉은 심장을 원래대로 돌려놓을 생각으로 그녀를 꽉 껴안고는, 그녀 앞에 서서 궁금해 미치겠다는 눈으로 바라보았다.

"도련님, 미리 이야기했으면 좋았을 텐데," 페거티는 말했다. "그런데 적당한 기회가 없었어요. 기회를 만들었어야 했는데. 거기까지는 생각을 못 했어요."

"어서 말해, 페거티." 나는 전보다 더 놀라서 말했다.

"데이비 도련님." 그녀는 떨리는 손으로 모자 끈을 풀면서 말했다. "어떻게 생각하나요? 새아빠가 생겼어요!"

나는 온몸이 벌벌 떨리고, 얼굴이 창백해졌다. 무엇이 어떻게 된 일인지는 몰라도, 묘지의 무덤과 죽은 자의 소생과 관련된 무엇이 몸에 해로운 바람처럼 나를 강타한 것 같았다.

"엉? 새아빠라고?"

페거티는 무슨 딱딱한 것을 삼키는 듯이 몹시 괴로워하더니 이내 손을 내밀면서 말했다. "자, 가서 새아버질 만나고 와요."

"나, 만나기 싫어."

"그리고 어머니도 만나고요." 페거티가 말했다.

나는 고집을 꺾고 페거티와 함께 곧장 제일 좋은 거실로 갔다. 그리고 페거티는 나를 두고 나가버렸다. 난로 한쪽에는 어머니가, 다른 쪽에는 머드스톤 씨가 앉아 있었다. 어머니가 뜨개질을 멈추고 급히 일어섰다. 그런 어머니의 행동이 나에게는 어색하게 보였다.

"자, 클라라, 진정해요! 마음을 가라앉혀요, 무슨 일이 있어도 마음을 가라앉혀야 해요! 얘야, 잘 있었니?" 머드스톤 씨는 말했다.

나는 머드스톤 씨와 악수했다. 그러곤 잠시 망설이다 어머니한테 가서 키스했다. 어머니도 나에게 키스해주면서 어깨를 가볍게 두드려주고는 다시 앉아서 일을 계속했다. 나는 엄마의 얼굴도 새아버지의 얼굴도 차마 볼 수가 없었다. 머드스톤 씨가 어머니와 나를 바라보고 있다는 사실만은 똑똑히 알았다. 그래서 창 쪽으로 눈길을 돌려 추위에 고개를 축 늘어뜨리고 있는 창밖의 떨기나무를 바라보았다.

빠져나갈 기회가 생기자 나는 소리내지 않고 2층으로 올라갔다. 나의 정든 침실은 완전히 바뀌어 있었다. 나는 멀리 떨어진 다른 곳에서 자도록 되어 있었다. 아래층으로 내려와 변함없는 옛 모습을 찾았으나 모든 것이 달라져 있었다. 그래서 안마당으로 어슬렁어슬렁 걸어나갔다가 곧 발길을 돌렸다. 텅 비었던 개집에 그곳이 비좁아 보일 정도로 큰 개, 낮게 으르렁거리며 짖는 머드스톤 씨를 똑 닮은 털이 검은 개가 있었는데, 놈이 나를 보더니 물려고 덤벼들었던 것이다.

4장
불행의 시작

내 침대가 옮겨진 그 방에 마음이란 게 있어서—내가 잤던 그 방에서 지금 누가 잘까?—내가 얼마나 무거운 마음을 이끌고 그 방으로 갔는지 증언해 주면 좋으련만!

안마당의 개가 나를 향해 끊임없이 짖어대는 소리를 들으며 나는 계단을 올라갔다. 텅 빈 방이 나를 내려다보고 있다. 나도 마찬가지로 멍하니, 종잡을 수 없는 마음으로 방 안을 둘러보면서 조그마한 손으로 팔짱을 끼고 앉아 생각에 잠겼다.

이상한 생각만 떠올랐다. 방의 생김새, 천장의 갈라진 틈, 벽지, 금 간 유리창 때문에 잔물결이나 작은 무늬가 있는 것처럼 보이는 바깥 경치, 위험스레 세 발 위에 얹혀 있어 불만인 듯한 세면대 따위를 생각하노라니 문득 죽은 남편을 그리워하는 거미지 부인 생각이 떠올랐다.

나는 줄곧 울고 있었다. 그러나 춥고 기운이 없다는 것을 의식할 뿐 내가 왜 소리내 울었는지에 대해서는 헤아려보지 않았다. 나는 비로소 에밀리를 사랑했으며, 그녀와 헤어져서 그녀 반만큼도 나를 돌보아주는 이 없는 이곳으로 오게 되었다는 것을 떠올렸다. 이런 생각을 하니 너무도 비참한 생각이 들어서 나는 이불 한 귀퉁이로 몸을 감고 울다가 잠이 들었다.

"여기 있다!"

누군가가 소리치면서 열이 나는 내 머리에 덮인 이불을 벗기는 바람에 나는 잠에서 깼다. 어머니와 페거티가 나를 찾으러 다닌 모양이다.

"데이비. 무슨 일이니?" 어머니는 말했다.

나는 그런 걸 묻는 쪽이 오히려 이상해 보였다. 그래서 나는 "아무것도 아니에요"라고 대답하곤 고개를 푹 숙여 떨리는 입술을 숨겼다. 그러나 떨리는 입술이 어머니에게 나의 진심을 더 정확히 말해주었다.

"데이비, 내 아들 데이비야!" 어머니가 말했다.

어머니가 할 수 있는 말 가운데에서 '내 아들'이라고 부르는 그 소리보다 나를 더 감동시키는 말은 없었을 것이다. 나는 이불로 눈물을 감추었다. 그리고 나를 안아 일으키려는 어머니를 손으로 밀어버렸다.

"이건 모두 네가 시킨 일이지, 페거티. 넌 잔인해!" 어머니가 말했다. "네가 시킨 짓이 틀림없어. 내 아들에게 나와 내가 사랑하는 사람에게 편견을 갖게 하고는, 어쩜 그토록 뻔뻔스럽게 태연히 서 있을 수 있지? 페거티, 대체 무슨 속셈이야?"

불쌍한 페거티는 두 손을 들고 눈을 부릅뜨고는, 내가 식사를 끝마치고 언제나 되풀이하는 기도에 화답하는 그런 투로 기도를 올렸다. "주여, 용서하소서. 코퍼필드 부인, 당신이 방금 한 말에 대하여 뉘우치지 않으시기를 빕니다."

"난 지금 신혼이야. 아무리 적의를 품은 원수일지라도 내 마음을 짓밟고 나의 보잘것없는 마음의 평화와 행복을 시기하지는 않을 텐데. 데이비, 이 버릇없는 녀석! 페거티, 잔인한 것! 아, 어떻게 이럴 수가 있어!" 어머니는 괴팍스럽고 심술궂은 태도로 페거티와 나를 번갈아 보면서 외쳤다. "무슨 세상이 이렇담! 누구나 가장 행복해야 할 시기인데!"

누군가의 손이 나의 몸에 닿는 것을 느꼈으나 그것은 어머니의 손도, 페거티의 손도 아니었다. 나는 당황하여 침대 곁에 섰다. 그 손은 머드스톤 씨의 손이었다. 그는 내 팔을 잡고서, "이게 무슨 짓이오? 여보, 클라라. 당신 잊었소? 마음을 굳게 먹어요, 여보!"라고 말했다.

"정말 미안해요, 에드워드." 어머니가 말했다. "나는 잘 대해주려고 마음먹었지만, 너무 괴씸하잖아요!"

"정말 그렇군!" 그는 맞장구쳤다. "시작부터 큰일이네, 클라라!"

"지금도 이러니, 앞으로 정말 어렵겠어요." 어머니는 뾰로통해서 말했다.

그는 어머니를 끌어당겨서 무슨 말인가를 속삭이더니, 키스를 했다. 어머니가 고개를 그의 어깨에 기대고, 그의 목을 팔로 감싸고 있을 때, 그는 유순한 어머니를 자기가 원하는 대로 바꾸어 놓을 수 있음을 나는 알았다. 그리고 실제로 그렇게 되었다.

"여보, 아래층으로 내려가요." 머드스톤 씨가 말했다. "나는 데이비드와 함께 내려가겠소." 그는 어머니가 나가는 것을 보고 고개를 끄덕이며 미소지었다.

그러더니 험악한 얼굴로 페거티를 바라보면서 말했다. "이봐, 넌 주인마님을 어떻게 불러야 하는지 알고 있겠지?"

"저는 오랫동안 마님 시중을 들어 왔습니다. 알다뿐이겠습니까." 페거티가 말했다.

"그런데 내가 2층으로 올라오다 네가 주인마님을 잘못 부르는 소릴 들은 것 같아. 주인마님은 내 성을 가지게 되었다는 걸 모르나? 명심하도록 해."

페거티는 불안한 눈초리로 나를 한 번 바라보더니 아무 대답 없이 무릎을 굽혀 인사하고는 나가버렸다. 둘이 남게 되자 머드스톤 씨는 문을 닫고 의자에 앉아서 나를 자기 앞에 세우더니 줄곧 내 눈을 바라보았다. 그래서 나도 역시 그의 눈을 주의 깊게 바라보았던 것 같다. 그에게 맞서 얼굴을 맞대고 있던 일을 생각하면 지금도 가슴이 두방망이질 치는 소리가 들리는 것 같다.

"데이비드, 만약 나에게 다루기 힘든 사나운 개나 말이 있다면, 내가 어떻게 할 것 같니?" 그는 입술을 깨물면서 물었다.

"모르겠어요."

"때리는 거야."

나는 그때 숨을 죽이고 속삭이듯 대답했지만 숨이 가빠짐을 느꼈다.

"나는 그놈을 꼼짝 못하게 혼내줄 거야. '저놈을 굴복시키겠다'고 마음만 먹으면 그놈의 피를 다 말려서라도 나는 하고야 말아. 네 얼굴에 묻은 것이 뭐지?"

"때가 묻은 거예요." 나는 대답했다.

그것이 눈물 자국이라는 사실을 그도 나만큼이나 잘 알고 있었다. 그러나 만약 그가 스무 번씩 물으면서, 물을 때마다 나를 때려 나의 조그마한 심장이 터져버린다 해도 나는 바른대로 대답하지 않았을 것이다.

"너는 어린애치고는 아주 영리해." 그는 특유의 진지한 미소를 띠며 말했다. "그러니 내가 어떤 사람이라는 것을 잘 알리라 믿는다. 얼굴을 씻고 나와 같이 아래층으로 내려가자."

거미지 부인 같다고 생각했던 세면대를 가리키며, 자기의 명령에 즉각 복종하라고 고갯짓으로 지시했다. 이때 내가 머뭇거렸더라면, 그는 양심의 가책을 조금도 느끼지 않고 나를 때렸을 것이다.

"여보, 클라라." 내가 그의 명령에 따르자 그는 여전히 내 어깨를 한 손으로

잡고 나를 거실로 데리고 가면서 말했다. "이젠 더는 불쾌하지 않을 거요. 어차피 어린애의 변덕이니까 곧 나아질 거요."

아, 그때 단 한 마디의 따뜻한 말만 들었더라도, 내 온 생애가 나아졌을 것이고, 어쩌면 나는 전혀 다른 사람이 되었을 텐데. 격려의 말 한 마디, 설득의 말 한 마디, 철부지 어린애에 대한 동정의 말 한 마디, 집으로 돌아온 데 대한 환영의 말 한 마디, 이 집이 내 집이라는 확신을 갖도록 하는 말 한 마디라도 있었더라면, 그때부터 표면적 위선 대신에 진심으로 자식으로서 내 의무를 다하며 그를 미워하는 대신 존경했을 텐데. 내가 겁에 질린 채 서먹서먹한 기분으로 방에 서 있는 것을 본 어머니는 퍽 난처한 것 같았다. 그리고 내가 의자 있는 데로 조용히 다가갔을 때—아마도 내 걸음걸이에 아이다운 자유로움이 없었기 때문이었을까—어머니는 더없이 슬픈 눈으로 나를 바라보았다.

셋이서 저녁을 먹었다. 머드스톤 씨는 어머니를 아주 좋아하는 것 같았다. 그리고 어머니도 그를 좋아했다. 어머니와 그가 주고받는 말을 들으니, 머드스톤 씨의 누님이 와서 같이 살 것이며 그녀가 그날 밤 바로 도착한다는 것이었다. 내가 그날 들은 것인지 나중에 들은 것인지는 확실치 않지만, 머드스톤 씨는 일정한 직업이 없고, 증조부 때부터 관계를 맺어온 런던의 한 주류 상점의 주식을 가지고 있어서 해마다 약간의 이익 배당금을 지급받으며, 그의 누님도 이와 비슷한 이해관계에 있다고 했다.

저녁을 먹고 우리는 난롯가에 앉아 있었다. 나는 어떻게 하면 이 집 주인의 기분을 상하게 하지 않고 페거티에게로 살짝 가버릴까 궁리하고 있었다. 이때 마차 한 대가 대문에 도착했다. 머드스톤 씨는 손님을 맞으러 밖으로 나갔다. 어머니도 그를 따라갔다. 나도 겁에 질려 어머니 뒤를 따랐다. 어머니는 응접실 문이 있는 어두컴컴한 데에서 돌아서서 옛날처럼 나를 껴안으며 새아버지를 사랑하고 그의 말에 따르라고 속삭였다. 어머니는 무슨 나쁜 짓이라도 하는 것처럼, 남몰래 성급하게 그러나 다정하게 말하고는, 뒤로 손을 내밀어 내 손을 잡고 머드스톤 씨가 서 있는 마당으로 나갔다. 그러나 거기에 이르자 어머니는 내 손을 놓고, 그 손으로 머드스톤 씨의 팔을 잡았다.

도착한 손님은 미스 머드스톤이었다. 우울해 보이는 그 숙녀는 동생을 닮아 얼굴빛이 거무스레했다. 목소리도 얼굴도 동생과 똑 닮았다. 눈썹은 매우 짙어서, 그녀의 큰 코 위에 빈 곳이 없을 정도로 무성한 것이 거의 맞닿아 있었다.

마치 자신이 여성이라는 게 흠이어서 구레나룻을 기를 수 없으니 눈썹이라도 진한 것으로 붙여야겠다는 모양새였다. 그녀는 대단히 딱딱해 보이는 검은 상자 두 개를 가져왔는데, 뚜껑에는 그녀 이름의 머리글자가 딱딱한 놋쇠 못으로 씌어 있었다. 그녀는 딱딱한 강철 지갑에서 돈을 꺼내 마부에게 지급하고는 무거운 쇠줄로 그녀의 팔에 걸려 있는, 꼭 교도소 같은 가방에 지갑을 집어넣고는 닫았다. 그것은 마치 물어뜯듯이 철컥 하고 닫혔다. 나는 그때의 미스 머드스톤처럼 온몸을 금속으로 치장한 숙녀를 본 적이 없었다.

그녀는 온갖 환대를 받으면서 거실로 안내되었다. 거기서 어머니가 정식으로 새로운 가족으로 소개되었다. 그러고 나서 미스 머드스톤은 나를 보더니 "저 애가 아들이로군, 올케?"라고 물었다.

어머니는 그렇다고 말했다.

"대체로 나는 사내아이라면 별로야. 어쨌든 잘 지냈니, 얘야?" 미스 머드스톤이 말했다.

처지가 이러했으므로 나는 '대단히 잘 있습니다, 당신도 그러기를 바랍니다'라고 대답했다. 나의 마지못한 인사말을 들은 미스 머드스톤은 나를 짧게 평했다.

"꽤나 버릇없는 애로군."

또박또박 이렇게 말한 다음 미스 머드스톤은 자기 방으로 안내해 달라고 했다. 그때부터 그녀의 방은 나에게 두려움과 공포의 대상이 되었다. 그 방에는 검은 상자가 두 개 있었는데, 열려 있다든가 자물쇠가 채워져 있지 않은 때가 한 번도 없었다. 미스 머드스톤이 정장을 할 때 장신구로 쓰이는 수많은 족쇄와 대가리가 큰 못이 거울에 걸려 있었다(그녀가 외출했을 때 나는 한두 번 그녀의 방 안을 들여다본 일이 있었다).

내가 보기에, 그녀는 우리 집에 아주 살 생각으로 왔으므로 다시 돌아갈 의향은 없는 것 같았다. 다음 날 아침 그녀는 어머니를 '돕기' 시작했다. 온종일 창고를 들락날락하면서 물건을 정돈했으므로 옛날 질서는 모두 흐트러져 버렸다. 내가 미스 머드스톤에게서 발견한 첫 번째 주목할 만한 점은, 하녀들이 이 집 안에 사내를 숨겨 놓지나 않았나 하는 의심에 사로잡혀 있는 것이었다. 이러한 환상에 빠져 있었으므로, 마치 그 사람을 찾으려는 듯이 불시에 석탄 창고를 뒤지기도 하고, 어두컴컴한 벽장문을 열었다가 쾅 닫기도 했다.

미스 머드스톤은 경쾌한 데라곤 없었지만, 아침에는 종달새 뺨치게 일찍 일어났다. 집 안의 누구보다도 먼저 말이다. (나는 아직도, 그녀가 이렇게 일찍 일어나는 까닭은, 숨어 있다고 생각하는 그 사내를 찾기 위해서라고 믿고 있다.) 페거티는 그녀가 언제나 한쪽 눈을 뜨고 자기 때문이라고 말했지만, 나는 그 생각에는 도무지 찬성할 수 없었다. 왜냐하면 그 이야기를 듣고 나도 따라해 보았으나 도저히 불가능했기 때문이다.

미스 머드스톤은 우리 집에 도착한 바로 다음 날 아침, 첫닭이 울 무렵에 일어나 벨을 울리고 있었다. 어머니가 아침 식사를 하려고 아래층으로 내려가 차를 준비하고 있을 때 미스 머드스톤이 어머니의 뺨에다 형식적으로 키스를 하고는 이렇게 말했다.

"클라라, 내가 여기 온 것은 내 힘닿는 데까지 올케의 수고를 덜어주기 위해서야. 올케는 예쁘긴 하지만 철이 없으니까." 어머니는 이 말이 싫지는 않은 듯 얼굴을 붉히며 웃었다. "올케가 할 일을 내가 대신해줄 수 있어. 그러니 열쇠를 모두 내게 맡겨요. 앞으로는 이런 일은 내가 할게."

이때부터 미스 머드스톤은 그 열쇠 뭉치를 낮 동안에는 종일 그녀의 조그마한 통에다 넣어두고, 밤이면 베개 밑에 넣고 잠을 잤다.

어머니는 실권을 잃게 된 데 대해 항의도 없이 그냥 참을 수만은 없었다. 어느 날 밤이었다. 미스 머드스톤이 살림살이에 관하여 그녀의 남동생과 상의한 뒤 그의 동의를 얻었을 때, 어머니가 갑자기 울음을 터뜨리면서 자기와도 의논을 했어야 한다고 따졌다.

"클라라!" 머드스톤 씨가 단호하게 말했다. "클라라! 당신 이상하구면."

"당신이 이상하다고 해도 좋아요, 에드워드!" 어머니는 소리쳤다. "당신이 나에게 굳게 마음먹으라고 말해도 좋아요. 그러나 당신 스스로도 그것은 원하지 않으시지요?"

내 생각에, 머드스톤 남매가 굳건한 발판으로 삼고 있는 주요한 특성이 곧 '마음을 단단히 먹으라'는 말인 것 같았다. 그 무렵 내가 그것을 얼마나 이해하고 설명할 수 있었을지는 모르지만, 아무튼 그것만큼은 확실하다고 생각했다. 내 나름대로 해석하자면, 그 말은 횡포와 방자함의 다른 이름이었다. 요컨대 그들 남매의 포악한 행위와 우울하고 거만하며 악마 같은 기질을 대변하는 말이었다. 지금이라면 그것이 신조였다고 표현할 수 있다.

머드스톤 씨는 단호했다. 그의 세계에서는 누구도 그처럼 단호해서는 안 된다. 그의 고집 앞에서는 모든 사람이 무릎 꿇어야 했으므로, 그의 세계에서 그보다 단호한 사람이 있어서는 안 되는 것이다. 단 미스 머드스톤은 예외였다. 그녀는 혈육이니만큼, 남동생의 고집보다 조금 덜한 종속적인 고집이라면 부릴 수 있었다. 어머니 또한 예외였다. 머드스톤 남매의 주장을 인정해주고 또 그들 말고는 견실한 사람이 없다는 것을 굳게 믿기만 하면 어머니도 자신의 주장을 내세울 정도로 고집을 부릴 수 있었다.

"너무해요, 여긴 내 집인데—" 어머니는 말했다.

"내 집이라고 했소, 클라라?" 머드스톤 씨가 그 말을 되받았다.

"우리 집이란 뜻으로 말했어요." 어머니는 겁을 먹고 더듬거렸다. 어지간히 놀란 모양이다. "에드워드, 당신이라면 알아 줄 거라고 생각해요—당신 집에서 가사 문제에 대해 내가 한 마디도 할 수 없다니 너무하지 않아요? 우리가 결혼하기 전까진 집안 살림을 잘 꾸려 왔어요, 이것을 증명할 만한 사람이 있어요." 어머니는 흐느끼면서 말했다. "남의 도움 없이도 내가 살림을 잘 해왔는가 못 해왔는가 페거티에게 물어보세요."

"에드워드, 그만해라. 나는 내일 떠나겠다." 미스 머드스톤이 말했다.

"제인 머드스톤, 말도 안 되는 소리 하지 말아요. 마치 내 성격을 모르는 것처럼, 어떻게 그렇게 빗대어 말할 수가 있지?" 그녀의 동생이 말했다.

"나는 당신이 떠나는 것을 원치 않아요. 누구든 이 집을 떠난다면 나는 정말로 비참해지고 불행할 거예요. 내 요구가 그렇게 지나친 것은 아니잖아요. 나를 도우러 와 주셔서 무척 감사하게 생각한답니다. 나는 단지 형식적으로라도 때로는 나와 의논을 해 달라는 것뿐이에요. 에드워드, 내가 세상일에 경험이 없고 소녀 같아서 마음에 든다고 언젠가 말했지요. 그런데 이제는 그 점 때문에 나를 미워하는 것 같아요. 당신은 너무 지나쳐요." 어머니는 가혹하리만큼 불리한 처지에서 자꾸만 솟구치는 눈물을 흘리면서 말했다.

"에드워드, 그만해. 어쨌든 나는 내일 떠나겠어." 미스 머드스톤이 또다시 말했다.

"제인 머드스톤." 머드스톤 씨가 버럭 고함을 쳤다. "가만히 좀 있어요. 어떻게 그런 말을?"

미스 머드스톤은 그 감옥 같은 주머니에서 손수건을 꺼내 눈물을 닦았다.

"클라라." 머드스톤 씨는 어머니를 바라보면서 말을 이었다. "난 놀랐어! 깜짝 놀랐어! 그래, 인정하지. 경험 없고 순진한 사람과 결혼하여 인격을 형성해주고, 그 사람에게 부족한 결단력과 강인성을 키워주겠다는 생각에서 나는 기뻐했어. 그런데 제인 머드스톤이 친절하게도 내 집에 와서 이렇게 애써 나를 도와주고 나를 위해 가정부처럼 일을 하는데도, 이렇게 섭섭하게 대하다니—"

"아, 에드워드, 제발 내가 배은망덕한 사람이라고 나무라지 마세요. 지금까지 어느 누구도 내가 그런 인간이라고 욕한 사람은 없었어요. 나는 결점이 많은 사람이에요. 그러나 은혜를 모르는 인간은 아녜요." 어머니는 소리쳤다.

"제인 머드스톤이 이런 푸대접을 받으니 내 그런 생각도 식고 변할 수밖에." 머드스톤 씨는 어머니의 말이 끝나기를 기다렸다가 말했다.

"여보, 에드워드. 제발! 난 그런 말을 듣고는 참을 수 없어요. 내가 어떤 사람인지는 모르지만 그래도 정이 많은 것만은 사실이에요. 페거티에게 물어보세요. 틀림없이 내가 인정이 많다고 할 거예요." 어머니는 애처롭게 애원했다.

"클라라, 그런 약한 소리는 안 통해. 더 말해 봤자 소용없어." 머드스톤 씨가 말했다.

"제발 우리 화해해요." 어머니가 말했다. "차갑고 불친절하고 그런 대우를 받곤 난 살아갈 수 없어요, 정말 미안해요. 내가 결점이 많다는 건 잘 알아요. 그래서 당신의 강인한 정신력으로 나의 결점을 바로잡으려는 노력에 깊이 감사해요. 제인, 더 이상 불평하지 않을 게요. 만약 당신이 떠날 생각을 한다면, 나는 완전히 실의에 빠지고 말 거예요." 어머니는 절망에 빠져 더는 말을 잇지 못했다.

"제인 머드스톤." 머드스톤 씨는 누나를 돌아보고 말했다. "우리 사이에 거친 말이 오가다니 드문 일이군요. 오늘 밤 이런 진기한 상황이 벌어진 것은 내 잘못이 아니에요. 다른 누군가의 농간에 걸려든 거예요. 누님 잘못도 아니에요. 누님도 다른 누군가의 농간에 걸려든 거죠. 그러니 이제 이 일은 잊읍시다." 그는 너그러운 투로 말하고는 덧붙였다. "그리고 이런 일은 어린애가 알아서는 안 돼. 데이비드, 너는 자러 가거라."

나는 눈물이 앞을 가려 문이 어느 쪽인지 분간할 수도 없었다. 어머니가 괴로워하는 모습이 너무도 슬펐던 것이다. 그러나 나는 손으로 짚어가며 그 방을 나와 어둠 속을 더듬어 내 침실로 올라갔다. 페거티에게 잘 자라는 말을 할 마음도 내키지 않았고, 그녀에게서 촛불을 가져올 생각도 없었다. 한 시간쯤 뒤 나를 찾아 페거티가 올라왔을 때 나는 잠이 깨었다. 페거티의 말에 따르면, 불쌍하게도 어머니는 울면서 혼자 침실로 향했고, 머드스톤 남매는 그대로 앉아 있다는 것이었다.

다음 날 아침에는 평소보다 일찍 일어나서 아래층으로 내려갔는데, 어머니의 목소리를 듣고 나는 거실 문 밖에서 걸음을 멈추었다. 어머니는 아주 진지하고도 겸손하게 미스 머드스톤에게 용서를 빌고 있었다. 그녀가 어머니의 사죄를 받아들여서 완전한 화해가 이루어졌다. 그러나 그 뒤로 어머니가 어떤 일에 의견을 밝힐 때는 반드시 먼저 미스 머드스톤에게 호소하거나, 미스 머드스톤의 의견이 어떠한가를 확실히 알아보았다. 미스 머드스톤은 화가 나면 (그녀는 정말 제멋대로 곧잘 화냈다) 마치 열쇠를 꺼내 어머니에게 돌려주려는 듯이 자기 가방 쪽으로 손을 뻗곤 했는데, 그때마다 어머니는 깜짝깜짝 놀랐다.

머드스톤 집안 혈통에 흐르는 침울한 인자는 머드스톤의 종교까지도 음침하게 했다. 그것은 준엄하고 분노로 가득 차 있었다. 그의 종교가 이토록 어두운 것은 그의 매몰찬 성격에서 오는 당연한 결과이며, 그는 누구든 자기 뜻에 거슬리는 자에게는 모든 수단을 동원하여 가장 가혹한 형벌을 내렸으리라는 생각이 그때 이후로 나를 지배했다. 아무튼 아직도 기억이 또렷한데, 우리가 함께 교회에 갈 때도 그는 무서운 얼굴을 하고 있었으며, 교회의 분위기까지 바꾸어 버렸다.

또다시 그 지긋지긋한 일요일이 닥쳤다. 그러면 나는 정해진 일터로 감시를 받으며 끌려가는 노예처럼 앞장서서 낯익은 나의 자리로 간다. 그러면 미스 머드스톤이 마치 관을 덮는 천으로 만든 것 같은 검은 벨벳 외투를 입고 바로 내 뒤를 따라온다. 그 뒤에는 어머니, 그 다음이 어머니의 남편, 이런 순서였다. 옛날처럼, 페거티는 함께 오지 않는다. 오늘도 나는 미스 머드스톤이 합송을 중얼거리고 잔인한 심성을 드러내는 모든 말을 특히 힘주어 내뱉는 소리를 듣는다. 또 미스 머드스톤이, 마치 회중을 꾸짖듯이 "불쌍한 죄인들이여"라고 외치면서 교회 안을 두리번거리는 것을 본다. 그리고 어머니가 두 사람 사이에 끼여서, 나지막한 천둥소리처럼 시끄러운 소리를 두 귀로 들으면서, 겁에 질린 듯 입술을 움직이는 것을 몰래 바라본다. 그리고 우리의 착한 늙은 목사가 틀렸고, 머드스톤 남매가 옳은 게 아닐까, 하늘에 있는 천사는 모두 죽음의 천사가 아닐까 하는 두려움에 빠지기도 한다. 또 내가 손가락 하나를 움직이거나 눈만 깜박해도, 미스 머드스톤이 기도서를 가지고 내 옆구리를 쿡쿡 찔러대는 것이었다.

그뿐이 아니다. 우리가 집으로 향할 때, 마을 사람들이 어머니와 나를 보고 수군거리는 것을 나는 본다. 세 사람이 팔짱을 끼고 걸어가면, 나는 혼자 뒤처져서 어슬렁어슬렁 걸어가며 동네 사람들의 눈치를 살피기도 하고 어머니의 화려한 미모가 근심에 시달려 사라지지나 않았을까 생각하기도 한다. 지난날 우리 모자가 예배당에서 사이좋게 돌아오던 모습을 내가 추억하듯이, 저 이웃들도 그 광경을 떠올리고 있는 건 아닐까? 나는 울적하고 쓸쓸한 날이면 온종일 이런 생각으로 하루를 보냈다.

나를 기숙 학교에 보내겠다는 이야기가 가끔 나왔다. 머드스톤 남매가 이러한 계획을 생각해냈으며, 어머니는 물론 찬성했다. 그러나 아직 확실히 결정된 것은 아니었다. 그동안 나는 집에서 여러 과목을 공부했다.

그 공부만은 도저히 잊을 수 없다! 명목상으로는 어머니가 이 공부를 주관했으나, 실질적인 주도권은 머드스톤 남매에게 있었다. 남매는 언제나 우리 곁에 붙어 있으면서, 이러한 과목을 통하여, 어머니와 나의 생활에 독소가 되었던 그 똑똑히 하라는 것에 대한 교훈을 어머니에게 가르칠 좋은 기회로 삼았다. 오직 그 때문에 나도 집에 있을 수 있었던 것이리라. 어머니하고만 살았을 때는 나는 공부도 하고 싶었고 또 할 수도 있었다. 어머니 슬하에서 알파벳을 배웠던 일이 아직도 어렴풋이 생각난다. 초보 독본의 굵고 검은 글자를 보고 혼란을 일으키던 것과 O, Q, S의 쉽고도 호감 가는 글자 따위가 옛날처럼 아직도 내 눈앞에 어른거린다. 그러나 그것들이 나에게 불쾌감을 주었다든가 혐오감을 일으켰다고는 생각하지 않는다. 이와 반대로 그 악어에 대한 책을 읽기까지는 꽃길을 걸어왔으며, 어머니의 부드러운 목소리와 온화한 태도에 이끌려 힘차게 걸음을 옮겼었다. 그러나 그 뒤에 이어졌던 엄숙한 공부는 내 평화스런 마음에 치명타를 입혔고, 슬픈 고역이요, 나날이 불행을 가져다준 것으로밖에는 기억되지 않는다. 공부 시간은 터무니없이 길었고, 배울 양이 많고 어려웠다―어떤 것은 전혀 이해할 수 없었다―아마 어머니도 그랬을 테지만, 거기에 대해서는 말이 없었다.

이해를 돕기 위해 어느 아침의 일을 한 예로 떠올려 보자.

어느 날 아침, 나는 식사를 한 다음 책과 연습장과 석판을 들고서 우리 집에서 두 번째로 좋은 거실로 들어갔다. 어머니는 글 쓰는 책상에 앉아서 나를 기다리고 있었다. 그러나 어머니보다 내가 나타나기를 손꼽아 기다리는 사람은 창가의 안락의자에 앉아 있는 머드스톤 씨(일단 책을 읽는 시늉을 하고 있지만)와 어머니 곁에 앉아서 강철 구슬을 실에 꿰고 있는 미스 머드스톤이었다. 이 두 남매를 보면 나는 너무도 당황하여 무던히도 노력하여 외웠던 낱말들이 전부 머릿속에서 달아나는 것을 느꼈다. 도대체 그것들은 어디로 달아난 것일까? 나는 알 수가 없었다.

나는 우선 교과서를 어머니에게 건넨다. 그 책이 문법책일 때도 있고 역사책일 때도 있으며 또 지리책일 때도 있었다. 나는 그 책을 어머니에게 건네기 전에, 물에 빠진 사람이 지푸라기를 잡듯이 필사적으로 내가 외워야 할 페이지를 봐 두었다가 내 기억에 남아 있을 때 줄줄이 크게 외우기 시작했다. 한 군데 실수를 한다. 그러면 머드스톤 씨가 고개를 쳐들고 바라본다. 또다시 실수하면, 이번에는 미스 머드스톤이 고개를 들어 바라본다. 그 지경에 이르면 나는 얼굴을 붉히며, 여섯 마디쯤 실수하다가 외우기를 멈춘다. 만약 어머니가 대담하다면, 이때 나에게 책을 보여줄 수도 있을 것이다. 그러나 어머니는 그러한 용기가 없었다. 그저 상냥하게 "오, 데이비, 데이비"라고 말할 뿐이었다.

"이봐, 클라라. 그 애에게 단호한 태도를 취해요. '오, 데이비, 데이비'란 말은 집어치워. 그 애가 배운 것을 익혔느냐, 아니냐, 문제는 그뿐이오." 머드스톤 씨가 말했다.

"그 애는 전혀 몰라요." 미스 머드스톤이 무섭게 말하며 끼어들었다.

"정말 애가 모르는 것 같아요." 어머니가 말했다.

"그럼 클라라, 책을 다시 그 애에게 주어 외우도록 해야지." 미스 머드스톤이 말했다.

"네, 물론 그래야지요. 나도 그렇게 하려고 해요. 자, 데이비, 다시 해봐. 바보같이 있지 말고." 어머니가 말했다.

한 번 더 외우게 하라는 지시에 따라 첫째 구절을 외웠으나, 둘째 구절은 신통치 않았다. 나는 정신이 멍해 있었다. 지난번에 외웠던 곳까지 채 미치지도 못하고 틀리고 말았다. 그러나 나는 학문에 관심이 없었다. 그 대신 미스 머드스톤의 모자에 달린 망사의 길이는 몇 야드나 될까, 머드스톤 씨의 실내복 값은 얼마나 될까 같은 나와 전혀 상관도 없고 관여하고 싶지도 않은 엉뚱한 것들만 생각났다. 드디어 머드스톤 씨가 초조하게 움직였다. 이것을 나는 오래전에 짐작하고 있었다. 미스 머드스톤도 똑같이 초조해했다. 어머니는 당황하여 이들 남매를 바라보고는, 책을 탁 덮고 다른 과목부터 한 뒤에 다시 하자며 밀쳐둔다.

이리하여 나중에 하도록 남겨둔 것이 자꾸만 쌓여서, 눈덩이처럼 커지고 만다. 공부해야 할 분량이 많아지면 많아질수록 나는 점점 더 멍청해졌다. 사태는 절망적이었다. 여기서 헤어날 생각을 포기하고 운명에 맡기기로 했다. 내가 실수할 때마다, 어머니와 내가 주고받는 절망적인 눈길은 침울했다. 그러나 이러한 쓰라린 과정에서 가장 볼 만한 장면은(아무도 보고 있지 않다고 생각했을 때) 어머니가 입술을 움직여 내게 귀띔해 주려고 할 때였다. 이 순간, 이러한 일이 일어나기를 기다리고 있었다는 듯이 미스 머드스톤이 굵직한 경고의 목소리로, "클라라!"라고 불렀다.

어머니는 깜짝 놀라서 얼굴을 붉히고는 힘없이 웃었다. 그러면 머드스톤 씨가 의자에서 일어나 내 책을 집어들어서 나에게 던지거나 그 책으로 따귀를 갈기고 나서 내 어깨를 잡아 끌어 방에서 쫓아내는 것이었다.

공부가 끝난 뒤에도, 나로선 끔찍하기만 한 계산 문제를 풀어야 하는 가장 심한 일이 기다리고 있었다. 이것은 머드스톤 씨가 일부러 나를 위해 창안해냈고, 직접 말로 나에게 전했다. "치즈 상점에서 한 개에 4펜스 반 페니 하는 순우유로 만든 글로스터 치즈를 5천 개 산다면 얼마나 내야 하지?" 이렇게 시작하는 것이었다. 미스 머드스톤이 내심 기뻐하는 것이 보인다. 나는 저녁 식사 때까지 이 치즈에 대해서 깊이 생각했지만 해답은 얻지 못한다. 이런 때는 석판가루가 내 피부의 털구멍마다 들어가 나는 흑백 혼혈아처럼 시커멓게 되었고, 빵 한 조각으로 저녁 식사를 하게 되는데, 이로써 그 치즈 문제에서 벗어나게 된다. 그러나 그날 저녁 내내 치욕적인 대우를 받게 된다.

이제는 옛이야기가 되었지만, 뒤돌아보면 불행한 나의 공부는 이런 식이었다. 머드스톤 남매만 없었다면 훨씬 더 순조로웠을 것이다. 그러나 나에게 미치는 머드스톤 남매의 작용은, 꼭 불쌍한 어린 새를 노려보는 두 마리의 독사 같았다. 비록 내가 오전을 매우 명예롭게 보냈다 하더라도, 저녁 식사 때는 그러한 공적이 사라지는 것이다. 왜냐하면 미스 머드스톤은 내가 노는 꼴을 참고 보지 못하기 때문이다. 내가 만약 경솔하게도 한가히 노는 모습을 보이면, 그녀는 "클라라, 공부하는 것이 제일이야. 당신 아들에게 연습 문제를 시켜요"라고 소리쳐서 자기 동생의 관심을 나에게 돌리는 것이었다. 이리하여 나는 즉석에서 새로운 일을 떠맡게 된다. 나는 또래 애들과는 거의 놀지 못했다. 머드스톤 남매의 침울한 신학에 따르면, 애들이란 어린 독사 무리이므로 (옛날 그리스도의 제자들 한가운데에도 불려나온 어린아이가 한 명 있었건만) 서로 어울리게 했다간 악에 물들기 때문이었다.*¹

이러한 대우가 여섯 달이나 혹은 그 이상 이어졌다고 생각하는데, 그 결과 나는 우울하고, 활발치 못하고, 고집불통이 되고 말았다. 날이 갈수록 자꾸만 더 어머니에게서 분리되고 소외당해 간다는 생각에, 더욱더 그렇게 되었다. 만약 하나의 위안거리가 없었더라면 나는 완전히 바보가 되었을 것이라고 지금도 믿고 있다.

그것은 나의 아버지가 2층의 조그마한 방에 남긴 약간의 장서였다. 나는 그곳에 자유롭게 출입할 수 있었고(내 방 바로 옆이었으므로), 집 안의 다른 사람들은 그 방에 관심이 전혀 없었다. 이 축복받은 조그마한 방에선 로데릭 랜딤, 페레그린 피클, 험프리 클링커, 톰 존스, 웨이크필드의 목사, 돈키호테, 질 블라스, 로빈슨 크루소 같은 훌륭한 주인공이 나타나서 내 친구가 되었다.*² 이러한 책들은 상상력을 키워주었고, 장소와 시간을 뛰어넘는 어떤 희망을 가져다주었다. 앞서 말한 책들과 《아라비안나이트》와 《요정 이야기》는 나에게 아무런 해를 입히지 않았다. 이 책들 가운데 해가 되는 구절이 있다 해도 나와는 아무런 관계가 없었기 때문이다. 나는 해로운 것을 몰랐었다. 언제나 어려운 문제에 골몰해 있고, 실수만 연발하던 내가 어떻게 그런 책을 읽을 여유가 있었는지 지금 생각해도 참으로 놀랄 일이다. 온갖 보잘것없는 고민(물론 나로서는 엄청난 것이었다)에 빠져서도 책 속에 나오는 좋아하는 인물들을 인격화시켜 내가 그러한 인물이 된 것처럼 생각하고, 머드스톤 남매를 책 속에 등장하

---

*1 〈마태복음〉 18 : 2~3 참조. '예수께서 한 어린아이를 불러 저희 가운데 세우시고 이르시되…… 너희가 어린아이와 같지 아니하면 결단코 천국에 들어가지 못하리라.'

*2 대부분 18세기 영국소설의 제목 또는 주인공 이름. 처음 셋은 스몰렛, 《톰 존스》는 필딩, 《웨이크필드의 목사》는 골드스미스의 작품. 《질 블라스》의 작가는 프랑스의 르사주로, 스몰렛이 영역했다.

는 모든 나쁜 사람으로 취급함으로써 위안을 삼았다고 생각하니 이상할 따름이다. 어떤 때는 일주일 동안 톰 존스(어린이용의 천진난만한 톰 존스)가 된 적도 있다.[3] 믿지 못하겠지만, 한 달 내내 내 나름대로 해석한 로데릭 랜덤이 된 적도 있다. 또 나는 선반에 꽂혀 있던 항해와 여행에 대한 몇몇 책을 특히 좋아했다. 그러나 그 책의 제목은 생각나지 않는다. 나는 식탁 중앙에 장식용으로 놓아둔 낡은 구두틀 한 세트로 무장하고서 야만인에게 포위된 대영 제국 해군 함장이 떳떳한 죽음을 각오했을 때의 모습을 떠올리며 며칠씩 집을 돌아다녔던 일을 지금도 기억한다. 그 함장은 라틴어 문법책으로 따귀를 얻어맞는 정도로는 위엄을 잃지 않았지만, 나는 그러지 못했다. 하지만 함장은 죽었거나 살아 있는 온갖 세계 언어의 문법책이 있다 하더라도 어디까지나 함장이며 영웅이었으므로 어쩔 수 없다.

이것만이 나의 유일하고도 영원한 위로였다. 그것을 생각할 때면 어느 여름날 저녁에 있었던 일이 뚜렷하게 떠오른다. 묘지에서 놀고 있는 아이들의 모습과 침대에 앉아 필사적으로 책을 읽고 있던 나의 모습이. 이웃의 모든 헛간과 교회의 모든 돌과 공동묘지의 땅 하나까지도 이 책들과 연관되어 내 마음에 연상 작용을 일으켜, 책에서 유명해진 어떤 지역을 대신해 주었다. 나는 톰 파이프스가 교회 첨탑을 기어오르는 것을 보았고, 배낭을 짊어진 스트랩이 우리 집 쪽문에서 한숨 돌리며 쉬고 있는 것을 보았다. 그런가 하면, 트러니온 제독이 우리 마을의 어느 술집 객실에서, 피클 씨와 친목을 도모하는 모임을 가졌던 것도 알고 있다.[4]

이제 다시 내 어린 시절의 기구한 운명 이야기로 돌아갈 텐데, 이쯤 되면 내가 어떠한 아이였는지 독자 여러분도 나만큼 잘 알 것이다.

어느 날 아침, 나는 책을 들고서 거실로 들어가니 어머니는 근심스런 표정을 하고 있었고, 미스 머드스톤은 굳은 표정을 하고 있었으며, 머드스톤 씨는 연하고 낭창낭창한 막대기 아랫부분에 무엇을 감고 있었다. 내가 들어가자 그는 감던 것을 멈추고 막대기를 들어서 공중에다 휘둘러 보았다.

"클라라, 분명히 말하는데 나도 종종 매질을 당했어." 머드스톤 씨는 말

---

[3] 원작의 톰에게는 품행이 바르지 못한 면이 있지만, 어린이용은 그 부분이 빠져 있다.
[4] 톰 파이프스와 트러니온 제독은 《페레그린 피클》에 나오는 인물. 스트랩은 《로데릭 랜덤》에 나오는 종복.

했다.

"그래, 틀림없어." 미스 머드스톤이 거들었다.

"하지만 매질을 당한 것이 에드워드에게 유익했다고 생각하세요?" 어머니가 더듬더듬 말했다.

"그럼 당신은 그것이 해가 되었으리라고 생각하나?" 머드스톤 씨가 엄숙히 말했다.

"그것이 문제야." 그의 누나가 말했다.

이 말에 대해서 어머니는 "그래요. 그 점이 문제예요. 미스 제인"이라고 대답하고는 더 이상 아무 말도 하지 않았다.

나는 이 대화에 내가 관련되어 있는 것을 알고는 더럭 겁이 났다. 그래서 머드스톤 씨를 재빨리 살폈더니, 그도 나를 바라보았다.

"자, 데이비드, 오늘은 여느 때보다 더 조심해야 한다." 그는 이렇게 말하더니 다시 막대기를 들어 공중에다 휘둘러 보였다. 그러고는 준비가 다 되자 평소 같은 무서운 얼굴로 막대기를 자기 옆에 놓고, 책을 집어 들었다.

갑자기 이렇다 보니 내 심장은 완전히 요동치고 만다. 나는 공부한 것이 한 단어 한 단어 혹은 한 줄 한 줄 달아나는 것이 아니라 한 페이지씩 몽땅 사라지는 것을 느꼈다. 어떻게든 붙들려고 했으나, 그것들은 말하자면 스케이트를 신고 미끄러지듯이 유연하게 빠져나갔다.

시작부터 참담했고 갈수록 점점 나빠졌다. 나는 오늘은 예습도 충분히 해서 의기양양하게 들어왔건만, 그것이 잘못이었다. 한 권 한 권, 실수는 산처럼 쌓여만 갔고, 미스 머드스톤은 줄곧 험상궂은 얼굴로 어머니와 나를 단단히 감시하고 있었다. 드디어 5천 개의 치즈를 계산하는 문제에 이르자(그날은 5천 개의 지팡이였다) 어머니는 울음을 터뜨렸다.

"클라라!" 미스 머드스톤이 경고조로 말했다.

"미스 제인, 제가 몸이 좋지 않아서요." 어머니가 말했다.

이때에 나는 머드스톤 씨가 회초리를 들고 일어서서 그의 누나에게 진지하게 눈짓하는 것을 보았다. 그런 다음 머드스톤 씨는 말했다.

"저것 봐요, 제인. 클라라가 오늘 데이비드 때문에 겪은 근심과 고통을 마음 굳게 먹고 참으리라고는 기대할 수 없어요. 그것은 극기예요. 클라라가 아주 강해졌고 좋아졌지만, 아직까진 많은 것을 기대할 수 없어요. 데이비드, 2층으로 올라가자."

머드스톤 씨가 나를 문 밖으로 데리고 나오자 어머니가 우리를 향해 달려 왔다. 이때 미스 머드스톤이 "클라라! 정말 어리석군"이라고 소리치면서 어머 니를 가로막았다. 나는 어머니가 귀를 막는 것을 보았고, 어머니가 우는 소리 를 들었다.

머드스톤 씨는 나를 데리고 천천히 위엄 있게 내 방으로 향했다. 그는 처벌 할 때 이런 형식적 행진을 좋아하는 것이 확실했다. 그리고 내 방에 들어서자 갑자기 내 목을 꺾듯이 옆구리에 꽉 끼었다.

"머드스톤 씨! 선생님!" 나는 소리쳤다. "이러지 마세요! 제발 때리지 마세요! 외우려고 애썼지만, 당신과 미스 머드스톤이 옆에 있으면 욀 수가 없어요. 정 말로 외워지지가 않아요!"

"뭐, 욀 수 없다고, 데이비드?" 그는 말했다. "어디 해 보자."

그는 나의 머리를 악마처럼 잡았다. 그러나 제발 때리지는 말아 달라고 엉 겨붙어서 잠시나마 그의 매를 멈추게 했다. 그러나 이것도 잠깐이었다. 그는 곧장 나를 거세게 뗐다. 그 순간 나는 나를 잡고 있는 그의 손을 물고 끊어지 도록 깨물어버렸다. 지금 생각해도 오싹하다.

그러자 그는 나를 죽일 듯이 때렸다. 우리가 법석을 떤 것보다도 더 소란스 럽게, 어머니와 페거티가 계단을 뛰어오면서 소리쳤다. 그러자 머드스톤 씨는 나가버리고, 방문은 밖에서 잠겼다. 나는 마루 위에 그대로 누웠는데 화도 나 고, 몸도 달아올랐으며, 눈물도 났고, 몸은 타박상을 입어 쓰라렸다. 나는 나대 로 화가 나 있었다.

내가 진정이 되자, 온 집안이 이상하게도 고요한 침묵 속에 묻혀 있었다. 아 픔과 격분이 사라지자 심한 죄책감이 찾아왔다.

나는 일어나 앉아서 오랫동안 귀를 기울였으나, 아무 소리도 들리지 않았 다. 나는 마룻바닥을 기다시피 일어나 거울에 얼굴을 비춰 보았다. 벌겋게 부 어 오른 얼굴이 보기 흉해 놀라 기절할 지경이었다. 맞은 자국이 쓰라렸으므 로, 몸을 움직이자 다시 울음이 터져 나왔다. 그러나 내가 저지른 죄에 비하면 이 따위 고통은 아무것도 아니었다. 나는 그때 내가 아주 흉악한 죄인이 된 것 이상으로 죄책감을 느꼈다.

날이 어두워지자 나는 창문을 닫았다. 나는 창틀을 베고 누워서 울다가, 졸다가, 멍하니 창 밖을 내다보면서 대부분의 시간을 보냈다. 이때 문이 열리면서 미스 머드스톤이 빵 조금과 고기와 우유를 들고 들어왔다. 그녀는 한 마디 말도 없이 음식을 탁자 위에 놓고는 그림으로 그린 듯한 엄한 눈으로 나를 노려보다가 나가서 방문을 잠가버렸다.

날이 어두워진 지 오래되었지만 혹시 누가 찾아오지나 않을까 생각하고 그대로 앉아 있었다. 그러나 오늘 밤에는 아무도 찾아올 것 같지가 않아서, 나는 옷을 벗고 잠자리에 들었다. 잠자리에 들어서도, 앞으로 나에게 무슨 일이 벌어질 것인가에 대해서 걱정하고 있었다. 역시 내가 한 짓은 죄였을까? 수감되어 감옥살이를 하게 될까?

다음 날 아침의 일을 나는 영영 잊지 못할 것이다. 눈을 뜬 첫 순간은 즐겁고 상쾌했으나 이내 침울하고 따분한 기억 때문에 완전히 우울해졌다. 내가 잠자리에서 일어나기도 전에 미스 머드스톤이 또다시 나타나서, 30분 동안 뜰을 산책해도 좋다는 말만 아주 퉁명스럽게 내뱉고는 사라졌다. 그리고 그 은혜를 이용하라는 뜻인지, 문은 열어두었다.

나는 시킨 대로 했다. 나는 닷새 동안 갇혀 있으면서 매일 아침 산책했다. 만약 어머니가 혼자 있는 것을 볼 수 있었다면, 나는 어머니에게 달려가 무릎을 꿇고 용서를 빌었을 것이다. 그러나 이 닷새 동안 미스 머드스톤 말고는 아무도 보지 못했다. 거실에서 저녁 기도를 드릴 때는 예외였다. 집안 식구들이 모두 자리에 앉은 뒤 나는 머드스톤의 호위를 받으면서 거실에 도착하여 나 혼자 외따로 어린 죄수처럼 문 옆에 앉았다. 그리하여 기도가 끝나면, 다른 사람들이 기도 자세에서 일어나기 전에 나는 간수에게 이끌려 나오게 된다. 내가 볼 수 있었던 것은 나에게서 멀리 떨어져 내가 보지 못하도록 얼굴을 돌리고 있는 어머니와 커다란 붕대를 감고 있는 머드스톤 씨의 한쪽 손뿐이었다.

닷새가 얼마나 지루하고 길었는가는 누구에게도 실감나게 말할 수 없을 것이다. 내 기억으로는 5년이 지난 것 같았다. 들려오는 집 안의 소리란 소리에는 모조리 귀를 기울였다. 벨소리, 문 여닫는 소리, 중얼거리는 사람들의 목소리, 계단을 오르내리는 발자국 소리, 나처럼 외롭게 창피를 당하고 있는 사람에게는 무엇보다도 더 비참하게 여겨지는 바깥에서 들려오는 웃음소리와 휘파람 소리, 혹은 노랫소리. 특히 밤에는 시간의 흐름을 몰라서, 아침이라 생각하고 눈을 뜨면 집안사람들은 아직 잠자리에 들지도 않았으며, 긴긴 밤이 이제부터 비로소 시작이라는 것을 알았을 때 내가 꾸었던 악몽과 침울했던 꿈들. 교회 안에서 놀고 있는 내 또래의 아이들과 달리 날이 밝고, 정오가 닥치고, 오후가 되어 다시 저녁이 와도 죄수처럼 갇혀 있는 내 모습을 보이면 창피하기 때문에 창문으로 얼굴을 내밀지 않고 그들을 바라보던 일. 내 말소리를 내가 전혀 들어 보지 못했다는 이상한 느낌, 먹고 마실 때 찾아왔다 사라지는 순간적인 즐거움, 어느 저녁에 신선한 냄새와 함께 빗줄기 내리기 시작한 비가 교회와 나 사이에서 점점 세차게 쏟아져, 그 빗줄기와 깊어가는 밤의 어둠이 나를 우울과 두려움과 후회 속으로 몰아넣던 일. 이러한 모든 것이 몇 날이 아니라 몇 년 동안 되풀이되는 듯 여겨졌다. 그만큼 강하고 또렷하게 내 기억 속에 새겨져 있다.

내가 감금된 마지막 날 밤, 속삭이는 듯 나지막하게 내 이름을 부르는 소리에 나는 잠이 깼다. "페거티야?" 나는 어둠 속으로 두 팔을 내밀면서 말했다.

그러나 목소리는 즉시 대답은 하지 않고 잠시 뒤에 또다시 내 이름을 부르는 것이었다. 그 목소리가 하도 이상하고 무시무시했기에, 열쇠 구멍에서 들려오는 소리임에 틀림없다는 생각이 떠오르지 않았더라면 기절해버렸을 것이다.

나는 더듬거리며 문 있는 데까지 가서 열쇠 구멍에 입술을 대고 속삭였다.

"페거티지, 그렇지?"

"맞아요, 도련님." 페거티가 대답했다. "생쥐처럼 조용해야 합니다. 그렇지 않으면 고양이가 듣게 되니까요."

고양이가 미스 머드스톤을 뜻한다는 것을 금방 알았다. 그리고 미스 머드스톤의 방은 바로 옆이었으므로 사태가 긴박하다는 것을 알 수 있었다.

"페거티, 엄마는 어때? 나 때문에 무척 화났지?"

열쇠 구멍 저쪽에서 페거티가 나지막하게 훌쩍이며 우는 소리가 들려왔다. 나도 훌쩍이며 울었다. 드디어 페거티는 "아뇨, 그렇게 화가 나시진 않았어요"라고 대답했다.

"페거티, 그들이 나를 어떻게 할 셈이야? 페거티, 알고 있어?"

"학교에, 런던 근처의……"라고 페거티는 말했다. 나는 그 이야기를 되풀이시켰다. 왜냐하면 열쇠 구멍에서 입술을 떼고 귀를 가져다 대야 한다는 생각을 미처 못 한 탓에, 페거티가 한 말이 목덜미에 대고 속삭인 듯했기 때문이었다. 페거티의 목소리가 귓전에서 아른거렸지만 무슨 말인지 전혀 알아들을 수가 없었던 것이다.

"언제지, 페거티?"

"내일."

"그래서 미스 머드스톤이 내 옷장에서 옷을 꺼내갔구나."

쓰는 것을 잊고 있었는데, 분명히 그녀는 그랬던 것이다.

"맞아요, 상자지요."

"엄마를 볼 수 없겠지?"

"아뇨, 내일 아침에 만나게 될 거예요."

이어서 페거티는 열쇠 구멍에 입을 대고, 떨리는 목소리로 말했다. 단언해도 좋은데, 열쇠 구멍을 통한 대화가 이토록 진지하고 이토록 감정을 담아 이야기된 경우는 없었을 것이다. 말하자면 띄엄띄엄 끊어지는 말을, 마치 경련이라도 일으키듯 세찬 기세로 연거푸 쏟아냈던 것이다.

"귀여운 데이비 도련님, 요즈음 제가 전처럼 친절하지 않은 것은 도련님을 사랑하지 않기 때문이 아니에요. 오히려 전보다 더 도련님을 사랑하고 있어요, 단지 친절하지 않은 듯 대하는 편이 도련님에게 이로울 것 같아서 그렇게 했던 거지요. 그리고 또 한 분을 위해서도 그게 더 좋을 것 같아서요. 데이비 도련님, 내 말 들려요?"

"으, 으응, 듣고 있어, 페거티!" 나는 흐느꼈다.

"나의 도련님." 페거티는 무한히 동정어린 목소리로 말했다. "내가 하고 싶은 말은, 도련님, 나를 잊지 마세요. 나는 절대로 도련님을 잊지 않을 거예요. 어머니는 걱정 마세요. 도련님을 돌보았듯이 제가 잘 돌봐드리겠어요. 언젠가는 어머니도 이 우둔하고, 까다로운 옛 사람 페거티의 팔에 기꺼이 머리를 기대게 될 거예요. 도련님에게 편지할게요. 제대로 읽고 쓸 줄도 모르긴 하지만. 그리고 또, 또." 하면서 페거티는 나한테 할 수 없으니 열쇠 구멍에 키스를 하는 것이었다.

"고마워 페거티! 고마워, 정말 고마워! 페거티, 나에게 한 가지만 약속해주겠어? 페거티 씨와 에밀리, 거미지 부인과 햄에게 편지를 써서, 그들이 생각하는 만큼 내가 나쁜 애가 아니라는 것을 알려줘. 그리고 모두에게 특히 에밀리에게 내 모든 사랑을 보낸다고 말해줘. 페거티, 알았지?"

친절한 페거티는 그렇게 하겠다고 약속했다. 우리는 열쇠 구멍에다 최대한 다정하게 키스했다. 나는 그것이 페거티의 얼굴인 양 가볍게 애무한 것을 기억하고 있다. 그리고 헤어졌다. 이날 밤부터 내 가슴속에는 페거티에 대한 말할 수 없는 감정이 자랐다. 페거티가 어머니를 대신할 수는 없었다. 어느 누구도 그럴 수는 없었다. 그러나 그녀는 내 마음 빈 곳을 메워주었기에 나는 허전함을 느끼지 않았고, 다른 사람에게서는 결코 느껴 보지 못한 무엇을 페거티에게서는 느꼈던 것이다. 그것은 하나의 희극적인 애정이기도 했다. 그러나 만약 그녀가 죽어버렸다면 과연 내가 어떻게 반응할지, 내게는 비극인 그 막을 어떻게 연기할 것인지, 도저히 생각할 수 없다.

아침이 되자 미스 머드스톤이 평소와 같이 나타나서 내가 학교에 가게 되었다고 말했다. 이 소식은 그녀의 예상과 달리 나에게는 전혀 새로운 사실이 아니었다. 옷을 입고 아래층으로 내려와 거실에서 아침 식사를 하라고 했다. 거실에서 어머니를 만났다. 어머니의 얼굴은 창백했고, 눈은 빨갛게 충혈되어 있었다. 나는 재빨리 어머니 품으로 달려가 진심으로 용서를 빌었다.

"오, 데이비! 엄마가 아끼는 사람을 다치게 하다니! 제발 착한 아이가 되어라! 이번은 용서할게. 그러나 데이비, 네가 그렇게 무서운 아이였다니, 엄마는 너무나 슬프구나."

머드스톤 남매가 나를 사악한 놈이라고 주입시켜 놓은 탓인지 어머니는 떠난다는 사실보다도 이를 더 슬퍼하고 있었다. 나도 정말 슬펐다. 나는 작별의 아침 식사를 하려 했으나, 눈물이 버터 바른 빵에 떨어지고, 찻잔에도 떨어졌다. 나는 어머니가 이따금씩 나를 바라보기도 하고, 감시를 게을리하지 않는 미스 머드스톤을 바라보기도 하고, 아래를 내려다보거나 눈길을 일부러 딴 데로 돌리는 것을 보았다.

"코퍼필드 도령의 짐은 저거예요!" 대문 밖에서 마차 소리가 들리자 미스 머드스톤이 말했다.

나는 페거티를 찾았으나, 그녀는 없었다. 페거티와 머드스톤 씨는 나타나지 않았다. 문 앞에서 낯익은 짐꾼이 기다리고 있다가 내 짐상자를 들고 나가 마차에 실었다.

"클라라!" 미스 머드스톤이 경고조로 말했다.

"괜찮아요, 제인." 어머니가 대답했다. "데이비, 잘 가거라, 이게 다 너를 위해서란다. 방학 때는 돌아오너라. 공부 열심히 해야 한다."

"클라라!" 미스 머드스톤이 되풀이했다. "알았어요, 제인." 어머니가 나를 안은 채로 대답했다. "내 사랑하는 아들아, 난 너를 용서한다. 부디 몸조심하거라!"

"클라라!" 미스 머드스톤이 집요하게 되풀이했다.

친절하게도 미스 머드스톤은 나를 마차 있는 데까지 데려다주면서, 나쁜 결과를 초래하기 전에 잘못을 뉘우치라고 거듭 말했다.

내가 마차에 오르자, 그 느림보 말이 마차를 끌고 걸음을 옮기기 시작했다.

5장
신입생

반 마일쯤 갔을 때 내 손수건은 눈물로 흠뻑 젖어 있었다. 마부가 갑자기 마차를 세웠다.

무엇 때문에 마차를 멈추었는지 확인하려고 밖을 내다보니 놀랍게도 페거티가 울타리에서 쏜살같이 뛰어나와 마차에 오르는 것이었다. 그녀가 두 팔로 나를 껴안고 으스러지도록 힘을 주었으므로 나는 코가 짓눌려서 몹시 아팠다. 코의 아픔을 느낀 것은 나중의 일로써 그때 내 코가 약하다는 사실도 알게 되었다. 페거티는 단 한 마디도 못했다. 이윽고 나를 껴안고 있던 한 팔을 풀어서 팔꿈치까지 깊이 주머니에 넣더니, 과자봉지 몇 개를 꺼내 내 주머니에 넣어 주고, 지갑을 꺼내 내 손에 쥐어 주었다. 그러면서도 말은 한 마디도 하지 않았다. 그리고 다시 한 번 마지막으로 나를 두 팔로 힘껏 안아준 다음 마차에서 내려 뛰어가 버렸다. 그녀의 윗도리에는 단추가 다 떨어져 달아나 하나도 남아 있지 않았다. 나는 마차 바닥에 떨어진 몇 개의 단추 가운데 하나를 주워 오랫동안 기념물로 소중히 간직했다.

마부는 그녀가 또 돌아오느냐고 묻는 것처럼 나를 바라보았다. 나는 고개를 옆으로 저으며 돌아오지 않을 것 같다고 했다. "그러면, 빨리 가자!" 마부가 게으름뱅이 말에게 소리치자, 마차가 다시 움직이기 시작했다.

지금까지 나는 울 만큼 울었으므로 더 울어 보았자 소용없다는 생각이 들기 시작했다. 어떠한 역경에 처하더라도, 로데릭 랜덤이나 대영제국의 해군 함장은 절대로 울지 않았다는 것이 떠올랐다. 나의 이러한 결심을 눈치챈 마부는 젖은 손수건을 말 등에 펴서 말리도록 제안했다. 나는 고맙다고 말하고, 시키는 대로 했다. 말 등에 펼쳐놓은 손수건은 실제보다도 훨씬 작아 보였다.

이제 나는 지갑을 살펴볼 여유가 있었다. 그것은 찰칵하고 닫히도록 된 딱딱한 가죽 지갑이었다. 지갑 안에는 반짝반짝 빛나는 은화 세 닢이 들어 있었다. 나를 크게 기쁘게 해주려고, 페거티가 표백약으로 그것들을 닦았음이 틀림없었다. 그러나 지갑에 들어 있는 것 가운데에서 무엇보다 중요한 것은 포장된 반 크라운짜리 은화 두 개였다. 종이에 어머니가 직접 '데이비에게. 사랑을 담아'라고 써 놓았던 것이다. 이를 보자 나는 마부에게 내 손수건을 다시 돌려주는 것이 좋겠다고 했다. 그러나 마부는 그냥 두는 편이 좋을 거라고 했다. 나도 그것이 낫겠다 싶어서 소매로 눈물을 닦고 울음을 그쳤다.

그러나 감정의 여세가 남아 있어서 이따금씩 격렬하게 흐느끼기는 했다. 말이 얼마를 터벅터벅 걸어갔을 때, 나는 마부에게 내내 이렇게 가느냐고 물었다.

"내내, 어디까지 말이지요?"

"거기까지요."

"거기가 어딘데요?"

"런던 부근 말이에요."

"아유, 이 말은," 마부는 말을 가리키다가 갑자기 고삐를 당기면서 말했다. "반도 못 가서 완전히 퍼지고 말걸요."

"그러면 야머스까지 가세요?"

"그쯤이죠. 거기까지 가서 역마차에 태워줄게요. 그러면 그 역마차가 어디든지 원하는 곳으로 데려다줄 겁니다."

이만큼 말하는 것도, 무뚝뚝한 마부 바키스로서는 꽤 힘든 일이었기에 나는 고마움의 표시로 과자를 주었다. 그랬더니 그는 코끼리처럼 단숨에 집어삼켜버렸다. 그러고는 그 커다란 얼굴에 코끼리와 다름없는 천연덕스러운 표정을 짓는 것이었다.

"이 과자는 그 여자가 만든 것이군요?" 두 팔을 양 무릎에 올려놓고, 마차 발판 쪽으로 늘 구부정하게 몸을 숙이고 있는 바키스 씨가 물었다.

"페거티 말이에요, 아저씨?"

"예! 그 여자요."

"그래요. 페거티는 파이도 만들고 우리 집의 모든 요리를 다 해요."

"그래요?"

바키스 씨는 마치 휘파람을 불 듯한 시늉을 했으나, 정말 불지는 않았다. 그는 앉아서 말의 양쪽 귀를 유심히 바라보았다. 마치 거기서 무언가를 새로이 발견한 듯이. 그렇게 꽤 오랫동안 있다가 그가 물었다.

"스위트하트는 없겠지요?"

"스위트미트가 없느냐고 했어요, 바키스 씨?" 바키스 씨가 무언가 먹고 싶어 한다고 생각해서 일부러 과자 이야기를 꺼낸 것이었다.

"애인 말이에요." 바키스 씨는 말했다. "애인, 그 여자와 같이 다니는 남자는 없느냐 말이에요."

"페거티와 같이 다니는 남자?"

"그래요! 그 여자와 같이."

"없어요. 페거티에겐 애인이 전혀 없어요."

"정말 없어요?"

다시 그는 휘파람을 부는 시늉을 했지만, 이번에도 소리는 내지 않았다. 다만 앉아서 말의 두 귀만 바라보았다.

"그래, 그 여자가," 바키스 씨는 한참 동안 무엇을 골똘히 생각한 뒤에 입을 열었다. "모든 과자와 빵을 만들고 모든 요리를 한다 그 말이죠?"

나는 사실이라고 말해주었다.

"자, 그럼 내가 말할게요." 바키스 씨는 말했다. "도련님은 분명 그 여자에게 편지를 쓰겠지요?"

"물론이지요." 나는 대답했다.

"아!" 하고 그는 시선을 내 쪽으로 천천히 돌리면서 "페거티에게 편지를 보낼 때, 바키스가 기다리고 있다고 한 마디 써주지 않겠어요?"

"바키스가 기다리고 있다. 전할 말이 그게 다예요?" 나는 천진하게 물었다.

"그, 그래요." 그는 무엇을 생각하면서 말했다. "그, 그래요. 바키스가 기다린다고."

"그런데 바키스 씨, 아저씨는 내일이면 다시 블룬더스톤으로 돌아가잖아요." 나는 블룬더스톤에서 멀리 떨어져 왔다는 생각이 들어 목소리가 약간 떨렸다. "돌아가서 직접 전하는 편이 훨씬 더 좋을 텐데요."

그는 크게 고개를 저어서 나의 제의를 물리치고는, 다시 한 번 심각한 태도로, "바키스는 기다리고 있다, 이 말만 전하면 돼요"라고, 아까의 부탁을 거듭 확인했다. 그래서 나는 흔쾌히 그 말을 전하기로 마음먹었다.

그날 오후 야머스의 여인숙에서 역마차를 기다리는 동안, 나는 종이와 잉크를 빌려 페거티에게 편지를 썼다.

사랑하는 페거티에게.
나는 이곳에 무사히 도착했어요. 바키스가 기다리고 있겠대요. 엄마에게
내 소식 전해줘요. 안녕.
추신 : 바스키가 기다린다는 말을 편지에 꼭 써달라고 했어요.

이야기를 조금 앞으로 돌려서, 내가 이 약속을 수락하자 그는 또다시 침묵
했다. 나도 그간에 일어난 일들로 몹시 지쳐 있었으므로 보따리 위에 누워서
그대로 잠이 들고 말았다. 푹 자고 눈을 떠보니 야머스였다. 여인숙 뜰에서 내
다본 야머스는 너무도 낯설어서 나는 페거티 씨의 가족과 어쩌면 에밀리도 만
날 수 있으리라고 은근히 품었던 희망은 버리기로 했다.

번쩍번쩍 빛나는 역마차가 마당에 있었는데, 아직 말은 없었다. 이런 상태를
보고는 도저히 런던까지 갈 것 같지가 않았다. 이런 생각도 하고 또 바키스 씨
가 전봇대 옆 포장도로에 내려놓은 짐 보따리는 어떻게 될 것이며(바키스는 마
차를 돌리러 안쪽으로 들어가버렸다), 결국 나는 어떻게 되는 걸까 걱정하고 있
는데, 한 부인이 새와 고깃덩이가 매달려 있는 내닫이창에서 내다보며 말했다.

"블룬더스톤에서 온 꼬마 도령이지요?"

"그렇습니다, 부인." 나는 대답했다.

"이름이 뭐지요?"

"코퍼필드입니다, 부인."

"그 이름으론 안 되겠는데." 부인은 말했다. "그 이름으로는 식비를 받지 않았
거든."

"그럼 머드스톤으로 되어 있나요, 부인?"

"머드스톤 도령이라면, 왜 처음부터 그 이름을 말하지 않았지요?" 부인은 따
져 물었다.

그래서 내가 사정 이야기를 하자 부인은 벨을 울려서, "윌리엄! 이 손님을
다실로 안내해!"라고 소리쳤다. 웨이터가 나를 안내하기 위해 마당 반대편 식
당에서 뛰어나왔다. 안내할 손님이 꼬마인 나라는 사실을 알고, 웨이터는 매우
놀라는 것 같았다.

다실은 크고 긴 방이었다. 그곳에는 커다란 지도가 몇 장 걸려 있었다. 만약 이 지도가 정말로 낯선 외국땅이고 내가 그 외국땅 한가운데 버려졌다 해도 이때보다 더 낯선 느낌을 받지는 않았을 것이다. 나는 한 손에 모자를 들고 문 가까이 있는 의자에 앉는 것조차 이상한 느낌이 들었다. 그리고 나를 위해 일부러 탁자에 식탁보를 깔아 주고, 양념병 한 세트를 가져다 놓았을 때는 수줍어서 얼굴이 온통 빨개졌던 게 틀림없었다.

웨이터가 나에게 고기와 야채를 가져왔는데, 뚜껑을 어찌나 거칠게 여는지 혹시 내가 그를 화나게 하지나 않았을까 걱정이 되었다. 그러나 그가 식탁에다 의자를 가져다 놓아주며, 아주 상냥하게 "자, 꺽다리 도련님, 식사를 드시지요"라고 말해주어 나는 크게 안도했다.

나는 그에게 고맙다고 말하고는 식탁에 앉았다. 그러나 그가 맞은편에 서서 나를 뚫어지게 바라보는 탓에 나이프와 포크를 능숙하게 다루거나, 고기소스가 가슴이나 무릎에 튀지 않게 조심하기가 어려웠다. 더구나 그와 눈이 마주칠 때마다 나는 몹시 난처해서 얼굴이 화끈거렸던 것이다. 내가 두 번째 고기를 먹으려고 하자, 지켜보던 웨이터가 물었다.

"맥주가 준비되어 있는데, 지금 마시겠습니까?"

나는 고맙다고 하고는 "예, 지금 마시겠습니다"라고 말했다.

그 말을 듣자 웨이터는 맥주를 큰 잔에 채우더니 그 잔을 들어 불빛에 비추어 먹음직하게 보이도록 했다.

"이런, 좀 많은 것 같은데, 안 그래요? 그렇지요?" 그는 말했다.

"정말 많은 것 같네요." 나는 웃으면서 대답했다. 그가 매우 기뻐하는 것을 보고 나도 몹시 기뻤기 때문이다. 그는 얼굴에 온통 여드름이 났고, 눈을 깜빡거리는 버릇이 있었으며, 온 머리카락은 곤추서 있었다. 한 손을 허리에 대고 다른 손으로는 맥주잔을 불빛에 비추고 있는 그의 모습은 아주 즐거워 보였다.

"어제 신사 한 분이 여기에 왔었어요, 아주 건장하게 생긴 분인데, 이름이 톰 소여였습니다. 아마 꼬마 손님도 알 테지요?" 그는 말했다.

"몰라요." 나는 대답했다.

"승마용 바지에 각반을 두르고, 테가 넓은 모자를 쓰고, 회색 코트를 입고, 물방울무늬의 폭이 넓은 넥타이를 맨 분 말입니다." 웨이터가 설명했다.

"모르겠는데요." 나는 수줍어하면서 말했다. "나는 그런 분을 만날 영광을 갖지 못했습니다."

"그분이 여기에 들어오셔서," 웨이터는 맥주잔을 불빛에 비추면서 말했다. "바로 이 맥주를 한 잔 주문했어요. 나는 마시지 말라고 했는데 그분은 기어이 마시겠다지 뭡니까. 그러고는 죽었답니다. 아마 그 맥주가 너무 오래된 것이라 그랬나 봐요. 애초에 내질 말았어야 했는데, 이건 사실입니다."

나는 이 우울한 사건을 듣고 충격을 받았다. 그래서 맥주보다 물을 마시는 것이 좋겠다고 말했다.

"그런데, 도련님." 웨이터는 한쪽 눈을 감고 여전히 맥주잔을 불빛에 비추어

보면서 말했다. "여기 사람들은 주문받은 음식이 그대로 남은 것을 좋아하지 않아요. 그냥 남겨두면 기분 나빠 해요. 그러니 좋으시다면 내가 마셔드리지요. 나는 맥주에는 아주 익숙하거든요. 모든 것은 익숙하면 되는 거예요. 고개를 뒤로 젖히고 단숨에 마셔버리면 해가 없으리라고 생각해요. 보실래요?"

그래서 나는 만약 그가 무사히 마실 수가 있다면 마셔주었으면 고맙겠다고 말했다. 그러나 무사히 마실 수 없다면 절대로 마시지 말아 달라고 했다. 그가 머리를 뒤로 젖히고 맥주를 들이켰을 때, 솔직히 말해서 고인이 된 톰소여 씨처럼 마룻바닥에 죽어 넘어지는 꼴을 보게 되는 것이나 아닌지 걱정되었다. 그러나 그는 오히려 술을 마시고 나더니 한층 더 기운이 나는 것 같았다.

"손님, 이게 뭐지요?" 그는 포크로 내 접시를 쿡쿡 찌르면서 말했다. "고기 맞지요?"

"고기 맞아요." 나는 말했다.

"아아!" 그는 외쳤다. "고기인 줄 몰랐는데. 맥주의 해독을 없애는 데는 고기가 최고야! 오늘 수지맞았는데."

그러더니 그는 한 손에는 고기를 들고, 다른 한 손에는 감자를 들더니 아주 맛있게 먹어버렸다. 그것을 보니 내 마음도 아주 흐뭇했다. 그 다음 그는 또 고기와 감자를 하나씩 더 먹어치웠다. 결국 그가 다 먹고 나서 푸딩을 가져와 내 옆에 놓고는 뭔가 생각하는 듯이 한참 동안 멍하니 앉아 있는 것이었다.

"파이 맛이 어때요?" 그가 정신을 차리면서 물었다.

"이건 푸딩이에요." 내가 대답했다.

"푸딩이라고!" 그는 소리쳤다. "아, 내 정신 좀 봐, 푸딩이구먼! 이건 뭐야!" 그는 가까이 다가와 보면서, "설마 버터 푸딩은 아니겠죠?"라고 말했다.

"네, 맞아요. 버터 푸딩이에요."

"그래요? 버터 푸딩은," 그는 수프용 큰 숟가락을 쥐면서 말했다. "내가 제일 좋아하는 요리지요! 이거 재수 좋은데. 자 꼬마 손님, 이리 와요. 우리, 누가 많이 먹나 시합해요."

물론 웨이터가 많이 먹었다. 그는 몇 번이나 이거 보라며 도전했지만, 그의 수프용 큰 숟가락과 나의 조그마한 찻숟가락, 음식을 먹어 치우는 그의 속도와 나의 속도, 그의 왕성한 식욕과 나의 식욕은 처음부터 내가 뒤떨어져 도저히 그를 이길 기회가 없었다. 푸딩을 그렇게 맛있게 먹어치우는 사람을 나는 본 일이 없다고 생각한다.

나는 그를 친절하고 다정하게 느꼈으므로, 지금이 펜과 잉크를 달라고 부탁해 페거티에게 편지 쓸 좋은 기회라고 생각했다. 그는 이것들을 바로 가져왔을 뿐만 아니라, 내가 편지 쓰는 동안 줄곧 지켜보는 친절까지 보였다. 내가 편지를 다 쓰자, 어느 학교에 가느냐고 물었다.

"런던 근처에 있는 학교요." 내가 아는 것은 이것뿐이었다.

"저런!" 그는 맥없이 말했다. "그거 안됐군요."

"뭐가요?"

"아, 맙소사!" 그는 고개를 저으면서 말했다. "거긴 학생의 갈비뼈를 두 개나 부러뜨렸던 학교지요. 아주 어린 소년이었는데. 그런데 도련님은 몇 살이나 되었지요?"

나는 그에게 여덟과 아홉 사이라고 말했다.

"그 소년의 나이와 똑같군요. 그 소년이 맨 처음 갈비뼈가 부러졌을 때가 여덟 살 반이었고, 두 번째로 갈비뼈가 부러져서 죽었을 때가 여덟 살 여덟 달이었죠."

그 이야기를 들은 뒤로 나는 본인은 물론 웨이터에게도 불안한 생각을 감추지 못했다. 그래서 어떻게 해서 그렇게 되었는가를 물었다. 그의 대답은 단 두 마디의 몸서리쳐지는, '몽둥이로 때려서'라는 말이었다.

그때 마당에서 들려온 역마차의 경적 소리가 나를 살려주었다. 나는 일어나서 돈을 얼마나 내야 하는지 머뭇거리면서 물었다. 나는 지갑을 가지고 있는 것이 자랑스럽기도 하고 한편으로는 부끄럽기도 했다. 나는 지갑을 주머니에서 천천히 꺼내 들었다.

"종이 한 장 값만 내면 됩니다." 그는 대답했다. "종이 한 장 사 본 적 있어요?"

나는 그런 기억이 없었다.

"비쌉니다. 세금이 붙어서요. 3펜스입니다. 이 나라에서는 뭐든지 세금을 붙이거든요. 다른 건 아무것도 없습니다. 웨이터에게 줄 팁은 별도지만요. 잉크 값은 내지 않아도 됩니다. 그 정도는 내가 해보지요."

"그럼 당신은, 아니, 나는 당신에게 얼마나 내야, 얼마나 드려야 하죠?" 나는 얼굴을 붉히며 물었다.

"만약 내게 딸린 식구가 없고, 그 식구가 천연두를 앓고 있지 않다면, 6펜스까지는 받지 않을 거예요. 늙은 부모와 귀여운 누이동생을 먹여 살리지만 않더라도." 여기서 웨이터는 크게 흥분했다. "한 푼도 받지 않을 텐데. 내 자리가 좋아서 대우가 괜찮다면, 손님에게 돈을 받는 대신 오히려 조금이나마 손님을 도와주었을 거예요. 정말이지 그런 마음이 굴뚝같답니다. 그러나 나는 버린 음식을 먹고 석탄 위에서 자는 처지랍니다." 여기서 웨이터는 울음을 터뜨렸다.

나는 그의 불행한 처지에 너무나 동정이 가서, 9펜스 이하를 준다는 것은 너무 잔인하고 가혹한 처사라고 생각되었다. 그래서 반짝이는 은화 세 닢 가운데 하나를 주었더니 그는 아주 정중하게 예의를 표하면서 받았다. 그러고는 손가락으로 톡톡 쳐서 그것이 진짜인가를 확인하는 것이었다.

내가 도움을 받아 역마차에 올랐을 때, 모두 나 혼자서 그 많은 음식을 다 먹었다고 생각하는 것을 알고 나는 약간 당황했다. 내닫이창에서 내다보던 부인이 마부를 보더니 "조지, 그 꼬마를 잘 보살펴야 해요, 안 그럼 배가 터질 거예요"라고 말하는 소리가 들렸다. 근처에 있던 여종업원들이, 어떻게 생긴 꼬마인지 보려고 우르르 몰려나와 나를 보면서 키득거렸다. 완전히 기운을 되찾은 나의 불행한 친구인 웨이터는 이러한 상황에 전혀 당황하지 않고 오히려 그들과 합세하여 나를 보고 놀라는 체하는 것이었다. 내가 그를 의심했다면 아마도 반은 그의 이런 행동 때문이었다. 그러나 나는 어린애다운 단순한 믿음과 연장자에 대한 어린애로서의 당연한 믿음으로 인해(이러한 동심이 너무도 빨리 속세에 물들어버리는 게 나로서는 오히려 슬프다) 그 당시에도 그를 지나치게 불신하지 않았다.

그러나 내가 앉은 마차 뒤쪽이 내려앉았다는 둥, 나는 짐마차로 여행하는 편이 훨씬 나을 거라는 둥 이런 농담을 마부와 차장이 하는 것을 듣자니, 전혀 근거가 없는 말이긴 했으나, 나는 거북했다는 점을 솔직히 인정해야겠다. 내가 대식가라는 터무니없는 소문이 마차 밖 승객들에게까지 퍼져나가 그들도 덩달아, 두세 사람 몫의 기숙사비를 냈느냐는 둥, 특별 할인이라도 받았느냐는 둥, 아니면 그냥 일반 규정대로 요금을 냈느냐는 둥, 짓궂은 질문을 해대는 것이었다. 그러나 무엇보다도 난처한 일은, 먹을 기회가 있어도 먹기가 부끄러워졌다는 것, 그리고 점심을 가볍게 먹었으므로 밤새도록 배가 고프리란 것이었다—과자는 서두르느라 여인숙에 두고 왔다. 과연 내가 걱정한 그대로였다. 저녁을 먹기 위해 마차가 섰지만, 먹고 싶은 마음은 굴뚝같은데도 먹을 용기가 나지 않아서, 그냥 난롯가에 앉은 채 아무것도 먹고 싶지 않다고 말했다. 하지만 그래도 농담거리가 되긴 마찬가지였다. 험상궂게 생긴 거친 목소리의 신사가, 자기는 오는 내내 술을 마시지 않을 때는 줄곧 샌드위치를 먹으면서 온 주제에, 나를 보고 한꺼번에 많이 먹어 놓으면 오래 이어지는 구렁이 같은 녀석이라고 말했다. 게다가 그렇게 말한 바로 뒤에 그는 삶은 고기를 너무 많이 먹어서 토하기까지 했다.

우리는 오후 세 시에 야머스를 떠나 다음 날 아침 8시쯤에 런던에 도착할 예정이었다. 때는 한여름이라 저녁에는 정말로 기분이 좋았다.

마을을 지날 때는 저 집안은 어떻게 생겼을까, 저 안의 사람들은 어떻게 살까 하고 상상해 보았다. 또 아이들이 마차를 따라 뛰어오거나 매달리면 이 아이들의 아버지는 살아 있을까, 집에선 행복할까 하는 생각을 했다. 앞으로 들어갈 학교생활도 줄곧 걱정되긴 했지만—이건 아무리 생각해도 두렵기만 했다—그 밖에도 생각할 것들이 많았다. 때로 페거티와 집 생각에 잠겼다. 그리고 나는 어떤 소년이었으며 머드스톤 씨를 물어뜯기 전의 나의 감정은 어떠했는지를 떠올리려고 무척 애썼지만 갈피를 잡지 못했다.

밤은 쌀쌀했기에 저녁때만큼 상쾌하지는 않았다. 마차에서 굴러 떨어지지 않도록 인상이 험악한 신사와 다른 한 신사 사이에 나를 앉혔으므로, 두 신사가 잠이 들어 나를 양쪽에서 밀어붙일 때는 꼭 질식할 것만 같았다. 참다못해 나는 "아아, 제발요!" 하고 외치지 않을 수 없었다. 두 사람은 그것을 달가워하지 않았다. 그들의 잠을 깨우기 때문이다. 내 맞은편에는 커다란 털외투를 입은 나이 지긋한 부인이 앉아 있었다. 온통 옷으로 몸을 감고 있어서 어둠 속에서 보면 사람이라기보다는 건초더미 같았다. 그 부인은 바구니를 들고 있었다. 그것을 어디다 두어야 할지를 몰라 오랫동안 고민하다가 내 다리가 짧은 것을 보고는 내 다리 밑에 바구니를 놓으면 되겠다고 생각한 모양이었다. 그런데 그 바구니 때문에 꼼짝도 못하고 어찌나 아프던지 나는 울고 싶을 지경이었다. 게다가 내가 조금만 움직여도 바구니에서 유리그릇이 다른 물건과 부딪혀 덜걱덜걱 소리를 냈고, 그 소리를 들은 부인은 발로 나를 사정없이 툭툭 차면서 말했다.

"얘, 가만히 좀 있어. 네 뼈는 아직 연하니까 가만히 있어도 돼!"

드디어 해가 떠올랐다. 그러자 내 양쪽의 신사들은 더욱 편안하게 자는 것 같았다. 그들은 밤새도록 큰 고초를 당한 듯했는데—끔찍이도 지긋지긋하게 내는 콧소리와 '컥' 하는 숨소리가 이를 말해주었다—이는 상상하기도 힘든 것이었다. 해가 점점 높이 떠오르자 그들의 잠은 조금씩 얕아져서, 한 사람씩 차례로 일어났다. 그런데 모두 도통 잠을 이루지 못했다고 말하는 것이었다. 그래서 잘 자지 않았느냐고 말하니까 불같이 화를 내는 것이었다. 나는 깜짝 놀랐다. 당시의 놀란 감정은 아직도 남아 있다. 늘 겪는 일이기는 하지만 무릇 인간의 공통된 약점 가운데 절대로 인정하고 싶지 않은 것이 (이유는 정확히 모르겠는데) 승합마차에서 푹 잤다는 말 같았다.

처음으로 멀리서 바라본 런던은 얼마나 놀라운 곳이었던지! 내가 좋아하는 영웅들이 모두 저곳에서 끊임없이 모험을 되풀이하고 있으며, 저곳이야말로 지구상의 어느 도시보다 기적과 악이 충만한 도시라고 나는 막연히 생각하고 있었다. 그러나 그것은 여기에서 이야기할 부분이 아니다. 우리는 점차 런던 가까이 가서 예정된 시간에 목적지인 화이트채플에 있는 여인숙에 도착했다. 그 여인숙 이름이 블루불이었는지 블루보어였는지는 잊어버렸지만, 블루 뭐였다는 것은 확실하다. 그리고 그 여인숙의 그림이 마차 뒤에 그려져 있었던 것을 나는 기억한다.

차장이 마차에서 내리면서 나를 한 번 바라보았다. 그는 매표소로 가서 말했다.

"서펵의 블룬더스톤에서 온 머드스톤이란 아이를 데리러 온 분 계십니까? 기다리고 있으면 데리러 오기로 되어 있다는데요?"

아무도 대답하지 않았다.

"코퍼필드를 데리러 온 사람이 있느냐고 물어봐 주세요, 아저씨." 나는 힘없이 말했다.

"서펵의 블룬더스톤에서 온 머드스톤으로 등록되었으나 자기는 코퍼필드라고 말하는 아이를 데리러 온 사람 계십니까? 기다리고 있으면 데리러 오겠다고 했다는데요." 차장이 소리쳤다. "계시면 나와주세요!"

그러나 아무도 나오지 않았다. 나는 걱정스럽게 주위를 둘러보았다. 몇 번씩 물어도 주위에 있던 사람들은 이런 물음에 전혀 무관심했다. 외눈박이 사내가 그럼 아이의 목에 놋쇠줄을 매어 마구간에 매어놓으면 되겠다는 말을 했을 뿐이었다.

사다리를 마차에 걸쳐 놓았으므로 건초더미 같던 그 부인의 뒤를 따라 내렸다. 그녀가 바구니를 치울 때까지 꼼짝할 수 없었기 때문이다. 마차에는 승객 하나 남지 않고 다 내렸고, 짐도 재빨리 운반되었다. 말은 짐보다 먼저 끌려 나갔으며, 마차마저도 여관 마부들이 뒤로 밀고 가 길에서 치워버렸다. 그때까지도 서쪽의 블룬더스톤에서 온 먼지를 뒤집어쓴 아이를 찾아갈 사람은 나타나지 않았다.

아무도 보아주지도 않고 외로움을 알아주지도 않는 로빈슨 크루소보다도 더 쓸쓸한 기분으로, 나는 매표소 안으로 들어갔다. 근무 중인 직원이 시키는 대로 나는 카운터 뒤를 지나 짐을 다는 저울 위에 앉았다. 거기서 소포와 화물, 장부 따위를 보고, 마구간 냄새를 맡으면서 기다리고 있으려니 (그 뒤로 마구간 냄새를 맡으면 이날 아침을 떠올린다) 엄청난 생각들이 줄줄이 떠오르기 시작했다. 만약 데리러 오는 이가 아무도 없다면, 나를 여기에 얼마나 머물게 할까? 내 손 안에 있는 7실링을 다 쓸 때까지 나를 여기에 그대로 둘까? 밤에는 다른 짐 덩이와 함께 이 나무통 위에서 잠을 자고, 아침에는 마당에 있는 펌프에서 세수를 해야 할까? 아니면 밤마다 여기서 쫓겨나 다음 날 사무실 문을 열면 다시 와서, 나를 데리러 올 때까지 남아 있어야 할까? 만약 무엇이 잘못된 것이 아니고, 머드스톤이 나를 쫓아내기 위해 이러한 계략을 꾸몄다면 나는 어떻게 해야 할까? 내 손에 있는 7실링을 다 쓸 때까지 여기에 머물게 해 준다 해도, 그 뒤로는 배가 고플 테니 계속 머물러 있을 수도 없을 것 같다. 그렇게 되면 이 블루 뭐라는 여인숙에 장례비용을 신세질 걱정은 차치하고, 손님들이 성가셔하고 불쾌해할 테니 여기에 있게 해 줄 리가 없다. 지금 여기를 출발하여 집으로 되돌아간다고 해도 어떻게 길을 찾으며, 길을 찾더라도 그 먼 길을 어떻게 걸어갈 수 있단 말인가? 또 내가 안전하게 집으로 되돌아간다 해도, 페거티 말고는 의지할 사람이 없지 않은가? 그렇다고 가다가 관청에 들러서 군인이나 선원이 되고 싶다고 신청한들, 나 같은 꼬맹이는 그 자리에서 거절당할 게 뻔했다. 이러한 생각을 비롯한 수많은 생각 때문에 온몸이 달아올랐고, 근심과 실망으로 현기증이 났다. 내 몸이 마치 열병에 걸린 것처럼 달아올랐을 때, 한 사나이가 들어와 직원에게 뭐라고 속삭였다. 그러자 그 직원은 나를 저울에서 내려오게 하더니 마치 짐꾸러미처럼, 저울에 달아서 돈을 받고 물건을 전해 주듯이, 나를 그 사나이에게 떠다밀었다.

그 낯선 사나이의 손에 이끌려 사무실을 나오면서, 나는 그를 훔쳐보았다. 그는 깡마르고 혈색 나쁜 젊은이로 볼이 움푹 들어가고, 머드스톤 씨처럼 턱수염이 시커멓게 나 있었다. 그러나 머드스톤을 닮은 곳은 그 턱뿐이었다. 그 사나이의 구레나룻은 깨끗이 면도되어 있었고, 윤기 없는 머리털은 퇴색되어 버석버석해 보였다. 그는 검정색 양복을 입었는데, 그 양복도 색이 바래고 삭아 보였다. 소매와 바지는 깡똥했다. 흰 목도리도 깨끗하지 못했다. 그가 몸에 걸친 리넨 천이 그 목도리뿐이라는 생각은 그때도 하지 않았고 지금도 하지 않지만, 그런 흔적을 보이거나 나타낸 것은 그 목도리뿐이었다.

"너 신입생이지?" 그가 물었다.

"예, 그렇습니다." 나는 대답했다.

나는 확실하진 않지만 그럴 거라고 생각했다.

"나는 세일렘 학교 선생이다."

나는 그에게 허리를 굽혀 인사하고, 크게 경외하는 마음을 품었다. 나는 세일렘 학교의 학자인 선생님에게 내 짐꾸러미 같은 보잘것없는 이야기를 하기가 부끄러워서, 우리가 마당에서 약간 멀리 갔을 때에야 용기를 내어 그 이야기를 했다. 앞으로 내 짐꾸러미가 나에게는 유용하리라는 것을 공손히 말했더니, 그는 발길을 돌려 사무실로 향했다. 선생님은 직원에게, 정오에 짐꾼을 보내 이 짐꾸러미를 찾아가겠다고 말했다.

"죄송합니다만, 선생님." 아까 되돌아갔던 지점까지 왔을 때 내가 말했다. "학교까지는 먼가요?"

"블랙히드 근처야." 그는 대답했다.

"블랙히드는 먼가요, 선생님?" 나는 머뭇거리며 물었다.

"조금 멀단다." 선생님은 말했다. "역마차로 가자. 약 6마일쯤 되니까."

나는 너무나 기진하고 피곤했기에 또다시 6마일을 참고 가야 한다고 생각하니 정신이 아득해지는 것 같았다. 나는 용기를 내어, 밤부터 아무것도 먹지 못했으니 먹을 것을 사도록 허락해주신다면 정말 고맙겠다고 말했다. 내 말을 듣고 선생님은 놀라는 듯했다. 그는 걸음까지 멈추고 나를 바라보았다. 그러고는 잠시 생각한 다음 이 근처에 자기가 아는 노파가 사는데, 빵과 내가 좋아하는 먹을거리를 사 그 노파의 집에 가서 아침을 먹는 것이 좋겠다고 말했다. 그리고 그 집에 가면 우유는 얻어 마실 수 있다고 했다.

그래서 우리는 빵가게 창 안을 들여다보았다. 선생님은 내가 사고 싶다고 고른 빵마다 일일이 퇴짜를 놓았다. 결국 우리는 맛있어 보이는 조그마한 흑빵을 한 덩이 사기로 결정했다. 3펜스였다. 그리고 식료품 가게에서 달걀 한 개와 줄이 있는 베이컨 한 조각을 샀다. 내가 번쩍거리는 실링 은화를 주었더니 많은 거스름돈이 되돌아왔다. 나는 런던의 물가가 싸다고 생각했다. 이러한 식품들을 산 뒤 우리는 지친 내 머리로는 도저히 형용할 수 없을 정도로 몹시 시끄럽고 어수선한 거리를 지나 다리로 나왔다. 그 다리는 틀림없이 런던 브리지였다.(사실은 나는 반쯤 자고 있었는데, 분명히 선생님이 그렇다고 말한 것 같다.)

그 다리를 건너 노파의 집에 닿았다. 그런데 그 집은 양로원의 일부였다. 집의 모습과 대문 위 돌에 새겨진 '가난한 여인 스물다섯 명을 위하여 이 집을 세우노라'라는 글귀를 보고 알 수 있었다.

세일렘 학교의 선생님은 비슷비슷하게 생긴 수많은 조그마한 문들 가운데 하나를 열고서 들어갔다. 문마다 옆과 위에 작은 마름모꼴 창문이 하나씩 달려 있었다. 집 안에는 초라하게 생긴 한 노파가 조그마한 냄비에다 무엇을 끓이려고 불을 불고 있었다. 선생님이 들어서는 것을 보고, 노파는 황급히 불을 불던 동작을 멈추고 풀무를 무릎에 놓으며 "나의 찰리!"라고 말한 것 같았다. 그러나 내가 들어서는 것을 보고는, 노파는 일어나서 당황한 듯 두 손을 비비며 무릎을 굽히고 인사를 했다.

"미안하지만, 이 어린 신사에게 아침을 준비해줄 수 있겠어요?" 선생님이 말했다.

"내가?" 노파가 말했다. "그럼, 하고말고!"

"피비슨 부인, 안녕하세요?" 선생님은 난롯가 큰 의자에 앉아 있는 다른 노파를 향해 말했다. 그 피비슨 부인은 꼭 낡은 옷뭉치처럼 보였다. 실수로 그 위에 앉지 않은 게 참 다행이라고 지금도 생각한다.

"아, 저 할멈은 지금 기분이 안 좋아." 노파가 말했다. "게다가 오늘은 일진이 안 좋은 날이야. 잘못하여 불이라도 꺼지면, 저 할멈의 생명도 꺼져 다시는 살아나지 못하리라고 굳게 믿고 있다네."

그들이 그 부인을 바라보고 있기에 나도 바라보았다. 날씨가 따뜻한데도 그 부인은 불만 생각하는 것 같았다. 부인은 불에 놓인 냄비까지도 시샘한다고 나는 생각했다. 그 냄비로 내 달걀과 베이컨을 삶고 굽는 것이 아주 불쾌한 것 같았다. 음식물이 준비되고 있을 때, 아무도 보는 사람이 없자 부인이 화를 내면서 나에게 주먹을 휘두르는 바람에 나는 더럭 겁이 났다. 조그마한 창문으로 햇빛이 들어왔다. 그러나 부인은 자신의 등과 큰 의자의 등을 햇빛 쪽으로 향하고 앉아서 난롯불이 부인을 따뜻하게 해주는 것이 아니라 부인이 난로를 따뜻하게 해주는 양 난롯불을 가로막고 앉아서는, 불안한 눈으로 난로를 바라보고 있었다. 나의 아침 식사 준비가 다 되어서 불 위에 아무것도 없게 되자 노파는 기뻐서 큰 소리로 웃기까지 했다. 솔직히 말해서 부인의 웃음소리는 매우 거슬렸다.

　나는 앉아서 흑빵과 달걀, 얇은 베이컨 조각과 우유 한 잔으로 맛있게 식사를 했다. 내가 한참 먹고 있는데 그 집의 노파가 선생님에게 물었다.

"플루트를 갖고 왔나?"

"예." 선생님이 대답했다.

"한 곡조 불어 봐." 노파가 달래듯이 말했다.

　그 말에 선생님은 코트 밑으로 손을 넣어, 세 도막으로 된 플루트를 꺼내 잇더니 불기 시작했다. 그때의 느낌은, 이 세상에서 그의 플루트 소리보다 더 사람의 마음을 울적하게 만드는 소리는 없으리란 거였다. 자연적이든 인공적이든 내가 들어본 소리 가운데에서 가장 우울한 소리였다. 그게 무슨 곡인지는 잊었지만—그 연주를 곡이라고 부를 수 있을지조차 의심스럽지만—그 곡을 들으니, 먼저 서러움이 북받쳐서 눈물을 억누를 수 없었고, 그 다음에는 식욕이 사라졌으며, 마지막으로 졸음이 와서 눈을 뜨고 있을 수가 없었다. 지금도 그때의 일을 생각하면 눈꺼풀이 무거워지면서 깜빡깜빡 잠이 온다. 그 조그마한 방에는 문이 없는 삼각 찬장, 네모난 등받이 의자, 모서리가 있는 2층으로 통하는 조그마한 계단, 벽난로 선반 위에 꾸며 놓은 공작 털 세 가닥 따위가 있었는데, 그것들이 점점 흐릿해지면서 나는 꾸벅거리다가 잠들어버린다. 플루트 소리가 사라지고 대신 마차바퀴 소리가 들린다. 나는 다시 여행을 떠난다. 마차가 덜커덩덜커덩 흔들려서 나는 화들짝 눈을 뜬다. 플루트 소리가 다시 들려오고, 선생님은 다리를 꼬고 앉은 채 여전히 슬픈 곡조를 연주하고 있다. 그것을 바라보는 노파의 기쁨에 겨운 얼굴. 그런데 또다시 노파가 사라

진다. 선생님도 사라진다. 모든 것이 사라진다. 이제는 플루트도 없고 선생님도 없고, 세일렘 학교도 없으며, 데이비드 코퍼필드도 없다. 오직 깊은 잠이 있을 뿐이다.

나는 꿈을 꾸었던 것 같다. 선생님이 플루트를 불고 있을 때, 그 집의 노파가 그 소리에 젖어 황홀한 나머지 차츰차츰 선생님에게 다가가서, 의자 등 너머로 몸을 굽혀 다정하게 선생님의 목을 바싹 껴안는 바람에 연주가 잠깐 멈춰진 적도 있는 것 같다. 바로 그때도 그 직후에도, 나는 자는 것도 아니고 깨어 있는 것도 아닌 몽롱한 상태에 있었다. 선생님이 다시 플루트를 불기 시작했을 때—즉, 정말로 불다가 멈췄던 것이다—그 집 노파가 피비슨 부인에게, 이 곡이 멋있지 않느냐고 물었다.

그러자 피비슨 부인은 "아! 좋아요!"라고 난로를 향해 고개를 끄덕였다. 내 눈으로 직접 보고, 귀로 들은 바, 피비슨 부인은 그 난로 때문에 선생님의 플루트 소리가 좋다고 생각했다.

한참 동안 졸고 있을 때, 선생님은 플루트의 나사를 돌려 빼어서 세 개로 분리하여 코트 밑에 넣고는 나를 데리고 나왔다. 마차는 바로 가까이 있었다. 우리는 지붕에 올라탔다. 내가 너무 심하게 졸았으므로 손님을 태우기 위해 마차가 멈추었을 때, 텅 비어 있는 마차 안에 나를 태워주었다. 거기서 나는 푹 잠들어버렸다. 깨어보니 마차는 녹음이 우거진 언덕길을 터덜터덜 올라가고 있었다. 드디어 마차가 섰다. 목적지에 도착한 것이다.

잠시 걸어서 우리—선생님과 나—는 세일렘 학교에 도착했다. 그 학교는 높은 벽돌담으로 둘러싸였고, 매우 음침해 보였다. 그 앞에 난 문 위에 '세일렘 학교'라는 간판이 붙어 있었다. 벨을 누르자, 무뚝뚝하게 생긴 얼굴이 문의 쇠창살 사이로 우리를 내다보았다. 문이 열리고 건장하게 생긴 그 얼굴의 주인공이 모습을 드러냈다. 목은 황소 같았고, 의족을 하고 있었으며, 광대뼈가 툭 튀어나왔고, 머리는 빡빡 깎은 민둥머리였다.

"신입생이야." 선생님이 말했다.

의족을 한 그 사나이가 내 온몸을 훑어보았다. 그러나 별로 오랫동안 보지는 않았다. 훑어볼 만한 데도 없으니까. 그러고는 우리가 들어서자 문을 열쇠로 잠갔다. 어두컴컴한 우거진 나무 사이로 학교를 향해 걸어가고 있는데, 뒤에서 의족을 한 사나이가 나의 안내자인 선생님을 불렀다.

"여봐요."

우리가 돌아보니, 그가 살고 있는 조그마한 오두막 앞에서 부츠 한 켤레를 들고 서 있었다.

"구두 수선하는 사람이 왔었어요." 그가 말했다. "멜 씨, 당신이 외출하고 없는 사이에. 그런데 이 부츠는 이제 수선할 수가 없대요. 가죽이 하나도 남지 않아서. 이런 부츠를 고치려는 사람이 오히려 이상하다고 하던데요."

그는 부츠를 멜 선생님에게 내던졌다. 선생님은 몇 걸음 되돌아가서, 구두를 집어 들었고, 가는 내내 참으로 유감스럽다는 듯이 그 구두를 들여다보았다. 그때 처음으로 나는 선생님이 신고 있는 구두를 보았다. 그것도 너무 낡아서 신고 다니기에 불편할 정도였고, 양말도 한 곳에 구멍이 나서 땅을 뚫고 나오는 새싹처럼 그 사이로 살이 보였다.

세일렘 학교는 양쪽에 별채가 딸려 있는 네모꼴의 벽돌 건물이었는데, 보기에도 살풍경하고 시설다운 것이 전혀 없었다. 주위가 조용했기에 나는 멜 선생님에게, 학생들이 모두 외출했느냐고 물었다. 그러나 선생님은 지금이 방학 중이라는 사실을 내가 모르는 것을 알고는 깜짝 놀랐다. 선생님은 걸으면서, 학생들은 모두 자기 집으로 돌아갔다는 것, 이 학교의 경영자인 크리클 씨는 부인과 딸을 데리고 바닷가에서 피서 중이라는 것, 내가 나쁜 짓을 했으므로 그 벌로 방학 중인데도 학교에 오게 되었다는 모든 사실을 알려주었다.

선생님이 안내한 교실을 자세히 보았다. 그토록 초라하고 썰렁한 곳은 본 적이 없었다. 길쭉한 방에 길게 책상이 세 줄, 긴 의자가 여섯 줄로 놓여 있고, 벽에는 모자와 석판을 거는 못이 여기저기 어지럽게 박혀 있었다. 낡은 습자책과 연습장 조각들이 더러운 마룻바닥에 흩어져 있었다. 그리고 너절한 종이로 만든 누에집들이 책상 위에 널브러져 있었다. 키우던 주인에게서 잊힌 불쌍한 작은 생쥐 두 마리가, 마분지와 철사로 된 냄새나는 그들의 성 안을 이리저리 뛰어다니며 먹을 것을 찾느라 작고 빨간 눈으로 구석구석을 훑고 있다. 새보다 약간 큰 새장에선 새 한 마리가 2인치 정도 되는 횃대를 뛰어다니면서 이따금씩 애처로운 날갯짓 소리를 냈다. 노래하지도, 울지도 않는다. 교실 안에선 곰팡이 낀 작업복, 곯은 사과, 썩은 책 냄새 같은 이상한 냄새가 코를 찔렀다. 그 교실은 처음 지을 때부터 지붕이 없어서, 계절에 따라 하늘에서 잉크비가 내리고, 잉크눈도 내리고, 잉크우박도 내리고, 잉크바람도 부는지 온통 잉크 범벅이었다.

멜 선생님이 나를 혼자 남겨둔 채 수선 불가능한 구두를 가져다 놓으려고 2층으로 간 사이에, 나는 가만히 그 교실을 끝까지 걸어다니면서 위에서 말한 것들을 모두 눈여겨보았다. 그러다가 뜻밖에, 예쁜 글씨로 '조심! 물어뜯습니다'라고 적힌 마분지로 된 게시문이 책상 위에 놓여 있는 것을 보았다.

나는 놀라 책상 위로 올라갔다. 책상 밑에 큰 개가 도사리고 있을 것이라 생각했기 때문이다. 걱정스러운 눈으로 사방을 살펴보았지만, 개는 보이지 않았다. 멜 선생님이 돌아왔을 때에도 나는 계속 사방을 두리번거렸으므로, 선생님이 책상 위에서 무엇을 하느냐고 물었다.

"용서하세요, 선생님." 나는 말했다. "개를 찾고 있었어요."

"개라니?" 그가 말했다.

"이게 개 아닙니까? 선생님."

"이게 어째서 개란 말이지?"

"물어뜯으니까 조심하라고 쓰여 있잖아요."

"그게 아니야, 코퍼필드." 선생님은 엄숙하게 말했다. "이건 개를 말하는 게 아니야, 소년을 말하는 거지. 이 게시문을 네 등에 달아 주라는 지시를 받았어. 처음부터 이렇게 하는 것은 미안하지만, 나도 어쩔 수가 없단다."

선생님은 나를 책상 위에서 내려놓고, 잘 만든 게시문을 배낭처럼 내 등에 매달아주었다. 그 뒤로 나는 어디를 가든 게시 문구를 매달고 다녀야만 했다.

그 게시 문구 때문에 받은 고통은 아무도 상상할 수 없을 것이다. 나는 등이 보이건 말건 늘 누군가가 그 게시 문구를 읽고 있을 것만 같았다. 돌아보고 아무도 없는 것을 확인해도 조금도 진정되지 않았다. 내게 등이 있는 이상, 등 뒤에는 늘 누군가가 있을 것만 같았기 때문이다.

특히 의족을 한 그 무자비한 수위가 고통을 더해주었다. 그는 그 학교에서 상당한 권위가 있었다. 그래서 만약 내가 나무나 벽에 기대고 있는 것을 보기만 하면, 자기 집에서 "야, 너, 코퍼필드! 글씨가 잘 보이게 해, 안 그럼 보고하겠어!"라고 벼락같이 소리치는 것이었다.

텅 빈 운동장에는 자갈이 깔려 있고, 학교 건물 뒤쪽과 사무실 뒤쪽은 완전히 트여 있었다. 그래서 고용인들도, 정육점 주인도, 빵집 주인도 그것을 읽었을 것이다. 한 마디로 말해서, 내가 돌아다니라는 명령을 받은 오전 중에 학교에 드나든 사람이면 누구나 다 '나는 무는 아이니까 조심하라'는 문구를 읽었을 것이다. 끝내는 나조차, 내가 정말로 물어뜯는 난폭한 아이처럼 생각되어 스스로가 무서워졌다.

운동장에는 오래된 문이 하나 있다. 거기에 학생들이 자기 이름을 새기는 습관이 있었다. 그 문에는 학생들 이름이 어지럽게 새겨져 있었다. 나는 방학이 끝나고 학생들이 학교로 돌아오는 것이 두려웠다. 그래서 그 낡은 문에 새겨진 한 학생의 이름을 읽으면서도, 그가 이 '조심! 물어뜯습니다'를 어떤 투로 얼마나 힘주어 외치고 다닐지만 걱정이 되어 견딜 수가 없었다.

많은 이름 가운데서 유난히 깊이, 또 여러 곳에 파놓은 제이(J) 스티어포스라는 한 학생의 이름이 눈에 띄었다. 틀림없이 이 아이가 문구를 아주 힘차게 읽고서, 내 머리카락을 잡아당길 것만 같았다. 또 토미 트래들스라는 이름이 있었다. 그는 이것을 가지고 짓궂게 장난치면서, 일부러 나를 두려워하는 체할 것 같아서 겁이 났다. 조지 뎀플이란 학생은 이 문구에 곡을 붙여 노래를 부를 것 같았다. 나는 완전히 겁에 질린 채 그 문을 바라보고 있노라니 나중엔 문에 새겨진 이름의 주인공들인 재학생 마흔다섯 명이 저마다 큰 소리로, '저 놈을 조심해. 그놈은 물어!'라고 소리칠 것만 같았다.

책상이나 긴 의자에 대해서도 마찬가지였다. 또한 내 침대로 가는 도중이나 침대에 누워서도 그랬고, 슬쩍 엿본 수많은 빈 침대에 대해서도 똑같은 느낌이었다. 더욱이 나는 옛날처럼 밤마다 어머니와 같이 있는 꿈을 꾸었다. 페거티 씨의 집 파티에도 가고, 역마차 지붕에 앉아서 여행하는 꿈도 꾸었다. 그리고 불행한 웨이터 친구와 같이 식사하는 꿈도 꾸었다. 그때마다 나는 짧은 잠옷 차림에 경고문구를 달고 있고 아이들이 일제히 소리치는 바람에 깜짝 놀라 눈을 동그랗게 뜨는 것이었다.

생활의 단조로움과 학교가 문을 열면 어쩌나 하는 걱정이 겹쳐 나는 견딜 수 없이 고통스러웠다. 멜 선생님의 지루한 수업은 날마다 이어졌다. 그러나 그곳에는 머드스톤 남매가 없었기에 나의 공부는 썩 잘 되었다. 즉 불명예스러운 일 없이 잘해냈다.

수업이 시작되기 전과 수업이 끝난 뒤에는 내가 앞서 말한 의족을 한 사나이의 감시 아래 등에 게시문을 메고 학교 주위를 돌아다녔다. 학교 주변의 질척한 물웅덩이, 온통 깨진 교정의 푸른 포석, 늘 젖어 있는 낡고 커다란 물함지박, 비가 오면 한층 물방울이 거세게 떨어지고 맑을 때는 바람이 더욱 거세게 부는 우거진 숲의 나무들은 지금도 마치 어제 일처럼 또렷하게 기억한다!

한 시가 되면, 멜 선생님과 나는 긴 탁자가 가득 있고 기름 냄새가 배어 있는 휑뎅그렁하고 기다란 식당 한쪽 구석에 앉아서 식사를 했다.

식사를 마친 뒤에는 차가 나올 때까지 공부했다. 멜 선생님은 푸른색 찻잔에 차를 마셨고, 나는 양철 깡통으로 마셨다. 저녁 일곱 시나 여덟 시가 될 때까지, 온종일 멜 선생님은 교실 안 외따로 떨어진 자기 책상에 앉아서 펜, 잉크, 자, 책, 종이 따위를 가지고 (나중에 알았지만) 나머지 학기 학비 청구서를 열심히 작성했다.

선생님은 일이 끝나면 도구들을 정리해 넣고 플루트를 꺼내 불었다. 선생님은 플루트의 맨 위쪽에 있는 큰 구멍에 자신의 모든 것을 불어넣어서, 그 밑쪽에 있는 작은 여러 구멍으로 흘러나오게 하는 인상을 줄 때까지 불었다.

지금도 똑똑히 기억한다. 희미하게 불이 켜진 방에서, 나는 한 손으로 머리를 괴고 앉아 멜 선생님의 구슬픈 플루트 소리를 들으며 다음 날 공부를 예습했다. 책을 덮은 뒤에도 멜 선생님의 구슬픈 플루트 소리는 이어졌다.

플루트 소리를 따라, 내 기억은 저절로 집에서 있었던 일들로 돌아간다. 야머스 벌판의 바람 소리가 들리는 것 같아서 외로움과 슬픔을 느꼈다. 빈 방들을 지나 내 침실로 가서 침대가에 앉으면 페거티의 따뜻한 위로의 말이 그리워 소리내어 울었다.

아침이면 아래층으로 내려가서, 길고 무섭게 생긴 계단 창틀 사이로 풍향계가 달린 외딴 건물 위에 설치된 학교 종을 바라보면서, 저 종이 울리어 제이(J) 스티어포스를 비롯한 학생들이 공부를 시작할 시기가 닥쳐올 것을 생각하니 끔찍했다. 두려움에 떨던 기억이 지금도 또렷하다. 그러나 그러한 불길한 예감은, 의족을 한 수위가 무시무시한 크리클 씨를 들이기 위해 녹슨 문을 자물쇠로 열 때에 비하면 부차적인 것에 지나지 않았다.

이러한 회상 속의 어느 경우를 보더라도, 내가 위험한 인물이라고는 도저히 생각할 수 없었건만 기억 속의 나는 언제나 그 경고판을 매달고 다녔다.

멜 선생님은 나에게 별로 말이 없었고, 전혀 엄하게 대하지도 않았다. 말은 없었지만 퍽 좋은 친구였다고 생각한다. 멜 선생님은 때때로 혼자 중얼거리고, 웃기도 하고, 주먹을 불끈 쥐기도 하고, 이를 갈기도 하고, 머리칼을 쥐어뜯기도 했다. 이런 행동은 멜 선생님의 특이한 버릇에 지나지 않았으므로 곧 익숙해지기는 했지만, 처음에는 몹시 무서웠었다.

6장
내 친구, 스티어포스

　내가 세일렘 학교에서 생활한 지 한 달쯤 되었을 때이다. 의족을 한 수위가 대걸레와 물통을 들고서 뚜벅뚜벅 걸어다니는 것을 보고, 교장인 크리클 씨와 학생들을 맞이할 준비를 하나 보다 생각했다. 과연 그랬다. 대걸레가 교실 안으로 들어와 나와 멜 선생님을 내쫓아버렸다. 그래서 우리는 며칠 동안은 있을 만한 곳을 찾아 아무 데서나 지내게 되었는데, 그 기간 동안 전에 보지 못했던 젊은 여자 두세 명과 자주 마주쳤다. 우리는 먼지 구덩이 한가운데에 있었으므로, 나는 학교 전체가 커다란 코담뱃갑이 아닐까 싶을 정도로 끊임없이 재채기를 했다.

　어느 날, 크리클 씨가 오늘 밤 돌아온다는 소식을 멜 선생님에게서 알았다. 그리고 그날 저녁 차를 마시고 난 뒤 크리클 씨가 돌아왔다는 것을 들었다. 잠자리에 들기 전에 나는 의족을 한 사나이에게 이끌려 크리클 씨에게로 갔다.

　크리클 씨의 집은 우리가 지내는 곳보다 훨씬 안락했다. 그 집에는 먼지투성이 운동장과는 별도로 아늑한 정원도 있었다. 조그만 사막 같아서 낙타가 아니고서야 도저히 적응할 수 없을 것 같은 운동장만 보아온 내 눈에는 매우 즐거운 풍경이었다. 떨면서 크리클 씨의 방으로 안내되었을 때 그의 앞에서도 나는 거북해서 어쩔 줄 몰랐으므로(같은 방에 있었음에도) 크리클 씨의 부인과 딸은 눈에 들어오지도 않고 크리클 씨만 보였다. 나로서는 도중에 복도가 편안해 보인다는 것을 눈치챈 것만으로도 엄청난 용기가 필요했던 큰 성과였다. 크리클 씨는 건장한 신사로, 시곗줄과 인장 뭉치를 가지고 있었으며, 옆에는 큰 컵과 술병을 놓고서 안락의자에 앉아 있었다.

　"그래, 이 녀석이 입에다 재갈을 물려야 한다는 그 아이구먼! 뒤로 돌려세우게." 크리클 씨는 말했다.

　의족을 한 수위가 경고문이 보이도록 나를 돌려세웠다. 그러고는 잘 읽도록 충분한 시간을 준 뒤 나를 다시 돌려세워 크리클 씨와 마주 보게 하고, 자기는 크리클 씨 옆에 섰다. 크리클 씨의 얼굴은 불같이 새빨갛고, 작은 두 눈은 움푹 들어가 있었다. 이마에는 굵은 힘줄이 불거져 있었으며 조그마한 코에 턱은 유난히 컸다. 정수리는 대머리였고, 얼마 남지 않은 희어져가는 머리털은, 양쪽 관자놀이에서 붙여 올려, 양끝이 이마에서 이어져 있었다. 그러나 크리클 씨에 대해 가장 인상적이었던 점은, 소리를 내지 않고 속삭이듯 말하는 것이었다. 말할 때 힘이 들어서인지 혹은 자기도 그렇게 가냘프게 이야기한다는 것을 인식해서인지는 몰라도, 그가 이야기할 때면 화난 얼굴은 더욱 화난 것처럼 보였고, 불거진 힘줄이 더욱 두드러져 보였다. 지금 생각해도 이 특징이 유난히 눈에 띈 것은 나로서는 조금도 이상할 것이 없었다.

"그런데, 이 학생에 대한 평판은 어떠한가?" 크리클 씨가 물었다.

"아직까지 나쁜 평은 없습니다. 별 기회가 없었습죠." 의족을 한 사나이가 대답했다.

그 말을 들은 크리클 씨는 실망한 것 같았다. 그러나 부인과 딸은(이때 처음으로 슬쩍 보았는데, 두 사람 다 깡마르고 조용조용한 사람들이었다) 실망하지 않았을 것이다.

"이리 와 봐." 크리클 씨가 나에게 손짓했다.

그러자 의족을 한 수위도 똑같은 동작을 하면서 "이리 와"라고 말했다.

"나는 너의 의붓아버지를 아는 것을 기쁘게 생각한다." 크리클 씨는 내 귀를 잡으며 작게 말했다. "참 훌륭하신 분이야. 강한 성격의 소유자지. 그는 나를 잘 알고, 나도 그를 잘 알아. 그런데 너는 나를 아느냐?" 크리클 씨는 내 귀를 꼬집으며 말했다.

"아직은 모릅니다, 선생님." 나는 아파서 겁을 내며 말했다.

"아직은 모른다고, 응?" 크리클 씨가 되풀이했다. "하지만 이제 곧 알게 되겠지, 안 그러냐?"

"이제 곧 알게 되겠지, 안 그러냐?" 의족을 한 수위가 똑같이 되풀이했다. 나중에 알았는데, 그는 크리클 씨의 통역으로서 언제나 이렇게 큰 소리로 학생들에게 말해 준다고 한다.

나는 깜짝 놀라서, '저도 그러길 바랍니다' 하고 대답했다. 그러는 사이에도, 나는 귀가 타는 듯이 화끈거리는 것을 느꼈다. 그는 그만큼 모질게 내 귀를 꼬집었다.

"내가 어떤 사람인가를 말해 주지." 크리클 씨는 속삭였다. 그리고 마지막으로 눈에서 눈물이 쏙 빠질 정도로 내 귀를 비틀고 나서야 나를 놓아주었다. "나는 아주 사나운 사람이야."

"아주 사나운 사람이야." 의족을 한 사나이가 되풀이했다.

"나는 한다면 하는 사람이야." 크리클 씨가 말했다. "그리고 한 번 시키겠다고 마음먹으면 시키고 마는 사람이야."

"한 번 시키겠다고 마음먹으면 시키고 마는 사람이야." 의족을 한 사나이가 똑같이 말했다.

"나는 확고한 성질의 소유자야." 크리클 씨가 계속했다. "난 바로 그런 사람이야. 나는 내 책임을 다한단 말이야. 그게 내가 하는 일이지!" 그는 여기서 부인을 힐끗 보았다. "내 육친이라도 나에게 반대하면 육친으로 생각하지 않지. 그런 놈과는 단칼에 관계를 끊어버리지. 그놈이 다시 왔었나?" 그는 의족을 한 사나이에게 물었다.

"아니오."

"그래." 크리클 씨는 말했다. "그놈도 이제는 알았나 보군. 그놈이 얼씬 못하게 해." 크리클 씨는 주먹으로 책상을 치며, 또다시 부인을 바라보고 말했다. "어린 친구, 너 또한 나를 알기 시작했겠지? 그러니 가도 좋아. 이봐, 이 학생 데리고 가게."

가라는 명령을 받고 나는 몹시 기뻤다. 왜냐하면 크리클 씨의 부인과 딸이 자꾸만 눈물을 닦고 있었기에, 나는 나 자신에 대해서는 말할 것도 없고, 그들 모녀에 대해서도 퍽 난처했기 때문이다. 그러나 나는 마음속으로 많이 걱정되는 것을 탄원해야겠다는 생각에 "선생님, 죄송합니다만 할 말이 있습니다……"라고 말했다. 어디서 그런 용기가 나왔는지는 나도 모르지만.

크리클 씨는 "하, 뭐야?"라고 속삭였다. 그러고는 나를 뚫어져라 노려보았다.

"제발, 선생님." 나는 벌써부터 더듬거리며 말했다. "저는 제 행동을 크게 뉘우치고 있습니다. 그러니 만약 선생님이, 학생들이 돌아오기 전에 이걸 벗게 해주신다면……"

크리클 씨가 정색을 하고 그랬는지, 아니면 단지 나를 겁주려고 그랬는지는 몰라도, 그는 의자에서 벌떡 일어났다. 나는 부리나케 그곳을 빠져나와, 의족을 한 사나이의 호송도 받지 않은 채 단숨에 내 침실까지 달렸다. 아무도 나를 추격해오는 사람이 없다는 것을 확인하고 잠자리에 들었지만, 누워서 두어 시간은 부들부들 떨어야 했다.

다음 날 아침, 샤프 선생님이 돌아왔다. 샤프 선생님은 주임 교사로서 멜 선생님보다 윗사람이었다. 멜 선생님은 언제나 학생들과 식사를 함께 했지만, 샤프 선생님은 점심과 저녁을 크리클 씨와 함께 했다. 샤프 선생님은 나긋나긋하고 가냘파 보이는 신사였다. 코가 유난히 크고 머리가 무거운 듯이 고개를 한쪽으로 기울이고 다녔다. 그의 머리털은 윤기가 흐르고 물결치는 듯이 보였는데, 맨 먼저 학교로 돌아온 학생에 따르면, 그것은 가발(게다가 중고)이며 샤프 선생님은 매주 토요일 오후에 가발을 곱슬거리게 하려고 이발소에 간다는 것이었다.

이러한 정보를 알려준 학생은 다름 아닌 토미 트래들스였다. 그는 오자마자 자기 이름이 대문의 오른쪽 구석, 빗장 위에 새겨져 있다고 자기소개를 했다. "그럼 트래들스?" 내가 말하자, 그는 "맞아" 하고 대답하고는 곧바로 나와 우리 가족에 대해 자세히 물었다.

트래들스가 제일 먼저 돌아온 것이 나에게는 퍽 다행이었다. 그는 나의 경고문을 아주 재미있게 생각하여, 크거나 작거나 관계없이 학교로 돌아오는 모든 학생에게 나를 소개하며 "이것 봐! 정말 재미있지?"라고 말했다. 그럼으로써 나는 그것을 감추고 아이들은 폭로하는 따위의 귀찮은 일을 덜어주었다. 그리고 다행스럽게도 학생들 대부분이 의기소침한 상태로 돌아와서 내가 각오했던 만큼 내 일에 대해 시끄럽게 굴지 않았다. 그중 몇몇 학생들은 인디언처럼 내 주위를 춤추며 다녔다. 그리고 대부분의 학생이 나를 개 취급해서 어루만지고 쓰다듬으면서 "개 선생, 엎드려!"라고 말하거나, 타우저라는 개 이름으로 부르는 것도 어쩔 수 없었다. 다만 전혀 낯선 학생들 틈에서 이러한 놀림을 당하니 나는 자연스럽게 당황스럽고 눈물도 났지만, 전체적으로 내 예상보다는 훨씬 나았다.

그러나 제이(J) 스티어포스가 돌아올 때까지 나는 정식으로 학교에 입학한 것은 아니었다. 스티어포스는 위대한 학자가 될 것이라고 정평이 난 학생으로 아주 잘생겼으며, 적어도 나보다 여섯 살 위였다. 나는 마치 판사 앞에 끌려가듯이 그 앞으로 끌려갔다. 그는 운동장에 있는 창고에서 나의 특수한 처벌에 대해 자세하게 물었다. 내 처벌에 대해 이것저것 물어보았는데, 다 듣고 나서 "말도 안 되는 굴욕이야!" 하고 자기 의견을 말했다. 덕분에 나는 그 뒤로 그의 동생뻘이 되었다.

스티어포스는 내 문제를 그 한 마디로 정리해버리고, 나와 나란히 걷다가 갑자기 물었다. "코퍼필드, 돈은 얼마나 가지고 있어?"

7실링이 있다고 나는 말했다.

"나에게 맡기는 것이 좋아. 내가 보관해줄게." 그는 말했다. "네가 원한다면 말이야. 싫다면 맡길 필요 없고."

나는 그의 친절한 제의에 바로 응했다. 페거티의 지갑을 열고, 거꾸로 털어서 돈을 그의 손에 모조리 떨어뜨려 주었다.

"지금 쓸 데가 있니?" 그는 나에게 물었다.

"없어." 나는 대답했다.

"쓸 데가 있으면 써도 돼. 쓸 데가 있으면 말해 봐." 스티어포스가 말했다.

"아니야, 없어." 나는 되풀이했다.

"침실에 들면, 2실링쯤 하는 커런트 술 한 병쯤 마시고 싶겠지?" 스티어포스는 말했다. "참, 너 나하고 같은 침실이야."

지금까지 마시고 싶은 생각은 없었으나, "그럴 거야. 나 마시고 싶어"라고 대답했다.

"좋아." 스티어포스는 말했다. "또 1실링 하는 아몬드 케이크도 먹고 싶을 걸, 그렇지?"

나는 그것도 먹고 싶다고 대답했다.

"그리고 비스킷이 1실링, 과일이 1실링, 어때?" 스티어포스가 말했다. "야, 코퍼필드, 너 멋있는 놈이구나!"

스티어포스가 웃기에 나도 같이 웃었다. 그러나 속으로는 조금 걱정되었다.

"돈은 멋지게 써야지. 이것이 중요해. 내가 너를 위해 최선을 다할게. 나는 언제든지 외출할 수 있거든. 그래서 음식물을 몰래 들여오지." 이렇게 말하고 스티어포스는 돈을 주머니에 넣고는 자기가 잘 보관할 테니 걱정하지 말라고 친절하게 말했다.

그런데 이것이 진짜 '잘'이라면 확실히 그의 말은 거짓이 아니었다. 그러나 나는 속으로 너무나 불안했고, '잘'이라는 말은 아무래도 정반대의 뜻인 것 같았다—무엇보다도 어머니가 주신 반 크라운 은화 두 닢이 어이없이 사라져버린 것 같아서 견딜 수 없었다. 그래도 동전을 싼 종이만은 남겨 두었는데, 생각해 보면 한심하지만, 이것이 최소한의 절약이었다. 우리가 2층 침실로 올라갔을 때 스티어포스는 7실링어치 물건을 꺼내어 달빛 비치는 내 침대에 펼쳐 놓고 말했다.

"어때, 코퍼필드, 멋지지?"

잔치의 주인은 나였지만, 스티어포스가 곁에 있는 동안 꼬맹이인 내가 주인 노릇을 한다는 것은 어림도 없는 생각이었다. 그런 생각만 해도 손이 떨렸다. 그래서 스티어포스에게 잔치를 주선해 달라고 부탁했는데, 방에 있던 다른 학생들도 일제히 찬성했기에 그는 나의 제의를 받아들였다. 스티어포스는 내 베개 위에 앉아서 사 온 음식물을 분배했다. 아주 공평하게—이것만큼은 말해 두어야 한다. 그리고 그는 자기 소유인 발 없는 조그마한 술잔에 커런트 술을 따라서 돌렸다. 나는 스티어포스 왼편에 앉았고, 나머지 학생들은 우리 둘을 에워싸며 가까운 침대 위나 마룻바닥에 둘러앉았다.

그날 밤의 광경은 지금도 잊을 수 없다. 우리는 소곤거리며 이야기했다. 아니, 그들이 이야기하고, 나는 공손히 귀 기울여 들었다고 말하는 편이 옳을 것이다. 달빛이 창문을 통해 방으로 들어와 마룻바닥에 창문 그림자를 희미하게 그렸고, 우리 대부분은 어두운 그림자 속에 있다. 선반 위에서 무언가를 찾으려고 스티어포스가 켠 성냥불이 우리를 잠깐 비추었으나 이내 꺼져버리고, 다시 희미한 달빛만이 방을 비추고 있었다. 사방이 어둡고, 비밀 잔치를 베풀고, 모두가 속닥거리며 이야기하는 탓에, 말할 수 없는 이상한 감정이 나를 엄습했다. 나는 아주 엄숙하고도 경건한 마음으로 그들의 이야기에 귀를 기울였으므로, 이 많은 학생들이 모두 가까이 함께 있다는 사실이 기뻤다. 트래들스가 "저기 구석에 유령이 있다!" 말하며 장난쳤을 때에는 (일단 겉으로는 웃고 있었지만) 소름이 오싹 끼쳤다.

나는 학교에 관한 이야기이며, 거기에 속한 사람들의 여러 가지 이야기를 남김없이 들었다. 크리클 씨가 자기를 사나운 사람이라고 즐겨 부르는 데는 그럴 만한 이유가 있다고 했다. 그는 선생들 가운데 가장 엄하고 잔인해서, 하루도 아이들을 때리지 않고 넘어가는 날이 없다고 한다. 매일 기마 경관처럼 학생들 사이에 불쑥 나타나 닥치는 대로 무자비하게 때린다는 것이다. 사람을 때리는 기술 말고는 아는 것이 없어서 (스티어포스가 말했다) 이 학교의 최하급생보다도 더 무식하다는 것이다. 또 크리클 씨는 옛날 젊을 때는 이곳 버로에서 장사를 했는데, 파산하여 부인의 돈까지 날리고서 학교 사업을 시작했다고 했다. 그 밖에도 비슷한 이야기를 잔뜩 들었는데, 나는 어째서 다들 그런 내용까지 알고 있는지 궁금했다.

그리고 의족을 한 사나이의 이름은 턴게이라는 것과 그는 고집 센 야만인으로 크리클 씨를 도와 장사도 같이 했으며, 크리클 씨의 사업을 돕다가 의족을 하게 됐고, 크리클 씨를 위해 많은 부정을 저질렀으며, 그의 비밀을 다 알고 있어서, 육영 사업에도 함께 손대게 되었다는 얘기도 들었다. 그리고 턴게이는 크리클 씨만 제외하고 학교 전체와 선생, 학생 모두를 자기의 적으로 생각하며, 그들에게 까다롭고 못되게 구는 것이 삶의 유일한 낙이라고 한다. 크리클 씨에게는 외아들이 있었는데, 턴게이와 사이가 나쁜 데다가 학교 일을 도우면서 교육이 너무 잔인하게 운영된다고 아버지에게 항의하고 또 어머니를 가혹하게 다룬다고 대들기까지 해서, 크리클 씨가 집에서 쫓아냈으며, 그때부터 크리클 부인과 딸은 비탄에 잠겨 있다는 것이다.

그런데 내가 들은 이야기 가운데에서 가장 놀라운 것은, 크리클 씨가 전혀 손을 대려 하지 않는 학생이 하나 있는데, 바로 스티어포스라는 것이었다. 스티어포스도 그 말을 인정했다. 그리고 그는 크리클 씨가 자기에게 손대는 것을 보았으면 좋겠다고 덧붙였다. 그때 어느 온순한 학생이(내가 아니다), 만약 크리클 씨가 너에게 손을 댄다면 어떻게 하겠느냐고 물었다. 스티어포스는 자기의 대답을 한층 빛나게 하기 위해 성냥불을 켜고, 만약 크리클 씨가 손을 대기만 하면, 저 7실링 6펜스짜리 잉크병(그것은 언제나 벽난로 위에 놓여 있었다)을 그의 이마에 내던져 한방에 거꾸러뜨리겠다고 호언했다. 우리는 그 말에 질려서 숨을 죽인 채 어둠 속에 한참 동안 앉아 있었다.

샤프 선생님과 멜 선생님의 월급이 형편없다는 이야기도 들었다. 저녁 식사 때 크리클 씨의 식탁에는 따뜻한 고기와 찬 고기가 놓이는데, 샤프 선생님은 언제나 찬 것을 좋아한다고 대답하게끔 되어 있다는 것이 교장댁에 동거하는 유일한 특별 기숙생 스티어포스를 통해 확인되었다. 또 샤프 선생님은 가발이 잘 맞지 않아서 뒤쪽에서는 그의 진짜 빨간 머리칼이 똑똑히 보였다. 그 때문에 그가 가발을 쓰고 '허세를 부려' 봐야—누군가는 '잘난 체한다'고 말했다—

소용없다는 것이다.

　석탄 상인의 아들인 한 학생은 석탄값을 받지 못해서 그 대신 이 학교에 다니고 있다. 그것 때문에 그의 별명이 '교환물' 혹은 '물물교환'이라는 이야기도 들었다. 그런 별명은 수학책에서 따온 것이기는 해도, 그 학생의 처지를 잘 나타내 주었다. 식탁 위에 놓인 맥주는 학생의 부모에게서 빼앗다시피 해 온 것이고, 푸딩은 가짜라는 소리도 들었다. 크리클 씨의 딸과 스티어포스가 연애한다는 것이 공공연하게 알려진 사실이라는 것도 알게 되었다. 나는 어둠 속에 앉아서 스티어포스에 관해 이것저것 생각해 보았다. 그의 아름다운 목소리, 잘생긴 얼굴, 유려한 태도 그리고 곱슬곱슬한 머리칼 따위로 보아, 그것도 무리가 아니라는 생각이 들었다. 멜 선생님은 나쁜 사람은 아닌데, 6펜스도 없어서 그의 어머니 멜 부인은 욥*¹ 뺨치게 가난하다고 한다. 나는 그날 아침 식사 생각이 났다. 그때 "나의 찰리!" 같은 소리를 들었단 말은 누구에게도 하지 않은 것은 지금 생각해도 참 잘한 일이다.

　잔치가 끝난 뒤에도 꽤 오랜 시간이 흘렀다. 학생들 대부분은 먹고 마시기가 끝나자 이내 잠자리에 들었으나, 늦게까지 남은 우리는 옷을 반쯤 벗고도 한참을 더 속삭인 뒤에 겨우 자리에 누웠다.

　"코퍼필드 잘 자." 스티어포스가 말했다. "내가 너를 잘 보살펴 줄게."

　"넌, 참 친절하구나." 나는 고마운 마음으로 대답했다. "정말 고마워."

　"너, 누이동생 없니?" 스티어포스는 하품을 하면서 물었다.

　"없어."

　"그거 유감인데. 너에게 누이동생이 있다면, 예쁘고, 순하고, 자그마하고, 눈매가 초롱초롱한 아이였을 텐데. 나도 꼭 소개받고 싶었을 거야. 잘 자, 코퍼필드."

　"잘 자." 나도 말했다.

　잠자리에 들어서도 나는 여전히 스티어포스에 대한 생각을 했다. 그리고 다시 한 번 일어나, 달빛 속에 잠든 그의 얼굴을 바라보았다. 그는 잘생긴 얼굴을 반듯이 하고, 한 팔로 머리를 괴고서 편안히 자고 있었다. 내 눈에는 스티어포스가 유능하게 보였다. 그래서 그를 계속 생각하고 있었던 것이다. 그러나

---

*1 구약성서 〈욥기〉의 주인공.

달빛을 받으며 자는 그의 얼굴 위에 장차 닥쳐올 침침한 그림자 따위는 전혀 나타나지 않았으며, 내가 밤새도록 걸어다닌 꿈의 정원에 그의 발자국은 없었다.

7장
첫 학기

다음 날부터 새 학기가 시작되었다. 아침 식사를 마치고 크리클 씨가 교실에 들어와 이야기책에 나오는 거인이 포로들을 둘러보듯 문간에서 우리를 둘러보자, 그렇게도 요란하게 떠들어대던 소리가 갑자기 조용해지는 장면은 나에게 매우 인상적이었다.

크리클 씨 옆에는 턴게이가 서 있었다. 그는 느닷없이 엄청난 소리로 "조용히 해!" 하고 불같이 호령했다. 생각해 보면, 학생들은 이미 벼락이라도 맞은 듯이 조용히 앉아서 꼼짝도 하지 않았으므로 그럴 필요는 전혀 없었는데 말이다.

크리클 씨가 무어라고 웅얼거리고 턴게이가 다음과 같은 내용을 전달했다. "자, 학생들, 새 학기가 시작되었다. 학기 동안 행동거지를 주의해라. 여러분은 새 마음으로 학과에 임해야 하고, 나는 새 마음으로 벌주는 일에 임할 것이다. 나는 물러서지 않을 것이다. 나에게 맞은 자국을 지우려고 문질러도 소용없다. 지워질 정도로 시시하게 때리지는 않는다. 이제 공부를 시작하도록!"

이러한 무시무시한 서론이 끝나고 턴게이가 나가자, 크리클 씨가 내 자리로 와서, '네가 무는 데 유명하다면 나도 무는 데 유명하다'고 말했다. 그러고는 회초리를 보여주면서, 이 이빨을 어떻게 생각하느냐고 물었다. 어떠냐, 날카로운 이빨이냐? 덧니냐? 칼날 같은 이빨이냐? 물어뜯겠지? 응, 물어뜯지? 질문 하나하나가, 살을 베는 듯이 아려서 나는 괴로움에 몸부림쳤다. 아무튼 이리하여 나도 명실공히(스티어포스 말마따나) 세일렘 학교 학생이 되었고 이내 눈물로 지새우게 되었다.

이런 질문은 특별히 나만 당하는 차별 대우는 아니었다. 이 학교의 대다수 꼬마들은, 크리클 씨가 교실을 순방할 때면 으레 이런 경고를 받았던 것이다. 그날 수업이 시작되기 전에 이미 학생의 절반이 몸부림치며 괴로워하고 눈물을 흘렸다. 그리고 끝날 무렵에 과연 몇 명이 그렇게 되어 있는지 말하면, 분명 허풍이라고 생각할 테니, 지금은 기억나지 않는다고 해 두자.

나는 크리클 씨보다 교장이라는 직업에 더 만족하는 사람은 없을 것이라고 생각했다. 학생들을 사납게 때리는 것이 그의 즐거움이었다. 그것은 마치 극심한 공복을 채우는 것과 비슷했다. 그는 특히 살이 찐 뚱뚱한 학생을 보면 참지 못했다. 그러한 학생에게 구미가 당기면 그날 바로 그 아이에게 지울 수 없는 상처를 입힐 때까지 때리고 들볶아야만 성이 찼다. 내가 통통하게 살이 찐 아이였기에 이런 사정을 사무치게 아는 것이다. 지금도 그자를 생각하는 것만으로도 피가 거꾸로 끓어오른다. 이것은 내가 그의 학생이 아니더라도 그런 이야기의 한 끝자락이라도 들으면 당연히 느꼈을 사적인 감정이 없는 정당한 분노였다. 그리고 그가 무능한 야만인이라는 것을 알고 있는 만큼 나의 피는 더욱 뜨겁게 끓어올랐다. 아무튼 그자는 해군제독이나 군사령관이 될 자격이 눈 씻고 찾아봐도 없는 것과 마찬가지로 학교의 교장이라는 중책을 맡을 자격이 없었다. 아니, 오히려 제독이나 사령관이 되는 쪽이 더 유익했을 것이다.

잔인한 우상 크리클의 비위를 맞추느라 비참하고 보잘것없는 우리는 숨도 제대로 못 쉬고 비굴하게 굴었다. 능력도 없고 자격도 안 되며 일말의 가치도 없는 그에게 그토록 굽실거리며 따라야 한다고 생각하니, 인생의 출발치고는 참으로 딱했다.

다시 이야기로 돌아가면, 나는 주눅이 들어 그의 눈치를 살피며 책상에 앉아 있었다. 크리클 씨는 또 한 명의 희생자를 내고 자기의 메모용 책에다 자로 표시하고 있었다. 그 학생은 그 자로 손바닥을 맞았기에 손수건을 꺼내 매 자국을 문질러 없애려고 했다. 나는 할 일이 많았다. 그냥 헛되이 크리클 씨를 바라보고 있던 것이 아니었다. 다만 다음에는 저자가 무슨 짓을 할까? 다음 차례는 나일까? 혹은 다른 학생일까? 그것을 지나치게 알고 싶은 나머지, 병적인 욕망에 이끌려 그의 눈치를 살피고 있었던 것이다. 저쪽에 한 줄로 앉아 있는 꼬마들도 나와 똑같은 관심을 가지고 크리클 씨를 지켜보고 있었다. 크리클 씨는 그런 사실을 모른 체했지만, 내 생각에는 그가 눈치채고 있는 것 같았다. 그는 메모용 책에다 자로 줄을 치면서 무섭게 얼굴을 찌푸렸다. 그러고는 우리가 앉아 있는 줄을 곁눈질로 훔쳐보았다. 우리는 책에다 코를 박고 와들와들 떨었다. 잠시 뒤 우리는 다시 그의 움직임을 살피기 시작했다. 예습을 안

했다는 이유로 불쌍한 한 학생이 그의 명령에 따라 앞으로 불려나갔다. 그 학생은 더듬거리며 용서를 빌면서, 내일은 잘하겠다고 말했다. 크리클 씨는 그 학생을 때리기 전에 농담을 했다. 농담을 듣고 우리는 와 하고 웃었다. 햇빛같이 창백한 얼굴로 공포에 떨면서 웃었다. 이 얼마나 한심한 개들인가!

졸음이 몰려오는 여름날 오후, 나는 다시 책상에 앉아 있었다. 아이들이 마치 쉬파리처럼 내 주위에서 와글거렸다. 미지근한 비곗덩이처럼 끈적이는 느낌이 아직 남아 있고(식사를 한 것은 한두 시간 전이었다), 머리는 납덩이처럼 무거웠다. 자러 갈 수만 있다면 세상이라도 다 주고 싶었다. 그래도 나는 자리에 앉아 올빼미 새끼처럼 눈을 깜박거리며 크리클 씨를 바라보고 있었다. 하지만 이내 깜빡깜빡 잠이 들었고, 꿈결에서도 크리클 씨는 자를 가지고 메모용 줄을 긋고 있었다. 그때 그가 내 뒤로 와서, 내 등에 빨갛게 줄을 그으면 비로소 나는 정신이 번쩍 들어 그를 또렷하게 알아보는 것이었다.

운동장에 서 있는 내 눈에 그가 보이지 않아도 나는 여전히 그의 마력에 꼼짝 못했다. 약간 떨어진 곳에 창문이 있는데 나는 그가 거기서 식사하고 있다는 것을 알고 있었다. 그래서 크리클 씨를 보는 대신 그 창문을 바라본다. 만약 그가 얼굴이라도 내밀면, 나는 애원조의 순종하는 표정을 짓는다. 그가 유리창으로 내다보기만 하면, 제아무리 뱃심 좋은 아이라도(스티어포스를 제외하고는) 소리를 치면서 소란을 피우다가도 그 자리에서 멈추고 열심히 무엇을 생각하는 체하는 것이다. 어느 날 트래들스(세상에서 가장 불행한 소년)가 공놀이를 하다가 잘못하여 그 창문을 깨뜨렸다. 나는 그 공이 창문을 뚫고 들어가 크리클 씨의 거룩한 머리를 때렸으리라는 무시무시한 생각에 사로잡혔었다.

불쌍한 트래들스! 그는 몸에 꼭 끼는 하늘색 양복을 입고 있어서, 팔과 다리는 꼭 큰 소시지나 꽈배기 푸딩처럼 보이기도 했다. 그는 모든 학생 가운데에서 가장 쾌활하고도 가장 불쌍한 학생이었다. 그는 늘 회초리로 매를 맞았다. 내 기억으로는 어느 공휴일이었던 월요일을 빼고는—그날에는 단지 자로 손바닥을 맞았을 뿐이다—여섯 달 동안 하루도 빠짐없이 맞았다. 그는 매를 맞을 때마다 이번에야말로 큰아버지에게 일러바치겠다고 말하면서도 한 번도 실행에 옮긴 적은 없었다. 한동안은 책상 위에 얼굴을 파묻고 울다가, 이내 기운을 차리고 웃으면서 석판에다 해골을 그려 장난을 시작했다. 그러면 눈물도 어느새 말라버린다. 나는 처음엔 트래들스가 해골을 그림으로써 어떤 위안을 얻는지 도저히 알 수 없었다. 그리고 얼마 동안은 그가, 죽음의 상징인 해골을 그림으로써 그 매질이 영원할 수 없다는 깨우침을 얻는 도사 같은 아이라고도 생각했었다. 그러나 이제 와 되새겨보니, 그것은 단지 해골이 그리기 쉽고, 눈, 코, 입, 귀 따위를 그릴 필요가 없었기 때문이었던 듯하다.

트래들스는 정말 착했다. 그는 학생들이 서로서로 돕는 것을 신성한 의무라고 생각했다. 이런 생각 때문에 몇 차례 화를 입은 적도 있었다. 한 번은 예배 중에 스티어포스가 웃었는데, 교구 직원은 트래들스가 웃었다고 생각하고는 그를 끄집어냈다. 그가 모두의 멸시를 받으며 끌려나간 모습은 지금도 눈에 아른거린다. 다음 날 그는 심한 체벌을 받고 몇 시간씩 갇힌 끝에, 묘지가 가득 찰 정도로 많은 해골 그림을 라틴어 사전에 그리고서야 나왔으나, 그래도 웃음의 장본인은 절대로 말하지 않았다. 그러나 그것에 대한 보상은 받은 셈이다. 스티어포스가 트래들스야말로 비겁한 데가 전혀 없는 아이라고 칭찬했기 때문이다. 우리는 이것이야말로 최고의 찬사라고 생각했다. 나도 만약 그런 보상을 얻을 수만 있다면(물론 나는 트래들스보다 훨씬 약하고 나이도 어렸지만) 대부분의 일은 견딜 수 있을 것 같았다.

스티어포스가 크리클 씨의 딸과 팔짱을 끼고 우리에 앞서 교회로 가는 모습은 정말 훌륭한 광경이었다. 내 생각에 미스 크리클은 아름답기로는 에밀리의 상대가 되지 않았으므로 나는 그녀를 사랑하지는 않았다(그럴 용기도 없었다). 그러나 그녀는 정말 매력적인 꼬마 숙녀였고, 세련된 몸가짐에서는 타의 추종을 불허했다. 흰 바지를 입은 스티어포스가 그녀 대신 파라솔을 펴 들고 갈 때면, 내가 그의 친구라는 것이 자랑스러울 정도였다. 그리고 저렇게 멋있으니까 미스 크리클이 그를 진심으로 사랑할 수밖에 없겠다는 생각이 들었다. 내 눈에는 샤프 선생님과 멜 선생님도 모두 훌륭했으나, 스티어포스에 비하면 태양 앞 두 개의 별에 지나지 않았다.

스티어포스는 계속해서 나를 보호해줌으로써 나에게 유용한 친구임을 입증했다. 스티어포스가 호감을 보이는 학생에게는 감히 누구도 집적거리지 못했다. 그러나 크리클 씨로부터 나를 두둔할 수는 없었다. 적어도 지켜주진 않았다. 나에 대한 크리클 씨의 태도는 정말로 지독했는데, 그것이 평소보다 한층 더 가혹하다고 생각할 때에는 언제나, "너는 너무 약해. 나라면 그렇게 묵묵히 참고 있지 않을 거야" 하고 말해 주었다. 나를 격려하기 위해서 그런 이야기를 했다고 여겼기에, 나는 스티어포스가 대단히 친절하다고 생각했다. 크리클 씨의 무자비함에도 한 가지, 딱 한 가지 장점은 있었다. 그는 내가 앉아 있는 긴 의자 뒤로 왔다 갔다 하다가 나를 후려치고 싶을 때 내가 등에 매달고 있는 경고문이 방해가 된다는 사실을 알았다. 이리하여 경고문은 바로 치워져 더는 보지 않아도 되었다.

우연한 계기로 스티어포스와 나는 아주 친해지게 되었다. 너무 친해서 때로는 불편한 점도 있었지만, 나에게는 큰 자부심과 만족을 느끼게 했다. 한번은 운동장에서 스티어포스가 고맙게도 나에게 말을 걸었다. 그때 나는 물건을 두고 그랬는지 사람을 두고 그랬는지는 몰라도 영국 소설가 스몰렛의 작품인 《페리그린 피클》에 나오는 인물과 비슷하다는 말을 했다. 스티어포스는 그때는 아무 말이 없더니, 밤이 되어 내가 잠자리에 들려고 할 때, 《페리그린 피클》을 가지고 있느냐고 물었다.

나는 없다고 했다. 그러고는 그 책과 내가 지금까지 이야기했던 다른 책을 어떻게 읽게 되었는가를 설명해 주었다.

"너 그것들을 다 기억하고 있니?" 스티어포스가 물었다.

"응." 내가 말했다. 나는 기억력이 좋았다.

"그러면, 코퍼필드." 스티어포스가 말했다. "그 이야기를 나에게 들려줘. 나는 초저녁잠은 없고 아침엔 일찍 일어나거든. 한 권씩 이야기해 줘. 《아라비안나이트》처럼 말이야."

이 말을 들으니 나는 우쭐해졌다. 그래서 바로 그날 밤부터 실천에 옮기기로 했다. 그 이야기들을 내 맘대로 해석하는 동안, 정말 좋아하는 그 작가들에게는 참으로 못할 짓을 했다고 생각하지만, 그 점을 지금 내가 이야기해야 할 이유도 없고, 또 사실을 알고 싶지도 않다. 그러나 아무튼 나는 그 작가들에 대해 깊은 믿음을 갖고 있고, 진지하게 이야기했으며, 그 점에서 큰 효과를 거두었다고 생각한다.

다만 밤이 되면 졸리고 맥이 빠져서 이야기를 하기가 싫었던 것이 나에게는 애로점이었다. 이런 때 이야기를 한다는 것은 참 힘거운 일이었으나 하지 않을 수도 없었다. 스티어포스를 실망시킨다든가 불쾌하게 한다는 것은 전혀 꿈도 꿀 수 없는 일이었기 때문이다. 아침에 피곤하여 다만 한 시간이라도 더 자고 싶은 마음이 굴뚝같은 날에는, 셰에라자드 왕비도 아닌데 억지로 일어나 기상을 알리는 종이 울릴 때까지 기나긴 이야기를 해야 하는 것은 참으로 견디기 힘들었다. 스티어포스는 결심이 대단했다. 또한 내 이야기의 대가로 그는 계산 문제든 연습문제든 내가 힘들어하는 숙제는 무엇이든 잘 설명해 주었으므로 이 교환 조건에서 나는 손해를 보지 않았던 것이다. 그러나 여기서 나 자신에 대해서 정당하게 밝혀 두겠다. 나는 그 일을 무슨 이해관계나 이기적인 동기에서 한 것이 아니고, 스티어포스가 무서워서 한 것도 아니다. 나는 그를 존경하고 사랑했다. 그에게 인정받는 것만으로 보상은 충분했다. 그것은 나에게는 정말이지 귀중한 것이었기에, 보잘것없는 일이지만 돌이켜보면 지금도 가슴이 아프다.

스티어포스는 인정도 많았다. 그러한 어떤 특수한 경우에는 그 인정을 단호하게 나타냄으로써, 때로는 트래들스와 다른 학생들의 애를 태우기도 했다.

새 학기가 시작되고 대여섯 주가 지났을 때 약속대로 페거티에게서 편지가 왔다. 얼마나 반가웠는지 모른다. 게다가 편지와 함께, 오렌지를 잔뜩 넣은 상자 속에 과자와 앵초술도 보내왔다. 나는 당연한 일로 생각해서 그 귀중품을 스티어포스의 발밑에 놓고서 학생들에게 나누어 줄 것을 부탁했다.

"내 말 좀 들어봐, 코퍼필드." 스티어포스는 말했다. "네가 이야기할 때 목을 축이도록, 이 술은 그냥 두도록 하자."

나는 얼굴을 붉히며 겸손하게, 그런 걱정은 말아 달라고 부탁했다. 그러나 그는 내가 이야기할 때 이따금 목이 쉬는데—그의 표현대로 말하면 갈라지는데, 걱정이 되니 이 술 한 방울이라도 자기가 말한 그 목적으로 써야 한다는 것이었다. 그는 술을 자기의 함에 넣고 자물쇠로 잠가두고는, 내게 회복제가 필요하다고 생각되면 그것을 손수 약병에 조금 따르고는 코르크 마개에다 깃으로 만든 펜촉을 찔러서 내게 주었다. 그리고 때로는 그 술을 더 특효약으로 만들기 위해, 친절하게도 오렌지 즙을 짜 넣기도 하고 생강을 넣어 휘휘 젓기도 하고, 박하를 몇 방울 떨어뜨리기도 했다. 그렇게 함으로써 맛이 더 좋아진 것도 아니고, 또 위에 좋아서 잘 때 한 잔, 깨어나 한 잔 할 정도의 약도 못 되었으나, 나는 기꺼이 그 술을 마셨고 그의 친절을 정말 고맙게 생각했다.

내가 생각하기에 페리그린 이야기를 하는 데에는 몇 달이 걸렸고, 다른 이야기를 하는 데에는 그보다 더 오래 걸린 것 같았다. 적어도 이야깃거리가 떨어져서 그 일과가 흐트러지는 일은 없었고, 술도 이야기를 계속하는 동안은 남아 있었다. 가엾은 트래들스—나는 이 소년을 떠올리면 이상하게도 웃음이 터져 나오는 한편 눈물이 솟구친다—가 이른바 코러스를 맡았다. 이야기가 재미있는 대목에 이르면 허리가 꺾일 정도로 자지러지게 웃었고, 무서운 인물에 관한 구절에서는 두려워서 어쩔 줄을 몰랐다. 그 때문에 나도 가끔 곤란했다. 예를 들어 그는 질 블라스 이야기에서 경찰관*1의 이름이 나오면 이내 이를 딱딱 부딪치며 벌벌 떠는 것이었다. 그것이 그의 익살이었다는 것도 기억하고 있고, 또 질 블라스가 마드리드에서 도적 두목과 다시 만나는 대목에서는 이 불쌍한 익살꾼이 너무나도 의욕적으로 부들부들 떠는 연기를 하는 바람에, 순찰하던 크리클 씨에게 들켜, 침실 질서를 어지럽혔다는 이유로 호되게 회초리를 맞은 기억도 있다.

내 마음속의 낭만적이고 환상적인 경향은 어둠 속에서 이야기를 계속함에 따라서 자꾸 커져 갔다. 이러한 점으로 미루어 보면, 이야기를 계속하는 것이 나에게는 큰 이익이 없었는지도 모르겠다. 그러나 우리 방에서는 위안거리로 귀여움을 받았고, 나의 입담이 학생들 사이에 소문이 나서, 나는 비록 우리 방에서 나이가 제일 어렸지만 크게 주목을 끌게 되었다. 나는 여기에 자극을 받아 더욱 열심히 이야기를 계속했다. 교장이 멍청하든 멍청하지 않든 잔인하게 운영되는 학교에서는 배우는 것이 많지 않다. 대체로 학생들은 다른 어느 학교 학생들보다도 물정을 모르고 무지했다고 생각한다. 너무나 시달림을 당하고 학대를 받았으므로 배울 수가 없었던 것이다. 누구든지 불행과 고통과 고민이 겹친 환경에서는 제대로 된 일을 할 수 없듯이, 학대받으면서 공부가 몸에 밸 리 없었다. 그러나 나는 나대로 허영심도 있었고 스티어포스가 도와주었으므로 어느 정도는 내 계획을 이루었다. 처벌 문제에서는 스티어포스가 큰 도움이 되지 않았지만, 이 학교에 머무는 동안 나는 일반 학생들과는 달리 하나라도 더 배우려고 꾸준히 노력했던 것이다.

이 점에 있어서 나는 멜 선생님의 도움을 많이 받았다. 선생님은 나를 좋아하셨고, 나 역시 지금도 멜 선생님에게 고맙게 생각한다. 그래서 스티어포스가 선생님을 고의로 멸시한다든가, 기회 닿는 대로 선생님의 마음을 아프게 한다든가, 아니면 다른 학생을 시켜서 선생님의 감정을 상하게 하는 것을 보면 나

---

*1 《질 블라스》에 나오는 악역.

는 늘 괴로웠다. 나는 과자나 다른 물건을 가지고 있는 것을 비밀로 하지 못한 것처럼, 멜 선생님이 나를 데리고 갔던 양로원의 두 노파에 관한 이야기도 스티어포스에게 털어놓았는데, 그 뒤로 오랫동안 무척 고민했다. 스티어포스가 그 이야기를 발설하여 선생님을 놀려대지나 않을까 두려웠던 것이다.

첫날 아침, 내가 양로원에서 아침 식사를 하고, 멜 선생님의 플루트 소리를 들으며 공작털로 꾸며 놓은 그늘에서 잠들었을 때에는, 아마 어느 누구도 나 같은 시시한 인물을 양로원으로 데리고 간 일로 어떤 결과가 일어나리라고는 생각하지 못했을 것이다. 그러나 나의 방문은 뜻밖의 중대한 결과를 낳았다.

어느 날 크리클 씨가 몸이 아파 집에 있게 되었다. 그러자 학교 전체가 기쁨으로 가득 찼고, 오전 수업은 꽤 소란스러웠다. 큰 해방감과 만족감을 만끽하는 학생들이 감정을 억누르기란 어려웠다. 턴게이가 의족을 끌고 두서너 번 나타나서 주동자들의 이름을 적어갔지만, 학생들은 크게 신경 쓰지 않았다. 어차피 내일은 꾸중 들을 것이 확실했으므로 오늘은 마음껏 즐기는 편이 현명하다고 생각했던 것이다.

그날은 토요일이었으므로, 마땅히 반휴일이었다. 그러나 운동장에서 떠들어대면 크리클 씨의 마음을 어지럽힐 테고, 산책을 시키기에는 날씨가 좋지 않아서, 오후에도 교실에서 평소보다 가벼운 공부를 시켰다. 토요일은 샤프 선생님이 가발을 손질하러 외출하는 날이었기에, 언제나 궂은일은 도맡아 하는 멜 선생님 혼자 학생들을 감독했다.

만약 멜 선생님같이 순한 분을 황소나 곰에 비유한다면, 학생들의 소란이 절정에 이르렀던 그날 오후의 선생님은 수천 마리 개에게 시달리는 황소나 곰이었다. 국회의 의장이라도 현기증을 일으켰을 소란 속에서, 선생님이 뼈만 앙상한 손으로 아픈 머리를 괴고 책상 위 책 너머로 몸을 굽혀서 힘들지만 어떻게든 빨리 끝내려고 열심히 수업을 진행하는 것을 보면서 나는 딱한 생각이 들었다. 학생들은 교실을 들락날락하며 숨바꼭질에 열중했다. 큰 소리로 웃고 노래하는 아이도 있었으며, 춤추는 아이, 울부짖는 아이, 선생님 주위를 빙빙 돌면서 이를 드러내고 웃는 아이, 선생님 뒤에서 혹은 앞에서 흉내를 내는 아이도 있었다. 선생님의 가난과 구두, 코트, 선생님의 어머니 등 아무튼 선생님에 관한 것이면 무엇이든 흉내를 내는 것이었다.

"조용해!" 마침내 멜 선생님이 벌떡 일어나서 책으로 책상을 치면서 소리쳤다. "이게 무슨 꼴이야? 더는 참을 수가 없구나. 너희가 나에게 어떻게 이런 행동을 할 수 있어?"

멜 선생님이 책상을 친 책은 바로 내 책이었다. 나는 마침 선생님 곁에 서 있었는데, 선생님의 눈길을 따라 교실을 한 바퀴 둘러보니, 아이들이 소란을 그친 것이 보였다. 어떤 아이는 갑자기 놀라서, 어떤 아이는 반쯤 두려워서, 또 어떤 아이는 조금 미안해서 소란을 멈추었던 것이다.

스티어포스의 자리는 긴 교실의 가장 안쪽 끝 구석이었다. 멜 선생님이 그를 보았을 때, 그는 등을 벽에 기대고 두 손을 주머니에다 넣은 채 마치 휘파람을 불려는 것처럼 입을 오므리고 있었다.

"조용해, 스티어포스!" 멜 선생님이 말했다.

"선생님이나 조용하시죠." 벌겋게 달아오르며 스티어포스가 대꾸했다.

"앉아." 멜 선생님이 말했다.

"선생님이나 앉으세요. 쓸데없는 참견 마시고."

킥킥 웃는 아이도 있었고, 어떤 아이는 박수를 치기도 했다. 그러나 멜 선생님 얼굴이 너무나 창백해서, 그들은 다시 침묵을 지켰다. 한 학생이 또다시 어머니 흉내를 내려고 선생님 뒤로 뛰쳐나갔다가 마음을 돌리고 펜촉을 갈아달라고 얼버무렸다.

"스티어포스, 이 학생들을 마음대로 할 수 있는 힘이 네게 있다는 사실을 내가 모른다고 생각한다면," 선생님은 이렇게 말하면서 자기도 모르게 손을 내 머리에 얹었다. "또 조금 전에도 네가 하급생들에게 온갖 난폭한 행위를 하도록 충동질했다는 것을 내가 모른다고 생각한다면, 그것은 오산이다."

"내가 왜 골치 아프게 선생님 일을 생각합니까?" 스티어포스는 차갑게 말했다. "나는 잘못은 저지르지 않습니다."

"네가 특별대우를 받는 것을 이용하여, 한 신사를 모욕하는 것은—" 멜 선생님은 입술을 떨면서 말했다.

"한 신사요? 그 신사가 어디에 있어요?" 스티어포스가 물었다.

그러자 트래들스가 소리쳤다. "비겁해, 스티어포스! 너무 심하잖아!" 그런데 멜 선생님이 트래들스에게 닥치라고 했기에, 트래들스는 풀이 죽었다.

"행복하지도 않고, 너에게 조금도 해를 주지 않은 사람에게, 더구나 모욕을 주어서는 안 되는 이유를 충분히 알 만큼 나이가 들고 현명한 네가 그런 사람에게 일부러 모욕을 주는 것은 비열하고 야비한 행동이야. 앉아 있건 서 있건 네 마음대로 해, 코퍼필드 계속해라." 멜 선생님은 심하게 떨면서 말했다.

"야, 코퍼필드." 스티어포스가 교실 앞으로 걸어나오며 말했다. "잠깐만. 멜 선생님, 분명히 말씀드리죠. 선생님은 비열하다느니 비겁하다느니 말을 함부로 하시는데, 선생님이야말로 건방진 거지입니다. 선생님은 늘 거지였지만, 그런 말을 함부로 하면 분수를 모르는 거지란 말입니다."

스티어포스가 멜 선생님을 때리려 했는지, 멜 선생님이 스티어포스를 때리려 했는지, 아니면 양쪽 다 그럴 생각이었는지 나로서는 뚜렷이 알 수가 없었다. 어쨌거나 학교 전체가 화석이라도 된 듯 꼿꼿이 굳어 있었다. 정신을 차렸을 때는 크리클 씨가 턴게이를 데리고 우리 가운데 서 있었고, 크리클 씨의 부인과 딸은 놀란 표정으로 교실 안을 들여다보고 있었다. 멜 선생님은 책상 위에 양 팔꿈치를 괴고 얼굴을 두 손으로 감싸 안은 채 한참 동안 가만히 앉아 있었다.

"멜 선생," 크리클 씨가 멜 선생님의 팔을 흔들며 말했다. 언제나 속삭이는 목소리도 오늘은 또렷하게 들려서 턴게이가 되풀이할 필요가 없었다. "당신은 혹시 선생이란 직분을 잊은 게 아니오?"

"아닙니다, 절대로 아닙니다." 멜 선생님은 고개를 들고 머리를 가로저었다. 그는 흥분한 나머지 두 손을 비비며 말했다. "저는 언제나 저 자신의 직분을 절대 잊지 않았습니다. 그보다 교장 선생님이 조금만 더 일찍 저를 생각해주셨더라면 좋았을 것입니다, 크리클 선생님. 제게 조금 더 친절하시고, 좀더 정당하게 저를 평가하셨다면 이런 일은 없었을 겁니다."

크리클 씨는 멜 선생님을 뚫어지게 노려보면서 한 손은 턴게이의 어깨에 얹고 책상에 걸터앉아 두 다리를 곁에 있는 의자에 올렸다. 왕좌와 같은 높은 자리에서, 여전히 고개를 가로젓기도 하고 두 손을 비비면서 어쩔 줄 모르는 멜 선생님을 쏘아보다가 이윽고 스티어포스에게 고개를 돌리고 말했다.

"그런데, 학생. 멜 선생은 나에게 말하기를 꺼리는데 도대체 어찌 된 일이지?"

스티어포스는 잠시 그 질문을 못 들은 체하면서 멸시와 분노에 찬 눈초리로 멜 선생님을 노려보며 가만히 앉아 있었다. 그런데 그러한 순간에도, 스티어포스는 아주 고귀하게 보였고, 그와 반대로 멜 선생님은 아주 보잘것없고 시시하게 보였던 것은 잊을 수 없다.

"선생님께서 자꾸만 제가 특별대우를 받는다고 말씀하시는데, 그게 무슨 뜻입니까?"

"특별대우라고?" 크리클 씨는 얼굴에 핏대를 세우며 말했다. "누가 그런 소릴 한다는 거냐?"

"멜 선생님이 말했습니다." 스티어포스가 말했다.

"도대체 특별대우 학생이라니, 그게 무슨 말인가?" 크리클 씨는 화가 나서 멜 선생님 쪽을 보며 말했다.

"그게 아니라, 크리클 선생님, 제 말은 어느 학생이든 특별한 대우를 받는다고 해서, 그 특권을 이용하여 나를 얕잡아 보아서는 안 된다는 뜻이었습니다." 멜 선생님은 풀이 죽은 채 대답했다.

"당신을 얕잡아 본다고? 거참 놀랍구먼! 그런데 말이지, 내 뭐 하나 묻겠소, 아무개 선생." 크리클 씨가 말했다. 그러고는 눈살을 심하게 찌푸렸으므로 평소에도 작은 두 눈이 살에 파묻혀 거의 보이지 않았다. "특별대우에 관한 말을 했는데, 그것은 나에 대한 실례가 아닌가?" 크리클 씨는 고개를 멜 선생님에게로 쑥 내밀었다 당기면서 말했다. "이 학교의 교장이자 당신의 고용주인 나한테 말이야."

"확실히 분별 있는 말은 아니었습니다, 선생님. 저도 잘못을 인정합니다." 멜 선생님은 이야기를 이었다. "제가 냉정했더라면 그런 말은 결코 하지 않았을 겁니다."

여기서 스티어포스가 끼어들었다.

"그리고 멜 선생님이 저를 비열하고 비겁하다고 해서 저도 그에게 거지라고 했습니다. 저도 냉정했더라면 절대 선생님을 거지라고 하지 않았을 테지만, 그래도 일단 말한 이상 여기에 대한 어떠한 처벌도 받을 각오가 되어 있습니다."

어떤 처벌이 있을지는 생각도 못하고, 나는 스티어포스의 이런 용감한 말을 듣고 크게 감동했다. 다른 학생들에게도 감명을 주었다. 비록 아무도 말은 없었지만, 학생들 사이에 낮은 웅성거림이 일었다.

"놀랍구나, 스티어포스. 비록 솔직함은 좋지만," 크리클 씨는 말했다. "확실히 솔직한 건 좋지만 스티어포스, 나는 놀랐어. 이 세일럼 학교에서 일하며 월급을 받는 사람에게 그런 별명을 붙이다니."

스티어포스는 잠깐 웃었다.

"그것으로 내가 묻는 말에 대한 답변은 되지 않아. 스티어포스, 그보다 더 하고 싶은 말이 있을 텐데." 크리클 씨가 말했다.

이 당당한 학생 앞에서 멜 선생님이 아주 시시하게 보였다면, 크리클 씨는 정말 얼마나 더 시시해 보이던지 말로는 나타낼 수 없을 정도였다.

"그럼 선생님에게 그 말을 부인하라고 하세요." 스티어포스가 말했다.

"선생이 직접 부인하란 말인가, 스티어포스?" 크리클 씨가 소리쳤다. "도대체, 그가 어디로 구걸이라도 하러 다녔단 말인가?"

"멜 선생님 자신은 거지가 아니더라도 가까운 친척이 거지입니다. 그러니 거지나 마찬가지 아닙니까?"

스티어포스는 이렇게 말하더니 나를 한 번 바라보았다. 멜 선생님은 가볍게 내 어깨를 쓰다듬었다. 나는 깊이 뉘우치면서 얼굴이 빨개져 고개를 들었다. 그러나 멜 선생님은 스티어포스를 노려보고 있었다. 손은 여전히 내 어깨를 쓰다듬고 있었지만 눈은 그에게 꽂혀 있었다.

"크리클 선생님, 선생님이 제가 한 말의 정당함을 밝히길 바라시니까, 말하겠습니다. 제 말은, 멜 선생님의 어머니가 양로원에서 살고 있다는 뜻입니다." 스티어포스가 폭로했다.

멜 선생님은 아직도 스티어포스를 바라보고 있었다. 그리고 여전히 내 어깨를 토닥거려주었다. 그런데 갑자기, 내가 잘못 들은 게 아니라면, "내 그럴 줄 알았어"라고 혼자 중얼거렸다.

크리클 씨는 심하게 얼굴을 찌푸리고 억지로 예의를 차리면서 멜 선생님 쪽을 보며 말했다.

"멜 선생, 이 학생의 말 들었지요. 자, 멜 선생, 전교생이 모인 앞에서 스티어포스의 말이 틀리다고 바로잡지 않겠소?"

"스티어포스의 말대로입니다. 정정할 것이 없습니다." 죽은 듯이 고요한 가운데서 멜 선생님이 말했다. "저 학생이 한 말은 사실입니다."

"그러면 모든 사람에게 공공연하게 알리는 것이 좋겠소." 크리클 씨는 머리를 한쪽으로 기울이고 교실을 두리번거리며 말했다. "지금까지 그러한 사실을 나에게 말한 적이 한 번이라도 있소?"

"직접적으로 말한 적은 없습니다." 멜 선생님이 대답했다.

"당신도 내게 말한 적이 없다는 것을 잘 알고 있군?" 크리클 씨는 말했다.

"그러나 제 생활이 여유롭지 못한 것은 선생님도 처음부터 알고 계셨지 않습니까? 지금도, 지금까지도 제 환경이 어떠한지 잘 알고 계실 겁니다."

"만약 당신이 그 문제를 들고 나온다면," 크리클 씨가 핏대를 세우며 말했다. "당신은 여태까지 분에 넘치는 자리에 있었어. 이 학교를 자선학교로 잘못 생각하고 있었던 것 같은데. 멜 선생, 제발 헤어지세. 빠르면 빠를수록 좋아."

"그렇다면 지금처럼 적당한 때가 없지요." 멜 선생님이 일어서며 말했다.

"자네한테는 그렇지."

"크리클 선생님, 그리고 여러분, 나는 떠납니다." 멜 선생님은 교실을 돌아보면서, 다시 한 번 나의 어깨를 가만히 토닥이면서 말했다. "제임스 스티어포스, 네게 마지막으로 한마디 하자면, 오늘 네가 한 행동을 언젠가 부끄럽게 생각하리란 거다. 그리고 지금도 너는 나에게나 내가 관심을 두는 학생에게도 친구로 보이지 않는다는 것을 말해두겠다."

멜 선생님은 다시 한 번 내 어깨를 두드렸다. 그리고 책상에서 플루트와 책 몇 권을 꺼내고는 후임자를 위하여 열쇠를 서랍에 넣고 자기 물건을 겨드랑이에 끼고 학교를 떠났다.

그러자 크리클 씨는 턴게이를 통해 한바탕 연설했다. 내용인즉 세일럼 학교의 독립과 체면을 역설한(지나친 감이 없지 않지만) 스티어포스에게 감사하다는 것이었다. 그는 스티어포스와 악수하는 것으로 연설을 끝냈다. 우리는 만세를 세 번 불렀다. 무엇 때문에 만세를 부르는지 나는 전혀 몰랐다. 스티어포스를 위해 만세를 부른다고 막연히 생각했다. 그래서 나도 열렬하게 만세를 불렀지만 어쩐지 비참한 생각이 들었다.

크리클 씨는 토미 트래들스가 만세를 부르지 않고 슬퍼하며 눈물을 흘렸다고 해서 회초리로 때렸다. 크리클 씨는 트래들스에게 매질을 한 뒤에 소파인지 침대인지 원래 있던 곳으로 돌아가버렸다.

이윽고 우리끼리만 남게 되자 멍청하게 서로서로를 바라보고 있었던 생각이 난다. 나는 이러한 사태에 관련되었다고 생각하니 자책감과 후회 때문에 눈물을 억누를 수 없었다. 스티어포스에 대한 두려움만 없었더라면 이 세상 어느 것도 나의 눈물을 그치게 할 수 없었을 것이다. 스티어포스는 자주 나를 바라보았다. 나는 만약 내 괴로운 감정을 그가 눈치챈다면, 나를 박정한 놈이라고 생각할 것만 같았다. 아니, 우리의 나이와 내가 그에게서 받는 느낌 따위를 생각한다면 차라리 나를 의리 없는 놈으로 생각하지나 않을까 겁이 났다고 말해야 옳을 것이다. 스티어포스는 트래들스에게 몹시 화를 내면서, 네놈은 맞아야 마땅하다고 했다.

불쌍한 트래들스는 오랫동안 책상에 엎드린 채 해골을 그리면서 자신을 위로했다. 그러고는 멜 선생님이 받은 학대에 비하면 자기는 아무렇지 않다고 말했다.

"이 계집애 같은 놈아, 누가 멜 선생을 학대했단 말이야?" 스티어포스가 소리쳤다.

"네가 그랬지." 트래들스가 되받아쳤다.

"어떻게 학대했단 말이야?" 스티어포스가 따졌다.

"어떻게 했냐고? 그의 감정을 상하게 하고 직장까지 잃게 했지." 트래들스가 되받았다.

"그의 감정이라고!" 스티어포스는 멸시조로 되풀이했다. "그까짓 감정쯤은 곧 괜찮아져, 틀림없어. 그자의 감정은 너와는 달라, 이 계집애 같은 트래들스야. 그리고 일자리? 물론 일자리는 그에게 중요하지. 내가 집에 편지를 해서 멜 선생에게 돈을 보내줄 수 있다는 것을 넌 모르지? 이 앵무새 같은 놈아."

우리는 스티어포스의 그런 점이 매우 훌륭하다고 생각했다. 스티어포스의 어머니는 돈 많은 과부로서 스티어포스가 원하는 것은 다 들어준다고 들었다.

우리는 트래들스가 곤경에 몰리는 것을 보고 크게 기뻐했으며, 스티어포스를 칭찬해주었다. 그가 겸손하게, 자기가 그런 행동을 한 것은 우리를 위해, 우리의 이익을 위해서이며, 사심 없이 우리에게 크나큰 은혜를 베풀었다고 말했을 때는, 더욱 그러했다.

그러나 솔직히 말하면, 그날 저녁 어둠 속에서 이야기하고 있을 때, 귀에 익은 멜 선생님의 플루트 소리가 수없이 구슬프게 들려오는 것 같았다. 스티어포스가 지치자 나도 이야기를 그만두고 잠자리에 들었는데, 그때도 어디선가 플루트 소리가 구슬프게 들려오는 것 같아서 비참한 생각이 들었다.

그러나 스티어포스에 대한 생각으로 멜 선생님에 관해서는 곧 잊어버리고 말았다. 스티어포스는 책도 없이(뭐든지 기억하고 있는 것 같았다) 안일하게 새 선생님이 부임해 올 때까지 몇몇 학급을 맡아서 돌보았다. 새 선생님은 어느 인문계 공립중학교에서 온 분인데, 집무하기 전 어느 날 응접실에서 식사 시간에 스티어포스에게 소개되었다. 스티어포스는 우리에게 새 선생님을 극구 칭찬하면서 쾌남이라고 말했다. 그 말만으로는 새 선생님이 학문적으로 얼마나 우수한지 알 수 없지만 나는 그를 무작정 존경하고 그의 실력에 관해서 의심하지 않았다. 하지만 그 선생님은 멜 선생님처럼 나를 보살펴주지는 않았다. 나는 이 학교에서 별다른 존재가 아니었으니까.

여섯 달 동안의 학교생활 가운데 잊히지 않는 또 하나의 사건이 있었다.

어느 날 오후, 우리는 몹시 시달림을 당해 비참한 혼란 속에 빠져 있었다. 크리클 씨가 이곳저곳을 무섭게 누비고 다니면서 우리를 때리고 있을 때, 턴게이가 들어와 우렁찬 소리로 "코퍼필드, 면회야!"라고 소리쳤다.

여기에서의 습관에 따라 나는 이름이 불리자마자 즉시 일어섰다. 너무 놀라서 기절할 것만 같았다. 방문객은 누구이며, 어느 방에서 면회를 시키느냐 따위의 몇 마디 말이 턴게이와 크리클 사이에 오갔다. 나는 뒷계단으로 가서 식당으로 들어가기 전에 가장자리에 장식이 달린 깨끗한 옷을 입으라는 명령을 받았다. 어린 마음에 나는 전에 느껴 보지 못한 조마조마함과 기대를 안고 그 명령에 따랐다. 거실 문에 다다른 순간, 어쩌면 어머니가 왔을지도 모른다는 생각을 했다(그 전까지는 분명 머드스톤 남매일 거라고만 생각했다). 나는 잡았던 문손잡이를 놓고, 들어가기도 전에 울음이 나와서 걸음을 멈추었다.

처음에는 아무도 보이지 않았다. 그러나 누군가 문을 미는 것 같아서 주위를 둘러보다 깜짝 놀랐다. 페거티 씨와 햄이 와 있었던 것이다. 그들은 모자를 쓴 채로 머리 숙여 인사하며 한 사람이 다른 사람을 벽으로 밀어붙이고 있었다. 나는 무심코 웃음을 터뜨렸다. 그들의 모습이 재미있어서가 아니라 뜻밖에 다시 만난 것이 매우 기뻤기 때문이다. 우리는 반갑게 악수를 나누었고, 나는 너무 심하게 웃느라 결국 손수건을 꺼내 눈물을 닦아야 했다.

페거티 씨는 내가 우는 것을 보자 (그러고 보니 그는 그날 온종일 한 번도 입을 다문 적이 없었다) 걱정스러운 표정을 지으면서 햄을 팔꿈치로 슬쩍 찔러 뭔가 이야기를 시켰다.

"기운을 내요, 데이비 도련님!" 햄이 그의 특유의 웃음을 지으면서 말했다. "참 많이도 자랐네요!"

"내가 컸어요?" 나는 눈물을 닦으며 말했다. 슬퍼서 운 것은 아니었다. 그저 반가운 사람을 만난 것이 기뻐서 공연히 눈물이 났을 뿐이었다.

"컸느냐고요? 컸고말고요!" 햄이 말했다.

"컸고말고요!" 페거티 씨도 말했다.

그들이 서로 웃었기에 나도 따라 웃었다. 우리는 마음껏 웃었다. 나는 너무나 웃어서 하마터면 또다시 눈물이 나올 뻔했다.

"페거티 씨, 어머니 소식 들었어요?" 나는 물었다. "그리고 사랑하는 페거티 아줌마도 잘 있어요?"

"잘 있지요." 페거티 씨가 대답했다.

"꼬마 에밀리와 거미지 부인도 안녕하세요?"

"모두 잘 있답니다." 페거티 씨가 말했다.

이어서 침묵이 흘렀다. 그때 페거티 씨가 주머니에서 꽤 큰 새우 두 마리, 큰 게 한 마리, 큰 돛천으로 만든 자루 속에서 작은 새우 여러 마리를 꺼내 햄의 양팔에 쌓아 올림으로써 침묵을 깨뜨렸다.

"도련님이 저희 집에서 지낼 때 이런 것들을 좋아한다는 사실을 알고, 실례를 무릅쓰고 가져왔지요. 거미지 부인이 삶아주었답니다." 페거티 씨가 천천히 말했다. 페거티 씨는 다른 화젯거리가 없어 이 이야기에만 집착하는 것 같았다. "정말이지 거미지 부인이 만들었답니다."

나는 고맙다고 했다. 페거티 씨는 자기를 도와서 한마디라도 거들어주지는 않고 굴, 게, 새우만을 바라보며 수줍게 웃고 있는 햄을 쳐다보고 나서 이렇게 말했다.

"바람과 조수가 순조로워, 야머스의 우리 배를 타고 그레이브젠드까지 왔지요. 누이가 편지를 보냈는데, 만약 내가 그레이브젠드에 들를 기회가 있으면, 데이비 도련님을 찾아뵙고서 잘 계시는지 알아보고 식구들은 다 잘 있다고 전해 달라고 했어요. 집에 돌아가서 도련님이 잘 계시다는 이야기를 하면 에밀리가 누이한테 그대로 써 보낼 거예요. 말하자면, 회전목마 같은 거죠."

나는 회전목마라는 비유를 이해하는 데에 조금 시간이 걸렸다. 그것은 소식이 한 바퀴 빙글 돈다는 뜻이었다. 나는 진심으로 페거티 씨에게 고맙다고 했다. 그러고는 얼굴을 붉히며, 에밀리와 나는 바닷가에서 조개와 갯돌멩이를 줍곤 했는데, 지금은 꼬마 에밀리도 많이 변했는지 물었다.

"이제는 처녀티가 난답니다." 페거티 씨가 말했다. "햄한테 물어보세요."

조그마한 새우 주머니를 들고 있던 햄은 즐거워서 싱글거리며 그 말에 동의했다.

"아주 예뻐졌어요!" 페거티 씨가 얼굴을 밝게 빛내며 말했다.

"똑똑하기도 하고요!" 햄이 말했다.

"글씨는 또 얼마나 잘 쓰는지!" 페거티 씨가 말했다. "새까맣고 크게 쓰므로 어디에서든 쉽게 알아볼 수 있지요."

페거티 씨가 눈에 넣어도 안 아플 에밀리를 생각하며 황홀해하는 모습을 보는 것은 정말 즐거웠다. 지금도 그의 모습은 뚜렷이 기억한다. 그는 무뚝뚝하고 더부룩하게 수염이 자란 얼굴에 도저히 나타낼 수 없는 사랑과 긍지로 빛나는 표정을 지으면서 내 앞에 서 있었다. 그의 정직한 두 눈은 마치 빛나는 어떤 것이 튀어오르듯 불타올랐고, 그의 넓은 가슴은 기쁨으로 부풀었다. 투박한 손에 무심코 힘을 주어 주먹을 쥔다. 이야기에 힘이 들어갈 때마다 오른팔이 크게 움직였는데, 나 같은 어린이의 눈에는 마치 그것이 대장간의 커다란 망치처럼 보였다.

햄도 에밀리에 대해서는 페거티 씨 못지않게 열렬했다. 그때 스티어포스가 불쑥 나타나서 그들을 거북하게 만들지만 않았더라면 그들은 꼬마 에밀리에 관해서 더 많은 이야기를 나누었을 것이다. 스티어포스가 들어와 내가 구석에서 두 낯선 사람과 이야기하는 것을 보자, 부르던 콧노래를 끊고, "꼬마 코퍼필드, 네가 여기 있는 줄 몰랐어!"(즉 평상시의 응접실이 아니었던 것이다)라고 말하고는 우리 옆을 지나가버렸다.

스티어포스와 같은 친구를 둔 것을 자랑으로 생각해서 그랬는지, 페거티 씨와 같은 친구를 어떻게 사귀게 되었는지 이야기하고 싶어서 그랬는지는 스스로도 잘 몰랐지만 나는 방을 빠져나가는 스티어포스를 불렀다. 그러고는 조심스럽게 말했다. (그 옛날 일이 어째서 아직까지도 이렇게 또렷하게 떠오르는지 모르겠다.)

"스티어포스, 미안하지만 나가지 말아줘. 이 두 분은 야머스의 뱃사람들인데, 매우 친절하고 좋은 사람들이야. 내 유모의 친척들이고, 나를 만나기 위해 일부러 그레이브젠드에서 여기까지 왔어."

"아, 그래?" 스티어포스는 되돌아오며 말했다. "만나서 기쁩니다. 안녕하세요?"

스티어포스의 태도에는 여유가 있었다. 그는 쾌활하고 경쾌했으나 으스대지는 않았다. 그러한 태도와 야성적인 활기, 애교 있는 목소리, 잘생긴 얼굴, 그 밖에도 아마 천부적 매력(이것을 지닌 사람은 매우 드물다)으로 인하여 그는 어떤 마력을 지니고 있었다. 사람들은 그 마력에 맞서지 못했다. 페거티 씨와 햄도 그를 매우 좋아했으며 금방 흉금을 털어놓고 다정하게 이야기했었다.

"페거티 씨, 집안 식구들에게 꼭 알려주세요." 나는 말했다. "편지를 보낼 때는 이렇게 써주세요. 스티어포스라는 학생이 나에게 아주 친절하다는 것과 그가 없었으면 내가 여기서 어떻게 지냈을지 모를 정도로 크게 도움을 받았다고요."

"쓸데없는 소리!" 스티어포스는 웃으면서 말했다. "그런 말을 써서는 안 됩니다."

"페거티 씨, 제가 노퍽이나 서픽에 있을 때 스티어포스가 그리로 올 일이 있다면, 그리고 이 친구가 원한다면 야머스로 데려가서 아저씨네 집을 꼭 구경시켜주고 싶어요." 나는 말했다. "스티어포스, 너도 그렇게 멋진 집은 보지 못했을 거야. 그 집은 배로 만들었거든!"

"뭐? 배로 만든 집이라고?" 스티어포스가 말했다. "이렇게 타고난 뱃사람들에게는 안성맞춤이로군."

"그래요, 맞아요." 햄이 싱글거리며 말했다. "젊은 신사 분, 당신 말이 맞아요. 타고난 뱃사람이라고요! 하하! 그게 바로 작은아버지예요."

페거티 씨는 자기 조카 못지않게 즐거워했다. 그러나 그는 겸손해서 햄처럼 떠들썩하게 자기 찬사를 늘어놓지는 않았다.

"감사합니다." 페거티 씨는 허리를 굽히며 쑥스러운 듯이 웃거나 목도리 끝을 가슴 속으로 밀어 넣으면서 말했다. "감사합니다. 정말 감사합니다. 나는 생업에는 최선을 다하고 있지요."

"남자에게는 그게 최고지요, 페거티 씨." 스티어포스가 말했다. 그는 이미 페거티 씨의 이름을 외고 있었다.

"뭘요, 나리야말로 그렇지요." 고개를 저으면서 페거티 씨가 말했다. "나리야말로 자기 일을 잘 해나갈 거예요. 정말로 훌륭히! 감사해요. 따뜻이 맞아주셔서 감사해요. 나는 배우지 못한 무지렁이지만, 적어도 나리를 기꺼이 맞을 각오가 되어 있다는 것을 알아주세요. 남한테 자랑할 만한 집은 아니지만 데이비 도련님과 같이 오신다면 성의껏 대접하겠습니다. 그야 저는 달팽이지만서도요." 달팽이라 함은, 한 마디 할 때마다 돌아갈 준비를 하면서도 또다시 이야기를 원점으로 되돌리는, 이른바 자신의 말꼬리를 길게 늘이는 버릇을 뜻하는 듯하다. "부디 두 분 다 건강하고 행복하기 바랍니다!"

햄도 똑같이 말했다. 이렇게 우리는 다정한 마음을 주고받으며 작별했다. 그날 밤, 나는 꼬마 에밀리에 대하여 스티어포스에게 모조리 털어놓을 뻔했으나, 어쩐지 부끄럽고 비웃음을 사지 않을까 두려워 끝내 이름조차 꺼내지 못했다. 꼬마 에밀리가 처녀티가 나기 시작했다는 페거티 씨의 말은 생각하면 할수록 불안했다. 그러나 나는 쓸데없는 생각이라고 털어내 버렸다.

우리는 페거티 씨가 겸손하게 말한 '간을 한' 게와 새우 따위를 몰래 방으로 가져가서, 그날 저녁은 거창하게 식사를 했다. 그러나 트래들스는 그런 진수성찬을 먹고도 뒤가 좋지 않았다. 그는 불행히도 게를 먹은 게 잘못되어 그날 밤 병이 나서 완전히 녹초가 되었다. 의사 아들인 뎀플에 따르면, 트래들스는 몸이 말처럼 튼튼한 사람도 맥을 못 출 정도로 많은 양의 새카만 물약과 푸른 알약을 먹은 뒤, 병이 난 원인을 털어놓지 않는다며 매질을 당하고, 그리스어 성경 6장을 외우라는 벌을 받았다고 한다.

나머지 한 학기는 투쟁과 경쟁으로 이어진 생활이었다.

여름은 지나가고, 계절이 바뀌어, 종이 울리면 일어나는 쌀쌀한 아침, 취침종이 울려서 잠자리에 들면 몸에 스며드는 어두운 밤의 차가운 한기, 저녁이면 희미하게 불이 켜지고 온기라곤 느낄 수 없는 교실 안, 아침이면 진동기처럼 떨어야만 하는 추운 교실, 삶은 쇠고기와 구운 쇠고기, 삶은 양고기와 구운 양고기가 번갈아 나오는 식탁의 메뉴, 돌덩이 같은 버터 빵, 책장에 있는 낡은 교과서, 금 간 석판, 눈물로 얼룩진 필기장, 회초리나 부기봉으로 얻어맞던 일, 머리를 깎인 일, 비 내리던 일요일, 쇠기름으로 튀긴 푸딩, 사방에 잉크가 뿌려진 더러운 환경, 이런 복잡한 상황 속에서 생활했던 것이다.

그러나 멀게만 보이던 방학, 오랫동안 움직이지 않고 한곳에만 머물 것처럼 보이던 방학이 점점 다가오고, 점점 커 보이기 시작했을 때의 기쁨은 아직도 기억한다. 처음에는 몇 달이었는데, 몇 주일로, 또 며칠로 다가오자 나는 혹시 집으로 보내주지 않을까 봐 두려웠다. 그리고 막상 내가 집으로 간다는 소식을 스티어포스에게서 듣자 가장 먼저 다리가 부러지지나 않을까 하는 불길한 생각이 들었다.

드디어 종업식이 다음다음 주에서 다음 주로, 다음 주에서 이번 주로, 이번 주에서 모레로, 모레에서 내일로, 내일에서 오늘로 닥쳤다. 그 오늘 밤이 되자, 나는 야머스행 우편 마차를 타고 집으로 향했다.

나는 야머스행 우편 마차 속에서 여러 번 자다 깼다. 여러 가지 일들이 꿈속에 나타났지만 앞뒤가 뒤바뀐 꿈이었다. 그러다 가끔 잠을 깨 보면, 창밖으로 보이는 풍경은 더 이상 세일렘 학교 운동장이 아니었고, 내 귓전에 들리는 소리도 트래들스를 매질하는 크리클 씨의 회초리 소리가 아니라 마부가 말을 가볍게 채찍질하는 소리였다.

8장
방학

　야머스행 우편 마차가 어느 여인숙 앞에서 멈추었다. 아직 먼동이 트기 전이었다. 그때의 친애하는 웨이터가 있는 여인숙은 아니었지만 나는 깨끗하고 자그마한 방으로 안내되었다. 방문에는 돌고래 그림이 그려져 있었다. 아래층 커다란 난로 앞에서 따끈한 차를 한 잔 마셨지만 그래도 꽤 추웠다. 그래서 나는 돌고래 침대에 들어가, 돌고래 담요를 머리까지 뒤집어쓰고 자는 것이 무척 행복했다.

　마부인 바키스 씨가 아침 아홉 시에 나를 데리러 오기로 되어 있었다. 나는 여덟 시에 일어났다. 지난 밤 잠이 모자라 약간 어질어질했지만, 약속 시간 전에 미리 준비하고 있었다. 바키스 씨는 지난번에 나와 헤어진 뒤로 마치 오 분도 채 지나지 않은 것처럼, 내가 단지 잔돈을 바꾸러 호텔에 들렀을 뿐인 것처럼 선선히 맞아 주었다.

　내가 마차를 타고 마부가 자리에 앉자마자, 느림보 말이 평소처럼 느실느실 떠났다.

　"바키스 아저씨, 참 건강해 보이시네요." 그가 좋아할 것이라고 생각해서 나는 이렇게 말했다.

　바키스 씨는 옷소매로 땀을 문지르고 나서 마치 그 건강한 혈색이 소매에 묻어나오거나 하는 것처럼 소매를 유심히 들여다보았다. 그러나 나의 찬사는 전혀 못 들은 척했다.

　"바키스 아저씨, 말을 전했어요. 페거티에게 편지를 보냈어요." 나는 말했다.

　"아!" 바키스 씨가 소리냈다. 바키스 씨는 기분이 좋지 않은지 통명스럽게 대답했다.

　"바키스 아저씨, 내가 잘못했나요?" 나는 망설이다가 물었다.

　"아니, 잘못한 게 아니에요." 바키스 씨가 말했다.

"말을 전한 건 잘못이 아니지요?"

"내 말을 전한 건 좋았지만, 그것으로 끝이었어요."

그의 말을 이해하지 못했으므로 나는 다시 물었다. "바키스 아저씨, 뭐가 끝이었는데요?"

"그것에 대한 아무런 반응이 없었단 말이에요." 그는 나를 곁눈질로 바라보면서 설명했다. "답장이 없었어요."

"바키스 아저씨, 답장을 기대했나요?" 나는 눈을 부릅뜨며 말했다. 그것은 나에게는 새로운 사실이었다.

"남자가 좋아한다고 한 것은 답장을 기다린다는 말과 같죠." 바키스 씨는 눈길을 다시 내게로 천천히 돌리며 말했다.

"그러고는 어떻게 됐어요, 바키스 아저씨?"

"지금도 그 남자는 답장을 기다리고 있는 거죠." 바키스 씨는 눈길을 딴 데로 돌리면서 말했다.

"바키스 씨, 페거티에게 그런 이야기를 했나요?"

"아니요. 그럴 리가요." 잠시 생각하더니 바키스 씨는 성난 목소리로 말했다. "그런 이야기를 찾아가서까지 하고 싶진 않아요."

"그럼 내가 대신 말해 주길 바라시나요?" 나는 조심스럽게 말했다.

"하고 싶다면 해도 좋아요." 바키스 씨는 나를 찬찬히 보면서 말했다. "바키스가 답장을 기다리고 있다고. 당신이 말했던, 그, 그런데 이름이 뭐였죠?"

"페거티요."

"이름인가요, 성인가요?" 바키스 씨가 물었다.

"아, 페거티는 이름이 아니에요. 이름은 클라라예요."

"그렇군요." 바키스 씨는 말했다.

그는 앉아서 곰곰이 생각하며 한동안 나지막하게 휘파람을 불었다.

"그런데 말이에요!" 그는 다시 말을 시작했다. "'페거티! 바키스가 답장을 기다리고 있어' 하고 손님이 말하면, '무슨 답장?'이냐고 아마 그 여자는 물을 거예요. '내가 전에 말한 것에 대한 답장 말이야'라고 손님이 말하면, '전에 말한 것이 뭔데요?'라고 그녀는 되받겠죠. 이때 손님이 말하는 거예요. '바키스가 페거티를 좋아한다는 것 말이야' 하고."

바키스 씨는 꽤 자세한 암시를 주면서 팔꿈치로 내 옆구리를 쿡 찔렀다. 그러고는 평소대로 몸을 앞으로 기울여 말 위에까지 쭉 뺀 채 다시는 이 화제를 꺼내지 않았다. 그러나 한 30분 뒤에 주머니에서 분필을 꺼내더니, 마차의 포장 안쪽에 '클라라 페거티'라고 썼다. 그것은 자기 혼자만의 메모임이 분명했다.

더 이상 내 집도 아닌 집에 이렇게 돌아가는 기분은 말할 수 없이 이상했다. 보이는 모든 것은 예전의 행복했던 집을 떠올리게 할 뿐이었다. 그것은 이제 두 번 다시 볼 수 없는 즐거운 꿈 같았다. 어머니와 나 그리고 페거티가 서로서로 소중한 존재여서 그 누구도 우리 사이를 이간시킬 수 없었던 그 시절을 생각하니, 집으로 향하는 마차 안에서 나는 너무도 슬퍼서, 집으로 가는 것이 좋을지 아니면 차라리 학교에 남아서 스티어포스와 어울리며 집을 잊어버리는 것이 좋을지 마음을 정할 수가 없었다. 그러나 나는 이미 집으로 향하고 있다. 곧 집에 다다를 것이다. 집에는 잎이 다 떨어진 느티나무 고목이 겨울바람에 가지를 흔들고 있을 테고, 낡은 땅까마귀 둥우리 끄트머리가 바람에 날려 부서지고 없을 것이다.

마부는 우리 집 대문에 내 짐을 내려놓고 그대로 가버렸다. 나는 정원 길을 따라 집으로 걸어가면서 혹시 창문으로 머드스톤 남매 가운데 하나가 무서운 얼굴로 나를 내려다보고 있지 않을까 두려운 마음에 한 발 한 발 조심스럽게 걸으며 창문을 도둑처럼 바라보았다. 그러나 누구도 나타나지 않았다. 집에 닿자 나는 문 여는 법을 알고 있었으므로 노크 없이 조용히 두려운 생각으로 걸어 들어갔다.

내가 현관에 발을 디뎠을 때, 거실에서 어머니의 목소리가 들려왔다. 그 목소리를 들으니 단숨에 천진난만했던 애절한 추억이 떠올랐다. 어머니는 나지막하게 노래를 부르고 있었다. 나는 아기였을 때도 틀림없이 어머니의 팔에 안겨, 지금과 같은 노랫소리를 들었을 것이다. 처음 듣는 낯선 선율이었지만 어머니의 노랫소리가 너무도 다정하게 느껴져 내 가슴은 터질 것만 같았다. 오랫동안 헤어져 있다가 오랜만에 돌아온 친구 같았다.

어머니가 흥얼거리는 노랫가락이 쓸쓸하고 생각에 잠긴 듯했기에 나는 어머니가 틀림없이 혼자 있을 것이라 단정했다. 그래서 살그머니 방으로 들어갔다. 어머니는 난롯가에 앉아 아기에게 젖을 먹이면서, 아기의 고사리 손을 자기 목 근처에 댄 채 그 얼굴을 내려다보며 노래를 불러주고 있었다. 다른 사람

은 없고 혼자 있을 거라는 생각까지는 맞았다.

내가 어머니에게 말을 건네자 어머니는 깜짝 놀라서 고함을 쳤다. 그러나 이 내 나인 줄 알고는 내 아들이라고 소리치면서 방을 반이나 가로질러 그대로 무릎 꿇고는 나에게 키스했다. 편안히 안겨 있는 아기 가까이, 어머니의 가슴으로 내 머리를 끌어당겨서, 아기의 한 손을 내 입술에 가져다 대주었다.

차라리 그때 죽었더라면 좋으련만! 가슴에 그때의 기분을 품은 채 죽었더라면! 그때야말로 천국에 온 듯한 느낌이었다.

"이 애가 네 동생이다." 어머니는 나를 쓰다듬으며 말했다. "데비, 내 귀여운 아들아! 불쌍한 내 아들!" 이렇게 말하면서 어머니는 키스를 퍼부었다. 그러고는 내 목을 껴안았다. 그러는 동안에 페거티가 달려와 어머니와 내 옆에 주저앉아서 반가움에 15분 동안이나 떠들어댔다.

마차가 평소보다 일찍 닿았으므로 내가 그렇게 빨리 올 줄은 몰랐던 것 같았다. 그리고 머드스톤 남매는 이웃에 놀러갔는데 밤까지는 돌아올 것 같지 않았다. 우리 셋이 아무런 방해도 받지 않고 모일 수 있으리라고는 꿈에도 생각지 못했기에, 그때만은 행복했던 옛 시절로 되돌아온 듯했다.

우리는 따뜻한 난롯가에서 함께 식사했다. 페거티가 우리의 시중을 들려고 기다리고 있었으나, 어머니는 그만두게 하고는 같이 식사하도록 했다. 갈색 물감으로, 돛에 바람을 가득 받으며 달리는 범선 그림이 그려진 그리운 내 접시도 여전히 있었다. 내가 없는 동안 줄곧 페거티가 어딘가에 넣어두었던 것으로, 그녀는 설사 백 파운드, 천 파운드를 준대도 깨 버릴 수 없다고 말했다. 그녀는 '데이비'라고 새겨진 낡은 찻잔이며, 잘 들지 않는 조그마한 나이프와 포크도 내놓았다.

식사하는 동안, 이때야말로 페거티에게 바키스 이야기를 할 좋은 기회라고 생각했다. 그런데 내가 이야기를 끝내기도 전에, 그녀는 소리내어 웃으면서 앞치마로 얼굴을 가려 버렸다.

"페거티, 왜 그러지?" 어머니가 물었다.

페거티는 더욱더 웃기만 했다. 어머니가 앞치마를 벗기려 하자 그녀는 점점 더 앞치마를 꼭 잡고는 얼굴을 가렸다. 마치 자루를 뒤집어쓴 모양새였다.

"바보같이, 이게 무슨 짓이야?" 어머니도 웃으면서 말했다.

"아유 글쎄, 도련님이!" 페거티는 소리쳤다. "나더러 결혼하래요."

"잘 어울리는 짝이 되겠는데, 그렇지?" 어머니가 말했다.

"그런 말 말아요. 그 사람이 금으로 만들어졌다 해도, 나는 결혼하지 않을 거예요. 나는 누구와도 결혼하지 않겠어요."

"정말 그렇다면, 왜 그 사람에게 솔직히 말하지 않지?"

"말하다니요!" 페거티는 그제야 앞치마 밖으로 얼굴을 꺼냈다. "그는 결혼에 대해서는 한마디도 하지 않았답니다. 생각보다 머리가 좋은가 봐요. 그가 그런 당치않은 말을 한다면 내가 따귀를 때렸을 테니까요."

그렇게 말하는 페거티의 얼굴은 내가 지금까지 보았던 가운데에서 가장 빨갰다. 그녀는 또다시 갑자기 웃음을 터뜨리며 한동안 앞치마로 얼굴을 가렸다. 페거티가 다시 식사를 시작한 건 이렇게 발작적인 웃음을 두서너 번 터뜨린 뒤였다.

이때 처음 깨달았는데 페거티가 어머니를 바라볼 때마다, 어머니는 겉으로는 생글생글 웃었지만 갑자기 진지해지거나 무슨 생각에 잠긴 듯한 모양새였다. 어머니가 변했다는 것은 처음부터 알고 있었다. 어머니는 아직도 아름다웠으나 근심으로 야위었으며 허약해 보였다. 어머니 손은 마르고 창백해서 속이 훤히 들여다보이는 것 같았다. 그러나 내가 지금 눈치챈 것은 그것과는 다른 새로운 변화로, 말하자면 어머니의 태도가 어딘지 모르게 걱정스럽고 초조해 보였다. 어머니는 한 손을 내밀어, 부드러운 하녀의 손 위에 정답게 놓으며 말했다.

"페거티, 결혼하는 건 아니지?"

"제가요, 마님?" 페거티는 눈을 크게 뜨며 말했다. "어머나, 결혼이라뇨."

"아직은 결혼하지 않아?" 어머니는 상냥하게 말했다.

"평생 안 해요!" 페거티가 소리쳤다.

어머니가 페거티의 손을 잡고서 애원했다.

"페거티, 내 곁을 떠나지 마. 나하고 함께 살아. 아마 그렇게 오랫동안은 아닐 거야. 페거티가 없으면 나는 어떻게 해야 좋을지!"

"내가 마님 곁을 떠난다고요? 내 소중한 마님!" 페거티는 큰 소리로 말했다. "그런 말도 안 되는 일은 천지가 뒤바뀐대도 일어나지 않아요. 그건 그렇고, 그런 쓸데없는 생각을 누가 요 귀여운 머리에 집어넣었는지 모르겠네!" 처음부터 페거티는 엄마에게 아기에게 얘기하듯 말하는 버릇이 있었다.

어머니는 고맙다는 말 말고는 아무 대답도 하지 않았다. 그러자 페거티는 습관대로 떠들어대는 것이었다.

"내가 마님을 두고 떠난다고요? 절대로 안 떠납니다." 페거티는 고개를 저으면서 팔짱을 끼고 말했다. "페거티는 떠나지 않아요, 마님. 제가 떠난다면 기뻐서 날뛸 고양이 같은 인간들도 있을 겁니다만, 그들이 좋아하도록 놔두진 않겠어요. 나는 그 고양이들을 괴롭히고 괴롭힐 거예요. 나는 고약스럽고, 화 잘 내는 늙은이가 될 때까지 마님 곁에 있겠어요. 그래서 귀가 먹고, 앞도 못 보고, 걸음도 잘 걷지 못하고, 이가 없어서 잇몸으로 우물우물 삼켜야 할 처지가 되어 전혀 쓸모없고 귀찮은 존재가 되면, 데이비 도련님을 찾아가서 남은 생애를 의탁하겠어요."

"그땐, 페거티 아줌마, 반갑게 맞이하여 여왕처럼 섬기겠어." 나는 말했다.

"아유! 착하기도 하지!" 페거티는 소리쳤다. "내 그럴 줄 알았어요!" 그녀는 뒷날 있을 나의 환대에 감사하는 마음으로 미리 끌어안고 키스해주었다. 그러고 나서 다시 앞치마로 얼굴을 감싸고 바키스 씨 이야기를 하며 소리내어 웃었다. 이어서 그녀는 조그마한 요람에서 아기를 들어올려 상냥하게 돌보았다. 다음에는 식탁을 치웠고, 그런 뒤에는 다른 모자를 바꿔 쓰고 바느질 그릇과 자와 밀랍 도막을 가지고 여느 때와 다름없이 들어왔다.

우리는 난로 주위에 둘러앉아 즐겁게 이야기를 나누었다. 내가 크리클 선생이 얼마나 잔인한 인물인지 이야기했더니, 어머니와 페거티는 나를 무척 불쌍하게 여겼다. 그리고 스티어포스는 더할 나위 없이 좋은 학생이며 나에게는 훌륭한 은인이라고 했더니, 페거티는 아무리 멀더라도 꼭 한 번 그를 만나 보고 싶다고 했다. 아기가 눈을 뜨자 나도 안아올려서 한동안 얼러주었다. 아기가 잠들자 나는 어머니 곁으로 바짝 다가가서, 오랜만에 전에 했던 대로 양팔로 어머니의 허리를 껴안고 나의 조그맣고 빨간 뺨을 어머니 어깨에 기대고 앉았다. 어머니의 아름다운 머리채가 내 몸을 뒤덮었다. 어머니의 머리채를 나는 늘 천사의 날개 같다고 느꼈었다. 다시 겪는 이 감촉, 포근했다.

그렇게 앉아서 난롯불을 바라보며 빨갛게 타오르는 석탄 속 그림을 보고 있노라니 내가 집을 떠난 적이 없었던 것처럼 생각되었다. 그리고 머드스톤 남매는 이 불 속에서 생기는 영상과도 같아서 불꽃이 약해지면 그들도 사라질 것만 같았고, 내가 기억하는 많은 것 가운데에서 어머니와 페거티 그리고 나를 제외한 모두가 헛것처럼 여겨졌다.

페거티는 앞이 보이는 동안은 계속 양말을 깁고 있었다. 이윽고 어두워지자, 마치 장갑처럼 양말을 왼손에 끼우고 오른손에는 바늘을 쥐고는, 난롯불이 확

타오르는 순간을 노려 거침없이 바늘을 움직였다. 그런데 페거티가 언제나 깁고 있는 이 양말은 대체 누구의 것일까? 언제나 끊임없는 이 수선용 양말들은 대체 어디서 튀어나오는 것일까? 나는 정말 신기했다. 내가 철이 들었을 때부터 그녀의 바느질은 언제나 이런 일뿐이었으며, 다른 것은 한 번도 없었다.

"그런데 데이비 도련님의 대고모님은 요새 어떻게 지내시는지 궁금하군요." 페거티는 이처럼 뜻밖의 화제를 곧잘 꺼냈다.

"무슨 그런 잠꼬대 같은 소리를!"

"그렇지만 정말 궁금하다고요." 페거티가 말했다.

"어째서 그 사람 생각이 떠올랐지? 다른 사람들도 얼마든지 있는데." 어머니가 물었다.

"왜 그런 생각이 났는지는 모르겠어요. 역시 멍청해서 그런가 봐요. 사람들을 골라내는 머리는 없으니까요. 어쩌다가 문득 떠올리는 사람은 있고 도저히 기억하지 못하는 사람도 있을 때, 모든 일은 그쪽 하기 나름이니까요. 그건 그렇고, 정말로 그 대고모님은—"

"페거티, 왜 쓸데없는 질문을 하지? 그 말은 고모님이 다시 찾아오길 바란다는 뜻이야?"

"그건 절대 아니에요." 페거티는 소리쳤다.

"그렇다면, 불쾌한 이야기는 그만둬." 어머니는 말했다. "미스 벳시는 틀림없이 바닷가 오두막집에 틀어박혀 있을 거야. 남은 생애를 거기서 보낼 거야. 아무튼 어떤 일이 있어도 다시는 우리에게 폐를 끼치지 않을 거야."

"그렇겠지요!" 페거티는 깊은 생각에 잠겨 말했다. "그런 일은 없겠지요. 그런데 만약 그분이 세상을 떠난다면, 데이비 도련님에게 유산을 남길까요?"

"페거티, 야단났군!" 어머니는 말했다. "무슨 말을 하는 거야! 불쌍한 데이비가 태어났을 때, 못마땅해서 펄펄 뛰던 모습을 직접 눈으로 보았으면서도."

"아직도 데이비 도련님을 받아들일 마음이 없을까요?"

페거티는 넌지시 말해 보았다.

"이제 와서 뭣 때문에 그런 마음이 생기겠어?" 어머니는 좀 퉁명스럽게 말했다.

"이제는 동생이 생겼으니까 하는 말이죠." 페거티가 말했다.

어머니는 갑자기 울기 시작했다. 어떻게 페거티가 그런 말을 할 수 있느냐는 듯이 놀란 표정을 지었다.

"마치 요람에 있는 이 불쌍한 아기가 페거티나 다른 사람에게 어떤 화라도 입힌 듯이 이야기하다니, 질투심도 참 많지!" 어머니가 말했다. "그럴 바에야 마부 바키스한테 시집가는 것이 훨씬 낫겠어. 왜 안 가지?"

"만약 내가 떠난다면, 미스 머드스톤을 기쁘게 해줄 텐데요."

"사람이 어쩜 이렇게 심술궂을까! 미스 머드스톤을 시기하는군. 그런 건 정말 바보 같은 사람이나 하는 거야. 페거티는 열쇠 꾸러미를 맡아서 모든 일을 혼자 처리하고 싶은 게지? 다 알고 있어. 놀랍지도 않아. 미스 머드스톤이 그러는 것은 친절한 마음과 최고의 호의 때문이라는 사실을 알고 있잖아! 페거티, 잘 알고 있으면서 그래."

페거티는 '그 망할 놈의 호의!' 때문에 못살겠다는 뜻으로 중얼거렸다.

"나는 페거티의 말뜻을 알고 있어, 어쩜 그렇게 심술맞은지." 어머니는 말했다. "페거티, 나는 다 알아. 그걸 페거티도 알고 있잖아? 그러면서도 얼굴 하나 붉히지 않고 태연하게 말하다니. 한 번에 두 가지 이야기를 다룰 수는 없으니, 어디 한 가지씩 정리해 보자. 페거티, 먼저 미스 머드스톤에 관해 이야기해볼까. 미스 머드스톤이 몇 번이나 되풀이해서 말하는 걸 못 들었어? 내가 너무도 철부지이고, 너무도—"

"예쁘다고요." 페거티가 거들었다.

"페거티!" 약간 웃으면서 어머니가 말했다. "미스 머드스톤이 그런 어리석은 말을 했다고 해서, 내가 비난받아 마땅하다는 거야?"

"마님이 비난받아야 한다고 말할 사람은 없어요." 페거티도 지지 않았다.

"맞아, 바로 그래!" 어머니가 말했다. "페거티도 들었지, 몇 번씩이나 미스 머드스톤이 이야기하는 걸. 그런 이유 때문에 나의 많은 수고를 덜어주고 싶다고 말이야. 미스 머드스톤은 아침 일찍 일어나서 밤늦게까지 쉬지 않고 사방을 돌아다니고, 석탄 창고의 벽장 같은, 별로 유쾌하지 않은 여러 곳을 빼놓지 않고 구석구석 돌며 모든 일을 혼자 처리해 주시잖아? 이래도 미스 머드스톤이 헌신적이 아니라고 비꼬아 말하겠어?"

"나는 절대로 비꼬아 말하지 않아요." 페거티는 대답했다.

"페거티, 비꼬아서 말했어." 어머니가 말했다. "페거티는 맡은 일만 할 뿐, 다른 일은 절대로 하지 않거든. 다른 일을 하는 게 있다면 그건 비꼬아 말하기야. 자네는 언제나 비꼬는 데 아주 열심이지. 거기에 푹 빠졌어. 그리고 머드스톤 씨의 호의를 이야기할 때도 그렇고."

"나는 그런 말 한 적 없어요." 페거티가 말했다.

"그래, 그런 말은 안 했어, 페거티." 어머니가 말했다. "비꼬았을 뿐이지, 내가 방금 말한 게 그거야, 그것이 페거티의 가장 큰 단점이야. 페거티는 머드스톤 씨의 호의에 대해 이야기할 때면 꼭 그걸 얕보는 듯이 하는데, 페거티도 나처럼 굳게 믿고 있을 거야. 그러한 호의가 얼마나 유익한지, 또 무슨 일이든 그이가 얼마나 호의를 가지고 처리하는지. (물론 본심으로는 경멸 따윈 조금도 하고 있지 않을 거야. 나는 그렇게 믿어.) 만약 그이가 누군가에게 너무 엄한 것처럼 보인다면, 그건 그 상대방의 이로움을 위해서 그래야 한다고 굳게 믿기 때문이야. 딱히 여기 있는 누군가에 대해 말하는 게 아니라는 것 정도는 페거티도, 그리고 데이비도 잘 알 거야. 머드스톤 씨는 나 때문에 자연히 어떤 사람을 사랑하고 있어. 그리고 다 그 사람을 위해서, 그 사람 잘되라고 그러는 거야. 그런 문제는 누가 뭐래도 나보다 남편이 훨씬 더 잘 알잖아. 나는, 스스로도 잘 알지만 근성도 없고 생각도 얕고 어린애 같은 여자야. 반면 그이가 확고하고, 근엄하고, 진지한 사람이지." 어머니는 자비로운 마음에서 눈물을 흘리며 말했다. "머드스톤 씨는 나 때문에 고생이 이만저만이 아니야. 그러니 나는 마땅히 그에게 감사해야지. 마음속부터 진심으로 그를 따라야 해. 그런데 페거티, 내 마음이 그렇지 못할 때에는 괴롭고 나 자신이 원망스러워. 자신의 마음마저 믿을 수 없고, 어찌할 바를 모르겠단 말이야."

페거티는 꿰매고 있던 양말 바닥으로 턱을 괴고 앉아서, 말없이 난롯불을 바라보고 있었다.

"자, 페거티." 어머니는 말투를 바꾸었다. "우리 싸우지 말자. 이 세상에 자네보다 더 진정한 친구가 있을까. 내가 자네한테 우스운 인간이니, 귀찮은 존재니, 그런 말을 했더라도, 페거티, 자네는 나의 진정한 친구야. 물론 지금은 말할 것도 없고, 코퍼필드 씨가 처음 나를 이 집으로 데려왔을 때, 자네가 대문까지 나와서 나를 맞아주었던 그때부터 자네는 나의 친구였어."

페거티도 여기에 곧바로 반응하여, 나를 힘껏 껴안아줌으로써 서로의 우호를 다짐했다. 그러나 이 일련의 대화의 참된 목적은, 그때도 조금은 알 것 같았지만, 지금 생각하면 더욱 또렷하다. 착한 페거티가 이런 정반대의 이야기를 꺼내놓고, 거기에 참여하여 타협한 것은, 어머니가 떠들어댄 앞뒤가 맞지 않는 이야기를 통해 어머니 스스로 위안을 삼도록 하기 위해서였던 듯하다. 이러한 계획은 확실히 효과가 있었다. 그날 저녁에는 어머니가 훨씬 더 편안해 보였으며, 페거티도 어머니의 행동을 덜 감시하게 되었다.

차를 마시고, 난로의 재를 청소하고, 초의 심지를 자른 뒤에, 나는 옛날을 떠올리며 페거티에게 악어 책의 한 장(章)을 읽어주었다. (책은 페거티가 주머니에서 꺼냈는데, 그때 이후로 계속 거기에 넣고 다녔는지 어떤지는 모르겠다.) 낭독이 끝나자 이번에는 세일렘 학교에 관한 이야기를 했다. 그러자 나의 가장 큰 화제인 스티어포스에 관한 것으로 얘기가 돌아갔다. 정말 즐거웠다. 그날 밤은 유쾌한 시간의 마지막이었다. 내 인생의 첫 번째 권이 끝나는 밤이었기에 그 시간은 언제까지나 내 기억에서 사라지지 않을 것이다.

밤 10시가 되었을 때 마차 소리가 들렸다. 우리는 모두 일어났다. 어머니는 밤도 늦었고 머드스톤 남매는 어린애들이 일찍 자고 일찍 일어나는 것을 좋아하므로, 빨리 잠자리에 드는 것이 좋겠다고 다급하게 말했다. 나는 어머니에게 키스하고 머드스톤 남매가 들어오기 전에, 촛불을 들고 서둘러 2층으로 올라갔다. 예전에 감금되었던 침실로 올라가면서, 나는 어린 마음에도, 이들 남매가 이 집에 차가운 바람을 불어넣어서 깃털을 날려보내듯이 옛날 다정했던 분위기를 없애버렸다는 생각을 했다.

그날, 기억에도 또렷한 죄를 짓고 난 뒤로는 머드스톤 씨를 한 번도 똑바로 본 적이 없었으므로, 다음 날 아침 식사를 위해 아래층으로 내려가기가 거북했다. 나는 반쯤 내려갔다가 발끝으로 살금살금 내 방으로 되돌아오기를 두세 번 거듭하다가, 거실로 들어갔다.

머드스톤 씨는 난로 앞에서 등을 돌리고 서 있었고, 미스 머드스톤은 차를 준비하고 있었다. 내가 들어가자 그는 나를 가만히 바라보았으나 알아보는 것 같은 기색은 조금도 드러내지 않았다.

나는 잠시 머뭇거리다가 그에게로 가서 말했다. "용서해주세요. 제가 한 짓에 대해서 매우 죄송하게 생각하고 있어요, 용서해주시기 바랍니다."

"데이비, 네 행동에 대해 뉘우치고 있다니 반갑다."

그가 악수를 청한 손은 바로 내가 물었던 손이었다. 그 순간 나의 눈길은 빨간 흉터에 머물렀다.

"안녕하세요, 아주머니." 나는 미스 머드스톤에게 인사했다.

"아, 저런!" 그녀는 한숨을 쉬고 손가락 대신 큰 찻숟갈을 내밀면서 물었다. "방학은 얼마 동안이지?"

"한 달입니다."

"언제부터?"

"오늘부터입니다."

"그러면 오늘로 하루가 줄었군."

미스 머드스톤은 나의 방학 달력을 만들어, 매일 아침마다 하루가 지난 것을 꼼꼼히 표시했다. 그녀는 처음 열흘까지는 우울한 기분으로 표시해 나갔으나 두 자리 숫자에 표를 하기 시작하면서부터는 꽤 밝아 보였으며, 시간이 지남에 따라 점점 더 즐거워 보였다.

그런데 바로 첫날 나는 재수 없게도 미스 머드스톤을 깜짝 놀라게 했다. 실제로 미스 머드스톤은 그렇게 약한 여자가 아니었지만. 내가 방으로 들어가니 어머니와 그녀가 앉아 있었다. 아기가 어머니 무릎 위에 안겨 있는 것을 보고 나는 두 손으로 조심스럽게 아기를 안아올렸다. 그때 미스 머드스톤이 느닷없이 소리를 치는 바람에 나는 하마터면 아기를 떨어뜨릴 뻔했다.

"제인!" 어머니도 소리쳤다.

"클라라, 저것 보이지?" 미스 머드스톤이 부르짖었다.

"뭐가 보여요, 제인?" 어머니가 물었다.

"저 애가 아기를 안았어!" 미스 머드스톤이 외쳤다.

미스 머드스톤은 겁에 질려 어쩔 줄 모르다가 내게로 달려와 내 팔에 안겨 있는 아기를 빼앗아갔다. 그러더니 기절해버렸다. 미스 머드스톤의 상태가 매우 나빴으므로 체리브랜디를 먹여서 기운을 차리게 해야만 했다. 그녀는 정신을 차리자마자 나에게, 앞으로는 어떤 일이 있어도 아기를 만져서는 안 된다고 엄숙히 말했다. 불쌍한 어머니는 그럴 마음이 없었음에도 "당신 말이 옳아요, 제인" 하고 머드스톤의 명령에 순순히 찬성해버렸다.

또 한 번, 아까 말한 것과 비슷한 사건이 벌어졌다. 늘 귀엽기만 한 아기—엄마의 아기라는 이유만으로 나는 그 아이가 정말 귀여웠다—가 미스 머드스톤을 노발대발케 했던 것이다. 아기를 무릎에 눕혀 놓고 눈을 들여다보다가 어머니가 말했다.

"데이비! 이리 와!" 그러고는 내 눈을 바라보았다.

그때 나는 미스 머드스톤이 조용히 묵주를 내려놓는 것을 보았다.

"어쩌면 이렇게도 똑 닮았을까. 두 애의 눈이 내 눈과 같아. 눈동자의 색깔이 나와 같아." 어머니는 조용히 말했다.

"클라라, 무슨 말을 하고 있지?" 미스 머드스톤이 말했다.

"아기의 눈과 데이비의 눈이 똑 닮았다고 했어요." 가시 돋친 말투에 당황했는지, 어머니는 쩔쩔매면서 대답했다.

"당신은 때때로 정말 바보처럼 말하는군!" 미스 머드스톤은 성을 내며 벌떡 일어났다.

"제인!" 어머니는 항의했다.

"정말 바보야. 감히 누가 내 동생 아기와 당신 아이를 비교한단 말이야? 그 애들은 전혀 닮지 않았어. 그리고 앞으로도 전혀 닮지 않을 거야. 나는 두 애를 비교하는, 말도 안 되는 소리를 들으며 그냥 앉아 있을 수는 없어."

미스 머드스톤은 이렇게 말하고 성큼성큼 걸어나가며 문을 쾅 닫았다.

요컨대 나는 미스 머드스톤의 마음에 드는 애가 아니었다. 나는 누구의 마음에도 들지 않았다. 나 자신의 마음에도 들지 않았다. 왜냐하면 나를 좋아하는 사람도 좋다는 표시를 하지 못하고, 싫어하는 사람은 싫은 표정을 노골적으로 나타냈기 때문이다. 나는 늘 자신이 갑갑하고, 우둔해 보이지나 않을까 걱정스러웠다.

그들이 나를 불쾌하게 했듯이 나도 그들을 불쾌하게 만드는 것 같았다. 모두 모여서 이야기를 나누고 어머니도 즐거운 표정을 짓고 있는 방에 내가 들어가면, 그 순간부터 어머니 얼굴에는 야릇한 근심이 감돌았다. 머드스톤 씨도 한창 신이 나서 떠들어대다가도 나를 보면 입을 닫았다. 미스 머드스톤의 기분이 매우 나쁠 때는 내가 들어감으로써 더욱 악화되었다. 그럴 때면 어머니가 늘 희생물이 되었다. 나에게 말을 걸거나 상냥하게 대하면 그들을 화나게 하고 나중에 잔소리를 들을 것 같아서 어머니는 그것조차 할 수 없었다. 또 자기가 두 사람을 화나게 할 뿐 아니라 내가 그럴까 봐 끊임없이 걱정하며 내가 조금이라도 움직일 때마다 매우 불안스럽게 두 사람의 얼굴을 살피는 것을 나도 알고 있었다. 그래서 나는 될 수 있는 한 그들을 피하려고 마음먹었다. 조그마한 외투로 몸을 감싸고 냉랭한 침실에서 책을 읽으며 시간을 보내는 동안 교회의 종이 자정을 알리는 소리를 여러 번 들었다.

저녁에는 때때로 부엌에 가서 페거티와 함께 있었다. 그곳에 있는 동안에는 마음이 편했고 나 자신이 두렵지 않았다. 하지만 거실에서는 그럴 수 없었다. 방 안 가득 넘쳐흐르는 엄숙한 공기가 이내 그것을 짓눌러 버린다. 나는 오직 불쌍한 내 어머니를 훈련시키는 데 꼭 필요한 도구로 간주되었으며, 어머니를 괴롭히는 데는 내가 있어야 했으므로, 내가 여기를 빠져나가는 것이 허용되지 않았다.

"데이비드" 하고 그날 저녁을 먹고 난 뒤에 보통 때처럼 식당을 빠져나가려고 하자 머드스톤 씨가 말했다. "너 기분이 나쁜 것 같은데 보기가 딱하군."

"마치 곰처럼 시무룩해." 미스 머드스톤이 거들었다.

나는 말없이 서서 고개만 숙이고 있었다.

"이봐, 데이비드." 머드스톤 씨가 말을 이었다. "성격 중에서 가장 몹쓸 것이 음험하고 고집 센 성격이야."

"이 애의 성격이야말로 내가 여태껏 보아 온 성격 가운데에서 가장 모가 난 데다 정말 고집이 세거든. 클라라, 당신도 알고 있지?" 미스 머드스톤이 말했다.

"제인, 제가 이런 말을 해도 용서해주시리라 믿고 말합니다. 형님은 데이비를 이해하고 있다고 생각하세요?"

"클라라, 이 아이뿐만 아니라 어느 아이든, 이해하지 못한다면 오히려 창피한 일이지. 나는 깊이 아는 바는 없어도 상식적으로는 알고 있어." 미스 머드스톤이 말했다.

"그야 그렇겠죠." 어머니가 말했다. "형님은 무슨 일이건 잘 아시니까요."

"아, 제발! 그렇게 말하지 마, 클라라." 미스 머드스톤이 화를 벌컥 내면서 말을 가로막았다.

"하지만 정말이에요. 누구나 다 알아요. 덕분에 나도 많은 것을 배우고 있고 —그야 당연한 일이지만—그러므로 나보다 그 점을 잘 알고 있는 사람은 없다고 생각해요. 그래서 나로서는 매우 조심스럽게 말씀 올리는 거예요." 어머니는 다시 말했다.

"좋아, 그 애를 내가 전혀 모른다고 해 두지. 그 애의 속셈은 정말 알 수가 없어. 그러나 내 동생의 통찰력은 그 애의 성격을 정확히 꿰뚫고 있을 거야. 지금도 머드스톤이 그 문제를 이야기하고 있었는데, 점잖지 못하게도 우리가 그를 방해한 거야." 미스 머드스톤은 손목의 사슬 장식을 바로잡으며 말했다.

"클라라, 이 문제에 대해서는 당신보다도 더 훌륭하고 냉정한 판사가 있으리라 생각하오." 머드스톤 씨가 나지막하고 심각한 투로 말했다.

"에드워드, 당신이야말로 모든 문제에 대해서 나보다 훨씬 더 올바른 판단을 할 수 있는 사람이에요. 제인 누님도 똑같이 말이에요. 내가 말한 것은 단지—" 어머니가 겁에 질려서 말했다.

"그래. 확실히 연약하고 경솔한 말이었지." 머드스톤이 말했다. "여보 클라라, 다시는 그런 말 하지 마. 그보다는 자기 몸이나 챙겨요."

어머니의 입술이 움직였다. "그래요, 당신이 옳아요" 하고 말하는 것 같았으나 소리는 나오지 않았다.

"데이비드, 내 말은 네가 우울하고 붙임성이 없어서 글렀다는 거야. 나는 그런 성격을 고쳐주기 위한 노력도 없이 점점 나빠져 가는 것을 그냥 보고 있을 수는 없구나. 너도 그런 성격을 고치도록 노력해야 하고, 우리도 너의 그런 성격을 고쳐주려고 노력해야 한다는 거야." 머드스톤 씨는 나를 무섭게 노려보면서 말했다.

"용서해주세요." 나는 더듬더듬 말했다. "집에 돌아온 뒤로 시무룩했던 적은 한 번도 없었어요."

"거짓말로 핑계나 대면 안 돼!" 그가 어쩌나 사납게 소리쳤던지 말리려는 듯이 어머니가 자신도 모르게 떨리는 손을 내밀었다. "너는 시무룩한 얼굴로 네 방에만 처박혀 있었잖아. 여기에 내려와 있어야 했을 때에도 네 방에만 처박혀 있었어. 마지막으로 경고하는데, 너는 여기에 있어야 해. 그리고 시키는 대로 따르란 말이다. 너 나를 잘 알지? 반드시 그렇게 하게 만들겠어."

옆에서 미스 머드스톤이 쉰 듯한 목소리로 낄낄 웃었다.

"나에게는 존경심을 갖고 신속한 태도로 무엇이든 기꺼이 해야 한다." 머드스톤이 말했다. "그리고 제인 머드스톤과 너의 어머니에게도 똑같이 해야 해. 나는, 이 방에 무슨 몹쓸 병이라도 도는 듯이 꼬마 녀석이 마음대로 피하는 것을 절대 두고 보지 않을 거다. 거기 앉아!"

머드스톤은 개를 다루듯 나에게 명령했고, 나는 개처럼 따랐다.

"하나 더 말하마. 네가 천하고 시시한 친구를 좋아한다는 걸 알아. 하지만 하인들과 사귀어서는 안 된다. 너는 고쳐야 할 점이 많은데, 부엌은 널 고쳐주질 못해. 너를 선동하는 하녀에 관해서는 이야기 않겠다. 클라라, 당신은 말이오." 그는 조금 나지막한 목소리로 말했다. "오랫동안 사귀었고, 오랫동안 쌓인 공상 때문에 당신은 그 하녀에게 약하고, 그 약점에서 당신은 아직도 벗어나지 못하고 있어."

"얼마나 쓸데없는 망상이야!" 미스 머드스톤이 소리쳤다.

"당신이 페거티 같은 하녀를 좋아하는 걸 나는 용서할 수 없다는 말이야. 그러니 당장 그만둬. 데이비드, 내 말 알아듣겠지? 만약 내 말에 조금이라도 따르지 않을 때는 어떤 결과가 오리라는 것을 알겠지?" 그는 나를 윽박질렀다.

나는 불쌍한 어머니에 관한 일이라면, 그가 생각하는 이상으로 잘 알았다. 그래서 조금도 어김없이 그의 말에 순순히 따랐다. 나는 더 이상 내 방에 틀어박혀 있지 않았다. 페거티에게서도 더 이상 피난처를 구하지 않았다. 날마다 응접실에 따분하게 앉아서, 밤이 닥치고 잘 시간이 오기만을 목이 빠지도록 기다렸다. 얼마나 따분하고 갑갑한 생활이었는지! 침착하지 못하다고 미스 머드스톤이 야단칠까 두려워서 팔다리를 움직이지 않고 몇 시간씩 똑같은 자세로 앉아 있었으며(실제로 정말 하찮은 문제로 잔소리가 날아왔다), 나에게 야단칠 새로운 구실을 그녀가 발견하지나 않을까 하는 두려움에 눈도 깜박거리지 않고 그대로 앉아 있었다. 주위를 둘러보는 것을 들키면, 그 흘끔거리는 눈이 기분 나쁘다며 이내 혼이 날 것이기 때문이다. 시계 소리를 들으며, 미스 머드스톤이 반짝거리는 강철로 된 조그마한 구슬에 실을 꿰는 것을 구경하면서, 저 여자도 결혼할 것인가, 한다면 남편되는 사람은 얼마나 불행할 것인가를 생각하기도 하고, 난로 선반의 장식을 세고, 벽지에 그려진 소용돌이 모양의 도안과 나선형 도안을 비롯하여 천장까지 쳐다보면서 앉아 있어야 했다.

나는 흐린 겨울 날씨에도 혼자 좁은 진흙길을 따라 산책했다. 그런데 그때에도 머드스톤 남매가 있는 응접실의 무거운 분위기가 나를 짓누르며 떠나지 않았다. 그것은 어딜 가든 지고 다녀야 할 커다란 짐이었으며, 깨어날 수 없는 한낮의 악몽이었고, 나의 슬기를 덮어버려서 둔하게 하는 무거운 굴레였다.

내가 얼마나 난처한 분위기에서 묵묵히 식사만 했던지! 나는, 식탁에 덤터기로 놓인 나이프와 포크가 있는데 그것이 내 것이고, 덤터기 의자와 접시가 내 것이고, 덤터기 음식이 내 것이고, 덤터기 인간이 하나 있는데 그것이 바로 나라는 생각에 계속 시달렸다.

나는 촛불이 켜져서 내가 하고 싶은 것에 몰두할 시간이 되어도, 재미있는 책을 읽지 못하고 오히려 딱딱하고 이론적인 어떤 수학 논문을 읽게 되었다. 그러면 신기하게도 도량형을 나타낸 표가 〈룰 브리타니아〉나 〈어웨이 위드 멜랑콜리〉의 곡을 연주한다.*1 이래서야 머리에 들어올 리 없다. 마치 할머니가 바늘귀에 실을 끼우듯 한쪽 귀에서 다른 쪽 귀로 머릿속을 그대로 지나쳐 버리는 것이었다.

아무리 노력해도 하품과 졸음을 참아 낼 수가 없었다. 몰래 졸다가 깜짝 놀라 깬 적도 있었다. 내가 어쩌다가 말을 걸어도 누구 하나 대답해 주지 않았다. 얼마나 서글프고 공허한 시간이었던지! 누구도 내 존재를 신경쓰지 않으면서 나를 귀찮은 존재로만 여겼으니, 내가 얼마나 얼빠진 인간으로 보였겠는가. 저녁 9시가 되어 미스 머드스톤이 이제 자라고 명령하는 소리가 서글프면서도 얼마나 큰 위안이 되었는지 몰랐다.

이리하여 방학은 느릿느릿 지나가고 마지막 아침이 되었다. 미스 머드스톤이 "자, 오늘이 마지막이군"이라고 말하면서 축하의 뜻으로 나에게 차를 한 잔 권했다.

나는 집을 떠나는 것이 전혀 섭섭하지 않았다. 멍한 허탈상태였지만 약간 정신이 들자, 스티어포스가 보고 싶었다. 그 뒤로 크리클 씨의 모습이 희미하게 떠올랐지만.

바키스 씨가 대문에 나타났다. 어머니가 나에게 작별인사를 하기 위해 몸을 숙이자, 미스 머드스톤이 경계조로 "클라라!" 하고 날카롭게 소리쳤다.

나는 어머니와 꼬마 동생에게 키스했다. 그러자 갑자기 슬퍼졌다. 그러나 떠나는 것이 서운하진 않았다. 우리 둘 사이에는 이미 깊은 도랑이 흐르고 있고, 이별은 매일 있었기 때문이다. 어머니의 포옹은 더할 나위 없이 열렬했지만, 내 기억에 남은 것은 어머니의 그 열렬한 포옹이 아니라, 포옹 다음에 일어난 사건이었다.

---

*1 둘 다 영국인이 매우 사랑하는 노래. 전자는 국가에 버금가는 것이고, 후자는 모차르트의 〈마술피리〉에 가사를 붙인 것.

내가 마차에 올랐을 때, 어머니가 나를 부르는 소리를 들었다. 나는 밖을 내다보았다. 어머니는 대문에 혼자 서서 아기를 높이 들고 나에게 보이는 것이었다. 춥고 한가로운 아침이었다. 아기를 높이 든 채 나를 뚫어지게 바라보면서 머리카락 한 올, 치마 주름 한 가닥 움직이지 않았다.

그렇게, 나는 어머니를 잃었다. 그 뒤에도 학교에서 잘 때 꿈속에서 곧잘 어머니를 보곤 했다. 그때마다 어머니는 두 팔로 아기를 높이 들어올리고, 똑같은 생각에 잠긴 얼굴로 나를 바라보면서, 말없이 내 침대 곁에 서 있는 것이었다.

9장
잊을 수 없는 생일

3월에 내 생일이 돌아왔을 때까지의 학교생활은 모두 생략하기로 한다. 사실 스티어포스를 전보다 더 존경하게 된 것 말고는 아무것도 기억나지 않는다. 그는 이번 학기만 끝나면 졸업하게 되므로 더욱 자유로워 보였고 그래서 전보다도 한층 매력적으로 보였다. 그 무렵 내 마음속에 새겨진 커다란 기억이 모든 조그마한 기억을 모조리 집어삼켜 버려서, 오직 그 기억만이 남아 있는 것 같다.

내가 세일렘 학교로 돌아온 뒤부터 생일을 맞기까지 두 달이 고스란히 남아 있었다는 것조차 믿어지지 않았다. 다만 그래야 했으므로 그랬구나 하고 생각할 뿐이다. 만약 그것조차 없었으면, 그 사이의 간격 없이 돌아온 뒤 바로 생일을 맞았다는 것이 솔직한 느낌이었다.

그러나 생일날은 정말 잘 기억하고 있다! 그날, 주위에서 피어오르던 안개 냄새는 지금도 코끝을 맴돌고 있으며, 안개 사이로 환상처럼 떠올라 있던 서리도, 눈앞에 보이는 듯했다. 서리에 뒤덮인 내 머리칼이 뺨에 철썩 달라붙어 있던 것도 느낄 수 있다. 어두컴컴한 교실을 둘러보니, 여기저기 켜 놓은 촛불이 깊은 안개에 싸인 아침 공기를 아련하게 비추고 있었다. 추위 속에서 학생들이 손을 녹이기 위해 호호 불 때면 입김이 연기처럼 솟아올라 원을 그리고, 시린 발이 교실 바닥을 탕탕 쳐댔다.

아침 식사를 마치고 운동장에서 놀고 있던 우리에게 교실 안으로 들어오라는 집합 명령이 떨어지더니, 샤프 선생님이 들어와서 말했다.

"데이비드 코퍼필드는 응접실로 가보렴."

나는 페거티한테서 올 음식 바구니를 기다리고 있었으므로 그 명령에 기쁜 마음으로 따랐다. 내가 재빨리 자리에서 빠져나올 때, 내 주위의 어떤 아이들은 좋은 물건이 오면 나누어 갖자고 말하기도 했다.

"데이비드, 서둘지 마라." 샤프 선생님이 말했다. "시간은 넉넉하니 그렇게 서둘 것 없다."

샤프 선생님의 동정어린 말투에 조금만 귀를 기울였다면 그의 말만 듣고도 나는 깜짝 놀랐을 텐데, 그 뒤에도 나는 그의 말을 전혀 귀담아듣지 않았다. 나는 응접실로 급히 달려갔다. 크리클 씨가 회초리와 신문을 앞에 놓고 아침 식사를 하고 있었고, 크리클 부인은 편지를 펴 들고 있었다. 선물 보따리는 없었다.

"데이비드 코퍼필드." 크리클 부인이 나를 소파로 안내하고, 그녀도 내 곁에 앉았다. "내가 학생에게 특별히 할 이야기가 있어요."

나는 크리클 씨를 쳐다보았으나 그는 나에게 눈길도 주지 않고 고개를 저으면서 버터 바른 큰 토스트를 한 입 물고 크게 한숨을 쉬는 것이었다.

"학생은 아직 어려서 세상이 하루하루 어떻게 달라져 가는가를 모를 거야." 크리클 부인이 말했다. "그리고 사람들이 차례차례 이 세상에서 사라져 가는 것도. 그러나 데이비드, 우리는 모두 그런 사실을 알아야만 해요. 어떤 이는 어려서 알게 되고, 어떤 이는 늙어서야 알게 되는가 하면, 또 어떤 이는 평생 그런 일만 알게 되기도 하지."

나는 부인을 진지하게 바라보았다.

"방학이 끝나고 집을 떠날 때," 크리클 부인은 이렇게 말하고는 짧게 사이를 두었다가 "모두들 안녕하셨지?"라고 말하더니 또 조금 있다가 "어머니께서도 안녕하셨지?"라고 물었다.

나는 뚜렷한 이유도 없이 몸이 벌벌 떨렸다. 이 간단한 물음에 대답은 하지 않고 진지한 표정으로 부인을 뚫어지게 바라보고만 있었다.

"내가 왜 이러한 말을 하느냐 하면, 안됐지만, 오늘 아침에 어머니가 위독하다는 소식이 왔어요." 부인이 말했다.

그 순간 크리클 부인과 나 사이에 안개가 끼어서 부인의 모습이 안개 속에서 움직이는 것 같았다. 이내 뜨거운 눈물이 내 볼을 타고 흘렀다. 크리클 부인의 모습은 움직이지 않았다.

"매우 위독하신 모양이에요." 부인이 덧붙였다.

이것으로 모두 알 수 있었다.

"어머니가 돌아가셨어요."

할 필요도 없는 이야기였다. 나는 너무도 슬퍼서 소리내어 울기 시작했다. 이 막막한 세상에서 고아라는 쓸쓸함이 사무쳤다.

크리클 부인은 나에게 매우 친절했다. 그날은 온종일 나를 그곳에 있게 해주고, 때로는 혼자 있게도 해 주었다. 울다가 지쳐서 잠이 들었다가, 잠이 깨면 또다시 울었다. 더 이상 울 수 없게 되자 나는 처음으로 이것저것 생각하기 시작했다. 그러나 내 가슴은 철근을 매단 듯 무거웠고, 슬픔은 둔한 고통이 되어서 지우려야 지울 수 없게 되었다.

내 생각은 종잡을 수가 없었다. 내 가슴을 억누르는 큰 재난에 대해서 곰곰이 생각하지 못하고 그 주변만 맴돌고 있었다. 나는 폐쇄되고 조용한 우리 집을 생각해 보았다. 아기를 생각해 보았다. 크리클 부인이 말하길, 아기도 그동안 몹시 허약해져서 살지 못할 것이라고 했다. 집 옆에 있는 묘지의 아버지 무덤을 생각하고, 내가 잘 알고 있는 나무 밑에 누워 있을 어머니도 생각해 보았다. 혼자 남게 되었을 때는 의자 위로 올라가서 유리창에 얼굴을 비춰 내 눈이 얼마나 빨개졌으며, 얼굴이 얼마나 슬픔에 젖었는가를 보기도 했다. 그리고 몇 시간이 흘렀을까, 이제는 눈물조차 나오지 않자 나는 문득 생각했다. 이제 눈물도 말라버렸다면, 집에 가까워졌을 때—나는 어머니 장례식에 참석하게 되어 있으니까—어머니의 죽음과 관련된 어떤 슬픈 것을 떠올려야 눈물이 쏟아질지 생각하기도 했다. 지금도 기억하는데, 나는 내가 학생들 가운데에서 위엄이 있으며 중요한 인물이라는 것을 괴로움 속에서도 느끼고 있었다.

만약 어린아이에게도 정말로 깊은 마음의 고통이 있다면, 그때의 내가 바로 그랬다. 그러나 그날 오후 다른 학생들은 교실에서 수업을 하고 있고, 나 혼자 운동장을 거닐었을 때, 내가 학생들의 주목을 받을 정도로 중요한 처지에 놓인 것을 하나의 만족으로 여겼던 기억이 난다. 학생들이 수업을 받기 위해 교실로 향하면서 창문 밖으로 나를 곁눈질했을 때 나는 우쭐한 생각이 들어서 더 우울한 표정을 짓고 더욱 으스대며 걸었다. 수업이 끝나자 학생들이 몰려와서 위로의 말을 했다. 그때는 나도 아무에게도 으스대지 않고 전처럼 모두에게 똑같이 대하는 것이 최선이라고 생각했다.

나는 다음 날 밤에 집에 가기로 되어 있었다. 우편 마차가 아니라 '농부'라고 불리는 육중하게 생긴 밤 마차를 탈 참이었다. 그것은 주로 시골 사람들이 짧은 거리를 여행할 때 이용하는 마차였다. 그날 밤에는 책 읽어주기도 하지 않왔다. 트래들스는 자기 베개를 빌려주겠다고 고집을 부렸다. 내 베개가 있었는데, 어떻게 그의 베개가 나에게 도움이 되리라는 생각을 했는지 모르겠다. 그러나 생각해 보면 불쌍한 트래들스가 나에게 빌려줄 수 있는 것은 베개와 해골이 잔뜩 그려진 편지지뿐이었다. 게다가 그는 헤어질 때, 슬픔의 위안물로 내 마음의 평화에 보탬이 되도록 그 편지지마저 나에게 주었다.

다음 날 오후, 나는 세일럼 학교를 떠났다. 그것이 마지막이 되리라고는 전혀 생각지도 못했다. 밤새껏 느릿느릿 여행하여 이튿날 아침 9시인가 10시인가가 되어서야 야머스에 닿았다. 바키스를 찾았으나 그는 없었다. 그 대신 뚱뚱하고 쾌활해 보이는 작달막한 늙은이가, 검은 옷을 입고 짧은 바지의 무릎에 색이 바랜 낡은 천을 누덕누덕 붙이고, 검은색 긴 양말을 신고, 챙이 넓은 모자를 쓰고, 씨근덕거리면서 마차의 창문까지 와서 말했다.

"코퍼필드 도련님?"

"네."

"도련님, 저와 같이 가시지요." 문을 열면서 그는 말했다. "제가 도련님을 집까지 모시겠습니다."

도대체 이 사람이 누굴까, 궁금하게 여기면서 나는 그의 손을 잡고 마차에서 내렸다. 그리고 우리는 좁은 거리에 있는 작은 상점까지 걸어갔다. 그 상점 간판에는 '오머의 포목상, 양복점, 신사용 장신구류, 장의사' 등등이 적혀 있었다. 비좁고 숨이 콱콱 막히는 상점이었다. 다 만들어진 옷, 덜 만들어진 옷, 온갖 옷들이 가득 차 있었으며 한쪽 창문은 실크해트와 보닛으로 그득했다. 우리는 뒤쪽에 있는 조그마한 방으로 들어갔다. 거기에선 젊은 부인 세 명이 책상 위에 산더미처럼 쌓아놓은 검은 천으로 무엇을 만드는 참이었다. 조그마한 천 조각들과 자투리들이 방바닥에 어지럽게 흩어져 있었다. 방에는 난롯불이 따뜻하게 피워져 있었고, 상복용 검은 크레이프 천 냄새 때문에 숨이 막힐 듯했다. 물론 그것이 무슨 냄새인지 그때에는 몰랐고, 나중에 큰 뒤에야 알았다.

편안한 마음으로 열심히 일하던 젊은 여인들이 고개를 들어 나를 바라보더니 다시 손을 움직였다. 한 땀 한 땀 열심히 꿰매고 있었다. 그리고 창밖의 조그마한 정원 맞은편에 있는 작업장에서는 장단을 맞추듯 망치 소리가 규칙적으로 들려왔다. 탕―타당, 탕―타당, 탕―타당, 한결같았다.

"이봐," 나를 데리고 온 아저씨가 세 여자 가운데 한 여자에게 말을 걸었다.

"미니, 일은 잘돼 가지?"

"가봉 날까지는 준비할게요, 아버지. 걱정 마세요." 그 여자는 쳐다보지도 않고 명랑하게 대답했다.

오머 씨는 챙이 넓은 모자를 벗고는 앉아서 숨을 헐떡거렸다. 그는 너무 살이 쪘으므로 말하기 전에 헐떡거리기부터 했다.

"그러면 됐어."

"아버지! 꼭 돌고래처럼 되었어요!" 미니는 장난조로 말했다.

"글쎄, 나도 어떻게 그렇게 됐는지 모르겠다만, 그렇지 뭐." 그는 딸의 말을 생각하면서 대꾸했다.

"아버지는 정말 태평하시네요. 모든 것을 안일하게 생각하시죠." 미니가 말했다.

"애야, 그렇게 생각하지 않는다고 뭐 좋은 수라도 있냐?"

"그렇긴 해요. 결국 우리 집 사람들은 다들 낙천가라니까. 좋은 일이지만. 안 그래요, 아버지?"

"나도 그렇게 생각해." 오머 씨는 말했다. "이제 한숨 돌렸으니 이 어린 학자님의 치수를 재 보지. 코퍼필드 도련님, 안으로 들어가시죠."

오머 씨는 나를 앞세우고 들어갔다. 그는 두루마리 천을 나에게 보여주며 특품이라고 소개하고, 부모를 제외한 다른 사람의 상복으로는 너무 좋은 천이라고 말하면서 내 몸 여러 곳을 재더니 책에 기입했다. 치수를 적으면서 가게에 있는 여러 상품들을 가리키며, '이것은 지금 한창 유행 중인 것'이고 '저것은 한물 지난 것'이라고 설명했다.

"그런 유행 때문에 가끔 큰 손해를 보지요." 오머 씨는 말했다. "그런데 유행은 꼭 인간과 같아요. 오기는 오지만 언제, 무엇 때문에, 왜 오는지는 아무도 모르니까. 또 사라지는 것도 언제, 무엇 때문에, 어떻게 사라지는지 아무도 몰라요. 내 생각이지만, 이런 걸 보면 모든 게 다 인생과 같지요."

나는 너무 슬퍼서 그와 논쟁할 마음은 생기지 않았다. 하기야 어떤 상황이었든 내가 해낼 수 있는 문제는 아니었겠지만. 오머 씨는 숨을 헐떡이며 나를 거실로 데리고 갔다.

그는 거실에 와서는 문 뒤로 나 있는 가파른 계단을 내려다보면서, "차하고, 버터 바른 빵을 가져와!"라고 소리쳤다. 그동안 나는 앉아서 주위를 돌아보기도 하고, 나대로 생각도 하고, 방에서 들려오는 바느질 소리와 건너편에서 들려오는 망치 소리에 귀를 기울이기도 했다. 잠시 뒤 음식을 접시에 받쳐서 가지고 왔는데, 나를 위한 음식이었다.

"나는 전부터 도련님을 알고 있었습니다." 오머 씨는 잠깐 나를 바라본 뒤에 말했다. 나는 아침을 먹고 싶지 않았다. 온통 검은 색깔이 식욕까지 뒤덮어버린 것이다. "도련님, 나는 오래전부터 도련님을 알고 있었습니다."

"그래요, 아저씨?"

"아마 도련님이 태어나기 전부터라고 말하는 편이 옳을 거예요. 도련님의 아버지를 알고 있었으니 말입니다. 아버지의 신장은 5피트 9인치 반이었는데, 지금은 25평방피트 땅 속에 누워 있지요."

탕―타당, 탕―타당, 탕―타당, 뜰 맞은편에서 망치 소리가 계속 들려왔다.

"아무튼 25평방피트예요." 오머 씨는 자못 즐거운 듯이 말했다. "아버지의 유언이나, 어머니의 명령 같은 건 잊어먹었지만요."

"내 꼬마 동생은 어떻게 되었는지 아세요, 아저씨?" 나는 물었다.

오머 씨는 고개를 저었다.

탕―타당, 탕―타당, 탕―타당.

"아기는 어머니 팔에 안겨 있어요."

"아, 그럼 죽었나요?"

"너무 속 썩지 마세요. 어차피 도련님이 어떻게 할 수 있는 문제도 아니니까." 오머 씨는 말했다. "아무튼 그래요. 아기도 죽었어요."

그 소식을 들으니 상처가 되살아났다. 나는 음식에는 손도 대지 않고 작은 방 구석에 놓여 있는 다른 탁자가 있는 데로 가서 머리를 기댔다. 미니가 달려와서는 눈물로 상복이 얼룩지지나 않을까 두려워서 탁자 위에 놓인 것들을 깨끗이 치워버렸다. 미니는 예쁘고 착한 소녀였다. 그녀는 부드럽고 친절한 손으로, 내 눈을 덮고 있는 머리카락을 쓸어 올려주었다. 그녀는 일이 거의 끝나가고 있었기에 나와는 대조적으로 아주 기뻐하고 있었다.

들려오던 망치 소리가 그치자, 잘생긴 젊은이가 마당을 가로질러 방으로 들어왔다. 손에는 망치를 들고, 입에는 못을 한입 가득 물고 있었다. 말을 하려면 먼저 못부터 빼야만 했다.

"얘, 저램! 일은 어떻게 되어 가고 있지?" 오머 씨가 물었다.

"잘됐습니다. 다 끝났어요." 저램이 말했다.

미니가 약간 얼굴을 붉혔다. 그 광경을 본 두 여자가 마주 보며 싱긋 웃었다.

"뭐라고! 그럼 지난 밤 내가 클럽에 있는 동안 촛불을 켜고 일했군, 그렇지?" 오머 씨는 한 눈을 감으며 말했다.

"네." 저램이 말했다. "이 일이 끝나면 다같이 여행을 가자고 말씀하셨잖아요. 미니하고 아저씨하고 그리고 저도 함께요."

"아! 그 여행에 나는 내버려두고 갈 줄 알았는데." 오머 씨는 웃다가 그만 사레들리고 말았다.

"아저씨가 그렇게 말씀하셨기에 열심히 일했지요. 제가 만든 물건을 한번 보시겠어요?"

"그러지." 오머 씨는 일어서며 말했다. "도련님," 그는 말을 멈추고 나를 돌아보았다. "도련님도 보시지 않겠습니까? 도련님의—"

"그건 안 돼요, 아버지." 미니가 가로막았다.

"그것도 나쁘지 않을 거라고 생각했는데." 오머 씨는 말했다. "그러나 네 말이 옳아."

그들이 보러 간 것이, 사랑하는 어머니의 관인 것을 내가 어떻게 알았는지는 모르겠다. 나는 지금까지 관 만드는 소리를 들어 본 적도 없고, 관이란 물건을 본 일도 없었다. 그런데도 망치 소리를 들었을 때, 그 소리가 무엇인지 머릿속에 또렷하게 떠올랐다. 그리고 젊은이가 들어왔을 때도, 그가 무엇을 만들고 있었는지를 이내 알아챘다.

일이 끝나자, 이름을 알 수 없는 두 여자는 옷에 묻은 헝겊 조각과 실밥을 털고는 상점에 들어가 물건을 정돈하고, 손님들 시중을 들었다. 미니는 뒤에 남아 완성된 물건을 접어서 두 개의 광주리에 담았다. 그녀는 그것들을 무릎에 올려놓고서 명랑한 곡조를 흥얼거리며 그 일을 하고 있었다. 미니가 바쁘게 일하는 도중에 (그녀의 애인임에 틀림없는) 저램이 들어와, 내가 있는 것도 의식하지 않고 그녀에게 키스를 하면서, 당신 아버지가 마차를 가지러 갔으니 자기도 서둘러 준비를 해야 한다고 말했다. 그러고는 다시 밖으로 나갔다. 그러자 미니도 골무와 가위를 주머니에 넣고, 검은 실이 꿰어진 바늘을 가슴에 가볍게 꽂고는, 문 뒤에 있는 조그마한 거울을 보면서 외투를 입고 매무시했다. 나는 거울 속에 비친, 미니의 즐거운 얼굴을 보았다.

그러한 모든 일들을, 나는 구석 탁자에 턱을 괸 채 바라보고 있었는데, 마음은 온갖 전혀 다른 것들만 쫓고 있었다. 얼마 안 되어 마차가 상점 앞에 닿았다. 먼저 광주리가 실리고, 이어서 내가 실리고, 그 다음에 오머와 미니 그리고 저램이 올라탔다. 내 기억에 따르면 그 마차는 반은 이륜마차이고, 반은 피아노 운반용 마차로서 전체가 거무스름한 색으로 칠해졌으며, 꼬리가 긴 검은 말이 끌고 있었다. 크기는 네 사람이 타기에 충분했다.

그때 그들과 한 마차를 탔을 때보다 더 이상한 느낌은 그 뒤에도 느껴 보지 못했다. 방금 그들이 하던 일의 종류를 생각해 볼 때 어떻게 마차를 타고 그렇게 즐거워할 수가 있을까 싶었기 때문이다. 그들에게 화가 난 것이 아니라, 전혀 모르는 사람들 틈에 던져졌을 때와 같은 두려움을 느꼈던 것이다. 그들은 몹시 즐거워했다. 오머 씨는 앞의 마부 자리에 앉았다. 그리고 젊은 두 사람은 바로 그 뒤에 앉았다. 그가 말을 걸 때마다 두 사람은 그 둥글넓적한 얼굴 양 옆으로 얼굴을 쑥 내밀고 끊임없이 그를 치켜세웠다.

그들은 나에게도 말을 걸려고 했으나, 나는 구석에 박힌 채 침울하게 앉아 있었다. 떠들썩하지는 않았지만, 서로 사랑을 표현하며 좋아라고 시시덕거리는 그들을 보고 나는 놀랐다. 사람이 죽었는데도 좋아라고 설치는 그들의 냉정한 마음에 왜 벌이 내려지지 않는지 모를 일이었다.

오는 중간에 쉬면서 말에게 여물을 주거나 다 같이 먹고 마시며 즐겁게 떠들었지만, 나는 그들이 만진 것은 절대 손대지 않고 먹기를 거부했다. 마차가 집에 닿자 나는 재빨리 뒤쪽으로 내렸다. 한때는 그토록 아름다웠으나 이제는 눈 감은 장님처럼 답답하게만 보이는 침통한 창문 앞에서 그들과 같이 있기가 싫었던 것이다. 집으로 돌아와서 어머니 방 창문과 한때는 내 방이었던 옆방을 보자 나도 모르게 눈물이 쏟아져, 어떻게 해야 눈물이 나올 것인가 하는 걱정은 전혀 할 필요가 없었다.

나는 현관까지 가기도 전에 페거티의 팔에 안겨 집으로 들어섰다. 나를 보는 순간 그녀의 슬픔이 폭발했다. 그러나 이내 슬픔을 억누르고는 죽은 사람을 깨우면 안 된다는 듯이 나에게 귀엣말을 하면서 조심스럽게 걸었다. 나는 페거티가 오랫동안 잠을 자지 못했다는 것을 알았다. 그녀는 밤에도 자지 않고 앉아서 계속 지키고 있었던 것이다. 불쌍하고 아름다운 마님의 모습이 땅 위에 있는 한, 그 곁을 떠나지 않고 지키겠다고 했다.

내가 거실에 들어서도 머드스톤 씨는 거들떠보지도 않았다. 그는 난로 곁의 안락의자에 앉아 눈물을 흘리면서 깊은 생각에 잠겨 있었다. 편지와 종이가 빼곡히 덮여 있는 책상에서 바삐 무언가를 쓰고 있던 미스 머드스톤은 나를 보자 쌀쌀하게 손가락질하면서 상복 치수를 쟀느냐고 물었다.

　"네." 나는 대답했다.

　"너, 네 셔츠는 다 가지고 왔겠지?" 미스 머드스톤이 물었다.

　"예, 제 옷은 다 가지고 왔습니다."

　이것이 기승스러운 미스 머드스톤이 나에게 해준 위로의 전부였다. 미스 머드스톤이 말하는 이른바 자제심, 강인함, 의지력, 상식과 불친절한 요소만을 모아 놓은 잔인한 목록을, 이런 상황에서 내보이는 것에 특히 쾌감을 느끼고 있음에 틀림없었다. 그녀는 사무 능력을 특히 자랑스러워했다. 지금은 온갖 감정을 펜과 잉크로 환원시켜 어떠한 것에도 움직이지 않는 형태로 그것을 나타내고 있는 것이다. 그녀는 그날 온종일, 그 뒤로도 아침부터 저녁까지 책상에 앉아서 딱딱한 펜으로 태연하게 글씨를 휘갈기고, 누구에게나 똑같은 차가운 목소리로 속삭였다. 한 순간도 얼굴 근육을 푸는 법이 없었고, 목소리도 부드럽게 하는 일이 없었으며, 옷자락 한 번 흐트러뜨리지 않았다.

　머드스톤 씨는 이따금 책을 펴들고 있었으나, 보아하니 읽는 것 같지는 않았다. 한 시간 동안 책장 하나 넘기지 않고 그냥 들고 있다가는 책을 내려놓고 방 안을 이리저리 왔다 갔다 했다.

　나는 팔짱을 끼고 앉아 그를 바라보면서 몇 시간씩 그의 발걸음을 세어보곤 했다. 머드스톤 씨는 누나에게도 거의 말하지 않았고, 나에게도 단 한 번 말하지 않았다. 시계를 제외하고는 그만이, 쥐 죽은 듯이 고요한 이 집 안에서 유일하게 초조한 존재로 보였다.

　장례식 전 며칠 동안은 페거티를 거의 만나지 못했다. 계단을 오르내리다 어머니와 동생 아기가 누워 있는 방 바로 곁에서 페거티를 보고, 밤마다 내 방으로 와서 내가 잠들 때까지 머리맡에 앉아서 지켜보는 페거티를 본 것이 고작이었다. 장례식 하루인가 이틀 전―그렇다고 생각은 하는데, 아무튼 그 슬프던 시기에는 시간의 경과를 나타내는 매듭이 전혀 없어서, 기억에 혼동이 있음은 인정한다―페거티가 나를 어머니와 아기가 누워 있는 방으로 데리고 갔다. 깨끗하고 신선해 보이는 흰 침대보 밑에는, 집 안을 감싼 엄숙한 고요가 모습을 드러내고 누워 있는 듯이 보였다. 페거티가 그 흰 보를 가만히 벗기려고 했을 때 나는 "안 돼, 그만둬!" 하고 외치면서 그녀의 손을 잡아 막았다.

설사 장례식이 어제였다고 해도 나는 이 이상 뚜렷하게 기억하지는 못할 것이다. 내가 문을 열고 들어갔을 때의 객실 분위기, 활활 타오르는 난로, 유리병에 들어 있는 반짝거리는 포도주, 술잔과 접시의 무늬, 은은히 풍기는 달콤한 과자 냄새, 미스 머드스톤의 드레스와 우리의 검은 상복 냄새들이 거기에 있었다. 의사 칠립 씨가 마침 방에 있다가 나에게 다가와서 말을 걸었다.

"데이비 도련님, 어떻게 지냈어요?" 그는 친절히 말했다.

나는 대답할 수가 없어 그에게 손을 내밀었더니, 그는 가만히 잡아주었다.

"이것 봐요," 칠립 씨는 눈을 반짝이며, 부드럽게 웃으면서 말했다. "꼬마 친구들은 잘도 자란다니까요. 아주 몰라볼 만큼 자랐어요, 마님."

그가 미스 머드스톤에게 말했으나, 그녀는 대꾸하지 않았다.

"여긴 점점 좋아지는군요, 마님." 칠립 씨가 또 말했다.

미스 머드스톤은 눈썹을 살짝 찌푸리며 겉치레 인사로 대꾸했다. 이에 당황한 칠립 씨는 나를 데리고 방구석으로 가더니 더 이상 아무 말이 없었다.

이런 세세한 것까지 쓰는 이유는 다만 일어난 일을 남김없이 쓰기 위해서일 뿐이며, 딱히 돌아온 뒤로 나 자신에 대해서 어떻게 생각하고 있었기 때문은 아니다. 그때 종이 울리기 시작했다. 오머 씨와 또 한 사람이 와서 우리를 준비시켰다. 페거티가 오래전에 이야기한 대로, 아버지 장례식에 참석했던 사람들이 그때와 똑같은 방에서 시중을 들었다.

머드스톤 씨, 이웃에 사는 그레이퍼 씨, 칠립 씨 그리고 나. 우리가 문으로 나가니, 상여꾼과 관이 이미 뜰에서 기다리고 있었다. 그들은 우리 앞에 서서, 작은 길을 따라 느릅나무 곁을 지나고 대문을 지나, 여름날 아침이면 새들이 지저귀는 소리를 듣곤 했던 묘지로 들어섰다.

우리는 묘 주위에 둘러섰다. 이날은 여느 날과는 달라 보였다. 햇빛도 더한 층 슬픈 색으로 물들어 있었다. 유해와 함께 집에서 가져온 엄숙한 고요가 지금 여기 있다. 모두 모자를 벗고 섰다. 목사의 목소리가 휘넓은 허공에 퍼지면서도, 똑똑하고 또렷이 들렸다. "나는 부활이요 생명이니라, 주님이 말씀하셨도다!" 그때 누군가의 흐느끼는 소리가 들려왔다. 조객들로부터 멀리 떨어진 곳에, 착하고 충실하며 이 지구상에서 내가 가장 사랑하는 하녀가 서 있었다.

내 어린 생각에도 하느님이 언젠가는 "참 잘했다"라고 틀림없이 칭찬할 하녀 페거티가 서서 울고 있었다.

많지 않은 조객들 가운데 내가 아는 얼굴도 많이 있었다. 교회에서 늘 사방을 두리번거리다가 우연히 마주쳐서 알게 된 얼굴도 있었고, 어머니가 한창 젊을 때 이곳으로 와서 처음으로 만났던 얼굴들도 있었다. 나는 그들이 안중에 없었다. 내 속에는 슬픔 말고는 아무것도 없었다. 그러나 나는 그들이 누가 누구인지를 금방 알았다. 그리고 저 멀리서 미니가, 내 곁에 있는 자기 애인을 지키듯 바라보고 서 있었다.

장례식이 끝나고 우리는 집으로 돌아왔다. 눈앞에 우리 집이 서 있었다. 언제나 아름답고 변함없는 집을 보고 내 어린 시절 생각이 나서 터져 나오는 슬픔은 여태까지의 어느 슬픔과도 비할 바가 아니었다.

일행이 나를 데리고 갔다. 칠립 씨는 끊임없이 나에게 말을 걸어왔고, 집에 닿았을 때는 물로 입술을 적셔주었다. 내가 방으로 들어가게 해 달라고 했더니, 그는 상냥하게 나를 놓아주었다.

그런데 이 모든 것이 어제 일처럼 느껴지는 것이다. 그 뒤의 일들은 모두 물이랑을 타고 잊힌 기억이 다시금 되살아나는 망각의 기슭으로 흘러가 버렸는데, 오직 그날의 기억만은 바다 한가운데에 우뚝 솟은 바위처럼 또렷하다.

페거티가 나를 찾아올 것을 짐작하고 있었다. 그날은 안식일처럼 고요했기에(잊고 있었는데, 정말로 꼭 일요일 같았다!) 우리 두 사람에게는 안성맞춤이었다. 페거티는 나와 함께 나란히 침대에 앉았다. 내 손을 꼭 쥔 채로 때로는 내 손을 자신의 입술로 가져가기도 하고 또 갓난 동생을 쓰다듬듯이 나를 어루만지면서, 지금까지 일어났던 일들을 페거티 특유의 방식으로 이야기해주었다.

"어머니는 오랫동안 건강이 좋지 않았어요. 마음이 불안하여 결코 행복하지 못했지요. 아기가 태어났을 때, 처음에는 어머니의 건강이 나아질 줄 알았어요. 그러나 어머니는 더욱 약해졌고, 하루하루 점점 더 나빠져 갔어요. 아기가 태어나기 전에는 혼자 오도카니 앉아서 울곤 했어요. 아기가 태어나자 어머니는 아기에게 노래를 곧잘 불러 주곤 했는데, 그 노랫소리가 하도 부드러워서, 한번은 하늘 높이 울려 퍼지는 천상의 목소리 같았지요. 그리고 최근에는 한층 더 겁에 질려 무서워하는 것 같았어요. 조금 심한 말만 들어도 충격을 받앴으니까요. 그러나 어머니가 나에게 대하시는 것은 언제나 똑같았어요. 어머니는 이 바보 같은 페거티에게는 변함이 없었어요."

페거티는 말을 멈추고 잠시 내 손을 부드럽게 토닥였다.

"옛날과 다름없는 상냥한 어머니를 마지막으로 본 것은 도련님이 집에 오신 그날 밤뿐이었답니다. 도련님이 학교로 돌아가신 날 어머니께서는 '이제 내 아들을 다시는 못 볼 것 같아. 어쩐지 그런 생각이 들어. 그런 생각이 들면 틀림없이 그렇게 되거든'이라고 말씀했어요. 그 뒤에도 스스로를 추스르려고 애쓰셨어요. 머드스톤 남매가 어머니를 보고 지각이 없다느니 가볍다느니 하고 여러 차례 말할 때, 어머니께서는 정말 그런 것처럼 행동했어요. 그러나 다 지난 일이지요. 어머니께서는 저에게 하신 말씀을 머드스톤 씨에게는 절대로 말하는 법이 없었어요. 다른 사람에게는 그런 말을 하시길 두려워했으니까요. 그러다가 어느 날 밤, 돌아가시기 일주일 전쯤 어머니께서 머드스톤 씨에게 '여보, 난 죽을 것 같아요' 하고 말씀했어요. 그날 밤 어머니를 눕혀 드렸을 때는 이런 말씀도 했죠. '페거티, 이제는 죽음이 두렵지 않아. 나는 이제 아무렇지도 않은데, 불쌍한 그이는 이삼일 내로 점점 더 굳게 믿게 될 거야. 하지만 그것도 다 지나갈 거야. 나는 너무 지쳤어. 만일 그것이 잠이라면, 내가 자고 있는 동안 내 곁에 있어 줘. 내 곁을 떠나지 마. 하느님, 우리 두 애들에게 은총을! 하느님 아버지, 특히 아비 없는 제 아들을 보호하시고 지켜주옵소서!'"

"그 뒤로 나는 절대로 곁을 떠나지 않았어요." 페거티는 말을 이었다. "어머니께서는 아래층 머드스톤 남매와도 이야기를 곧잘 했어요. 어머니는 그들을 사랑했으니까요. 어머니께서는 주위 사람들을 사랑하지 않고는 견디지 못했으니까요. 하지만 남매가 어머니의 침대를 떠날 때에는, 마치 제가 없으면 안식도 없다는 듯이 저를 바라보았어요. 그러지 않고는 잠들 수가 없었답니다. 운명하시던 날 저녁, 어머니께서는 내게 키스해 주면서 말씀하셨어요. '페거티, 만약 내 아기도 죽거든 내 팔에 안겨서 같이 묻어 줘. (그 일은 정말로 일어났다. 불쌍한 어린 양은 어머니보다 딱 하루 더 살았을 뿐이었다.) 내가 가장 사랑하는 아기를 나와 같이 영원한 안식처로 가게 해 줘. 그리고 데이비에게 전해 줘, 어머니는 여기 누워서 한 번이 아니라 수천 번씩 데이비드의 행복을 빌었다고.'"

다시 침묵이 이어졌다. 페거티는 또다시 내 손을 토닥여주었다.

"밤이 깊었을 때였어요." 페거티가 말했다. "어머니께서 마실 것을 달라고 하셨어요. 그것을 드시고는 나에게 괴로운 미소를 보냈어요. 그때 그 모습은 정말 아름다웠답니다! 동이 트고, 해가 떠올랐지요. 어머니께서 나에게 말씀해 주셨습니다. '데이비의 아버지는 정말 친절하셨고 자상했어. 잘못이 있더라도 잘 참아주고, 내가 자신감을 잃고 방황할 때는 이렇게 말해줬지. 사랑하는 마음이 지혜보다 더 강하고 더 좋은 것이라고, 나와 같이 사는 것이 행복하다고.' 그리고 어머니는 '페거티, 좀더 가까이 와' 하고 말씀하셨어요. 완전히 쇠약해져 있었지만 '자네의 튼튼한 팔로 내 목을 받치고 나를 자네 쪽으로 향하게 해줘. 자네 얼굴이 저 멀리로 사라져가는 것 같아. 자네 곁으로 가까이 가고 싶어'라고 말씀하셨어요. 저는 어머니의 말씀대로 해드렸어요. 그랬더니, 아, 데이비 도련님! 제가 처음 도련님과 헤어질 때 드렸던 말씀이 실현되는 때가 닥치고 말았어요. 어머니께서는 머리를, 우둔하고 심술궂은 늙은 페거티의 팔에 안도하며 올려놓았어요, 그러고는 아기가 잠들 때처럼 평온하게 돌아가셨지요!"

이렇게 페거티의 이야기는 끝났다. 어머니의 죽음을 들은 순간부터, 최근의 어머니 모습은 내 머릿속에서 사라져버렸다. 그때 이후로, 내가 철들기 시작했을 때의 젊은 어머니의 모습만이 기억나는 것이다. 윤기 흐르는 곱슬곱슬한 머리채를 손가락으로 빙글빙글 돌려 감기도 하고, 노을 질 때면 나와 함께 거실에서 춤추던 젊은 날의 어머니. 페거티가 나에게 들려준 이야기로는 돌아가실 무렵의 어머니 모습이 생각나기는커녕, 오히려 젊었을 때의 모습을 내 마음속 깊이 뿌리박게 했을 뿐이다. 믿을 수 없겠지만 사실이다. 어머니는 돌아가심으로써 조용하고 평화스러웠던 젊은 그 시절로 훨훨 날아가셨고, 그 밖의 영상은 모두 지워버렸다.

무덤 속에 잠들어 계시는 어머니는 내 어린 시절의 어머니이다. 어머니가 안고 계시는 아기도 옛날의 나, 어머니 품에 소리 없이 영원히 안겨 있는 나 자신인 것이다.

10장
역경

어머니 장례식이 끝나고 집 안의 등불을 자유스럽게 켤 수 있게 되자, 미스 머드스톤이 가장 먼저 한 일은 페거티에게 해고를 알리고 한 달 간의 여유를 준 것이었다. 페거티로 말하자면, 이 집에서 일하기는 죽기보다 싫었지만 오로지 나를 위해 이 세상에서 가장 좋은 것도 마다하고 그곳에 남아 있었던 것이다. 페거티는 우리는 헤어져야 한다고 말하고 그 이유를 설명해 주었다. 우리는 진심으로 서로를 위로했다.

나 자신에 관해서나 내 앞날에 관해서는 한마디 말도 없었으며, 아무런 대책도 세워지지 않았다. 나에게도 한 달의 기간을 주어서 쫓아낼 수 있었더라면 그들은 행복했을 것이다. 나는 용기를 내어 언제 학교로 돌아가게 되느냐고 미스 머드스톤에게 물었더니, 그녀는 차가운 목소리로 학교에 보내지 않는다고 했을 뿐 더 이상 아무 말도 하지 않았다. 그렇다면 나를 어떻게 할 것인지 몹시 궁금했다. 물론 페거티도. 그러나 페거티와 나는 그 일에 대해서는 전혀 알 길이 없었다.

내 신변에 한 가지 변화가 생기면서 현재의 불안에서는 크게 구제되었다. 그러나 만약 좀더 깊이 생각할 능력만 있었더라면, 그것은 앞날에 관한 더욱 커다란 걱정 요인이 되었을 것이다. 신변의 변화란 나에게 가해졌던 속박이 모두 없어진 것이다. 거실에 따분하게 앉아 있도록 강요되기는커녕, 오히려 내가 거실에 있을 것 같으면 미스 머드스톤이 얼굴을 찌푸려서 나가도록 한 적이 여러 번 있었다. 페거티와 같이 있다고 혼나기는커녕, 내가 머드스톤 씨 옆에 있지 않을 때는 나를 찾거나 부르는 일조차 없었다. 처음에는 날마다, 머드스톤 씨가 내 교육을 주관하지나 않을까, 미스 머드스톤이 관여하지나 않을까 두려웠으나, 그것은 기우였고 내가 걱정할 것이라곤 오직 무관심한 취급뿐이라는 생각이 들게 되었다.

그러한 사실을 알았어도 크게 고민하지는 않았다. 어머니의 죽음으로 받은 충격으로 나는 아직도 머리가 어지러웠다. 그래서 다른 보잘것없는 일에는 어떤 무감각한 상태에 빠져 있었다. 어떤 때에는, 더 이상 배우지도 못하고 방치되어 자라서, 끝내는 초라한 부랑자로 전락하여 빈둥빈둥 마을을 돌아다니며 허송세월하지나 않을까 걱정도 했다. 그런 암울한 미래를 떨쳐버리려면 소설에 나오는 용감한 영웅처럼 이대로 집을 뛰쳐나가 운명을 개척해 보는 것도 한 방법이 아닐까 하고 생각하기도 했다. 그러나 그런 생각은 가끔씩 보는 순간적인 환상이고, 가끔씩 보는 백일몽에 지나지 않았다. 마치 내 방 벽에 흐릿하게 그려져 있던 그림이 사라져서 이윽고 새하얀 벽만 남는 것과 닮았다.

"페거티," 어느 날 저녁 나는 부엌 난로에 손을 녹이며 의미심장하게 속삭였다. "머드스톤 씨가 전보다 나를 덜 좋아해. 그가 나를 그렇게 좋아한 적은 없었지만, 이젠 될 수 있으면 나를 피하고 보려 하지도 않아."

"아마 슬퍼서 그러겠지요." 페거티가 내 머리를 쓰다듬으며 말했다.

"나도 슬퍼, 페거티. 만약 그가 슬퍼서 그렇다면 나도 걱정하지 않아. 그런데 그게 아니야. 정말 슬퍼서 그러는 것은 아니야."

"슬퍼서 그러는 것이 아니라는 걸 어떻게 알아요?" 잠시 침묵한 뒤 페거티가 말했다.

"그의 슬픔은 다른 거야, 전혀 달라. 미스 머드스톤과 같이 난롯가에 앉아 있는 지금은 슬퍼하고 있을지도 모르지만, 내가 그 방에 들어가기만 하면 다른 뭔가가 더해진단 말이야, 페거티."

"뭐가 더해지는데요?" 페거티가 물었다.

"화가 더해져." 나는 나도 모르게 머드스톤 씨의 잔뜩 찌푸린 얼굴을 흉내내면서 말했다. "그가 단지 슬프기만 하다면 그런 식으로 나를 노려보지는 않을 거야. 나는 슬퍼서 더욱 친절해지는걸."

페거티는 잠시 말이 없었다. 나도 페거티처럼 조용히 앉아서 손을 녹이고 있었다.

"데이비 도련님." 드디어 페거티가 입을 열었다.

"왜? 페거티."

"이곳 블룬더스톤에서 적당한 일자리를 얻으려고 있는 수, 없는 수 다 써가며 애써 보았어요. 그러나 적당한 일자리가 없어요."

"그래서, 어떻게 하겠다는 거야, 페거티?" 나는 안타까워하며 물었다. "행운을 찾아 딴 곳으로 갈 거야?"

"아무래도 야머스로 가서, 거기서 살아야 할 것 같아요." 페거티는 말했다.

"뭐야, 더 먼 데로 가버리는 줄 알았잖아. 그래서 떠나면 두 번 다시 못 보는 줄 알았어." 나는 약간 힘을 내어 말했다. "야머스라면 가끔씩 가서 볼 수 있잖아. 설마 세상 저쪽으로 영영 가버리진 않겠지?"

"절대로 그렇지 않아요!" 페거티도 크게 기운을 차리고 말했다. "도련님이 여기에 계시는 한 주일마다 내가 죽을 때까지, 도련님을 만나러 오겠어요."

이러한 약속을 듣고 나니까, 무거운 짐을 벗은 듯이 마음이 홀가분해졌다. 그러나 그게 다가 아니었다. 페거티는 또 이렇게 말했다.

"데이비 도련님, 우선 두 주일 동안 오라버니 집에 다녀올 생각이에요. 제 주변을 돌아보고, 마음의 안정을 되찾을 때까지 말이에요. 그래서 생각해 보았는데, 머드스톤 남매가 도련님이 지금 여기에 있는 것을 별로 좋아하지 않으니, 저와 같이 가는 것이 좋겠어요."

주위 사람들과의 관계가 아주 달라진다면 모르지만(페거티는 제외하고), 그렇지 않다면 그 시절 나에게 즐거움을 줄 수 있는 것은 오직 이러한 계획뿐이었다. 나를 열렬히 환영하는 소박한 사람들에게 둘러싸이는 것이다. 종이 울리고, 바다에 돌을 던지고 있으면, 아련히 보이는 배들이 안개 속을 헤치고 나타난다. 꼬마 에밀리와 산책하며 내 괴로움을 이야기하고 바닷가에서 부적삼아 조개껍데기와 돌멩이를 주울 생각을 하니 마음이 차분해졌다. 미스 머드스톤이 과연 허락해줄 것인가에 대한 걱정 탓에 계획이 잠시 주춤했지만, 곧 결정이 나버렸다. 우리가 이야기하고 있을 때 미스 머드스톤이 야간 순찰차 식료품 창고에 나타났다. 페거티는 그 기회를 놓치지 않고, 내가 들어도 놀랄 정도로 솔직하게 그 문제를 꺼냈다.

"그곳에 보내면 이 애는 게으름을 피울 거야." 미스 머드스톤은 피클 병을 들여다보며 말했다. "게으름은 모든 악의 근원이야. 하기야, 그 아이는 여기에 있어도—어딜 가든 게으름을 피우겠지."

페거티는 불같이 화를 내면서 대꾸할 기세였으나, 나를 위해 억지로 노여움을 삼킨 채 침묵을 지키고 있었다.

"음!" 미스 머드스톤이 여전히 피클에서 눈을 떼지 않고 말했다. "그래도 동생을 괴롭히지 않고 편히 있게 해 주는 것이 무엇보다 중요하단 말이야. 그러라고 하는 편이 좋겠군."

나는 고맙다고 말했으나, 기쁜 빛은 드러내지 않았다. 혹시나 그녀가 말을 뒤집을까 두려웠던 것이다. 그녀가 피클 병 너머에서 마치 안에 든 내용물을 모조리 빨아들인 듯한, 몹시 못마땅해하는 새카만 눈으로 나를 노려보았을 때 나는 그런 신중한 태도를 취하길 잘했다고 생각했다. 아무튼 나에게 내려진 허락은 취소되지 않았다. 한 달 뒤에 페거티와 나는 출발 준비를 마쳤다.

바키스 씨가 페거티의 짐을 운반하기 위해 집 안까지 들어왔다. 전에는 그가 정원 대문 안으로 들어오는 것을 본 적이 없었으나, 이번에는 집 안으로 들어왔다. 바키스 씨는 가장 큰 짐을 어깨에 메고 밖으로 나가면서 나를 한 번 바라보았다. 나는 바키스 씨의 얼굴에 어떤 의미를 부여할 수 있다면, 이러한 눈길 속에 속뜻이 담겨 있을 것이라고 생각했다.

페거티는 오랜 세월을 살아왔고, 그녀 생애의 두 애착물—어머니와 나—까지 생긴 정든 집을 떠날 순간이 되자 시무룩해졌다. 페거티는 아침 일찍 묘지에 다녀왔고, 마차에 오르자 손수건을 눈에 대고 그대로 주저앉고 말았다.

페거티가 이러한 상태에 있는 동안, 바키스 씨는 죽은 듯이 가만히 있었다. 그는 큰 인형처럼, 평소와 다름없는 자세로 제자리에 앉아 있었다. 그러나 페거티가 주위를 살펴보고, 나에게 말을 시작하자, 그도 같이 고개를 끄덕이며 히죽히죽 웃었다. 바키스 씨가 누구를 보고 웃는지, 뭐가 그리 좋은지 나는 전혀 몰랐다.

"바키스 아저씨, 날씨가 참 좋아요!" 나는 인사로 말했다.

"나쁘지 않군요." 매우 소극적인 표현을 쓰며 나중에 화가 될 말은 결코 하지 않는 바키스 씨가 대답했다.

"바키스 아저씨, 페거티도 이제 기분이 좋아졌어요." 나는 그를 만족시키려고 말했다.

"정말, 그럴까요?"

바키스 씨는 분별 있는 표정으로 이 문제에 대해 잠시 생각한 뒤, 그녀를 슬쩍 바라보며 물었다.

"정말로 좋아졌습니까?"

페거티는 웃으면서 그렇다고 대답했다.

"정말 기분 좋아요?" 바키스 씨는 미끄러지듯 페거티 곁으로 다가가서, 팔꿈치로 그녀를 찌르면서 으르렁거리듯 말했다.

"정말, 정말 기분 좋아요, 네?" 이렇게 물을 때마다 그녀 쪽으로 더 가까이 가서 팔꿈치로 찔러대는 것이었다. 우리는 마침내 마차의 왼쪽 구석에 몰리게 되었다. 나는 짓눌려서 참을 수가 없었다.

내가 괴로워하는 것을 본 페거티가 바키스 씨에게 주의를 주었기에, 그는 허둥거리며 나에게 자리를 마련해주고, 차츰차츰 멀어져 갔다. 그러나 그의 얼굴에는 좋은 수를 찾았다는 표정이 가득했다. 골치 아픈 대화를 생각할 필요도 없이 느닷없이 솜씨 좋게, 그리고 가장 정확하게 속뜻을 전할 수 있는 것이다. 한동안 우쭐대며 히죽거리고 있다가, 이윽고 다시 페거티 쪽을 보고 "정말로 기분 좋아요?" 하고 묻기 시작했다. 덕분에 나는 짓눌려서 또다시 숨이 막힐 지경이었다. 조금 뒤에 또 똑같은 질문을 하며 같은 짓을 되풀이했다. 결과도 역시 같았다. 결국 나는 일어나서 발판을 딛고 서서 바깥 경치를 구경하는 체했다. 그렇게 하는 편이 견디기가 훨씬 쉬웠다.

바키스 씨는 친절하게도 술집에 마차를 세우고는, 우리에게 삶은 양고기와 맥주를 사 주었다. 페거티가 맥주를 마실 때에도 그가 가까이 가서 쿡쿡 찌르는 바람에, 그녀는 숨이 막힐 정도로 웃곤 했다. 그러나 목적지에 가까워질수록 바키스 씨는 할 일이 많아졌으므로 페거티를 즐겁게 해줄 시간도 줄어들었다. 그리고 우리가 야머스의 포장도로에 닿았을 때는 너무나 흔들려온 탓에 다른 것을 생각할 여유가 없었다.

댄 페거티 씨와 햄이 낯익은 곳에서 우리를 기다리고 있었다. 그들은 나와 페거티를 다정하게 맞아주었으며, 바키스 씨와도 악수를 했다. 바키스 씨는 모자를 뒤로 젖혀 쓰고 머리부터 발끝까지 몹시 부끄러운 빛을 띠고 멍하니 서 있었다. 두 사람이 페거티의 가방을 하나씩 들고 다 같이 떠나려고 할 때, 바키스 씨가 진지하게 손가락질을 하면서 나를 길 아래로 오라고 했다.

"모든 것이 잘됐어요." 바키스 씨가 말했다.

나는 그의 얼굴을 올려다보고 아주 심각한 체하면서 "오!"라고 말했다.

"거기서 끝난 게 아니었어요." 바키스 씨가 마음을 놓으며 말했다. "일이 잘됐어요."

나는 다시 "오!"라고 했다.

"누가 기다렸는지 알지요, 도련님? 바키스예요. 오직 바키스 뿐이에요."

나도 동의했다.

"잘 됐어요." 악수를 하면서 바키스 씨가 말했다. "나는 도련님 편이에요. 맨 처음에 제대로 이어준 게 도련님이었으니까요. 참 잘 됐어요."

특히 뚜렷이 말하고 싶은 듯했지만, 그러자 그는 또다시 말문이 막히고 마는 것이었다. 그때 페거티가 출발하자고 나를 부르지 않았더라면, 나는 그의 얼굴을 들여다보면서 한 시간이나 서 있었을 테지만, 그래도 멈춰 선 시계 문자판에서 시각을 읽어내는 것과 마찬가지로 아무것도 알아낼 수 없었을 것이다. 페거티는 나와 같이 걸어가면서, 바키스 씨가 무슨 이야기를 하더냐고 물었다. 나는 '일이 잘됐다'고 하더라고 대답했다.

"뻔뻔스럽기도 하지." 페거티는 말했다. "누가 그런 것에 신경쓸 줄 알고! 데이비 도련님, 만약 내가 결혼한다면, 도련님 생각은 어떠세요?"

"그야—결혼을 하더라도 지금처럼 나를 사랑해주겠지, 그렇지, 페거티?"

마음씨 좋은 페거티는 앞서 가던 댄 페거티 씨와 햄은 물론 길 가던 행인들까지도 깜짝 놀랄 정도로, 그 자리에 걸음을 멈추고서 나를 와락 껴안고는 변하지 않을 영원한 사랑을 맹세했다.

"내 귀여운 도련님, 도련님의 생각을 말해주세요." 페거티는 한바탕 수선을 떤 뒤에, 내게 물으면서 발길을 옮겼다.

"페거티가 결혼한다면, 바키스 씨와 결혼한다는 말이지, 페거티?"

"그래요." 페거티가 말했다.

"참 좋다고 생각해. 그러면 나를 만나러 올 때마다 언제나 마차를 탈 수 있잖아? 공짜인데다가 오고 싶으면 언제든 올 수 있어."

"어쩜 이리 똑똑할까!" 페거티는 외쳤다. "나도 한 달 전부터 그런 생각을 했어요! 내 귀여운 도련님, 내가 결혼하면 더 자유로워질 거예요. 남의 집에 있는 것보다 내 집에서 일하면 더 즐거울 거구요. 지금 나이에 남의 집에서 일한다는 것도 사실 무리예요. 게다가 만약 그렇게 되면 영원히 잠들어 있는 어여쁜 그분 곁에서 늘 살아갈 테니까요." 페거티는 꿈꾸듯 말했다. "가고 싶으면 언제든 찾아갈 수 있고, 죽으면 사랑하는 그분 가까이에 묻힐 수도 있어요."

우리는 말없이 잠시 앉아 있었다.

"그러나 만약 데이비 도련님이 반대한다면 나는 다시는 결혼할 생각을 않겠어요." 페거티는 명랑하게 말했다. "교회에서 서른 번의 세 배나 졸라대고, 내 주머니에서 반지가 닳아 없어지는 한이 있어도 결혼하지 않을래요."

"페거티, 나를 봐." 나는 대답했다. "그러면 내가 정말 좋아하는지 아닌지 알 수 있잖아." 나는 진심으로 결혼을 바랐기에 그렇게 말했다.

"아, 도련님." 페거티는 나를 꼭 껴안으며 말했다. "나는 밤낮 그 문제로 고민했어요. 그리고 할 수 있는 한 여러 방향으로 생각도 해봤고요, 나는 올바른 길을 원해요. 그렇지만 앞으로 더 생각해 보고 오빠와 상의하려고 해요. 그때까지 당분간은 비밀로 해주세요. 데이비 도련님과 저만 아는 비밀로요. 바키스는 솔직하고 좋은 사람이에요. 만일 내가 그와 같이 살면서, 내 책임을 다하고도 기분 좋아지지 않는다면, 전적으로 내 잘못일 거예요." 페거티는 이렇게 말하면서 참으로 우스운 듯이 웃음보를 터뜨렸다.

기분 좋다는 바키스의 말을 페거티가 인용한 것은 아주 적절한 표현이었으며, 생각을 하면 할수록 웃음이 터져 나왔기에 페거티와 나는 계속 웃었다. 마침내 페거티 씨의 작은 집이 보였을 때는, 한참 웃고 난 뒤라 우리는 기분이 아주 좋았다.

집은 전과 다름없었으나, 내 눈에는 어쩐지 약간 줄어든 듯 보였다. 문 앞에서 거미지 부인이 우리를 기다리고 있었는데, 전부터 그곳에 서 있었던 것 같은 모습이었다. 집 내부도, 내 침실의 푸른색 컵에 들어 있던 해초까지도 그대로였다. 나는 헛간으로 들어가 주위를 살펴보았다. 세상을 손아귀에 넣으려는 욕망에 사로잡힌 새우, 게, 가재들이 여전히 전과 다름없는 구석에서, 전과 똑같이 한 덩어리가 되어 있었다.

꼬마 에밀리가 보이지 않아 나는 댄 페거티 씨에게 그녀의 행방을 물었다.

"에밀리는 학교에 갔어요, 도련님." 댄 페거티 씨는 동생의 짐을 옮기느라고 이마에 흐르는 땀을 훔치면서 대답했다. "곧 돌아올 거예요." 그는 네덜란드제 시계를 바라보면서 말했다. "2, 30분 안으로 돌아올 겁니다. 그 애가 학교에 가고 나면 우리 식구는 모두 적적해지지요."

거미지 부인이 한숨을 내쉬었다.

"기운을 내세요, 어머니!" 댄 페거티 씨가 소리쳤다.

"특히 나는 다른 사람들보다 갑절은 더 적적하다오. 보다시피 나는 의지할 데 없는 외로운 몸이고, 내 말을 거역하지 않는 것은 그 애뿐이거든요." 거미지 부인이 말했다.

거지지 부인은 훌쩍훌쩍 울며, 불을 불기 시작했다. 그 모습을 보고 댄 페거티 씨는 한 손으로 입을 가리고 나지막하게 말했다. "또 옛날 영감이 생각나서 그래요!" 나는 그 말을 듣고, 지난번 다녀간 이후로 거지지 부인의 상태가 조금도 나아지지 않았다는 것을 짐작할 수 있었다.

집 전체는 예나 다름없는 즐거운 집이었지만, 나는 전과 같은 인상을 느끼지 못하고 오히려 크게 실망했다. 아마 꼬마 에밀리가 없었기 때문일 것이다. 나는 에밀리가 집으로 돌아오는 길을 알고 있었으므로 그녀를 마중하기 위해 길을 따라 어슬렁어슬렁 걸었다.

오래 가지 않아 멀리서 사람 모습이 나타났다. 나는 에밀리임을 금방 알았다. 그녀는 크기는 했어도 몸은 아직 어린애였다. 그러나 그녀가 더 가까이 옴에 따라서, 그녀의 푸른빛이 한층 깊어진 눈, 더욱 밝아진 보조개 진 얼굴, 그리고 전보다 아름답고 화사해진 몸매가 보이자, 나는 이상한 기분이 들어서 그녀를 못 본 척하고 지나쳐버렸다. 내 기억이 틀림없다면, 나중에 다 자란 뒤에도 똑같은 짓을 했었다.

꼬마 에밀리는 이런 나의 태도에 조금도 상관하지 않았다. 그녀는 나를 똑똑히 보았음에도 돌아보고 부르기는커녕 까르륵 웃으면서 달아나버렸다. 그래서 나도 그녀를 쫓아서 뛰어가야만 했다. 그녀가 너무 빨리 달렸으므로 집 근처까지 다 가서야 잡을 수 있었다.

"아, 데이비 도련님이었군요." 꼬마 에밀리가 말했다.

"뭐야, 에밀리, 누군지 알고 있었으면서." 나는 말했다.

"그러면 도련님은 내가 누군지 몰랐어요?" 에밀리가 말했다. 내가 그녀에게 키스하려고 하자, 그녀는 두 손으로 앵두 같은 입술을 가리고서, 자기는 이제 어린애가 아니라고 말했다. 그러고는 아까보다도 더 큰 소리로 웃으면서 집으로 달려갔다.

그녀가 나를 놀리며 즐거워할 정도로 이렇게 변했다니 놀랄 지경이었다. 차가 준비되었고, 우리의 조그마한 궤짝도 전처럼 옛 자리에 놓여 있었건만, 에밀리는 내 곁에 와서 있지 않고, 투덜거리는 거지지 부인 곁으로 가서 친구가 되어주는 것이었다. 보다못해 댄 페거티 씨가 그 이유를 물었으나, 그녀는 머리채로 얼굴을 가리고는 말없이 웃기만 했다.

"꼭 새끼 고양이 같군!" 댄 페거티 씨는 커다란 손으로 그녀를 가볍게 토닥거리면서 말했다.

"그래요! 정말 그래요!" 햄이 외쳤다. "데이비 도련님, 정말 그래요!"

앉아서 감탄과 즐거움이 뒤섞인 마음으로 그녀를 바라보며 잠깐 킬킬거리며 웃는 바람에 햄의 얼굴은 타는 듯이 빨개졌다.

사실 에밀리는 온 식구들의 귀염둥이였다. 가장 귀여워하는 사람은 댄 페거티 씨로, 그 거슬거슬한 구레나룻에 그녀가 뺨을 비비기만 해도 원하는 것은 무엇이든 들어주었다. 그녀의 그런 행동을 보았을 때, 적어도 나는 그렇게 생각했다. 그러나 동시에 댄 페거티 씨는 그래도 된다는 생각도 들었다. 그녀는 다정하고 상냥했으며, 수줍어하면서도 교태를 감추지 못하는 말할 수 없는 매력이 있었기에 어느 때보다도 더 내 마음을 사로잡았다.

게다가 그녀는 마음씨가 매우 고왔다. 차를 마시고 다 같이 난롯가에 둘러앉아 있을 때, 댄 페거티 씨가 파이프 담배를 피우면서 내 어머니와 동생의 죽음에 대해 이야기했다. 그러자 그녀가 눈물을 글썽거리며 탁자 너머로 다정하게 나를 바라보았으므로, 나는 진심으로 기뻤다.

"그렇지!" 댄 페거티 씨는 그녀의 곱슬머리를 잡고 손 위로 물처럼 넘쳐흐르게 쓸면서 말했다. "여기에도 고아가 하나 있습니다, 도련님. 여기에도," 이번에는 햄의 가슴을 손등으로 치면서 말했다. "또 한 고아가 있습니다. 이쪽은 그다지 고아처럼 보이지 않지만요."

"페거티 아저씨가 내 보호자가 되어준다면, 나도 고아라고 느끼지 않을 거예요." 나는 고개를 저으면서 말했다.

"아, 잘 말씀하셨어요, 데이비 도련님!" 햄은 기뻐서 어쩔 줄 모르며 말했다. "만세! 정말 잘 말씀하셨어요! 이보다 더 잘할 수는 없어요! 하하!" 말하면서 이번에는 햄이 댄 페거티 씨를 손등으로 툭 치자, 꼬마 에밀리도 일어나서 댄 페거티 씨에게 키스를 했다.

"그런데, 도련님, 그 친구분은 잘 있나요?" 댄 페거티 씨가 나에게 물었다.

"스티어포스 말이에요?"

"그래요, 바로 그분 말입니다!" 댄 페거티 씨는 햄을 보면서 외쳤다. "우리 생업이랑 관계있는 이름이라고 생각했었지."

"러더포드라고 했었잖아요." 햄이 웃으면서 말했다.

"무슨!" 댄 페거티 씨도 물러서지 않았다. "러더*¹로 스티어*²하잖아, 안 그래? 큰 차이는 없어. 그런데 그 친구는 어때요?"

"내가 떠날 때에는 잘 있었어요, 아저씨."

"훌륭한 친구예요!" 댄 페거티 씨는 파이프를 빼면서 말했다. "친구라면 자고로 그쯤은 되어야 해요! 아무튼 그분을 만난 것만으로도 아주 큰 행운이었어요!"

"게다가 아주 잘생겼잖아요?" 나는 말했다. 칭찬하는 소리를 들으니 흐뭇했다.

"잘생겼어요!" 댄 페거티 씨는 소리쳤다. "그 학생은 도련님과 아주 좋은 맞수예요. 마치—음, 어떤 점에서 맞서지 않는지는 잘 모르겠지만, 아무튼 그는 아주 대담해요!"

"그래요! 그 녀석 성격이 그래요. 사자같이 용감하고, 얼마나 솔직한지 상상도 못할 거예요, 아저씨."

"알 만해요." 댄 페거티 씨는 파이프 연기 너머로 나를 보면서 말했다. "공부도 앞섰으면 앞섰지 뒤지지는 않을 거예요."

"네." 나는 기뻐서 말했다. "그 녀석은 모르는 게 없어요. 놀랄 만큼 머리가 좋죠."

"그러니까 좋은 친구지요." 댄 페거티 씨는 머리를 점잖게 뒤로 젖히며 중얼거렸다.

"무슨 일에나 막힘이 없어요. 공부도 한 번 보면 다 알아요. 크리켓도 그렇게 잘하는 사람은 본 적이 없고, 체스를 할 때는 상대에게 원하는 만큼 말을 갖게 하고는 재빨리 이겨버리는걸요."

'그렇겠지요' 하고 말하는 듯이 댄 페거티 씨는 고개를 끄덕였다.

"그는 말도 잘해요." 나는 신이 나서 말을 이었다. "말로 그를 당할 자가 없어요. 아저씨, 또 노래도 얼마나 기가 막히게 잘한다고요."

댄 페거티 씨는 또다시 '그렇고 말고요'라는 듯이 고개를 끄덕였다.

"게다가 그는 너그럽고, 멋지고 품위 있는 친구예요." 나는 내가 좋아하는 화제에 완전히 말려들어 말했다. "아무리 칭찬해도 모자라요. 자기보다 한참 어

───────────

*1 배의 키.

*2 조종한다는 뜻.

리고 저학년인 나를 보호해준 그의 너그러운 마음은 아무리 감사해도 모자라요."

나는 무척 빠른 속도로 입을 놀리고 있었다. 그러면서 에밀리를 보았는데, 그녀는 탁자 위로 몸을 구부린 채 내 이야기에 귀를 기울이고 있었다. 숨을 죽이고, 푸른 눈을 보석처럼 빛내면서, 뺨을 발갛게 물들이고 있었다. 그녀가 너무 열심히 듣고 있고, 또 그 모습이 매우 아름답게 보였으므로, 나는 깜짝 놀라서 말을 멈췄다. 그와 동시에 모두가 에밀리의 모습을 바라보고는 웃는 것이었다.

"에밀리도 나처럼 그분을 만나고 싶은 거예요." 댄 페거티 씨가 말했다.

모두가 그녀를 주목하고 있었기에, 에밀리는 당황하여 고개를 숙이고 얼굴을 새빨갛게 붉혔다. 이윽고 그녀는 축 늘어진 구불구불한 머리채 사이로 한번 둘러보고 우리가 아직도 자기를 바라보는 것을 알자(우리는 몇 시간씩 바라보아도 질리지 않았을 것이다) 어디론가 달아나서 잘 시간이 거의 다 되도록 돌아오지 않았다.

나는 배의 뒷부분에 있는, 전에 썼던 조그마한 침대에 누웠다. 바람은 여전히 들판을 가로지르며 윙윙거리고 있었다. 이제는 그 바람 소리가 죽은 사람을 그리며 슬퍼하는 소리로만 들렸다. 밤사이에 파도가 몰아쳐서 이 배를 떠내려가게 하면 어쩌나 하는 걱정 대신, 지난번에 이 바람 소리를 들은 뒤로, 행복했던 나의 가정이 불어난 파도에 휩쓸려 망가져버렸다는 생각을 하게 되었다. 바람 소리와 파도 소리가 점점 멀어져갈 때에는, 어서 빨리 어른이 되어 꼬마 에밀리와 결혼할 수 있게 해 달라는 짤막한 말을 덧붙여 기도하고, 이내 달콤한 잠에 빠졌던 일을 지금도 기억한다.

지난번과 마찬가지로 하루하루가 지나갔다. 그러나 지난번과는 크게 다른 것이 있었다. 꼬마 에밀리가 나와 같이 바닷가를 산책한 일이 거의 없었던 것이다. 그녀는 학교 공부도 바느질도 해야 했으므로 대개는 집에 있지 않았다. 그러나 집에 있더라도 옛날처럼 산책을 하진 못했을 것이다. 여전히 말괄량이이고, 어린아이 같은 장난을 치긴 했지만, 생각했던 것보다 훨씬 숙녀가 되어 있었다. 1년 남짓한 사이에, 그녀는 나와 저만치 멀어져 버렸다. 그녀는 여전히 나를 좋아했지만, 곧잘 나를 놀리고 애타게 했다. 내가 마중을 나가면, 그녀는 다른 길로 먼저 집에 돌아와 문간에 서 있다가, 실망하여 힘없이 돌아오는 나를 보며 깔깔거리며 웃어댔다. 가장 즐거운 시간은, 그녀가 문간에 앉아 바느질을 하고, 나는 그녀 발치의 나무 계단에 앉아서 책을 읽어주는 때였다. 이 시간에는 화창한 4월 햇살이 더없이 아름답게 보였고, 문간에 앉아 있던 꼬마 에밀리의 모습은 더없이 명랑하고 귀엽게 보였다. 그 하늘, 바다, 황금빛 놀 속으로 사라져간 아름다운 배들도 그때 이후로 본 적이 없다.

우리가 도착한 날 저녁, 바키스 씨가 오렌지 한 꾸러미를 들고 어색한 모습으로 나타났다. 그는 오렌지에 대해서는 한마디도 안 했으므로, 그때 이후로 그가 잊어버리고 간 줄 알았다. 햄이 그것을 되돌려주기 위해 뒤쫓아갔다가 돌아와 말하길, 그것은 페거티에게 주는 선물이라고 했다. 그 일이 있고 난 뒤로 바키스 씨는 매일 저녁 같은 시간에 조그마한 꾸러미를 들고 나타나서는, 그 꾸러미에 대해서는 한마디도 없이 그냥 문 뒤에다 놓고 가버렸다. 이 애정의 선물들은 더할 나위 없이 다채롭고 별났다. 족발 두 개, 엄청나게 큰 바늘 꽂이 하나, 사과 여남은 킬로그램, 흑옥 귀걸이 한 쌍, 스페인 양파 약간, 도미노 한 박스, 새장에 담긴 카나리아 한 마리, 그리고 소금에 절인 돼지다리 등이었던 것을 지금도 기억한다.

지금 생각해도, 바키스 씨의 구혼은 아주 독특했다. 그는 말없이 마차에 앉아 있는 것과 똑같이 난로 곁에 앉아, 맞은편에 앉아 있는 페거티를 가만히 바라보기만 했다. 어느 저녁에는, 갑자기 사랑이 불타올랐는지, 그녀가 재봉실에 초를 먹이는데 쓰던 양초 조각을 느닷없이 움켜쥐고는 그대로 조끼 주머니에 넣고 가져가 버렸다. 그 뒤로 그의 가장 큰 즐거움은, 그것이 필요하다고 말할 때마다 주머니에서 반쯤 녹아서 철썩 달라붙어 있는 것을 재빨리 꺼내어 주고, 다 쓰고 나면 다시 받아서 주머니에 넣는 것이었다. 본인은 그것만으로 매우 만족스러우므로, 대화를 할 필요는 딱히 느끼지 못하는 것 같았다. 페거티와 더불어 들판을 산책할 때도 그 점을 조금도 신경쓰지 않았다. 이따금씩 페거티에게 기분이 좋으냐고 묻는 것으로 만족스러워했다. 그가 돌아가면 페거티가 앞치마를 뒤집어쓰고 30분 동안이나 깔깔거리며 웃던 일이 기억난다. 불쌍한 거미지 부인을 제외하고는, 우리 모두가 그 일을 재미있게 생각했었다. 옛날 자신이 받았던 청혼이 꼭 저랬는지는 모르지만, 거미지 부인은 그때마다 죽은 남편이 떠오르는 모양이었다.

나의 방문 기간이 거의 끝나가던 어느 날, 페거티와 바키스 씨가 같이 휴가

를 하루 즐기기로 되었는데, 꼬마 에밀리와 내가 그들과 함께하기로 했다. 나는 온종일 에밀리와 같이 지낼 생각을 하니 즐거워서, 전날 밤에는 잠을 설칠 지경이었다. 우리는 아침 일찍 일어났다. 아침 식사를 끝내기도 전에 바키스 씨가 나타났다. 그는 사랑하는 페거티에게로 마차를 몰고 서둘러 온 것이었다.

페거티는 평소와 마찬가지로 단정하고 수수한 상복 차림이었다. 그러나 바키스 씨는 새 양복을 화려하게 차려입었다. 그런데 재단사가 양복을 만들 때 치수를 너무 크게 잡아서, 한겨울에도 장갑이 필요 없을 정도로 소매가 길었고, 옷깃은 머리털이 정수리까지 치솟을 정도로 높았다. 번쩍이는 단추도 유난히 컸다. 황갈색 바지와 담황색의 연한 가죽 조끼를 완벽하게 차려입은 바키스 씨는 더할 나위 없이 기묘한 신사로 보였다.

우리가 문 밖에서 부산을 떨고 있을 때, 페거티 씨가 헌 구두 한 짝을 들고 나왔다. 그것은 행운을 빌기 위해 우리 뒤쪽으로 던져야 할 것이다. 그는 그 역할을 거미지 부인에게 부탁했다.

"아니야. 다른 사람이 던지는 것이 좋겠어요." 거미지 부인이 반대했다. "나는 외롭고 기댈 데 없는 사람입니다. 그래선지 외롭지 않고 기댈 데 있는 사람을 생각하면 죽을 것만 같아요."

"자, 아주머니!" 페거티 씨는 외쳤다. "신발을 잡고서 던져요."

"안 돼." 거미지 부인은 흐느끼며 고개를 저었다. "내가 기분이 이렇게 슬프지만 않아도 잘할 수 있을 텐데. 당신은 이런 기분이 아닐 거예요. 죽을 것 같은 기분은 들지 않겠지요. 당신이 죽을 리도 없고. 그러니 당신이 던지는 것이 좋겠어요."

그러나 그때, 이리저리 바삐 뛰어다니면서 모든 사람에게 키스를 하던 페거티가 다들 마차에 탄 것을 확인하고(에밀리와 나는 작은 의자에 나란히 앉았다), 보다못해 거미지 부인이 구두를 던져야 한다고 소리쳤다. 할 수 없이 거미지 부인은 구두짝을 던졌다. 그런데 안타깝게도, 축제 기분으로 출발하는 우리에게 이것만이 아쉬움으로 남았다. 그녀가 갑자기 울면서 햄의 팔에 매달리더니, 자기는 이 집에서 짐만 되니 곧바로 양로원으로 보내버리는 것이 좋겠다고 소리친 것이었다. 나는 그러는 것이 좋겠다고 진심으로 생각했다. 햄이 그대로 처리해 주면 얼마나 좋을까, 하고.

아무튼 우리는 소풍을 떠났다. 소풍을 나서서 제일 먼저 한 일은 바키스 씨가 교회 앞에서 마차를 멈추고 말을 울타리에 매놓은 뒤 꼬마 에밀리와 나를 마차에 남겨 놓은 채로 페거티를 데리고 교회로 들어가버린 것이었다. 나는 이 기회를 놓치지 않고 한 팔로 에밀리의 허리를 껴안고, 머지않아 나도 떠나야 하니까 오늘 하루만은 다정하고 즐겁게 보내자고 제의했다. 에밀리도 내 말에 찬성하면서, 내가 키스하도록 허락해주었다. 나는 너무 도취된 나머지, 결코 다른 어떤 여자도 사랑할 수 없으며, 만약 누구든 에밀리의 사랑을 갈구하는 놈이 있으면 피를 흘릴 각오도 되어 있다고 털어놓은 것이 기억난다.

그건 그렇고, 에밀리가 그 말을 어찌나 재미있어하던지! 그리고 나보다 나이도 훨씬 많고 더 똑똑한 체하며 나를 '어리석은 소년'이라고 불렀다. 그러고는 아주 매혹적으로 깔깔거리며 웃었으므로, 나는 그렇게 치욕적인 말을 들은 것도 잊은 채 그녀를 바라보는 즐거움에 빠져 있었다.

바키스 씨와 페거티는 교회에서 꽤 오랫동안 있었다. 드디어 그들이 나오자 우리는 시골로 향했다. 달리는 마차 안에서, 바키스 씨가 나를 향해 윙크를 보내면서 말했다. 참고로 그가 윙크를 할 줄 알다니, 꿈에도 생각지 못한 일이었다.

"내가 전에 마차에 쓴 이름이 뭐였지요?"

"클라라 페거티지요." 내가 대답했다.

"그럼 지금 이 마차에 포장이 있어서 이름을 쓴다면, 누구의 이름을 쓸 것 같아요?"

"클라라 페거티라고 또 쓰겠지요." 나는 넌지시 말했다.

"클라라 페거티 바키스!" 그는 말하고 나서, 마차가 흔들릴 정도로 호탕하게 웃었다.

그들은 결혼식을 올리기 위해 교회에 들어갔던 것이다. 페거티는 결혼식을 조용히 치르기로 마음먹었으므로, 식장에는 증인도 없이, 목사님 혼자서 예식을 주관했던 것이다. 바키스 씨가 이렇게 느닷없이 그들의 결합을 발표하는 바람에, 페거티는 당황하여 조금도 변함없는 애정의 표시로서 나를 껴안아줄 수도 없었다. 그러나 곧 페거티는 정신을 차리고는 결혼식을 무사히 치러 기쁘다고 말했다.

우리는 골목의 아담한 식당 앞에 마차를 세웠다. 그곳에선 우리를 기다리고 있었고, 그래서인지 우리는 기분 좋게 점심을 먹었으며 그날 하루를 무척이나 만족스럽게 보냈다. 페거티로 말하자면, 10년 동안 날마다 결혼식을 올렸다 하더라도 그렇게 태연할 순 없을 것이다. 그녀는 평소와 조금도 다름이 없었다. 그녀가 평소와 완전히 똑같이 차를 마시기 전에 에밀리와 나를 데리고 산책 나간 동안, 바키스 씨는 철학자처럼 담배를 피우면서 자기 행복을 곱씹으며 즐기는 듯 보였다. 그의 식욕이 그토록 왕성해진 이유도 여기에 있을 것이다. 그가 점심때 돼지고기와 채소를 먹고서도 닭고기 두 마리를 집어삼키고, 그러고도 모자라 차 마시는 시간에는 차가운 베이컨을 잔뜩 주문하여 꿀꺽 해치워버린 것을 나는 똑똑히 기억한다.

얼마나 특이하고 순진하고 별난 결혼인가! 이런 생각이 그 뒤로 툭하면 떠올랐다. 날이 저물자마자 우리는 다시 마차를 타고서 즐겁게 집을 향해 달렸다. 하늘을 바라보고 별 이야기를 했는데, 설명자 역할을 맡은 사람은 주로 나였다. 나는 바키스 씨의 정신을 놀라우리만큼 넓혀 주었다. 나는 내가 아는 모든 것을 말해주었다. 그러나 내가 아무거나 지껄여댔어도 그는 나를 믿었을 것이다. 그는 내 능력을 우러러보았다. 실제로 그의 부인 앞에서, 이 도련님은 아직 어리지만 훌륭한 '로저스*³'로군, 하고 단언했을 정도였다—물론 로저스는 신동이라는 뜻으로 한 말이라고 생각한다.

───────────

*3 로스키우스를 말함. 2세기 로마의 배우로, 노예에서 입신하여 로마 최대의 희극배우가 되었다.

별들에 관한 이야기의 밑천이 떨어지자—아니 그보다는 오히려 바키스 씨의 정신력이 다 소모되자—꼬마 에밀리와 나는 집에 닿을 때까지 낡은 포장지를 외투 대신 덮고서 앉아 있었다. 나는 에밀리를 진심으로 사랑했다! 만약 이대로 결혼하여 숲 속이나 벌판 한가운데서 살 수 있다면 얼마나 행복할까! 나이도 더 먹지 않고, 더 똑똑해지지도 않고, 언제나 아이로 남아서, 손에 손을 잡고 햇빛 속을 달리고, 꽃 핀 목장을 누빌 수 있다면! 밤이면 이끼를 베개 삼아 깨끗하고도 평화롭게 잠자며, 죽으면 새들에게 묻어 달라고 한다! 돌아오는 길 내내 현실 세계는 전혀 없고 오직 우리의 순수한 빛으로 빛나며, 멀리 떨어진 별처럼 막연한 환상만이 내 마음을 가득 채웠다. 페거티의 결혼을 축복하는 자리에 에밀리와 나, 이 순수한 두 영혼이 동행한 일이, 지금 생각해도 기쁘기 그지없다. 행렬은 소박했지만, 사랑의 신과 미의 여신이 그런 오묘한 모습으로 참여했다는 점이 나는 더없이 기쁜 것이다.

우리는 밤이 이슥하여 집으로 돌아왔다. 바키스 부부는 우리에게 작별인사를 하고 그들 집을 향해 사이좋게 마차를 타고 갔다. 그때 처음으로 나는 페거티를 잃은 서운함을 느꼈다. 그 집이 에밀리가 살지 않는 다른 집이었다면, 나는 괴로운 심정으로 잠자리에 들었을 것이다.

페거티 씨와 햄은 나 못지않게 내 마음을 잘 알고 있었으므로, 서글픈 마음을 달래주기 위해 서둘러 저녁 식사를 준비하고 친절히 대해주었다. 에밀리도 내가 이번에 머무는 동안 처음이자 마지막으로, 옆에 와서 그 상자 위에 나란히 앉아 주었다. 그것은 멋진 하루의 멋진 끝맺음이었다.

한밤중이었다. 우리가 잠자리에 들자, 페거티 씨와 햄은 고기를 잡으러 바다로 나갔다. 적막한 집에 나 혼자 거미지 부인과 에밀리의 보호자로서 남겨지자, 나는 매우 용감해진 느낌이 들었다. 사자든 뱀이든 어떤 무시무시한 괴물이 나타나 덮치면 내가 퇴치하여 일약 영웅이 되는 모습을 떠올렸다. 그러나 불행히도 그날 밤, 야머스 주변의 황야에 그런 괴물은 돌아다니지 않았다. 하는 수 없이 나는 아침까지 용꿈만 계속 꾸었다.

아침이 되자, 페거티가 전처럼 창문 밑에서 나를 불렀다. 그러자 마부 바키스 씨의 일도 처음부터 끝까지 꿈을 꾼 것 같았다. 아침을 먹고 나서 페거티는 나를 그녀의 집으로 데려갔다. 조그맣고 아름다운 집이었다. 그 집에서 나에게 가장 감명을 준 것은 거실(타일 바닥으로 된 부엌이 거실도 겸하고 있었다)

에 있는 검은 나무로 만든 오래된 장롱이었다. 윗부분을 떼도록 되어 있어, 그것을 열어서 밑으로 내리면 책상이 되었다. 게다가 그 안에는, 커다란 사절판 책으로 된 폭스*⁴의 《순교자열전》이 들어 있었다. 지금은 그 책의 문장을 하나도 기억하지 못하지만, 책을 찾자마자 나는 이내 읽기 시작했다. 그리고 그 뒤에도, 이 집에 오면 반드시 의자 위에 올라앉아 이 보물 상자를 열고, 책상 위에 팔꿈치를 넓게 괴고 정신없이 그 책을 탐독했다. 특히 삽화를 통해서 많은 것을 배웠다고 생각한다. 온갖 무시무시한 광경이 그려진 삽화가 매우 많았는데, 그래서 나중에도, 그리고 지금도, 내게 있어 페거티의 집과 순교자는 떼려야 뗄 수 없는 연상관계에 있다.

나는 뱃집 식구들과 떨어져서, 그날 밤은 페거티네 다락방에서 묵었다. 머리맡 선반엔 예의 악어 책도 놓여 있었다. 페거티는 그 방은 내 방이므로 늘 똑같은 상태로 두겠다고 했다.

"데이비 도련님, 젊든 늙든 간에 내 목숨이 붙어 있어서 이 집에 사는 한, 언제든지 도련님이 찾아오기를 바라고 있다는 것을 알아주세요. 지금까지 도련님의 방을 소중히 보살펴온 것처럼, 앞으로도 매일 돌볼 테니까요. 비록 머나먼 중국까지 가신대도, 안 계시는 동안 변함없이 그대로 간직하고 있을 테니 잊지 마세요."

나는 옛날 나를 키워 준 정든 유모의 진실함과 한결같은 마음에 진심으로 감동해 마음껏 고마움을 나타냈다. 하지만 그것만으로는 당연히 모자랐다. 내가 집으로 출발하던 아침에 페거티는 양팔로 내 목을 껴안고서 그 말을 해주었기 때문이다. 나는 페거티와 바키스 씨와 함께 마차를 타고 집으로 향했다. 그들은 나를 문간에 내려놓고 떠났다. 이별은 매우 가슴 아팠다. 나를 집 앞 오래된 느릅나무 밑에 남겨 둔 채 페거티를 싣고 떠나는 마차를 바라보는 것이 나에게는 말할 수 없이 이상한 광경으로 여겨졌다. 집에는 나를 반겨주고 사랑해줄 사람이 아무도 없었다.

이제 나는 아무도 돌봐줄 사람 없는 외로운 처지에 놓이고 말았다. 정감어린 눈길은 받아본 적이 없고, 또래들과의 교제에서도 소외되었으며, 그 밖의 다른 사귐에서도 외떨어져 나 자신의 맥없는 생각에만 빠져 있었다. 아마도

---

*4 존 폭스는 16세기 영국의 목사, 역사가.

그것은, 지금 쓰고 있는 이 수기에도 검은 그림자를 드리우고 있을 것이다.

아무리 규율이 엄한 학교라도 어떻게 해서든지 가서 배울 수만 있다면 내 모든 것을 아낌없이 바쳤을 텐데! 그러나 그런 희망은 전혀 보이지 않았다. 머드스톤 남매는 나를 미워했고, 음울한 표정으로 끈질기게 나를 무시했다. 이 무렵, 머드스톤 씨는 재산이 궁핍해진 것 같았으나, 그런 것은 큰 문제가 되지 않았다. 문제는, 그는 나를 보면 참을 수가 없다는 것이었다. 그는 나를 떼놓는 수단으로, 내가 필요한 것을 그에게 요구할 권리가 있다는 생각을 없애려 애썼던 듯했고, 그 일에 성공했다.

나는 드러나게 학대받지는 않았다. 매를 맞는다든가, 굶주린 적은 없었다. 그러나 나에 대한 학대는 줄어드는 일 없이 꾸준히 가해졌고, 조직적이고 냉혹했다. 며칠, 몇 주, 아니, 몇 달을 나는 차가운 무시 속에서 살았다. 만약 그 무렵 내가 병이라도 났었다면 그들이 나를 어떻게 대했을지, 지금도 궁금해질 때가 있다. 역시 그대로 혼자 방에 내버려져, 언제나처럼 홀로 고통스러워해야 했을까? 아니면 누가 구원의 손길을 뻗어 주었을까?

머드스톤 남매가 집에 있을 때는 그들과 함께 식사를 했지만, 그들이 없을 때는 혼자 먹고 마셨다. 나는 혼자서 집 안이나 주변을 어슬렁거릴 수 있었지만, 친구를 사귀는 일은 엄중하게 감시당했다. 친구를 사귀면 틀림없이 그에게 호소할 것이라고 생각했기 때문이리라. 이러한 이유 때문에, 칠립 씨가 가끔 나를 초대했으나 수년 전에 부인을 잃고 홀몸이 되었다. 부인은 머리칼이 밝고 몸집이 작은 여인으로, 나는 언제나 색이 엷은 삼색 고양이를 떠올렸다. 그의 진료실에서 오후를 즐겁게 보낸 적은 거의 없었다. 나는 그곳에서 코를 찌르는 이상한 약 냄새를 맡으며, 처음 보는 책을 읽거나, 그의 정다운 지시에 따라 약절구에 약을 갈기도 했다.

전부터 머드스톤 남매는 페거티를 싫어했으므로 내가 페거티를 방문하는 것은 허용되지 않았다. 페거티는 약속을 지켜서, 일주일에 한 번씩 찾아오거나, 집 근처에서 나를 만나주었다. 그때마다 빈손으로 오는 법이 없었다. 그녀의 집을 찾아가지 못하도록 할 때마다 나의 실망은 매우 컸다. 그러나 아주 가끔씩 페거티의 집을 방문해도 좋다고 허락해 줄 때도 있었다.

바키스 씨는 구두쇠였다. 페거티의 표현에 따르면 '약간 인색'했다. 침대 밑에 돈이 가득 든 궤짝을 두고서도, 코트와 바지 주머니에 들어 있는 돈이 전

부인 듯 꾸미는 것이었다. 바키스 씨가 그처럼 돈궤에 꼬박꼬박 감추었기에, 아무리 적은 돈이라도 우려내자면 교묘한 술책을 써야만 했다. 따라서 페거티는 매주 토요일마다 생활비를 받아내기 위해서*5 오랫동안 공을 들여 화약음모사건*6 뺨치는 책략을 짜냈다.

그러는 동안, 나는 유망했던 내 미래가 완전히 무너지고, 내가 아주 버림받았다는 것을 알았으므로, 낡은 책이라도 없었다면 매우 비참했을 것이다. 책이 나의 유일한 위안거리였다. 그런 만큼 책에 대해서는 매우 충실했고, 책도 결코 나를 배반하지 않았다. 몇 번을 읽었는지 모를 정도로 그것들을 계속 되풀이해서 읽었다.

이제 나에게 기억력이 남아 있는 한 절대로 잊을 수 없는 시기에 다가가고 있었다. 그때의 기억은 떠올리려 애쓰지 않더라도 유령처럼 자주 내 앞에 나타나서는 그 뒤의 행복했던 시절에도 뇌리에서 떠나지 않았다.

어느 날, 습관대로 맥없이 생각에 잠긴 채 정처 없이 거닐다가 집 근처의 골목 모퉁이를 돌다가, 머드스톤 씨와 같이 걸어가던 어떤 신사와 마주쳤다. 내가 어쩔 줄 몰라 그냥 지나치려고 하자, 그 신사가 큰 소리로 불렀다.

"야, 이거, 브룩스 아냐?"

"아닙니다, 선생님. 데이비드 코퍼필드예요."

"그런 말 마. 너는 브룩스야, 셰필드의 브룩스. 그게 네 이름이야."

그런 말을 하기에 나는 신사를 더욱 자세히 보았다. 그러고 보니 그의 웃음소리를 들은 적이 있다. 나는 그가 퀴니언 씨라는 것을 알았다. 전에—언젠지는 잊었지만 그런 것은 상관없다—머드스톤 씨와 그를 만나기 위해 로우스토프트에 간 적이 있었다.

"어떻게 지내지, 브룩스. 학교는?" 퀴니언 씨가 물었다.

그는 재빨리 내 어깨에 손을 올리고, 내 몸을 돌려서 자기들과 함께 걷도록 했다. 나는 어떻게 대답해야 할지 몰라서, 불안한 눈으로 머드스톤 씨를 한 번 쳐다보았다.

머드스톤 씨가 대답했다. "지금은 집에 있네. 학교에는 다니지 않아. 저 애를

---

*5 영국에서는 일주일마다 가계를 정산하며, 토요일이 대금을 치르는 날이다.
*6 1605년 영국 가톨릭교도 가이 포크스(Guy Fawkes)가 의회 의사당 지하에 화약을 설치하여 왕과 대신들을 몰살하려고 했던 음모 사건.

어찌해야 좋을지 나도 모르겠네. 골칫덩이야."

그 순간 그는 그 불안한 눈으로 나를 노려보았다. 이어서 혐오에 찬 눈길을 딴 곳으로 돌리면서 눈살을 찌푸리고 불쾌한 내색을 했다.

"허!" 우리 두 사람을 바라보면서 퀴니언 씨가 말했다. "날씨가 좋군."

그러나 아무도 대꾸하지 않았다. 나는 어떻게 하면 오해받지 않고 그의 손에서 내 어깨를 떼어내어 달아날 수 있을까 궁리하고 있었다. 그때 그가 말했다.

"나는 네가 아주 똑똑한 아이라고 생각해. 그렇지, 브룩스?"

"그래! 그놈은 너무 똑똑해서 탈이야." 머드스톤 씨가 초조하게 소리쳤다. "그 애를 가도록 놔주는 편이 좋을 거야. 귀찮게 하면 그 애가 감사하게 생각하지 않을걸."

이러한 암시를 받자 퀴니언 씨는 나를 놓아주었다. 나는 있는 힘을 다해 집으로 달려갔다. 앞마당으로 들어가면서 돌아보니까, 머드스톤 씨는 교회 안의 작은 문에 기대 서 있었고, 퀴니언 씨가 그에게 무슨 이야기를 하고 있었다. 그들이 나를 바라보고 있었으므로, 나에 관한 이야기를 하나 보다고 생각했다.

그날 밤 퀴니언 씨는 우리 집에서 잤다. 다음 날 아침, 아침 식사가 끝나고 내가 앉았던 의자를 치우고서 밖으로 나가려 하자, 머드스톤 씨가 나를 불렀다. 그는 그의 누나가 앉아 있는 탁자 옆으로 가 앉았는데, 표정이 엄숙했다. 퀴니언 씨는 주머니에 양손을 찌르고 창밖을 내다보며 서 있었다. 나는 선 채로 그들을 바라보고 있었다.

"데이비드, 젊은이는 활동을 해야 해. 게으름이나 피우면서 놀고먹으면 안돼." 머드스톤 씨가 말했다.

"너처럼 말이다." 그의 누나가 덧붙였다.

"제인 머드스톤, 제발 나한테 맡겨 둬요. 젊은이들이 이 세상 살아가자면 활동을 해야지 끙끙대면서 할 일 없이 빈둥거려선 안 된단 말이다. 성격이 너 같은 젊은이는 특히 그렇지. 그런 성격을 바로잡는 데는 강제 노동이 최고야. 그렇게 해서 나쁜 성격을 바로잡고 아주 고쳐버려야 해."

"여기서 고집은 통하지 않아. 그런 성격은 뜯어고쳐야 해. 아무렴, 그렇고말고." 그의 누나가 말했다.

머드스톤 씨는 반은 나무라는 듯 반은 맞는다는 듯한 눈길로 그녀를 바라보면서 말했다.

"데이비드, 너도 알겠지만 나는 부자가 아니다. 어쨌든 이제는 너도 알겠지. 너는 이미 상당한 교육을 받았어. 교육을 받자면 돈이 많이 들어. 돈이 많이 들지 않거나 또 내게 교육시킬 여유가 있다 하더라도, 이 이상 너를 학교에 보내 공부시켜 보았자 너에게는 아무런 이익이 되지 않는다는 것이 나의 의견이다. 네가 맞닥뜨린 것은 세상과 싸우는 거야. 이런 싸움은 빨리 시작할수록 좋지."

나는 그때 내 나름대로 무능하나마 이미 세상과 그런 싸움을 시작했다는 생각이 언뜻 들었다. 지금 생각하면, 과연 시작했었는지 아닌지 의심스럽지만.

"너 '회계사무소'란 말 가끔 들은 적 있지?" 머드스톤 씨가 물었다.

"회계사무소요?" 나는 되물었다.

"주류상을 하는 머드스톤 앤드 그린비의 회계사무소 말이다."

내가 자신 없는 표정을 짓자 그가 성급하게 말을 이었다. "너 회계사무소니, 사업이니, 포도주 저장실이니, 부두니 하는 따위의 말을 들은 적이 있지?"

"사업이란 말은 들은 것 같아요. 언제였는지는 잘 모르겠지만." 나는 말했다. 왜냐하면 머드스톤 씨 남매의 재원(財源)에 대해 막연히 아는 것이 기억났기 때문이다.

"언제인가는 중요하지 않아." 머드스톤 씨는 말했다. "퀴니언 씨가 그 사업의 지배인을 하고 있어."

나는 창밖을 내다보며 서 있는 퀴니언 씨를 존경하는 마음으로 바라보았다.

"퀴니언 씨는 다른 아이들도 고용하는데, 같은 조건으로 너를 고용하지 않을 이유가 없다고 했다."

"머드스톤, 그 애에게 시킬 만한 다른 일자리가 없다면 내가 고용하겠단 말이야." 퀴니언 씨는 나지막하게 말했다.

머드스톤 씨는 성급한 나머지 성이 난 태도로 그의 말을 무시하고 자기 말만 이어 나갔다. "그 조건이란 너 혼자 먹고 마시고 용돈으로 쓰기에 넉넉한 돈을 준다는 거다. 살 곳은 이미 찾아 두었고, 하숙비는 내가 대겠다. 그리고 세탁비도."

"세탁비는 내가 내 주마." 그의 누나가 말했다. "입을 옷도 내가 장만해 주겠다. 당분간은 네가 옷까지 마련하지는 못할 테니까. 그러니 너는 지금 퀴니언 씨와 함께 런던으로 가야 한다. 데이비드, 독립해서 살아가기 위해서야."

"간단히 말해서, 비용은 우리가 대 주겠단 말이다. 그러니 너는 의무를 다해야 해." 미스 머드스톤이 말했다.

그들의 목적이 나를 내쫓아버리기 위한 것임을 알았지만, 그 말을 듣고 내가 기뻐했는지 놀랐는지는 기억에 없다. 인상만으로 말하자면, 그 말을 듣고 몹시 당황하여 얼떨떨했을 뿐 기쁨과 불안 가운데 어느 한 감정만을 느끼지는 않았다. 그런데다 퀴니언 씨가 다음 날 떠나기로 되어 있었으므로, 생각을 정리할 넉넉한 시간조차 없었다.

다음 날 나의 차림새를 보면, 다 낡아빠진 조그만 흰 모자에다 어머니 죽음에 대한 애도의 표시로서 검은 띠를 두르고, 검정 외투에, 질기고 뻣뻣한 코듀로이 바지—이것은 앞으로 시작될 세상과의 싸움에 맞선 가장 든든한 무장이라면서, 미스 머드스톤이 주었다—를 입고 있었다.

이런 차림을 하고서, 얼마 안 되는 내 물건들을 넣은 조그만 트렁크를 앞에 놓고, 나는(거미지 부인의 말버릇을 빌리자면) 홀로 외로이, 퀴니언 씨와 함께 런던행 마차가 있는 야머스로 가는 우편 마차에 탔다.

집과 교회가 뒤로 점점 멀어지면서 작아졌다. 나무 아래의 무덤도 어느새 가려서 보이지 않았으며, 정든 놀이터에 하늘 높이 솟아 있던 첨탑도 사라지고 텅 빈 하늘만이 멀리 펼쳐져 있었다. 그때의 내 심정을 무슨 말로 나타낼 수 있을까.

11장
힘겨운 홀로서기

　지금은 나도 세상이 어떤 것인지 잘 알아서 어지간한 일에는 거의 놀라지 않지만, 그래도 그 어린 나이에 그처럼 버림받다니 지금 생각해도 놀랄 일이다. 뛰어난 능력과 예리한 관찰력을 갖추었으며, 재빠르고 열성적이며, 신중하고, 육체적으로나 정신적으로 쉽게 상처받는 이 아이를 누구도 도우려 하지 않았다는 것은 내가 생각해도 신기한 일이다. 그러나 사실이 그러했다. 나는 열 살에 머드스톤 앤드 그린비 상점의 잡일을 하는 점원으로 고용되었다.

　머드스톤 앤드 그린비 상점의 창고는 블랙프라이어스의 저지대 강가에 자리잡고 있었다. 지금은 완전히 달라졌지만, 강까지 구불구불하게 내리뻗은 좁은 골목 끝에 있는 집이 창고였다. 끝에는 계단이 있었는데, 그곳이 선착장이었다. 그 창고는 전용 부두가 딸린 아주 낡은 집이었다. 밀물 때에는 물과 닿았고 썰물 때에는 진흙 위에 떡하니 올라앉아 있었으며 쥐들이 우글거렸다.

　100년 동안 먼지가 쌓이고 연기로 퇴색된 널빤지로 된 방들, 허물어질 것 같은 마루와 계단, 지하 저장실에서 쥐들이 돌아다니는 소리, 더럽고 썩은 그 집의 모습이, 옛날이 아니라 어제 본 것처럼 내 마음에 남아 있다. 퀴니언 씨에게 떨리는 손을 의지하고, 처음 그 집에 갔을 때의 감각이 지금도 그대로 떠오른다.

　머드스톤 앤드 그린비 회사는 다양한 사람들을 상대로 거래했으나, 그중에서도 중요한 일은 우편선에 포도주와 독한 술을 공급하는 것이었다. 어디로 가는 배인지는 거의 생각나지 않는다. 그러나 그 배 가운데에는 동인도와 서인도로 가는 배도 있었던 것 같다. 이러한 사업 탓에 엄청나게 많은 빈병이 쌓이는데, 꽤 많은 어른과 아이들이 그 빈병을 불빛에 비추어 보고는 흠이 있는 것은 버리고 흠이 없는 것은 깨끗이 씻었다. 빈병이 없을 때는 술이 가득 찬 병에 상표를 붙이고, 마개를 막아 봉하기도 했다. 이러한 작업이 모두 끝난 병을 상자에 채워 넣기도 했다. 나는 이런 일을 했다. 즉 이런 일을 시키기 위해 고용한 많은 아이 가운데 하나가 나였다.

이런 일을 하는 아이들은 나를 포함하여 서너 명 있었다. 내가 일하는 곳은 창고의 한쪽 구석이었다. 사무실에 있는 퀴니언 씨가 의자 하단의 가로대를 밟고 서서, 책상 위의 창문으로 바라보면 내가 있는 곳이 훤히 보였다.

독립생활을 시작하는 첫날 아침에, 정식으로 고용된 소년 가운데에서 가장 나이 많은 아이가 불려와 나에게 일을 가르쳐주었다. 이름은 믹 워커였는데, 누덕누덕 기운 앞치마를 두르고 종이 모자를 쓰고 있었다. 그의 아버지는 뱃사공인데, 런던 시장의 취임 행렬에 검은 벨벳으로 만든 관(冠)을 쓰고 행진한다는 것까지 말해주었다. 그는 친하게 지내는 또 한 아이를 소개했다. 그 아이는 밀리 포테이토즈라는 이상한 이름을 가졌다. 그러나 그 이름은 본명이 아니며, 얼굴에 핏기가 없고 흰 가루를 뿌려놓은 것처럼 얼룩져 있어서 붙은 별명이라는 사실을 나중에야 알았다. 밀리의 아버지는 뱃사공인 동시에 실력 좋은 소방관으로, 지금은 그 자격을 살려 큰 극장에 고용되어 있다. 그리고 거기에는 그의 젊은 가족 가운데 한 명—아마도 그의 누이동생—이 팬터마임에 작은 도깨비 역으로 출연하고 있다고 한다.

이런 패거리 속으로 들어가긴 했지만 나의 슬픔이란 말로 나타낼 길이 없었다. 나는 매일 이런 녀석들과 사귀면서, 행복했던 시절에 사귀었던 친구들—스티어포스, 트래들스 까지는 아니더라도—과 비교해 보았다. 그리고 성인이 되면 저명한 학자가 되겠다는 희망은 산산조각이 나고 말았다. 이제 아무 희망도 없다. 점원이라는 지위에서 오는 굴욕감. 지금까지 배우고, 생각하고, 기쁨을 느끼고, 또 그로 말미암아 정조를 키우고, 경쟁심을 불태우던 모든 것이 나날이 야금야금 사라져서 이제는 돌이킬 수 없다고 생각하자, 그 비참한 마음이란, 지금도 또렷하게 기억하지만, 이루 말로 나타낼 수 있는 것이 아니었다. 오전에 믹 워커는 자주 자리를 비웠다. 그때마다 나는 병을 씻는 물에 눈물을 흘렸다. 가슴이 찢어지는 아픔을 이기지 못해 흐느껴 울었던 것이다.

사무실의 시계가 12시 30분을 가리키고 있었다. 모두 점심을 먹으러 갈 준비를 하고 있는 참에, 퀴니언 씨가 계산대 유리를 콩콩 두드리며 나를 손짓해서 불렀다. 퀴니언 씨의 사무실에는 갈색 외투와 몸에 꼭 붙는 검은색 옷을 걸치고 검은 구두를 신은 건장한 중년 남자가 있었다. 그 남자가 나를 똑바로 바라보고 있었다. 머리카락 하나 없이 반들반들한 큰 머리에 얼굴이 유난히 넓적한 사나이였다. 입고 있는 옷은 초라했지만, 셔츠 칼라는 위엄이 있었다. 그는 빛이 바랜 수술 한 쌍이 달린 멋진 지팡이를 지니고 있었다. 외투 밖으로 외알 안경이 매달려 있었는데, 나중에 안 사실이지만 그 안경은 순전히 멋으로 매단 것이었다.

"이 애가 그 아이입니다." 퀴니언 씨가 말했다.

"이 애가 코퍼필드 도련님이군요. 안녕했나요?" 그 낯선 사람은 매우 겸손하게, 자못 신사인 듯 점잔을 빼면서 말했다. 그것이 나에게는 퍽 인상적이었다.

나는 그렇다고 인사를 했다. 사실 내가 안녕하지 못하다는 것은 하느님도 아시지만, 내 성격상 불평하기가 싫었으므로, 나는 잘 있으며 당신도 편안하기를 바란다고 무난하게 말했다.

"나도 하느님 덕택에 잘 있습니다. 머드스톤 씨한테서 편지를 받았어요. 비어 있는 내 집 뒷방에 사람을 받아 달라는 내용이었지요. 그러니까, 세를 놓으라는 거지요." 낯선 사람은 미소를 지으며, 갑자기 허물없이 말했다. "침실로 말이에요. 만나서 기쁜 이 어린 초심자에게."

"이분은 미코버 씨이시다." 퀴니언 씨가 나에게 소개했다.

"에헴!" 낯선 사람은 말했다. "내가 미코버지."

"미코버 씨는 머드스톤 씨와 아는 분이야." 퀴니언 씨가 말했다. "이분은 우리를 대신해서 주문을 받아주는 사람이다. 너의 하숙 관계로 머드스톤 씨의 편지를 받고, 너를 하숙인으로 받아들였어."

"내 집 주소는 시티 거리의 윈저 테라스예요." 미코버 씨가 여전히 신사처럼, 그러나 허물없이 말했다.

나는 고개 숙여 인사했다.

"보아하니 이 수도(런던)에 대해서 잘 모를 것 같고, 이 근대 바빌론의 신비를 지나 시티 거리까지 오기는 조금 어려울 것 같아서, 곧" 미코버 씨는 말했다. "네가 길을 잃을 것 같아서, 가장 가까운 길을 가르쳐주려고 오늘 저녁 이렇게 찾아왔단다."

나는 그가 진심으로 고마웠다. 일부러 찾아와서 이런 친절을 베푼다는 것은 어려운 일이기 때문이었다.

"몇 시에 올까요?" 미코버 씨가 물었다.

"여덟 시쯤에." 퀴니언 씨가 말했다.

"여덟 시라, 좋지. 그럼 퀴니언 씨, 이만 실례하겠소이다. 일을 방해할 순 없으니."

미코버 씨는 모자를 쓰고 지팡이를 겨드랑이에 낀 채 나갔다. 그는 사무실 밖으로 나오자 몸을 뒤로 한껏 젖히고 콧노래를 부르는 것이었다.

퀴니언 씨는 나를 주급 6실링에 머드스톤 앤드 그린비 상점의 창고 일을 보도록 정식으로 채용했다며, 최선을 다하라고 했다. 급료는 6실링인지, 7실링인지 잊어버렸다. 잘 기억나지 않는 걸 보니, 처음에는 6실링이었다가 나중에 7실링으로 오르지 않았나 생각한다. 그리고 퀴니언 씨는 일주일치 급료를 미리 지급해 주었다. 거기에서 그날 밤 윈저 테라스까지 트렁크를 날라다 준 밀리에게 6펜스를 주었다. 그 트렁크는 크진 않았으나 내가 나르기에는 너무 무거웠다. 나는 6펜스를 내고 저녁을 먹었다. 식사는 고기 파이에 이웃에서 길어온 냉수 한 컵이 전부였다. 저녁을 먹고 남은 시간은 거리를 산책했다.

저녁 약속 시간에 미코버 씨가 나타났다. 나는 미코버 씨의 점잖은 태도에 경의를 나타내기 위해 손과 얼굴을 씻었다. 우리는 우리 집을 향해 걸었다. 이제부터 함께 살 테니 우리 집이라고 불러야 한다고 생각했다. 걸어가면서 미코버 씨가 거리 이름과 모퉁이에 자리잡고 있는 집들의 모습을 나의 인상에 남도록 일일이 이야기해 주었다. 다음 날부터 일터로 나갈 때 길을 잘못 들지 않도록 하기 위해서였다.

윈저 테라스의 그의 집—그 집은 주인과 마찬가지로 매우 초라했다. 그래도 체면만은 번듯하게 차린 모습이 주인과 똑 닮아 있었다—에 닿자 그는 나를 자기 부인에게 소개했다. (참고로 2층에는 가구가 하나도 없이 휑뎅그렁했다.) 그 부인은 나이도 적지 않은데다 가냘프고 허약하여 부쩍 늙어 보였다. 부인은 거실에 앉아서 아기를 안고 젖을 먹이고 있었다. 젖먹이는 쌍둥이 가운데 하나였다. 이 쌍둥이는, 내가 이 집에 있는 동안의 경험으로 볼 때, 미코버 부인에게서 떨어진 적이 한 번도 없었다. 둘 가운데 한 쪽이 언제나 젖을 빨고 있었던 것이다.

쌍둥이 말고도 두 아이가 더 있었다. 네 살짜리 사내아이와 세 살짜리 계집애였다. 그렇게 아이들 넷과 코를 고는 버릇이 있는 얼굴 검은 젊은 여인이 그 집 식구 전부였다. 젊은 여인은 이 집 식모였는데 내가 집에 온 지 채 30분도 안 되어, 자기는 '고아'로 자랐고, 바로 근처에 있는 성(聖) 누가 구빈원에서 왔다고 소개했다. 내 방은 뒤쪽에 있는 다락방이었다. 푸른 빵처럼 생긴 무늬로 온 벽을 꾸며 놓은 좁고 답답한 방이었으며, 가구는 거의 없었다.

"내가 결혼하기 전 부모님과 함께 살았을 때는, 하숙을 치리라고는 꿈에도 생각 못 했어. 그러나 남편이 곤경에 처해 있으니 내 개인의 생각은 버려야겠지." 미코버 부인은 나에게 방을 보여주려고 쌍둥이와 아이들을 다 데리고 올라와서는 숨을 고르기 위해 일단 의자에 앉아서 말했다.

"그렇겠어요, 아주머니." 나는 말했다.

"남편은 지금 대단한 곤경에 처해 있어. 잘 헤쳐나갈 수 있을지 의문이야. 부모님과 같이 살 때는 곤경이라는 단어가 지금의 이런 상황을 두고 하는 말인 줄은 정말 몰랐어. 그러나 경험을 통해서 그 단어의 뜻을 알았지. 아버님이 늘 말씀하셨듯이." 미코버 부인은 말했다.

미코버 씨가 예전에 해병대 사관이었다고 했는지, 아니면 그냥 나의 착각이었는지는 분명치 않다. 다만 나는 이유는 모르지만, 오늘날까지도 그가 한때는 해병대에 몸담았었다는 생각을 떨칠 수가 없다. 미코버 씨는 지금은 여러 상점의 외무원 비슷한 일을 하고 있었는데, 여기서는 거의 수입이 없는 것 같았다.

"만약 채권자들이 더 이상 기다릴 수 없다면, 멋대로 하라지. 뒷일은 나도 몰라. 소송을 걸 셈이라면, 그것도 빠르면 빠를수록 좋아. 돌을 짠다고 피가 나오진 않거든. 이와 마찬가지로, 지금 남편에게는 재판 비용은 물론 한 푼도 나올 것이 없으니까."

내가 너무 일찍 독립해서 미코버 부인이 내 나이를 잘못 알아서일까. 아니면 금전 문제로 너무 골치가 아픈데 자기 심정을 털어놓을 상대가 없어 쌍둥이 아기에게라도 하소연하고 싶을 정도로 답답해서 그랬을까. 아무튼 이유는 몰라도 처음부터 그녀는 그렇게 긴박한 사정을 나에게 이야기했으며, 내가 부인을 만나는 동안은 늘 그런 식으로 이야기가 이어졌다.

불쌍한 미코버 부인! 그래도 나름대로 열심히 노력해 왔다고 그녀는 말했다. 확실히 그랬을 것이다. 현관문 한가운데에는 '미코버 부인 여학교'라고 새겨진 커다란 놋쇠판이 달려 있다. 그러나 공부하는 학생들을 본 적은 없으며, 등교는커녕 입학신청 비슷한 것도 보질 못했다. 젊은 여학생을 맞이할 준비가 이루어진 흔적조차 없었다. 찾아오는 사람은 채권자들뿐이었다. 채권자들은 시도 때도 없이 찾아왔으며, 어떤 사람은 아주 사나웠다. 그중 험악하게 생긴 한 사람(구두장이였을 것이다)은 아침 일곱 시에 복도까지 들어와서는 위층을 향해 미코버 씨에게 고래고래 소리치곤 했다. "이봐! 아직 안 일어났어? 돈을 갚아. 알겠어? 비겁하게 숨지 말고. 나 같으면 비겁한 짓은 안 해. 돈만 갚으면 되는 거야, 내 말 듣고 있어? 이봐!" 그래도 반응이 없자, 그는 화가 치밀어 '사기꾼'이라든가 '날강도'라는 말까지 내뱉었다. 이런 말도 효과가 없자, 이번에는 길 저편으로 가서, 미코버 씨가 있으리라고 짐작되는 3층 창을 향해 고함쳤다. 그럴 때면, 미코버 씨는 슬프고 분해서 (한번은, 부인의 비명을 듣고 알았는데) 면도칼로 자살을 시도할 지경에까지 이른다. 그러나 30분만 지나면 언제 그랬냐는 듯이, 미코버 씨는 구두를 정성들여 닦아 신고, 전에 없이 더 점잔을 빼면서 콧노래까지 흥얼거리면서 외출하는 것이었다. 그런 탄력성은 미코버 부인도 만만찮았다. 세 시에는 정부의 세금 때문에 기절했다가, 네 시에는 양고기와 빵에다 술까지 곁들이는 것이 미코버 부인이었다. 이런 식사와 술은 찻숟가락 두 개를 전당포에 저당 잡힌 돈으로 산 것이다. 한 번은 우연히 아침 여섯 시에 집에 와 보았더니, 방금 강제집행당한 탓에 미코버 부인은 머리카락을 산발한 채 난로 철망 바로 밑에 기절한 채로 쓰러져 있었다(물론 그때도 쌍둥이 하나는 꼭 끼고 있었다). 그러나 바로 그날 밤, 그녀는 부엌 난로 앞에서 송아지 고기를 먹으면서, 친정아버지와 어머니, 옛 친구들 이야기를 전에 없이 즐거운 표정으로 들려주었다.

　그 집에서 가족들과 나는 한가한 시간을 보냈다. 1페니짜리 빵과 1페니짜리 우유로 된 내 아침 식사는 내가 직접 샀다. 나는 또 빵 한 개와 조그마한 치즈를 내 찬장의 내 선반에 얹어두었다가 저녁 아홉 시 일터에서 돌아와 저녁으로 먹었다. 그렇게 살아도 1주일에 6, 7실링 가지고는 모자랐다. 그래도 나는 온종일 창고에서 일하고, 그 돈으로 1주일을 살아가야만 했다. 월요일 아침에서 토요일 밤까지, 누구의 충고도 없었고, 어떠한 조언도, 격려도, 위로도, 도움도, 어떠한 종류의 지원도 받지 못한, 거짓도 위선도 없는 곳이었다.

　나는 너무 어렸고 철이 없었기에 내 생활을 꾸려갈 만한 능력이 없었다. 어린 내가 달리 어떻게 생활을 꾸려나갈 수 있었겠는가? 아침에 머드스톤 앤드 그린비 상점에 가는 도중, 빵집 앞에 내놓은, 반값에 파는 오래된 과자를 먹고 싶은 욕망을 억누를 수가 없어서 점심 먹을 돈으로 과자를 미리 사 먹어버릴 때도 있었다. 그런 때는 점심을 거르거나 롤빵 한 개, 아니면 푸딩 한 조각으로 요기를 했다. 푸딩 가게가 두 집이었는데, 나는 주머니 사정에 따라서 이 집 저 집으로 드나들었다. 한 집은 성 마틴 교회 근처—지금은 사라졌지만, 교회 뒤쪽의 막다른 골목에 있었는데, 그곳의 푸딩은 까치밥나무 열매가 든 특별한 것이었다. 그래서 평범한 1페니짜리 푸딩과 크기는 똑같은데 2펜스나 비쌌다. 일반 푸딩이 맛있는 집은 스트랜드에 있었으나—그 주변도 지금은 모두 달라져 버렸다. 크기는 엄청났지만, 물렁물렁하고 색깔도 칙칙하고, 납작한 건포도가 드문드문 박혀 있을 뿐이었다. 매일 아침 내가 지나갈 무렵에 따끈따끈하게 만들어지므로 곧잘 그것을 사서 끼니를 때우곤 했다. 제대로 된 식사를 할 때는 말린 소시지와 페니 빵이나, 또는 4펜스짜리 붉은 고기 한 접시를 사거나, 아니면 일터 맞은편에 있던 라이온 식당—정식 이름은 라이온 뭐라는 식당이었는데 잊어버렸다—이라는 아주 낡은 주점에서 빵과 치즈 한 접시에 맥주 한 잔을 마셨다. 한번은 집에서 가져온 빵을 종이꾸러미에 싸서 책처럼 옆구리에 끼고, 드루리 레인 근처에 있던 유명한 비프스튜 전문점으로 가서 '작은 접시'를 주문한 적이 있다. 나 같은 꼬마가 혼자 서슴없이 들어서는 광경을 보고 종업원이 어떻게 생각했는지는 모른다. 그러나 아무튼 그가, 내가 먹는 모습을 깜짝 놀란 듯이 바라보다가 이윽고 또 다른 종업원까지 데리고 와서 둘이 가만히 바라보던 것은 기억한다. 나는 그에게 반 페니를 팁으로 주었다. 하지만 솔직히 그가 거절하길 바랐다.

차 마시는 시간은 30분이었다. 돈이 넉넉할 때는 반 파인트의 커피와 버터빵 한 조각을 주문하여 먹었다. 돈이 없을 때는 플리트 거리의 사슴고기 상점을 기웃거리거나 코벤트 가든 시장까지 걸어가서 파인애플을 구경하는 것으로 때웠다. 아델피 근처를 어슬렁거리는 것도 좋았다. 어둑한 아치형 문이 잔뜩 있어서, 어쩐지 신비로운 기운이 가득했기 때문이다. 어느 날 밤, 그 문 하나를 지나서 강가 근처의 작은 술집 쪽으로 나오니, 그 앞의 조그마한 공터에서 석탄 운반부 대여섯 명이 모여서 춤을 추고 있었다. 나는 긴 의자에 앉아 바라보았는데, 그쪽에서는 나를 뭐라고 생각했을까?

나는 나이도 어리고 몸집도 작았으므로, 식사 뒤 목을 축이기 위해 맥주나 흑맥주를 한 컵 마시려고 낯선 선술집에 들어가면, 카운터에서 내게 술 팔기를 꺼릴 때가 가끔 있었다. 몹시도 더운 어느 날 저녁 선술집에 들어가서 주인에게 이렇게 이야기한 기억이 난다. "여기 제일 좋은…… 최상급 맥주 한 잔에 얼마예요?" 왜냐하면 그날은 특별한 날이었다. 정확히는 몰라도, 아마 내 생일이었을 것이다.

"진짜 맥주는 2펜스 반 페니다." 주인이 말했다.

"그러면, 그 진짜 맥주 한 컵 주세요. 거품을 가득 내서요." 나는 돈을 내밀면서 말했다.

그런데 주인은 얼굴에 이상한 미소를 띠고는 카운터 너머에서 나를 아래위로 훑어보았다. 그는 맥주를 따르지는 않고 칸막이 너머로 자기 부인을 불렀다. 그러자 칸막이 뒤에서 한 손에 일거리를 든 안주인이 나타나서는 그 사내와 함께 나를 훑어보는 것이었다. 셋이서 서 있던 모습은 지금도 눈에 선하다. 주인은 셔츠 차림으로 카운터 창에 기대 서 있었고, 그의 부인은 조그마한 회전 반문 너머로 나를 바라보며 서 있었다. 나는 약간 당황하여 칸막이 밖에서 그들을 바라보고 있었다. 그들은 이름이 뭐냐, 몇 살이냐, 집은 어디며, 직업은 무엇이며, 무엇 때문에 여기에 왔느냐는 등 수많은 질문을 했다. 나는 누구에게도 피해가 가지 않도록 적당히 꾸며서 대답했다. 그들은 나에게 맥주를 주었는데, 주인이 말한 진짜 좋은 맥주는 아닌 것 같았다. 안주인이 카운터의 회전 반문을 열고, 허리를 굽혀 내 돈을 되돌려주었다. 그러고는 나에게 키스해주었는데, 그것은 반은 감격해서 반은 동정심에서 보내는 키스였으며, 분명 정말 착한 마음에서 우러난 행동이었다.

그때 내 궁한 주머니와 구차한 생활을 의식적으로나 무의식적으로나 부풀려 이야기할 생각은 없다. 퀴니언 씨가 1실링이라도 주면 나는 그 돈으로 점심을 사 먹거나, 차를 마시는 데 써버렸다. 나는 지저분한 아이로서 아침부터 저녁까지, 평범한 어른들과 아이들이랑 함께 일했다.

배불리 먹지도 못하고 거리를 떠돌았다. 신의 은총이 없었으면 아무리 나를 돌봐주는 사람이 옆에 있었다 하더라도, 벌써 도둑이나 부랑아가 되었을 것이다.

그러나 머드스톤 앤드 그린비 상점에서는 남다른 대우를 받았다. 퀴니언 씨는 너무도 바쁜 와중에도 느긋한 사람으로, 취급하는 상품도 평소와는 꽤 달랐지만, 나에게는 다른 사람들과는 달리 친절히 대해주었다. 그래서 나도 어

떻게 해서 이곳까지 왔으며, 여기서 일하는 게 힘들다든가 하는 말은 입 밖에
내지 않았다. 그래서 내가 혼자 고민했고, 무척 괴로워한다는 사실을 나 말고
는 아무도 몰랐다. 내 생각은 가슴속에 묻어두고 오로지 일만 했다. 나는 처
음부터, 다른 사람만큼 일을 하지 않으면 멸시와 무시를 당할 것임을 알고 있
었다. 얼마 안 있어 다른 아이들만큼 재빠르고 능숙해졌다. 다른 아이들과 아
주 친하게 지냈지만, 내 행동이나 태도는 그들과는 엄청나게 달랐다. 그래서

어른이나 아이나 할 것 없이 나를 보고 '꼬마 신사'니 '서픽의 젊은 나리'라고 불렀다. 짐 꾸리는 사람들의 조장인 그레고리와 짐마차 마부인 팁은 나를 때때로 '데이비드'라고 불렀다. 그들이 나를 그렇게 부를 때는 서로가 퍽 미더운 상황이었는데, 일을 하다가 내가 전에 읽었던 이야기를 들려줌으로써 그들을 즐겁게 해주었을 때였다. 밀리 포테이토스만이 화를 내며 이런 차별대우는 좋지 않다고 대들었지만, 그것은 믹 워커에게 어이없이 진압당하고 말았다.

나는 이런 생활에서 벗어날 가망이 없다고 생각하고 아주 자포자기 상태에 빠져 있었다. 내 일에 보람을 느낀 적이 단 한 시간도 없었고, 말할 수 없는 불행과 비참함을 느끼며 살았다. 그러나 나는 참고 견뎠다. 그동안 페거티와 여러 번 편지를 주고받았으나, 이런 괴로운 마음을 털어놓은 적은 한 번도 없었다. 그녀를 슬프게 하고 싶지 않았기 때문도 있지만, 한편으로는 창피했기 때문이었다.

게다가 미코버 씨의 곤경이 내 마음을 더욱 괴롭혔다. 나는 외로운 처지였으므로 그 집 식구들에게 애착심이 들었다. 미코버 부인이 돈을 꾸려고 수단방법을 가리지 않고 바삐 돌아다닐 때는 나도 미코버 씨의 산더미 같은 빚 때문에 우울한 생각에 잠겨 돌아다니곤 했었다. 토요일 저녁, 그날은 아주 기쁜 날이었다. 주머니에 6실링인가 7실링인가를 넣고서 그 돈으로 무엇을 살까 생각하며 이 가게 저 가게를 기웃거리며 집으로 향하는 것도 기분 좋았지만, 한편으로는 집으로 일찍 돌아간다는 사실 자체가 기뻤다. 그런데 그날 저녁 미코버 부인이 나에게 비통한 비밀을 털어놓았다. 그리고 다음 날인 일요일 아침, 내가 전날 밤에 사온 커피와 홍차를 면도용 병에 넣고 나서 느긋하게 아침 식사를 하고 있을 때에도 엊저녁과 같은 이야기를 들려주었다. 토요일 밤에 미코버 씨가 크게 울먹이며 시작한 이야기가, 마지막에는 천연스럽게 〈잭이 좋아하는 귀여운 난〉이라는 노래[*1]로 끝나는 일도 결코 놀라운 일은 아니었다. 또 처음에는 몹시 흐느껴 울다가 저녁 식사를 하며 이제는 교도소에 가는 것 말고는 딴 방법이 없다고 선언해놓고도 잘 때가 되자 예의 '일이 잘 풀리면'이라는 그의 말버릇과 함께 아치형 창문을 달 비용을 계산하며 자러 가는 것이었다. 미코버 부인도 그와 똑같았다.

---

*1 16세기 찰스 딥딘의 〈귀여운 난〉이라는 노래의 한 소절.

나이 차가 많이 났음에도 우리 사이에는 이상하게도 같은 우정이 솟아났는데, 그것은 서로의 비슷한 사정 때문이었을 것이다. 그들은 함께 식사하자고 초대했지만, 나는 그에 응한 적이 한 번도 없었다. 왜냐하면 그들은 정육점이나 빵가게 주인과 사이가 나빴으므로 그들 몫도 충분하지 않다는 사실을 잘 알고 있었기 때문이다. 드디어 미코버 부인이 나를 완전히 믿고 모든 비밀을 털어놓았다. 어느 날 밤, 그녀는 다음과 같이 말했다.

 "코퍼필드, 나는 너를 남이라고 생각하지 않아. 그래서 안심하고 털어놓는데, 남편의 어려움은 더 이상 손쓸 수 없는 지경까지 온 모양이야."

 나는 무한한 동정심을 가지고 미코버 부인의 핏발 선 눈을 바라보았다.

 "식욕이 왕성한 아이들에게는 아무런 도움도 주지 못할 네덜란드제 치즈 도막 말고는, 이제 식품 저장실엔 아무것도 없어. 나는 부모님과 같이 살던 때부터 식품 저장실이란 말을 써왔기 때문에 지금도 그 말이 무심코 튀어나온단다. 즉 내 말은 이 집 안에 먹을 것이라곤 아무것도 없다는 뜻이야."

 "저런!" 나는 진심으로 걱정이 되어 말했다.

 그때 내 주머니에는 주급으로 받은 돈 중에서 2, 3실링이 남아 있었다. (이것으로 보아 그날은 수요일 저녁이었을 것이다.) 나는 그 돈을 꺼내, 꾸어 드리는 것이니 받아달라고 진심으로 부탁했다. 그러나 부인은 나에게 키스해주며, 돈을 다시 내 주머니에 밀어 넣고는 받을 수 없다고 했다.

 "안 돼, 코퍼필드. 그러나 너는 나이에 비해 생각이 깊으므로 다른 도움을 준다면 고맙게 받겠어."

 그래서 나는 그 부탁할 게 뭐냐고 물었다.

 "나는 은식기들을 조금씩 처분해 왔어. 찻숟가락 여섯 개, 소금숟가락 두 개, 설탕 집게 한 개, 이것을 몇 번에 걸쳐서 남편 몰래 저당물로 내놓고 돈을 융통해 왔단다. 그런데 쌍둥이가 아주 손이 많이 가고 친정어머니와 아버지를 생각하면, 이렇게 거래한다는 게 참 괴로운 일이야. 아직 처분할 만한 것들이 조금 남아 있는데, 남편은 아무리 시시한 물건이라도 처분하는 건 싫어하거든. 클리켓—구빈원에서 온 가정부 처녀—도 있지만, 천성이 야비한 여자라 믿었다가는 무슨 짓을 저지를지 누가 알겠니. 그러니 코퍼필드, 미안하지만……."

 이제 미코버 부인의 뜻을 이해할 수 있었다. 나는 무슨 일이든 시켜 달라고 대답했다.

그날 밤부터 살림살이 가운데에서 바로 들고 나갈 수 있는 간단한 물건부터 처분하기 시작했다. 그리고 거의 매일 아침 머드스톤 앤드 그린비 상점에 나가기 전에도 똑같은 일을 했다.

미코버 씨는 조그마한 양복장 위에 책을 몇 권 놓고 딴에는 장서라고 불렀다. 제일 먼저 그 책부터 처분하기로 했다. 나는 그것을 한 권씩 시티 거리의 서점으로 들고 나가서 적당한 가격에 팔아버렸다. 그 시절 우리가 살던 집 근처에는 거의가 서점이거나 새를 파는 상점이었다. 책방 주인은 가게 뒤쪽의 작은 집에 살았는데, 밤마다 코가 비뚤어지도록 술을 마셨으므로 아침이면 어김없이 부인에게 혼났다. 아침 일찍 가게에 들르면, 상처 난 이마와 시커멓게 멍든 눈을 지난밤 과음의 (싸움도 했을 것이다) 증거로 달고서 그가 접었다 폈다 하는 침대에 누워 있는 모습을 여러 번 보았다. 그는 떨리는 손으로, 마룻바닥에 벗어 던진 옷을 이 주머니 저 주머니 뒤지면서 나에게 줄 돈을 열심히 찾았다. 그럴 때에도 부인은 발꿈치가 해어진 구두를 신고 갓난쟁이를 안고서 남편에게 마구 욕설을 퍼부어댔다. 때로 돈을 잃어버리고는 나에게 다시 와 달라고 부탁하기도 했다. 그러나 그럴 때마다 부인에게는 늘 돈이 있었다. 아무래도 그가 취했을 때 슬쩍 빼돌린 것 같았다. 그러고는 같이 층계로 내려오면서 몰래 값을 치러 주었다.

전당포에서도 나는 유명해지기 시작했다. 카운터에서 사무를 보는 주임서기 격인 한 신사가 나에게 유난히 관심을 기울여 내 일을 처리해 주었다. 그 동안 나는 라틴어 명사, 형용사의 격변화나 동사의 활용을 설명해 주었다. 심부름을 한 뒤에는 미코버 부인이 저녁을 푸짐하게 차려주었다. 그런 식사는 각별히 맛이 있었다.

드디어 미코버 씨의 어려움이 위기에 다다랐다. 결국 그는 어느 날 아침 일찍 체포되어 버러 구(區)의 채무자 교도소로 끌려갔다. 그는 집을 나서면서, 이제 자기에게선 태양의 신이 영영 떠나갔다고 나에게 말했다. 그는 가슴이 찢어지는 것 같았겠지만, 내 가슴 또한 찢어지는 듯했다. 그러나 나중에 들으니, 그는 정오도 되기 전에 나인핀스*² 게임을 하며 신나게 놀았다고 한다.

미코버 씨가 투옥된 뒤 처음 맞는 일요일에 나는 그를 찾아가서 같이 식사

---

*2 9개의 핀을 세워 놓고 공을 굴려 넘어뜨리는 놀이로 볼링의 전신.

하기로 되어 있었다. 그곳의 위치를 물었더니 교도소 바로 앞에 다른 교도소가 하나 있고, 그 교도소 바로 앞에는 안마당이 있는데, 그 안마당을 가로질러 곧장 가면 교도관이 있다는 것이었다. 가르쳐준 대로 갔더니, 마침내 교도관이 보였다. 그러자 (나도 정말 바보 같았다) 무심코 로데릭 랜덤[3]이 채무자 교도소에 갇혔을 때는 바로 눈앞에 낡은 담요 한 장만 걸친 벌거숭이 남자가 있었는데, 하는 생각에 잠기면서, 이내 눈앞이 멍해지고 가슴이 두근거려 교도관의 모습이 잘 보이지 않았다.

미코버 씨가 문 안에서 나를 기다리고 있었다. 우리는 맨 꼭대기 바로 아래층에 있는 그의 방으로 올라가서 실컷 울었다.

미코버 씨는 자신의 비참한 운명을 거울삼아서, 절대로 자기 같은 신세가 되지 말라고 근엄한 얼굴로 충고해 주었다. 만약 1년 수입이 20파운드인 사람이 19파운드 19실링 6펜스를 쓴다면 행복할 테지만, 21파운드를 쓴다면 비참하게 될 것이라고 했다. 그런 이야기를 한 뒤에 그는 나에게서 흑맥주 값으로 1실링을 빌렸다. 그러고는 미코버 부인에게 받으라며 1실링을 빌렸다는 내용을 쓴 종이까지 나에게 써 주고는, 손수건을 집어넣더니 즐거워하는 것이었다.

우리는 조그마한 난로 앞에 앉았다. 녹슨 받침쇠 안에는 벽돌 두 장이 있었는데, 받침쇠 양편에 하나씩 받쳐서 석탄이 많이 타는 것을 막고 있었다. 드디어 미코버 씨와 방을 같이 쓰는 다른 채무자가, 우리가 공동 출자한 양고기의 허리 부분을 들고 빵집에서 돌아왔다. 이어서 미코버 씨는 바로 윗방에 있는 홉킨스 대위에게 나를 심부름 보냈다. 나는 그에게 미코버 씨의 안부를 전하고 내가 그의 꼬마 친구라고 말한 다음, 칼과 포크를 빌리러 왔다고 말했다.

홉킨스 대위도 미코버 씨에게 안부를 전하라고 하면서 칼과 포크를 빌려 주었다. 그의 방에는 지저분한 여인과 대위의 딸인 헝클어진 머리에 얼굴이 창백한 두 처녀가 있었다. 나는 그 모습을 보고서, 홉킨스 대위에게서 칼과 포크를 빌렸기에 망정이지 머리빗을 빌렸으면 큰일날 뻔했다고 생각했다. 대위 자신도 말할 수 없을 정도로 더러운 모습을 하고 있었다. 구레나룻을 길게 기르고, 낡아빠진 큰 갈색 외투를 입고 있었는데, 외투 밑에는 아무것도 걸치지 않았다. 그의 이부자리가 한쪽 구석에 둘둘 말려서 놓여 있었고, 그의 모든 그릇

---

[3] 스몰렛의 소설 《로데릭 랜덤》에 대한 언급은 앞에서 했다.

과 쟁반은 선반 위에 있었다. 어째서인지는 모르지만, 머리채를 헝클어뜨린 두 여자는 홉킨스 대위의 딸임에 분명하지만 지저분한 또 다른 여자는 대위의 정식 부인이 아닐 것이라는 생각이 들었다. 홉킨스 대위의 방 문지방에서 겁에 질려 서 있었던 시간은 기껏해야 2분도 채 못 되었지만, 나는 칼과 포크가 내 손에 쥐어져 있는 것처럼 확실하게 이런 사실을 알아차리고 아래로 내려왔다.

아무튼 그 식사는 어쩐지 집시 같은 기분이 들어서 즐거웠다. 오후 일찍 나는 나이프와 포크를 홉킨스 대위에게 되돌려주고는, 집으로 돌아가 면회 갔던 이야기를 들려주면서 미코버 부인을 위로했다. 내가 돌아왔을 때 미코버 부인은 까무러칠 지경이었으나, 이야기를 끝낼 즈음엔 우리는 달걀술을 만들어 마시면서 서로를 달래고 있었다.

그 뒤로 가재도구들이 어떻게 처리되었으며, 누가 처분했는지 나는 모른다. 내가 아닌 것만은 확실하지만, 아무튼 모두 처분되어 마차에 실려갔다. 남은 것이라곤 침대와 의자 두서너 개와 식탁뿐이었다. 재산이라곤 이게 다였고, 미코버 부인과 아이들과 식모인 고아와 내가 윈저 테라스의 텅 빈 집, 두 거실에서, 말하자면 야영 생활을 하는 꼴이었다. 밤에도 낮에도 그 방에서만 생활했다. 이런 기간이 꽤 오래됐다고는 생각하지만 얼마 동안이나 이어졌는지는 모르겠다. 결국 미코버 부인은 남편도 이제 독방을 받았으니 교도소로 이사하기로 결심했다. 마지막에 내가 집 열쇠를 주인에게 가져다주었더니, 주인은 매우 기뻐했다. 내 침대를 제외한 다른 침대는 모두 교도소로 보내졌다. 그리고 나에게는 교도소 근처에 방을 하나 얻어 주었다. 이것은 정말 기쁜 배려였다. 미코버 가족과 나는 어려운 생활을 하는 중에 서로 정이 들어 헤어질 수가 없었던 것이다. 식모 고아도 같은 동네에 싸구려 방을 얻었다. 내 방은 비스듬한 지붕에 자리한 다락방으로 조용하고, 전망이 아주 좋았다. 이곳에서는 목재를 쌓아 둔 곳이 보였다. 미코버 씨의 어려운 처지를 생각하니 그 다락방이 내게는 천당처럼 생각되었다.

나는 여전히 머드스톤 앤드 그린비 상점에서 일했다. 처음과 똑같이 일도 평범했고 어울리는 녀석들도 평범했다. 수치스런 타락감도 처음과 똑같았다. 나는 이 창고로 일하러 오가는 도중이나 또는 식사 시간에 거리를 어슬렁거릴 때, 길에서 만난 수많은 소년들과도 어울리기는커녕 말 한 번 섞어본 일이 없었다. 그것은 다행한 일이었다. 그러나 나는 예나 다름없이 남모르는 불행한 생활을 했으며, 남에게 기대지 않고 외롭게 살아갔다. 그동안 내가 깨달은 변화는 두 가지였다. 하나는 자신이 자꾸만 초라해져가고 있다는 것이고, 또 하나는 미코버 부부의 걱정스런 짐이 훨씬 가벼워졌다는 것이다. 미코버 부부의 친척과 친지들이 그들의 어려움을 알고 도우려고 나섰으므로, 그들 부부로서는 교도소 밖 생활보다 오히려 교도소살이가 더 편안했다. 자세히는 기억나지 않지만, 어떤 협의가 이루어져서 나는 때때로 그들과 아침 식사를 같이 했다. 아침 몇 시에 문이 열리고 들어갈 수 있는지, 지금은 잊어버렸지만, 나는 가끔 아침 여섯 시에 일어나서 교도소 문이 열릴 때까지 런던 다리를 산책했으며, 이따금씩 돌 위에 앉아 쉬면서 지나가는 사람들을 쳐다보기도 하고, 강물과 기념탑 꼭대기에 비치는 햇살을 난간 너머로 바라보기도 했다. 여기서 고아 식모와도 가끔씩 만났다. 그녀는 런던탑과 부두에 관한 무서운 이야기를 곧잘 들려주곤 했는데, 지금 생각하면, 반신반의하며 들었던 것 같다. 밤에는 교도소로 돌아가서, 미코버 씨와 교도소 운동장을 거닐기도 하고, 미코버 부인과는 카지노도 했다. 그리고 미코버 부인의 친정 부모님 이야기도 이따금 들었다. 내가 사는 곳을 머드스톤 씨가 아는지 어떤지는 모르지만, 상점에는 누구에게도 말하지 않았다.

미코버 씨의 사건은 일단 최악의 위기는 넘겼지만, 어떤 증서 때문에 복잡해졌다는 이야기를 들었다. 그 증서란 전에 채권자와 계약한 문서였을 것이지만, 난 엉뚱하게도 옛날 독일에서 대유행했던 악마와의 계약*4 같은 것이 틀림없다고 완전히 착각하고 있었다. 아무튼 그 증서 문제도 해결되어 걸림돌은 사라졌다. 미코버 부인은 가르쳐주길, '우리 집안'에서는 '채무자재산처분법'에 따라 미코버 씨의 석방을 신청할 예정이며, 그러면 6주일 뒤에는 남편은 자유의 몸이 된다고 했다.

"내가 풀려난다면 틀림없이 잘살 것이고 새로운 각오로 살아갈 거야. 물론 일이 잘만 풀리면." 그 자리에 있던 미코버 씨가 말했다.

그런데 이 '일이 잘되면'이라는 말을 들으면 가장 먼저 떠오르는 것은, 당시 그가 채무자 투옥법 개정을 요구하며 하원에 제출할 탄원서를 작성했던 일이다. 일부러 이런 기억을 여기에 쓰는 것은, 얼마나 내가, 모조리 변해버린 내

---

*4 《파우스트》 등에 나오는, 악마에게 혼을 팔 때의 양피지 문서.

생활을 옛날에 읽었던 소설에 비추어 바라보고 있었는지, 그리고 매일 보는 거리나 사람들의 인상에서 멋대로 온갖 이야기를 만들어내고 있었는지, 그것을 알릴 좋은 예증이 되기 때문이다. 말하자면 앞으로 이 자서전을 엮어가면서 무의식적으로 튀어나오게 될 성격의 주된 특징이, 이때 이미 서서히 이루어지고 있었던 것이다.

교도소에는 클럽이 하나 있었다. 그 클럽에서 미코버 씨는 신사로 행세하며 엄청난 영향력을 발휘했다. 그는 그 클럽에서 탄원서를 제안하고 열렬한 지지를 받았다. 그래서 그는 (어�찌나 사람이 좋은지, 자기 일은 손도 안 대지만 남의 일이라면 무엇이고 적극적으로 해내는 활동가였으며, 자기에게 전혀 이득도 없는 일을 위해 바삐 움직일 때 가장 큰 기쁨을 느끼는 그런 인물이었다) 먼저 문안을 만들고, 그것을 큰 종이에다 써서 탁자 위에 펼쳐 놓았다. 그러고는 시간을 정하여 클럽 회원 전원, 나아가서는 재소자 전원이 그의 방에 와서 서명에 함께 참가하라고 했다.

서명식이 가까워졌음을 들은 나는 재소자의 얼굴을 다 알고 있다고 해도 한 사람 한 사람씩 들어와서 서명하는 광경을 너무도 보고 싶었기에, 머드스톤 앤드 그린비 상점을 한 시간 일찍 나와서 감방 한쪽에 자리를 잡았다. 꽉 채우지는 않았지만 좁은 방에 들어갈 수 있을 만큼의 간부회원들은 탄원서 앞에서 미코버 씨를 지지했다. 한편, 홉킨스 대위는(의식에 경의를 표하기 위해 깨끗하게 몸을 씻고 왔다) 탄원서의 내용을 잘 모르는 사람들에게 읽어주기 위해 탄원서 바로 옆에 서 있었다. 그때 문이 활짝 열리더니, 일반 사람들이 길게 줄지어 들어오기 시작했다. 여전히 밖에서 기다리고 있는 사람도 있었지만, 들어온 이들은 한 사람씩 서명을 마치고 다시 나갔다. 차례로 들어오는 사람들에게 홉킨스 대위는 "내용은 읽었나?"—"아니."—"그럼 읽어주길 바라나?" 같은 말을 하며, 상대가 조금이라도 읽어주기를 바라는 기색만 보이면 크고 우렁찬 목소리로 하나하나 꼼꼼하게 읽어주었다. 만약 2만 명이라는 사람들이 일일이 읽어주기를 원했더라도 홉킨스 대위는 기꺼이 읽어주었을 것이다. "국민의 대변자가 국회에 모였다", "그러므로 탄원자들은 겸손한 마음으로 영예로운 의사당에 엎드려 호소한다" 또 "자비로운 폐하의 불행한 백성" 같은 대목은 달달하게 혀를 굴려가며 읽었다. 마치 그 한 마디 한 마디가 달콤한 사탕처럼 입 안에서 굴러다니는 것처럼. 그동안 미코버 씨는 초안자라는, 약간의 허영심을 가지고 귀를 기울이면서, 맞은편 벽에 박힌 못을 유심히 바라보고 있었다.

사우스워크와 블랙프라이어스 사이를 날마다 오가고, 식사 시간에는 내 어린 발에 밟혀 닳아 없어졌을지도 모를 돌들이 깔린 이름 모를 거리를 떠돌면서, 나는 이따금 궁금해했다. 저 홉킨스 대위의 목소리에 갈채를 보내면서 줄지어 서 있던 사람들 가운데서 몇 명이나 그 군중에서 빠지게 되었을까 하고.

그 어린 시절의 길고 길었던 고통을 생각하면 깊은 감개에 잠긴다. 그 무렵 그 사람들에 대해 내가 멋대로 공상하여 만들었던 이야기 가운데 과연 몇 개가, 지금도 그 기억 위에, 이른바 공상의 안개를 던지고 있을까! 옛 생각을 하며 그리운 일대를 걷다보면, 그 이상한 경험이나 온갖 역겨운 사물 속에서도 나만의 공상 세계를 만들었던 순수하고 낭만적인 소년의 모습이 지금도 내 앞을 걸어가고 있는 것 같아서 이상하게 애잔한 마음이 드는 것이다.

12장
중대결심

얼마 안 되어 미코버 씨의 탄원이 받아들여졌고, 그도 머지않아 채무자재산 처분법에 따라 풀려나므로 나는 무척 기뻤다. 채권자들도 무자비하지는 않았다. 미코버 부인의 말에 따르면, 집요했던 구두장이까지도 공개 법정에서, 자기는 미코버 씨에게 적의가 없으며 다만 당연히 받아야 할 돈을 받길 바랄 뿐이라고, 그것이 사람의 도리라고 생각한다고 말했다는 것이다.

미코버 씨는 소송이 끝나자 다시 채무자 교도소로 돌아갔다. 풀려나기 전에 약간의 소송비용을 내야 하고 나머지 수속도 끝내야 했기 때문이다. 그것만 마치면 석방이었다. 클럽에서는 미코버 씨를 열렬히 맞아주었고, 저녁에는 그를 위해 친목회가 열렸다. 그러는 동안에 미코버 부인과 나는 다른 식구들이 자는 틈을 이용하여 튀긴 양고기를 먹었다.

"이렇게 기쁜 일이 생겼을 때는, 코퍼필드, 한 잔 마시는 거야." 미코버 부인이 말했다. "친정 부모님 이야기를 들려줄게."

"그분들은 돌아가셨나요?" 나는 포도주 잔으로 건배하고 나서 물었다.

"어머니는 돌아가셨어. 남편이 이렇게 절박한 상황에 처하기 전에 돌아가셨지. 아버지는 그이의 보석을 여러 번 탄원했지만, 끝내는 돌아가셨어. 모두들 애석하게 생각했지."

미코버 부인은 머리를 저으면서, 안고 있던 쌍둥이 위로 눈물을 떨어뜨렸다.

바로 그때, 꼭 한 번 물어보고 싶었던 질문을 하는 데 더없이 적합하다는 생각이 들어서 미코버 부인에게 말했다. "아주머니, 앞으로 어떻게 하실 계획이에요? 이제 아저씨는 어려움에서 벗어나 자유로운 몸이 되었잖아요. 이미 결정하셨나요?"

"우리 가족 의견은," 미코버 부인은 말했다. 그 가족이 누구까지 포함하는지는 모르지만, 아무튼 가족이라고 말할 때마다 그녀는 매우 자랑스러워했다.

"우리 가족의 의견은, 남편이 런던을 떠나 시골에서 그의 위대한 재능을 펼치는 편이 좋겠다는 거야. 남편은 대단한 수완가거든."

나도 그렇게 생각한다고 대꾸했다.

"수완이 대단하지." 미코버 부인이 되풀이했다. "연고가 조금만 있으면, 세관 같은 데서 수완을 발휘해 일을 잘 처리할 거라는 게 가족들의 의견이야. 우리 집안은 시골에서는 영향력이 있어. 그래서 집안 식구들은 그가 플리머스로 와주기를 바라지. 남편이 꼭 그곳으로 가야만 한다는 거야."

"금방 가야 한단 말인가요?" 내가 넌지시 물었다.

"응, 그래. 일이 잘 풀릴 때 가서 대기하고 있어야지."

"그러면 아주머니도 가시나요?"

그때 미코버 부인은 몹시 흥분하여 눈물을 흘리면서 내 물음에 대답했는데, 그 이유는 오늘 큰일이 있었고 술도 마신 데다가 쌍둥이와 지지고 볶고 하는 동안 예민해졌기 때문이다.

"나는 남편을 절대로 버리지 않아. 처음에는 남편도 자신의 어려운 처지를 나한테는 감추었던 모양이야. 그는 낙천적인 성격이라 스스로 이 어려움을 이겨낼 수 있으리라고 생각했겠지. 난 친정어머니의 유품인 진주목걸이와 팔찌를 반값도 못 받고 처분했어. 그리고 아버지의 결혼 선물인 산호 장신구도 거저나 다름없는 값으로 버리다시피 했지. 하지만 난 남편을 버리진 않아. 절대로!" 미코버 부인은 전보다 더 감격해서 소리쳤다. "절대로 그렇겐 못 해! 누가 간청한 대도 절대로!"

나는 매우 불쾌했다. 미코버 부인이 마치 내가 그렇게 간청이라도 했다는 양 행동했기 때문이다. 나는 기가 막혀서 부인을 바라보고만 있었다.

"남편에게는 결점이 많아. 그가 헤픈 사람이라는 것을 부인하지 않겠어. 자신의 재산과 채무에 대해서 내가 전혀 알지 못하도록 비밀에 부쳤다는 것도 사실이야." 부인은 벽을 바라보면서 말을 이었다. "그렇다 해도, 그를 버리지는 않겠어."

미코버 부인은 비명에 가까운 소리를 냈다. 나는 놀라서 클럽 회원용 방으로 달려갔다. 미코버 씨는 긴 탁자의 사회자석에 앉아서,

달려라, 말(馬)아

달려라, 말아

달려라, 말아

달려라, 이랴, 이랴!

하고, 매우 쾌활하게 합창곡을 선창하고 있었다. 나는 일단 그것을 막고, 심상치 않은 부인의 모습을 자세히 전했다.

부인의 소식을 듣자마자 미코버 씨는 울음을 터뜨리면서 나와 함께 그 방에서 뛰쳐나왔다. 지금까지 먹고 있던 새우 머리와 꼬리를 조끼 여기저기에 잔뜩 붙인 채.

"에마, 나의 천사!" 미코버 씨는 소리치면서 달려갔다. "무슨 일이오?"

"나는 절대로 당신을 버리지 않을 거예요, 여보!" 그녀는 소리쳤다.

미코버 씨는 부인을 껴안으면서 말했다. "그건 잘 알고 있소!"

"그는 우리 애들의 아버지야! 우리 쌍둥이의 아버지고, 내 사랑하는 남편이야!" 미코버 부인은 몸부림치면서 소리쳤다.

"이이를―버리는―일은―절대―없을 거야!"

미코버 씨는 부인의 사랑에 깊은 감명을 받아서(그러고 보니 나도 눈물을 그렁그렁 달고 있었다) 정열적으로 부인을 껴안고는, 고개를 들고 진정하라고 애원했다. 그러나 고개를 들라고 하면 할수록 부인은 허공에 눈을 맞추었고, 진정하라고 하면 할수록 더욱더 흥분했다. 끝내는 미코버 씨도 두 손 들고, 우리와 함께 울음을 터뜨렸다. 이윽고 그는 부인을 잠자리에 눕히는 동안 의자 하나를 들고 계단에 나가 있으라고 했다. 나는 집으로 가고 싶었으나 미코버 씨는 면회종료 벨이 울릴 때까지 내가 떠나는 것을 허락하지 않았다. 할 수 없이 나는 계단 창가에 의자를 가지고 가서 앉아 있었다. 마침내 미코버 씨가 의자를 가지고 내 옆으로 왔다.

"아주머니는 어떠세요, 아저씨?" 나는 물었다.

"별로 좋지 않아." 미코버 씨는 고개를 저으며 말했다. "반동이야. 아, 오늘은 엄청난 날이었어! 우린 이제 외로운 존재, 모든 것이 사라졌어!"

미코버 씨는 내 손을 꼭 쥐고 신음 소리를 내다가 이윽고 눈물을 흘렸다. 나는 크게 감명을 받는 동시에 실망했다. 왜냐하면 오랫동안 기다렸던 이 기쁜 날을 즐겁게 보내리라는 기대가 컸기 때문이었다. 그러나 미코버 씨 부부는 오랫동안 어려움에 빠져 있었던 탓에, 갑자기 자유를 손에 넣자 마치 난파라도 당한 기분이었던 모양이다. 긴장의 끈이 모두 풀려버렸는지, 사실 그날 저녁만 큼 그들이 비참하게 보인 적은 없었다. 벨이 울리자, 미코버 씨는 나를 경비실이 있는 곳까지 데려다주었다. 인사를 하고 헤어졌을 때, 나는 그를 혼자 두고 가는 것이 불안해서 견딜 수 없었다. 그가 너무 풀이 죽어 있었기 때문이다.

나는 생각도 못했지만, 우리가 당황하고 의기소침해 있을 때, 미코버 씨 부부와 그들 가족은 런던을 떠나기로 작정했고, 우리가 작별해야 할 날이 머지 않았다는 사실만은 분명했다. 그런 생각이 문득 떠오른 것은, 어째서 떠올랐는지는 모르지만, 그날 밤 집으로 돌아오는 길에서도 하숙집의 잠자리에 들어서도 잠을 이루지 못하고 몇 시간 동안 생각에 잠겨 있던 때였다. 이윽고 그것은 확고한 결정사항처럼 생각되었다.

나는 미코버 가족과 정이 들었고, 그들이 어려움을 겪을 때는 말 그대로 속내를 모조리 털어놓을 정도로 친하게 지냈다. 그들이 없으면 내게는 더 이상 친구라곤 없으므로 새로운 하숙을 구하여, 또 한 번 낯선 사람들과 지내야만 한다. 그러면 지금의 내 생활은 정처 없이 떠다닐 것만 같았다. 아무것도 모른다면 몰라도, 그런 생활이 어떤 것인지 이미 진저리나도록 겪어 알고 있으므로 더욱 그랬다. 그것을 생각하자 무참히 상처받은 내 감정, 지금도 가슴에 사무쳐서 잊을 수 없는 수치심과 굴욕감이 되살아나서, 이대로는 살아갈 수 없다고 생각했다.

나는 스스로 이러한 처지에서 빠져나가지 않으면, 여기서 벗어날 희망이 없다는 것을 잘 알고 있었다. 미스 머드스톤의 편지는 거의 오지 않았고, 머드스톤 씨한테서는 한 통도 없었다. 새 옷과 헌 옷가지 두세 꾸러미가 퀴니언 씨를 통해서 전달되었을 뿐이다. 그 꾸러미에는 종이 한 장이 형식적으로 끼워져 있었는데, 거기에는 데이비드 코퍼필드가 열심히 일하고 있으며, 자기 의무에 헌신하고 있으리라 제인 머드스톤은 믿는다는 내용이 적혀 있었다. 본디 내가, 지금 빠른 속도로 전락하고 있는 육체노동자 따위가 될 사람이 아니라는 말은 한 번도 써 보낸 적이 없었다.

바로 그 다음 날, 이런저런 생각 때문에 마음이 복잡할 때, 여기를 떠난다는 미코버 부인의 말이 그냥 해본 소리가 아니라는 사실이 밝혀졌다. 그들은 내 하숙집에 방을 빌렸는데, 1주일 뒤에는 플리머스로 떠날 예정이었다. 그날 오후, 미코버 씨가 직접 사무실에 와서, 자기는 나를 이곳에 두고 떠나야 한다는 말을 퀴니언 씨에게 전하고, 내가 고상한 인품을 갖춘 아이라고 말했다. 물론 나는 이런 찬사를 받을 만하다고 생각했다. 퀴니언 씨는 팁이란 마부를 불렀다. 그 사람은 결혼하여 세를 주기 위한 빈 방을 하나 가지고 있었는데, 퀴니언 씨는 앞으로 그 사람 집에 나를 하숙시키기로 했다. 그것이 나와 합의를 본 일이라고 그가 생각하는 것은 당연했다. 왜냐하면 나는 앞으로의 내 결심에 대해 입도 뻥긋하지 않았기 때문이다.

미코버 씨 가족이 떠나기 전까지, 우리는 매일 한지붕 밑에서 살았는데, 시간이 갈수록 더욱더 서로 마음이 맞았다. 마지막 일요일, 그들은 나를 정찬에 초대했다. 우리는 돼지 허릿살과 사과 소스, 푸딩을 먹었다. 나는 전날 밤 작별 선물로, 사내아이인 윌킨스 미코버에게는 얼룩점이 있는 목마를, 꼬마 에마에게는 인형을 사 주었다. 또한 고아 식모에게도 1실링을 주었다. 이 고아 식모는 곧 해고하기로 되어 있었다.

헤어질 시간이 가까워짐에 따라 우리는 마음이 퍽 약해졌으나, 정말로 즐거운 하루였다.

"코퍼필드, 미코버 씨가 어려웠던 시절을 떠올릴 때마다 꼭 너를 생각하겠어. 너는 언제나 자상했고 친절했어. 넌 친구였지 하숙인이 아니었어." 미코버 부인이 말했다.

"맞아." 미코버 씨도 맞장구쳤다. "코퍼필드는(요즈음 그는 나를 이렇게 불렀다) 친구의 처지가 어려워지면, 그 친구의 어려움을 같이 나눌 줄 아는 착한 마음씨를 가졌단 말이야. 그리고 어려움을 처리할 머리와 그것을 실행하는—간단히 말하면, 없어도 되는 가재도구를 훌륭하게 처분해버리는 수완도 가지고 있지."

나는 이러한 찬사에 대해 나대로의 느낌을 말하고 나서, 헤어져야 하는 것이 무척 섭섭하다고 했다.

"내 사랑하는 어린 친구여," 미코버 씨는 말했다. "나는 너보다 나이를 더 먹었고, 인생에 대해 경험도 있어. 그래봤자 가난한 생활에 대한 것뿐이지만, 그리고 일반적으로 말하면 말이야. 그러니 큰 수가 터질 때까지는—곧 그렇게 되리라고 바라고 있다네—지금으로선 충고 말고는 줄 것이 없어. 그래도 아직까지 내 충고는 들어둘 만한 가치가 있지. 간단히 말해서 나 자신은 이런 충고를 받아들이지 않았으므로," 싱글벙글 웃으면서 기분 좋게 말하고 있던 미코버 씨는 갑자기 말문이 막히더니, 언짢은 표정으로 말을 이었다. "보다시피 밥줄을 잃고 말았지."

"여보!" 부인이 다독이며 말했다.

"내 말은," 미코버 씨는 다시 미소를 지으면서 말했다. "이런 비참한 신세지만 말이야. 내 충고는, 시간은 사람을 기다려주지 않는단 거야. 오늘 할 수 있는 일을 내일로 미루지 마. 미루는 것은 시간의 도둑이거든. 도둑을 잡아 없애란 말이야!"

"그건 우리 친정아버님의 격언인데요." 미코버 부인이 말했다.

"그래요," 미코버 씨가 말했다. "당신 아버님은 현명한 분이셨소. 나는 절대로 그분을 나쁘게 말하는 것이 아니오. 전체적으로 그분을 평한다면, 그분만한 사람은 없을 거야. 그 연세에 그처럼 다리가 튼튼하고 안경 없이 글을 읽을 분이 몇이나 있겠소. 그분은 그 격언을 우리 결혼에도 적용시키셨소. 그런데 너무나 일찍 적용시키셨으므로, 결과적으로, 아직도 내가 결혼 비용에서 헤어나지 못하고 있는 거 아니오."

미코버 씨는 곁눈질로 부인을 바라보며 덧붙였다. "그것을 유감스럽게 생각하는 것이 아니라, 오히려 그 반대요, 여보." 그는 이렇게 말하고 나서 잠시 심각한 태도로 있었다.

"코퍼필드, 하나 더 충고할 것이 있어." 미코버 씨가 말했다. "너도 알겠지만, 한 해 수입이 20파운드인데, 지출이 19파운드 19실링 6펜스면 결과는 행복이고, 한 해 수입이 20파운드인데, 지출이 20파운드 6실링이면 결과는 비참하지. 꽃은 시들고, 잎은 마르고, 태양은 서산 너머로 사라지고—넌 꼼짝 못하게 된단 말이야. 지금의 나처럼!"

자기의 모습을 더 인상 깊게 하기 위하여, 미코버 씨는 아주 즐겁고 만족스런 기분으로 술잔을 비우고 휘파람을 불었다.

나는 이러한 교훈을 명심하겠다고 확실하게 대답했다. 사실 그때에는 그의 충고가 크게 감명을 주었으므로, 확언할 필요도 없었지만.

다음 날 아침, 나는 역마차 사무실에서 그들을 만났다. 그리고 그들이 마차 뒤편의 바깥쪽에 자리잡는 것을 쓸쓸한 마음으로 바라보았다.

"코퍼필드." 미코버 부인이 말했다. "복이 있기를! 우리가 함께 나누었던 지난 모든 일들을 나는 결코 잊지 않을 거야. 무슨 일이 있어도, 절대로 잊지 않겠어."

"코퍼필드." 미코버 씨가 말했다. "잘 있어라! 부디 행복하기 바란다. 성공을 빌겠어! 만약 세월이 흐른 뒤에 나의 초라한 운명이 너에게 좋은 경고가 되었다면, 내가 이 세상에 태어난 것이 헛되지 않았다고 생각할 거야. 어떤 큰 운이 닥쳐서―그건 이미 자신 있지만―내 힘으로 너의 앞날을 개척해줄 수만 있다면 정말 기쁘겠다."

미코버 부인이 아이들을 데리고 마차 뒤편에 앉고, 나는 길에 선 채 서운한 마음으로 그들을 바라보았다―부인은 눈물을 그치고 나를 바라보았는데, 그녀의 표정은 내가 얼마나 어린 꼬마인지 새삼 깨달은 것 같았다. 왜냐하면 그녀가 전에 볼 수 없던 어머니 같은 인자한 표정으로 나에게 손짓하여 마차로 부르더니, 내 목을 끌어안고 그녀의 아이에게 하는 것처럼 키스해주었기 때문이다. 내가 내리길 기다렸다는 듯이 마차가 떠났다. 모두가 흔드는 손수건 때문에, 그들의 얼굴을 거의 볼 수가 없었다. 마차는 이내 사라져버렸다. 고아인 식모와 나는 길 한가운데 서서 서로 멍하니 바라보기만 하다가 악수를 하고 헤어졌다. 아마 식모는 성 누가 구빈원으로 돌아갔을 것이다. 나는 머드스톤 앤드 그린비 상점에서 따분한 하루를 시작하기 위해 발걸음을 옮겼다.

그러나 이제는 더 이상 그곳에서 따분한 하루하루를 보내고 싶은 생각이 조금도 없었다. 나는 달아날 작정이었다. 무슨 수를 써서라도 시골로 가서, 단 하나뿐인 혈육 미스 벳시에게 내 이야기를 하리라고 굳게 마음먹었다.

어찌하여 이토록 무모한 생각을 하게 되었는지는 나도 몰랐다. 그러나 일단 생각이 떠오르자, 계속 내 머릿속에 남아서 이제는 돌이킬 수 없는 하나의 목적으로 굳어져버렸다. 내 평생에 이보다 더 뚜렷한 목적은 없었다. 이런 계획에 어떤 희망이 있는 것은 아니었지만 감행하기로 마음을 정했다.

이런 생각이 떠올라서 잠 못 이루던 그날 밤 이후, 나의 출생에 관해서 가엾은 어머니가 들려주시던 그 이야기를 수백 번씩이나 떠올려 보았다. 옛날 어머니가 해준 이야기 가운데 가장 재미있는 것이었기에, 나는 외우다시피 했다. 이야기 속에서 대고모는 무시무시한 사람으로 나타났다가 사라졌다. 그러나 대고모에게 내가 좋아하는 특징이 하나 있었다. 그것이 나에게 일말의 용기를 주었다. 대고모가 부드러운 손으로 어머니의 아름다운 머리채를 만졌을 때, 어머니의 기분이 어떠했을까 하는 것을 나는 아직도 잊을 수가 없다. 비록 그것이 어머니의 환상이라서 실은 조금도 근거가 없을 수도 있지만, 그 일만으로 나는, 아무리 무서운 대고모라도 내가 여전히 또렷하게 기억하고 있고 깊이 사랑했던, 소녀처럼 아름다운 어머니에게는 마음이 누그러졌으리라 상상했던 것이다. 그렇게 생각하면, 그 일화 자체가 매우 온화한 것이 되고, 그런 인상을 몰래 내 마음속에 간직해온 것이다. 그런 생각이 오랫동안 내 마음속에 남아 있었기에 달아나겠다는 결심이 점점 더 확고해져 갔다는 것은 두말할 필요도 없겠다.

그러나 나는 미스 벳시의 주소조차 몰랐으므로, 일단 페거티에게 긴 편지를 써서 아무렇지도 않은 체하며 대고모의 주소를 기억하느냐고 물었다. 적당한 장소를 꾸며 내어 그곳에 이러이러한 여자가 산다는 이야기를 들었는데, 혹시 벳시 대고모가 아닌지 알고 싶다는 뚱딴지같은 얘기를 적었다. 그리고 특별한 일로 반 기니*¹가 필요한데 꼭 갚을 테니 빌려주면 좋겠다는 것과 무엇에 썼는지는 나중에 말하겠다는 내용도 덧붙였다.

곧 페거티한테서 답장이 왔다. 언제나처럼 애정이 가득한 내용이었다. 반 기니도 들어 있었다(바키스 씨에게서 어떻게 돈을 받아낼 수 있었는지는 모르지만 틀림없이 매우 고생했을 것이다). 미스 벳시는 도버 근처에 살고 있는 것은 확실한데, 바로 도버인지, 하이드인지, 샌드게이트인지, 아니면 포크스톤인지는 자세히 모른다고 했다. 같이 일하는 동료에게 물어보니, 그곳들은 모두 가까이 붙어 있다고 가르쳐줘서, 그만하면 내 목적을 위해 충분하다는 생각이 들었다. 주말에 곧바로 출발하기로 결심했다.

나는 매우 정직한 꼬마였기에, 머드스톤 앤드 그린비 상점을 떠나는 마당에 좋지 못한 추억을 남기기가 싫어서, 토요일 밤까지는 여기서 일을 해야 한다고 생각했다. 처음 이곳에 왔을 때 1주일치 급료를 미리 받았으므로, 이번 주 급료는 받으면 안 된다고 생각했다. 그래서 일부러 반 기니를 빌려 놓았던 것이다. 돈 없이 여행을 떠나기란 불가능했기 때문이다. 토요일 밤이 되자, 사람들은 급료를 받기 위해 창고에서 기다리고 있었다. 언제나처럼 마부 팁이 제일 먼저 급료를 타기 위해 들어가자, 나는 믹 워커와 악수를 하고 나서, 그가 돈

---

*1 10실링 정도.

을 탈 차례가 되면, 퀴니언 씨에게 나는 이삿짐을 옮기려고 팁 씨 집으로 갔다는 말을 전해 달라고 부탁했다. 그리고 밀리 포테이토즈에게 마지막으로 작별인사를 하고 그곳을 쏜살같이 빠져나왔다.

내 짐은 강 건너의 먼젓번 하숙집에 있었다. 나는 통 위에 못질해 놓은 주소 카드의 뒷면에 내 짐의 행방을 적어 놓았다.

'데이비드 앞, 찾으러 올 때까지 도버 마차 정거장에 맡겨 놓을 것.'

주소 카드는 일단 짐을 하숙집에서 들고 나온 다음 붙일 작정으로 주머니에 넣어두었다. 그리고 하숙집 쪽으로 향하면서, 내 짐을 매표소까지 날라 줄 사람이 없을까 하고 주위를 살펴보았다.

그때 다리가 길쭉한 한 젊은이가 당나귀를 맨 빈 마차를 몰고 블랙프라이어스 거리의 오벨리스크*² 근처에 서 있는 것이 보였다. 지나치다가 그의 눈과 마주치자, 그는 느닷없이 나를 '형편없는 놈!'이라고 하면서 '또 까불면 혼내주겠다'는 시늉을 했다. 아마도 내가 그의 눈을 뚫어져라 봐서 그런 것 같았다. 나는 걸음을 멈추고 내가 바라본 것은 나쁜 뜻에서가 아니라, 한 가지 일을 해 줄 수 있는지 어떤지를 알기 위해서였다고 뚜렷이 밝혔다.

"무슨 일인데?" 젊은이가 물었다.

"상자 하나를 나르는 거예요."

"무슨 상자야?"

나는 상자가 저쪽에 있는데, 도버행 마차 정거장까지 날라다 주면 6펜스를 주겠다고 말했다.

"6펜스를 준다면 하겠어." 말이 끝나자마자 젊은이는 곧바로 자기 마차에 올라탔다. 마차라고는 하지만 바퀴 위에다 큰 나무 상자를 얹어놓았을 뿐이었다. 마차는 덜커덕거리면서 천천히 달렸으므로 쉽게 따라갈 수 있었다.

그는 매우 거만하고 퉁명스러운 사내로, 특히 지푸라기를 질겅질겅 씹으면서 말을 거는 모습은 참을 수가 없었으므로, 나는 그가 마음에 들지 않았다. 그러나 이미 계약했으므로, 나는 하숙집 2층으로 그를 데리고 가서, 둘이서 상자를 아래로 내려 마차에 실었다. 아직 그 상자에 꼬리표를 달기는 싫었다. 하숙집 식구들 가운데 누구라도 그 꼬리표를 보면 내 속마음을 짐작하고

---

*2 성 조지 광장에 있는 이집트풍의 방첨탑(方尖塔).

말리지나 않을까 걱정되었기 때문이다. 마차가 채무자 교도소 담 있는 데까지 왔을 때, 나는 그 젊은이에게 마차를 좀 세워 달라고 부탁했다. 그러나 그 말이 떨어지기 무섭게 상자와 마차와 말이 모두 함께 미친 것처럼 덜커덕거리며 달아났다. 나는 그 뒤를 쫓아 달려가면서, 마차를 세우라고 고함치느라 숨이 차서 거의 못 견딜 지경이었다. 드디어 지정한 장소에서 마차를 따라잡을 수 있었다.

나는 몹시 흥분했으므로 얼굴이 빨갛게 달아오른 채로 꼬리표를 주머니에서 꺼내다가 반 기니 은화를 떨어뜨리고 말았다. 나는 잃어버리지 않으려고 그 은화를 입에다 물었다. 손이 몹시 떨렸지만, 마음에 찰 때까지 꼬리표를 상자에다 꽁꽁 묶었다. 그때 긴 다리의 젊은이가 내 턱 밑을 세게 치는 것이었다. 은화는 내 입에서 튀어나와 그의 손으로 들어갔다.

"뭐야!" 젊은이는 내 멱살을 잡고, 무섭게 웃으면서 말했다.

"경찰서에 가야겠구먼! 너 달아나는 거지, 응? 요 여우 같은 놈아, 경찰서로 가자!"

"제발, 내 돈을 돌려 줘요!" 나는 너무 놀라서 소리쳤다. "이거 봐요!"

"경찰서에 가자! 경찰서에 가서, 이 돈이 네 것인지 아닌지 확인해야겠다."

"내 짐과 돈을 돌려줘요, 네?" 나는 눈물을 왈칵 쏟으며 소리쳤다.

젊은이는 "경찰서에 가자!"는 말만 되풀이하면서 마치 당나귀와 경찰 사이에 어떤 공통점이라도 있다는 듯이 난폭하게 나를 당나귀 쪽으로 잡아끌었다. 그러더니 갑자기 마음을 달리 먹었는지, 마차에 뛰어올라 내 짐짝 위에 앉더니 곧장 경찰서로 간다고 소리치면서 쏜살같이 마차를 몰았다.

나는 있는 힘을 다해 그를 쫓아서 달렸다. 그러나 숨이 차서 소리를 칠 수가 없었다. 숨이 차지 않더라도 소리칠 기력조차 없었다. 반 마일을 달리는 동안에 나는 적어도 스무 번은 마차에 치일 뻔했지만 그때마다 겨우 모면했다. 마차를 놓쳤나 싶으면 보이고, 또 놓쳤나 싶으면, 이번에는 느닷없이 채찍에 얻어맞기도 하고, 고함도 들었으며, 진흙 속에 엎어졌다가 다시 일어나기도 했다. 누군가의 품으로 뛰어들기도 하고, 우체통에 정면으로 부닥치기도 했다.

나는 두렵기도 하고 덥기도 하고, 머릿속이 온통 뒤죽박죽이었다. 런던 사람의 반이 나를 체포하려고 달려들지나 않을까 하는 의심마저 들었다. 결국 내 돈과 짐은 포기하기로 했다. 나는 헐떡이고 울면서도 걸음은 멈추지 않은 채,

도버 거리에 있다고 알고 있는 그리니치를 향해 곧장 나아갔다.

　나는 태어남으로써 미스 벳시에게 큰 불쾌감을 주었던 그날 밤보다 무엇 하나 더 가진 것 없는 빈털터리인 채로 대고모의 은둔처를 찾아 나선 것이다.

13장
결심의 성과

　그때 나는 당나귀 마차를 타고 달리는 젊은이 뒤쫓는 일을 포기하고 도버까지 줄곧 달려서 갈 무모한 생각에서 그리니치를 향해 뛰기 시작했던 것인지도 모른다. 그러나 그 무모한 생각은 마음이 가라앉자 바뀌었다. 조그마한 연못이 있는, 켄트 거리의 둑길에서 걸음을 멈추었다. 그 연못 한가운데는 물도 나오지 않는 조개껍데기를 불고 있는 바보처럼 보이는 큰 인물상이 서 있었다. 나는 아무 계단에나 주저앉았다. 정신없이 달려오느라 기진맥진해져서, 돈과 궤짝을 잃었어도 울 기력마저 없었던 것이다.

　날은 어두워지고, 앉아서 쉬는 동안 시계가 열시를 치는 것을 들었다. 그러나 다행히도 여름철이었고 날씨가 매우 맑았다. 나는 숨이 가라앉고 목구멍의 답답함도 사라지자 다시 걷기 시작했다. 이러한 고통 속에서도 되돌아갈 생각은 전혀 없었다. 그 켄트 거리에 눈보라가 몰아친다 해도, 되돌아갈 생각은 없었을 것이다.

　내 손 안에 돈이라곤 3펜스 반밖에 없었으므로 (생각해보면, 토요일 저녁에 그만큼이라도 돈이 남아 있었다는 사실이 더 신기하다) 계속 걷기는 했지만, 걱정이 많았다. 오늘이나 내일이라도 어느 집 담장 밑에서 시체로 발견되어, 한두 줄 기삿거리가 되지나 않을까 하는 생각도 해 보았다. 나는 있는 힘을 다해 서둘러 걸었으나, 딱할 정도로 느리기만 했다. 그러다 어느 가게 앞을 지나치는데, 거기에 '신사 숙녀의 의복 삽니다. 넝마와 뼈 그리고 부엌용품도 비싸게 삽니다'라는 광고문이 붙어 있었다. 가게 주인은 셔츠 바람으로 담배를 피우며 문간에 앉아 있었다. 수많은 코트와 바지가 나직한 천장에 매달려 있었고, 물건들을 구별할 수 있을 정도의 희미한 촛불이 두 개 켜져 있었다. 나는 그 주인이 자기 적을 모조리 매달아 놓고 혼자 보며 즐기는, 복수심에 불타는 사람처럼 생각됐다.

최근에 미코버 부부와 같이 살아 본 적이 있는 나는 당장의 굶주림을 해결하는 방법을 터득하고 있었다. 나는 다음 뒷골목에서 조끼를 벗어 단정하게 말아 겨드랑이에 끼고는 가게 앞으로 도로 가서 말했다. "아저씨, 이것을 정당한 가격이면 팔겠습니다."

돌로비 씨는—가게 문에 돌로비란 이름이 적혀 있었다—조끼를 받아들고, 파이프를 문기둥에 거꾸로 세운 다음, 상점 안으로 들어갔다. 나도 뒤따라 들어갔다. 그는 양초 심지를 손가락으로 잘라서 밝게 한 다음, 카운터에 조끼를 펴놓고 자세히 들여다본 뒤 말했다.

"이 보잘것없는 조끼를 얼마에 팔겠다는 거지?"

"그야 아저씨가 잘 아시잖아요." 나는 겸손하게 대답했다.

"나는 물건을 사고파는 일을 함께 할 순 없어." 돌로비 씨가 말했다. "이 보잘것없는 조끼를 얼마 받을 건지 말해 봐."

"18펜스 주시겠어요?" 나는 잠시 망설이다가 넌지시 말했다.

돌로비 씨는 조끼를 다시 말아서 나에게 돌려주었다. "내 식구들 돈을 강제로 빼앗았으면 했지, 9펜스도 못 주겠어."

그 말은 거래하는 데에는 몹시 불쾌한 말이었다. 돌로비 씨 가족들의 돈을 강제로 빼앗으려 든다고, 생면부지인 나에게 트집잡는 듯했기 때문이다. 그러나 내 사정이 워낙 절박했기에 제발 9펜스라도 달라고 했다. 돌로비 씨는 한참 투덜거리면서 9펜스를 주었다. 나는 인사를 하고 가게를 나왔다. 조끼가 없어져서 그만큼 쌀쌀했지만, 주머니는 그만큼 넉넉해졌다. 게다가 저고리 단추를 다 끼우고 나니까, 조끼 정도는 없어도 괜찮았다.

다음에는 저고리도 팔아야 할 것이 분명했다. 그렇게 되면 나는 셔츠와 바지 바람으로 어떻게 해서든지 도버까지 가야 하며, 그런 차림새로라도 도버에만 닿는다면 다행이라고 생각했다. 그러나 이런 점은 남들이 생각하는 것만큼 걱정스럽지 않았다. 갈 길이 멀다는 것과 당나귀 마차를 모는 그 젊은이가 내게 너무도 잔인하게 대했다는 생각 말고는 내 어려움에 대해 크게 절박한 느낌이 없었다. 주머니에는 달랑 9펜스뿐이었지만, 그런 태평한 마음으로 다시 걸음을 재촉했다.

밤을 보낼 한 가지 방안이 떠올랐으므로 나는 곧바로 그 생각을 실천하기로 했다. 전에 다녔던 세일럼 학교 뒤편 담 너머, 건초가 쌓여 있던 모퉁이에서

자는 것이었다. 내가 이야기를 해주던 학생들과 침실이 바로 곁에 있다고 생각하니, 마치 길동무 같은 느낌이 들었다. 물론 내가 그곳에서 잠잔다는 사실을 학생들이 알 리가 없고, 침실도 결코 나를 다시 맞아주지 않을 테지만.

나는 그날 너무나 많이 움직였으므로, 블랙히스 평야로 나왔을 때는 녹초가 되어 있었다. 세일렘 학교를 찾기란 좀 어려웠지만 마침내 찾아냈고, 한구석에 있는 건초 더미도 발견할 수 있었다. 나는 먼저 담 주위를 한 바퀴 돌면서, 학교 창문을 바라보았다. 창문은 어두웠다. 안쪽이 고요한 것을 확인하고 나는 건초 더미 옆에 누웠다. 지붕도 없는 하늘 아래 처음 누운 쓸쓸함을 나는 평생 잊지 못할 것이다.

곧 졸음이 쏟아졌다. 문 밖으로 내몰리고, 개들이 보고 짖어대는 세상의 많은 노숙자들에게도 역시 잠은 찾아오듯이. 나는 전에 내가 쓰던 침대에 누워서, 같은 방 학생들에게 이야기를 들려주는 꿈을 꾸었다. 그러다가 스티어포스의 이름을 중얼거리며 벌떡 일어나 앉아 머리 위에서 반짝반짝 빛나는 별들을 멍하니 바라보았다. 때아닌 이런 시각에 이런 곳에 있는 자신을 생각하자, 갑자기 감정이 복받쳐 올랐다. 나는 일어나서 두려움에 사로잡혀 주위를 거닐기 시작했다. 그러나 별빛도 점점 희미해지고, 동이 트며 하늘도 어슴푸레해지자 안심이 되었다. 그러자 또다시 눈이 감겼기에 다시 누워 잠을 잤다. 자는 동안 어쩐지 쌀쌀하다고 느꼈지만, 이윽고 햇살이 따뜻하게 비치고 세일렘 학교의 기상 벨이 울리자 겨우 눈을 떴다. 만약 스티어포스가 학교에 남아 있다면, 그 녀석이 혼자 나올 때까지 그대로 누워 있었을 것이다. 그러나 그는 이미 오래전에 그곳을 떠났을 테고, 트래들스는 아직 남아 있을지 모르나, 그것마저도 확실하지 않았다. 더구나 그 녀석이 착하다는 것은 굳게 믿지만, 지금의 내 어려운 처지를 털어놓고 싶을 정도로 그 녀석의 판단력과 행동을 전적으로 믿을 수는 없었다. 그래서 학생들이 일어날 때, 나는 그 벽을 빠져나와 또다시 길고 긴 먼지투성이 길을 걷기 시작했다. 내가 아직 이 학교 학생이었던 때, 지금처럼 도보 여행자가 되어 누군가의 눈에 띄리라고는 미처 상상도 못했던 그때 처음으로 걸으며 도버 거리라고 들었던 바로 그 길이었다.

같은 일요일 아침인데 그 옛날 야머스의 일요일 아침과는 너무도 달랐다. 터벅터벅 걷기 시작한 지 얼마 되지 않아 교회 종소리가 들려왔다. 나는 교회에 가는 사람들과 마주쳤다. 교회 앞도 한두 번 지나쳤다. 찬송가 소리가 바깥의 햇살 속으로 흘러나왔다. 그러는 동안 교구의 하급 관리가 현관 그늘에 앉아서 바람을 쐬거나, 나무 그늘에 서서 한 손으로 이마를 짚고서 지나가는 나를 노려보는 것이었다. 그 옛날 일요일의 평화와 고요가 그대로 모든 것에 깃들어 있었다. 나만 제외되었다는 것이 옛날과 다른 점이었다. 흙과 먼지 범벅에 머리카락도 헝클어져 있는 내가 아주 나쁜 사람처럼 느껴진다. 난롯가에서 울고 있는 젊고 아름다운 어머니와 어머니를 가엾게 여기는 대고모의 모습을 또렷하게 상상할 수 없었다면, 다음 날까지 여행을 계속할 용기를 내지 못했을 것이다. 두 분의 모습이 늘 내 앞을 아른거리며 내 여행의 길잡이가 되어 주었다.

그 일요일에 나는 똑바로 뻗은 길을 23마일이나 걸었다. 그렇게 고생스러운 일은 처음이었다. 날이 저물어갈 때쯤, 나는 아프고 지친 발을 질질 끌면서 로체스터의 다리를 지나 저녁 식사용으로 사 두었던 빵을 먹었다. 한두 군데의, '여인숙' 간판을 내건 집이 나를 유혹했지만, 얼마 남지 않은 돈을 써버릴까 봐 두려웠고, 도중에 만났거나 지나쳐 온 부랑자들의 험악한 인상은 더 두려웠다. 그래서 나는 밤하늘 밑에서만 자기로 했다.

고생 끝에 채텀에 닿았다. 그날 밤에 본 채텀은, 하얀 기슭과 도개교와 노아의 방주 같은 지붕을 인 돛대 없는 배가 흙탕물에 떠 있는, 꿈 같은 모습이었다.

나는 골목길까지 쑥 나와 있는 풀이 우거진 포대처럼 생긴 곳으로 기어올라 갔다. 그곳에는 파수병 한 사람이 왔다 갔다 하고 있었다. 나는 포대 곁에 누웠다. 파수병의 발소리를 들으며 누워 있으니 마음이 편했다. 세일렘 학교 벽 옆에 누워 있는 것을 학생들이 몰랐듯이, 이 파수병도 내가 누워 있는 것을 전혀 몰랐다. 나는 아침까지 단잠을 잤다.

아침이 되자 발 전체가 쓰라렸다. 좁고 긴 길로 내려가자 군인들이 북을 치면서 행진하는 소리에 얼떨떨해졌다. 그들이 사방에서 나를 에워싸는 것만 같았다. 나는 목적지까지 무사히 갈 힘을 남겨두려면 오늘은 조금만 걸어야 한다고 생각하고, 저고리부터 팔기로 마음먹었다. 저고리 없는 생활에 익숙해지기 위해 그것을 벗어 겨드랑이에 끼고, 기성복 가게를 차례로 뒤지기 시작했다.

그곳은 저고리를 팔기 딱 좋은 곳이었다. 중고의류상점이 많은 데다 저마다 문 앞에서 팔 손님을 찾고 있었기 때문이다. 그러나 잘 보면 대부분의 가게마다, 다른 옷들 사이로 견장 달린 장교복이 한두 벌씩 걸려 있어 주로 고급품만 취급하는 것 같아 잔뜩 주눅이 들었다. 오랫동안 나는 저고리를 내밀지도 못하고 이리저리 돌아다니기만 했다.

그런 수줍은 마음에서, 번듯한 옷가게보다는 차라리 낡은 뱃기구를 취급하는 상점과 돌로비 씨의 가게 같은 데를 더 유심히 보았다. 드디어 어느 지저분한 골목 귀퉁이에서 내 저고리를 사줄 듯한 가게를 발견했다.

골목 끝에는 쐐기풀이 우거진 공터가 있고, 울타리 말뚝에는 상점에서 넘쳐내린 듯 보이는 고물 선원복 몇 벌이, 간이침대와 녹슨 총과 방수천으로 만든 모자와 쟁반들 틈에서 펄럭이고 있었다. 쟁반에는 세상의 어떤 문이라도 열 수 있을 것 같은 크고 작은 낡고 녹슨 열쇠가 가득 들어 있었다.

나는 가슴을 두근거리며 나지막하고 작은 상점으로 들어갔다. 상점은 길에서 몇 계단 밑에 있었는데, 조그마한 창문이 밝기는커녕 오히려 더 어둡게 만들었다. 내가 발을 들여놓자, 얼굴의 반이 억센 회색 수염으로 덮인 노인이 더러운 뒷방에서 뛰어나와, 나의 머리칼을 잡아채는 것이었다. 그는 땟국이 흐르는 플란넬 조끼를 입고 있었으며, 코를 찌르는 술 냄새를 풍기는, 보기만 해도 무서운 노인이었다. 그가 나온 방에는 천 조각을 그러모아서 만든, 구겨진 이불을 덮어놓은 침대 하나가 있었다. 그 방에도 조그마한 창이 하나 있었다. 창문 너머로 더 많은 쐐기풀과 절름발이 당나귀 한 마리가 보였다.

"아, 무슨 볼일이야?" 노인은 격하고 단조로운 소리로, 이를 드러내고 마치 개가 으르렁거리듯이 말했다. "아, 내 눈이냐, 다리냐? 어느 것을 바라지? 무엇을 바래? 응, 바보 같은 놈!"

노인이 이러한 말들, 특히 목구멍에서 나오는 크윽 소리와 같은 알아들을 수 없는 마지막 말을 되풀이하자 나는 당황하여, 아무 대답도 할 수가 없었다. 노인은 여전히 나의 머리칼을 잡고서 되풀이했다.

"여봐, 뭘 바라지? 내 눈, 다리? 뭘 바라지? 내 허파, 무얼 원해? 바보 같은 놈!" 노인은 몸을 비틀며 얼굴에 박혀 있는 눈알이 튀어나올 정도로 힘을 주어 말했다.

"말씀드릴 게 있는데," 나는 떨면서 말했다. "제 저고리를 사시겠어요?"

"어디 보기나 하자!" 노인은 소리쳤다. "속 터지겠군. 내놔 보라니까. 내 가슴이 탈 것 같다, 저고리를 어서 꺼내 봐!"

노인은 큰 새의 발톱 같은 손을 벌벌 떨면서 내 머리카락을 놓고는 안경을 썼다. 그의 핏발 선 두 눈에 전혀 어울리지 않았다.

"그래, 이걸로 얼마나 받겠다는 거야?" 물건을 자세히 보고 난 뒤에 노인이 물었다.

"반 크라운*1 주세요." 나는 겨우 정신을 가다듬으면서 말했다.

노인이 소리쳤다. "웃기는 소리! 안 돼! 내 눈! 안 돼! 18펜스 주지. 바보 같은 놈!"

매번 그가 외쳐댈 때마다 그의 두 눈은 꼭 튀어나올 것만 같았다. 게다가 그 한 마디 한 마디가, 마치 도장으로 찍은 듯이 일정한데, 처음에는 아주 낮은 음으로 시작하여 이윽고 맹렬한 기세로 올라가다가 어느새 소리도 없이 가라앉는—무어라 설명해야 좋을까, 마치 격렬한 돌풍과 같았다.

"그럼 좋아요. 18펜스 주세요." 나는 거래가 이루어져 기뻐하며 말했다.

"오오, 내 간!" 노인은 내 저고리를 선반 위로 집어던지며 소리쳤다. "꺼져버려! 썩 나가란 말이야! 아, 내 눈, 크윽! 바보 같은 놈! 돈은 무슨 돈, 물물교환으로 해."

나는 지금까지 살면서 그때만큼 놀란 적이 없었다. 그러나 꾹 참고, 돈이 필요하며, 다른 것은 필요 없다고 말했다. 저고리를 원한다면 밖에서 기다릴 테니 서둘지 말라고 했다. 나는 밖으로 나와서, 모퉁이 그늘에 앉아 기다렸다. 그늘이 양지가 되고, 양지가 그늘이 될 때까지 몇 시간이고 앉아서 돈 주기만을 기다렸다.

아무리 장사가 그런 장사라지만, 이토록 지독한 술주정뱅이는 어디에도 없을 것이다. 그가, 악마에게 영혼을 팔아넘겼다는 평판이 자자한 노인이라는 것을 나는 이내 알 수 있었다. 아이들이 끊임없이 노인을 찾아와서, 가게를 둘러싸고 승강이질하며 돈을 내놓으라고 조르는 것을 보고서 말이다. "찰리 영감님, 영감님은 가난뱅이가 아니에요, 단지 가난뱅이인 체하는 거죠. 다 알아요. 돈을 줘요! 영감님을 악마에게 팔아서 번 돈을 좀 떼줘요. 침대 매트리스 속에 숨겨 두고 있죠? 매트리스를 뜯어서 돈을 내놓으세요!" 아이들이 매트리스

---

*1 5실링짜리 은화.

찢을 칼을 빌려주겠다고 제의하자 노인은 화가 나서 그들을 쫓아다니고 아이들은 달아나면서 그렇게 하루가 끝났다. 이따금 그는 화가 치민 나머지, 나를 그 아이들과 한패로 잘못 알고 고래고래 소리치면서 내게로 달려오다가, 아슬아슬한 순간에 나를 알아보고는 상점으로 뛰어들어가 침대에 누워버리는 것이었다. 미치광이처럼 그 돌풍 같은 소리를 내지르며 〈넬슨의 죽음〉*2을 부르고 있는 목소리만으로 알 수 있었다. 한 문장마다 먼저 '오오' 하는 추임새가 붙고, 중간에는 쓸데없이 '바보 같은 놈'이 들어가는 것이었다. 그러나 아이들은 그것만으로는 성이 차지 않는지, 내가 반은 벗다시피 하고 참을성 있게 밖에 앉아 있는 것을 보고, 아이들은 내가 영감의 상점과 관계있는 줄 알고, 온종일 나에게 악담을 퍼붓고 못살게 굴었다.

노인은 온갖 시도를 하며 물물교환을 하도록 유인했다. 낚싯대를 가져오기도 하고, 바이올린을 가져와 보기도 하고, 정장용 삼각모자를 내오기도 했으며, 플루트도 가지고 나왔다. 그러나 나는 모든 제안을 거절했다. 나는 결사적으로 버티고 앉아 눈물을 흘리면서 돈 아니면 저고리를 되돌려 달라고 요구했다. 드디어 노인은 그럴 때마다 우선 반 펜스씩 내놓게 되었다. 나머지 1실링을 받을 때까지는 무려 두 시간이나 걸렸다.

"에잇, 빌어먹을!"

한참 뒤에 노인은 끔찍한 얼굴로 상점 밖을 내다보면서 소리쳤다. "2펜스만 더 받으면 가겠니?"

"안 돼요." 나는 대답했다. "그러면 굶어 죽어요."

"그럼 3펜스만 더 주면 가겠지?"

"형편만 된다면, 한 푼도 받지 않아도 가고 싶습니다." 나는 대답했다. "그러나 저에게는 그만한 돈이 꼭 필요해요."

"이봐, 크윽! 4펜스 더 주면 가겠니?" (기둥 뒤에서 교활한 늙은이가 고개만 내밀고 말했지만, 마치 온몸을 짜내어 외치는 듯한 투는, 도저히 글로는 이루 나타낼 수가 없다.)

나는 힘도 없고 지쳐서 그 제의를 받아들였다. 벌벌 떠는 독수리 발톱 같은 영감의 손에서 돈을 받아 쥐자 배는 고프고, 목도 바작바작 타들어갔다. 태어

---

*2 사무엘 아놀드 작사, 브라함 작곡의 그 무렵 불리던 노래.

나서 처음으로 주린 배를 움켜쥐고 걸었다. 해가 지기 직전이었다. 3펜스를 썼더니 완전히 회복되었고, 힘이 나서, 절뚝거리면서도 7마일을 걸어갔다.

그날 밤도 침대는 건초 더미였으나, 부어오른 발을 개울물에 씻고 나뭇잎을 꼭꼭 덮으니 편안히 쉴 수 있었다.

이튿날 다시 길을 걸을 때 보니, 길 양편으로 과수원과 홉*3밭이 이어져 있었다. 가을이 깊은 만큼 과수원에는 잘 익은 사과들이 빨갛게 매달려 있었다. 두어 곳의 홉밭에서는 사람들이 벌써 홉을 수확하고 있었다. 모든 광경이 매우 아름다워 오늘 밤은 홉 사이에서 잠자기로 마음먹었다. 길게 뻗은 장대에 부드럽게 감겨 있는 잎들이 어떤 새 힘을 주는 동무처럼 보였기 때문이다.

그날은 부랑자들의 횡포가 어느 때보다도 심했다. 어떤 놈들은 정말 무시무시한 불량배 같았다. 그들은 내가 지나가면 노려보다가 대개 발길을 멈추고는 자기들이 있는 데로 와서 이야기하자고 나를 부른다. 내가 달아나면 당연히 돌을 던졌다. 그들 가운데 여자와 같이 있던 한 젊은 사내가—화로와 연장주머니를 가진 것으로 보아 땜장이 같았다—내 쪽으로 고개를 돌려 나를 바라보고는, 돌아오라고 고함을 쳤다. 나는 무심코 걸음을 멈추고 돌아보았다.

"부르면 와야지!" 땜장이가 말했다. "오지 않으면, 네놈의 몸뚱이를 갈기갈기 찢어놓을 테다."

나는 가는 것이 상책이라고 생각했다. 웃는 얼굴로 땜장이의 비위를 맞추면서 나는 그들 가까이로 다가갔다. 땜장이와 같이 있는 여인은 한쪽 눈 주위가 시퍼렇게 멍들어 있었다.

"너 어디로 가는 거지?" 땜장이는 시커먼 손으로 내 가슴팍을 움켜쥐면서 말했다.

"도버에요." 나는 말했다.

"어디서 왔어?" 땜장이는 다시 내 셔츠를 더욱 힘껏 움켜잡고 비틀면서 물었다.

"런던에서 왔습니다." 나는 대답했다.

"뭐 하는 놈이야? 도둑놈이지?"

"아, 아니에요, 아닙니다."

---

*3 맥주의 원료로 쓰이는 식물.

"도둑이 아니라고? 건방지게 나를 속였다간 골통이 깨질 줄 알아."

그는 다른 한 손으로 나를 때리는 시늉을 하면서 발끝에서 머리끝까지 나를 훑어보았다.

"너 맥주 한 병 값은 가지고 있지? 좋은 말로 할 때 내놔."

물론 나는 돈을 내놓을 생각이었다. 그러나 그때 문득 여인과 눈길이 마주쳤는데, 그녀는 고개를 약간 저으면서, 입술로 '안 돼!' 하는 시늉을 했다.

"나는 아주 가난해요." 나는 미소 지으려고 애쓰면서 말했다. "정말 한 푼도 없어요."

"뭐라고?" 땜장이가 하도 무서운 표정으로 노려보았으므로, 혹시나 내 주머니에 있는 돈을 본 것이나 아닌지 겁이 났다.

"아저씨!" 나는 더듬거리며 말했다.

"내 형님의 비단 손수건을 가지고 있다니, 어떻게 된 거야? 그 손수건 이리 내놔." 땜장이는 이렇게 말하며 내 목에서 손수건을 낚아채어 여자에게 던졌다.

여자는 땜장이의 말을 농담으로 받아들이고 깔깔거리더니, 손수건을 나에게 던져주면서 조금 전처럼 가볍게 고개를 끄덕이며 '달아나라!'는 입모양을 했다. 그러나 달아나기도 전에, 땜장이는 사납게 내 손에서 손수건을 빼앗더니 자기 목에다 헐렁하게 맨 다음, 욕설을 퍼붓고는 그녀를 때렸다. 나는 달아났다. 여자는 딱딱한 도로 위에 쓰러지면서, 모자는 날아가고, 머리칼은 먼지로 새하얗게 뒤범벅되어 그대로 뻗어 버렸다. 제법 멀리 가서 돌아보았을 때, 땜장이는 앞장서서 성큼성큼 걸어가고, 여자는 길가 둑에 앉아서 솔 가장자리로 얼굴에 묻은 피를 닦고 있었다. 도저히 잊을 수 없는 광경이었다.

이 일로 나는 너무도 놀랐으므로, 그 뒤로 그런 사람들을 만날라치면 왔던 길을 되돌아가서 숨을 곳을 찾았으며, 그들이 지나간 다음에야 그곳에서 나왔다. 그런 일이 너무나 잦았으므로 내 여행은 늦어졌다. 내가 여행 중에 겪은 다른 많은 고생은 물론, 이런 어려움을 당하고도 견뎌내고 무사히 벗어나게 된 것은 어머니—이상하게도 내가 세상에 태어나기도 전의 젊은 모습이었다—의 모습을 떠올리면서 용기를 얻은 덕택일 것이다. 어머니의 환상은 언제나 나와 함께 있었다. 홉밭에서 잘 때도, 아침에 눈을 뜰 때도, 온종일 내 앞에 서서 이끌어 주었다. 그 뒤로는 따뜻한 햇볕을 받아서 조는 듯이 보이는 캔터베리 거리와 낡은 집들과 문간들, 그리고 탑 주위로 땅까마귀들이 날아다니는 당당해 보이는 회색 사원들—이런 모든 정경들을 떠올릴 때마다 반드시 어머니의 모습이 같이 떠올랐다. 드디어 황폐하고 넓은 도버 근처 초원 지대에 다다르자, 이번에도 어머니의 환상이 그 적막한 풍경을 희망으로 가득 차게 했다. 도피 엿새째 날, 내 여행의 첫 번째 목적을 이루어 실제로 그 도시에 발을 디딜 때까지, 어머니의 환상은 나를 지켜주었다. 그런데 참 이상하게도, 그렇게 오랫동안 갈망했던 이곳에 와서, 다 낡아빠진 구두를 신고 먼지투성이의, 햇볕에 탄 새카만 얼굴로, 옷을 반쯤 벗다시피 한 모습으로 서자마자, 어머니의 환상은 꿈같이 사라지고, 나는 기댈 데 없이 의기소침하게 되었다.

먼저 뱃사람들에게 대고모에 관하여 물었더니, 대답이 각양각색이었다. 한 사람은, 대고모는 남(南)포어랜드 등대에 살고 있는데 그것 때문에 그녀의 구레나룻을 태웠다고 했고, 또 다른 사람은, 대고모가 항구 밖 커다란 구명부대에 단단히 묶여 있기 때문에 조수가 반으로 줄어야만 찾아갈 수 있다고 했으며, 셋째 사람은, 대고모가 어린이를 유괴하다 붙잡혀 메이드스톤 교도소에 수감되어 있다고 했다. 네 번째 사람은, 지난번 태풍 때 빗자루를 타고 곧장 프랑스의 항구도시 칼레로 날아가는 것을 보았다고 했다. 그 다음에는 삯마차의 마부들에게 물어보았는데, 그들도 똑같이 농담조로 이런 식의 실례의 말을 하는 것이었다. 상인들은, 내 모습 자체가 마음에 들지 않아서인지 말은 들은 체도 않고 모른다고 아무렇게나 대답했다. 내가 달아난 이후로 그때가 가장 비참하고 난처했다. 돈은 한 푼도 없고, 팔 물건도 없었다. 나는 배가 고프고, 갈증도 났으며, 기진맥진했다. 아직도 런던에 있는 것처럼 목적지까지의 길은 멀게만 보였다.

그러는 동안 아침나절이 지나가버렸다. 시장 옆 모퉁이에 있는 빈 상점 계단에 앉아서 사람들에게서 들은 다른 곳으로 찾아가야 할지 궁리를 하고 있을 때, 삯마차를 몰고 지나치던 마부가 말 덮개를 떨어뜨렸다. 내가 그 덮개를 집어주면서 마부의 얼굴을 보니 마음이 좋을 것 같아서, 용기를 내어 미스 트롯우드란 사람이 어디에 사는지 아느냐고 물어보았다. 나는 그 질문을 수없이 되풀이했으므로, 이제는 소리도 제대로 나오지 않을 정도로 기대를 버리고 있었다.

"트롯우드? 들은 것 같은데. 늙은 부인이지?"

"네, 그렇습니다. 좀 나이가 드셨어요."

"등이 아주 꼿꼿하고?" 그는 등을 꼿꼿이 세우면서 말했다.

"맞아요. 아마 그럴 거예요."

"늘 주머니를 가지고 다니지? 큰 주머니를. 무뚝뚝하고, 엄격하면서 꼬장꼬장 따지는 분이지?"

마부의 정확한 표현에, 내 가슴이 철렁 내려앉았다.

"그러면, 내가 가르쳐주지. 저쪽으로 올라가서," 그는 채찍으로 언덕을 가리키며 말했다. "오른쪽으로 곧장 가면 바다로 향한 집이 대여섯 채 있어. 거기서 물으면 알 거야. 내 생각에는, 그 부인은 땡전 한 닢 적선해 줄 위인이 아니야. 내가 1페니 주지."

나는 그 돈을 감사하게 받아서 빵을 샀다. 빵을 다 먹고는 마부가 일러준 대로 한참을 걸어가자 집이 몇 채 보이기 시작했다. 나는 조그마한 가게(고향에서는 만물상이라고 부르는 곳이었다)로 들어가, 미스 트롯우드의 집을 가르쳐주면 감사하겠다고 말했다. 내가 물어본 상대는 카운터 뒤에서 젊은 여자에게 쌀을 달아주고 있는 남자였는데, 젊은 여자가 내 말을 듣고는 재빨리 말했다.

"우리 주인아주머니 말이야? 얘, 그 부인에게 무슨 볼일이 있니?"

"저기, 할 말이 있습니다." 나는 대답했다.

"주인아주머니께 구걸하겠다는 거지?"

"아닙니다, 정말 그건 아니에요." 하지만 말하고 나서 생각해 보니 바로 그런 것이었다. 나는 당황하여 입을 다물고 얼굴만 붉히고 있었다.

그녀의 말로 미루어 보아 그녀는 대고모의 하녀 같았다. 그 여자는 조그마한 바구니에 쌀을 넣고 상점 밖으로 나가면서, 미스 트롯우드의 집을 알고 싶으면 자기를 따라오라고 했다. 더 이상 부탁할 필요도 없었다.

나는 너무도 놀라고 흥분해서 다리가 부들부들 떨렸다. 시키는 대로 젊은 여자를 따라가니, 이윽고 환한 내닫이창이 달린 조그마하고 깨끗한 집에 다다랐다. 집 앞에는 조그마한 안마당 같기도 하고 정원 같기도 한 자갈 깔린 네모난 터가 있었는데, 잘 손질되어 향기로운 꽃들로 가득 차 있었다.

"여기가 미스 트롯우드의 집이야. 그럼, 내가 할 일은 다 한 거야." 그녀는 이렇게 말하고는 나를 데려온 책임을 없애려는 듯이 급히 집 안으로 들어가버렸다. 홀로 남은 나는 정원 입구에 서서 서글프게 거실 창문을 바라보았다. 창문 한가운데로 모슬린 커튼이 약간 열려 있어서, 창문턱에 붙은 크고 둥근 초록색 발 같기도 하고 부채 같기도 한 것, 조그마한 탁자와 큰 의자가 보였다. 어쩐지 대고모는 엄한 자세로 거실에 앉아 있을 것 같았다.

내 행색은 초라했다. 구두는 밑창이 조금씩 떨어져나가고, 윗가죽이 찢어지고 터져서 모양조차 알아볼 수 없을 지경이었다. 잘 때 쓰는 모자까지 겸해 온 내 모자는 납작하게 구겨지고 일그러져서, 두엄 위에 내다버린 낡고 짜부라지고 손잡이 없는 냄비 저리가라였다. 바지와 셔츠는 땀과 밤이슬과 풀물, 내가 누워 잘 때 아래에 깔았던 켄트 주(州)의 흙이 묻어 더러워진 데다 찢어지기까지 해서, 내 꼴을 본다면 대고모 댁의 정원에 있는 새들도 놀라 달아날 지경이었다. 내 머리는 런던을 떠난 이후로 빗 맛을 본 적이 없었다. 얼굴과 목, 두 손은 전에 없이 바람에 시달리고 햇볕에 그을려서 나무딸기 같은 갈색으로 변해버렸다. 마치 석회솥에서 나온 것처럼, 머리에서 발끝까지 백토와 먼지를 뒤집어써서 하얬다. 그런 꼴을 하고서, 무서운 대고모께 나를 소개하고 처음으로 심판을 받기 위해 기다리고 있었던 것이다.

거실 창문이 너무도 조용해서 잠시 뒤에는 대고모가 거실에 계시지 않는 것이 아닌가 하는 생각이 들었다. 그래서 고개를 들고 2층 창문을 바라보았다. 그랬더니 머리카락이 하얀, 혈색 좋고 유쾌해 보이는 한 신사가 괴상한 태도로 한 눈을 감은 채 나를 향해 몇 번 고개를 끄덕이기도 하고 내젓기도 하다가, 크게 웃더니 사라져버리는 것이었다.

지금까지도 불안했는데, 그 뜻밖의 행동을 보니 한층 더 불안했다. 그래서 생각을 정리하기 위해 막 달아나려는 순간, 모자 위로 손수건을 동여맨 부인이 집에서 나왔다. 손에는 정원용 장갑을 끼고, 통행세 징수원 같은 정원 손질용 주머니 옷을 걸치고, 큰 칼을 들고 있었다. 나는 이 부인이 미스 벳시 대고모라는 것을 금방 알 수 있었다. 왜냐하면 그녀가 으스대며 걸어나오는 모습이, 가련한 어머니가 가끔 말씀해 주셨던 그 모습과 똑같았기 때문이다. 어머니께서는 블룬더스톤 땅까마귀 집 뜰을 활보하던 대고모의 모습을 이따금 들려주었다.

"저리 가!" 미스 벳시는 크게 고개를 젓고, 칼로 공기를 자르는 시늉을 하면서 말했다. "저리 가라고! 아이들이 올 곳이 아니야!"

대고모는 정원 모퉁이로 가더니, 몸을 숙이고 어떤 나무뿌리를 캐는 것이었다. 그 모습을 보고 있자 속에서 뜨거운 것이 목구멍까지 치밀어 올랐다. 나는 용기라기보다는 자포자기한 심정으로 조용히 대고모 곁으로 가서 손가락으로 대고모를 건드렸다.

"죄송합니다만, 마님." 내가 입을 열었다.

대고모는 깜짝 놀라 바라보았다.

"저어, 대고모님."

"뭐라고?" 대고모는 전혀 들어 본 적이 없는 놀란 투로 소리쳤다.

"대고모님, 저는 대고모님의 조카입니다."

"오, 맙소사!" 대고모는 소리치면서, 정원 통로에 주저앉았다.

"저는 서퍽 주 블룬더스톤의 데이비드 코퍼필드입니다. 제가 태어나던 날 밤에 대고모님이 어머니를 보러 오셨지요. 어머니가 돌아가신 뒤로 저는 참으로 불행한 생활을 해왔습니다. 멸시당하고, 교육도 받지 못하고, 내버려지고, 힘겨운 일을 해야만 했습니다. 그래서 달아났는데, 출발하자마자 도둑을 만나 가진 것을 다 빼앗겼습니다. 걸어서 여기까지 왔고요. 오면서 한 번도 침대에서 자 보지 못했습니다." 여기까지 말하고 나자 긴장했던 마음이 갑자기 풀렸다. 내가 얼마나 고생했는지 그 또렷한 증거를 제시하기 위해 거지나 다름없는 꼴을 두 손으로 가리키는 순간 나는 갑자기 울음을 터뜨렸다. 한 주일 내내 쌓였던 감정이 폭발한 것이었다.

대고모는 어이가 없다는 표정으로 자갈 위에 앉은 채 나를 지켜보고만 있었지만, 내가 울음을 터뜨리자 부리나케 일어나서 내 옷깃을 잡고 거실로 데리고 갔다. 그러고는 가장 먼저, 큰 찬장 문을 열고는 병을 몇 개 꺼내 안에 든 것을 차례로 내 입에 부어넣었다. 아무렇게나 손에 잡히는 대로 넣어준 것이 틀림없었다. 아니스 열매즙 맛도 났고, 안초비 소스 맛도 났으며, 샐러드드레싱 맛도 났기 때문이다. 그런 원기회복제를 먹었지만, 나는 여전히 흥분하여 울고 있었기에, 대고모는 소파에다 나를 눕히고, 소파 덮개가 더럽혀지지 않도록 숄을 머리 밑에 받쳐주고, 머리에 쓰고 있던 손수건을 벗어서 내 발 밑에 깔아주었다. 그렇게 하고 난 뒤에, 대고모는 이미 말한 바 있는 초록색 부채 같기도 하고 발 같기도 한 물건 뒤에 앉아버렸으므로, 나는 대고모의 얼굴을 볼 수가 없었다. 대고모는 이따금씩 "우리에게 자비를 베푸소서!"라고 외쳤다. 그 절규는 마치 1분에 한 번씩 발사하는 조포(弔砲) 같았다.

잠시 뒤 대고모는 벨을 울렸다. 하녀가 들어오자 대고모는 말했다. "자넷! 2층으로 가서 딕 씨에게 안부를 전하고, 여쭐 것이 있다고 말해줘."

자넷은 소파에 꼿꼿이 누워 있는 나를 보고 약간 놀란 것 같았지만(사실 나는 움직이고 싶었지만 대고모가 화를 낼까 두려워 가만히 있었다) 대고모의 심부름을 하기 위해 나가 버렸다. 대고모는 뒷짐을 지고 방 안을 왔다 갔다 했다. 드디어 2층 창문에서 나에게 윙크했던 그 신사가 너털웃음을 터뜨리면서 들어왔다.

"딕 씨." 대고모가 말했다. "웃을 일이 아니에요. 당신이 마음만 잡수시면 누구보다도 더 분별력 있는 사람이 된다는 건 우리 모두가 알고 있어요. 그러니까 무슨 일이 있어도 어리석은 소리는 말아요."

그 말을 듣자, 신사는 진지한 표정을 지으면서 나를 바라보았다. 마치 조금 전 창문에서 보인 행동에 대해서는 아무 말 말아 달라는 표정이었다.

"딕 씨." 대고모는 말했다. "내가 언젠가 데이비드 코퍼필드에 대해 이야기한 적이 있지요? 기억에 없는 체하진 말아요. 당신과 나는 서로 잘 알고 있으니까."

"데이비드 코퍼필드?" 딕 씨는 잘 기억이 나지 않는 것 같았다. "데이비드 코퍼필드? 아, 그래요, 기억나요, 데이비드야."

"그래요." 대고모가 말했다. "이 애가 바로 그의 아들이에요. 어머니는 안 닮았지만 아버지를 쏙 뺐죠?"

"그의 아들이라고요?" 딕 씨가 말했다. "데이비드의 아들이라고요?"

"그래요." 대고모가 말했다. "이 애가 큰일을 저질렀어요. 도망쳐왔대요. 아! 이 애가 여자아이고, 벳시 트롯우드였으면 절대로 달아나지 않았을 텐데." 태어나지도 않은 아이의 성격과 행동을 자신 있게 이야기하면서 대고모는 고개를 저었다.

"아, 여자아이라면 달아나지 않았을 거란 말이지요?" 딕 씨가 말했다.

대고모는 날카롭게 소리쳤다. "무슨 말을 그렇게 해요! 당연하잖아요! 계집아이가 태어났더라면, 나와 같이 살았을 거야, 서로 아껴주면서 말이에요. 달아난다든가, 어디로 떠나는 일이 있었을 것 같아요?"

"그야 없겠죠." 딕 씨는 말했다.

"그렇다면," 마음이 누그러진 대고모는 말했다. "당신은 어째서 그렇게 얼빠진 소리를 할 수가 있죠? 눈치 빠르신 분이. 아무튼 이 아이가 어린 데이비드 코퍼필드예요. 내가 묻고 싶은 건 이 애를 어떻게 하면 좋을까 하는 거예요."

"이 애를 어떻게 하면 좋겠느냐고요?" 딕 씨는 머리를 긁적거렸다.

"그래요." 대고모는 엄숙한 표정으로 그리고 집게손가락을 세우며 말했다. "그 부분에 대한 좋은 생각을 들려주세요."

"나 같으면," 그는 나를 멍하니 바라보다가 문득 영감이 떠오른 것처럼 빠르게 말했다. "목욕을 시키겠어요."

"자넷," 대고모는 몸을 돌리며 말했다. "딕 씨는 옳은 소리만 한단 말이야. 목욕물을 데우도록 해!"

내게는 이 대화도 아주 재미있었지만, 그동안에도 나는 끊임없이 대고모, 딕, 그리고 자넷을 관찰하고, 아까부터 하던 일이지만, 이 방을 더욱 자세히 살펴보지 않을 수 없었다.

대고모는 키가 크고 무섭게 생겼지만, 절대로 사나워 보이지는 않았다. 대고모의 얼굴 생김새, 목소리, 걸음걸이, 태도에는 강직성이 엿보였으므로, 어머니 같이 온순한 분은 그것만으로도 이미 겁에 질렸을 것이다. 사실 대고모는 고집스럽고 엄하게 생기기는 했지만, 오히려 늠름하고 기품이 있는 미인이었다. 특히 내가 눈여겨본 것은 대고모의 생기 있고 빛나는 눈이었다. 허옇게 센 머리는 단정하게 두 갈래로 나누어 모자 밑에 감추었다. 모브캡이라는 두건 모양의 모자는 양쪽에 끈이 달려 있어 턱 밑에서 매도록 되어 있는데, 당시에는 제법 유행했었다. 대고모의 옷은 연한 자주색이었으며 아주 깨끗했다. 될 수 있는 한 간편하게 하려고 너덜너덜한 치맛단을 전부 잘라버렸으므로 승마복 같았다. 옆구리에는, 크기와 모양으로 보아 신사용 같은 금시계와 더불어, 그 시계와 어울리는 시곗줄과 인장을 함께 차고 있었다. 목에는 셔츠 옷깃 같은 리넨이, 손목에는 조그마한 셔츠 소매 장식이 달려 있었다.

딕 씨는 머리는 백발이었지만 혈색은 좋았다. 그러나 이상하게도 그는 고개가 구부정했다. 나이 때문에 그런 것은 아니었다. 그런 딕 씨의 모습을 보니 매를 맞고 나서 머리를 수그린 크리클 씨의 학교 학생들이 생각났다. 그리고 이상할 정도로 물처럼 맑게 빛나고 유난히 크고 툭 불거진 딕 씨의 회색 눈은, 그의 멍한 태도와 대고모에 대한 복종, 대고모가 칭찬이라도 하면 어린애처럼 기뻐하는 철없는 행동들을 볼 때, 어쩌면 딕 씨가 약간 돌지 않았나 하는 생각이 들게 했다. 그는 헐렁한 회색 모닝코트와 조끼 그리고 하얀 바지 차림으로 여느 신사들과 같은 복장이었다. 조그마한 주머니에는 시계를 넣고 다녔으며, 큰 주머니에는 돈을 넣고 다니면서 짤랑짤랑 소리를 냈다.

자넷은 열아홉이나 스무 살쯤 된 한창 나이의 처녀였으며, 생김생김이 무척 깨끗했다. 그녀는 대고모가 남자를 포기시킬 교육을 실시할 작정으로 하녀 대신 거두어 돌보는 여자 가운데 하나인데, 나중에 빵장수와 결혼하여 그들의 결의를 포기해버렸다.

방은, 자넷과 대고모의 생김새만큼이나 말쑥했다. 지금도 펜을 놓고 생각하면, 꽃향기를 실은 바닷바람이 살랑살랑 불어오는 것만 같다. 닦아서 윤이 나는 구식 가구와 아치형 창문에 붙어 있는 초록색의 둥근 부채 주위에는 아무도 침범할 수 없는 대고모의 의자와 탁자, 거친 융단, 고양이, 주전자걸이, 카나리아 두 마리, 골동품 도자기, 여러 종류의 병과 항아리가 들어 있는 큰 찬장이 보였다. 그리고 이상하게도 그것들과 어울리지 못한 채, 그 모든 것들을 눈여겨보고 있는 소파 위의 먼지투성이 나 자신을 보았다.

자넷이 목욕물을 준비하려고 나갔을 때, 대고모가 화가 나서 엄한 표정으로 소리를 빽 질렀다. "자넷! 당나귀가 나타났어!" 그 바람에 나는 깜짝 놀랐다.

자넷은 집에 불이라도 난 듯이 계단으로 뛰어올라오더니 집 앞 조그마한 잔디밭으로 뛰어나가, 막 잔디밭에 발을 들여놓은, 그것도 어떤 부인이 타고 있는 당나귀 두 마리를 몰아버렸다. 한편 대고모도 밖으로 뛰쳐나가, 한 아이가 타고 있는 또 다른 당나귀의 고삐를 잡고 밖으로 끌어내더니, 성지를 모독한 죄로 시중드는 불쌍한 아이의 따귀를 때렸다. 대고모가 그 푸른 잔디밭에 대해 무슨 법적 권리를 가졌는지는 나도 모른다. 그러나 대고모는 그런 권리를 가졌다고 생각했으므로 그런 것은 아무래도 좋았다.

아무튼 대고모가 가장 모욕적으로 느끼는 것은 깨끗한 잔디밭으로 당나귀가 지나가는 것이었다. 그래서 언제나 혼쭐을 내주겠다고 벼르고 있었다. 대고모가 어떤 일을 하고 있거나 아무리 재미있는 대화를 나누는 중이라도, 당나귀 얼굴만 보이면 눈이 뒤집히면서, 당나귀 있는 데로 곧장 달려가는 것이었다. 무단 침입하는 아이들을 혼내주려고 물통과 물주전자를 숨겨놓는가 하면 문 뒤에는 회초리까지 준비해두었다. 그리고 낮이나 밤이나 보이기만 하면 늘 돌격해 나갔다. 전투는 온종일 끊임없이 이어졌다. 그러나 대고모의 이런 행동은 당나귀를 먹이는 아이들에게는 아주 신나는 일이었다. 당나귀들 가운데에서도 약삭빠른 놈은 대고모의 처벌이 대수롭지 않다는 것을 알고서, 특유의 고집을 부리며, 그 잔디밭을 밟고 지나가는 것이었다.

목욕물이 준비되는 동안에도, 세 번이나 깜짝 놀랄 일이 있었다. 그중에서 마지막이며 가장 강렬했던 것은, 대고모가 한 손으로 열다섯 살쯤 된 연한 갈색 머리의 소년을 잡고는 대문에 머리를 부딪치게 했던 것이다. 그런 소란이 나에게는 우습게만 여겨졌다. 왜냐하면 마침 대고모는 큰 숟갈로 나에게 고기 수프를 먹여 주고 있었는데(대고모의 말에 따르면, 나는 그때 굶어 죽기 직전이어서 조금이라도 더 영양을 섭취해야 했다), 내가 입을 '아' 하고 벌리면 대고모는 느닷없이 숟가락을 다시 그릇에다 꽂고는, "자넷, 당나귀들이 나타났어!"라고 소리치면서, 밖으로 뛰어나갔기 때문이다.

목욕하고 나니 기분이 좋았다. 그동안 들판에서 잠을 잔 탓에 팔다리가 쑤시고 아팠으며, 피곤하고 기운이 없어서, 단 5분도 눈을 뜨고 있을 수 없었다. 목욕을 마치자, 대고모와 자넷이 나에게 딕 씨의 셔츠와 바지를 입히고 두세 개의 큰 숄로 싸주었다. 모양새는 볼품없었겠지만, 나는 아주 따뜻했다. 게다가 몸이 나른하고 졸음이 와서, 나는 소파에 눕자마자 잠들어버렸다.

오랫동안 마음속에 품어 왔던 공상에서 생겨난 꿈이었는지는 몰라도, 대고모가 다가와서, 몸을 굽혀 내 얼굴에 늘어진 머리카락을 쓸어올리고 더 편안하도록 머리를 고쳐 눕힌 뒤 계속 곁에 서서 나를 지켜보는 듯한 느낌을 가지고 잠에서 깨어났다.

"귀여운 녀석"이니 "불쌍한 녀석"이란 말도 들렸던 듯했다. 그러나 잠에서 깨어나 보니, 대고모가 그런 말을 했다고 믿을 만한 근거는 어디에도 없었다. 대고모는 초록색 발 뒤 아치형의 창문 곁에 앉아서 바다를 내다보고 있었다. 그 발은 회전 쇠고리에 이어져 있어서, 어느 방향으로든 움직였다.

잠에서 깨자 바로 구운 닭과 푸딩으로 식사를 했다. 나는 식탁에 앉았으나, 묶인 새처럼 팔을 놀리기가 무척 어려웠다. 그러나 대고모가 일껏 감싸준 숄이었기 때문에 불편해도 불평은 하지 않았다. 그보다는 대고모가 나를 어떻게 할 것인지가 제일 궁금했다. 그러나 대고모는 말없이 식사만 했다. 이따금씩 맞은편에 있는 나를 지긋이 바라보면서 "자비를 베푸소서!"라고 말할 뿐이었다. 그런 말이 궁금증을 풀어주진 못했다.

식탁을 치우고, 약간의 셰리주가 식탁 위에 놓이자(나도 한 잔 마셨다), 대고모는 또 딕 씨를 부르러 사람을 보냈다. 딕 씨가 우리와 합석했다. 대고모가 내 이야기에 귀를 기울이라고 딕 씨에게 말하자, 그는 정신을 차렸다. 대고모는 나에게 계속 질문을 퍼부어 나에 대한 이야기를 차례차례 이끌어냈다. 그러나 내가 이야기하는 동안, 대고모는 딕 씨를 지켜보고 있었다. 그렇게라도 하지 않으면 그는 잠이 들었을 것이다. 하지만 딕 씨가 미소만 지어도 대고모는 무섭게 쏘아보며 웃지 못하게 했다.

"도대체 그 불쌍하고 철없는 애가 어쩌자고 다시 결혼을 했을까?" 내 이야기가 끝나자 대고모가 말했다. "이해할 수가 없어."

"아마도," 딕 씨가 잠시 생각한 뒤 히죽 웃었다. "쾌락을 위해서였겠죠."

"허, 쾌락이라니!" 대고모는 말했다. "결국 자기를 못살게 굴게 뻔한 개 같은 녀석을 철석같이 믿다니, 참으로 엄청난 쾌락이었겠군! 그 애에게는 번듯한 남편이 있었는데, 어렸을 때부터 늘 밀랍인형 같은 여자만 따라다니던 지금은 고인이 된 데이비드 코퍼필드라는 남편이. 그 애는 아기를 가졌었어요. 오, 여기 앉아 있는 이 애를 금요일 밤에 낳았을 때 그 애에게는 아기가 둘이었지. 그런데 무엇이 모자라서 다시 시집을 갔단 말이에요?"

"그야, 두 번째 남편과 사랑에 빠졌기 때문이겠죠." 딕 씨가 말했다.

"사랑에 빠지다니! 그게 무슨 소리예요? 그 애가 왜 사랑에 빠진다는 거죠?"

딕 씨는 이 상황을 견딜 수 없다는 듯이 나를 보고 고개를 저었다.

"그 애는 다른 여자들처럼 아기를 낳을 수도 없었어요." 대고모의 푸념은 이어졌다. "이 아이의 누이동생, 벳시 트롯우드가 어디에 있냐고? 태어나지도 않았다고? 천만에!"

딕 씨는 몹시 놀란 표정이었다.

"그때 그 고개를 한쪽으로 기울이고 있던 작달막한 의사, 이름이 젤립스든가 뭐라든가 했던 자, 그자가 마치 울새처럼 내게 한 말이라곤 '아들입니다'뿐이었어, 아들! 허, 참, 하나같이 다 얼마나 어리석은 자들인지!"

그녀의 맹렬한 기세에 딕 씨는 몹시 놀랐다. 솔직히 말해서 나도 깜짝 놀랐다.

"게다가 그러고도 모자라서, 이 아이의 누이동생 벳시를 불행하게 하는 것만으로도 모자라서 재혼을 하다니, 그것도 살인잔지 뭔지, 그런 이름의 사내와 결혼하다니,*4 그래서 이번에는 이 아이의 행복까지 방해하다니! 그 결과는, 갓난아기가 아니고서야 누구든지 알 수 있는데, 이 아이는 떠돌이생활을 할 수밖에 다른 방법이 없었지. 봐요, 이 아이를. 아직 어린데도 벌써부터 카인

---

*4 머드스톤이라는 이름을 제대로 기억하지 못하고 살인자(Murderer)와 혼동한 것.

*⁵이랑 똑같잖아요."

카인이 이렇게 생겼구나 하고 확인하는 것처럼, 딕 씨는 나를 빤히 바라보았다.

"그리고 또 한 사람 있었어요. 뭐라더라, 천벌받을 이름의 여자였는데," 대고모의 울분은 여전히 이어졌다. "그래, 페거티, 그 여자도 뒤이어 결혼을 했어. 악마와 같이 지긋지긋한 일이 결혼 뒤에 닥친다는 것도 모르고서. 이 아이의 말을 들으니, 정말 별 볼일 없는 결혼을 한 모양이에요. 아무튼 그 남편이라는 작자도," 대고모는 고개를 저으면서 말했다. "신문에 자주 나는 몽둥이질 잘하는 사내들 가운데 하나일 거예요. 그러니 차라리 그 여편네를 실컷 패주었으면 속이 시원하겠어."

나는 그리운 내 유모가 헐뜯기고 당치도 않는 소원의 대상이 되는 것을 가만히 듣고 있을 수가 없었다. 그래서 나는 대고모가 잘못 생각하고 있다고 말했다. 페거티는 이 세상에서 가장 진실하고 가장 충실하며 가장 성실하고 가장 헌신적인 하인이자 우리의 친구였으며, 나를 진심으로 사랑해 주었고, 어머니를 사랑해 주었으며, 어머니가 돌아가실 때에는 그녀의 팔에 안겨서 그녀의 얼굴에 마지막으로 감사의 키스를 했다는 사실을 말씀드렸다. 어머니와 페거티를 떠올리니 목이 메었다. 페거티의 집이 곧 내 집이고, 페거티의 것이 내 것이며, 내가 있어도 짐이 되지 않을 정도로 그녀의 처지가 딱하지 않았더라면, 그녀와 같이 살았을 것이라는 말을 하려고 작정했지만 가슴이 복받쳐서 그만두었다. 말을 하려고 하자 맥이 탁 풀리면서 울음이 터져 나왔다. 나는 탁자에 엎드려 두 손으로 얼굴을 가렸다.

"됐어, 됐어!" 대고모가 말했다. "자기에게 도움을 준 사람 편을 드는 이 아이가 옳아, 자넷! 당나귀가 나타났어!"

지금도 확신하건대, 만약 당나귀가 끼어들지만 않았더라면 나와 대고모 사이는 분명 좋은 이해를 구축했을 것이다. 왜냐하면 대고모는 내 어깨에 상냥하게 손을 올렸고, 나도 조금 용기를 내어 그녀를 끌어안고 보호를 요청하기 직전이었기 때문이다. 하지만 이런 난입과 뒤이어 발생한 문 밖에서의 소동으로, 누그러지던 마음은 당분간 한쪽으로 밀려났다.

---

*5 창세기 9장 참조. 카인은 아담과 이브의 장남. 동생 아벨을 죽이고, 신의 노여움을 사서 영원히 떠돌이가 됨.

대고모는 몹시 화를 내면서 법대로 변상을 요구할 것이며, 도버의 모든 당나귀 소유자를 상대로 가택 불법 침입죄로 고소하겠다는 단호한 결의를 딕 씨에게 다짐하고 있었다. 그러한 노여움은 차 마시는 시간까지 이어졌다.

차를 마신 뒤 우리는 창가에 앉았다. 대고모의 날카로운 표정으로 보아, 잔디밭을 침입하는 자를 감시하는 것 같았다. 황혼이 깃들자 자넷이 촛불과 주사위놀이 판을 탁자 위에 가져다 놓고 덧문을 내렸다.

"자, 딕 씨," 대고모는 전처럼 집게손가락을 치켜들고, 심각한 표정으로 말했다. "내가 묻고 싶은 것이 또 있어요. 이 아이를 보세요."

"데이비드의 아들 말이죠?" 딕 씨는 조금 곤란스러운 얼굴로 주의 깊게 나를 보며 말했다.

"그래요. 당신이라면 이 아이를 어떻게 하시겠어요?"

"데이비드의 아들을 말입니까?"

"그래요," 대고모는 말했다. "데이비드의 아들 말이에요."

"아!" 딕 씨는 말했다. "네, 나 같으면 잠을 재우겠습니다."

"자넷!" 대고모는 만족스럽고도 기세 좋게 외쳤다. "딕 씨가 얘기를 마무리지어 주셨어. 잠자리가 준비되면, 애를 재우기로 하자."

자넷이 잠자리는 준비되어 있다고 하자, 나는 그대로 2층으로 이끌려갔다. 친절하게 대해주었으나, 어쩐지 죄수 같은 느낌이 들었다. 대고모가 앞장서고, 자넷이 뒤따랐다. 유일하게 새로운 희망을 안겨준 상황은, 대고모가 계단을 오르다가 탄내를 맡고 무슨 냄새냐고 묻자 자넷이 부엌에서 내 낡은 셔츠로 부싯깃을 만들고 있다고 대답한 것이었다. 그러나 내 방에는 내가 입고 있던 누더기 말고는 입을 것이 아무것도 없었다. 대고모가 꼭 5분간 밝혀줄 것이라고 말하면서 나에게 준 초 한 자루를 가지고 홀로 남게 되었을 때, 대고모와 자넷이 밖에서 문 잠그는 소리를 들었다. 나에 대해서 아는 바가 없는 대고모가, 혹시 내가 달아나는 버릇이 있지 않나 하는 염려에서, 달아나지 못하도록 미리 예방책을 강구한 것이라고 생각했다.

방은 마음에 들었다. 집 꼭대기에 있어서 바다가 내려다보였다. 바다에는 달빛이 환히 비치고 있었다. 나는 기도를 올리고, 촛불이 다 타버린 뒤에도 조용히 앉아서 바다에 비친 달빛을 하염없이 바라보았다. 반짝이는 그 바다에서 나의 미래를 알 수 있기라도 하는 듯이, 그리고 마지막으로 보았을 때의 그 아름다운 모습으로 어머니가 아기를 안고 나를 보기 위해 그 반짝이는 길을 따라 하늘나라에서 내려오는 것이 보이기라도 하는 듯이. 그러나 나는 마음을 다잡고 눈길을 옆으로 돌렸다. 흰 커튼이 쳐진 침대를 보자 어느새 고맙고 쉬고 싶은 마음으로 바뀌었다. 포근한 흰 침대에 누워서 눈같이 흰 시트 속으로 들어갔을 때는 그런 마음이 더욱 커졌다. 하늘을 지붕 삼아 벌판에서 수많은 밤을 지새우며, 밤마다 다시는 집 없는 신세가 되지 않도록 얼마나 기도를 했으며, 또 집 없는 쓰라린 심정을 잊지 않겠다고 얼마나 다짐했던가! 그리고 쓸쓸한 바다 위에 달빛이 만든 꿈나라로 떠내려가던 심정을 어찌 잊을 수 있을까.

14장
대고모의 결심

　다음 날 아침 아래층으로 내려가자, 대고모가 아침을 차린 식탁에 몸을 굽힌 채 팔꿈치를 쟁반 위에 놓고 골똘히 생각에 잠겨 있는 것이 보였다. 찻주전자의 물이 흘러넘쳐서 식탁보를 흠뻑 적시는 것도 몰랐다. 내가 들어서자 대고모는 비로소 명상에서 깨어났다. 틀림없이 나에 대해서 생각하고 있다고 굳게 믿었으므로, 나는 대고모의 결정이 무엇인지 몹시 궁금했다. 그러나 혹시 대고모의 비위를 상하게 할까 두려워 감히 입 밖에 낼 용기는 없었다.

　하지만 눈은 혀만큼 내 말을 잘 듣지 않아서, 아침 식사 중에도 여러 번 대고모를 바라보았다. 내가 조금이라도 길게 대고모를 쳐다보면, 으레 대고모도 나를 보았다. 더욱이 조그마한 둥근 식탁 맞은편에 내가 앉아 있는데도, 아주 멀리 떨어져 있는 것처럼 이상한 태도로 나를 바라보았다. 대고모는 식사를 끝내자 침착하게 의자에 기대앉아 눈살을 찌푸리고 팔짱을 낀 채로 뚫어지게 나를 바라보았다. 그 바람에 나는 당황하여 몸 둘 바를 몰랐다. 나는 아직 식사를 하던 중이었기에 식사를 계속함으로써 당황함을 감추고 아무렇지 않은 체하려고 애썼다. 그러나 나이프가 포크에 걸리고 포크는 나이프에 부딪쳐서, 한입 크기로 베이컨을 자르려고 하면 깜짝 놀랄 만큼 높이 휭 하고 날아가 버렸다. 차를 마셔도 잘못 들어가 사레들리곤 했다. 결국 나는 식사를 그만두고, 대고모의 빈틈없는 눈길 속에서 얼굴을 붉힌 채 앉아 있어야 했다.

　"애야." 한참 만에야 대고모가 처음으로 입을 열었다.

　나는 고개를 들고, 대고모의 날카로운 눈길을 정중히 받아들였다.

　"그 사람에게 편지를 썼다." 대고모가 말했다.

　"누구에게요—?"

　"너의 의붓아버지 말이다. 잘 생각해 보라고 일러 놓았어. 안 그럼 일이 엄청나게 커질 테니까."

"대고모님, 그럼 그 사람이 제가 있는 곳을 알게 되나요?" 나는 깜짝 놀라서 물었다.

"내가 주소를 가르쳐줬어." 대고모는 고개를 끄덕였다.

"그럼 나는 그에게 넘겨지게 되나요?" 나는 더듬거리며 말했다.

"거기까진 모르겠다." 대고모는 말했다. "두고 봐야지."

"아! 어떻게 하면 좋지?" 나는 무심결에 소리쳤다. "만약 머드스톤 씨에게 돌아가야 한다면!"

"그건 나도 몰라." 대고모는 고개를 저으며 말했다. "두고 봐야지."

그 말에 나는 그만 맥이 탁 풀리고 말았다. 보기에도 안쓰러울 정도로 풀이 죽어 있었다. 그러나 대고모는 그런 나에겐 크게 주의를 기울이지 않는 것 같았다. 대고모는 가슴받이가 달린 허름한 앞치마를 찬장에서 꺼내 입고서 손수 찻잔을 씻었다. 다 씻어서 쟁반 위에 다시 포개 놓고, 상보를 접어서 그 위에 놓더니 종을 울려 자넷을 불러서 가져가도록 했다. 이번에는 청소를 했다. 먼저 장갑을 끼고서 조그마한 빗자루로 양탄자에 떨어진 빵 조각을 쓸어냈다. 현미경으로 조사해도 얼룩 하나 없을 정도로 깨끗이 치웠다. 다음에는 빈 틈없이 정돈된 방을 다시 털고 정돈하는 것이었다. 대고모는 마음에 흡족하도록 일을 끝내자, 장갑과 앞치마를 벗어 접어서 아까 꺼냈던 찬장 한 귀퉁이에 넣었다. 이번에는 반짇고리를 꺼내 내닫이창 가의 자기 책상으로 가서, 초록색 발로 햇빛을 가리고 바느질을 시작했다.

"너는 2층으로 가서," 대고모는 바늘에 실을 꿰며 말했다. "딕 씨에게 인사말을 전하고, 회상록 쓰는 일이 어느 정도 진행되었는지 듣고 오너라."

나는 그 심부름을 하기 위해 재빠르게 일어났다.

"딕이라니, 이름이 너무 짧다고 생각했겠지?" 대고모는 바늘에 실을 꿸 때처럼 눈을 가늘게 뜨고 나를 쳐다보면서 말했다.

"어제는 그렇게 생각했어요." 나는 솔직히 말했다.

"마음만 먹으면 그도 긴 이름을 쓸 수 있어." 대고모는 도도한 태도로 가슴을 펴며 말했다. "리처드 바블리가 그 신사의 진짜 이름이야."

그 말을 듣자, 나 같은 어린애가 실례인 줄도 모르고 어제부터 너무 버릇없이 부른 것이 죄송스러워, 그를 리처드 바블리라고 부르는 것이 좋지 않겠느냐고 말하려는 순간, 대고모가 다음 말을 이었다.

"그러나 어떤 일이 있어도 그를 본명으로 불러서는 안 돼. 그 사람은 그 이름을 아주 싫어하거든. 그래서 이상한 사람 취급당하지만, 나는 그렇게 생각하지 않아. 자기와 이름이 똑같은 사람이 그를 욕되게 했으므로, 그 이름만 들어도 소름이 끼친다는구나. 그래서 여기서는 딕 씨로 통해. 아니, 다른 곳에서도 ―다른 곳에는 안 가겠지만. 그러니 얘야, 절대로 딕 말고 다른 이름을 불러서는 안 된다. 알겠지?"

나는 시키는 대로 하겠다고 약속하고서 대고모의 말을 전하려고 2층으로 올라갔다. 아침에 내려올 때 열린 문을 통해서 그가 열심히 회고록을 집필하는 것을 보았는데, 그 속도로 오랫동안 써내려 왔다면 지금쯤은 꽤 진전됐을 거라고 생각했다. 아니나 다를까, 딕 씨는 머리가 원고지에 닿도록 푹 숙인 채 열심히 회고록을 쓰고 있었다. 어찌나 몰두했는지 내가 온 것도 몰랐다. 그래서 나는 여유를 가지고 방 한쪽 구석에 있는 커다란 종이연, 무질서하게 흩어져 있는 원고 뭉치, 수많은 펜과 잉크병을 보았다. 특히 잉크병은, 반 갤런짜리 커다란 병이 12개나 있었다.

"허! 이런!" 딕 씨는 펜을 놓으면서 말했다. "세상 살아가기가 어때? 내가 좀 가르쳐 주마." 그는 갑자기 목소리를 낮추며 말했다. "말하고 싶진 않지만 그러나 세상은―" 그는 손짓으로 나를 불러서, 입을 내 귀에 딱 붙이고 말했다. "미친 세상이야. 정신병원처럼 미쳤어!" 딕 씨는 탁자 위에 있는 둥근 상자에서 코담배를 꺼내면서 크게 웃었다.

나는 그 문제에 대해서 주제넘게 내 의견을 말하지 않고, 대고모의 말을 전했다.

"아, 그래." 딕 씨는 대답으로 말했다. '그럼 대고모님께도 내 인사말을 전해 줘. 그리고 일은―일단 시작은 했어. 아무튼 쓰고는 있는데." 딕 씨는 반백의 머리를 긁으며, 자신 없는 눈으로 원고를 바라보았다. "학교에 다닌 적 있니?"

"예, 잠깐 다녔습니다."

"그럼 너 그 연대를 기억하고 있니?" 딕 씨는 진지하게 나를 바라보면서, 내 대답을 적으려고 펜을 쥐고 말했다. "찰스 1세의 목이 달아난 연대 말이야."

나는 1649년이라고 대답했다.

"그래," 딕 씨는 펜으로 귀를 긁으며, 나를 바라보면서 말했다. "책에는 그렇게 쓰여 있지. 그런데 어떻게 그럴 수가 있지? 그처럼 오래전 일인데, 어떻게 사람들이, 왕의 목이 달아난 뒤에, 그 왕 머릿속에 있던 골치 아픈 일들을 이내 머릿속에 집어넣는 잘못을 저지를 수가 있는지?"

나는 그 물음에 몹시 놀랐다. 그러나 그 점에 대해서는 어떤 대답도 할 수 없었다.

"참으로 이상하지." 딕 씨는 낙담하여 원고를 바라보고, 또다시 머리를 긁으며 말했다. "그걸 알 수가 없단 말이야. 그러나 그까짓 것, 상관없어!" 그는 기운차게 말하면서 일어났다. "시간은 충분해! 미스 트롯우드에게 전해다오. 아주 순조롭게 진행 중이라고!"

내가 방을 나오려고 하자, 그는 연을 가리키며 물었다.

"저 연을 어떻게 생각하니?"

나는 참 아름답다고 대답했다. 높이가 7피트는 되어 보이는 커다란 연이었다.

"내가 직접 만들었단다. 우리 밖에 가서 날려 볼까. 나하고 같이." 딕 씨가 말했다. "이거 보이지?"

듣고 보니 그 연은 원고를 덧붙여 발라 만든 것으로, 자잘한 글씨가 빽빽하게 쓰여 있었다. 글씨가 아주 반듯했으므로, 한 줄 한 줄 읽어가는 동안 한두 군데, 찰스 1세의 목 이야기에 관해 언급한 부분을 찾았다.

"연줄도 많아." 딕 씨는 말했다. "연이 높이 날아가면, 찰스 1세의 목에 관한 이야기도 그만큼 멀어지는 거지. 이것이 그 이야기를 여기저기 알리는 내 수법이야. 연이 어디에 떨어질지는 나도 몰라. 바람과 운에 맡기는 거지. 아무튼 나는 날려보는 거다."

그는 표정이 부드럽고 유쾌하며, 태도가 명랑했지만, 보기에 따라서는 가까이하기 어려운 부분도 있었다. 나는 그가 기분 좋게 농담을 한다고만 생각해서 유쾌하게 웃었다. 그도 웃었다. 우리는 가장 좋은 친구가 되어 헤어졌다.

"그런데, 애야," 아래층으로 내려가자, 대고모가 말했다. "오늘 아침 딕 씨는 어떠니?" 나는 딕 씨의 인사말과 회고록 집필이 아주 순조롭게 진행되고 있다는 말을 전했다.

"네 생각은 어떠니?" 대고모가 물었다.

나는 그 물음을 피하고 싶은 이상한 생각이 들어서, 좋은 사람인 것 같다고만 대답했다. 그러나 대고모는 그냥 넘어가 주지 않았다. 대고모는 바느질감을 무릎에다 놓고, 팔짱을 끼면서 말했다. "허! 벳시 트롯우드였더라면 생각한 대로 솔직히 말했을 텐데. 너도 누이동생을 본받아서 솔직하게 말하려무나!"

"대고모님, 제가 몰라서 묻는데요, 그분은 아주 정신 나간 사람인가요?" 나는 위험한 곳에 발을 디뎠다고 느끼고 어물어물 말했다.

"천만에, 미치지 않았어." 대고모는 말했다.

"아, 그렇군요!" 나는 힘없이 대고모를 쳐다보았다.

"이 세상에서 가장 확실한 것이 있다면," 대고모는 단호히 힘주어 말했다. "딕 씨가 미치지 않았다는 사실이야."

나는 겁에 질려 "아, 그래요!" 말하는 것이 고작이었다.

"그가 돌았다고 말하는 사람들이 있었지. 하지만 내 이기적인 생각일는지는 몰라도, 그가 돌았다는 말을 들으면, 나는 기쁘단다. 그가 돌지 않았으면 10년도 넘게 그와 사귀지 못했을 거고, 그에게 충고를 듣지도 못했을 거야. 네 누이동생 벳시 트롯우드가 나를 실망시켰던 그 뒤부터 지금까지 말이다."

"그렇게 오랫동안 알고 지내셨나요?"

"게다가 그를 돌았다고 하는 사람은 모두 번듯하고 훌륭한 사람들이야." 대고모는 계속했다. "딕 씨는 내 먼 친척이야. 물론 그거야 아무 상관없으니 구태여 이야기할 필요도 없지만, 만약 내가 없었더라면 그의 친형이 평생 가둬 두었을 거야. 그뿐이야."

그것은 위선이라고 생각했으나 대고모가 그 문제에 대해서 철저하게 믿고 있다는 것을 알았으므로, 할 수 없이 나도 대고모와 똑같은 생각이라는 표정을 지었다.

"거만한 바보였지!" 대고모는 말했다. "그 형이 괴짜였어. 세상에는 더 심한 괴짜들도 많지만. 그는 동생이 집에서 사람들 눈에 띄는 것이 보기 싫었던 거야. 그래서 어느 개인 정신병원으로 보냈지. 고인이 된 아버지가 동생을 거의 천치 바보로 생각해서, 형에게 각별히 보살피도록 부탁했는데도 말이야. 아무튼 본인은 어지간히 똑똑한 사람임에 틀림없어! 그런 터무니없는 생각을 다 하고! 그런 본인이야말로 머리가 돈 게 분명해! 자신도 돌았다고 인정할 정도였으니 말이야."

다시 대고모가 자신 있는 얼굴을 보였으므로 나도 그렇게 생각하는 것처럼 보이려고 애썼다.

"그래서 내가 개입하게 되었어." 대고모는 말했다. "내가 그 사람 형에게 말했지. 당신 동생은 당신 못지않게 멀쩡하고 앞으로도 그럴 거라고. 동생에게 정기적으로 약간의 돈을 주어 우리 집에 와서 살도록 하라고. 나는 당신 동생을 무서워하지 않는다고. 나는 뻐기지도 않고 기꺼이 돌볼 것이며, 정신병원이 아니라도 그에게 몹쓸 짓을 하는 사람들이 많은 모양이지만, 나는 절대 그렇지 않다고. 상당한 입씨름을 벌인 끝에 그를 떠맡았어. 그때부터 여기서 살고 있단다. 그는 그렇게 친절하고 다정할 수가 없어. 그리고 여러 가지로 충고도 해주고! 그의 마음을 아는 사람은 나뿐이야."

대고모는 옷의 주름을 매만져 펴며 고개를 저었다. 마치 한쪽에서 세상의 냉대를 누그러뜨리는 한편, 다른 한쪽에서 그것을 흔들어 떨어버리려는 것처럼.

"그에게는 귀여운 누이동생이 있었지. 참 좋은 사람이야. 그도 아주 좋아했고 누이동생도 오빠에게 정말 친절했어." 대고모는 말했다. "하지만 다른 여자처럼 시집을 갔어. 그러자 그 남편이 세상 남편들과 마찬가지로 그녀를 비참하게 만들었거든. 그 동생의 불행이 딕 씨에게 크나큰 충격을 주었어. (미쳤다는 뜻은 아니야) 거기다가 형에 대한 두려움과 동생에게 몹쓸 짓을 했다는 자책감이 겹쳐서 열병이 나고 말았단다. 이건 그가 여기에 오기 전의 일인데도, 지금도 그 일을 생각하면 가슴이 아프다는구나. 혹시 그가 찰스 1세의 이야기를 하든?"

"네, 했어요, 대고모님."

"아아!" 대고모는 약간 화가 난 듯이 코를 비비면서 말했다. "그게 그의 비유적인 표현법이야. 그는 자기의 병을 세상의 큰 혼란과 소란에다 결부시켜 생각하고 싶어해. 비유인지, 직유인지 뭔지는 몰라도 그렇게 말하고 싶어하지. 하지만 본인이 만족한다면, 못 쓸 것도 없겠지?"

"그렇습니다, 대고모님."

"그것이 사무적인 말투가 아닐뿐더러, 그렇다고 흔히 쓰는 세속적인 말투도 아니란 것은 나도 알고 있어. 그래서 회상록에다 그런 말을 써서는 안 된다고 주장하는 거란다."

"그렇다면 그 회상록은 딕 씨의 자서전인가요, 대고모님?"

"그렇단다, 애야." 대고모는 다시 코를 문지르며 말했다. "그는 자기와 관련된 대법관과 귀족들, 좌우간 기억될 만한 사람들에 대한 이야기를 떠올리고 있단다. 며칠 안에 곧 쓰기 시작할 거야. 그 앞에서 말한 수사법을 쓰지 않고는 쓸 수 없는 모양이지만 그런 건 아무래도 상관없단다. 그걸로 심심풀이는 될 테니까."

뒷날 알았는데, 딕 씨는 자기의 회고록에서 찰스 1세 이야기를 빼려고 몇 십 년째 무던히 애썼지만, 지금도 여전히 남아 있는 것이라고 한다.

"다시 말하지만," 대고모는 말했다. "그의 마음을 아는 사람은 나뿐이야. 그는 정말 다정하고 친절한 사람이야. 가끔 연을 날리고 싶어하는데 그것이 뭐가 잘못이지? 프랭클린은 퀘이커교도나 그 비슷한 것이었어. 퀘이커교도가 연을 날리는 것이 더 이상한 일이잖아."

대고모가 나를 위해 이런 특별한 이야기를 자세히 해준 것이라면 나를 믿는다는 뜻으로 받아들이고, 대고모가 나에게 호감이 있다는 뚜렷한 표시로 생각해서 기분 좋게 여겼을 것이다. 그러나 대고모가 그런 말을 나에게 한 것은, 마침 그 이야기가 떠올랐는데 들을 상대가 없어서뿐이지 특별히 날 의식해서 그런 것은 아니란 사실을 눈치챌 수밖에 없었다.

그러나 딕 씨의 옹호자로서 대고모가 베푸는 너그러움을 보고, 나는 나도 그 보호 아래 들어가고 싶다는 이기적인 희망으로 가슴이 가득 찼을 뿐만 아니라, 더욱 순수하게 대고모에 대해 새삼 따뜻한 애정을 품게 되었다. 대고모는 괴팍스럽고 기이한 데가 많지만 존경하고 믿을 만한 사람이라는 것도 알게 되었다. 그날도 그녀는 어제처럼 몹시 화가 나 펄펄 뛰며 당나귀를 쫓아다녔고, 지나가는 젊은 사내가 창밖을 내다보고 있는 자넷에게 추파를 던졌을 때는(대고모의 말로는, 이보다 그녀의 위엄을 손상시키는 괘씸한 무례는 없다고 한다) 길길이 날뛰며 성을 냈다. 그런 만큼 아직 그녀에 대한 두려움이 덜해진 것은 아니었지만, 한편으로 존경하게 된 것도 사실이었다.

대고모의 편지에 대한 머드스톤 씨의 답장이 오기까지의 심적 고통은 말할 수 없이 컸다. 그러나 고통을 억누르려고 애썼고, 대고모와 딕 씨에게 아무렇지도 않은 듯 냉정하고 쾌활하게 대하려고 노력했다. 딕 씨와 나는 그 커다란 연을 날리러 밖으로 나가고 싶었으나, 입을 것이 여기에 온 첫날 입은 이상한 옷뿐이라서 날이 저문 뒤 한 시간을 빼곤 집에만 있어야 했다. 그 한 시간은 대고모가 내 건강을 생각해서, 자기 전에 바깥 언덕을 산책해도 된다고 허락한 것이었다.

드디어 머드스톤 씨한테서 답장이 왔다. 놀랍게도 대고모와 직접 상의하기 위해 그가 내일 직접 찾아오기로 했다고 대고모가 말했다. 다음 날 나는 여전히 기이한 차림새로 머드스톤 씨를 만날 시간만을 초조히 기다리고 있었다. 희망이 사라지고 두려움만 늘어가는 마음속 갈등 때문에 얼굴은 달아올랐고 가슴은 두근거렸다. 당장에라도 심술궂은 머드스톤의 얼굴이 나타날 것만 같아서 움찔움찔 떨면서도, 나타나지 않으면 또 그 때문에 안절부절못했다.

대고모는 평소보다 약간 더 엄하고 딱딱한 표정을 지었지만, 내가 그토록 두려워하는 머드스톤 씨를 맞을 별다른 준비를 하는 것 같지는 않았다. 대고모는 창가에 앉아서 바느질을 하고 있었다. 나는 머드스톤 씨가 찾아오면 과연 어떻게 될까, 있을 법한 일을 떠올려보고, 전혀 근거 없는 일도 멋대로 생각해보면서 정오가 훨씬 지날 때까지 대고모 옆에 앉아 있었다. 점심 식사는 점점 늦춰졌다. 너무 늦어지자 결국 대고모가 점심 준비를 시키려고 하다가 갑자기 "당나귀가 나타났어!"라고 소리쳤다. 나는 미스 머드스톤이 태연하게 그 성스러운 잔디밭 위로 말을 몰고 와서는 집 앞에 세우고 주위를 살피는 것을 보고 깜짝 놀랐다.

"썩 나가요!" 대고모는 창밖을 향해 고개를 저으며 주먹을 꼭 움켜쥐고 소리쳤다. "거기에 무슨 볼일이 있다고 그래요! 감히 여기를 침입하다니, 썩 물러나요! 원, 뻔뻔스럽기도 해라!"

그래도 침입자가 태연하게 사방만 살피자, 대고모는 기가 막혀 꼼짝도 못하고 평소처럼 뛰쳐나가지도 못한 채 그대로 있었다. 내가 그 기회를 틈타 저 여자가 누구이며, 뒤를 따르는 신사(언덕이 높아서 그는 한걸음 늦게 닿았다)가 머드스톤 씨라는 것을 알려주었다.

"누구든 관계없어!" 대고모는 여전히 아치형 창문을 향해 고개를 저으면서 환영과는 거리가 먼 동작을 취하며 소리쳤다. "내 집에 함부로 침입하다니! 절대 용서 못해. 나가요! 자넷, 저 사람을 내쫓아. 끌어내!" 나는 대고모의 등 뒤에서 한바탕 소란한 전쟁을 보았다. 말은 누가 뭐라고 하든 네 발로 딱 버티고 서서 반항했고, 자넷이 말의 고삐를 잡고서 끌어내려고 했으나, 머드스톤 씨는 여전히 앞으로 나가려고 했다. 미스 머드스톤은 양산으로 자넷을 때렸으며, 그러한 소동을 구경하려고 온 아이들은 고래고래 소리질렀다. 그때 대고모는 상

244 데이비드 코퍼필드

습적으로 말썽을 피우는 아이들 중 한 녀석을 찾아내어—아직 열세 살도 채 못 된 당나귀를 돌보는 어린 악당이었다—한걸음에 달려가 느닷없이 덮쳐 붙들었다. 대고모는 저고리로 그놈의 머리를 덮어씌우더니 질질 끌면서 정원으로 끌어들였다.

그러고는 체포한 놈을 재판에 넘겨 처형하도록 순경과 치안판사를 불러오라고 자넷에게 명령했다. 그러면서 대고모는 그 녀석을 구석으로 몰아갔다. 그러나 오래가지는 않았다. 그 꼬마 악당은 대고모가 떠올리지도 못할 갖가지 속임수와 거짓말에 도가 터서, 대고모의 손에서 빠져나오자 꽃밭에다 구두의 징 자국만 깊게 남긴 채 기세 좋게 당나귀까지 되찾아 달아나버렸다.

그 싸움이 막판에 다다르자, 미스 머드스톤은 말에서 내려 동생과 함께 계단 맨 밑으로 가서 대고모가 자기들을 맞을 여유가 생길 때까지 기다렸다. 그런데 대고모는 싸움 때문에 약간 화가 나 있었으므로 두 사람 앞을 당당하게 지나쳐 집 안으로 들어가버렸다. 자넷이 와서 알릴 때까지 대고모는 그들의 존재를 무시했다.

"대고모님, 저는 나갈까요?" 나는 떨면서 말했다.

"아니, 여기 있어야지!" 그 말과 함께 대고모는 나를 자기 바로 옆의 구석으로 밀어넣고는 의자를 가지고 흡사 교도소나 재판정의 피고인석처럼 나를 둘러싸서 나가지 못하게 했다. 회담이 이어지는 동안 나는 계속 거기에 머물러야만 했다. 그곳에서 머드스톤 남매가 방으로 들어오는 것을 보았다.

"아!" 대고모는 말했다. "누군지도 모르고 야단친 셈이지만, 나는 누구든 잔디밭에 말을 타고 오는 것은 용서 못합니다. 예외는 없습니다. 누구에게든 그것만은 허락하지 않습니다."

"처음 오는 사람에겐 매우 거북한 규칙이군요." 미스 머드스톤이 말했다.

"그래요?" 대고모가 말했다.

머드스톤 씨는 또다시 싸움이 일어날까 두려워하는 것 같았다. 그래서 말을 가로채면서 끼어들었다. "미스 트롯우드!"

"실례지만," 대고모가 날카로운 표정으로 말했다. "당신이 블룬더스톤 땅까마귀 집에 사는 죽은 내 조카 데이비드 코퍼필드의 마누라와 결혼한 머드스톤 씨요?—어디가 땅까마귀 집인지는 모르겠지만!"

"네, 그렇습니다." 머드스톤 씨가 대답했다.

"실례의 말일는지 몰라도, 그 불쌍한 애를 그냥 혼자 내버려두었더라면 더 행복하고 좋았을 거라고 생각합니다." 대고모가 말했다.

"미스 트롯우드 말에 나도 동감입니다." 미스 머드스톤이 으스대며 끼어들었다. "죽은 클라라는 중요한 문제를 처리할 때는 어린애처럼 철이 없었으니까요."

"그런 점에서 부인이나 나는 편하다고 생각합니다." 대고모는 말했다. "당신이나 나나 이제 늙어가는 마당에 외적 매력 때문에 불행을 부를 일이 있겠소? 무엇보다 어느 누구도 우리를 보고 어린애 같다고는 하지 않으니까요."

"물론이에요!" 미스 머드스톤은 기꺼이 동의하는 것 같지는 않았지만 아무튼 맞장구쳤다. "당신 말대로 제 동생이 그 결혼을 하지 않았더라면 더 좋았을 것이고 행복했을 거라고 늘 생각해 왔어요."

"당신 말이 맞아요." 대고모는 종을 울리면서 말했다. "자넷, 딕 씨에게 인사말을 전하고, 이리로 내려오시라고 해라."

딕 씨가 내려올 때까지, 대고모는 똑바로 꼿꼿하게 앉아서 눈살을 찌푸린 채 벽만 바라보고 있었다. 딕 씨가 들어오자, 대고모는 예를 갖추어 그를 소개했다.

"이쪽은 딕 씨, 오랜 다정한 내 친구예요. 나는 이분의 의견을 전적으로 믿는답니다." 대고모는 집게손가락을 빠는 바보처럼 보이는 딕 씨에게 경고조로 힘주어 말했다.

그 말을 들은 딕 씨는 입에서 손가락을 빼고는 심각하고 정중한 표정으로 일행 가운데 서 있었다. 대고모가 머드스톤 씨에게로 고개를 기울이자, 머드스톤 씨가 입을 열었다.

"미스 트롯우드, 당신의 편지를 받고서, 이렇게 하는 것이 나 자신에게 정당하고, 당신에게도 경의를 표하는 것이기에―"

"고맙습니다." 대고모는 딱딱하게 굳은 얼굴로 말했다. "그러나 나에게 신경 쓸 필요는 없습니다."

"아닙니다. 아무리 길이 멀어도 직접 와서 대답하는 게 편지로 답하는 것보다 낫다고 생각합니다. 그런데 저 불쌍한 아이가 동료도 버리고 직업도 내팽개치고 달아났다는 것은―" 머드스톤 씨는 말했다.

"게다가 저 꼴 좀 봐." 분명 말할 수 없이 이상한 차림새였지만, 미스 머드스

톤은 일부러 내 옷에 모두의 눈길이 쏠리도록 유도하면서 끼어들었다. "정말 낯부끄럽고 꼴사납군요."

"제인 머드스톤." 머드스톤 씨가 말했다. "제발 끼어들지 말아요. 미스 트롯우드, 이 불쌍한 아이는 아내가 살아 있었을 때도, 죽은 뒤에도 늘 집안의 골칫거리였어요. 이 아이는 음흉하고 반항적이며 성질이 거친 데다 고집이 세고 다루기 힘든 놈입니다. 누님과 내가 그 못된 성격을 어떻게든 고쳐주려고 애를 썼습니다만, 효과가 없었습니다. 그래서 나는—아니, 우리라고 해야겠군요. 누님과는 모든 것을 털어놓고 같이 상의하니까요—, 그래서 우리는 생각했죠. 이러한 사실은 우리 남매의 입으로 직접 냉철하게 이야기하는 것이 옳다고."

"동생이 한 말을 제가 다시 되풀이할 필요는 없다고 생각하지만," 미스 머드스톤이 말했다. "내가 꼭 말씀드리고 싶은 것은, 이 아이야말로 이 세상에서 가장 악질이라는 사실입니다."

"말씀이 지나치시군요!" 대고모가 말했다.

"사실대로 말한 겁니다. 조금도 지나치지 않아요." 미스 머드스톤이 대꾸했다.

"헛!" 대고모가 말했다. "그래서요?"

머드스톤 씨는, 대고모가 마주보자 더욱더 심각한 표정을 짓고 이야기를 시작했다.

"저 애를 가장 잘 키울 수 있는 최선의 방법에 대해서는, 나도 나대로의 생각이 있습니다. 이것은 내가 저 애를 잘 알고 겪어보았으며, 또 나 자신의 재력과 수완을 고려해서 이른 결론입니다. 따라서 그에 대해서는 내가 끝까지 책임을 질 생각이며, 그 결론에 따라서 모두 처리할 것이므로, 이 이상 왈가왈부할 필요는 없을 것입니다. 나는 이 아이를 훌륭한 사업을 하고 있는 내 친구의 감시 아래에 맡겼습니다. 그런데 일이 마음에 들지 않는다고 달아나서, 시골구석의 천한 떠돌이 같은 몰골로 당신에게 신세타령을 하려고 찾아온 것입니다, 미스 트롯우드. 그런데도 만약 당신이 애 하소연에 넘어간다면, 그 결과가 어떠하리라는 것을 정확하게 제시하고 싶군요."

"우선 당신은 훌륭한 사업가라고 했는데," 대고모가 말했다. "만약 이 애가 당신의 친자식이었다 해도 똑같이 그에게 맡겼을까요?"

"만약 이 애가 동생의 자식이었다면," 미스 머드스톤이 끼어들었다. "성격이 그렇지는 않았을 겁니다. 굳게 믿습니다."

"또 이 불쌍한 애의 어머니가 살아 있었더라면, 이 애가 그 훌륭한 일을 하러 갔을까요?" 대고모가 개의치 않고 물었다.

"나는 굳게 믿습니다." 머드스톤 씨는 습관대로 머리를 한쪽으로 기울이며 말했다. "누님과 내가 가장 좋다고 의견 통일을 한 것에 대해서는, 아마 죽은 클라라도 이의를 달지 않았을 겁니다."

미스 머드스톤도 뭐라고 중얼거리면서 긍정했다.

"흥!" 대고모는 말했다. "불행한 아이였군!"

줄곧 짤랑짤랑 동전 소리를 내고 있던 딕 씨가 이제는 더 요란하게 짤랑거렸으므로, 대고모가 그렇게 하지 못하도록 눈짓으로 막은 뒤 말했다. "클라라의 연금은 그 애가 죽으면서 모두 끊겼단 말이오?"

"그렇습니다." 머드스톤 씨가 말했다.

"그리고 얼마 안 되는 그 재산—집과 토지, 땅까마귀는 한 마리도 없으면서 땅까마귀란 이름이 붙은 집—이 이 아이의 것이 아니란 거요?"

"그건 전 남편으로부터 아무런 조건도 없이 아내에게 넘겨졌습니다." 머드스톤 씨가 말하자 대고모는 화가 나서 더는 못 참겠다는 듯이 그의 말을 가로막았다.

"잠깐, 거기까진 말하지 않아도 됩니다. 죽은 데이비드 코퍼필드는 아무리 부당한 조건이라도 싫다고 말 못하는 이상한 사람이었어요. 물론 조건 없이 넘겨졌겠지요. 그러나 그 애가 재혼했을 때, 다시 말해서 당신 같은 사람과 결혼하는 가장 치명적인 방법을 받아들였을 때, 이 아이를 위해 한마디도 해준 사람이 없었어요?"

"죽은 아내는 나를 사랑했습니다, 부인." 머드스톤 씨가 말했다. "그래서 저한테 완전히 믿고 맡겼어요."

"아니요, 죽은 당신 아내는 누구보다도 세상 물정을 모르고, 불행했으며 가장 운이 없는 어린애였어요." 대고모는 고개를 저으며 반박했다. "당신 부인은 바로 그런 사람이었어요. 또 이번에는 할 말이 뭐요?"

"이뿐입니다, 미스 트롯우드." 그는 대답했다. "나는 데이비드를 데리러 왔습니다. 무조건 이 애를 데려가서, 내가 적당하다고 생각하는 대로, 곧 내가 옳다고 믿는 대로 확실히 조치할 생각입니다. 나는 약속을 하거나 누구에게 언질을 주기 위해 온 것이 아닙니다, 미스 트롯우드. 당신은 그 애가 도망쳐 와서 털어놓은 불평에 대해 편들고 싶으시겠지요. 우리를 대하는 당신의 태도로 보아 그런 것 같은데, 그렇다면 한 가지를 경고하겠어요. 이 애를 한 번 편들면 평생 그 뒷바라지를 해야 합니다. 지금 당신이 이 애와 나 사이에 끼어든다면 영원히 끼어들어야만 합니다, 미스 트롯우드. 아시겠습니까? 나는 무책임한 말은 하지 않지만, 그런 만큼 무책임한 소리를 듣는 것도 딱 질색입니다. 아까도 말씀드렸다시피, 나는 그 애를 데려가려고 여기에 왔습니다. 이 애도 바로 떠날 준비가 되어 있겠죠? 만약 갈 생각이 없다면, 그리고 당신마저 그렇게 말씀하신다면, 이유는 아무래도 좋습니다. 나와는 상관없으니까요. 아무튼 그렇다면 앞으로 이 애에게 우리 집 문은 영영 닫힐 것입니다. 그리고 당연히 당신 집 문이 열리겠지요."

대고모는 상체를 꼿꼿이 세우고, 한쪽 무릎에 두 손을 포개놓고는 머드스톤 씨를 냉정하게 바라보면서 한 마디도 놓치지 않고, 그의 장황한 말에 귀를 기울였다. 그가 말을 마치자 대고모는 그 자세 그대로, 그러나 깔보는 태도로 미스 머드스톤에게 말했다.

"자, 부인. 당신도 한 말씀 하시겠습니까?"

"아닙니다, 미스 트롯우드. 내가 할 말을 동생이 다 했고, 내가 알고 있는 모든 사실도 동생이 뚜렷하게 말했으므로, 더 할 말이 없습니다. 다만 당신의 친절함에 감사한다는 말을 덧붙여야겠군요." 미스 머드스톤은 빈정거리며 말했지만, 대고모는, 내가 채텀의 대포 옆에서 잠을 잤을 때처럼 끄덕도 하지 않았다.

"그러면 이 애는 뭐라고 할지." 대고모가 말했다. "데이비드야, 너는 갈 생각이니?"

나는 가지 않겠다고 대답했다. 그리고 나를 데려가도록 내버려두지 말아 달라고 애원했다. 애당초 머드스톤 남매는 나를 좋아한 적도 없었고, 친절히 대해준 적도 없었으며, 언제나 나를 사랑해준 어머니를 나 때문에 불행하게 만든 장본인들이 바로 이들 남매라고 이야기했다. 그런 사실을 내가 아주 잘 알고 있을 뿐만 아니라, 페거티도 알고 있다고 했다. 나는 정말로 슬펐다, 나를 어린애로만 아는 사람들은 도저히 상상할 수 없을 정도로 슬펐다고 말했다. 마지막으로 죽은 아버지를 생각해서라도 내 편이 되어 보호해 달라고—하지만 뭐라고 말했는지 정확하게 기억나진 않는다. 스스로 자신의 말에 감동하고 있었기 때문이다—대고모에게 간청했다.

"딕 씨," 대고모가 말했다. "이 아이를 어떻게 하면 좋겠어요?"

딕 씨는 생각에 잠겼다. 그는 잠시 머뭇거리다가 이내 싱긋 웃으며 대답했다. "곧바로 옷을 한 벌 해 입힙시다."

"딕 씨," 대고모는 기세를 떨치며 말했다. "손을 이리 줘요. 정말 당신의 상식은 참으로 가치가 있어요." 대고모는 그의 손을 잡고 세차게 흔든 뒤에, 나를 끌어당기며 머드스톤 씨에게 말했다.

"당신 좋을 대로 가도 돼요. 이 아이는 내가 맡겠어요. 당신 말대로 이 애가 그렇게 나쁜 애라면 적어도 당신이 준 만큼 나도 벌할 수 있어요. 그러나 당신 말을 당최 믿을 수가 있어야지."

"미스 트롯우드," 머드스톤 씨는 일어서면서 어깨를 으쓱하고 말했다. "만약 당신이 남자였다면—"

"흥! 쓸데없는 소리는 꺼내지도 말아요!" 대고모는 말했다.

"참, 대단히 친절도 하지!" 미스 머드스톤이 일어서면서 소리쳤다. "듣자듣자 하니까 정말!"

"내가 모르는 줄 알아요?" 대고모는 미스 머드스톤의 말은 들은 체도 않고, 머드스톤 씨에게 계속 이야기하면서, 알 수 없는 표정으로 그를 쏘아보며 머리를 절레절레 저었다. "당신이 그 불쌍하고 불행한 어린 것을 괴롭혀서, 어떤 삶을 살도록 이끌었는지 다 알아요. 당신을 처음 본 순간이, 상냥한 그 아이에게는 재앙의 시작이었던 거요. 분명 거짓 웃음을 짓고, 추파를 던지며, 벌레 한 마리 못 잡는 간살스러운 목소리로 유혹했겠지. 내가 그걸 모를 줄 알고?"

"이런 고상한 말은 처음 듣는군!" 미스 머드스톤이 말했다.

"이렇게 직접 만나서 얘기하고 있는데, 당신이 어떤 사람인지 내가 모를 것 같아요? 오랫동안 보아온 것처럼 훤히 알고 있어요." 대고모는 계속했다. "솔직히 직접 당신과 이야기를 나누는 게 참을 수 없이 언짢았지만요. 아무튼 처음 만났을 때는 사람 좋은 척하며 온갖 내숭을 다 떨었겠지! 그 불쌍하고 철모르는 순진한 애한테 당신 같은 남자는 처음이었을 거요. 흥, 설탕으로 만들어진 것 같이 달콤하게만 보였겠지. 그 애를 숭배하는 척하고, 또 그 애의 자식을 엄청나게 사랑하는 척했을 거야. 그 애에게 홀딱 빠진 척하지 않았느냐 말이야! 이 애의 새 아비가 되겠다면서, 장미꽃밭에서 행복하게 살자고 했겠지? 흥! 나가요, 나가!"

"이런 황당한 이야기는 처음 듣는군요!"

"그리고 그 불쌍하고 어리석은 애—애 어미를 이렇게 부르는 걸 하느님은 용서하시겠지, 그리고 그 애는 천국으로 가 버렸어. 당신 따위는 절대로 감히 발을 들일 수 없는 곳이지—를 손에 넣자, 이번에는 그 애와 이 어린 것을 훈련시키기 시작했을 거야. 그렇잖소? 새장에 가두어놓은 새처럼 그 애의 마음에 상처를 주고, 보기 좋게 구슬려서 생활을 깨뜨리기로 한 거지. 당신의 곡조에 맞춰 노래하도록 가르침으로써, 결국 그 애의 목숨까지 갉아먹은 거야."

"이거야말로 정신병자나 술주정뱅이로군." 미스 머드스톤이 이야기의 방향을 자기에게 돌리려고 했으나 뜻대로 되지 않자 몹시 화가 나서 말했다. "분명 취한 거야!"

그러나 대고모는 이러한 방해에 조금도 신경 쓰지 않고, 머드스톤 씨에게 계속 말했다.

"머드스톤 씨," 대고모는 그에게 손가락질을 했다. "당신은 어린애 같은 그 애에게 폭군 노릇을 했어. 그리고 그 애의 가슴을 찢어놓았지. 정말 착한 아이였는데. 나는 잘 알아. 당신이 그 애를 만나기 훨씬 전부터 알고 있었어. 당신은 그 애의 약점 가운데 아주 급소를 찔러 그 애에게 치명상을 입혔어. 당신이 그걸 얼마나 좋아했는지는 몰라도, 당신에게 위안이 된 것만은 사실일 거요. 그러니 당신과 당신의 앞잡이는 그것을 최대한 이용했지."

"미스 트롯우드, 한 마디 묻겠습니다." 미스 머드스톤이 끼어들었다. "듣도 보도 못한, 동생의 앞잡이란 말은 누구를 두고 한 말입니까?"

미스 벳시는 그 소리는 여전히 못 들은 척하고 머드스톤 씨에게 말을 계속했다.

"그건 아까도 말했듯이, 당신이 그 애를 만나기 훨씬 전부터 알고 있었어. 그래도 그렇지, 그 애가 당신 같은 작자와 만나게 되다니, 이 무슨 기이한 조화인지, 인간의 능력으로는 이해하기 어려워. 그 순한 어린 것이 언젠가는 재혼하리라는 걸 알고는 있었지. 그러나 이런 지독한 꼴을 당할 줄은 몰랐어. 그래, 그걸 깨달은 것은 여기 있는 이 아이가 태어났을 때였어—그러고 보니, 그 뒤로 클라라가 당신에게 괴롭힘을 당할 때도 이 아이가 족쇄가 되었겠지. 그 사건은 정말 불쾌했지. 지금도 이 아이를 보면 미운 생각이 들어. 아! 당신이 놀랄 필요는 없어요, 나는 진실을 알고 있으니까."

그동안 내내 머드스톤 씨는 얼굴에는 미소를 띠고 있었지만 검은 눈썹은 잔뜩 찌푸린 채 대고모를 바라보며, 문 옆에 서 있었다. 표정은 웃는 것이었으나 순간 얼굴빛이 흐려지면서, 뜀박질이라도 한 듯이 숨이 거칠어지는 것을 나는 놓치지 않았다.

"잘들 가요." 대고모가 말했다. "부인, 당신도 잘 가세요." 대고모는 갑자기 미스 머드스톤을 향해 말했다. "다시 우리 집 잔디 위로 당나귀를 타고 오는 날에는, 당신의 어깨 위에 머리가 붙어 있는 것만큼이나 확실하게 당신의 보닛 모자를 벗겨 짓밟아버릴 거요!"

이것은 생각지도 못한 말이었다. 그 말을 한 대고모의 얼굴과 그 말을 들은 미스 머드스톤의 얼굴은, 일류 화가가 아니고서는 도저히 그려낼 수 없을 것 같았다. 그러나 아무튼 말의 내용 못지않게 대고모의 태도가 너무도 격했으므로 미스 머드스톤은 한마디 대꾸도 못하고 조심스럽게 동생의 팔짱을 끼고는 거드름을 피우면서 나가버렸다.

대고모는 창가에 앉아서 그들이 사라지는 모습을 바라보았다. 말이 다시 나타나기만 하면 자신의 협박을 바로 실천할 태세를 갖춘 것이 틀림없었다.

상대방에게서 도전할 기미가 보이지 않자, 대고모는 점차 표정을 누그러뜨리고 쾌활해졌으므로 나는 용기를 내어 대고모에게 키스하고 진심으로 감사드렸다. 나는 정말로 기뻐서 무심코 두 팔로 대고모의 목을 꽉 껴안았을 정도였다. 이어서 나는 딕 씨의 손을 잡고 악수했다. 딕 씨는 내 손을 여러 번 흔들어주었고, 큰 소리로 모든 일이 잘 끝난 것을 축하해 주었다.

"딕 씨, 당신도 나와 함께 이 아이의 보호자가 되어주세요." 대고모가 말했다.

"기꺼이, 데이비드 아들의 보호자가 되죠."

"딕 씨, 나는 이 애를 트롯우드라고 부르고 싶어요."

"좋지요. 데이비드의 아들 트롯우드."

"트롯우드 코퍼필드라고 부를 거예요."

"예, 트롯우드 코퍼필드지요." 딕 씨가 약간 얼굴을 붉히며 말했다.

대고모는 이 의견이 아주 마음에 들었는지, 그날 오후 나에게 입히려고 사온 기성복에다 입기 전에 미리 지워지지 않는 잉크로 손수 '트롯우드 코퍼필드'라고 써넣었다. 그리고 주문한 다른 옷(그날 오후 위에서 아래까지 전부 새 옷으로 주문했다)에도 똑같이 '트롯우드 코퍼필드'라고 써넣기로 했다.

이렇게 나는 새 이름과 새로운 환경 속에서 새 생활을 시작했다. 내 처지에 대한 불안이 가셨으므로 그 뒤 며칠 동안은 꿈 같은 나날을 보냈다. 나는 대고모와 딕 씨 같은 기묘한 보호자를 둘이나 가졌다는 생각은 결코 해본 적이 없었다.

내 마음속에는 뚜렷이 남아 있는 것이 두 가지가 있었다. 하나는 정든 블룬더스톤의 생활에서 아득히 멀어졌다는 것, 즉 그때의 생활이 아주 한없이 먼 안개 속에 떠 있는 듯이 느껴졌다는 것과 머드스톤 앤드 그린비 상점에서의 생활에도 영원히 마침표를 찍었다는 것이었다.

그 뒤로 그 생활의 막을 연 사람은 아무도 없었다. 지금 이 이야기에서 처음으로 그 막을 살짝 들어 올려 보였는데, 그것조차 결코 달가운 작업은 아니었다. 그러므로 기꺼이 다시 한 번 그 막을 내리고자 한다.

그런 생활을 떠올리면 너무도 괴롭고 정신적으로 고통스럽고 절망스러우므로 얼마나 오랫동안 그런 생활을 했는지 헤아려볼 용기도 없었다. 1년간 계속되었는지, 그 이상인지 이하인지도 알지 못했다. 내가 아는 것이란 그러한 생활을 했었다는 것과 이제 끝났다는 것뿐이었다.

15장
새로운 출발

딕 씨와 나는 이내 절친한 친구가 되었다. 우리는 그의 일과가 끝나면 곧잘 밖으로 나가 큰 연을 날렸다. 그는 매일 한자리에 앉아 회상록을 썼으나 아무리 노력을 해도 조금도 나아지지 않았다. 찰스 1세가 늘 그 회상록에 끼어들어서 지금까지 썼던 것을 집어치우고 새로 쓰기 시작했기 때문이다. 이러한 영속적인 실망 속에서도 결코 희망을 잃지 않는 인내심, 찰스 1세 이야기가 어딘가 이상하다는 것을 어렴풋이 깨닫고 머리에서 빼내려는 연약한 노력, 찰스 1세를 아무리 쫓아내도 다시 찾아와서 회상록을 엉망으로 만들어 버리는 것에 대한 고뇌, 이러한 것들이 나에게는 퍽 인상적이었다. 만약 회상록이 완성된다면, 딕 씨는 거기서 무엇을 얻으리라 생각했을까? 그것은 다른 사람이 모르듯 그 자신 또한 몰랐을 것이다. 그러나 이러한 문제로 그가 고민할 필요는 없었다. 저 태양 아래 확실한 것이 있다면, 바로 이 회상록은 절대로 완성되지 않으리란 점이었기 때문이다.

그가 연을 하늘 높이 날리고, 연줄을 푸는 모습은 정말 감동적이었다. 미완성 회상록의 헌 종이로 연을 만들어 그 정신을 널리 알린다는 그의 생각을 들었을 때는 덧없는 상상이라고 여겼지만, 그가 밖에 나와서 높이 떠 있는 연을 바라보며 연줄을 쥐고 풀었다 감았다 할 때는 그렇게 보이지 않았다. 그때처럼 그가 평온해 보인 적은 없었다. 저녁 무렵에 그와 비탈길에 나란히 앉아, 고요한 하늘에 높이 떠 있는 연을 바라보는 그의 모습을 볼 때면, 나는 그의 마음까지도 혼란에서 벗어나 공중으로 끌려 올라가는 것이 아닌가 하는 생각이 들었다. 그가 연줄을 감아들이면 연은 아름다운 모습에서 벗어나 점점 낮게 내려와 죽은 듯이 땅에 떨어졌다. 그러면 그도 꿈에서 깨어나는 것처럼 보였다. 한 번은 그 연을 주워 들고, 자기도 연과 함께 떨어진 양 허탈한 모습으로 주위를 둘러보았다. 나는 진심으로 동정을 보냈다.

덕 씨와 나의 우정이 두터워지는 동안, 그의 충실한 친구인 대고모가 내게 보내는 사랑도 줄어들지 않았다. 대고모는 아주 친절하게 대해주었고, 몇 주일 뒤에는 트롯우드란 이름을 줄여 트롯이라고 불렀다. 계속 이렇게만 나간다면, 태어나지 않은 내 누이동생 벳시 트롯우드를 향한 대고모의 사랑을 나도 받을 수 있겠다는 희망이 생겼다.

어느 날 저녁, 대고모와 덕 씨 앞에 주사위놀이 판이 놓이자 대고모가 말했다. "트롯, 너의 교육 문제를 서둘러 해결해야겠다."

내가 오로지 걱정했던 것이 바로 교육 문제였기에 대고모가 이 이야기를 꺼내자 몹시 기뻤다.

"캔터베리에 있는 학교가 어떠냐?" 대고모가 말했다.

가깝기도 해서 좋다고 나는 대답했다.

"좋아. 그럼 내일부터 다니는 것이 어떻겠니?"

대고모는 모든 일을 재빠르게 처리한다는 것을 잘 알고 있었으므로 나는 이 갑작스런 제의에 놀라지도 않고, "예, 좋습니다"라고 대답했다.

"그럼, 됐어. 자넷, 내일 아침 열 시에 회색 조랑말과 마차를 빌려놓아라. 그리고 오늘 밤에는 트롯우드 도련님의 옷을 꾸려놓도록 해라."

나는 그 말을 듣자 무척 우쭐해졌다. 그러나 우리가 헤어진다는 생각에 의기소침해져서 주사위도 제대로 못 던지는 덕 씨를 보자, 내 이기심이 매우 부끄러웠다. 대고모는 경고조로 주사위 상자를 가지고 덕 씨의 손마디를 몇 번 때리다가 결국 주사위 판을 접고는 오늘은 주사위놀이를 하지 않겠다고 선언했다. 그러나 내가 토요일에는 가끔 집에 올 수 있다는 것과 수요일에는 그가 나를 찾아갈 수 있다는 대고모의 말을 듣고, 덕 씨는 다시 기운을 냈다. 그리고 그때는 지금 연보다도 훨씬 큰 연을 만들어두겠다고 약속했다.

이튿날 아침이 되자 그는 다시 낙담했다. 덕 씨는 억지로라도 기운을 차리려고 자기가 가진 금화와 은화를 몽땅 나에게 주고 싶어했다. 대고모가 끼어들어서 선물은 5실링까지라고 제한했지만, 그의 간곡한 부탁으로 10실링까지 허락되었다. 우리는 대문에서 아주 섭섭해하면서 헤어졌다. 덕 씨는 대고모가 모는 마차가 사라질 때까지 들어가지 않고 서 있었다.

세상의 평판 따위는 조금도 신경 쓰지 않는 대고모는 정식 마부처럼 꼿꼿한 자세로 도도하게 앉아 능숙하게 도버 거리로 회색 조랑말을 몰았다. 달리는 말에게서 눈을 떼는 법이 없고, 어떠한 상황에서도 말이 멋대로 행동하도록 놔두지 않았다. 그러나 시골길로 접어들자 대고모는 말을 약간 늦추었다. 그리고 옆에서 푹신한 좌석에 파묻혀 있는 나를 보고 기분이 좋으냐고 물었다.

"네, 아주 좋아요. 대고모님, 고맙습니다!" 나는 힘주어 대답했다.

대고모는 매우 만족해하면서, 두 손으로 말을 몰고 있었으므로 채찍으로나마 내 머리를 쓰다듬어주었다.

"대고모님, 제가 다닐 학교는 큰가요?" 나는 물었다.

"글쎄, 나도 몰라." 대고모가 말했다. "먼저 위크필드 씨한테 가는 거야."

"그 사람이 학교를 운영하나요?"

"아니란다. 그는 개인 사무실을 운영하고 있어."

아무것도 가르쳐주지 않았으므로, 나는 위크필드 씨에 대해 더는 묻지 않았다. 캔터베리에 닿을 때까지 대고모와 나는 다른 이야기를 했다. 마침 그날은 장날이라서 대고모는 짐마차와 바구니, 채소와 행상인들의 물건 사이로 교묘히, 아주 좁고 구불구불한 길을 따라 말을 몰았다. 우리를 바라보는 사람들 입에서 이런저런 말이 튀어나왔다. 그리 듣기 좋은 말만은 아니었다. 그러나 대고모는 뉘 집 개가 짖어대느냐는 듯이 전혀 신경 쓰지 않았다. 대고모라면 적국 한가운데라 할지라도 이런 식으로 태연하게 가로지를 것이다.

드디어 길에 불쑥 튀어나온 어떤 낡은 집 앞에서 말을 세웠다. 길고 나지막한 격자창이 유난히 길가로 튀어나와 있는 집이었다. 대들보 양끝에는 조각이 되어 있었는데 그것도 거리 쪽으로 쑥 나와 있어서, 집 전체가 앞으로 몸을 내밀고 그 밑의 좁은 길로 누가 지나가는가를 보려는 것 같았다. 그 집은 티끌 하나 없이 깨끗했다. 나지막한 아치형 문에 과일과 꽃으로 만든 화환이 조각되어 있고, 문에 달린 놋쇠 고리는 별처럼 반짝반짝 빛났다. 문으로 내려가는 두 개의 돌계단은 마치 깨끗한 리넨을 깔아 놓은 듯했다. 모든 모퉁이와 구석, 조각과 주조물, 기묘하게 생긴 조그마한 유리창과 더욱 묘하게 생긴 창문틀은 매우 낡았지만, 산꼭대기에 덮인 눈처럼 깨끗했다.

마차가 문에 다다라 내가 열심히 집을 살펴보고 있을 때 아래층의(이 집의 한 면을 이루고 있는 작고 둥근 탑에서) 조그마한 창문으로 시체처럼 창백한 얼굴의 남자가 나타났다가 이내 사라졌다. 이어서 나지막한 아치형 문이 열리더니 역시나 시체 같은 그 얼굴이 나왔다. 자세히 보니 피부에는 머리카락이 빨간 사람들에게서 흔히 볼 수 있는 붉은 기가 어렴풋이 감돌았다. 그 사람도 역시 빨간 머리카락이었다. 그런데 머리카락은 아주 짧게 깎았으며, 눈썹과 속눈썹이 거의 없었다. 붉은 갈색의 눈동자가 그대로 드러나 있어서 어떻게 잠을 잘까 궁금하게 여겼던 것을 아직도 기억한다. 지금 생각해 보니 그는 열다섯 살 난 소년에 불과했으나, 그땐 더 어른처럼 보였다. 그는 어깨가 유난히 솟아올라 있었고, 뼈가 앙상했다. 꽤 좋은 검은 양복을 입고, 목도리 비슷한 구식 넥타이를 맸으며, 단추를 목까지 잠그고 있었다. 손이 유난히 길고 하얘서 특히 나의 관심을 끌었다. 그는 조랑말 옆에 서서, 손으로 턱을 쓰다듬으며 마차 안에 있는 우리를 쳐다보았다.

"우라이아 힙, 위크필드 씨 계시니?" 대고모가 말했다.

"네, 계십니다, 부인." 우라이아 힙이 대답했다. "이리로 들어오시지요." 그는 기다란 손으로 방을 가리켰다.

우리는 마차에서 내려, 말을 그에게 맡기고, 거리로 향해 있는 길고 나지막한 거실로 들어갔다. 들어가면서 창밖으로 보니, 우라이아 힙이 조랑말 콧구멍에 숨을 불어넣고는 이내 손으로 감싸 막는 것이 보였다. 마치 말에게 마법을 거는 것 같았다. 높다란 낡은 벽난로 선반 맞은편에는 초상화 두 점이 걸려 있었다. 하나는 반백(결코 노인은 아니었다)에 검은 눈썹을 한 신사의 초상화로, 붉은 끈으로 묶인 서류를 들여다보고 있었다. 또 하나는 아주 조용하고 얌전한 귀부인의 그림이었는데, 꼭 나를 바라보는 것 같았다.

우라이아의 초상화는 없나 싶어서 방을 한 바퀴 둘러보았을 때였다. 방 안쪽 끝에서 문이 열리더니 신사 한 사람이 들어왔다. 얼굴을 본 순간 그 사람이 초상화에서 나온 것이나 아닌지 확인하기 위해 처음에 말한 초상화를 돌아보았다. 물론 초상화는 그대로 걸려 있었다. 그 신사가 밝은 곳으로 걸어나왔을 때, 초상화의 신사보다 더 나이 들어 보인다는 것을 알았다.

"미스 벳시 트롯우드," 신사가 말했다. "들어오세요. 잠깐 일을 하고 있었어요. 용서하세요. 내가 바쁜 이유는 잘 아시죠. 내 일생의 유일한 목적이니까요."

미스 벳시는 그에게 감사하다는 인사말을 남기면서 방으로 들어갔다. 그의 방은 사무실처럼 꾸며져 있었는데, 책과 서류와 양철 상자 따위가 있었다. 창문은 정원을 향해 나 있고, 벽난로 바로 위 벽에는 쇠금고가 박혀 있었다. 나는 굴뚝 청소부들이 굴뚝을 청소할 때, 어떻게 그 주위를 잘 돌아서 일을 처리할까 궁금하게 생각하며 의자에 앉았다.

"그런데, 미스 트롯우드," 위크필드 씨가 말했다. 나는 이 사람이 그라는 것을 바로 알았다. 변호사이며, 이 지방 어느 부자의 재산을 관리하고 있었다. "무슨 바람이 불어서 여기까지 오셨습니까? 나쁜 바람은 아니겠지요?"

"그럼요, 나쁜 바람은 아니에요." 대고모가 말했다. "소송 문제로 온 건 아닙니다."

"거 다행이군요, 부인." 위크필드 씨가 말했다. "다른 일로 오시는 게 더 좋지요."

그의 눈썹은 아직도 검었지만, 머리카락은 백발이었고, 호감이 가는 잘생긴 얼굴이었다. 얼굴은 반들반들했는데, 나는 페거티의 가르침에 따라, 옛날부터 그런 얼굴을 보면 포트와인과 연관시켜 생각하는 버릇이 있었다. 목소리에도 윤기가 돌았으며, 그가 뚱뚱한 것도 똑같은 이유에서라고 생각됐다. 그의 옷차림은 아주 단정했다. 푸른 저고리에다 줄무늬 조끼와 중국 남경산 무명으로 만든 바지를 입고 있었다. 주름 잡힌 멋진 셔츠와 흰 삼베 목도리는 특히 부드럽고 깨끗해 보였다. 그래서 나의(지금 돌이켜보면) 엉뚱한 상상은 백조 가슴팍의 깃털을 떠올렸었다.

"이 애는 내 조카입니다." 대고모가 말했다.

"미스 트롯우드, 당신에게 조카가 있는 줄은 몰랐군요." 위크필드 씨가 말했다.

"정확히는 조카의 아들이죠." 대고모가 말했다.

"조카의 아들이 있는 줄은 몰랐습니다." 위크필드 씨가 웃으며 말했다.

"나는 이 애를 양자로 삼았습니다." 대고모는 손을 한 번 저으면서 말했다. 상대가 알든 모르든, 전혀 상관없다는 투였다. "그래서 이 애를 여기에 데려온 거예요. 철저히 잘 가르치고 잘 대우하는 학교에 넣으려고요. 그런 학교가 어디 있으며, 어떻게 생겼는지 자세히 좀 일러주세요."

"그 질문에 대답을 드리기 전에, 진부한 질문입니다만, 이번 처사에 대한 동기가 무엇입니까?" 위크필드 씨가 말했다.

"맙소사!" 대고모가 소리쳤다. "동기가 분명한데도, 당신은 언제나 동기 타령이군요! 그야 당연히 이 애를 행복하고 쓸모 있는 인간으로 만들기 위해서지요."

"내가 생각하기에는 복잡한 동기가 있는 것 같은데요." 위크필드 씨는 고개를 저으면서, 믿을 수 없다는 듯이 히죽 웃었다.

"그건 엉터리예요!" 대고모가 대답했다. "당신은 당신이 하는 모든 일에는 동기가 딱 하나밖에 없다고 주장하시는데, 설마 이 세상에서 당신만이 정직한 사람이라고 생각하는 건 아니겠지요?"

"그렇지만, 미스 트롯우드. 나는 단 하나의 동기만을 가지고 있습니다." 그는 여전히 미소 지으며 말했다. 다른 사람들은 몇 십 또는 몇 백의 동기를 가지고 있는 모양이지만, 나는 하나뿐입니다. 이 문제는 그만둡시다. 가장 좋은 학교가 어디냐고요? 동기야 어떻든, 당신은 최상의 학교를 원하시는군요?"

대고모는 그렇다고 고개를 끄덕였다.

"가장 좋은 학교에는요," 위크필드 씨는 생각에 잠겨 말했다. "당신 조카를 곧바로 기숙사에 넣을 수는 없을 겁니다."

"그러면 다른 데서 하숙하면 되잖아요?" 대고모가 물었다.

위크필드 씨는 그럴 수 있을 거라고 말하고는 잠시 의견을 나눈 뒤에, 직접 보고 결정하시도록 학교로 모시고 가겠습니다, 하숙집 두서너 곳에도 직접 모시고 가겠습니다, 하고 제의했다. 대고모가 기꺼이 그의 제의를 받아들였고, 우리 세 사람이 밖으로 나가려고 할 때, 위크필드 씨가 걸음을 멈추더니 말했다.

"이 꼬마가 우리의 합의에 반대할 동기를 가졌을 수도 있으니까, 여기에 두고 가는 편이 좋겠습니다."

대고모께서 반대하려는 기미가 보였지만, 나는 일을 쉽게 처리하기 위해 여기에 남아도 좋다고 말했다. 그러고는 위크필드 씨의 사무실로 되돌아와서, 내가 처음 앉았던 의자에 자리잡고 그들이 돌아오기를 기다렸다.

그런데 그 의자는 좁은 복도를 마주보고 있고, 복도 끝에는, 아까 창문을 통해 우라이아 힙의 창백한 얼굴을 보았던 그 조그마한 둥근 방이 있었다. 우라이아는 조랑말을 이웃집 마구간에 맡겨두고 이내 그 방으로 돌아와 책상에 앉아 일하고 있었다. 책상 위에는 서류를 거는 놋쇠로 된 틀이 놓여 있고, 그 틀에는 그가 복사 중인 원본 서류가 걸려 있었다. 그의 얼굴이 내 쪽을 향하고 있었으나, 우리 사이에 서류가 걸려 있어서 그쪽에서는 나를 볼 수 없으리라고 생각했다. 그러나 내가 유심히 살펴보고서, 그의 빨간 태양같이 말똥말똥한 두 눈이 서류 밑으로 이따금씩 나를 훔쳐보는 것을 알았을 때에는 기분이 나빴다. 한 번 바라보는 데 1분은 족히 걸렸지만 나를 훔쳐보면서도 펜은 열심히 놀리고 있었다. 나는 그의 눈길을 피하려고 여러 가지 시도를 했다. 의자 위에 서서 방 저편에 걸린 지도를 보기도 했고, 신문에 관심을 기울이기도 했다. 그러나 나의 관심은 다시 그쪽으로 쏠렸다. 그래서 다시 그 붉은 태양으로 눈길을 돌리면 반드시 일출 아니면 일몰을 마주하게 되었다.

한참 뒤에 대고모와 위크필드 씨가 돌아왔으므로 안심이 되었다. 그런데 바라던 만큼 일이 잘되지는 않은 것 같았다. 학교는 나무랄 데 없었으나 내가 묵을 하숙집이 대고모의 마음에 들지 않았던 것이다.

"아주 운이 없어." 대고모가 말했다. "트롯, 어떻게 하지?"

"확실히 운이 없군요." 위크필드 씨가 말했다. "그러나 미스 트롯우드, 아직 방법이 있습니다."

"어떻게요?" 대고모가 물었다.

"조카를 당분간 우리 집에 맡기세요. 아주 조용한 아이니, 조금도 내 일에 방해가 되지 않을 겁니다. 공부하기에는 여기가 최고죠. 수도원처럼 조용하고 넓기도 하고, 여기에 맡기세요."

대고모는 그 제안이 매우 흡족했으나, 받아들이는 데는 신중했다. 내 마음도 대고모와 똑같았다.

"자, 미스 트롯우드. 해결책은 이것뿐입니다. 일시적인 조치에 불과하지만 불편하다든가, 서로 사정이 여의치 않으면 바로 다른 곳을 찾으면 되고요. 그때까지는 더 좋은 곳을 찾아낼 수 있을 겁니다. 아무튼 당분간은 여기에 맡기는 편이 좋을 겁니다."

"너무 고맙습니다. 이 애도 고맙게 여길 겁니다. 하지만 아무래도—"

"무슨 말씀인지 알겠어요. 미스 트롯우드, 신세 진다는 생각이 싫으시다면, 숙박비를 내셔도 돼요. 우리 까다로운 조건은 달지 맙시다."

"그렇게 이해해주시면, 신세 진다는 데에는 변함이 없지만 기꺼이 이 아이를 맡기겠습니다."

"그럼 우리 집 꼬마 주부를 만나 보시지요."

우리는 난간의 폭이 아주 넓어서 뭣하면 그곳으로 걸어서 올라갈 수도 있을 것 같은, 낡은 계단을 따라 역시 낡고 침침한 응접실로 들어갔다. 내가 길에서 보았던 이상하게 생긴 서너 개의 창문으로 빛이 들어왔고, 낡은 참나무 의자 몇 개가 놓여 있었다. 반짝반짝 빛나는 마루청과 대들보도 똑같은 나무로 만들어진 것 같았다. 그 방은 아름답게 꾸며져 있었다. 피아노가 있고, 붉은색과 녹색의 화려한 가구며 꽃들도 있었다. 구석구석에는 예외 없이 독특하게 생긴 조그마한 탁자나 찬장, 책장, 의자 따위가 놓여 있었다. 이보다 더 아늑한 공간은 없을 거라고 생각했지만, 또 그 다음으로 눈을 돌리면, 그보다 훌륭하진 않아도 결코 떨어지지도 않는 멋을 발견할 수 있었다. 모든 것이 그 집의 겉모습과 똑같이 깨끗하고 의젓한 품위를 지니고 있었던 것이다.

위크필드 씨가 널빤지 벽 한쪽 구석에 있는 문을 가볍게 두드리자, 내 나이 또래의 여자아이가 뛰어나와서 위크필드 씨에게 키스했다. 나는 그녀의 얼굴에서, 아까 1층에서 나를 내려다보던 초상화 속 귀부인의 평화롭고도 얌전한 표정을 읽을 수 있었다. 마치 그림은 자라서 어른이 되었는데 그 장본인은 아직도 아이로 남아 있는 듯한 착각이 들었다. 그녀의 얼굴은 명랑하고 행복해 보였지만, 그 얼굴과 몸 전체에는 말하기 어려운 침착함—조용하고 차분한 정신—이 있었다. 그 인상은 지금도, 그리고 앞으로도 영원히 잊을 수 없을 것이다.

위크필드 씨는 그 애를 꼬마 주부인 자기 딸 아그네스라고 소개했다. 말할 때의 그 말투와 딸의 손을 잡은 품새를 보자, 그가 말한 일생의 유일한 동기라는 것이 무엇인지 충분히 알 것만 같았다.

열쇠가 담긴 장난감 같은 조그마한 바구니를 손에 든 그녀는 이 오래된 집에 어울리는 침착하고 신중한 주부 같아 보였다. 그녀는 자기 아버지가 내 이야기를 하자 방긋방긋 웃으며 귀를 기울이더니, 이야기가 끝나자 2층으로 올라가서 내가 묵을 방을 보자고 대고모에게 제의했다.

그녀가 앞장서서 우리를 안내했다. 그 방은 매우 훌륭했다. 아까 말한 방보다도 참나무 대들보와 마름모꼴 창문이 더 많았으며, 2층으로 올라가는 계단에도 넓은 난간이 끝까지 이어져 있었다.

언제 어디서 보았는지는 잊었지만, 아무튼 어렸을 때 어느 교회에서 색유리창을 본 적이 있다. 그 색유리에 어떤 그림이 있었는지도 기억에 없지만, 여자아이가 낡은 계단에 스며든 조용한 햇살을 받으며 돌아서서 우리가 올라오기를 기다리는 것을 보았을 때 나는 교회의 그 색유리창이 생각났다. 그때부터 나는 색유리창의 조용하고 밝은 모양을 볼 때마다 아그네스 위크필드를 떠올렸다.

그 결정에는 대고모도 나도 매우 만족했다. 우리는 아주 즐겁고도 감사한 마음으로 응접실로 내려왔다. 대고모는 혹시나 어둡기 전에 말을 몰고 집에 닿지 못할까 두려워서, 저녁 식사를 들고 가라는 청을 물리쳤다. 위크필드 씨도 대고모의 성격을 잘 아는지라, 더는 권하지 않고 간단하게 점심만 같이했다. 그리고 아그네스는 가정교사에게로 가고, 위크필드 씨는 사무실로 돌아갔다. 덕분에 우리 두 사람만 남게 되어, 우리는 마음 놓고 이별의 아쉬움을 나눌 수 있었다.

대고모는 위크필드 씨가 다 알아서 해줄 것이므로 모자람이 없을 거라고 말하고, 나를 위해 다정한 위로와 훌륭한 충고도 해주었다.

"트롯아," 마지막으로 대고모는 말했다. "너 자신과 나와 딕 씨에게 부끄럽지 않은 사람이 되어다오. 하느님의 가호가 있기를!"

나는 너무도 감격해서 고맙다는 말만 되풀이했다. 그리고 딕 씨에게 나의 안부를 전해 달라고 부탁했다.

"절대로 비겁해서는 안 된다. 거짓말을 해서도 안 돼. 잔인한 행동을 해서도 안 된다. 이 세 가지 악은 무슨 일이 있어도 피하거라. 그래야만 나도 늘 너에게 희망을 걸고 살 수 있어."

나는 대고모의 호의를 욕되게 하지 않고, 충고를 잊지 않겠다고 최선을 다하여 굳게 약속했다.

"말이 왔구나." 대고모는 말했다. "그럼 나는 가마! 잘 있어라."

대고모는 나를 급히 껴안아주고는 방에서 나가 문을 닫았다. 처음에는 너무 급히 떠나는 것을 보고 혹시 내가 대고모의 기분을 언짢게 하지나 않았는지 걱정스러웠다. 그러나 거리를 내다보았을 때, 대고모가 맥없이 마차에 올라 고개를 숙이고서 말을 몰고 떠나는 모습을 보자, 비로소 대고모의 심정을 이해하고, 오해를 털게 되었다.

위크필드 씨의 식사 시간인 다섯 시 무렵에는 나도 기운을 차리고, 식욕도 돌아와 있었다. 식사는 우리 두 사람 몫만 차려졌다. 아그네스는 식사 전부터 응접실에서 기다리고 있다가 위크필드 씨와 함께 내려와서는 그의 맞은편 자리에 앉았다. 위크필드 씨는 딸 없이는 식사도 하지 못한다고 나는 생각했다.

식사가 끝나자 우리는 식당에서 나와 응접실로 다시 올라갔다.

아그네스는 응접실의 아늑한 모퉁이에다 아버지를 위해 유리잔과 포도주한 병을 준비했다. 딸이 아닌 다른 사람이 차려준다면 분명 평소와 같은 맛이 나지 않을 것이다.

위크필드 씨는 두 시간이나 그곳에 앉아서 포도주를 마셨다. 그동안 아그네스는 피아노를 치기도 하고, 바느질도 하며, 아버지와 나에게 이야기도 했다. 위크필드 씨는 한결같이 유쾌하고 즐거워 보였다. 그러나 때로는 딸을 바라보면서 무슨 생각에 잠겨 전혀 말이 없었다. 그러면 아그네스는 이내 그것을 눈치채고, 무슨 질문을 하거나 상냥한 말을 건네며 기운을 북돋워주었다. 그러면 그도 퍼뜩 정신을 차리고 다시 술잔을 기울였다.

아그네스는 차를 끓여서 내왔다. 식사 뒤 시간이 흐르듯이, 차를 마신 뒤에도 시간이 흘러 이윽고 딸이 잘 시간이 되었다. 아버지는 딸을 두 팔로 안고 키스해주었다. 딸이 자러 가자 자기 사무실에 촛불을 켜 놓으라고 말했다. 나도 이만 자리에서 물러났다.

그러나 그날 밤 잠들기 전에 나는 다시 한 번 대문으로 나가서 거리를 따라 잠시 산책했다. 고색창연한 집들과 회색의 성당을 다시 훑어보면서, 언젠가의 그 여행 때도 역시 이 마을을 지났으며, 지금 내가 묵고 있는 이 집도 아무 생각 없이 무심코 지나쳤던 일을 다시 떠올려보고 싶었기 때문이다. 돌아와 보니 우라이아 힙이 사무실 문을 닫고 있었다. 누구에게나 다정하게 대해주고 싶은 밤이었으므로 나는 사무실 안으로 들어가 그와 이야기를 나누고 헤어질 때는 악수를 청했다. 그런데 무슨 손이 그렇게 차디차고 축축한지! 보기에도 그랬지만 실제로 잡아본 느낌은 더욱 섬뜩했다. 나는 온기로 그 축축한 촉감을 없애려고 손을 문질렀다.

아주 불쾌한 느낌을 주는 손이어서, 방에 들어갔을 때까지도 차디차고 축축한 촉감이 그대로 남아 있었다. 창밖으로 몸을 내밀었더니, 대들보 끝에서 깎아 만든 듯한 얼굴 하나가 비스듬히 나를 쳐다보는 것이 보였다. 우라이아 힙이 거기까지 올라온 것만 같아서 나는 재빨리 문을 닫았다.

16장
인생 초년생

    이튿날 아침, 식사를 마치고 나는 다시 학교생활을 시작했다. 위크필드 씨가 앞으로 공부할 학교로 나를 데려갔다. 학교는 뜰에 있는 투박하고 무거워 보이는 건물로서, 대성당의 탑에서 날아 내려와 잔디밭 위를 학자다운 태도로 거닐고 있는 떼까마귀들과 갈까마귀들에게도 아주 잘 어울릴 만큼 학문적인 분위기에 싸여 있었다. 나는 새 선생님인 스트롱 박사에게 소개되었다.

    스트롱 박사는 학교를 둘러싼 높은 쇠난간이나 철문만큼 고색창연하고, '시간'의 신이 가지고 노는 거대한 나인핀스의 핀처럼, 뜰 주위 붉은 벽돌담 위에 일정한 간격으로 놓인 큰 돌항아리처럼 딱딱하고 재미없게 보였다. 스트롱 박사는 서재에 있었는데, 솔질도 잘 안 된 옷을 입었고, 머리는 빗도 들어가지 않을 정도로 텁수룩했으며, 반바지는 멜빵이 축 늘어졌고, 검은색 각반엔 단추도 끼우지 않았다. 구두는 난로 앞에 깔아 놓은 양탄자 위에서 두 개의 동굴처럼 입을 쩍 벌리고 있었다. 그가 흐릿한 눈으로 나를 바라보았을 때, 나는 블룬더스톤 교회 묘지에서 풀을 뜯어 먹으며 뒹굴던, 오래전에 기억 속에서 잊혀진 눈먼 늙은 말을 떠올렸다. 그는 나에게 만나서 기쁘다고 말하며 손을 내밀었다. 그러나 손만 내밀었을 뿐이었으므로 나는 그 손을 가지고 어떻게 해야 할지 몰랐다.

    스트롱 박사에게서 그리 멀지 않은 곳에서는 아름다운 숙녀가 바느질을 하고 있었다. 스트롱 박사는 그녀를 애니라고 불렀다. 나는 그녀가 그의 딸일 거라고 생각했다. 그녀가 무릎을 꿇고서 아주 민첩한 솜씨로 박사의 구두를 신겨주고 각반의 단추까지 끼워주자 내 거북함도 눈 녹듯 사라졌다. 그 일이 끝나고 우리가 교실로 향하려 했을 때, 위크필드 씨가 인사하면서 그녀를 "스트롱 부인"이라고 부르는 소리를 듣고 깜짝 놀랐다. 그렇다면 저 부인은 스트롱 박사의 며느리일까, 아니면 정말로 부인일까, 고개를 갸웃거리고 있는데, 박사가 아주 자연스럽게 내 궁금증을 풀어 주었다.

"그런데 위크필드," 스트롱 박사는 한 손을 내 어깨에 올려놓은 채 복도에서 걸음을 멈추고 말했다. "내 처사촌에게 줄 알맞은 일자리는 구했나?"

"음, 그게, 아직이야." 위크필드 씨는 말했다.

"위크필드, 되도록 빨리 구해 봐. 잭 맬던은 가난한 주제에 게으르기까지 하단 말이야. 나쁜 것이 두 가지 있으면 거기에 또 나쁜 것이 생긴단 말일세. 와츠 박사가 말했잖아?" 스트롱 박사는 이런 말을 인용하면서 나를 바라보고 고개를 저으면서 덧붙였다. "사탄은 게으른 자에게 나쁜 생각을 갖게 한다고 말이야."

"천만에, 스트롱 박사. 만약 와츠 박사가 인간을 잘 알았다면, 오히려 이렇게 썼을 거야, '사탄은 바쁜 사람에게 나쁜 생각을 갖게 한다'고. 바쁜 사람들이 이 세상을 살아가면서 나쁜 일을 하는 데 한몫 단단히 한단 말이야. 내 말이 맞아. 이 한두 세기에 걸쳐서, 돈을 벌고 권력을 잡기 위해 내달려온 사람들이 뭘 했는지 봐! 해독을 끼치지 않았다고 말할 수 있겠나?"

"잭 맬던은 돈벌이에도 권력에도 영 관심이 없지." 스트롱 박사는 생각에 잠겨 턱을 문지르며 말했다.

"그렇겠지. 화제를 딴 데로 돌려서 미안했네. 본론으로 돌아가면, 아직 잭 맬던의 일자리를 주선할 수가 없었어." 위크필드 씨는 약간 망설이면서 말했다. "난 자네의 동기를 다 알고 있어. 그래서 일이 더 어렵단 말이야."

"내 동기는 애니의 사촌이자 소꿉친구에게 마땅한 일자리를 구해주는 거야."

"그래, 그건 나도 알지. 국내든 국외든 상관없지?"

"아!" 스트롱 박사는 왜 그가 마지막 말을 강조하는지 이상하다는 듯이 대답했다. "국내건 국외건 상관없어."

"그건 자네가 한 말이야?" 위크필드 씨가 말했다. "외국도 좋다고 한 거 말이야."

"물론이야." 스트롱 박사는 말했다. "어느 쪽이든 상관없어."

"어디든 좋단 말이지? 어느 하나가 더 좋지는 않고?" 위크필드 씨가 말했다.

"아니." 스트롱 박사가 말했다.

"아니라고?" 위크필드 씨는 놀라서 말했다.

"전혀."

"외국이 좋고, 국내는 곤란한 이유는 없어?"

"없다니까." 스트롱 박사가 말했다.

"자네의 말을 믿어야겠지. 물론 믿고 있어." 위크필드 씨가 말했다. "하지만 그걸 진작 알았더라면 내 일이 훨씬 쉬웠을 텐데. 그런데 솔직히 말해서, 나는 전혀 딴 생각을 하고 있었거든."

스트롱 박사는 당황스럽고 의아한 표정으로 위크필드 씨를 바라보더니, 곧 미소를 지으면서 그런 표정을 지워버렸다. 그래서 나도 한숨 놓았다. 그의 웃는 얼굴은 온화함과 상냥함으로 가득했다. 스트롱 박사의 숨막힐 정도로 학구적이고 사색적이며 서릿발 같은 차가운 태도가 녹아버리자, 소박한 인간미가 들어나면서 나처럼 어린 학생의 마음을 희망으로 이끌어주는 데가 있었다.

"없어" 또는 "조금도 없네"라든가 하는, 같은 뜻의 다른 짤막한 대꾸를 되풀이하면서 스트롱 박사가 우리 앞을 고르지 않은 이상한 걸음걸이로 터벅터벅 걸었고, 우리는 박사의 뒷모습을 좇으며 따랐다. 위크필드 씨는 내가 자기를 보고 있는 줄도 모르고, 아주 심각한 얼굴로 혼자서 고개를 절레절레 저었다.

교실은 건물에서 가장 조용한 곳에 자리한 아름다운 큰 강당이었다. 건너편에는 큰 항아리 여섯 개가 당당하게 노려보고 있었다. 그 강당에서 내려다보면 스트롱 박사의 외딴 정원이 눈에 들어왔는데, 정원의 양지바른 남쪽 벽에는 복숭아가 발갛게 익어 있었다. 창밖 잔디에는 통에서 기른 큰 알로에 두 그루가 있었다. 그 넓고 억센 잎(마치 페인트칠한 양철로 만들어진 것 같았다)은 이후로 연상 작용에 의해 내겐 침묵과 은거의 상징이 되었다.

교실에 들어서자 스물다섯 명의 학생들이 열심히 책을 읽고 있었다. 그들은 일제히 일어나서 스트롱 박사에게 인사한 다음, 그대로 서서 위크필드 씨와 나를 바라보았다.

"여러분, 신입생입니다." 스트롱 박사가 말했다. "트롯우드 코퍼필드입니다."

학급 대표인 애덤스란 학생이 나와서 나를 반갑게 맞아주었다. 이 학생은 흰 넥타이를 매고 있어서 젊은 신부처럼 보였는데, 붙임성이 있고 명랑했다. 그는 내 자리를 가리켜주고, 선생님들에게 인사를 시켰다. 참으로 어른스러운 태도에 나는 안심이 되었다.

그러나 나는 이런 학생들이나 내 나이 또래의 친구들(믹 워커와 밀리 포테이토스는 빼고)과 어울려 본 것이 너무나 오래된 것처럼 느껴져서 매우 낯설었다. 이 학생들은 전혀 모르는 인생을 겪었고, 내 또래의 아이들에게는 낯선 것들을 맛보았으며, 내 또래들의 형편이나 처지와는 너무도 다른 상황에서 생활해 왔기에, 내가 보통의 조그만 학생으로 이 학교에 입학한 것이 어쩐지 사기 행위처럼 생각되었다. 머드스톤 앤드 그린비 상점에서 얼마나 일했건, 그 기간 동안은 내 또래가 하는 운동과 놀이를 전혀 하지 않았다. 따라서 그 애들에게는 가장 평범한 것이 내게는 서툴고 경험 없는 것이란 사실을 나는 잘 알고 있었다. 게다가 내가 지금까지 배웠던 내용마저 밤낮으로 생활 걱정을 하느라 다 잊어버렸으므로, 시험 결과, 아무것도 아는 것이 없는 나는 결국 최하급 반에 편입되었다. 내 지식을 시험한다면 아는 것이 전혀 없는 나로선 아마 맨 꼴찌나 할 것이다. 학생다운 놀이 요령이나 공부 지식이 모자라서 어려운 점도 있었지만, 그러나 더욱 기분 나빴던 것은, 내가 세상 물정을 몰라서가 아니라 너무 알아서 학생들과 도저히 어울릴 수 없다는 점이었다. 내가 채무자 교도소까지도 잘 알고 있다는 사실을 알아챈다면, 그들은 나를 어떻게 생각할까? 내가 미코버 씨 가족과 생활하면서 저당을 잡힌다든가, 세간을 팔아 버린다든가, 세 끼 가운데 저녁 식사만 했던 사실이 나도 모르는 사이에 내 태도에 드러난다면? 넝마를 걸친 채 기진맥진하여 캔터베리 거리를 지나가던 것을 본 학생이 있어 그가 내 정체를 폭로한다면? 돈의 귀중함을 모르는 학생들이, 내가 날마다 소시지와 맥주나 푸딩 조각을 사기 위해 한 푼이라도 그러모은 경위를 안다면, 그들은 뭐라고 말할 것인가? 런던의 생활과 런던 거리를 전혀 모르는 학생들이 내가 그곳의 가장 비천한 생활 일부를 아주 잘 알고 있다는 것을 알면(물론 나는 그것을 부끄럽게 생각하지만) 그들은 어떤 영향을 받을까? 스트롱 박사의 학교에 입학한 첫날부터 머릿속에 맴도는 이러한 생각 때문에, 눈 한 번 돌리고 행동 하나 하는 데도 자신이 없었다. 새 친구들이 곁으로 다가올 때마다 가슴이 덜컹거렸다. 그래서 학생들의 친절한 대우와 적극적인 자세에 말려들기라도 할까 봐 두려워서, 수업이 끝나자마자 허겁지겁 나와 버렸다.

그러나 위크필드 씨의 오래된 집에는 이상한 힘이 있어서, 새 교과서를 안고 그 집 문을 두드리면 불안한 마음이 순식간에 사라졌다. 바람이 잘 통하는 내 방으로 올라갈 때면, 계단의 그 장중한 그림자가 나의 의혹과 공포 위에 드리워져 과거를 희미하게 해주는 것 같았다.

나는 저녁 식사 시간까지 내 방에 앉아서 열심히 책을 읽다가(수업은 늘 세 시에 끝났다) 그래도 제법 쓸 만한 학생이 될 수 있다는 희망을 품고 아래층으로 내려왔다.

아그네스는 응접실에서 아버지를 기다리고 있었다. 그녀의 아버지는 사무실에서 누군가에게 붙들려 있는 듯했다. 그녀는 반가운 미소로 나를 맞아주고는 학교가 마음에 드느냐고 물었다. 나는 학교는 아주 마음에 들지만, 처음이라 약간 낯설다고 했다.

"학교에 다닌 적 없나요?" 내가 그녀에게 물었다.

"아니, 매일 다녔어요."

"아, 그러면 여기 이 집에서 다녔겠죠?"

"아빠께서 다른 학교에는 보내주지 않아요." 그녀는 미소 짓고 머리를 흔들면서 대답했다. "누군가 안주인 노릇을 할 사람이 집에 있어야 하니까요."

"아버지께서 무척 귀여워하시던데요." 나는 말했다.

"그래요." 그녀는 고개를 끄덕였다. 그리고는 계단에서 아버지를 맞이할 수 있도록 문으로 가서 아버지가 오는지 귀를 기울였다. 그러나 아버지는 오지 않았으므로 다시 돌아왔다.

"엄마는 나를 낳고 돌아가셨어요." 그녀는 조용히 말했다. "나는 저 아래층 초상화로만 엄마를 알 뿐이에요. 어제, 학생도 그 초상화를 봤지요? 그 초상화의 주인공이 누군지 알았나요?"

나는 그렇다고 대답했다. 왜냐하면 그녀를 똑 닮았으니까.

"아빠도 그렇게 말씀하세요." 아그네스는 만족해하면서 말했다. "어머나, 아빠가 오시네요!"

그녀의 얼굴이 갑자기 환하게 빛나면서 아버지를 맞이하려고 방에서 나갔다가 아버지의 손을 잡고 다시 돌아왔다. 위크필드 씨는 나에게 유쾌하게 말을 건네면서, 너그러운 스트롱 박사 밑에서 공부하면 틀림없이 즐거울 것이라고 말했다.

"잘은 몰라도, 스트롱 박사의 호의를 욕되게 하는 학생이 몇 명 있을 거야. 트롯우드, 자네는 절대로 그런 사람이 되어서는 안 돼. 박사님은 전혀 사람을 의심하지 않아. 그런 성격이 장점인지 단점인지는 몰라도, 박사님 아래에서 공부하려면 어쨌든 그분의 그런 성격을 마음에 담아둬야 해."

그러나 그 말투는 어쩐지 그가 지쳤거나, 아니면 무슨 불만이라도 있는 것처럼 보였다. 그러나 그의 기분에 대한 문제는 더 이상 신경 쓰지 않았다. 바로 그때 저녁 식사가 준비되었다고 알려 와서 우리는 아래층으로 내려가 저마다 늘 앉는 자리에 앉았다.

　　그런데 우리가 자리에 앉자마자 우라이아 힙이 빨간 머리와 깡마른 손을 문 안으로 들이밀면서 말했다. "맬던 씨가 오셔서, 드릴 말씀이 있답니다."

　　"방금 맬던 씨와 헤어졌는데." 그의 주인이 말했다.

　　"알고 있습니다. 하지만 맬던 씨가 다시 와서 여쭐 말씀이 있다고 하십니다."

　　우라이아는 문을 잡은 채 나를 바라보고, 아그네스를 바라보고, 음식 그릇을 바라보고, 방 안에 있는 모든 것을 바라보았다. 그러나 달리 보면 아무것도 보지 않은 것 같기도 했다. 그 빨간 눈으로 자기 주인을 충실하게 바라보는 시늉만 하고 있었던 것이다.

　　"죄송합니다. 곰곰이 생각해 보니 실례를 무릅쓰더라도 꼭 말씀드려야 할 것 같아서요." 우라이아의 머리는 물러나고 바로 뒤에서 목소리 주인공의 머리가 나타났다. "이번 일에서 제게 선택의 여지가 없다면, 되도록 빨리 외국으로 가는 편이 좋을 것 같습니다. 이 문제를 의논했더니, 내 사촌 애니는 친구가 외국에 나가는 것보다는 가까이 있는 것이 좋다고 했고, 노(老)박사께서도—"

　　"스트롱 박사 말이지?" 위크필드 씨가 언짢은 듯이 말했다.

　　"물론 스트롱 박사죠." 남자가 대답했다.

　　"전 그 매부를 언제나 노박사라고 부릅니다. 뭐라고 부르던 마찬가지지만요."

　　"난 모르겠군." 위크필드 씨가 말했다.

　　"그럼 스트롱 박사라고 하지요." 상대 남자가 말했다.

　　"아무튼 스트롱 박사도 똑같은 생각인 줄 알았는데, 선생님이 저에게 하시는 태도를 보니, 박사님은 마음을 달리하신 것 같습니다. 그렇다면 더 이상 할 말이 없지요. 다만 빨리 외국으로 떠났으면 좋겠습니다. 그 말씀만 드리려고 이렇게 되돌아온 겁니다. 물에 뛰어들어야 할 몸이 둑에서 서성거려 봤자 소용이 없으니까요."

　　"맬던 군, 자네를 절대로 둑에서 머뭇거리게 하지는 않겠네. 믿어 주게." 위크필드 씨는 말했다.

　　"고맙습니다." 맬던 씨가 말했다. "정말 고맙습니다. 저는 선물로 받은 말의 나이를 따지는 식의 행동은 딱 질색입니다. 그건 점잖은 행동이 아니니까요. 하려고만 하면, 이번 일 같은 경우는 애니의 한 마디로 어떻게든 뒤집을 수 있었을 겁니다. 애니가 노박사께 말씀을 드리기만 하면 될 테니까요."

"스트롱 부인이 박사께 말씀을 드리기만 하면 된단 말이지. 그런가?"

"그렇고말고요. 이러이러한 일을 이렇게 해주셨으면 합니다, 하고 말씀만 드리면, 당연히 원하는 대로 될 겁니다."

"맬던 군, 어째서 그게 당연하지?" 위크필드 씨는 천천히 식사하면서 물었다.

"이유야 뻔하지요. 애니는 젊고 아름답지만, 노박사님은 늙으신 데다 매력이라곤 찾아볼 수가 없으니 말입니다." 잭 맬던 씨는 큰 소리로 웃으면서 말했다. "위크필드 선생님, 딱히 누구를 불쾌하게 하려는 뜻은 없습니다. 다만 이런 결혼생활에는 약간의 보상이 따르는 것이 지당하잖습니까."

"부인에 대한 보상 말인가?" 위크필드 씨가 심각하게 물었다.

"그렇죠, 부인에 대한 보상이죠." 잭 맬던 씨는 크게 웃으면서 대답했다. 그러나 위크필드 씨가 여전히 침착한 태도로 조용히 식사하면서, 얼굴 근육 하나 씰룩이지 않자 그는 덧붙여 말했다.

"굳이 되돌아오면서까지 말하고 싶었던 것은 다 말씀드렸으니 이렇게 불쑥 나타난 것을 다시 한 번 사과드리고, 전 이만 물러가렵니다. 그리고 이 문제는 선생님과 저 두 사람 사이의 일이라는 선생님 지시에도 따르겠습니다. 박사님 댁에서는 이 말을 입 밖에 내지 않을 겁니다."

"저녁 식사는 했는가?" 위크필드 씨가 손으로 식탁을 가리키며 물었다.

"고맙습니다, 이제 하렵니다." 맬던 씨가 말했다. "사촌 애니와 같이요. 안녕히 계십시오!"

맬던 씨가 방을 나가자 위크필드 씨는 그대로 앉은 채 난처한 표정으로 그의 뒷모습을 바라보았다. 잭 맬던 씨는 잘생겼으며, 말도 잘하고, 배짱도 두둑해 보였으나 조금 경솔해 보였다. 이것이 나와 잭 맬던 씨의 첫 만남이었다. 그날 아침 박사가 그의 말을 하는 것을 들었을 때는 설마 이렇게 빨리 그를 만나리라고는 생각지도 못했다.

저녁 식사를 하고, 우리는 다시 2층으로 올라갔다. 모든 것이 전날과 마찬가지로 진행되었다. 아그네스는 어제의 그 구석 자리에 술잔과 포도주병을 가져다 놓았고, 위크필드 씨는 앉아서 술을 마셨다. 그는 꽤 많이 마셨다. 아그네스는 피아노를 치고, 아버지 옆에 앉아서 바느질을 하면서 이야기를 들려주기도 하고, 나와 도미노놀이도 했다. 한참 즐기다가 아그네스가 차를 준비했다. 차를 마신 뒤에 내가 교과서를 가져오자, 아그네스가 들여다보고, 자기가 아는 부분을 가르쳐 주었다(그녀는 별것 아니라고 말했으나 사실 중요한 것이었다). 또 알고 이해하는 방법까지 말해주었다. 지금 이 글을 쓰는 동안에도, 그녀의 겸손하고 차분하며 얌전한 태도가 눈에 선하고, 그녀의 아름답고 나긋한 목소리가 들리는 듯하다. 훗날 그녀가 내게 미친 좋은 영향력이 그 무렵 이미 내 가슴에 엄습하기 시작했던 것이다. 나는 꼬마 에밀리를 사랑한다. 아그네스는 사랑하지 않는다—연애 대상으로 사랑하지 않는다는 뜻이다—그러나 아그네스가 있는 곳에는 선과 평화와 진리가 있다. 전에 보았던 교회 색유리창의 부드러운 빛이 언제나 그녀에게 비치며, 그녀 가까이 있는 나에게도 비치고, 주위의 모든 것에도 비치는 것이다.

밤이 늦어 잠자리에 들 시간이 되자 그녀가 물러갔다. 나도 잠자리에 들려고 위크필드 씨에게 손을 내밀어 악수를 청했다. 그러나 그는 나를 붙들고 말했다. "트롯우드, 우리 집에 있고 싶니, 딴 곳으로 가고 싶니?"

"여기 있고 싶어요." 나는 곧바로 대답했다.

"정말이냐?"

"정말입니다. 그럴 수만 있다면요!"

"여기 생활이 따분할 것 같아서 하는 말이야."

"아그네스가 지루했으면 했지, 저는 절대로 그렇지 않아요!"

"아그네스가 지루했으면 했지." 그는 벽난로 선반 있는 데로 천천히 걸어가서 몸을 기대고 되풀이했다. "아그네스가 지루했으면 했지."

그날 밤 그는 눈에 핏발이 서도록 술을 마셨다. (아니면 내가 그렇게 떠올렸든지) 내가 그의 눈을 뚜렷이 본 것은 아니다. 그는 눈을 아래로 내리뜬 채 한 손으로 가리고 있었으므로 똑똑히 볼 수는 없었다. 하지만 조금 전 그의 눈이 보였다.

"혹시," 그는 중얼거렸다. "아그네스가 나 때문에 지친 것이나 아닐까? 나는 그 애에게 진절머리가 난 적은 한 번도 없지만, 그러나 그것과는 다르지. 전혀 다르단 말이야!"

그는 내게 말하는 것이 아니라 혼자서 뭔가를 곰곰이 생각하고 있었다. 그래서 나는 가만히 있었다.

"따분하고 낡은 집이야. 생활도 단조롭고. 그러나 그 애를 놓아줄 수는 없어. 그 애를 내 곁에 붙들어 둬야만 해. 내가 죽고 딸애만 남는다든가, 딸애가 죽고 내가 남을지도 모른다는 생각이 유령처럼 나타나서 내 행복한 시간을 무너뜨리는데, 이런 생각에서 헤어나지 못한다면—"

그는 말을 멈추고, 아까 앉아 있던 곳으로 천천히 걸어가서는 빈 병을 들고 포도주를 따르는 시늉을 기계적으로 하더니 다시 병을 내려놓고 되돌아갔다.

"그 애가 여기 있어도 이렇게 쓸쓸한데 없으면 어떻게 될까? 아니다, 아니야, 아냐! 이런 생각은 집어치워야지!"

그는 아주 오랫동안 벽난로 선반에 기댄 채 생각에 잠겨 있었다. 나는 그에게 방해가 되더라도 나와버릴까, 아니면 그가 명상에서 깨어날 때까지 조용히 남아 있을까를 결정할 수가 없었다. 이윽고 그는 명상에서 깨어나 방 안을 둘러보다가 나와 눈이 마주쳤다.

"트롯우드, 앞으로도 우리와 함께 사는 거지, 응?" 그는 평소와 같이 말했다. 그것이 내가 한 말의 대답이라도 되는 듯이. "고맙구나. 너는 우리의 친구니까 네가 여기에 있으면 유익할 거야. 나에게도, 아그네스에게도, 아마 우리 모두에게 좋을걸."

"틀림없이 제게도 좋아요, 선생님." 나는 말했다. "전 여기에 있는 게 매우 기뻐요."

"멋진 놈이야!" 위크필드 씨는 말했다. "네가 여기에 있고 싶은 동안은 그렇게 하렴." 그는 나와 악수하고 내 등을 두드렸다. 또 그는 나에게, 아그네스가 자러 간 뒤에도 할 일이 있다든가 책을 읽고 싶을 때, 벗이 필요할 때는 언제든지 자기 방에 들어와도 좋다고 했다. 나는 그의 따뜻한 배려에 깊은 고마움을 나타냈다. 조금 뒤에 그는 자기 방으로 내려갔다. 나도 피곤하지 않았으므로 30분 동안 그의 호의를 맛보려고 책을 한 권 들고 아래층으로 내려갔다.

그러나 작고 둥근 사무실에 불이 켜진 것을 보고는 나에게 큰 관심을 보이는 우라이아 힙에게 마음이 끌려, 위크필드 씨의 서재에 들르는 대신 우라이아가 있는 그 방으로 들어가버렸다. 우라이아는 아주 두꺼운 책을 여봐란 듯이 읽고 있었다. 가느다란 집게손가락으로 한 줄 한 줄 짚어가며 읽었는데, 페이지마다 달팽이가 지나간 것처럼 끈적끈적한 자국을 남겼다.

"우라이아, 오늘은 밤늦게까지 일하는군요." 내가 말했다.

"네, 코퍼필드 도련님." 우라이아가 대답했다.

그와 말하기 편하도록 맞은편 의자에 앉으면서 나는 우라이아가 웃지 않는다는 것을 알았다. 단지 입을 크게 벌리고, 양 볼을 턱에 걸고 하나씩 하나씩 깊은 주름을 만들어 웃는 얼굴을 대신할 뿐이었다.

"저는 사무실 일을 하고 있는 게 아니에요, 코퍼필드 도련님."

"그럼 무슨 일을 하고 있어요?"

"법률 공부를 하고 있습니다, 코퍼필드 도련님. 티드의《소송서》를 읽고 있답니다. 오, 티드라는 분은 정말 뛰어난 작가예요, 코퍼필드 도련님!"

내 의자는 전망대처럼 높아서, 그가 감탄의 말을 하고 난 뒤에 집게손가락으로 한 줄 한 줄을 짚어가며 다시 책을 읽는 모습을 보다가, 그의 코가 아주 이상하게 생긴 것을 알았다. 가냘프고 끝이 뾰족하며 움푹 패어 있으며, 콧구멍이 저절로 벌름거리는 모습이 특이하고도 불쾌했다. 마치 아직까지 한 번도 빛난 적이 없는 그의 눈 대신 콧구멍이 빛을 발하는 것 같았다.

"아주 굉장한 법률가인가 봐요?" 나는 그를 한참 바라본 뒤에 말했다.

"저 말인가요, 코퍼필드 도련님?" 우라이아는 말했다. "아니에요! 저는 보잘것없는 놈입니다."

그런데 그의 손에 대한 내 생각은 터무니없는 것이 아니었다. 그는 손을 몰래 손수건에 닦기도 하고, 말려서 따뜻하게 하려는 것처럼 손바닥을 세게 비벼대기도 했다.

"다른 사람은 몰라도 저는 제가 천한 인간이란 것을 잘 알고 있어요." 우라이아 힙은 겸손하게 말했다. "제 어머니도 저와 마찬가지로 아주 천한 사람입니다. 우리는 아주 허름한 집에 살고 있지만, 저는 그나마도 오히려 감사하게 생각합니다. 아버지의 전직도 천한 것이었어요. 교회지기였습니다."

"지금은 뭘 하시지요?" 나는 물었다.

"지금은 천국에 가 있어요, 코퍼필드 도련님." 우라이아 힙은 말했다. "그래도 우리는 다행이라고 생각해요. 특히 위크필드 씨와 함께 사는 것을 얼마나 감사하게 생각하는지 몰라요."

나는 오랫동안 위크필드 씨와 함께 살았느냐고 물었다.

"4년째입니다, 코퍼필드 도련님." 우라이아는 읽다 만 곳에다 꼼꼼하게 표시를 해놓고 책을 덮으면서 말했다. "아버지가 돌아가신 1년 뒤부터지요. 친절하게도 위크필드 선생님이 제게 서생 일자리를 주셔서 얼마나 감사한지 몰라요. 그렇지 않았더라면 천한 어머니와 제가 어떻게 살았겠습니까!"

"서생 계약 기간이 끝나면, 정식 변호사가 되나요?" 나는 물었다.

"신의 은총으로 그렇게 되었으면 합니다." 우라이아는 대답했다.

"그럼 머지않아 위크필드 씨의 동업자가 되겠군요." 나는 붙임성 있게 굴려고 말했다. "위크필드 앤드 힙 법률사무소 아니면 힙의 사무실—전 위크필드 사무실이 되겠지요."

"아니에요, 코퍼필드 도련님." 우라이아는 고개를 저으며 말했다. "저는 그런 일을 하기에는 아주 보잘것없는 인간이에요."

입을 벌리고 뺨에 주름살을 만들며 겸손하게 앉아서 나를 곁눈질로 쳐다보는 그의 얼굴은, 내 창문 밖 대들보에 조각해 놓은 얼굴처럼 괴상스러웠다.

"위크필드 씨는 정말 훌륭한 분입니다." 우라이아는 말했다. "오래 사귀셨으니 도련님도 잘 아실 겁니다. 저 같은 것이 말씀드리지 않아도."

우라이아는 틀림없이 훌륭한 사람이지만 대고모의 친구이지, 나는 그와 사귄 일이 없다고 말했다.

"아, 그래요, 코퍼필드 도련님." 우라이아는 말했다. "도련님의 대고모님은 정말 좋은 분이시죠!"

우라이아는 열중하면 몸을 꼬는 버릇이 있었다. 그 모습이 꽤나 보기 흉해서, 나는 대고모에 대한 찬사도 잊은 채 그가 목 아래쪽부터 몸을 뱀처럼 꼬는 데에만 관심을 기울였다.

"멋진 분이에요, 코퍼필드 도련님!" 우라이아 힙은 말했다. "대고모님은 아그네스를 퍽 칭찬하는 것 같던데요, 도련님?"

"물론이죠." 나도 넉살 좋게 대답했다. 물론 거기에 대해서는 전혀 아는 바가 없었지만.

"도련님도 아그네스를 좋아하죠? 다 알아요." 우라이아가 말했다.

"누구든지 그녀를 좋아할 거예요." 내가 대답했다.

"아, 감사합니다, 코퍼필드 도련님. 그렇게 말해줘서 고맙습니다! 그건 사실이에요! 전 비록 하찮은 인간이지만, 그게 아주 뚜렷한 사실이라는 건 압니다!" 우라이아 힙이 말했다.

흥분한 나머지 그는 몸을 뒤틀다가 의자에서 떨어지고 말았다. 그러자 그 길로 집으로 갈 준비를 하기 시작했다.

"어머니가 기다리고 계실 겁니다." 우라이아는 회중시계를 들여다보며 말했다. "걱정하고 있을 거예요. 누추한 집이지만 언제 한 번 도련님이 오후에 저희 집에 들러 차를 한 잔 드신다면, 저는 물론 어머니도 영광으로 생각하실 겁니다."

나는 기꺼이 가겠다고 대답했다.

"고맙습니다, 코퍼필드 도련님." 우라이아가 책을 선반에 올려놓으며 말했다. "한동안 여기에 머무르실 거죠, 코퍼필드 도련님?"

나는 학교에 다니는 동안은 이곳에서 있기로 했다고 말했다.

"아, 그래요!" 우라이아가 말했다. "장차 코퍼필드 도련님도 이 일에 종사하겠군요!"

나는 그럴 생각이 전혀 없고, 나를 위해 그런 계획을 고려하는 사람도 아무도 없다고 잘라 말했다. 그러나 내가 아무리 말해도 우라이아는 부드러운 태도로 자기주장을 굽히지 않았다. "아니, 그렇지 않을 겁니다, 코퍼필드 도련님. 도련님이 이 일을 하실 겁니다. 틀림없어요!" 그는 몇 번이고 되풀이해서 강조했다. 사무실을 나서면서, 그는 불을 꺼도 괜찮겠느냐고 물었다. "좋다"고 대답했더니 그는 바로 불을 껐다. 그리고 나와 악수를 하고 나서—캄캄한 어둠 속에서, 그의 손은 꼭 생선 같았다!—거리 쪽으로 문을 조금 열고 빠져나가더니, 나를 남겨둔 채 문을 닫아버렸다. 나는 의자에 걸려 부딪치고 넘어지기도 하면서, 길을 더듬어 내 방으로 갔다. 그날 밤 내내 그의 꿈을 꾼 것은 아마 위의 사건 때문일 것이다. 꿈속에서 유독 이상했던 것은, 그가 '티드의 소송서'라고 적힌 검은 깃을 돛대 꼭대기에 꽂고, 페거티 씨의 집으로 해적선 원정에 나서서, 그 극악무도한 깃발 아래 나와 꼬마 에밀리를 납치해 스페인 바다까지 끌고 가 물에 밀어 넣어 죽였던 것이다.

나의 불안은 이튿날 학교에 가자 좀 사라졌고, 그 다음 날엔 훨씬 더 가벼워졌으며, 그렇게 점점 사라져서, 2주 뒤에는 새로운 친구들 사이에서 편안하고 즐겁게 보낼 수 있었다. 놀이도 서툴고, 학업도 크게 뒤져 있었지만, 놀이는 계속하다 보면 익숙해질 테고, 학업은 열심히 공부하면 따라갈 수 있을 거라고 생각했다. 따라서 놀이도 공부도 열심히 했으므로 칭찬을 들었다. 어느새 머드스톤 앤드 그린비 상점에서 겪었던 생활이 먼 옛날의 기억처럼 낯설어지고 지금의 생활에 익숙해져서, 마치 이렇게 오랫동안 살아온 것만 같았다.

스트롱 박사의 학교는 아주 훌륭했다. 크리클 씨의 학교와는 비교도 되지 않았다. 규율은 아주 엄격했지만, 모두 학생들의 명예와 신의에 호소하는 것이었다. 그러한 자질이 없다는 사실이 뚜렷이 드러나지만 않으면, 학생들은 누구나 처음부터 그러한 자질을 갖추고 있다고 인정하는 정신에서 학교를 운영했으므로, 놀라울 정도로 성과를 거두었다. 학생들 모두가 학교를 운영해 나가고, 학교의 특성과 위엄을 유지시키는 데 한 몫을 담당하고 있다고 생각했다. 그래서 우리는 이내 학교에 애착을 느끼게 되었다. 나도 그랬고, 내가 학교에 다니는 동안 그렇지 않은 학생은 한 사람도 보지 못했다. 학교의 명예를 높이고 싶은 마음에, 학업도 정말 열심히 했다. 수업이 끝나면 품위 있는 놀이를 했고, 자유도 듬뿍 누렸다. 그러나 그때에도 마을에서의 평판은 매우 좋았으며, 우리의 복장이나 행동으로 스트롱 박사나 학생들의 얼굴에 먹칠을 하는 경우는 거의 없었다.

상급생 몇 명이 박사의 집에서 하숙하고 있었던 관계로, 그들을 통해 박사의 경력 가운데에서 몇 가지 특기할 만한 것들을 간접적으로 알게 되었다. 전에 서재에서 본 그 젊고 아름다운 부인과 결혼한 지 1년도 채 안 됐다는 것, 그 부인이 단돈 6펜스도 없는 가난뱅이인데도 박사님이 결혼한 것은 오로지 사랑 때문이라는 것, 부인의 가난한 친척들이 우르르 몰려와서 박사를 집에서 내쫓을 듯이 법석을 떨어도 부인에 대한 박사님의 사랑은 변함이 없다는 것이었다. 또 박사님이 언제나 생각에 잠겨 있는 것은 그리스어의 뿌리를 찾는 데 몰두하고 있기 때문이라고 했다. 뿌리라고 하기에, 아무것도 모르던 나는 박사님이 걸어다닐 때 언제나 땅만 내려다보는 것을 보고 그가 식물에 관심이 많다고 생각했다. 하지만 알고 보니 박사님은 새 사전을 만들기 위한 그리스어의 어간을 생각하고 있었던 것이다. 학급 회장인 애덤스는 수학에 뛰어났는데, 그가 박사님의 사전이 지금대로만 진행된다면 언제 완성되리란 것을 계산했다는 소문을 들었다. 그는 박사님의 지난번 62회 생신 때부터 계산해서 1649년 뒤에야 사전이 마무리된다고 했다.

그러나 박사님은 전교생의 우상적 존재였다. 만약 그렇지 않았다면 틀림없이 이 학교는 잘못됐을 것이다. 박사님은 담 위에 놓인 항아리처럼 돌같이 차디찬 사람들의 마음도 녹여줄 수 있는 순수한 믿음을 가진 친절한 분이었다. 박사님이 교정을 거닐 때면, 떼까마귀나 작은 새들이 영악하게 고개를 갸웃거리며 뒷모습을 가만히 바라보고 있는데, 마치 세상일이라면 자기들이 훨씬 더 잘 안다는 듯한 표정이었다. 또한 어떤 떠돌이라도 박사님의 신발 소리를 듣고 다가와서 고생담이라도 한 대목 풀어놓으면, 꼬박 이틀을 먹고 살 수 있었다. 그 일은 학교에서도 유명해서, 다른 선생님과 상급생들은, 어떻게든 구석에서 그들의 출입을 막거나, 창문으로 뛰어나가서 박사님이 그들의 모습을 발견하기 전에 뜰에서 쫓아내느라 다들 필사적이었다. 때로는 박사님의 바로 코앞에서 겨우 쫓아낸 적도 있다. 게다가 박사님은 발길 닿는 대로 아무렇게나 걸었으므로 그런 일은 전혀 알지 못했다. 일단 전공이 아닌 것, 그리고 돌봐주는 사람이 아무도 없는 경우에는 양털깎이 앞에 끌려나온 양처럼 온순했다. 각반을 끌러서 쥐버리는 일도 많았다. 실제로 우리 사이에는 다음과 같은 이야기가 나돌았다. (언제 누구한테 들었는지는 기억나지 않지만 아주 오랫동안 그렇게 믿어왔으므로 이제는 정말 사실이라고 믿고 있다) 매섭게 추운 어느 겨울날, 그는 실제로 자기의 각반을 벗어 어느 여자 거지에게 주었다. 그 여자 거지는 그 각반에다 갓난아기를 싸고 집집마다 돌며 동냥했으므로 이웃에 소문이 자자했다. 박사의 각반으로 말하자면 대성당만큼이나 그 일대에서는 잘 알려져 있어, 누가 보든 그것이 박사의 각반임을 이내 알 수 있었다. 이 이야기에는 뒷애기도 있다. 즉 자기의 각반을 모르는 사람은 박사뿐이라는 것이었다. 그 일이 있고 얼마 뒤에, 박사님의 각반이 평판이 좋지 않은 어떤 조그마한 고물상점에 진열되었을 때, 한두 번도 아니고 아주 여러 번 갖고 싶은 듯이 만지작거리며, 그 신기한 무늬에 탄복하고 자기 것보다 더 낫다고 생각한 사람도 바로 박사님이었다.

　박사님이 젊고 예쁜 부인과 같이 있는 모습은 무척 유쾌했다. 박사님은 부인을 사랑하는 데 있어서도 아버지 같은 인자함을 보였는데, 그러한 태도에서도 박사님이 좋은 사람임이 드러났다. 나는 그들이 복숭아나무가 있는 정원을 거니는 것을 가끔 보았으며, 때로는 서재나 거실에 있는 그들을 더 가까이에서 본 적도 있었다. 내가 보기에는 부인은 박사님을 잘 받들고 매우 사랑하는 것 같았다. 그러나 계획하고 있는 새 사전에는 별로 흥미가 없어 보였다. 박사님은 사전 원고들을 아무리 귀찮아도 늘 주머니와 모자 속에 넣고 다녔으며, 산책하면서 끊임없이 부인에게 설명해 주는 것 같았다.

나는 스트롱 부인을 자주 만났다. 그녀는 처음 스트롱 박사에게 소개되던 날 나를 귀여워해주었고, 그 뒤로도 언제나 나에게 친절했으며 큰 관심을 보였다. 또 부인은 아그네스를 아주 좋아해서 위크필드 씨 집에 자주 드나들었지만, 그녀와 위크필드 씨 사이에는 이상하게도 어색한 데가 있었다(부인은 위크필드 씨를 무서워하는 것 같았다). 저녁에 부인이 위크필드 씨 집에 놀러왔을 때, 위크필드 씨가 집까지 모셔다드리겠다고 제의하면, 부인은 언제나 거절하면서 나를 데리고 달아나다시피 집으로 돌아가는 것이었다. 그리고 때때로 우리는 아무도 만나지 않으리란 생각에 교회 뜰을 가로질러 즐겁게 달리고 있을 때 잭 맬던 씨를 만났는데, 맬던 씨도 우리를 볼 때마다 깜짝 놀랐다.

스트롱 부인의 어머니는 무척이나 유쾌한 부인이었다. 이름은 마클람이었지만, 학생들은 그녀를 노병(老兵)이라고 불렀다. 당당한 장군의 풍모가 있고, 수많은 친척들을 이끌고 박사님을 공격하는 통솔력이 정말 뛰어났기 때문이다. 그녀는 몸집이 작고, 눈매가 날카로웠다. 정장을 할 때에는 늘 똑같은 모자를 썼는데, 모자에는 조화 몇 송이와 그 조화 위를 날고 있는 나비 두 마리가 그려져 있었다. 프랑스제인 그 모자는 솜씨 좋은 프랑스 국민만이 만들 수 있다는 미신이 학생들 사이에 퍼져 있었다. 내가 그 모자에 대해서 확실히 아는 것은, 마클람 부인이 등장하는 곳에는 어디나 그 모자가 나타난다는 것, 친선 모임에는 인도산 바구니에 그 모자를 넣어 가지고 간다는 것, 모자의 나비가 늘 날개를 떨고 있다는 것, 쉴 새 없이 움직이는 벌처럼, 스트롱 박사의 돈으로 그 즐거운 시간을 빛냈다는 것이다.

나는 이 노병—경멸의 뜻으로 쓴 것은 아니다—이 어느 날 저녁 꽤 으스대는 것을 보았다. 내가 그 일을 기억하고 있는 것은, 뒤이어 일어난 어떤 사건 때문이었다.

박사님 댁에서 조촐한 파티가 열린 어느 날 밤이었다. 그 파티는 잭 맬던이 위크필드 씨가 겨우 준비한 사관후보생인가 뭔가 하는 자리를 얻어, 인도로 떠나는 것을 축하하기 위한 모임이었다. 그날은 또한 박사님의 생신이기도 했으므로, 학교에는 수업이 없었다. 오전에는 학생들이 박사님께 선물을 드리고, 학생 대표를 통해 축사를 올리고, 다 같이 만세를 불렀으므로, 우리는 목이 쉬고, 박사님도 목이 메어 눈물을 흘렸다. 저녁에는 위크필드 씨와 아그네스와 함께 나는 박사님이 초대한 다과회에 갔다.

잭 맬던 씨가 우리보다 먼저 와 있었다. 우리가 들어갔을 때, 스트롱 부인은 하얀 드레스를 입고, 버찌색 리본을 달고 피아노를 치고 있었다. 박사님은 부인에게 기대 앉아 악보를 넘겨주고 있었다. 부인이 고개를 돌렸을 때 얼굴빛은 평소처럼 화사하지는 않았지만 여전히 매우 아름다웠다.

"내가 축하 인사하는 걸 깜빡 잊고 있었네, 박사." 우리가 자리에 앉으려 할 때, 스트롱 박사의 장모가 말했다. "자네도 알겠지만, 내가 하는 축하는 단순한 축하가 아니라 그 이상이지. 아무튼 앞으로도 오늘같이 행복한 날이 이어지기를 바라네."

"고맙습니다, 장모님." 박사님이 대답했다.

"이 복된 날이 계속되기를 바라네." 노병이 말했다. "박사 자신을 위해서만이 아니라 애니와 잭 맬던이나 다른 많은 사람을 위해서도. 잭이 코퍼필드 도련님보다 머리 하나만큼 더 작은 꼬마였을 때, 뒷마당 나무딸기 숲 그늘에서 소꿉장난을 하면서 애니와 사랑을 속삭이던 때가 어제 같은데."

"어머니," 스트롱 부인이 말했다. "이제 그만해요."

"애니야, 어리석은 소리하지 마라." 어머니가 말했다. "나잇살 먹은 기혼녀인 네가 고작 이 정도 소리를 듣고 얼굴을 붉히다니. 언제쯤에야 그런 말을 듣고도 아무렇지 않겠니?"

"나잇살을 먹었다고요?" 잭 맬던이 외쳤다. "애니가요? 그렇게 말씀하시긴가요!"

"그래, 존." 노병이 대답했다. "사실이 그렇잖니. 물론 실제 나이가 그렇다는 게 아니야—내가 스무 살 난 여자 보고 늙었다고 말한 적이 있니? 누구든 들은 적이 있는 사람 말해 봐!—하지만 네 사촌은 박사의 부인이야. 그래서 내가 나이 든 기혼녀라고 했어. 존, 네 사촌이 박사 부인이 된 건 네게도 잘된 일이야. 너는 박사에게서 꽤 많은 도움을 받았잖니. 너만 잘한다면 앞으로도 더 친절한 도움을 받을 거야. 나는 쓸데없는 허세 따위 부리지 않으니까. 솔직히 말하는데, 우리 친척들 중에는 박사의 도움이 필요한 사람이 많이 있어. 너도 사촌 덕에 박사의 도움을 받기 전까지는 그들과 다를 바 없었잖니."

그때 마음씨 좋은 박사님이 그런 것은 아무렇지도 않다는 듯이, 또 잭 맬던을 이런 시달림에서 구해주려는 듯이 손을 크게 내저었다. 그러나 마클람 부인은 박사님 곁에 있는 의자로 옮겨 앉더니 박사님의 코트 소맷자락을 부채로 누르며 말했다.

"박사, 그래선 안 되네. 내가 지나치게 이 점을 강조하는 것처럼 보인다면 용서하게나. 하지만 나는 진심으로 그렇게 생각하고 있거든. 나 스스로도 집념이라고 말하지만, 나한테는 정말로 중요한 문제라네. 자네는 우리의 큰 은인이야. 하느님의 은총이라고."

"당치도 않은 말씀입니다, 천만에요." 박사님은 말했다.

"아니야, 그렇지 않아." 노병이 대꾸했다. "이곳에는 다정하고 미더운 우리의 친구 위크필드 씨뿐이니까, 나도 꼭 말해야겠어. 박사가 자꾸 고집을 피운다면 나는 장모의 특권을 행사하여, 사위인 자네를 꾸짖겠네. 나는 매우 정직한 사람이니 털어놓고 이야기하겠네만, 이런 말을 하는 것이 오늘이 처음은 아냐. 박사가 처음 애니와 결혼하겠다고 했을 때, 내가 얼마나 놀랐는지 박사도 기억할 거야. 구혼했다는 단순한 사실 자체에는 크게 이상할 게 없지만—이렇게 말하면 우스울지 모르지만!—박사는 애니의 가엾은 아버지를 알고 있었고, 생후 여섯 달 되었을 때부터 이 애를 알고 있었으므로, 나는 박사를 그런 쪽으로는 전혀 생각해 보지도 않았네. 무엇보다 박사가 결혼을 하리라고는 꿈에도 생각지 못했으니까. 알겠나?"

"네, 알았습니다." 박사님은 기분 좋게 말했다. "하지만 이제 그만 잊어 주세요."

"천만에." 노병은 박사님의 입술을 부채로 막으며 말했다. "나는 절대 잊을 수 없네. 내가 그 일을 꺼내는 것은, 만약 내가 잘못 알고 있으면 반박해 주길 원하기 때문이야. 그 뒤 나는 애니에게 이야기했지. 박사의 말을 전해 주었어. '애야, 스트롱 박사가 방금 오셔서 네게 사랑을 고백하고 구혼했단다!' 내가 조금이라도 압력을 가했을까? 절대로 아니야. 나는 계속했지. '자, 애니야, 네 진심을 말해다오. 이미 사랑을 맹세한 상대가 있니?' 그러자 이 애는 울면서 말했다네. '엄마, 나는 너무 어려요.' 이건 맞는 말이었지. '사랑이 있는지 없는지도 모르겠는걸요'라고 했고. 내가 말했지. '사랑하는 사람이 없다면 됐다. 좌우간 애야, 스트롱 박사님은 아주 흥분해 계시니 서둘러 대답해 드려야 해. 지금처럼 이도저도 아닌 상태로 둘 수는 없어.' 그런데 애니가 또 울면서 말하더군. '엄마, 내가 없으면 박사님이 불행해질까요? 그렇다면 나는 박사님을 몹시 존경하니까 결혼해도 좋아요.' 이렇게 해서 일이 결정된 거야. 그제야 나도 처음으로 애니에게 말했네. 그 전에는 입도 뻥긋하지 않았어. '애니야, 박사님은 네 남편 역할뿐 아니라 돌아가신 아버지 역할까지 해주실 거다. 박사님은 우리 집의 가장, 우리 가문의 지혜와 명예를 대표하고, 집안 살림의 기둥이 되어주실 거야. 간단히 말해서 우리 집안의 은혜가 될 분이야.' 나는 그때도 은혜라는 말을 썼고, 오늘도 또 썼어. 내게 장점이 있다면, 꾸준한 것이지."

애니는 이 장황한 연설 내내 가만히 눈을 내리깐 채 한마디도 하지 않았다. 박사님도 그 옆에 서서 똑같이 바닥만 바라보고 있었다. 그런데 그때 처음으로 애니가 떨리는 목소리로 속삭이듯 말했다.

"어머니, 그만하세요."

"아니다, 애니야." 노병은 말했다. "아직 끝나지 않았어, 네가 그만하라고 하니 말이다만 아직 끝나지 않았다. 내가 불만인 건 네가 친정 식구에게 너무 차갑다는 거야. 너에게 아무리 불평해 보았자 소용이 없으니 이제는 네 남편에게 해야지. 아무튼, 여보게, 박사. 자네의 이 어리석은 아내를 잘 봐주게나."

박사님이 소박하고 점잖은 미소를 띠고 고개를 돌려 상냥하게 아내를 바라보자, 아내는 더욱 고개를 숙이고 말았다. 나는 위크필드 씨도 그녀를 줄곧 바라보고 있다는 것을 알았다.

"지난번에도 이 철딱서니 없는 것에게 말한 게 있어." 어머니는 장난이라도 하듯이 고개를 설레설레 젓고 부채를 딸에게 들이대며 계속했다. "네가 네 남편에게 말해 주면 좋을―아니야, 꼭 이야기해야만 하는―가정 사정이 있다고. 그랬더니 이 철없는 것이 하는 말이, 그걸 남편에게 말하면 도와달라는 부탁이 된다는 거야. 그리고 남편은 마음이 아주 넓어서 부탁하면 늘 다 들어주므로 그런 말을 할 수가 없다는 거야."

"여보, 애니." 박사님이 말했다. "그건 잘못이오. 모처럼 당신을 기쁘게 해줄 수 있었을 텐데."

"내가 저 애에게 한 말이 바로 그거라네!" 어머니는 외쳤다. "앞으로 또 그런 일이 있을 때 저 애가 같은 이유로 자네에게 말하려 하지 않을 때는 내가 직접 말하겠네."

"그렇게 해주시면 고맙겠습니다." 박사님이 대답했다.

"정말인가?"

"그렇습니다."

"그러면, 그렇게 하겠네! 약속한 걸세." 자기의 취지가 관철되었으므로, 장모는 먼저 부채에 입을 맞추고, 그걸로 박사님의 손을 몇 번 톡톡 친 뒤에 만족스럽게 먼젓번 자리로 돌아갔다.

이어서 몇 사람이 더 들어왔다. 그들 가운데에는 선생님 두 분과 학급 회장 애덤스도 있었다. 화제는 일반화되었다. 그리고 자연히 잭 맬던에 대한 것, 그의 여행과 그가 향할 나라, 앞으로의 계획과 전망에 관한 이야기로 옮겨갔다. 그는 그날 밤, 식사 뒤에 우편 마차를 타고 자기를 싣고 갈 배가 정박 중인 그레이브젠드로 떠나기로 되어 있었다. 그리고 만약 그가 휴가나 건강상 이유로 돌아오지 않는다면, 몇 년 동안이나 떠나 있을지 알 수 없다고 했다. 그때의 이야기에 따르면, 인도는 잘못 알려진 나라로서, 호랑이 한두 마리가 있고 낮에 약간 더운 것 말고는 별 어려움이 없다는 것이 모든 사람들의 공통된 의견이었다. 나한테는 잭 맬던이 현대판 신드바드 같았으며, 하늘을 지붕 삼고 앉아, 늘이면 1마일이나 될 구불구불한 황금 파이프로 담배를 피우는 동양의 모든 왕들과 절친한 친구로 지내는 사람쯤으로 보였다.

스트롱 부인은 가수처럼 노래를 잘 불렀다. 혼자 노래하는 모습을 곧잘 봤으므로 잘 알고 있었다. 그런데 그날 저녁에는 사람들 앞에서 노래하기가 두려웠는지, 아니면 정말로 목이 아팠는지는 모르지만, 사촌 맬던과 이중창을 시도했으나 시작부터 마음대로 되지 않았다. 그 다음엔 부인이 독창을 했는데, 처음에는 아름다운 목소리로 불렀으나 갑자기 목소리가 끊어지더니, 피아노 건반 위에 엎드려 울음을 터뜨렸다. 상냥한 박사님은, 부인이 조금 흥분한 것 같다고 말하면서, 부인을 위로하기 위해 카드놀이를 한 판 하자고 제의했다. 하지만 정작 박사님은, 트롬본을 부는 것보다도 카드놀이가 서툴렀다. 노병은 박사님을 바로 자기 파트너로 끌어들이더니, 거들먹거리며 우선 만일을 위해 박사님이 가진 모든 은화를 모두 자기에게 맡기라고 하는 것이었다.

카드놀이는 즐거웠다. 박사님, 장모가 나비가 새겨진 모자를 쓰고 지켜보고 있음에도 많은 실수를 범했다. 그래서 장모는 크게 화가 난 모양이었지만, 그 때문에 놀이의 흥이 깨질 정도는 아니었다. 스트롱 부인은 기분이 좋지 않다며 처음부터 게임에 끼지 않았고, 사촌 맬던도 짐을 마저 꾸려야 한다면서 자리에서 물러났다. 그러나 짐을 다 꾸리자 맬던 씨는 다시 돌아와, 부인과 같이 소파에 앉아서 이야기했다. 애니도 이따금씩 박사님에게로 와서 박사님의 패를 넘겨다보면서 훈수를 했다. 들여다보는 부인의 얼굴은 유난히 창백했고, 카드를 가리키는 부인의 손가락은 떨리는 것 같았다. 그러나 박사님은 부인이 자기에게 관심을 보여준 것이 마냥 기뻐서, 실제로 부인의 손이 떨렸다 하더라도 눈치채지 못했을 것이다.

저녁 식사 때는 그다지 즐겁지 못했다. 모두가 그런 작별을 거북하게 생각하는 것 같았다. 작별할 시간이 가까워지면 가까워질수록 분위기는 점점 더 어색해졌다. 잭 맬던 씨는 어색함을 지워보려고 수다스럽게 떠들어댔지만, 자기도 마음이 편치가 않아서 분위기는 오히려 더욱 서먹해졌다. 그래서 노병이 잭 맬던 씨의 어린시절 이야기를 계속 꺼냈으나 어색한 분위기는 조금도 나아지지 않았다.

그러나 박사님은 모두가 즐거워하고 있다고 혼자 철석같이 믿고 크게 기뻐하느라, 우리가 괴로워하고 있다고는 조금도 생각하지 못했다.

"여보, 애니," 박시님은 시계를 보고 나서 술잔에 술을 부으며 말했다. "당신 사촌 잭이 떠날 시간이 지났소. 우리는 그를 붙들어선 안 돼. 세월—특히 이 경우에는 조수도 그렇지—은 사람을 기다리지 않으니까 말이오. 잭, 자네는 앞으로 긴 항해를 해야 하고 낯선 나라에 가야 해. 그러나 지금까지 수많은 사람들이 그 두 가지에 도전해 왔고 앞으로도 영원히 그럴 걸세. 위험을 무릅쓰고 자네가 헤쳐나가야 할 바람도, 수천의 사람을 행운의 기슭으로 몰고 갔다가 행복하게 되돌아오게 한 바람이야."

"그래도 가슴 아픈 일이야." 마클람 부인이 말했다. "아무리 생각해도, 가슴 아픈 일이야. 갓난아기 적부터 잘 알던 훌륭한 젊은이가 모든 것을 버리고, 어떤 운명이 기다리는지도 모르는 세상 반대쪽으로 떠나는 것을 보니, 정말 가슴이 아프단 말이야." 박사님을 바라보면서 그녀는 계속했다. "젊은이는 도움을 받고 보호받는 것이 당연해. 특히 이렇게 큰 희생을 치르고 가는 젊은이는."

"잭 맬던 군, 시간은 빨리 지나갈 걸세." 박사님이 말을 이었다. "누구에게나 그렇지. 우리 가운데는 자연의 섭리 때문에, 자네의 귀국을 못 보고 죽는 사람도 있을 것이네. 그러니 그런 희망만이라도 품고 있어야 해. 나도 아마 자네의 귀국을 못 보겠지. 하지만 좋은 충고를 한답시고 자네를 지루하게 하지는 않겠네. 자네는 오랫동안 사촌 애니를 훌륭한 귀감으로 삼아 왔으니까, 되도록 애니의 미덕을 본받게나."

마클람 부인은 부채질하면서 고개를 설레설레 저었다.

"잭 군, 잘 가게나." 박사님은 일어서며 말했다. 뒤이어 우리도 모두 일어났다. "멋진 항해와 외국에서의 성공과 무사 귀국을 빌겠네!"

우리 모두는 축배를 들고, 잭 맬던과 악수했다. 이윽고 그는 거기 있던 부인들과 작별 인사를 하는 둥 마는 둥 하고는 문 있는 데로 급히 빠져나갔다. 마차에 오르자 환송하기 위해 잔디밭에 모여 있던 많은 학생이 일제히 환호하면서 그를 맞았다. 나도 학생들 사이에 끼기 위해 달려가서 마차가 움직이기 시작할 때는 마차 바로 곁에 서게 되었다. 얼굴이 달아오른 잭 맬던이 덜커덩거리는 마차를 타고서 환성과 먼지 속을 지나쳤다. 손에는 연분홍색 물건을 들고 있는 모습이 인상적이었다.

학생들은 또 한 번 박사님과 박사님 부인에게 환호를 보낸 다음 해산했다. 집으로 돌아와 보니, 손님들이 모두 박사님 주위에 모여서서 잭 맬던의 떠날 때의 표정이 어떠했으며, 어떻게 슬픔을 참았으며, 그의 기분이 어떠했다는 따위의 이야기를 하고 있었다. 그러한 수다로 분위기가 무르익을 때 막클람 부인이 "애니는 어디 있어?"라고 소리쳤다.

애니는 그곳에 없었다. 다 같이 애니를 불렀으나 대답이 없었다. 어떻게 된 일인지 알아보려고 모두 밖으로 몰려나갔을 때, 애니는 현관 바닥에 쓰러져 있었다. 처음에는 모두가 깜짝 놀랐으나, 애니는 단지 기절했을 뿐이며, 평범한 처치로 회복시킬 수 있다는 것을 알게 되었다. 박사님은 부인의 머리를 자기 무릎 위에 올려놓고 한 손으로 부인의 머리채를 쓰다듬었다. 박사님은 주위를 돌아보며 말했다.

"가엾은 애니! 애니는 참으로 성실하고 인정이 많아요! 옛날부터 소꿉친구였으며 가장 따르던 오빠와 헤어진 슬픔 때문에 이 꼴이 되었어요. 아! 가엾어라! 정말 가엾어!"

부인은 눈을 뜨더니 자기가 쓰러졌다는 것을 깨닫고 주위에 둘러서 있는 사람들을 보자, 부인은 부축을 받으며 일어나서 고개를 돌렸다. 그리고 박사님의 어깨에 머리를 기대기 위해서인지, 아니면 우리에게서 얼굴을 숨기고 싶어서였는지, 아무튼 옆으로 고개를 휙 돌렸다.

우리는 부인을 박사님과 어머니와 함께 남겨 두고 응접실로 들어왔다. 그런데 부인은, 아침보다 기분이 훨씬 좋아졌으니 모두가 있는 곳으로 데려다 달라고 말한 것 같았다. 어쩔 수 없이 부인을 부축해 와서 소파에 앉혔는데, 얼굴이 핼쑥하고 쇠약해 보였다.

"애니," 어머니는 딸의 옷을 고쳐주며 말했다. "너, 나비 리본을 잃어버렸구나! 누가 나비 리본을 찾아주지 않겠어요? 연분홍빛 리본인데."

그것은 부인이 가슴에 달고 있던 리본이었다. 모두가 찾아보았으나, 아무도 찾아내지 못했다.

"애니, 네가 마지막으로 그 리본을 달고 있었던 곳을 기억하겠니?" 어머니가 물었다.

조금 전까지 달고 있었다고 말하고는 찾을 만한 것이 못 된다고 대답하는 부인의 얼굴이 왜 그렇게 창백했는지, 왜 그렇게 핏기가 조금도 없었는지, 나는 그것이 몹시 마음에 걸렸다.

아무튼 우리는 리본을 다시 찾아보았으나 허탕이었다. 더 이상 찾지 말라고 부인이 애원했지만 우리는 무작정 찾아보았다. 마침내 부인이 완전히 회복되었을 때에야 우리는 그곳을 떠났다.

위크필드 씨와 아그네스와 나는 천천히 걸어서 집으로 돌아왔다. 아그네스와 나는 달빛의 아름다움을 찬미했지만, 위크필드 씨는 좀처럼 고개를 들지 않고 묵묵히 땅만 내려다보고 걸었다. 드디어 우리가 집에 다다랐을 때, 아그네스가 식당에다 가방을 놔두고 왔다고 말했다. 나는 그녀의 일이라면 무조건 도와주고 싶었으므로 기꺼이 가방을 가지러 달려갔다.

식당에는 불이 꺼져 있었고 아무도 없었다. 식당과 박사님의 서재 사이에 문이 하나 있는데, 그 문을 열고 불이 켜진 서재로 들어갔다. 그러고는 내가 온 까닭을 이야기하고 촛불을 하나 빌리려 했다.

박사님은 난롯가 안락의자에 앉아 있었고, 박사님의 젊은 부인은 그의 발치에 앉아 있었다. 박사님은 흐뭇한 미소를 띤 채로 무슨 이론의 설명 아니면 끝나지 않은 사전 원고를 큰 소리로 읽고 있었고, 부인은 남편을 쳐다보고 있었다. 그때 부인의 표정은 너무 아름다웠다. 한 번도 본 적 없는 표정이었다. 아주 창백해져 넋을 잃은 듯 뭔가를 뚫어지게 바라보고 있었는데 뭐라고 말할 수 없는, 야성적이고도 몽유병자처럼 막연한 공포에 사로잡힌 것 같았다. 부인은 눈을 크게 뜨고 있었다. 갈색의 풍성한 머리채는 두 가닥으로 나뉘어져 양

쪽 어깨를 타고, 리본이 없어 가슴팍이 벌어진 하얀 드레스 위에까지 늘어져 있었다. 나는 부인의 표정을 지금도 또렷이 기억하지만, 그 표정이 무엇을 뜻하는지는 알 수가 없었다. 후회, 굴욕, 수치, 자존심, 사랑, 신뢰, 이 모든 것들을 한꺼번에 얼굴에 나타냈고, 그 표정에는 뭐라 말할 수 없는 두려움이 깃들어 있었다.

내가 들어가서 볼일을 말하자 부인은 깜짝 놀랐다. 부인뿐만 아니라 박사님까지 그랬다. 책상에서 가지고 온 초를 돌려주기 위해 다시 방에 들어갔을 때, 박사님은, 책만 읽어주고 다른 것에는 미처 마음을 쓰지 못했으니 자기가 무정했다고 말하면서 아버지같이 부인의 머리를 쓰다듬고 있었다. 그리고 이제 가서 자라고 말하던 참이었다.

그러나 부인은 조급한 태도로, 자기를 그대로 있게 해 달라고 간청했다. 그날 밤은 자기가 박사님의 신임을 받고 있다는 것을 확실히 느끼게끔 머물게 해 달라는 뜻으로 띄엄띄엄 속삭이는 것이 들렸다. 내가 그 방을 나와서 문 있는 데로 향하자, 부인은 나를 한번 바라본 뒤에 다시 두 손을 박사님의 무릎에 포개놓고, 아까와 똑같은, 그러나 좀더 평온한 얼굴로 독서하는 박사님을 바라보았다.

그것은 매우 인상적이었다. 나는 그 뒤로도 오래오래 그 광경을 잊지 못했다.

17장
몰래 나타난 남자

　지난번 달아난 이래로 나는 페거티에 대해서 이야기하는 것을 잊고 있었지만 물론 편지는 계속 쓰고 있었다. 도버에 자리를 잡자마자 바로 한 통 보냈고, 대고모가 정식으로 나를 보호하게 되었을 때는 좀더 긴 편지에다 모든 것을 자세히 써서 보냈다. 그리고 스트롱 박사의 학교에 다니기로 결정되었을 때도, 나는 그녀에게 편지를 보내 나의 행복한 처지와 장래에 대해 자세히 알렸던 것이다. 나는 딕 씨가 준 돈을 요긴하게 쓸 수 있어서 비할 데 없이 기뻤는데, 바로 페거티한테서 빌린 반 기니 금화를 편지에 함께 넣어 우편 마차 편으로 부칠 수 있었다. 그 편지에 나는 처음으로 당나귀 마차를 모는 그 젊은이에 대해 썼다.

　그러한 내 편지에 페거티는 곧바로 답장을 보내왔다. 페거티는 온갖 지혜를 짜내어 내 여행에 대한 자기의 느낌을 써 보냈는데, 잘된 문장은 아니었지만 나에게는 더 큰 감명을 주었다. 편지를 쓰는 동안 내내 울었는지 편지지가 눈물방울에 젖어서 얼룩져 있었다. 군데군데 찍혀 있는 그러한 얼룩이 없었다면, 종결어미는 마구 튀어나오지만 끝나지 않고 종횡무진으로 이어지는 글만으로는, 그녀의 마음을 모두 나타내지 못했을 것이다. 능란한 문장보다도 그런 얼룩자국이 그녀의 마음을 훨씬 잘 전해 주었고, 나로서는 그 이상 바랄 것이 없었다.

　나는 페거티가 아직도 대고모를 좋아할 수 없다는 것을 바로 이해했다. 싫은 인상을 계속 품고 있었던 그녀에게는 너무 뜻밖의 소식이었던 것이다. 사람은 참 알 수가 없다더니 미스 벳시가 지금까지 생각하던 것과는 너무도 다른 사람인 듯해서 정말 좋은 교훈을 얻었다고 페거티는 써 보냈다. 그러나 그녀는 아직도 미스 벳시를 두려워하는 것이 확실했다. 대고모에게 겁에 질린 투로, 감사한 마음으로 경의를 나타내는 글을 전해달라고 한 것으로 보아서 말이다. 그리고 페거티는 나의 신상에 관해서도 걱정하고 있음이 분명했다. 야머스까지의 마차 요금은 말만 하면 언제든지 보내 주겠다고 몇 번이나 되풀이한 것을 보면, 그녀는 내가 얼마 안 가서 다시 달아날 거라고 생각한 것 같았다.

페거티는 나에게 아주 충격적인 소식을 전했다. 우리가 살았던 옛집의 가구들이 경매에 부쳐졌고, 머드스톤 남매는 어디론가 떠났으며, 집은 세를 주거나 팔려고 내놓았다는 것이다. 그들 남매가 있을 때는 그 집에 관심이 없었으나, 정들었던 나의 집이 완전히 빈집이 되어, 마당에는 잡초가 자라고 길에는 낙엽이 쌓여 있을 것을 생각하니 가슴이 아팠다. 겨울바람이 집 주위에서 윙윙 불어대고, 비가 유리창을 때리며, 달빛이 텅 빈 방 벽에다 유령 같은 그림자를 드리우면서 밤새도록 쓸쓸한 방을 지켜보고 있는 광경을 떠올려 보았다. 나는 교회 뜰의 나무 밑 묘지도 생각해 보았다. 이젠 그 집 자체가 죽은 것처럼 여겨졌고, 아버지와 어머니에 관계된 모든 것들이 그림자처럼 사라져 없어진 듯했다.

그 밖에는 별다른 소식이 없었다. 바키스 씨는 훌륭한 남편이지만 여전히 약간 인색하다고 했다. 그리고 사람은 누구나 결점이 있으며, 자기도 많은 결점이 있다고 했다(어떤 결점인지 궁금할 정도였지만). 또한 남편이 안부를 전하며, 도련님의 조그마한 침실은 언제나 깨끗하게 준비되어 도련님이 오기만을 기다리고 있다고 말했다. 그녀의 오빠 페거티 씨도 잘 있고, 햄도 잘 있으나 거미지 부인은 우울한 상태라고 했다. 그리고 꼬마 에밀리에게서는 특별히 전할 말은 없었지만, 괜찮다면 이 페거티가 대신 안부를 전해도 좋다고 했다는 내용이었다.

나는 그런 편지 내용을 모두 대고모에게 그대로 전했지만, 꼬마 에밀리에 대한 이야기는 하지 않았다. 대고모가 꼬마 에밀리를 별로 좋아하지 않으리란 걸 알 수 있었기 때문이다.

내가 스트롱 박사의 학교에 갓 입학했을 무렵 대고모는 나를 보러 여러 번 캔터베리까지 왔었다. 대고모가 그때마다 불시에 나타났던 것은 아마 나를 깜짝 놀라게 할 작정에서였을 것이다. 그러나 내가 공부를 잘하고 있으며, 품행도 좋고, 학업의 발전 속도도 빠르다는 칭찬을 여러 사람에게서 듣고는, 대고모의 걸음이 뜸해졌다.

나는 서너 주일마다 한 번씩, 토요일에는 도버에 가서 대고모를 만나 마음껏 먹었다. 딕 씨는 한 주 건너 수요일마다 와 주었다. 딕 씨는 역마차를 타고 정오에 닿아 그 이튿날 아침까지 머물다 갔다.

그때에도 딕 씨는 가죽으로 된 글 쓰는 책상을 꼭 가지고 다녔다. 그 책상에는 필기도구, 회상록 원고가 들어 있었다. 딕 씨는 시간도 촉박하므로 회상록을 빨리 끝마쳐야 한다고 생각하고 있었다.

딕 씨는 생강빵을 몹시 좋아했다. 그래서 딕 씨의 방문을 더욱 즐겁게 해주기 위해, 대고모는 과자점에서 외상거래를 하도록 나에게 지시했다. 하지만 하루에 1실링 이상 거래해서는 안 된다는 조건을 달았다. 그 빵값과 딕 씨가 숙박한 시골 여관비 모두는 내기 전에 대고모에게 맡겨지는 것을 보고, 나는 딕 씨가 돈을 가지고 짤랑짤랑 소리만 냈지 지급할 권리는 없다는 생각을 하게 되었다. 그건 내 생각이 맞았다. 조사해 보니, 적어도 딕 씨가 쓰는 모든 비용은 대고모의 허락을 받아야 한다는 약속이 그와 대고모 사이에 체결되어 있다는 것을 알았다. 딕 씨는 대고모를 속일 마음을 먹기는커녕 언제나 대고모를 기쁘게 해주려고만 애썼으므로 돈을 함부로 쓰지 않으려고 조심했다. 다른 모든 면에서도 마찬가지지만, 금전적인 면에서도 대고모는 누구보다도 현명하고 가장 뛰어난 여자라고 딕 씨는 굳게 믿고 있었다. 그런 말을 딕 씨는 중대한 비밀이라도 털어놓는 것처럼 소리를 낮추고 나에게 말해 주었다.

"트롯우드," 어느 수요일 딕 씨는 또 그 비밀을 털어놓은 뒤 수상한 태도로 말했다. "우리 집 근처에 숨어서 그녀를 놀라게 하는 녀석이 누구지?"

"대고모님을 놀라게 한다고요?"

딕 씨는 고개를 끄덕였다. "나는 누구도 그녀를 놀라게 할 수는 없다고 생각해. 왜냐하면 그 여자는," 여기서 딕 씨는 조용히 속삭였다. "이 이야기는 아무한테도 해서는 안 돼. 대고모님은 누구보다도 현명하고 훌륭한 여자니까" 하고는, 딕 씨는 물러앉아 대고모에 대한 그 말이 나에게 어떤 영향을 미쳤는가를 가만히 살펴보는 것 같았다.

"처음으로 그자가 온 것은," 딕 씨가 말했다. "가만 있자, 1649년은 찰스 왕이 처형된 해였고, 네가 1649년이라고 했었지?"

"네."

"그러니까 그 부분을 도저히 모르겠단 말이야." 딕 씨는 몹시 당황하여 고개를 저으며 말했다. "내가 그렇게 늙었다고는 생각하지 않는데."

"그 사나이가 나타난 것이 바로 그해였나요?" 나는 물었다.

"그래." 딕씨는 말했다. "트롯우드, 어째서 그 일이 하필이면 그해에 일어났는지 알 수 없어. 너는 그 해를 역사를 통해 알았니?"

"네, 그래요."

"역사가 그렇다니까 거짓말은 아닐 텐데."

딕 씨는 한 가닥 희망을 가지고 말했다.

"당연하죠." 나는 아주 자신 있게 말했다. 나는 솔직했고 어렸으므로 정말로 그렇게 생각했었다.

"그런데 나는 그것을 믿을 수가 없단 말이야." 딕 씨는 고개를 저으며 말했다. "어딘가 잘못됐어. 아무튼 그자가 처음 온 것은, 찰스 왕의 두통거리가 그의 머리에서 내 머리로 옮겨온 바로 뒤였어. 나는 차를 마시고, 미스 트롯우드와 산책하고 있었지. 어둠이 깔렸을 무렵이었는데, 그자가 우리 집 가까이 있었어."

"서성거리고 있었나요?" 나는 물었다.

"서성거리고 있었느냐고?" 딕 씨는 되풀이하여 물었다. "가만 있자, 좀 생각을 해야겠어. 아니야, 아니지, 그자는 서성거리지 않았어."

나는 해답을 얻을 수 있는 가장 가까운 길을 택하여 물었다. "그자는 뭘 하고 있었나요?"

"그자는 거기에 있지 않았어." 딕 씨는 말했다. "갑자기 대고모 뒤에 나타나서 낮은 소리로 속삭였어. 대고모는 고개를 돌려 그자를 바라보고는 곧 기절해버렸어. 내가 어안이 벙벙해서 보고 있었더니 그자는 사라져버렸어. 그런데 참으로 이상한 것은, 그자가 땅속으로 숨었는지 어디 다른 곳으로 가버렸는지는 몰라도, 그 뒤로는 감쪽같이 숨어서 한 번도 모습을 보이지 않았으니 이 얼마나 이상한 이야기냐!"

"그 뒤로 그자가 숨어 버렸단 말인가요?" 나는 물었다.

"틀림없이 숨어 있었어." 딕 씨는 심각하게 고개를 끄덕이며 대답했다. "그러고는 어젯밤 느닷없이 나타났어! 우리가 산책할 때, 그자가 다시 대고모 뒤에 나타났어. 나는 금방 그자를 알아봤지."

"그자가 다시 대고모님을 놀라게 했나요?"

"온몸을 떨게 했지." 딕 씨는 그때의 감정을 흉내내어 이를 갈면서 말했다. "대고모는 울타리 기둥을 부여잡고 소리쳤어. 그런데 트롯우드, 이리 와봐." 그는 나를 가까이 오게 하더니 아주 나지막하게 속삭였다. "왜 대고모는 달빛 아래에서 그자에게 돈을 주었을까?"

"아마 거지였나 보지요."

딕 씨는 당치도 않다는 듯이 고개를 설레설레 저었다. 그러고는 아주 자신만만하게 대답했다. "거지는 절대 아니야!" 딕 씨는 실은 그 뒤에도 밤늦게 대고모가 뜰 울타리 밖, 달빛 아래에서 그자에게 돈을 주는 것을 창문에서 보았으며, 그자는 돈을 받고서는 다시 땅속으로(그는 틀림없다고 호언했다) 사라져버렸다고 했다. 그리고 대고모님은 허겁지겁 집으로 되돌아왔는데, 그 다음 날 아침이 되어도 평소와는 사뭇 다른 모습이어서, 그것이 딕 씨를 괴롭혔다고 했다.

내가 그 말을 처음 들었을 때는, 정체불명의 그자는 딕 씨의 망상에 지나지 않는다고만 믿었다. 딕 씨를 혼란스럽게 하는 불행한 찰스 왕과 같은 부류의 인물이라고만 생각했던 것이다. 그러나 다시 생각해보니, 어쩌면 대고모의 보호 아래에서 불쌍한 딕 씨를 빼앗아가려는 시도 혹은 협박이 아닌가 하는 의심이 들기 시작했다. 그래서 딕 씨를 끔찍이 사랑하는 대고모가 그의 평화와 안전을 위해 몰래 돈을 준 것이 아닌가 하는 의문이 일기 시작했다. 나도 딕 씨를 매우 사랑하고 그의 행복을 바라는 마음이 간절했기에 그런 상상까지 하게 된 것이다.

그리고 오랫동안, 그가 찾아오는 수요일마다, 만약 딕 씨가 마부석에 앉아 있지 않으면 어쩌나 하는 불안감에 시달렸다. 그러나 매번 그는 백발을 휘날리며 즐거운 표정으로 나타났다. 그리고 대고모를 놀라게 한 그자에 대한 이야기를 다시는 하지 않았다.

나를 찾아오는 수요일이 딕 씨의 생활에서 가장 즐거운 날이었다. 딕 씨는 곧 학교의 모든 학생들에게 알려졌으며, 연날리기 말고는 어떤 놀이에도 직접 참여하지는 않았지만, 우리가 하는 모든 놀이에 어느 학생 못지않게 깊은 관심을 기울였다. 구슬치기나 팽이 시합을 그가 얼마나 흥미진진한 얼굴로 구경했으며, 아슬아슬한 순간마다 거의 숨도 쉬지 못한 채 열중하는 것을 나는 얼마나 많이 보았던가! 토끼와 사냥개 놀이*1 때에는, 언덕 위에까지 올라가 백

---

*1 토끼가 되어 종잇조각을 뿌리며 달아나는 두 아이를 여럿이 사냥개가 되어 뒤쫓아 가는 놀이.

발의 머리에 썼던 모자를 벗어 들고 흔들면서 달리는 아이들을 응원하던 모습을 내가 얼마나 여러 번 보았던가! 그리고 크리켓 경기를 볼 때의, 그 많은 여름 시간이 그에게 얼마나 행복한 순간이었던가를 나는 알고 있다. 겨울에는 눈보라와 칼바람이 몰아치는 가운데 코가 새빨갛게 언 채로 서서, 학생들이 길게 미끄럼을 타면서 내려가는 것을 보고, 장갑 낀 손으로 열광하며 손뼉을 쳤었다.

딕 씨는 모두에게서 사랑받았다. 그리고 손재주도 뛰어났다. 그는 오렌지 하나 자르는 데도 우리가 상상조차 못할 묘할 방법을 동원했고, 꼬챙이 하나로도 배를 만들 수 있었다. 또 양의 뼈로 체스 말을 만들었으며, 낡은 카드로 고대 로마의 멋진 전차를 만들었으며, 실 뽑는 물레로 살이 있는 바퀴를 만들었고, 낡은 철사줄로 새장을 만들었다. 그러나 가장 압권은 솜과 지푸라기로 만드는 것들이었다. 그것들을 보고 있으면, 손끝으로 만들 수 있는 것은 무엇이든 만들 수 있다는 생각이 들었다.

딕 씨의 인기가 우리에게만 한정된 것은 아니었다. 수요일이 두서너 번 지나자, 스트롱 박사가 딕 씨에 대한 몇 가지를 나에게 물어왔다. 그래서 나는 대고모가 들려준 대로 모두 이야기했다. 그랬더니 박사님은 대단한 흥미를 보이며, 다음번에 딕 씨가 찾아오면 자기에게 꼭 소개해 달라고 부탁했다. 나는 그렇게 해주었다. 박사님은 딕 씨에게, 만약 앞으로 역마차 정거장에서 트롯우드를 만나지 못할 때는 직접 학교로 와서, 오전 수업이 끝날 때까지 쉬면서 기다리라고 간곡히 말했다. 그러나 그것이 곧 습관이 되어 그는 당연하다는 듯이 학교로 찾아왔다. 수요일이면 흔히 있는 일인데, 내가 조금 늦게 마중 나가면, 딕 씨는 벌써 안마당까지 들어와서 나를 기다렸다. 그리고 딕 씨는 박사님의 아름다운 부인과도 사귀게 되었다(이 무렵 박사님의 부인은 전보다도 얼굴이 더 창백했고, 내 앞이나 다른 사람들 앞에 전만큼 얼굴을 나타내지 않았으며, 그다지 기운도 없었다. 하지만 여전히 아름다웠다). 그리고 박사님의 부인과 점점 더 친해지자 이제는 교실 안에까지 들어와서 기다리게 되었다.

딕 씨는 언제나 같은 장소의 같은 의자에만 앉았으므로, 그 자리에는 '딕'이라는 별명이 붙게 되었다. 거기에 앉아서 백발의 머리를 앞으로 숙이고, 여태까지 자기가 얻을 수 없었던 학문에 존경심을 보내며 수업에 열심히 귀를 기울였다.

학문에 대한 존경은 박사님에게까지 미쳤다. 딕 씨는 박사님을 고금을 통틀어 가장 고매하고 유능한 철학자로 생각했다. 그가 모자를 쓴 채로 박사님과 이야기할 수 있게 되기까지는 상당한 시간이 걸렸다. 두 사람이 아주 친해져서 박사님의 산책 장소로 알려진 안뜰 가장자리를 몇 시간씩이나 함께 산책할 때도 딕 씨는 가끔 모자를 벗고 스트롱 박사의 지혜와 지식에 경의를 표했다. 그런 산책길에 어째서 박사님이 그 유명한 사전의 일부분을 딕 씨에게 읽어주게 되었는지 그 까닭은 나로서는 알 수가 없다. 아마 처음에는 혼자 읽는 것이나 마찬가지라고 생각하고 시작했을 것이다. 그러나 어느새 그것도 습관이 되어버렸다. 딕 씨는 자부심과 기쁨으로 빛나는 얼굴로 박사님이 읽어주는 것을 열심히 들었다. 그리고 진정으로 그 사전이 이 세상에서 가장 재미있고 멋진 책이라고 여겼다.

교실 창문 앞을 왔다 갔다 하는 그들—스트롱 박사님은 흐뭇하게 미소 지으며 때로는 원고지를 흔들기도 하고 심각하게 고개를 저으면서 읽어주었고, 딕 씨는 홀딱 빠져서 귀를 기울이고 있었지만, 그 어려운 말들의 날개를 타고 그의 빈곤한 지능이 얼마나 방황했을지는 오직 하느님만이 아실 것이다—의 모습에서 나는 둘도 없는 평온함을 느꼈다. 어수선한 세상만사는 사실 세상이나 나에게도 아주 보잘것없는 것이었으므로, 그들이 이 세상을 영원히 산책할 수 있다면 얼마나 좋을까 하고 문득 생각하기도 했다.

아그네스도 곧 딕 씨의 친구가 되었다. 딕 씨는 위크필드 씨 집에 자주 드나들었으므로 우라이아와도 사귀게 되었다. 딕 씨와 나의 우정은 날이 갈수록 더욱 두터워졌다. 더욱이 그 우정은 묘한 관계에서 긴밀하게 이어졌다.

딕 씨는 겉으로는 나의 보호자였지만, 조금이라도 의심스러운 일이 생기면 언제나 나와 의논하고 어김없이 내 지시에 따랐다. 왜냐하면 딕 씨는 나의 타고난 총명함을 깊이 존경했을 뿐만 아니라, 내가 대고모의 피를 진하게 이어받았다고 생각했기 때문이다.

어느 목요일 아침 학교로 돌아가기 전에(그날은 아침 식사 전에 한 시간 수업이 있었으므로) 딕 씨와 함께 역마차 승차장까지 배웅하러 가다가 거리에서 우라이아를 만났다. 그는 내가 자기 어머니와 함께 차를 마시기로 약속을 하고 아직 지키지 않은 것을 상기시켜주고는 몸을 꼬면서 덧붙여 말했다. "나도 도련님이 그 약속을 지키리라고는 생각하지 않았습니다. 어차피 우리는 아주 비천하니까요."

나는 우라이아를 좋아하는지 싫어하는지 갈피를 잡을 수 없었다. 이렇게 얼굴을 마주대고 서 있어도 분명히 알 수 없었다. 그러나 거만한 체하는 것은 무례한 짓인 듯해서 다만 초대해 주기만을 기다리고 있었다고 대답했다.

"아, 코퍼필드 도련님, 그러시다면, 정말로 우리가 비천한 것이 관계없다면, 오늘 저녁에 오시겠어요? 우리가 비천한 것이 마음에 걸리시면 오지 않아도 좋습니다, 코퍼필드 도련님. 우리도 자기 처지를 잘 알고 있으니까요."

나는 위크필드 씨에게 말씀드려서, 허락해 주신다면—물론 허락해 주시겠지만—기꺼이 가겠다고 했다. 마침 그날은 우라이아가 일찍 퇴근하는 날이므로, 저녁 여섯 시에 가겠다고 했다.

"어머니가 정말 기뻐하실 겁니다." 그는 우리와 함께 걸어가면서 말했다.

"그런데 오늘 아침 내 태도가 거만했다고 생각하지 않았나요?" 내가 물었다.

"아, 아니에요, 코퍼필드 도련님!" 우라이아는 대답했다. "그럴 리가 있나요! 생각해본 적도 없습니다! 도련님께서 우리의 처지가 비천해서 어울릴 수 없다고 생각하신다 할지라도 저는 거만하다고 하지 않았을 겁니다. 우리는 정말로 비천하니까요."

"요즘 법률 공부를 많이 하나요?" 나는 화제를 딴 데로 돌리기 위해 물었다.

"아니오, 코퍼필드 도련님." 그는 업신여기듯이 말했다. "제가 읽는 걸 공부라고는 할 수가 없어요. 때때로 저녁에 한두 시간 정도 티드 선생님의 책을 읽을 뿐인걸요."

"상당히 힘들지요?" 나는 물었다.

"그의 책은 가끔 이해가 안 될 때가 있어요. 하지만 똑똑한 분들에게는 그렇지 않겠죠." 우라이아는 대답했다.

걸음을 옮기면서, 그는 해골 같은 오른손 집게손가락으로 턱을 치면서 다음과 같이 말했다.

"코퍼필드 도련님, 티드 씨의 책에는 저처럼 지식이 보잘것없는 독자가 보면 이해가 안 되는 표현이 많아요. 라틴어로 된 낱말도 있고, 용어도 있으니까요."

"라틴어를 배우고 싶어요?" 나는 신이 나서 물었다. "내가 학교에서 라틴어를 배우고 있으니까, 기꺼이 가르쳐주지요."

"아, 고맙습니다, 코퍼필드 도련님." 그는 고개를 저으면서 대답했다. "가르쳐

주신다니 친절하십니다. 그러나 그것을 받아들이기에는 제 신분이 너무 천합니다."

"당치 않은 말이에요, 우라이아!"

"아, 용서하세요, 코퍼필드 도련님! 너무 고마워서, 할 수만 있다면 당장에라도 부탁드리고 싶지만, 제가 지식을 쌓는다고 해서 누구의 마음을 언짢게 하는 것도 아닌데, 신분이 천하다고 해서 저를 짓밟으려는 사람이 참 많습니다. 저 같은 사람은 분에 넘치는 뜻을 품지 않는 것이 좋아요. 천하게 태어난 사람은 천하게 살아야죠, 코퍼필드 도련님."

이런 푸념을 늘어놓을 때의 우라이아처럼 그의 입이 크게 벌어지고 두 뺨에 깊은 주름이 잡히는 사람을 나는 여태껏 본 적이 없었다. 그는 일일이 고개를 젓고, 계속 민망한 듯 몸을 비틀었다.

"잘못 생각한 거예요, 우라이아." 나는 말했다. "배울 생각만 있다면 내가 가르쳐줄 수 있는 게 여러 가지가 있어요."

"아, 그렇겠죠, 코퍼필드 도련님." 그는 대답했다. "그러나 도련님은 지체 높으신 분이라 저처럼 천한 사람들이 어떻다는 것을 모르십니다. 괜히 배워서 높으신 분들을 화나게 하고 싶지는 않습니다, 코퍼필드 도련님. 여기가 누추한 저의 집입니다."

우리는 거리에서 바로, 나지막한 구석 방으로 들어갔다. 방에는 키만 작았지 우라이아와 똑 닮은 힙 부인이 있었다. 힙 부인은 흠칫거리면서 나를 맞아주었다. 부인은 아들인 우라이아에게 입을 맞출 때에도, 자기들은 천한 신분이지만 그래도 부모 자식 사이의 정은 여느 사람 못지않으니 부디 기분 나빠하지 말라는 이상한 변명을 했다. 방은 부엌 겸 거실로 쓰는 아주 말쑥한 공간이었으나 아늑하지는 않았다. 차 도구가 식탁에 놓여 있었고, 벽난로 안 양쪽 철판 위의 주전자에서는 물이 끓고 있었다. 위를 열었다 접었다 하며 책상으로 쓸 수 있는 옷장이 있었는데, 밤이면 우라이아가 거기서 공부를 한다.

내팽개쳐진 우라이아의 푸른 가방 밖으로 책들이 튀어나와 있는데, 티드 씨가 쓴 책이 많았다. 가구도 대충 다 갖추고 있다. 하나하나를 보면 보잘것없거나 빈약한 느낌이 없는데, 방 전체 분위기는 보잘것없고 빈약했다.

힙 씨가 세상을 떠나고 오랜 시간이 흘렀지만, 부인은 아직도 상복을 입고 있었다. 그것은 그녀의 비굴한 태도의 단면이었다. 모자만큼은 상복과 평상복을 절충한 것이었으나, 다른 것은 장례를 치르던 그때 그 차림새 그대로였다.

"우라이아, 오늘이야말로 기억할 만한 날이로구나." 힙 부인은 차를 준비하면서 말했다. "코퍼필드 도련님이 우리를 찾아와 주셨으니 말이다."

"어머니께서 그렇게 생각하시리라 짐작하고 있었어요." 우라이아는 말했다.

"아버지가 살아 계셨더라면 오늘 밤 함께 어울릴 수 있었을 텐데." 힙 부인이 말했다.

이렇게까지 추어올리는 바람에 나는 난처해졌다. 그러나 오늘은 귀빈으로 초대받았다는 것을 알고 있었고, 힙 부인도 아주 싫은 사람은 아니었다.

"내 아들 우라이아는," 힙 부인은 말했다. "오랫동안 이날을 기다려 왔답니다. 저 애는 우리의 비천한 신분 때문에 안 될 거라 하고, 어쩐지 저도 그런 생각이 들었지요. 우리는 옛날에도 지금도 비천한 신분이고, 앞으로도 그렇게 살아갈 테니까요."

"아주머니, 절대로 그렇지는 않을 겁니다." 나는 말했다. "아주머니께서 원하지만 않으신다면."

"고맙습니다." 힙 부인은 대답했다. "우리는 우리 처지를 잘 알고 있지요. 매일 고맙게 생각하고 있답니다."

힙 부인은 점점 내 곁으로 다가왔다. 우라이아도 내 앞으로 다가와서 식탁에 놓인 음식 가운데 제일 좋은 것을 골라서 먹으라고 자꾸만 권했다. 딱히 먹고 싶은 음식은 없었지만, 그들의 성의는 정말 고마웠다. 이어서 그들이 대고모 이야기를 꺼냈으므로 나는 대고모 이야기를 들려주었다. 부모 이야기가 나와서 나도 아버지와 어머니 이야기를 했다. 이번에는 힙 부인이 자기의 시아버지 이야기를 꺼냈으므로, 나도 의붓아버지 이야기를 꺼내려다가 입을 다물었다. 의붓아버지에 대해서는 입을 다물도록 대고모가 신신당부했기 때문이다. 그러나 나는 우라이아와 힙 부인에게는 도저히 상대가 되지 않았다. 마치 코르크 뚜껑이 코르크 마개뽑이에 대해, 연약한 젖니가 치과의사 앞에서, 또 배드민턴공이 배드민턴 채에는 아주 무력한 것과 마찬가지였다. 그들은 나를 마음대로 주물러거렸다. 지금도 생각하면 얼굴이 화끈거리는데, 그들은 내가 말하고 싶지 않은 이야기까지도 능란하게 뽑아냈다. 게다가 젊은 객기가 발동했는지, 우쭐한 기분으로 지껄이면서 두 사람의 보호자라도 된 듯이 생각했으니 더욱 창피한 노릇이다.

그들 모자는 누가 봐도 정말 다정한 사이였다. 그것은 자연적인 감정으로서 나에게 깊은 감명을 주었다. 한쪽이 말하면 다른 한쪽이 맞장구치는 그 빈틈 없는 호흡은 예술의 극치라 할 만한 것으로, 나는 거기에 처음부터 끝까지 맥을 못 추었다. 나 자신에 대한 이야기는 이제 끄집어낼 것이 없어지자(머드스톤 앤드 그린비 상점에서의 생활과 내 여행에 대해선 합죽이가 됐으므로) 모자는 위크필드 씨와 아그네스를 화제에 올렸다. 우라이아가 공을 던지면, 어머니는 그것을 받아서 다시 우라이아에게 던진다. 공을 받은 우라이아는 잠깐 그대로 가지고 있다가 다시 어머니에게 던진다. 이렇게 모자가 던지고 받기를 계속하는 통에, 나는 누가 공을 가졌는지도 모르게 되어 완전히 얼이 빠졌다. 그리고 공 자체도 매번 바뀌었다. 지금 위크필드 씨 이야기를 하나 보다 하면 어느새 아그네스 이야기를 하고 있고, 지금 위크필드 씨가 훌륭한 분이라고 이야기하나 보다 하면 어느새 아그네스를 칭찬하고 있었다. 지금 위크필드 씨의 사업과 재력을 이야기하나 보다 하면 어느새 저녁 식사 뒤에 우리가 무얼 하는지 이야기했다. 또 지금 위크필드 씨가 어떤 포도주를 마시고 왜 그것을 좋아하며, 그렇게 과음하면 몸에 나쁠 거라는 이야기도 나왔다. 어느새 꽃을 찾는 나비처럼 이 이야기 저 이야기를 전전하다가 결국은 여러 이야기가 한데 섞여버리는 것이었다. 그동안 나는 그들 모자가 나를 지나치게 치켜세우다 너무 자신들을 비하하지 않도록 가끔 격려해주는 말 말고는 아무것도 하지 않은 것 같았다. 그러나 사실 입 밖에 내선 안 될 이런저런 말들을 줄곧 중얼거린 꼴이 되었는데, 그때마다 우라이아의 뻥 뚫린 콧구멍이 벌름거리는 것을 보았다.

나는 조금 불쾌해져서 빨리 돌아가고 싶었는데, 어떤 사람이 문 앞을 지나가다가 되돌아와서 방 안을 들여다보고는 "코퍼필드! 이거, 코퍼필드 아니야?"라고 소리치면서 안으로 들어왔다. 계절에 비해 무더운 밤이었으므로 방 안에 시원한 공기가 들어오도록 문을 열어놓았던 것이다.

그는 미코버 씨였다! 외알 안경을 끼고 지팡이를 짚고, 셔츠 옷깃을 세우고, 점잖은 체하는 태도와 겸손한 목소리로 봐서 틀림없는 옛날 그대로의 미코버 씨였다!

"코퍼필드," 미코버 씨가 손을 내밀며 말했다. "이거 정말 인생이란 알 수 없고 무상하다는 것을 깊이 새겨주는 만남이군. 이런 기막힌 우연이 또 있을까.

무슨 수가 터질 거라 생각하면서(요즘엔 그것을 낙관하고 있는데) 거리를 거닐고 있는데, 내 생애 가장 복잡했던 시기인 내 인생의 전환점과 관련된 젊고 고마운 친구가 보이지 않겠나! 코퍼필드, 잘 지내나?"

미코버 씨를 거기서 만나서 기쁘다고는 말할 수 없었다. 정말 그렇게 말할 수는 없었다. 하지만 기쁜 건 사실이었으므로 나는 진심으로 그와 악수했다. 그리고 미코버 부인이 어떻게 지내는지 물었다.

"고맙네." 미코버 씨는 옛날처럼 손을 크게 흔들고 셔츠 칼라에 턱을 묻고 말했다. "건강을 많이 회복했어. 쌍둥이도 이제는 자연의 샘에서 영양을 섭취하지 않아도 된다네." 미코버 씨는 갑자기 기세부리며 말했다. "한마디로 젖을 뗐어. 집사람은 지금 나와 여행 중이야. 코퍼필드 군, 우정의 성단에서 귀중한 사도임을 직접 증명한 친구와 우정을 새롭게 한다면 집사람도 매우 기뻐할 거야."

나도 부인을 보면 기쁠 것이라고 말했다.

"그것 참 고맙군."

미코버 씨는 미소를 짓더니 턱을 셔츠 칼라에 대고 주위를 살펴보았다.

"아무튼 나는 내 친구 코퍼필드를 발견했어." 미코버 씨는 특별히 누구에게 말하는 것 같지 않게 점잖이 말했다. "그것도 혼자가 아니고, 미망인과 아들로 보이는 사람과 함께 식사하고 있는." 미코버 씨는 다시 기세가 올라 말했다. "미망인과 아들을 나에게 소개해 준다면 영광으로 생각하겠네."

상황이 이렇다 보니 나는 우라이아 힙과 그의 어머니에게 미코버 씨를 소개할 수밖에 없었다. 모자가 미코버 씨 앞에서 허리를 굽혀 인사하자, 그는 아주 정중하게 손을 흔들었다.

"내 친구인 코퍼필드의 친구라면 누구든지 내 친구입니다."

"우리는 워낙 신분이 천해서," 힙 부인이 말했다. "내 자식과 나는 코퍼필드 도련님의 친구가 될 수는 없답니다. 저희는 도련님을 초대하게 된 것을 영광으로 생각하고 도련님께 감사드립니다. 그리고 선생님께서도 저희에게 관심을 보여주셔서 감사합니다."

"부인," 미코버 씨는 가볍게 머리를 숙였다. "고맙습니다. 코퍼필드, 자넨 뭘 하고 있나? 아직도 술 가게에서?"

나는 곧바로 미코버 씨를 쫓아내고 싶었다. 그래서 모자를 손에 들고, 얼굴을 새빨갛게 붉히고서(분명 그랬을 거라고 생각한다) 스트롱 박사 학교의 학생이라고 대답했다.

"학생이라고?" 미코버 씨는 놀란 표정으로 말했다. "그 말을 들으니 참으로 기쁘군." 그는 우라이아와 힙 부인을 향해 말했다. "세상 물정 모르는 사람에게는 그런 종류의 교육과 수양이 필요하겠지만, 내 친구 코퍼필드에게는 전혀 필요 없어요. 코퍼필드로 말하자면 그런 것이 없어도 잠재적인 생장력이 있는 비옥한 흙과 같지요." 미코버 씨는 미소를 지으며, 다시 한 번 기세 좋게 말했다. "고전 정도는 어렵지 않게 터득할 수 있는 지적 능력을 가졌단 말입니다."

우라이아는 그의 긴 손을 마주잡고 천천히 꼬면서, 그런 평가에 동의를 나타내려고 허리 윗부분을 볼썽사납게 비틀었다.

"그럼 이 길로 부인을 만나러 갈까요?" 나는 미코버 씨를 쫓아내기 위해 말했다.

"코퍼필드 군, 자네가 집사람을 위해 그런 호의를 베풀어준다면 더없이 기쁘지." 미코버 씨는 일어서며 말했다. "여기 있는 여러 친구들 앞에서, 내가 지난 몇 년 동안 금전적으로 많은 고난을 겪었다는 것을 망설이지 않고 말하겠어." 나는 틀림없이 그 말을 할 것이라고 생각했었다. 자신의 어려운 처지를 자랑으로 여기는 사람이었으니까. "난 때로는 어려움을 이겨냈고 또 때로는 어려움에 꼼짝 못하기도 했어요. 훌륭하게 반격을 먹인 적도 있지만 반대로 더 이상 손쓰지 못하고 항복한 적도 있지요. 카토[*2]의 입버릇처럼, 나는 집사람에게 늘 말했지요. '플라톤이여. 그대의 이론은 흠잡을 데 없으나, 지금은 힘이 다하여 싸울 수가 없다' 하고 말이죠. 하지만 그래도 내 슬픔—변호위임장, 2개월 내지 4개월 분할약속어음에서 생기는 어려움을 슬픔이라고 말할 수 있다면—아무튼 그 슬픔을 여기 있는 내 친구 코퍼필드에게 털어놓았을 때만큼 기뻤던 적은 없었소."

미코버 씨는 마지막으로 "힙 씨, 잘 있어요. 힙 부인, 실례 많았습니다" 하고 그 장황한 이야기를 맺으며 집을 나왔다. 그는 거리를 걸으며 신발 소리를 유난히 크게 냈고 콧노래까지 불렀다.

미코버 씨가 묵고 있는 여관은 조그마했다. 그는 장사꾼들이 묵는 방과 칸

[*2] 기원전 1세기 로마의 정치가, 철학자. 시저를 탄핵하려다 실패하고 자살함.

막이로 나누어진 작은 방 하나를 쓰고 있었다. 담배 연기 냄새가 코를 찔렀고, 마루 틈에선 심한 악취가 올라왔다. 벽에는 물방울이 맺힌 것으로 보아 그 방 밑은 부엌인 것 같았다. 또 술 냄새가 나고 술잔 부딪히는 소리가 들리는 것으로 보아 가까운 곳에 바가 있음을 알 수 있었다. 경마 그림 밑에 있는 조그마한 소파에 미코버 부인이 머리를 난로께로 바짝 두고 비스듬히 누워서 두 발로 방 안쪽 끝에 있는 회전식 식품선반에 놓인 겨자통을 밀고 있었다. 미코버 씨는 방으로 들어서면서 뜬금없이 말했다. "여보, 스트롱 박사 학교의 학생을 소개하겠어."

미코버 씨는 내 나이와 처지에 대해서는 전처럼 혼동했으나, 내가 스트롱 박사 학교의 학생이라는 사실에 대해서는 신사답게 제대로 기억하고 있었다.

미코버 부인은 무척 놀랐으나 나를 보고는 기뻐했다. 나도 부인을 만난 것이 몹시 기뻤다. 서로 반갑게 인사를 나눈 뒤 나는 그 조그마한 소파의 그녀 바로 곁에 앉았다.

"여보," 미코버 씨는 말했다. "코퍼필드 학생에게 지금 우리의 상황을 말해 주지 않겠소? 그동안 나는 신문 광고에 무슨 좋은 일이나 실렸는지 가보고 오리다."

"아주머니, 저는 아주머니가 플리머스에 계신 줄 알았어요." 미코버 씨가 밖으로 나가자, 나는 부인에게 말했다.

"코퍼필드 도련님," 부인은 대답했다. "우리는 플리머스에 갔었지."

"그곳에서 살려고요?" 나는 넌지시 옛이야기를 꺼내 보았다.

"물론," 미코버 부인은 말했다. "그곳에서 살기 위해서였어. 그러나 사실 세관에서는 재능이 필요 없어. 남편 같은 능력 있는 사람을 세관에 취직시키기 위해 우리 친척들의 지방 세력을 모두 동원했는데도 효과가 없었어. 사람들은 남편같이 능력 있는 사람을 오히려 싫어하더군. 그이 때문에 다른 사람들의 결점이 드러날까 봐. 그것 말고도, 코퍼필드, 숨김없이 사실을 말하겠어. 플리머스에 살고 있는 친척들이, 남편이 혼자가 아니라 나와 꼬마 윌킨스, 그 누이동생과 쌍둥이까지 데려온 것을 알고는, 남편이 바랐던 것만큼 그이를 열렬히 맞아주지 않았어. 그이가 풀려난 지 얼마 안 되기도 했고." 미코버 부인은 나지막한 목소리로 말했다. "이건 비밀인데, 우리는 냉대받았어."

"아이, 저런!" 나는 말했다.

"사실이야." 미코버 부인은 말했다. "코퍼필드, 그때를 생각하면 정말 괴로워. 우리를 맞아주는 태도가 너무나 차가웠어. 이건 틀림없는 사실이야. 사실, 플리머스에 살고 있는 우리 친척들은 우리가 거기에 간 지 한 주일도 못 되어 남편을 헐뜯었어."

나는 그들이야말로 부끄러워해야 한다고 말했고 정말로 그렇게 생각했다.

"그럼에도 그들은 그랬어." 미코버 부인은 계속했다. "이런 상황에서 남편 같은 성품을 가진 사람이 뭘 할 수 있었겠어? 결국 남은 길은 하나였어. 친척들에게 런던까지 갈 여비를 빌려, 어떻게 해서든 런던으로 돌아가는 것이었어."

"아주머니, 그럼 식구들 다 같이 돌아왔군요?" 나는 말했다.

"그래, 우리 식구 모두가 돌아왔지. 그 뒤부터 나는 남편이 택해야 할 가장 좋은 길을 다른 친척들과 상의해왔어. 코퍼필드, 남편은 무슨 길이든 꼭 택해야 했으니까." 미코버 부인은 토론조로 말했다. "하녀를 빼놓고도 여섯 식구가 공기만 마시고 살 수 없는 건 분명하니까." 미코버 부인은 말을 이었다.

"그야 그렇죠."

"그렇다면 남편이 당장 탄광업에 주목해야 한다는 것이 다른 친척들 의견이었어."

"무슨 사업요, 아주머니?"

"석탄 거래 말이야. 조사해 본 끝에 그이처럼 재능 있는 사람은 미드웨이 강에서 탄광업에 종사하면 어떤 길이 열리지 않을까 하는 데까지 생각이 미쳤지. 그래서 남편 말대로, 우선 미드웨이 강부터 한번 가보기로 한 거야. 지금도 우리는 거기에 갔다 온 길이야. 코퍼필드 도련님, 나는 '우리'라고 말했어." 미코버 부인은 흥분해서 말했다. "나는 절대로 남편을 버리지 않을 거야."

나는 참으로 훌륭하며 감탄할 일이라고 중얼거렸다.

"우리는 미드웨이에 갔었어." 미코버 부인은 말했다. "그리고 미드웨이의 현실을 보았지. 미드웨이 강변 지대의 석탄 사업에 관한 내 생각은, 재능도 있어야겠지만 분명히 더 필요한 것은 자본이었어. 남편은 재능은 갖추었지만 자본이 없어. 우리는 미드웨이 강변 지대의 대부분을 조사했다고 생각해. 이건 내 개인적인 의견이지만. 그런데 남편 의견은, 여기까지 와서 대성당*3을 보러 가지

---

*3 캔터베리 대성당.

않는다면 어리석은 짓이라고 했어. 물론 충분히 볼 만한 가치가 있고, 그만큼 큰 중심지이니까 무슨 수가 생길지도 모른다는 기대도 있었어. 그래서 여기에 온 거야. 여기에 온 지 사흘째인데 아직도 좋은 수가 생기지 않았어. 내가 이런 말을 해도 도련님은 다른 사람만큼 놀라지 않을 테니까 이야기하는데, 실은 런던에서 호텔비를 낼 돈이 오기만을 기다리고 있는 거야. 그 송금이 도착할 때까지." 부인은 격한 투로 말했다. "나는 집에도 못 가고, 내 아들과 딸 그리고 쌍둥이와도 이렇게 떨어져 있어야 해!"

이런 곤경에 처해 있는 미코버 부부에게 나는 깊은 동정심을 느꼈다. 이제 막 돌아온 미코버 씨에게 나의 심정을 전하고는, 필요한 만큼의 돈을 빌려 줄 여유가 없는 것을 유감으로 생각한다는 말을 덧붙였다. 미코버 씨의 대답에는 그의 마음속 불안함이 고스란히 나타나 있었다. 그는 내 손을 굳게 잡으면서 말했다.

"코퍼필드 군, 자네는 나의 진정한 친구야. 그런데 최악의 상태에는 말이야, 어려운 문제를 도려낼 면도칼을 가진 친구가 반드시 나타나거든." 이런 불길한 발언에 미코버 부인은 두 팔로 남편의 목을 껴안고는 진정하라고 간청했다. 미코버 씨도 울었다. 그러나 바로 울음을 뚝 그치고는 벨을 눌러 웨이터를 불러서 아침 식사로 따끈한 콩팥 푸딩과 새우 한 접시를 주문했다.

마침내 작별인사를 하자, 그들 부부가 떠나기 전에 꼭 한 번 같이 저녁 식사를 하자고 졸라댔으므로 나는 물리칠 수가 없었다. 내일 저녁에는 예습할 것이 많아서 올 수가 없겠다고 말하자 미코버 씨는 다음 날 오전 중에 학교로 찾아오겠다는 새로운 제의를 했다. 그러고는 내일 오전 중에 송금이 도착할 것 같으니 식사는 좋다면 그 다음 날 하자며 멋대로 정해 버렸다. 과연 다음 날 오전에 교실에서 불려나가 보니까, 미코버 씨가 응접실에 있었다. 그는 약속한 대로 저녁을 내겠다는 말을 전하러 찾아온 것이었다. 돈이 왔느냐고 물었더니, 그는 내 손을 꼭 쥐고는 나가버렸다.

그날 저녁, 나는 창밖을 내다보다가, 놀랍게도 미코버 씨와 우라이아가 팔짱을 끼고 지나가는 것을 보았다. 우라이아는 자기에게 주어진 그런 명예에 대해 겸손하게 생각하는 것 같았고, 미코버 씨는 자기가 우라이아에게 호의를 베풀고 있는 것을 아주 기쁘게 여기는 듯했다. 그 모습을 본 나는 불안했다. 그러나 다음 날 약속 시간인 4시에 그 작은 여관으로 갔을 때, 미코버 씨가 우

라이아와 함께 힙 부인 집에 가서 물 탄 브랜디를 마셨다고 이야기했을 때는 더욱 놀랐다.

"코퍼필드 군, 내가 말하려는 것은, 자네 친구 힙은 검찰총장도 될 수 있는 젊은이라는 거야. 내 어려움이 극에 달했을 때 그 젊은이를 알았더라면, 채권자들을 멋지게 처리했을 텐데."

미코버 씨는 결국 채권자에게 한 푼도 지급하지 않았는데, 어떻게 힙이 그 일을 잘 처리할 수 있다는 건지 이해가 되지 않았다. 그러나 나는 물어보고 싶지 않았다. 우라이아에게 너무 많은 것을 털어놓지 말라고 이야기하기도 싫었고, 나에 대한 이야기를 많이 했는지 묻기도 싫었다. 나는 미코버 씨와 미코버 부인의 마음을 아프게 할까 두려웠던 것이다. 부인은 감정이 몹시 예민했기 때문이다. 그러나 그 일은 오랫동안 불쾌한 기억으로 남았고 몇 번을 생각해도 꺼림칙했다.

우리는 소박하지만 즐거운 저녁 식사를 즐겼다. 우아한 생선 한 접시와 송아지 허릿살과 콩팥 구이, 기름에 튀긴 소시지, 메추라기와 푸딩을 먹었다. 포도주도 나왔고, 독한 맥주도 나왔다. 식사 뒤에는 미코버 부인이 손수 따끈한 펀치를 한 잔 만들어주었다.

미코버 씨는 무척이나 쾌활했다. 나는 그가 이처럼 붙임성 있게 어울리는 모습을 본 적이 없었다. 그의 얼굴은 펀치를 마시자 번쩍번쩍 빛나면서 마치 니스를 칠한 것 같았다. 그는, 자신과 아내는 아주 아늑함과 편안함을 느꼈으므로 캔터베리에서 보낸 즐거웠던 시간을 결코 잊지 못할 것이라고 말하며 건배를 들었다. 그와 부인과 나는 지난날 우리 셋이 친했던 시절을 떠올렸다. 그러다가 언젠가 가재도구를 내다 판 이야기도 나왔다. 그리고 이번에는 내가 미코버 부인을 위해 건배를 들었다. 아니, 적어도 겸손하게 이렇게 말했다. "아주머니, 괜찮으시다면 아주머니를 위해 제가 건배를 올리고 싶습니다만." 그러자 미코버 씨가 부인의 인격에 찬사를 보냈다. 부인은 늘 자기의 안내자이자 철학자였으며, 친구였다고 덧붙였다. 또 내가 결혼할 때가 되면 반드시 자기 부인 같은 여자와 결혼하라고 했다.

펀치가 바닥나자 미코버 씨는 더욱 다정하고 쾌활해졌다. 미코버 부인도 기분이 들떠서, 우리는 〈올드 랭 사인〉*⁴을 합창했다. '손을 잡고, 내 친구여' 하는 대목에 이르자 우리는 다 같이 식탁을 둘러싼 채 손을 잡았다. '들어라, 기쁨의 잔을'이라고 부르면서 우리는 이유는 모르지만 모두 감동하고 말았다.

내가 미코버 씨 부부에게 마음으로부터 작별을 고했던 마지막 순간까지 미코버 씨는 누구보다도 기분 좋아 보였다. 그래서 이튿날 아침 7시에 다음과 같은 내용의 편지를 받게 될 줄은 전혀 예상하지 못했다. 편지에는 9시 30분 발신이라고 적혀 있으므로 우리가 헤어진 지 약 15분 뒤에 쓴 것이었다.

친애하는 젊은 친구에게!

주사위는 던져졌네—모든 것은 끝났어. 나는 즐거움이라는 슬픈 가면 뒤에 근심의 자취를 숨기고, 송금 기대는 절망스럽다는 것을 학생에게 말하지 않았다네. 참기도 창피하고, 생각하기도, 말하기도 창피한 이런 상황까지 오자, 나는 이 여관비를 런던에 있는 펜 톤빌 나의 집에서 보름 안에 갚겠다는 약속 어음을 발행하지 않을 수 없었네. 물론, 기한이 된다 해도 갚을 길은 없을 걸세. 결과는 파멸이야. 천둥이 임박했으니 나무가 넘어져야지. 코퍼필드, 학생에게 편지를 쓰고 있는 이 불쌍한 사람을 일생의 등대로 삼게나.

---

*4 우정을 기리는 오래된 스코틀랜드 노래.

나는 그런 의도와 희망에서 이 글을 쓰네. 내가 그렇게라도 유용하게 쓰인다고 생각하면, 나의 이 황량한 감옥과 같은 생활에도 한 가닥 빛이 스며들 걸세. 지금으로서는 내 남은 수명이 그렇게 길 것 같지도 않아.

아마도, 코퍼필드 군, 이것이 마지막 편지가 될 걸세. 친애하는 코퍼필드 군.

천애의 걸인

윌킨스 미코버

나는 이러한 비통한 내용의 편지를 읽고 너무나 충격을 받았으므로 미코버 씨에게 위로의 말이라도 하려고 학교에 가는 길에 그가 묵고 있는 여관으로 달렸다. 길을 반쯤 갔을 때 런던행 승합마차를 만났는데, 뒷자리에 미코버 부부가 앉아 있었다. 미코버 씨가 부인의 이야기에 태평한 얼굴로 미소를 지으며 응수하고, 주머니에서 술병을 꺼내 들고 종이봉투에 든 호두를 먹고 있었다. 다행히 그들은 나를 보지 못했다. 여러 가지로 생각해 보니 나도 그들을 못 본 체하는 것이 나을 것 같았다. 나는 무거운 짐을 내려놓은 기분으로 학교로 가는 지름길인 어느 뒷골목으로 접어들었다. 그들을 몹시 좋아했음에도 그들이 가버리자 안도감을 느꼈던 것이다.

18장
학창시절의 추억

내 학창 시절! 소년기에서 청년기로 넘어간 그 조용한 시기—보이지도 않고 움직이지도 않는 고요한 삶의 흐름! 지금은 말라서 강바닥에 낙엽이 무성하지만, 그 옛날 물줄기가 흐르던 흐릿한 흔적 정도는 있을지도 모른다. 그 흔적을 더듬어 보고자 한다.

잠깐 기다려보라. 가만히 눈을 감으면 나는 대성당에 앉아 있다. 우리는 일요일마다 먼저 학교에 모여서 함께 대성당으로 갔다. 흙냄새, 볕이 들지 않는 교회 내부의 공기, 세상과 담을 쌓았다는 느낌, 아치형의 흑백 복도와 통로 사이로 울려 퍼지는 오르간 소리, 이런 것들이 내 마음의 날개가 되어 옛날로 돌아가게 해주고, 그 즐거웠던 지난날들이 비몽사몽간의 꿈처럼 떠올라 나를 스치고 지나가는 것이다.

나는 꼴찌는 아니었다. 몇 달 만에 몇몇 학생을 앞질러 성적을 올렸다. 그러나 1등을 하는 학생은 높고도 머나먼 곳에 사는 위대한 인물처럼 보였다. 내 이런 생각에 대해서 아그네스는 '아니다'고 했고, 나는 '그렇다'고 우겼다. 나는 아그네스에게, 당신은 그 위대한 학생이 얼마나 많은 지식을 습득하고 있는가는 모르기 때문에, 나 같은 인간도 열심히 노력하면 따라잡을 수 있다고 말하지만, 나로서는 도저히 꿈도 꿀 수 없다고 진심으로 항변했다. 1등을 하는 학생은 스티어포스처럼 내 친구도 아니고 보호자도 아니었으나, 나는 그를 존경했다. 그가 학교를 졸업하면 무엇이 될까? 어떤 자리에 오르든, 그에게 맞설 수 있는 사람이 과연 있기나 할까? 나는 그런 것만 생각했었다.

그런데 갑자기 내 앞에 나타난 인물이 누구지? 아아, 셰퍼드, 내가 사랑하는 미스 셰퍼드였다.

그녀는 네팅걸 자매가 운영하는 학교의 기숙생이다. 나는 그녀를 사모했다. 그녀는 자그마했고, 짧은 외투를 입고 있었으며, 동그스름한 얼굴에 담황색 머리채는 꼬불꼬불했다. 네팅걸 학교의 학생들도 그 성당에 다녔다. 나는 미스 셰퍼드를 바라보느라 성경을 볼 수가 없었다. 성가대가 찬송가를 부를 때에도 나에게는 미스 셰퍼드의 노랫소리만 들렸다. 기도를 올릴 때에도 나는 마음속으로 미스 셰퍼드의 이름을 넣어 기도했다. 왕실의 번영을 기도할 때도 나는 그 속에 미스 셰퍼드의 이름을 살짝 덧붙였다. 집으로 돌아오면 내 방으로 들어가 사랑에 도취되어 '아, 미스 셰퍼드!'라고 소리치기도 했다.

처음에는 미스 셰퍼드의 마음을 알 수 없어서 안절부절못했지만, 드디어 운명의 여신이 친절하게도 우리를 무용학교에서 우연히 만나게 해주었다. 나는 파트너로 미스 셰퍼드를 택했다. 내 손이 미스 셰퍼드의 장갑 낀 손에 닿자, 짜릿한 기운이 재킷을 걸친 오른팔을 타고 올라와 머리카락 끝까지 퍼졌다. 나는 미스 셰퍼드에게 상냥한 말 한마디 건네지 않았지만, 마음은 완전히 통했다. 미스 셰퍼드와 나는 오직 결혼할 희망을 가지고 살아갔던 것이다.

그런데 왜 나는 미스 셰퍼드에게 브라질산 호두 12개를 몰래 선물로 주었던 것일까. 그것들은 애정의 표시가 될 만한 것도 아니었다. 예쁘게 포장하기도 어렵고, 또 호두는 깨뜨리기도 힘들다. 문틈에 넣어도 잘 깨지지 않고, 깨지면 기름기도 엄청나다. 그러나 나는 호두를 미스 셰퍼드에게 주고 싶었다. 또 부드러운 비스킷과 셀 수 없이 많은 오렌지도 미스 셰퍼드에게 주었다. 한번은 외투 보관실에서 미스 셰퍼드와 키스를 했다. 그 황홀함이란! 다음 날, 미스 셰퍼드가 발부리를 안쪽으로 돌렸다는 이유로 네팅걸 자매에게 벌 받았다는 소문을 들었을 때의 그 괴로움과 분함이란!

미스 셰퍼드는 내 평생의 목표이자 이상이었는데, 어째서 그녀와 헤어지게 되었는지, 지금 생각해도 알 수가 없다. 그러나 미스 셰퍼드와 나 사이에는 점점 찬바람이 일기 시작했다. 내가 자기를 뚫어지게 바라보지 않았으면 좋겠다든가, 나보다 존스를 더 좋아한다는 말을 그녀가 공공연하게 했다는 소문이 내 귀에 들려왔다. 존스를 좋아한다고! 그 멍청한 녀석을! 우리 사이는 마침내 멀어졌다. 어느 날, 나는 산책을 하고 있는 네팅걸 자매 학교 학생들과 마주쳤다. 그런데 미스 셰퍼드가 지나치면서 나에게 얼굴을 찡그리고는 자기 친구를 향해 웃음을 보내는 것이었다! 모든 것이 끝장났다. 일생을 건 사랑—나한테는 일생을 건 듯이 보였다—이 끝난 것이다. 이제 미스 셰퍼드는 아침 기도 때에도 내 마음속에서 사라졌으며, 왕족 사이에도 그녀의 이름은 끼지 못했다.

내 학교 성적은 더 올랐으며, 누구도 내 마음의 평화를 깨뜨리지 못했다. 나는 네팅걸 자매 학교의 학생들에게 조금도 친절하게 대하지 않았고, 그들의 수가 곱절로 늘고, 그들의 아름다움이 스무 배로 커진다 해도 누구와도 사랑에 빠지지 않을 참이었다. 무용학교 수업도 따분했다. 왜 여학생들은 자기들끼리 춤추지 않고 우리를 괴롭히는지 모를 노릇이었다. 나는 라틴어 공부에만 빠져서, 구두끈이 어떻다는 따위의 외모에는 전혀 관심이 없었다. 스트롱 박사도 학생들 앞에서 나를 유망한 학생이라고 칭찬해주었다. 딕 씨는 크게 기뻐했고, 대고모는 다음 편지에 1기니를 송금해주었다.

한 어린 정육점 소년의 모습이, 《맥베스》에 나오는 갑옷 입은 유령처럼 내 마음속에 떠오른다. 그 어린 정육점 소년은 누구지? 바로 캔터베리 소년들의 공포의 대상이다. 그는 쇠기름을 머리에 바르기 때문에 무척 힘이 세며, 어른도 당해낸다는 소문이 널리 퍼졌다. 넓적한 얼굴에 황소 같은 굵직한 목, 험상궂게 생긴 붉은 얼굴과 심술궂은 성질에 입까지 험한 정육점 소년. 그가 주로 욕설의 대상으로 삼는 것은 스트롱 박사 학교의 학생들이었다. 그는 공공연하게 학생들이 도전해 오면 언제든지 혼내주겠다고 큰소리쳤다. 학생들 이름을 하나하나 부르면서—물론 내 이름도 포함해서—네놈들은 한 손을 뒤로 묶어 놓고 남은 한 손만으로도 모두를 처치할 수 있다고 큰소리쳤다. 또 몸집이 작은 어린 학생을 숨어서 기다렸다가 모자도 안 쓴 맨머리를 주먹으로 쥐어박기도 하고, 억울하면 남들 다 보는 이 큰길에서 한 판 붙어보자고 나에게 싸움을 걸기도 했다. 이렇게 해서 나도 그 녀석과 한바탕 붙기로 했다.

어느 여름날 저녁, 담 모퉁이의 풀이 우거진 움푹한 곳에서 나는 약속대로 그놈을 만났다. 나는 참관인으로 한 무리의 소년을 선발하여 데려갔고, 그 녀석은 정육점 소년 두 명과 술집 소년 하나와 굴뚝 청소부 하나를 이끌고 왔다. 준비가 끝나고, 나와 정육점 녀석이 마주 보고 섰다. 순식간에 내 왼쪽 눈언저리에서 불이 일었다. 나는 벽이 어느 쪽인지, 움푹한 곳이 어디인지 알 수가 없었다. 뿐만 아니라 누가 나고, 누가 적인지도 몰랐다. 아무튼 우리는 뒤엉켜 격투를 하면서 짓밟힌 풀 위에서 이리 뒹굴고 저리 뒹굴었다. 가끔씩 언뜻언뜻 그 녀석의 얼굴이 보인다. 피범벅이었지만 움츠러든 기색은 전혀 없었다. 때로는 캄캄해서 아무것도 보이지 않았다. 엉겁결에 헐떡이며 참관인의 다리에 엉겨 붙어 숨을 돌렸다. 그러다가 또 죽기 살기로 덤벼들었다. 내 주먹이 상대의 얼굴 가죽을 찢었지만 그래도 그는 끄떡도 하지 않았다. 마침내 나는 악몽에서 깨어나듯 정신을 차렸다. 머리가 어질어질했다. 나는 얼빠진 상태에서, 정육점 놈과 굴뚝 청소부와 술집 놈의 축하를 받으면서 놈이 저고리를 입으며 유유히 돌아가는 것을 보았다. 나는 비로소 정육점 놈이 이겼다는 것을 알았다.

나는 비참한 꼴로 집으로 돌아왔다. 눈에 쇠고기를 대고, 식초와 브랜디로 온몸을 문질러 주었다. 윗입술에는 큰 혹이 부풀어 올라 있었는데, 그것이 갈수록 엄청나게 커졌다. 나는 눈에 초록색 안대를 한 채 초라한 신세가 되어 3, 4일 동안 집에만 있었다. 만약 아그네스가 위로해주며 책을 읽어주고 유쾌하게 해주지 않았더라면, 정말 지루한 시간이었을 것이다. 나는 언제나 아그네스를 굳게 믿고 있었다. 그래서 그 정육점 놈과 녀석이 내게 저지른 지독한 짓을 모두 이야기해주었다. 아그네스는 내가 녀석과 싸웠다는 것만으로도 무서워서 몸을 와들와들 떨었으나, 그래도 내가 싸우는 수밖에 달리 방법이 없었을 거라고 말해 주었다.

시간은 걷잡을 수 없이 흘렀다. 애덤스는 이제는 1등이 아니었다. 그것은 이미 아득한 옛날 일이었다. 애덤스는 이미 학교를 졸업하여, 지금은 스트롱 박사를 만나려고 학교에 와도 나 말고는 그를 아는 학생이 별로 없었다. 애덤스는 곧 변호사가 되어 법정에서 변호하게 되었으며, 가발도 써야 했다. 그는 내 생각보다 위압적이지 않고 온후한 사람이 되어 있었다. 그는 아직 세상을 뒤흔든 적도 없었다. 세상은 그를 개의치 않고 언제나 한결같이 흘러가고 있었다.

이를테면, 어떤 공백 속을 시와 역사에 나오는 영웅들이 끝도 없이 떼를 지어 당당하게 행진한다—그러나 다음에 오는 것은 무엇인가! 이제는 내가 1등이다! 나는 일렬로 늘어선 학생들을 보았다. 처음 이곳에 왔을 때의 나 자신처럼 보이는 학생들을 나는 겸손한 마음으로 내려다보았다. 그러나 그들이 나라고는 생각되지 않았다. 인생행로에서 뒤처진 존재—내가 아니라, 그 옆을 지나치면서 보았을 뿐인—어떤 다른 사람으로 생각되었던 것이다.

첫날 위크필드 씨 댁에서 보았던 그 꼬마 아가씨는 어디로 갔을까? 그녀 또한 없어져버렸다. 대신 그녀 어머니의 초상화와 똑같은 어른이 된 실물이 집안을 돌아다니고 있었다. 상냥한 누나 같은 아그네스, 나의 의논 상대이자 친구였으며, 조용하고 착하며, 헌신적인 그녀의 영향을 받은 이에게는 누구에게나 수호신과 같은 아그네스도 이제는 어엿한 처녀가 되었다.

나의 성장과 외모와 그동안 얻은 많은 지식 말고 또 어떤 변화가 있었을까? 나는 금줄이 달린 금시계를 차고 있었고, 새끼손가락에는 반지를 끼었으며, 연미복을 입고, 머리에는 포마드를 발랐다. 그러나 반지 때문에 어쩐지 어울리지 않았다. 또다시 나는 사랑을 하고 있는 것인가? 그렇다. 나는 라킨스네의 맏딸을 사모하고 있었다.

맏이인 미스 라킨스는 어린 소녀가 아니었다. 키가 크고 가무잡잡한 피부에 눈동자가 검은 어엿한 여인이었다. 막내도 이미 어리지는 않은데, 그녀보다 서너 살 위임이 틀림없었으니, 아마 서른 살은 되었을 것이다. 그러나 그녀에 대한 나의 열렬한 사랑은 끝이 없었다.

미스 라킨스는 장교들을 많이 알고 있었다. 나는 그것이 괴로웠다. 장교들이 길에서 그녀와 이야기하는 것을 보았다. 동생과 같이 거리를 걸어가는 그녀의 모자가 보이면(모자 취향이 매우 화려했다) 장교들은 그녀를 만나기 위해 길을 가로질렀다. 그러면 그녀는 웃으며 이야기하는 것이었다. 나는 시간만 나면 거리를 오르락내리락하면서 그녀를 만날 기회를 노렸다. 하루 한 번이라도 그녀를 만나서 허리 굽혀 정중하게 인사할 수 있다면(그녀의 아버지 라킨스 씨를 알고 있었으므로 그녀와도 인사 정도는 할 수 있었다), 나는 더없이 행복했다. 나도 때로는 인사를 받아도 좋을 것이다. 그 경마가 있는 밤의 무도회에서, 그녀는 언제나 젊은 장교들과 춤을 췄다. 그것을 보는 내 마음은 미칠 듯이 괴로웠다. 만약 세상만사가 공평무사하다면 그 고통에 대한 대가를 받아야 옳았다.

사랑 때문에 나는 식욕까지 잃었으나, 최신 유행의 실크 스카프만은 언제나 목에 감고 외출했다. 나는 가장 좋은 옷을 입고 구두를 반짝반짝 빛나도록 닦아 신어야만 안심이 되었다. 그래야만 미스 라킨스에게 어울릴 것 같았다. 그녀의 물건이나 그녀와 관련된 모든 것이 귀중해 보였다. 라킨스 씨(이중턱에다 한쪽 눈이 움직이지 않는 퉁명스러운 노인)조차도 나에게는 흥미로운 인물이었다. 딸을 만나지 못할 때는, 나는 그를 찾아 나섰다. 그리고 "오늘 하루도 안녕하십니까? 따님들과 온 가족도 안녕하십니까?"라고 말했다. 그러나 그 속셈이 너무도 뚜렷한 것 같아서 얼굴이 붉어지곤 했다.

나는 늘 내 나이를 생각했다. 내 나이가 열일곱이라면, 미스 라킨스에게는 너무 어릴 수도 있지만 그것이 무슨 상관인가. 게다가 나는 곧 스물한 살이 된다.

나는 저녁이 되면 언제나 라킨스 씨 댁 주변을 거닐었다. 장교들이 그 집으로 들어가는 것을 보거나, 미스 라킨스가 하프를 연주하고 있는 응접실에서 그들의 목소리가 새어나올 때는 가슴이 찢어지는 것 같았다. 온 가족이 잠든 뒤에도 나는 병신처럼 미스 라킨스의 방이 어느 것인지 생각하면서 집 주위를 두서너 번 어슬렁거린 적도 있다. 그리고 그 집에 불이 나서, 내가 구경꾼을 헤치고 들어가 사다리를 그녀 방 창문에 걸치고, 그녀를 내 팔에 안고 구해낸 다음, 그녀가 남겨둔 물건들을 가지러 다시 뛰어들어갔다가 불길에 휩싸여 죽는 공상을 하면서 집 주위를 서성거리기도 했다. (그러나 지금 생각하면, 그 방은 라킨스 씨의 방이었다) 내 사랑에는 사심이 없었으므로, 그녀 앞에서 멋진 일을 하다가 죽어도 결코 후회스럽지 않았다.

내 사랑의 자세는 대체로 이러했지만 늘 그런 것은 아니었다. 때로는 더 찬란한 공상이 떠오르기도 했다. 라킨스 씨 댁에서 베풀어지는 무도회에 가기 위해(3주나 기다렸다) 치장을 하면서(두 시간이나 걸렸다) 즐거운 생각에 잠겨 입이 헤벌쭉 벌어진다. 나는 용기를 내어 미스 라킨스에게 사랑을 고백한다. 그러면 미스 라킨스는 내 어깨에 머리를 기대고 "아, 코퍼필드 씨, 내 귀를 믿어도 되지요?"라고 말한다. 다음 날 아침, 라킨스 씨가 나를 기다리고 있다가 말한다. "코퍼필드 군, 내 딸한테서 다 들었어. 나이가 어리다는 것은 아무런 문제도 안 돼. 자, 여기 2만 파운드 있네, 행복하게 살게나." 대고모님도 소식을 듣고 우리를 축복해 준다. 딕 씨와 스트롱 박사님도 우리 결혼식에 참석한다. 나는 이러한 공상에 완전히 빠져 있었다. 그래도 돌이켜보면 나는 분별 있고 조심성 있는 인간이었다. 그러나 이 사랑만은 따로였다.

나는 밝게 불이 켜지고, 재잘거리는 담소와 음악, 꽃, 보기 싫은 장교들이 있고, 화려한 미녀 라킨스가 있는, 마법의 성으로 갔다. 그녀는 푸른 옷을 입고, 머리에는 푸른 물망초를 꽂고 있었다. 마치 꼭 물망초를 꽂아야만 하는 이유라도 있는 것처럼! 그것은 내가 처음으로 초대받은 성인들의 파티였다. 그러나 나는 약간 불쾌했다. 라킨스 씨가 나에게 학우들은 잘 있는지 하는 필요도 없는 말을 묻는 것 말고는, 아무도 나를 상대해주지 않았고, 누구도 나에게 말을 걸지 않았기 때문이다.

그러나 내가 잠깐 문간에 서서 마음의 여신인 미스 라킨스를 황홀하게 바라보고 있을 때, 그녀가 나에게로 다가와서 즐거운 표정으로 물었다. "춤추시겠어요?"

나는 가볍게 머리를 숙이고 당황하여 더듬더듬 말했다. "당신하고라면요."

"그럼 딴 사람과는 춤추지 않을 건가요?"

"네, 다른 사람은 시시하니까요."

미스 라킨스는 웃음을 터뜨리고 낯을 붉히며(이건 내 착각인지도 모른다) 말했다. "다른 사람과 한 번 추고 그 다음에 당신과 추겠어요."

내 차례가 되었다. 내가 앞으로 나가자, "왈츠곡이군요." 미스 라킨스가 못 미더운 듯이 말했다. "왈츠 출 줄 아세요? 모르시면, 베일리 대위와—"

그러나 나는 왈츠 정도는 춘다. (게다가 제법 잘 춘다) 나는 미스 라킨스의 손을 잡고 나갔다. 베일리 대위 바로 옆에서 그녀를 가차없이 이끌어나갔다. 대위의 심정은 틀림없이 비참했을 것이다. 그러나 대위의 그러한 심정은 나에게는 아무렇지도 않았다. 나도 지금까지 그 비참함을 맛보았지 않은가. 나는 마침내 맏이인 미스 라킨스와 춤을 추고 있다! 어디를 어떻게, 누구 사이를 얼마나 춤추고 다녔는지는 전혀 기억이 없다. 그러나 황홀경에 빠져 푸른 천사를 품에 안고서, 우주를 헤엄치고 다니는 느낌이었다. 문득 정신을 차리니 나는 조그마한 방에서 그녀와 단둘이 소파에 앉아 있었다. 라킨스는 내 단춧구멍에 꽂힌 분홍색 동백꽃(가격은 반 크라운)이 아름답다고 말했다. 나는 그것을 그녀에게 주며 말했다.

"미스 라킨스, 나는 이 꽃 대신 더없이 귀중한 것을 요구하겠어요."

"그래요! 그게 뭔데요?" 미스 라킨스가 묻는다.

"당신이 달고 있는 꽃입니다. 수전노가 황금을 아끼듯이 저도 그 꽃을 아끼겠습니다."

"당신은 용감한 청년이군요." 미스 라킨스가 말한다. "자, 여기 있어요."

그녀는 그 꽃을 나에게 주었는데 싫은 표정은 아니었다. 나는 꽃을 입술에 가져다 댄 뒤에 가슴에 꽂았다. 미스 라킨스는 웃으면서 내 팔에다 팔짱을 끼고서 "자, 이제 베일리 대위에게 데려다줘요"라고 말한다.

나는 이런 달콤한 대화와 왈츠를 떠올리며 여기에 도취되어 있었다. 그때 갑자기 그녀가, 밤새 카드놀이를 하고 있던 그다지 훌륭하다고는 할 수 없는 한 중년 신사를 데리고 왔다.

"아아, 이분이에요, 그 용감한 친구는! 코퍼필드 씨, 체슬 씨가 당신과 인사하길 원하세요."

나는 순간적으로 그가 집안 친구라고 판단하고, 크게 기뻤다.

"취미가 아주 훌륭하십니다." 체슬 씨가 말했다. "아주 좋아요. 홉에 대해서 관심은 없겠지만, 나는 홉 재배를 제법 크게 하고 있지요. 언젠가 그쪽—애시 포드 근처예요—에 올 일이 있으시고 한번 보고 싶으시다면, 며칠이라도 좋으 니 들렀다 가세요. 기꺼이 안내해 드리리다."

나는 진심으로 감사해하며 악수를 했다. 행복한 꿈속에 빠져 있는 기분이었 다. 다시 한 번 맏딸 미스 라킨스와 왈츠를 춘다. 그녀는 내가 잘 춘다고 칭찬 한다! 나는 말할 수 없는 행복감에 젖어 집으로 돌아간다. 그리고 꿈을 꾼다. 푸른 천사의 허리를 껴안고 꿈속에서 밤새도록 춤을 춘다. 그 뒤 며칠 동안은 이런 황홀한 회상에 빠져 구름 위를 떠다니는 기분이었다. 그러나 나는 거리 에서도 그녀를 만나지 못하고, 내가 찾아가도 그녀를 만나지 못했다. 성스러운 약속이었던 그 시들어버린 꽃으로는 나의 실망을 달랠 길이 없었다.

"트롯우드," 어느 날, 저녁 식사를 하고 나서 아그네스가 말했다. "내일 결혼 하는 사람이 누군지 아세요? 당신이 사모하는 사람이에요."

"설마 당신은 아니겠죠, 아그네스?"

"저는 아니에요!" 아그네스는 악보를 베끼고 있다가 환한 표정으로 고개를 들면서 말했다. "아빠, 이 사람이 지금 뭐라고 했는지 들으셨어요? 미스 라킨스 예요. 첫째 딸인."

"베일리 대위와 결혼하나요?" 나는 겨우 입을 열었다.

"아니에요, 대위가 아니라 홉 재배자 체슬 씨랍니다."

나는 한두 주일 동안 절망의 구렁텅이에 빠져 있었다. 나는 반지도 빼버리 고, 제일 낡은 옷을 입었고, 포마드도 바르지 않은 채 미스 라킨스에게서 받은 시든 꽃을 바라보며 한숨을 지었다. 그러한 생활에 싫증나던 참에, 정육점 녀 석이 나에게 새로이 도전해 왔다. 그래서 나는 꽃을 던져버리고, 밖으로 나가 격전을 벌인 끝에 영광스럽게도 승리를 거두었다.

그 승리와 함께 다시 포마드를 조금씩 바르고 반지를 낀 추억, 열일곱에 접 어든 그 시절에서 지금까지 기억하는 마지막 흔적이다.

19장
이제는 어엿한 졸업생

드디어 나의 학교생활도 막바지에 접어들어 스트롱 박사의 학교를 졸업할 무렵이 되었을 때, 나는 나 자신이 기뻐하고 있는지 슬퍼하고 있는지조차 도무지 알 수가 없었다.

나는 여기서 매우 행복한 생활을 했으며, 박사님을 무척 따랐다. 이 조그마한 세상에서 훌륭하게 성적도 올렸으므로 떠나기가 섭섭했다. 그러나 또 다른 이유—아주 꿈 같은 얘기지만—때문에, 학교를 떠나는 것이 기쁘기도 했다. 비로소 독립하는 청년이 된다는 것, 또 그러한 청년은 주목을 받는다는 것, 독립한 청년이라는 위대한 존재가 보고 이루는 눈부신 성과, 사회에 틀림없이 놀라운 영향을 끼칠 거라는 막연한 생각이 나를 유혹했다. 꿈 같은 착각이라면 착각이랄 수도 있지만, 어린 마음에 이런 환상적인 유혹은 너무도 강렬했으므로, 학교를 졸업하는 것이 조금도 슬프지 않았다. 또 그 이별은 다른 이별과 같은 강렬한 인상을 주지 못했다. 지금도 그때의 기분이 어떠했는지 떠올리려고 애써 보지만 헛일이 되고 만다. 결국 중요한 추억은 아니었다는 뜻이며, 위에서 말한 부푼 희망만으로 가슴 설레고 있었던 것이다. 달리 말하면, 그 어린 날의 경험에는 이미 흥미가 없었으며, 인생이 이제부터 처음 읽는 거대한 동화처럼 생각되었던 것이다.

대고모와 나는 앞으로 내가 전념해야 할 직업에 대해서 여러 번 깊이 상의했었다. 대고모가 자꾸 되풀이하는 물음, "무엇이 되고 싶니?"에 만족스러운 대답을 하기 위하여 나는 1년 이상을 노력했지만 특별히 하고 싶은 것은 찾을 수가 없었다. 만약 내가 항해 지식을 습득해서 쾌속 탐험대의 선장이 되어, 새로운 땅을 발견하기 위해 기세 좋게 항해하면서 세계를 누빈다면, 나도 흡족했을지 모른다. 그러나 이러한 기적과도 같은 일은 일어날 수도 없으므로, 내 소원은 대고모에게 지나친 재정적 부담을 끼치지 않는 일에 종사하여, 그 일이 무엇이든 열심히 하는 것이었다.

딕 씨는 언제나 신중하고도 현명한 태도로 내 상담에 응해 주었다. 그러나 자기의 의견을 말한 것은 딱 한 번으로, (왜 그가 그런 생각을 하게 되었는지는 모르겠다) 별안간 내가 놋쇠 세공인이 되는 것이 좋겠다고 했다. 그러나 대고모가 그의 제의를 아주 탐탁지 않게 여기자, 딕 씨는 두 번 다시 자기의 의견을 말하지 않았고, 대고모가 이야기를 꺼낼 때마다 열심히 바라보며 돈을 짤랑짤랑 소리나게 흔들었다.

내가 학교를 졸업한 그해 크리스마스 시즌의 어느 날 아침, 대고모는 말했다. "트롯, 이 어려운 문제가 아직도 해결되지 않았지만 우리 결정에 잘못이 있어서는 안 되니까, 약간 숨 돌릴 시간을 내는 것이 어떻겠니? 너도 학생의 입장에서가 아닌 새로운 관점에서 이 문제를 생각해 보는 게 좋을 것 같구나."

"그러겠습니다, 대고모님."

"내가 좀 생각해봤는데," 대고모는 계속했다. "기분도 돌릴 겸 바깥세상을 한번 구경해 보면 어떻겠니? 네 자신의 마음을 알고 더욱 냉정한 판단을 내리는 데 도움이 될 거야. 어디로든 여행을 떠나 보렴. 이를테면, 예전에 살았던 곳으로 가서 가장 잔인한 이름을 가진 이상한 여자를 만나 보기도 하고—" 대고모는 코를 비비며 말했다. 대고모는 페거티라는 이름을 절대로 용납할 수가 없었던 것이다.

"대고모님, 그럴 수만 있다면 정말 기쁠 거예요."

"그래, 그거 다행이구나. 나도 그게 가장 좋다고 생각해. 네가 그걸 바라는 것은 당연하고 도리에 맞는 일이다."

"정말 그래요, 대고모님."

"네 누이동생 벳시 트롯우드가 이 세상에 태어났더라면, 어느 아이보다도 도리에 맞는 온당한 행동을 했을 거다. 그러니 너는 그 애 못지않게 행동해야 한다, 알겠지?"

"대고모님 마음에 들도록 행동하겠습니다. 그것으로 저는 만족해요."

"어린애 같은 불쌍한 네 엄마가 살아 있지 않은 것이 다행이다." 대고모는 흐뭇하게 나를 바라보면서 말했다. "만약 살아 있었다면, 지금쯤 자식 자랑을 하다가 안 그래도 어리석은 머리가 완전히 돌아버렸을지도 모르지. 더 돌아버릴 뭐라도 남아 있었다면 말이다(대고모는 언제나 자신의 사랑을 이런 식으로 어머니께 떠넘기며 말했다). 트롯우드야, 넌 어쩜 그렇게 볼수록 네 어미를 닮았니!"

"대고모님, 많이 닮아서 기분 좋으시죠?" 나는 물었다.

"딕 씨, 이 애는 제 어미를 꼭 빼닮았어요." 대고모는 힘주어 말했다. "그날 오후 흥분해서 울기 전의 그 애를 꼭 닮았어. 아이고, 이것 봐. 저 두 눈으로 지그시 바라보는 꼴이 제 어미랑 똑같단 말이야!"

"정말 그렇게 닮았어요?" 딕 씨가 물었다.

"그리고 제 아버지, 데이비드와도 똑 닮았어!" 대고모가 딱 잘라 말했다.

"정말로요?" 딕 씨가 말했다.

"그런데 트롯아, 내가 너에게 바라는 것은 육체적인 것이 아니라 정신적인 면이야. 너는 신체적으로는 튼튼하니까, 정신적으로도 굳건해야지. 과단성 있는 사람." 대고모는 나를 향해 모자를 흔들고 한 손을 꼭 쥐면서 말했다. "굳은 의지를 갖춘 훌륭한 사람이 되어야 해. 충분한 이유 없이는 누구에게도, 무슨 일이 있어도 움직이지 않는 강인한 인격을 갖춘 사람이 되어라. 네 부모도 분명 그런 사람이 되었을 거야. 그랬다면 참으로 좋았을 텐데."

나는 대고모의 말대로 그런 인물이 되겠다고 했다.

"처음에는 아주 작은 일부터 시작하더라도, 자신을 의지하고 스스로 행동할 줄 알아야 하느니라. 그래서 나는 너를 혼자 여행 보내는 것이란다. 처음에는 딕 씨와 함께 보낼까 했었는데, 다시 생각해 보니, 딕 씨는 나를 돌봐주면서 여기에 있어야 해."

그 순간 딕 씨는 약간 실망한 듯했으나, 이 세상에서 가장 훌륭한 여인을 보살핀다는 명예와 긍지 때문에 다시 얼굴이 밝아졌다.

"회고록도 써야 하고."

"아, 그렇지." 딕 씨가 급히 말했다. "트롯우드, 나는 회고록을 곧 끝내야 해. 아무튼 서둘러서 말이야. 집필이 끝나면 출판하는 거야. 출판하면," 딕 씨는 말을 삼켰다가 한참 만에 다시 이었다. "골치 아픈 사태가 벌어질 거야!"

나는 대고모의 친절한 계획을 실천하기 위해, 돈이 든 멋진 지갑과 가방을 챙겨 들고 여행길에 올랐다. 헤어질 때, 대고모는 나에게 여러 가지 충고와 키스를 수없이 해주었다. 그리고 여행 목적이 스스로 세상을 부딪쳐보고 자기 머리로 생각하기 위한 것이니, 괜찮다면 서퍽에 가는 길이나 돌아오는 길에 런던에 들러 2, 3일 묵고 오라고도 했다. 나는 앞으로 약 한 달 동안 무엇이든 하고 싶은 대로 해도 되며, 직접 세상을 보고 생각하는 것과 한 주일에 세 번씩 편지를 써서 충실히 보고하는 일 말고는, 내 자유를 얽매는 조건은 아무것도 없었다.

먼저 나는 캔터베리로 갔다. 아그네스와 위크필드 씨(내가 머물던 방은 아직도 그대로 있었다) 그리고 맘씨 좋은 박사님과 작별하기 위해서였다. 아그네스는 나를 반가이 맞이해 주었다. 내가 떠난 뒤로는 집이 허전하다고 했다.

"나도 여기를 떠난 뒤로는 도무지 나 같지가 않아요." 나는 말했다. "아그네스가 없으니까, 내 오른팔이 없어진 것 같아요. 그런데 이걸로도 충분한 설명이 되지 않네요. 오른팔에는 머리도 심장도 달려 있지 않잖아요? 아무튼 당신을 아는 사람은 누구나 당신의 의견을 듣고 따르니까요, 아그네스."

"아뇨, 나를 아는 사람은 누구든지 나의 응석을 받아줄 뿐이에요." 아그네스는 웃으면서 말했다.

"아니에요, 당신은 다른 사람과 달라요. 당신은 정말로 친절하고 마음씨가 고운 상냥한 사람이에요. 당신의 말은 늘 바르고 옳지요."

"당신의 말은," 아그네스는 바느질을 하면서 웃음을 터뜨리고 말했다. "꼭 내가, 결혼 전의 미스 라킨스라도 되는 것 같군요."

"이봐요! 그런 식으로 내 신념을 저버리지 말아요." 내 마음을 사로잡았던 그 푸른 옷의 마법사를 생각하면서 나는 얼굴을 살짝 붉히고 말했다. "당신을 향한 내 믿음은 조금도 달라지지 않았어요. 어려움을 당하거나, 사랑에 빠졌을 때도 반드시 당신에게 알리겠어요. 당신이 싫어하지 않는다면—진짜, 진실한 사랑에 빠졌을 때도요."

"당신은 늘 진심으로 사랑하셨잖아요!" 아그네스는 다시 웃으면서 말했다.

"아! 그렇지만 그것은 어린아이나 학생으로서 한 것이었지요." 약간 창피하기는 했으나 나도 웃으면서 말했다. "지금은 옛날과는 다르니까요. 나도 진지한 사랑에 빠져 괴로워할 때가 있을 거예요. 그런데 이상한 것은, 아그네스, 당신은 왜 여태까지 진지한 사랑을 하지 않나요?"

아그네스는 또다시 웃으며 세차게 고개를 저었다.

"아니에요. 그래요, 나는 당신이 진지하지 않다는 것을 알고 있어요! 당신이 진지했다면 나에게 말해 주었을 거예요. 말은 하지 않았더라도, 적어도," 나는 그녀의 얼굴이 약간 붉어지는 것을 보면서 말했다. "내가 눈치채도록 했을 거예요. 하기야 내가 아는 사람 가운데, 당신을 사랑할 만한 인물은 한 사람도 없었지만요. 나도 여기서 온갖 남자들을 보아왔지만, 그런 녀석들보다 더 고상한 인격과 훌륭한 인품을 갖춘 인물이 나타나지 않는다면, 나도 가만히 보고 있지는 않을 겁니다. 앞으로는 당신 주변에 모이는 숭배자들을 모두 신중히 살필 거예요. 당신을 데려가려면 주문이 많은 것 정도는 각오해야죠."

여기까지는 소꿉동무 사이의 오랜 친교에서 오는 농담 반 진담 반의 허물없는 대화였다. 그런데 그때 갑자기 아그네스가 고개를 들고 나를 보면서 정색하고 말했다.

"트롯우드, 묻고 싶은 것이 있어요. 앞으로는 오랫동안 물어볼 기회가 없을 것 같고, 또 다른 사람에게는 묻고 싶지도 않거든요. 요즘 들어 아빠가 점점 이상하게 변해가는 것을 아세요?"

그것은 나도 알고 있었다. 나는, 딸인 아그네스도 그것을 알고 있는지 궁금하게 생각한 적도 여러 번 있었다. 그러한 기미가 내 얼굴에 곧바로 나타났음이 틀림없었다. 순간 시선을 내린 그녀의 눈에 눈물이 고였기 때문이다.

"어떻게 변했는지 말해주세요." 아그네스는 나지막하게 말했다.

"솔직히 이야기할까 하는데요, 아그네스. 나도 당신 아버님을 정말 좋아하니까요."

"네, 좋아요."

"내가 처음 여기 왔을 때부터 점점 더 심해지는 당신 아버님의 그 버릇이 좋지 않은 것 같았어요. 아버님은 너무 예민하고 자주 화를 내셨거든요. 실은 그렇지가 않은데 내가 어쩌면 그렇게 떠올렸는지도 몰라요."

"그건 상상이 아녜요." 아그네스는 머리를 흔들며 말했다.

"아버님은 손을 떠시고, 말씀이 또렷하지 않고, 눈빛조차 살벌하셨어요. 그럴 때마다 난 그것을 눈치챘어요. 그런데 그처럼 아버님이 아버님답지 않을 때는 꼭 무슨 일이 있어서 나가신단 말이에요."

"우라이아가 일거리를 가져오지요." 아그네스가 말했다.

"그래요. 그런데 일을 잘 처리하지 못했다는 생각, 그 일이 무엇인지 잘 몰랐다는 생각과, 본의 아니게 자신의 추한 꼴을 보였다는 생각이 아버님을 더욱 불안하게 만드는 것 같아요. 그래서 다음 날은 증세가 더 악화되고, 갈수록 점점 더 심해져서 드디어는 몹시 지치고 수척해지지요. 아그네스, 내 말을 들고 놀라서는 안 돼요. 며칠 전에는 이런 상태에서 아버님이 책상에 머리를 댄 채 어린애처럼 눈물을 흘리시는 모습을 보았어요."

내 말이 끝나기도 전에 아그네스는 손으로 내 입술을 다정스럽게 막고는, 문 쪽으로 달려가 방으로 들어오는 아버지를 맞으면서 그의 어깨에 매달리듯 팔을 둘렀다. 둘이서 내 쪽을 돌아볼 때의 그녀의 표정에, 나는 가슴이 저릿저 릿하게 아팠다. 아름다운 아그네스의 눈에는 아버지에 대한 사랑, 아버지에게서 받은 사랑과 걱정에 감사하는 빛이 역력했다. 그리고 나에게도, 부디 이 아버지에게 진심으로 다정하게 대하고, 쌀쌀맞고 잔인한 짓은 하지 말아 달라고 간절히 호소하고 있는 것만 같았다. 그녀는 아버지에 대해 긍지를 가졌고, 아버지를 헌신적으로 사랑했으며 또 불쌍히 여기고 동정했으므로, 나도 그렇게 하기를 절실하게 바란다는 눈빛이었다. 그것은 수백 마디 말보다 더 많은 것을 말해주었으며, 나를 감동시켰다.

우리는 박사님 댁에서 차를 마시기로 약속되어 있었다. 평소처럼 박사님 댁에 갔더니, 서재 난로 주위에는 박사님과 박사님의 장모가 앉아 있었다. 내가 중국 같은 어디 먼 데라도 간다고 생각하는 박사님은 나를 귀빈처럼 맞아주었다. 그리고 빨갛게 달아오른 불꽃에 옛 제자의 얼굴을 비춰볼 수 있도록 난로에 나무를 더 넣으라고 했다.

"위크필드, 나는 트롯우드가 가버리면 이제 신입생들의 얼굴을 보는 일도 별로 없을 거야." 박사님은 손을 쥐면서 말했다. "나도 점점 지쳐서 이제 편히 쉬고 싶어. 반 년만 더 하고 학생들 가르치는 건 그만두겠네. 조용한 생활을 하고 싶어."

"박사, 자네는 늘 그런 말을 해왔네, 10년도 넘게." 위크필드 씨가 대꾸했다.

"이번에야말로 꼭 실천할 거야." 박사님이 대답했다. "교감에게 내 자리를 물려주겠어. 이번엔 진짜야. 그러니 자네가 곧 법적인 계약을 맺어주게. 내가 꼼짝 못하도록 말이야."

"그런데 주의할 것이 있네." 위크필드 씨가 말했다. "사기당하지 않도록 말이야. 자네는 무슨 계약을 하든 언제나 그랬으니까 말일세. 아무튼, 나는 언제나 준비되어 있네. 내가 하는 일에는 그것보다 더 나쁜 일도 얼마든지 있었어."

"그러면 난 아무것도 생각할 것이라곤 없네." 박사는 미소를 지으며 말했다. "내 사전과 또 하나의 계약물인 아내 애니 말고는."

위크필드 씨가, 아그네스와 함께 차 탁자에 앉아 있는 애니를 바라보자, 이상하게도 그녀는 망설이고 겁에 질린 듯이 위크필드 씨의 눈길을 피해 버렸다. 위크필드 씨는 무슨 생각이 떠오른 듯 애니를 주시했다.

"인도에서 편지가 왔군요?" 잠깐 침묵을 지킨 끝에 위크필드 씨가 물었다.

"그래, 잭 맬던에게서 편지가 왔어!" 박사님이 대답했다.

"그렇군요."

"불쌍한 잭!" 마클람 부인이 머리를 흔들며 말했다. "정말 엄청 더운가 봐요! 사막 위에서 볼록렌즈를 대고 지글지글 굽고 있는 것 같다는군요! 그 애는 튼튼해 보였지만, 사실은 그렇지 않았어요. 여보게, 박사. 그 애는 용감하게 인도로 갔지만, 그것은 그의 체력이 아니라 정신력으로 간 것이야. 애니, 너도 그 점을 마음에 새겨 두렴. 네 사촌은 그렇게 튼튼한 사람이 아니라는 걸 말이야."

마클람 부인은 튼튼하지 않다고 힘주어 말한 뒤에 우리를 둘러보았다. "내 딸과 그 애가 어렸을 때, 온종일 손을 맞잡고 돌아다닐 때부터 그랬어요."

애니는 아무런 대꾸를 하지 않았다.

"부인, 그렇다면 맬던 씨가 앓고 있다는 말입니까?" 위크필드 씨가 물었다.

"병이에요!" 노병*1은 말했다. "그 애는 건강이 아주 엉망이라오."

"건강이 좋지 않다는 말입니까?" 위크필드 씨가 물었다.

"좋지 않다마다요. 틀림없이 그 애는 무서운 일사병은 물론이고, 악성 말라리아, 그 밖에도 당신이 알고 있는 질병은 모조리 걸렸을 거예요. 간도 망쳤을 테고요." 노병은 체념한 듯이 말했다. "그건 물론 처음 출발 때부터 완전히 포기했던 모양이지만!"

"그 사람이 자세하게 알려왔나요?" 위크필드 씨가 물었다.

"그 사람이 알려왔냐고요? 그럴 리가 있나요!" 마클람 부인이 머리와 부채를 흔들면서 말했다. "그렇게 묻는 것을 보니, 선생님은 내 불쌍한 잭 맬던을 전혀 모르시는군요. 적어 보낼 턱이 없지요! 그 아이는 사나운 네 마리 말에게 이리저리 끌려 다니더라도 결코 우는 소리 한 번 내지 않아요."

"어머니!" 스트롱 부인이 말했다.

_____

*1 마클람 부인의 별명.

"애, 애니야." 어머니가 대답했다. "이번만은 이 어미의 말에 참견하지 마라. 내 말을 뒷받침할 생각이라면 몰라도. 네 사촌 맬던은, 어디 네 필뿐이겠느냐. 수십 필을 몰고 와서 끌더라도 기꺼이 끌려갈 사람이다! 네 필도 좋고, 여덟 필도 좋고, 열여섯 필도 좋고, 서른두 필도 좋아. 박사의 계획을 방해하는 말은 절대 하지 않는다."

"위크필드 씨의 계획이었죠." 박사님은 자신의 얼굴을 어루만지며 뉘우치는 듯이 자기 고문인 위크필드 씨를 바라보았다. "즉, 맬던을 위해서 우리가 공동으로 계획을 세웠지. 물론 해외에 나가든 국내에 있든, 결국 내가 명령한 셈이지만."

"그에게 외국으로 가라고 권한 건 나예요." 위크필드 씨도 침울한 표정으로 말했다. "내가 그를 외국으로 보냈어요. 책임은 나한테 있습니다."

"아, 책임이라니요!" 노병은 말했다. "이봐요, 위크필드 씨. 다 좋은 뜻에서 한 일 아닙니까. 모두를 생각해서 친절을 베푸신 걸 잘 알아요. 그러나 그 애가 거기서 살 수 없다면, 그게 그 애의 운명이겠지요. 그는 어차피 살아갈 수 없다면, 박사의 계획을 망치느니 거기서 조용히 죽는 쪽을 택할 거예요. 나는 그 애를 잘 알고 있습니다."

노병은 앞날을 예견한 듯이 고민스러운 태도로 정신 사납게 부채질을 하면서 말했다.

"장모님." 박사님이 쾌활하게 말했다. "나는 내 계획을 고집하지는 않습니다. 계획은 취소할 수도 변경할 수도 있습니다. 건강이 나빠서 잭 맬던이 귀국한다면 다시 되돌려 보낼 수야 없지요. 우리가 이 나라 안에서 그에게 알맞은 더 좋은 일자리를 마련해줘야지요."

마클람 부인은 이 너그러운 말을 듣자 감명을 받아서(그녀는 이런 말이 나오리라고는 생각도 못했고, 또 그런 말이 나오도록 이끈 것도 아니었기 때문이다) 정말 박사답다고만 말하며, 몇 차례나 자기 부채 손잡이에다 입을 맞추고는, 그 부채로 박사님의 손을 가볍게 쳤다. 그러고는 자기 딸 애니를, 박사님이 너 때문에 네 소꿉친구에게 이런 친절을 베풀었는데도, 어찌 더 고마운 마음을 나타내지 않느냐고 은근히 꾸짖는 것이었다. 그러고는 그 기세를 타고, 그녀의 친척은 다들 번듯한 자리에 올라 있지만 그보다 더 훌륭한 일을 찾아 독립할 수만 있다면 좋을 거라는 등의 얘기를 거침없이 쏟아냈다.

그러는 동안에도 애니는 말 한마디 없었고, 고개 한 번 들지 않았다. 위크필드 씨는 자기 딸 곁에 앉아 있는 박사의 부인을 계속 훔쳐보았다. 그는 누군가 자기 행동을 보고 있다고는 전혀 생각지 않은 채 꼭 그녀에게 홀딱 반한 듯이 그녀만 보았고, 그녀와 관련된 일을 골똘히 생각하는 것 같았다. 이윽고 위크필드 씨는 잭 맬던이 자기에 대한 이야기를 뭐라고 적어 보냈는지 또 누구에게 보내왔는지 물었다.

"그야 당연히 이 집으로 보냈죠." 마클람 부인이 박사님 머리 위에 있는 벽난로 선반에서 편지를 꺼내며 말했다. "그 애는 박사에게 직접 썼어요. 어디에 있더라? 응 여기야! '말씀드리기 죄송합니다만, 저는 건강이 나빠서 몹시 고생하고 있습니다. 회복하려면 조만간 한 번 귀국하는 수밖에 없겠습니다.' 이걸 보면 나머지는 안 봐도 훤하잖아요, 불쌍한 녀석! 귀국하는 것이 건강을 회복하는 유일한 길이라니! 그런데 애니에게 보낸 편지를 보면 더 확실히 알 수 있어요. 애니, 편지를 한 번 더 보여다오."

"지금은 안 돼요, 어머니." 그녀는 나지막하게 호소하듯이 말했다.

"애야, 너를 정말 이해할 수 없구나. 네 친정 식구 일인데 왜 그렇게 이상하게 구니? 내가 그 편지에 대해서 묻지 않았더라면, 아무도 그 편지의 존재를 몰랐을 거야. 그러고도 너는 스트롱 박사에게 아무런 비밀도 없다고 할 수 있겠니? 나는 놀랐다. 네가 알아서 행동해라."

애니는 마지못해 그 편지를 내놓았다. 내가 그 편지를 노부인에게 전달했는데, 편지를 받을 때 보니 애니의 손이 떨리고 있었다.

"자, 읽어봅시다." 마클람 부인은 안경을 쓰며 말했다. "그 말이 어디에 있더라? '사랑하는 애니, 옛날을 생각하면'—여긴 아니고. '친애하는 노(老)감독관님'—이건 누구야? 아이구, 애니야. 네 사촌 맬던은 참 알아보기 어렵게도 쓰는구나. 아이구, 나도 참 바보로군! 당연히 여기 있는 박사님이겠지. 아, 정말 친절하시기도 하지." 노부인은 편지를 놓고는 부채에 키스를 하더니, 아주 만족한 표정으로 조용히 우리를 바라보고 있는 박사님에게 부채를 천천히 한 번 흔들었다. "아, 찾았어. '애니, 너는 이 소식을 들어도 새삼 놀라진 않을 거야.' 그야 그렇지. 실제 그가 튼튼하지 않다는 것을 알고 있으니까. 내가 방금 어디까지 읽었지?—응, 그래, '나는 이 머나먼 이국땅에 와서 완전히 건강을 해치고 말았어. 그래서 무슨 일이 있어도 한 번 귀국하기로 결심했어. 될 수 있으면 병가를 얻어서 말이야. 그것이 여의치 않으면 사표를 내고라도 귀국할 작정이야. 나는 여기서 더는 못 참겠어.' 박사의 지체없는 친절이 없다면," 마클람은 또다시 부채로 박사님에게 신호를 보내고 편지를 접으면서 말했다. "생각만 해도 참을 수 없는 일이었을 거요."

노부인은 자기의 이 말에 위크필드 씨가 한마디 덧붙여주기를 바라는 듯 그를 바라보았지만, 위크필드 씨는 바닥만 내려다보며 침묵을 지키고 있었다. 화제가 다른 데로 흘러갔지만, 위크필드 씨는 여전히 말이 없었다. 다만 때때로 생각에 잠겨 얼굴을 찌푸리면서 가끔씩 박사님과 스트롱 부인을 바라보거나, 한꺼번에 부부를 잠깐 바라볼 때 말고는 고개도 들지 않았다.

박사님은 음악을 좋아했다. 아그네스는 노래할 때 목소리도 아름답고 표정도 풍부했으며, 스트롱 부인도 마찬가지였다. 그들은 같이 노래를 불렀다. 우리는 음악회를 찾은 기분이었다. 그러나 나는 두 가지 사실을 알아차렸다. 하나는 애니는 곧 냉정을 되찾고 평소 모습으로 돌아왔지만, 그녀와 위크필드 씨 사이에는 그들을 완전히 떼놓는 공백이 있었다. 또 하나는 위크필드 씨가 애니와 아그네스가 친해지는 것을 싫어해서, 초조한 마음으로 그들의 행동을 감시하고 있다는 사실이었다. 솔직히 말하면, 맬던 씨가 떠나던 그날 밤에 본 광경이 지금까지와는 전혀 다른 의미로 다가와서, 이상하게 걱정스러워지기 시작했다. 그러자 스트롱 부인의 순진해 보이던 아름다운 얼굴도 이제는 전처럼 보이지 않았다. 부인의 타고난 우아함과 매력에도 의심의 방울이 솟아올랐다. 그녀 곁에 있는 아그네스야말로 정말 착하고 진실해 보였다. 두 사람의 우정은 그다지 바람직해 보이지 않았다.

그러나 부인은 제법 즐거워보였고, 아그네스도 매우 행복해 보였으므로, 덕분에 그날 밤은 시간 가는 줄 모르고 즐겁게 보냈다. 그러나 그 모임이 어떻게 끝났는지는 아직도 또렷하게 기억한다. 헤어질 때 아그네스가 부인을 껴안고 키스하려 하자, 위크필드 씨가 우연인 것처럼 그들 사이에 끼어들어 아그네스를 재빨리 끌고 나갔다. 그러자 맬던이 떠나던 날 밤 문간에 서 있던 그때 이후의 세월이 순식간에 날아가버린 듯했다. 그 밤 위크필드 씨와 맞닥뜨렸을 때 스트롱 부인의 얼굴에 떠올랐던 표정이 지금도 똑같이 그 얼굴에 나타난 것이다.

이 일은 나에게 강한 인상을 남겼다. 그 뒤로 부인을 생각하면 반드시 그날의 인상이 떠오르면서 두 번 다시 그 순수하고 아름다운 얼굴을 떠올릴 수 없게 되었는데, 그 동안의 속사정은 이루 말할 수 없다. 아무튼 그것은 집으로 돌아온 뒤에도 끊임없이 내 마음을 따라다녔다.

나는 박사님 댁의 지붕 위에 낮게 뜬 컴컴한 구름처럼 우울한 마음으로 그 집을 나섰다. 백발이 성성한 박사님에 대한 나의 존경심 위에, 믿을 수 없는 자들만 믿는 박사님에 대한 동정과 박사님을 해치기만 하는 자에 대한 분노가 추가되었다. 커다란 고민과 아직 드러나지 않은 크나큰 치욕의 짙은 그림자가, 내가 어렸을 때 공부하고 놀았던 고요한 곳에 끔찍한 흉터를 남기려 하고 있었다. 수백 년 동안 홀로 꿋꿋이 살아온 위풍당당하고 잎이 넓은 고목나무와 잘 다듬어진 풀밭, 돌로 만든 항아리와 박사님의 산책로, 그런 풍경 위로 울려 퍼지는 은은한 성당의 종소리, 그런 것을 생각해도 이제는 즐겁지 않았다. 마치 내 소년 시절의 평화롭던 성역을 눈앞에서 무참하게 강탈당하고, 그곳의 평화와 명예가 흔적도 없이 사라지는 광경을 보는 것만 같았다.

그러나 아침이 되자 아그네스의 감화력으로 가득 찬 이 정든 집과도 작별할 때가 왔다. 머지않아 이곳에 다시 올 테고, 내가 수없는 밤을 보냈던 정든 내 방에서 잠잘 날도 있으리라. 그러나 여기서 살던 날들은 영원히 멀어져갔고, 이제 과거는 돌아오지 않는다. 남겨둔 책과 옷가지를 도버로 보내기 위해 짐을 꾸리고 있을 때, 나는 우라이아에게 내 마음을 감추려고 애썼을 때보다도 더욱 마음이 무거웠다. 우라이아가 쓸데없이 너무 잘 도와주는 바람에 내가 떠나는 것을 그가 매우 기뻐한다는 생각이 들기도 했다.

여하튼 나는 아주 남자답게 아그네스와 위크필드 씨에게 작별인사를 하고 런던행 승합마차의 마부석에 자리를 잡고 앉았다. 마을을 빠져나가는 내 마음은 너그러워져서 내 옛날의 원수였던 정육점 녀석에게 고개를 끄덕여 인사하고 술값으로 5실링 정도는 던져 주고 싶었다. 그러나 정육점에서 큰 고깃덩이를 저미며 서 있는 녀석의 모습은 예나 다름없이 아주 차갑게 보였고, 더구나 내가 날린 주먹에 달아난 앞니를 아직도 해 넣지 않은 것을 보니, 아무래도 그냥 말없이 지나치는 것이 상책일 듯싶었다.

나는 마부에게 되도록 나이가 많은 것처럼 보이려고 최대한 걸걸한 목소리로 말했다. 걸걸하게 이야기하는 것은 아주 거북했지만, 나는 끝까지 그렇게 해냈다. 그래야만 어른처럼 보일 것이라고 생각했기 때문이다.

"손님은 종점까지 가세요?" 마부가 물었다.

"그래요, 윌리엄." 나는 일부러 의젓하게 대답했다. (나는 이 마부를 알고 있었다) "런던에 갔다가 서퍽에도 들를 작정입니다."

"사냥하러 가십니까?" 마부가 물었다. 이 계절에 사냥은 고래 잡으러 런던에 가는 거나 마찬가지로 불가능하다는 사실을 나처럼 그도 잘 알고 있었다. 그러나 듣고 보니, 아주 싫은 말은 아니었다.

"사냥을 할지 안 할지는 나도 모르겠어요." 나는 결단을 못 내린 척 말했다.

"요즘엔 새들도 아주 날래다고 들었어요." 윌리엄이 말했다.

"나도 그렇게 알고 있습니다."

"서퍽이 고향인가요?"

"예, 그렇습니다." 나는 좀 거만하게 대답했다.

"그곳의 가루반죽 푸딩은 맛이 아주 좋다던데요." 윌리엄이 말했다.

나는 그런 것은 몰랐으나 내 고장 명물은 무엇이든 자랑할 필요가 있다고 생각되어 그것을 잘 아는 듯이 '그래요. 맛이 좋아요!' 라는 뜻으로 고개를 끄덕였다.

"그리고 말도 유명하지요." 윌리엄은 말했다. "가축용이에요! 서퍽 말이라면, 좋은 놈이면 금값 아닙니까. 손님은 서퍽 말을 길러 본 일이 있습니까?"

"아—, 아니요, 딱히 기른다고 할 정도는 아닙니다."

"내 뒷자리 손님은 서퍽 말을 대규모로 기르고 있지요."

이야기의 대상이 된 그 신사는 사팔눈에다 턱이 툭 불거진 아주 볼품없는 사람이었다. 좁고 판판한 챙이 달린 흰 모자를 쓰고 있었는데, 장화에서 엉덩이까지, 양쪽 다리 바깥쪽에 한 줄로 단추가 달린 몸에 꼭 붙는 담갈색 바지를 입고 있었다. 내 바로 뒤에서 마부의 어깨 근처로 턱을 비죽 내밀고 있어서, 그가 숨을 쉴 때마다 내 뒤통수가 간질간질했다. 내가 뒤돌아보면 그는 아주 교만하게 선두에 선 말들을 노려보고 있었다.

"그렇지 않습니까, 손님?" 윌리엄이 말했다.

"무엇이 그렇지 않다는 말이오?" 뒷자리 손님이 말했다.

"서퍽 말을 대규모로 기르고 있지요?"

"그래요." 신사가 대답했다. "어떤 종류의 말이든 다 길러요. 그리고 개도 온갖 종류를 다 기르지요. 어떤 사람은 말이나 개를 취미로 기르지만, 그것들이 나에게는 집이고 마누라고 자식이라오. 읽고 쓰고 셈하는 것처럼 없어서는 안된단 말이지요. 담배와 술과 음식이나 마찬가지지요."

"역시 마부의 뒷좌석에 앉을 분이 아니지요?" 윌리엄은 말고삐를 조종하면서 내 귀에 대고 말했다.

마부의 말은 내 자리를 그에게 내주라는 뜻으로 들렸다. 그래서 나는 얼굴을 붉히며 자리를 양보하겠다고 말했다.

"손님이 좋으시다면, 그렇게 하는 게 아주 옳은 줄로 압니다."

나는 늘 이것이 내 일생 최초의 실수라고 생각해 왔다. 역마차 사무실에서 좌석을 예약할 때, 장부에다 '마부석'이라고 적어 넣고 좌석료로 반 크라운을 냈다. 그 특등석에 어울리도록 특별히 좋은 옷을 입었고, 특등석에 앉는 것을 커다란 영광으로 여겼으며, 그렇게 하는 것이 마차에도 영광을 베푸는 일이라 생각했다. 그런데 바로 첫 정거장에서 초라한 사팔뜨기에게 내 자리를 빼앗기고 만 것이다. 그자는 말 세놓는 집 냄새를 풍기는 것 말고는 아무 볼품도 없는 형편없는 사람이었다. 말이 느릿느릿 달리고 있을 때 내 앞을 가로질러 특등석으로 옮겨 앉는 모습이란 마치 인간이 아니라 파리 같았다.

차라리 사라져버렸으면 좋을 시시한 경우에도 평생 나를 괴롭혀온 열등감이, 캔터베리 역마차에서 일어난 이 하찮은 사건 때문에 또다시 불거진 것이 확실했다. 걸걸한 목소리로 말해 봐야 헛일이었다. 나는 남은 목적지까지 여행하는 내내 뱃속 깊숙한 곳에서 부글거렸지만, 그러나 무안하기만 할 뿐 나 자신이 너무 어리다고만 느껴졌다.

그럼에도 불구하고 상당한 교육을 받고, 옷도 잘 입고, 주머니에는 돈도 두둑하게 넣고, 사두마차 뒷자리에 앉아서, 대고모 댁으로 달아나는 길에 한뎃잠을 잤던 여러 곳을 따분하게 바라보고 있자니, 이상하게 재미있었다. 길가에 있는 경계표를 볼 때마다 감개무량했다. 우리 옆을 지나치는 도보 여행자를 내려다보다가 낯익은 얼굴이라도 지나가면, 땜장이가 시커먼 더러운 손으로 다시 내 셔츠 앞자락을 잡아끄는 듯한 느낌이었다. 마차가 채텀의 좁을 길을 덜커덕거리며 지나갈 때, 내 저고리를 산 늙은이가 사는 골목길이 보이자 나는 머리를 내밀고서, 저고리 값을 받으려고 그늘과 양지쪽을 왔다 갔다 하며 기다렸던 곳을 열심히 찾았다.

드디어 런던으로 들어서자, 크리클 씨가 그 묵직한 손으로 우리를 때렸던 그 세일렘 학교를 지나치게 되었다. 나는 마차에서 내려, 그자를 때려눕히고 불쌍하고 연약한 학생들이 풀려나게 할 수만 있다면 내 전 재산이라도 바치고 싶었다.

우리는 채링크로스*2의 골든크로스 호텔에 닿았다. 그 무렵 이 호텔은 집들

---

*2 런던 중심부에 있는 광장.

이 답답하게 밀집해 있는 곳에 자리한 낡은 건물이었다. 웨이터가 나를 식당으로 안내해주었고, 하녀가 다시 나를 조그마한 침실로 안내했다. 그 침실은 삯마차 같은 냄새가 났으며, 무덤처럼 사방이 꽉 막힌 방이었다. 나는 나이가 어리다는 것을 또 한 번 깨달았다. 어느 누구도 나를 두려워하는 사람이 없었다. 하녀는 내가 뭐라고 하든 무시했고, 웨이터는 아무 허물없이 대하면서 내가 모르는 것에는 충고까지 했다.

"이봐요." 웨이터는 우쭐대며 말했다. "저녁은 뭘로 할까요? 젊은이들은 대개 닭이나 오리 같은 것을 좋아하는데, 닭고기로 하지요?"

"나는 닭고기는 좋아하지 않소." 나는 되도록 위엄 있게 대답했다.

"그래요?" 웨이터는 말했다. "젊은 양반들은 보통 쇠고기나 양고기는 딱 질색이라고 하는데, 연한 송아지 고기로 할까요?"

나는 별다른 음식이 생각나지 않아서 그 말에 동의해버렸다.

"감자 좋아하지요?" 웨이터는 웃으면서 고개를 한쪽으로 기울이고 말했다. "젊은 분들은 대개 감자를 잘 드시지요."

나는 웨이터에게 연한 송아지 고기와 감자 그리고 그 밖에 필요한 것을 되도록 굵직한 목소리로 주문했다. 그러고는 카운터에 가서 트롯우드 코퍼필드 씨에게 편지 온 것이 없느냐고 물었다. 나는 물론 나에게 편지가 온 것이 없으며, 올 리도 없다는 것을 알고 있었지만, 편지를 기다리는 체해야 어른답게 보인다고 생각했기 때문에 그렇게 물었다.

그는 곧 돌아와서 편지가 없다고 전했다. (나는 그 말을 듣고 뜻밖이라는 듯이 깜짝 놀란 표정을 지었다) 그러고는 난롯가 상자에 천을 펴놓고 식사 준비를 하면서, 식사와 함께 무엇을 마시겠느냐고 물었다.

내가 "셰리 주 반 파인트"라고 대답하자, 웨이터는 이때야말로 조그마한 병바닥에 깔린 김빠진 찌꺼기를 모아서 팔아먹을 절호의 기회라고 생각한 것 같았다. 왜 이런 생각을 했느냐 하면, 내가 신문을 읽고 있는데, 그가 칸막이 뒤에서 약제사가 처방대로 약을 조제하듯이 여러 병에 남은 술을 한병에 열심히 모으고 있는 것이 보였기 때문이다. 술이 나왔을 때 보니 과연 맛이 없었다. 외국 포도주에서 기대할 수 있는 순수한 것이 아니라 불순물이 섞인 영국산 포도주가 확실했다. 그러나 그것을 마시게 된 것만으로도 부끄러워서 그냥 입 다물고 있었다.

그러나 술이 들어가자 기분이 좋아져서(문득 생각했는데, 설사 독약을 마셔도 몸속에 약 기운이 퍼져나가는 동안에는 의외로 불쾌하지 않을 것 같았다) 연극 구경을 가기로 했다. 내가 택한 곳은 코벤트가든*³이었다. 나는 중앙 관람석 뒤에 앉아 《줄리어스 시저》*⁴와 새로운 무언극을 관람했다. '그 고상한 로마인'들은, 라틴어 수업에서는 아주 무섭고 까다로운 녀석들이었지만, 살아서 내 앞에서 왔다 갔다 하며 나를 즐겁게 해줄 때는 참으로 신기하고 즐거운 볼거리였다. 연극 전체를 통하여 현실과 신비가 교묘하게 뒤엉키고, 시와 조명과 음악과 자리를 같이한 관람객과 휘황찬란한 무대의 유연하고도 엄청난 변화가 나를 황홀경으로 이끌었다. 마치 끝없는 환희의 세계가 열린 것 같았다. 그래서 자정에 비가 내리는 거리로 나왔을 때는, 내가 몇십 년 동안 낭만적인 생활을 즐기던 하늘나라에서, 떠들썩하고, 질퍽질퍽하며, 횃불이 켜져 있고, 우산들끼리 부딪치고, 삯마차가 앞다투어 달리며, 진흙투성이인 비참한 인간 세계로 내려온 듯한 느낌이었다.

　다른 문을 통해서 밖으로 나온 나는 지구에 처음 온 낯선 사람처럼 거리에 잠깐 서 있었다. 그러나 아무렇게나 밀어붙이는 인파 때문에 곧 정신을 차리고 호텔로 향했다. 그 길 내내 화려한 공상이 끊임없이 눈앞에서 어른거렸다. 호텔에 도착하여 굴을 안주로 흑맥주를 마신 뒤에도, 음식점의 난롯불을 바라보면서 한 시가 넘도록 그런 환상에 잠겨 있었다.

　나는 연극과 과거의 추억에 잠겨—그 한 장의 투명무늬 안에서 내 유년 시절이 그림자처럼 움직이고 있었다—넋을 잃고 있었으므로, 사실 그 잊을 수 없는 용모 단정한 미청년이, 훌륭한 옷을 아무렇게나 걸치고, 언제 내 앞에 나타났는지 모르지만, 아무튼 그는 어느 틈에 몰래 들어와 내 옆에 앉아 있었다. 그리고 나는 여전히 음식점의 난로를 바라본 채 깊은 생각에 잠겨 있었다.

　드디어 내가 자러 가려고 일어나자, 그때까지 졸고 있던 웨이터는 무척 안심이 되는 모양이었다. 그는 다리에 쥐가 나는지 좁은 그의 주방에서 다리를 꼬기도 하고 때려 보기도 했다. 나는 문 쪽으로 가다가, 아까 들어온 사람 옆을 지나면서 그를 슬쩍 보았다. 그리고 나서 다시 돌아와서 그의 얼굴을 자세히 바라보았다. 그는 나를 몰라보았지만, 나는 그를 금방 알아보았다.

---

*3 런던 중심지구에 있는 오페라 극장.
*4 셰익스피어의 비극.

아마 다른 때였다면 그대로 말을 걸 자신이 없어서 결단을 내리지 못하고 이튿날까지 질질 끌다가 결국 기회를 놓치고 말았을 것이다. 그러나 내 마음은 연극으로 인한 감회에 젖어 있었고, 전에 나를 보호해준 그가 무척 고맙게 생각되었으며, 그에 대한 옛 우정이 내 가슴에 너무도 또렷하게 흘러 넘쳤으므로 나는 가슴을 두근거리며 그에게로 달려가 말을 걸었다.

"스티어포스! 날 모르겠어?"

그는 전에 곧잘 나를 바라보았던 바로 그런 시선으로 나를 바라보았다. 그러나 그의 얼굴에는 나를 알아보는 기색이 없었다.

"기억을 못하는군!"

"야아!" 그는 갑자기 부르짖었다. "이거, 꼬마 코퍼필드 아니야?"

나는 그의 두 손을 꽉 잡고 놓아주지 않았다. 만약 쑥스럽지 않고 혹시 그를 불쾌하게 하지나 않을까 하는 두려움만 없었다면, 나는 그의 목을 껴안고 엉엉 울었을 것이다.

"이렇게 기쁠 수가! 스티어포스, 너를 만나니 정말 기뻐! 세상에 이런 일이! 너를 다시 만나다니, 정말 기뻐!"

"나도 그래!" 그는 내 손을 힘껏 잡아주면서 말했다. "코퍼필드, 너무 그러지 마!" 그러나 말은 그래도, 그를 만난 것을 내가 무척이나 기뻐한다는 사실이 싫지는 않은 것 같았다.

나는 주체할 수 없이 흐르는 눈물을 훔치고, 어색하게 웃으며 그와 나란히 앉았다.

"그런데 여기는 어떻게 왔어?" 스티어포스가 내 어깨를 탁 치면서 말했다.

"오늘 캔터베리에서 역마차로 왔어. 거기서 대고모의 도움으로 이제 막 학교를 마쳤어. 그런데 스티어포스, 넌 어떻게 왔지?"

"응, 나는 흔히 말하는 옥스퍼드 대학생이야. 그런데 거기 있으면 주기적으로 대학생활에 싫증이 나거든. 그래서 어머니한테 가는 길이야. 코퍼필드, 너 무척 귀여운 놈이 됐구나. 옛날과 똑같아, 조금도 변하지 않았어."

"나는 너를 한눈에 알아봤어. 네가 더 알아보기가 쉬운 게 당연하지만"

스티어포스는 한손으로 술 많은 곱슬머리를 쓸어올리면서 웃더니 유쾌하게 말했다. "나는 지금 어머니에게 효도하러 가는 길이야. 어머니는 시내에서 약간 떨어진 곳에 사서. 가는 길이 아주 엉망인 데다 집에 가 봐야 따분하긴 마

찬가지라 오늘 밤은 여기서 묵고 갈 셈이었어. 런던에 닿은 지 6시간밖에 안
돼. 연극을 보러 가서 졸기도 하고, 불평을 늘어놓으면서 시간을 보냈지."

"나도 연극 구경을 했어. 코벤트가든 극장에서. 스티어포스, 정말 재미있고
화려한 연극이었지!"

스티어포스는 무척이나 우스운 듯 마구 웃어댔다.

"야, 데이비." 스티어포스는 또다시 내 어깨를 치면서 말했다. "너는 정말 데
이지*5처럼 귀여워. 아침 해와 함께 핀 들녘의 데이지도 너보다는 싱싱하지
않을 거야. 나도 코벤트가든 극장에 갔었는데, 정말 따분한 연극이었어. 야,
이봐!"

마지막 말은 웨이터에게 하는 소리였다. 웨이터는 저쪽에서 우리가 만나서
이야기하는 모습을 주의 깊게 보고 있었으므로, 자기를 부르는 것을 금방 알
아채고 공손하게 나타났다.

"친구 코퍼필드 군을 어디로 안내했지?"

"무슨 말씀이신지?"

"그가 어디서 자느냐고? 몇 호실에서 잠을 자느냐 말이야. 알겠나?"

"아, 네." 웨이터는 황송해하며 대답했다. "코퍼필드 씨는 44호실에 투숙하고
있습니다."

"도대체 무슨 생각으로 코퍼필드 씨를 마구간 위 조그마한 다락에 넣었지?"
스티어포스가 따지고 들었다.

"죄송합니다." 웨이터가 여전히 사과하는 태도로 말했다. "코퍼필드 씨가 그
렇게 특별하신 분인 줄 전혀 몰랐습니다. 좋으시다면 72호실로 옮겨 드리지요.
손님 바로 옆방입니다."

"당연히 그래야지. 지금 바로 옮기도록 해."

웨이터는 방을 바꾸기 위해 즉시 물러났다. 내가 44호실에 들게 되었던 것이
너무도 우스웠던지 스티어포스는 크게 웃으면서 또 내 어깨를 툭 쳤다. 그리고
내일 아침 10시에 식사를 같이 하자고 초대했다. 나는 그의 초대를 아주 자랑
스럽고 기쁘게 받아들였다. 밤이 꽤 깊었으므로 우리는 촛불을 들고 2층으로
올라가, 그의 방문 앞에서 다정하게 인사를 나누고 헤어졌다. 새 방은 먼저 방

─────────────

*5 국화과의 꽃.

보다 비할 바 없이 훌륭했다. 퀴퀴한 곰팡내도 안 나는 데다 네 기둥이 달린 커다란 침대까지 놓여 있어 어느 지주의 저택 같았다. 나는 여섯 사람은 족히 누울 수 있는 큰 베개를 베고 아주 기분 좋게 잠들었다. 옛 로마와 스티어포스와 우정에 관한 꿈을 꾸었고, 다음 날 아침 일찍 마차가 아래 아치형 길을 지나는 덜커덩거리는 소리가 들려왔을 때는 천둥과 기타 여러 신들의 꿈을 꾸기도 했다.

20장
스티어포스의 집

아침 여덟 시에, 하녀가 방문을 두드리고 면도 물을 문 밖에 두었다고 알렸다. 나는 면도할 필요가 없을 정도로 어리다는 것이 유난히 창피해서 이불 속에서 얼굴을 붉혔다. 하녀도 그런 말을 하면서 웃었을 것이라는 의심이 옷을 입는 동안에도 사라지지 않았다. 그래서 아침 식사를 하려고 아래층으로 내려가다가 계단에서 하녀 옆을 지나칠 때는 꼭 무슨 죄라도 지은 듯 비굴하게 굴었다. 하다못해 나이가 조금만 더 많아도 좋았을 거라는 생각에 사로잡혀, 이 꼴사나운 상태로는 한동안 그녀 옆을 지나갈 용기조차 나지 않았다. 그리고 지금도 그녀가 빗자루로 청소하는 소리가 들렸다. 나는 창가에 서서, 혼잡한 삯마차들에 둘러싸여 이슬비와 안개 속에서 전혀 국왕다운 위용도 없이 서 있는 말 탄 찰스 왕의 동상만 바라보았다. 웨이터가 손님이 나를 기다리고 있다고 재촉할 정도였다.

스티어포스는 예상과 달리 식당이 아니라 빨간 커튼이 걸려 있고, 터키 양탄자가 깔린 아늑한 방에서 나를 기다리고 있었다. 난롯불이 활활 타고 있었고, 깨끗한 식탁보를 깐 식탁에 훌륭한 아침 식사가 차려져 있었다. 그리고 방 전체, 난로와 아침 식사와 스티어포스와 그 밖의 모든 것이 하나의 축소판이 되어 식기 찬장 위에 걸린 조그마하고 둥근 거울에 비치고 있었다. 여유롭고 침착하며 말쑥한 스티어포스는 나이를 비롯한 모든 면에서 나보다 훨씬 뛰어났으므로 나는 처음에는 완전히 기가 죽어 버렸다. 그러나 그의 허물없는 태도 때문에 어색한 기분이 사라졌으며 아주 편안한 마음이 되었다. 그의 한 마디로 골든크로스 호텔의 태도 자체가 확 달라진 데에는 혀를 내두를 수밖에 없었고, 어제의 초라한 처지와 오늘 아침의 안락함과 환대는 비교가 안 되었다. 웨이터의 뻔뻔스럽던 행실도 흔적 없이 사라졌다. 그는 머리를 조아리고 시중을 들었다.

"코퍼필드." 우리 둘만 남자 스티어포스가 말했다. "꼭 알고 싶은 것이 있는데, 너는 지금 무엇을 하고 있고, 어디로 가는 길이지? 너에 대해서 자세히 말해줘. 너는 내 친척이나 다름없으니까."

스티어포스가 아직도 나에게 관심이 있다는 것을 알자, 나는 기쁘고 흐뭇했다. 그래서 이번 여행은 대고모가 제의한 것이라고 말해주고, 행선지 따위에 대해서도 모조리 털어놓았다.

"그래, 그렇게 바쁜 게 아니로구나." 스티어포스가 말했다. "그렇다면 나와 같이 하이게이트의 우리 집으로 가서 하루나 이틀쯤 지내자. 어머니께서도 대환영하실 거야. 다만 내 자랑을 하느라 어머니의 이야기가 많이 길어질 수도 있는데, 그 부분은 네가 이해해 줘. 어머니도 너를 꼭 좋아하실 거야."

"네가 이렇게 친절히 초대해주니 기꺼이 가겠어." 나는 웃으며 말했다.

"나를 좋아하는 사람은 누구든지 어머니에게 인사받을 권리가 있지." 스티어포스가 말했다.

"그럼 난 환대받겠군."

"그렇지! 가서 확인해 봐. 그럼 한두 시간 이름난 곳을 구경하자. 너처럼 처음 보는 사람에게는 제법 볼 만할 거야. 그러고 나서 역마차로 하이게이트에 가자."

나는 이것이 모두가 꿈이어서, 눈을 뜨면 여전히 44호실이고, 또다시 호텔 식당에서 외롭게 식사하고 뻔뻔스러운 웨이터와 만날 것만 같았다. 나는 대고모에게 운 좋게 존경하는 옛 친구를 만났고, 그가 자기 집으로 나를 초대해서 가기로 했다는 내용의 편지를 보냈다. 우리는 전세 마차를 타고 '파노라마관' 등을 구경하고 대영박물관까지 한 바퀴 돌았다. 그건 그렇고, 스티어포스는 다방면으로 모르는 게 없었지만, 정작 본인은 그런 지식을 조금도 대수롭게 여기지 않았으므로 정말 감탄하지 않을 수 없었다.

"스티어포스, 너는 대학에서 높은 학위를 받겠지?" 나는 말했다. "아직 받지 않았을지도 모르지만. 대학에서도 너를 큰 자랑으로 여길 테니까."

"내가 학위를 받아?" 스티어포스는 외쳤다. "나는 안 해! 이봐 데이지—데이지라고 불러도 괜찮지?"

"괜찮고말고!"

"너 참 멋진 놈이구나! 이봐, 데이지." 스티어포스는 소리내어 웃으며 말했다.

"나는 학위를 받아서 유명해질 생각은 조금도 없어. 하고 싶은 공부는 이미 다 했어. 그리고 지금 상태에서도 나 자신을 주체하지 못할 것 같거든."

"그러나 명예란—" 내가 운을 뗐다.

"넌 참 낭만적이구나!" 스티어포스는 더욱 호탕하게 웃으면서 말했다. "우둔한 녀석들이 입 벌리고 손을 쳐들고서 감탄하도록 하기 위해 내가 왜 애써 고생을 한단 말이야? 그런 건 딴 사람이나 하라고 해. 분명 사내로서는 명예이니 그들은 기꺼이 환영할 거야."

나는 큰 실수를 한 것이 부끄러워서, 화제를 딴 데로 돌리기로 했다. 다행히 그 일은 어렵지 않았다. 무심하고도 가벼운 마음으로 화제를 여기저기로 옮기는 것이 그의 특징이었기 때문이다.

우리는 관광을 하고 나서 점심을 먹었다. 겨울 해는 너무나 짧아서 역마차가 하이게이트의 언덕에 자리한 오래된 벽돌집 앞에 멈추었을 때는, 이미 땅거미가 깔린 뒤였다. 우리가 마차에서 내리자, 나이 지긋한 아름답고 기품 있는 부인이 거만하게 문간에서 기다리다가 "제임스" 하며 스티어포스를 두 팔로 껴안았다. 스티어포스가 자기 어머니라고 말하고 나를 소개하자, 부인은 우아하게 나를 맞아주었다.

그 집은 품위 있고 조용하고 잘 정돈된 고풍스러운 가옥이었다. 내 방 창문을 통해 멀리 런던 시내가 보였는데 커다란 밤안개같이 펼쳐져 있고 여기저기서 등불이 반짝이고 있었다. 나는 옷을 입는 동안, 묵직한 가구와 틀에 끼운 자수(스티어포스의 어머니가 처녀 시절 만든 듯한) 몇 점, 머리에는 분 바르고 보디스를 걸친 부인들을 크레용으로 그린 그림들이, 방금 피운 난롯불이 타닥타닥 소리를 내면서 빛을 터뜨릴 때마다 드러났다 사라지는 것을 재빨리 둘러보았다. 그때 저녁을 먹으라는 부름을 받았다.

식당에는 다른 부인이 있었다. 가냘프고 자그마했으며 피부가 검고, 시선을 사로잡지는 않았지만 어딘가 예쁘장하게 생긴 부인이었다. 나의 관심은 그 부인에게로 쏠렸다. 아마 뜻밖에 만났기 때문이거나, 그 부인 맞은편에 앉았기 때문이거나 혹은 그 부인이 독특한 그 무엇을 지녔기 때문일는지도 모른다. 부인은 검은 머리채에 눈동자도 깊고 검었으며, 야위었고, 입술에는 상처가 나 있었다. 오래된 상처였다. 상처 색깔이 피부색과 다르지도 않았고 오래전에 아물었으므로, 상처라기보다는 주름이라고 하는 편이 옳을 것 같았다. 그러나 입술에서 턱까지 찢어진 상처임에는 틀림이 없고, 단지 지금은 모양이 조금 달라진 윗입술 주위를 제외하면, 식탁 너머에서는 거의 보이지 않을 정도였다. 나는 그 부인이 나이는 서른 살가량이고, 결혼을 하고 싶어하는 눈치라고 결론을 내렸다. 부인은 오랫동안 비어 있던 터라 조금 낡은 집 같아 보였지만 제법 예쁘장했다. 그 부인이 야윈 것은 그 몸 안에서 헛되이 불이 타오른 결과라고 생각되었다. 그리고 그 불은 그 부인의 위태로운 눈 속에 고스란히 드러나 있었다.

그 부인은 미스 다틀이라고 소개되었지만 스티어포스와 그의 어머니는 로사라고 불렀다. 미스 다틀은 이 집에서 살며, 스티어포스 부인의 오랜 친구였다. 내가 보기에 그녀는 생각한 것을 절대로 솔직히 이야기하지 않고 간접적으로 멀리 에둘러서 말하다 보니 어쩐지 무게 잡는 것 같았다. 예를 들면, 스티어포스 부인이 진담 반 농담 반으로, 내 아들이 대학에서 방종한 생활을 한다고 하면, 미스 다틀은 이렇게 말하는 것이었다.

"아, 그래요? 전혀 몰랐네요. 하지만 조금 참고가 될까 하고 말씀드리자면, 보통 다 그렇지 않나요? 즉 세상의 일반상식으로는 그런 생활도, 아아, 뭐였죠?"

"제대로 된 직업을 얻기 위한 교육이란 말이지." 스티어포스 부인이 매정하게 대답했다.

"오, 그래요! 사실 그렇지요." 미스 다틀이 냉큼 대답했다. "하지만 결국 그런 게 아닌가요? 만약 잘못이 있으면 고쳐주시기 바랍니다. 말하자면 그렇지 않나요?"

"그렇다니?" 스티어포스 부인이 물었다.

"오! 그렇지 않다는 뜻이군요!" 미스 다틀이 말했다. "그 말을 들으니 마음이 놓이네요! 이제야 알겠습니다! 다 부인에게 여쭈어 본 덕분이죠. 앞으로는 누구든지 내 앞에서 대학 생활이 시간 낭비라든가 방탕이라는 등의 말을 한다면 용서하지 않을 거예요."

"그래야지." 스티어포스 부인이 말했다. "내 아들의 지도 교수는 정말 양심적인 신사야. 나는 내 아들은 믿지 않더라도, 교수님은 절대적으로 신뢰하지."

"그래요?" 미스 다틀이 대답했다. "어머나! 교수님이 양심적이라고요? 정말 그럴까요, 지금도?"

"그래, 나는 확신해." 스티어포스 부인이 대답했다.

"그것 참 다행이네요! 안심했어요." 미스 다틀이 외쳤다. "정말 그렇게 양심적입니까? 그러니까 그분은 그게 아닐까요? 그야 물론 그럴 리 없지만, 만약 그가 양심적이라면, 저도 앞으로는 그분을 높이 평가하도록 하겠어요. 정말 그렇게 양심적인 분이라면, 그분을 향한 내 존경도 끝이 없을 거예요."

어떤 문제에 대해서든 자기 의견을 말하거나, 자기 의견과 어긋나는 상대 의견을 바로잡을 때, 미스 다틀은 언제나 지금처럼 넌지시 말하는 것이었다. 저녁 식사가 끝나기도 전에 하나의 좋은 예가 될 사건이 터졌다. 스티어포스 부인이 서퍽에 가는 이유를 묻기에, 나는 무심코 스티어포스가 동행해준다면 참 좋겠다고 대답했다. 그리고는 스티어포스에게 옛날 유모와 페거티 씨의 가족, 그와도 옛날 학교에서 만났던 뱃사람을 만나러 간다고 설명해 주었다.

"아, 그 시골 아저씨 말이야!" 스티어포스는 말했다. "아들과 함께 왔었지?"

"아들이 아니라 조카야." 내가 말했다. "조카를 양자로 삼았지. 또 아주 예쁜 꼬마 조카딸도 양녀로 삼았어. 그는 육지에 있는 배 안에서 사는데, 그 집은 그가 너그럽게 돌봐주는 불쌍한 사람들로 만원이야. 너도 그들을 만나 보면 재미있을 거야."

"응, 재미있을 것 같아. 어떻게 할지 생각해 봐야겠어. 너와 같이 여행하는 즐거움은 말할 것도 없고, 그 별난 사람들을 만나 함께 생활해 보는 것도 나쁘지 않겠어."

내 가슴은 새로운 희망으로 두근거렸다. 그러나 스티어포스가 '그 별난 사람들'이라고 말한 것 때문에 문제가 생겼다. 지금까지 눈을 빛내며 우리 얘기에 귀를 기울이던 미스 다틀이 그 말을 트집잡아 말참견했다.

"정말로 그런가요? 나에게 말해줘요. 정말인가요?"

"정말로 별나냐고요? 아니면 그들이 별나냐는 뜻입니까?" 스티어포스가 물었다.

"그 사람들 말이에요. 그들이 짐승 같은 인간인지, 촌뜨기인지, 아니면 별종이라는 뜻으로 말씀하셨나요?"

"하긴, 그들과 우리 사이에는 꽤 먼 거리가 있지요." 스티어포스가 내키지 않다는 듯이 대답했다. "그들은 우리같이 예민하지 않을 거예요. 단순한 일에 충격을 받거나 쉽게 상처받는 섬세함은 없겠죠. 하지만 도덕적으로는 매우 훌륭한 사람들이라고 생각해요. 적어도 그렇게 주장하는 사람이 있고, 나도 거기에 반대할 생각은 없어요. 물론 그들에게 섬세한 마음은 없겠지만, 그들은 자기들의 거친 피부처럼 마음이 쉽사리 상처받지 않는 것을 감사하게 생각해야 해요."

"그런가요?" 미스 다틀이 말했다. "그 말을 들으니 정말 기쁘군요. 참으로 다행이에요. 괴로움을 당해도 느낄 줄 모른다니 얼마나 다행인가요! 그 사람들을 생각하면 어쩐지 마음이 편하지 않았어요. 하지만 앞으로는 그런 걱정을 말끔히 버리겠어요. 역시 이야기는 들어봐야 해요. 솔직히 말해서, 나는 이제까지 많은 의심을 품고 있었지만, 이제는 그런 의문이 깨끗이 해결되었어요. 전엔 모르던 것을 알았으니까요. 이것이 다 질문을 한 덕택이지요—그렇지 않나요?"

나는 스티어포스가 농담을 했거나, 아니면 미스 다틀의 속내를 이끌어내게 하려고 그런 말을 했다고 생각했다. 그 여자가 가버리고 우리 둘만 난롯가에 앉았을 때, 나는 스티어포스가 그 이야기를 다시 꺼낼 거라고 생각했다. 그러나 그는 다만 미스 다틀을 어떻게 생각하느냐고 물었을 뿐이다.

"대단히 영리한 여자 같은데?" 나는 오히려 되물으며 말했다.

"영리하다고? 그 여자는 무엇이든 숫돌에 대고 뾰족하게 갈아야 직성이 풀리거든. 요 몇 년 동안 자기의 얼굴을 뾰족하게 갈아온 것처럼 자기 자신을 날카롭게 갈아버렸지. 온몸이 칼날 같은 여자야."

"그건 그렇고 그 여자 입술 위의 상처가 굉장하던데!"

스티어포스는 고개를 숙이고 잠깐 말을 삼켰다.

"사실은 말이야. 그 상처는 내가 냈어."

"무슨 불행한 사고라도 있었어?"

"아니야, 내가 어렸을 때, 그 여자가 약을 올려서 내가 망치로 때렸어. 그때의 나로 말하면 장래가 촉망되는 천사와도 같은 아이였지!"

나는 그런 괴로운 추억을 되살린 것을 매우 미안하게 생각했지만 이미 손쓸 도리가 없었다.

"그 여자는 죽을 때까지 그 상처를 가지고 갈 거야, 그 여자가 얌전히 무덤 속으로 들어간다면 말이야. 그러나 그 여자는 죽을 것 같지가 않아. 그 여자는 아버지의 사촌뻘 되는 사람의 딸인데, 어머니가 없었어. 그녀의 아버지마저 돌아가시자, 그때 혼자 사시던 어머니가 벗이나 하려고 집으로 데려왔던 거야.

그 여자에게는 2천 파운드의 유산이 있는데, 매년 이자를 모아서 원금을 불리고 있어. 이것이 미스 다틀의 과거야."

"그러면 틀림없이 그 여자는 너를 친동생처럼 사랑하겠네?" 나는 물었다.

"흥!" 스티어포스는 난롯불을 바라보며 반박했다. "동생들 중에도 지나치게 사랑받는 동생이 있고, 사랑 못 받는 동생이 있지—자, 코퍼필드, 마음껏 마셔! 너를 환영하는 뜻에서 우선 들판에 핀 데이지를 위해 건배하자. 그리고 나를 위해서도, 수고도 아니하고 길쌈도 아니하는 골짜기의 백합을 위해—이래서 나는 더 낮이 없단 말이야." 그러나 이 한 마디로 그의 얼굴에 퍼져 있던 우울한 미소가 깨끗이 사라지고, 또다시 그의 솔직하고 매력 있는 본연의 자세로 되돌아왔다.

차를 마시기 위해 들어갔을 때, 나는 미스 다틀의 상처를 몰래 바라보지 않을 수 없었다. 그 상처는 얼굴의 가장 민감한 부위에 있어서, 얼굴이 창백해질 때는 제일 먼저 그 상처의 색깔이 변하면서 흐릿한 남색으로 드러난다는 것을 알게 되었다. 마치 투명 잉크로 그린 줄을 불에 쬐어 드러나게 할 때처럼 전체가 길게 드러나는 것을 알았다. 주사위놀이를 할 때, 주사위를 던지는 방법 때문에 스티어포스와 미스 다틀 사이에 가벼운 말다툼이 있었다. 그때 다틀이 화를 발끈 냈는데, 그때도 나는 다틀의 상처가 벽에 써 놓은 옛날 글씨처럼 드러나는 것을 보았다.

스티어포스 부인이 아들을 헌신적으로 사랑하는 것은 조금도 놀랄 일이 아니었다. 부인이 이야기하고 생각할 수 있는 것은 오직 아들에 관한 것뿐이었다. 부인은 스티어포스의 아기 때 사진과 머리카락을 넣은 작은 상자를 나에게 보여주었다. 그리고 내가 처음 스티어포스를 만났을 때 찍은 사진도 있었다. 지금의 모습을 담은 사진은 부인의 가슴에 지니고 다녔다. 지금까지 아들이 보낸 편지는 난롯가 부인의 의자 곁에 있는 상자에다 모두 보관하고 있었다. 부인은 그 편지를 몇 장 읽어주겠다고 했고, 나도 기꺼이 듣고 싶었지만, 마침 그때 스티어포스가 나타나 못하게 했다.

"내 아들과 처음으로 만난 곳이 크리클 씨의 학교라고 들었는데," 스티어포스 부인이 말했다. 부인과 나는 이쪽 탁자에 앉아서 이야기하고 있었고, 저쪽 탁자에서는 미스 다틀과 스티어포스가 주사위놀이를 하고 있었다. "그래, 그 무렵 스티어포스가 나이는 자기보다 아래지만 마음에 드는 학생이 있다고 말한 것이 기억나네. 그런데 보다시피 건망증이 심해서 그 학생의 이름이 기억에 남아 있지 않단 말이야."

"그때 스티어포스는 제게 정말로 너그럽고 친절하게 대해 주었어요, 아주머니." 나는 말했다. "그때는 스티어포스 같은 친구가 절실히 필요했죠. 만약 스티어포스가 없었더라면, 저는 완전히 무너지고 말았을 겁니다."

"내 아들이야 언제나 너그럽고 고상하지." 스티어포스 부인이 미소를 가득 담은 얼굴로 말했다.

나는 그 말에 진심으로 동의했다. 부인도 그것을 느낀 것 같았다. 지금까지 약간 긴장해 있던 부인의 태도가 어느새 풀어져 있었기 때문이다. 하지만 그를 칭찬할 때만은 예외여서, 그때는 언제나 으쓱거렸다.

"그 학교는 내 아들에겐 여러 면에서 부적합했어. 오히려 문제가 많았지." 스티어포스의 어머니가 말했다. "그러나 그때는 그 학교를 택해야 할 좀더 중요한 사정이 있었지. 내 아들의 고매한 성격을 인정해주고 그 앞에 굽힐 줄 아는 그런 사람에게 아들을 맡겨야 했으니까. 그런데 그런 사람을 그 학교에서 찾아냈어."

나도 그 사람을 알고 있으므로 부인의 말을 충분히 이해할 수 있었다. 그러나 나는 그를 경멸하고 싶지 않았다. 오히려 그 사람이 억센 스티어포스에게 전혀 손을 대지 못함으로써 어떤 효과가 있었다면, 그것은 오히려 그의 장점으로 보였다.

"내 아들의 뛰어난 소질은 그 학교에서 자발적인 경쟁심과 자부심으로 발전하게 되었지." 부인의 자식자랑은 이어졌다. "그 애에게 강압적으로 나왔다면, 그는 곧바로 반항했을 거야. 그러나 왕처럼 대우를 받게 되자, 자기의 신분에 어울리는 가치 있는 행동을 하겠다고 결심했지. 정말 그 애다운 생각이야."

나는 진심으로 그렇다고 맞장구쳤다.

"그래서 내 아들은 남에게 강요당하지 않고 언제나 자기 마음대로 모든 경쟁자를 물리쳤지." 부인은 말을 이었다. "코퍼필드, 내 아들을 무척 좋아한다지? 어제 내 아들을 만났을 때는 반가워서 울었다고? 내 아들이 학생에게 그런 감정을 불러일으켰다는 말을 듣고 놀란 체하면 나는 솔직하지 못한 여자가 되고 말 거야. 그러나 내 아들의 장점을 그토록 잘 이해해주는 사람을 모른 척할 수도 없지. 그래서 나는 학생이 우리 집에 와 주어서 매우 기쁘게 생각해.

틀림없이 저 애도 학생을 굉장한 친구로 생각할 거야. 그러니 학생도 그 애를 의지해도 좋아."

무엇을 하든 그랬지만, 미스 다틀은 주사위놀이에도 매우 집중했다. 만약 지금 다틀을 처음 본다면, 나는 다틀이 저렇게 메마르고 눈만 커다랗게 튀어나온 것은 다 주사위놀이 때문일 거라고 생각했을 것이다. 그만큼 다틀은 여념이 없었다. 그러나 단언하건대, 다틀은 사실 지금의 대화를 한 마디도 놓치지 않고 모조리 들었으며, 또 내가 즐거운 마음으로 부인의 말을 귀담아 듣고, 친구 어머니에게서 받은 믿음에 감격했으며, 캔터베리를 떠난 이래 처음으로 어른 대접을 받고 기쁨에 들떠 있는 얼굴까지 결코 놓치지 않았다.

밤이 깊었을 때, 술상이 나왔다. 스티어포스는 난롯불을 바라보면서, 나와 함께 시골에 가는 것을 신중히 생각하겠다고 약속했다. 그러나 지금부터 1주일 뒤에 출발할 테니까 서두를 필요는 없다고 그가 말했고, 그의 어머니도 친절히 같은 말을 해주었다. 이야기를 하면서 그는 나를 데이지라는 애칭으로 불렀는데, 그러자 또 미스 다틀이 끼어들었다.

"정말 그게 별명인가요, 코퍼필드 씨? 왜 그가 그런 별명을 붙여 주었지요? 저어, 그건 당신이 어리고 순진하다는 뜻인가요? 그 부분에 대해서 나는 조금도 몰라서요."

나는 얼굴을 붉히며 아마 그럴 거라고 대답했다.

"어머, 그랬군요! 정말 좋은 말씀을 들었어요. 나는 물어보는 게 많은 모양이지만, 이것저것 묻고 있으면 정말 기쁘거든요. 그는 학생이 어리고 순진하다고 생각해서, 그래서 친구가 되었군요? 정말 잘 된 일이에요."

그리고 얼마 뒤에 미스 다틀은 침실로 올라갔고, 스티어포스 부인도 잠자리에 들었다. 스티어포스와 나는 30분 동안 난롯불을 쬐며 트래들스와 다른 세일렘 학교 학생들 이야기를 하다가 함께 2층으로 올라갔다. 스티어포스의 방은 바로 내 옆방이어서, 나는 그의 방으로 들어가 보았다. 스티어포스의 어머니가 손수 짠 안락의자 덮개며 쿠션과 발판으로 가득 차 있었고, 조금도 모자람이 없도록 꾸며놓아서, 보기만 해도 마음이 따뜻해지는 방이었다. 벽에서는 아름다운 어머니의 초상화가 아들을 내려다보고 있었다. 아들이 잠든 동안에도 그림 속에서나마 지켜봐주는 것이 어머니의 큰 행복인 듯이.

내 방에도 난롯불이 활활 타고 있었고, 창문과 침대에는 커튼이 쳐져 있어서 아늑하게 보였다. 나는 난롯가 큰 의자에 앉아서 행복한 내 처지를 곰곰이 생각해 보았다. 문득 정신을 차려보니, 난로 선반 위에서 미스 다틀의 초상화가 나를 가만히 내려다보고 있었다.

보면 볼수록 실물과 똑같았다. 그 무섭고 매몰찬 표정도 그대로였다. 상처는 그려져 있지 않았지만 나는 상상으로 뚜렷하게 그것을 그려 넣었다. 나타났다고 보면 사라지고, 사라졌다고 생각하면 다시 나타났다. 저녁 식사 때 본 것처럼 윗입술에만 있는 것처럼 보이다가도, 그녀가 벌컥 화를 낸 한순간에 본 것처럼 망치에 맞았을 때의 상처 그대로 길게 나타기도 했다.

나는 그 여자의 초상화를 내 머리 위가 아니라 대신 딴 곳에 둘 수는 없을까 생각해 보았다. 그녀의 생각에서 벗어나려고 급히 옷을 벗고, 불을 끄고는 잠자리에 들었다. 그러나 잠이 들었어도, 그녀가 '그게 사실이에요? 알고 싶어요' 하면서 나를 내려다보고 있다는 생각에서 벗어날 수가 없었다. 밤중에 잠에서 깨어나자, 나는 꿈속에서, 무슨 뜻인지도 모른 채—그게 사실인지, 아닌지, 마음 졸이며 아무나 붙들고 묻고 있었다는 것을 깨달았다.

21장
다시 만난 에밀리

스티어포스의 집에는 그를 시중드는 하인이 하나 있었다. 옥스포드에서 고용했다는데, 정말로 신사다운 사내였다. 하인 치고 그처럼 점잖은 사람은 없다고 생각될 정도였다. 그는 말이 없고, 걸음걸이가 조용했으며, 태도는 신중하고 겸손하며, 사려 깊었다. 주인이 필요로 할 때에는 가까이 있었지만, 필요로 하지 않을 때에는 결코 다가오지 않았다. 무엇보다 존경할 만한 점은 그의 의젓한 태도였다. 그의 얼굴은 온순하게 생긴 편은 아니었다. 목은 뻣뻣했고, 반들반들하게 빗겨진 머리에 짤막한 머리카락들이 양쪽으로 약간 붙어 있었다. 말투가 상냥했지만, 에스(S) 발음을 똑똑히 하는 버릇이 있어서 그 글자를 다른 사람보다 더 자주 쓰는 것처럼 들렸다. 그러나 그런 그의 특징은 모두 그의 장점으로 보였다. 만약 그의 코가 들창코라고 해도 그것 때문에 흉하기는커녕 오히려 훌륭하게 보였을 것이다. 온몸을 품위로 두르고 그 속에서만 움직이는 느낌이었다. 그가 몸에 지닌 것 가운데 이상해 보이는 것은 거의 없었다. 그 정도로 완벽하게 품위가 몸에 배어 있었다. 누구도 그에게 하인의 정복을 입힐 생각은 하지 못했을 것이다. 그에게 천한 일을 시키는 것은, 신사의 감정을 이유 없이 모욕하는 짓이 되었을 테니 말이다. 그 집 하녀들은 그러한 사실을 직감으로 알고서, 궂은일은 늘 자기들이 떠맡아했다. 그러면 그는 대개 식료품실 난로 곁에 앉아서 혼자 신문을 읽었다.

나는 그처럼 말수 적은 사람을 본 일이 없었다. 그러나 과묵한 점도 다른 특성들과 마찬가지로 그의 품위를 높이는 작용을 했다. 아무도 그의 세례명을 아는 사람이 없다는 사실까지도, 그의 훌륭한 인품의 한 면을 보여 주었다. 그는 리티머라고 불렸는데, 그 리티머라는 성에도 토를 달 여지가 없었다. 성이 피터인 사람 가운데에는 교수형당한 이가 있을지도 모르고, 성이 톰인 사람 가운데에는 유배된 이가 있을 수도 있지만, 리티머는 결코 그럴 리가 없는 완전한 신사였다.

　이상적인 품위에 대한 존경 때문이었겠지만, 그 사람 앞에 있으면 특히 나는 내가 어리다는 생각이 들었다. 리티머의 나이가 몇인지는 추측할 수 없었지만, 나이를 짐작할 수 없다는 점도 앞서 말한 것과 똑같은 이유로, 그의 인품을 돋보이게 했다. 그의 침착하고 의젓한 모습은 서른 살로도 보였고, 쉰 살로도 보였다.

　리티머는 면도 물을 가져다 놓고 갈아입은 옷을 가져가기 위해, 내가 일어나기도 전에 내 방에 온다. 내가 커튼을 밀치고 침대에서 고개를 내밀면, 리티머는 정월의 추운 칼바람에도 입김 한 번 내불지 않고, 침착한 태도로 내 장화를 똑바로 세워놓고, 저고리를 아기처럼 조심스럽게 내려놓고는 먼지를 털어준다.

　나는 그에게 아침 인사를 하고서 몇 시냐고 물었다.

　리티머는 내가 본 적도 없는 멋진 사냥용 시계를 주머니에서 꺼내, 열 때는 엄지손가락으로 스프링을 눌러 뚜껑이 너무 열리지 않도록 한다. 그러고는 꼭 신탁(神託)을 기다리는 사람처럼 시계판을 보았다. 이윽고 리티머는 시계 뚜껑을 덮고 나서 "8시 30분입니다"라고 대답했다.

　"스티어포스 나리께서 손님이 잘 주무셨는지 여쭙고 오라고 분부하셨습니다." 리티머가 말했다.

　"고맙습니다. 정말 잘 잤습니다. 스티어포스 씨도 잘 주무셨겠지요?"

　"감사합니다. 스티어포스 나리는 아주 잘 주무셨습니다." 리티머의 특징 가운데 하나는 언제나 침착하게 중용을 지키는 것이었다.

　"제가 해드릴 다른 일은 없습니까? 9시에 예비 벨이 울릴 겁니다. 아침 식사는 9시 30분으로 정해져 있습니다."

　"없습니다. 고마워요."

　"그렇습니까? 고맙습니다." 리티머는 내 말을 정중하게 고쳐 말한 것을 사과나 하듯이 고개를 약간 숙이며 내 침대 옆을 지나갔다. 그리고 방을 나갈 때는 지금 내가 생명을 건 단잠을 자고 있기라도 한 듯이 문을 살며시 닫았다.

　매일 아침 우리는 똑같은 말을 주고받았다. 전날 밤, 스티어포스와 교제하고, 스티어포스 부인의 신임을 받고, 미스 다틀과 대화하여 하룻밤 사이에 어른이 된 느낌으로 잠자리에 들어도, 아침에 그 의젓한 사나이와 마주하면 언제나 나는 우리나라의 어느 시인의 말처럼 '다시 어린애'가 되었다.

리티머는 우리를 위해 말을 준비해 주었다. 못하는 게 없는 스티어포스는 나에게 승마를 가르쳐 주었다. 또한 그는 훈련용 검을 가지고 왔고, 스티어포스는 펜싱을 가르쳐 주었다. 다음은 글로브를 가지고 나왔다. 역시 같은 선생님에게서 복싱 실력을 갈고닦았다. 스티어포스 앞에서는 내가 이러한 기술에 생무지임을 드러내도 조금도 괴롭지 않았으나, 어째서인지 그 의젓한 리티머 앞에서 미숙함을 보이는 것은 도저히 참을 수 없었다. 생각해보면 그가 이런 기술에 통달해 있을 리도 없고, 그 사람도 그런 기색은 눈곱만큼도 보이지 않았지만, 왠지 모르게 연습할 때 그가 옆에 있으면 나 자신이 풋내기, 세상에서 제일 미숙한 사람으로 보이는 것이었다.

나는 리티머를 유난히 자세하게 묘사했다. 그것은 그 무렵 그가 나에게 실제로 특별한 감명을 준 사람인 데다 또 이 뒤에 일어난 어떤 일을 위해서도 꼭 필요하기 때문이다.

그 주일은 아주 즐겁게 보냈다. 그때의 나처럼 도취된 사람에게 흔히 그런 것처럼 일주일이 순식간에 지나갔다. 그런데 스티어포스를 더욱 잘 알 수 있는 많은 기회를 누렸고, 그때마다 감탄밖에 나오지 않았으므로 한 주가 끝날 무렵에는 그보다 훨씬 오래 같이 지낸 느낌이었다. 나를 꼭 장난감처럼 취급하는 그의 박력 넘치는 태도는 그의 어떠한 행동보다도 마음에 들었다. 그러한 태도는 우리의 옛 우정을 떠오르게 했을뿐더러 옛 우정의 자연스러운 계속인 것처럼 생각되었다. 그걸 보면 그는 조금도 변하지 않았다. 내 장점과 그의 장점을 비교하고, 같은 수준에서 우정을 나눌 만한 자격이 있는지를 헤아리면서 내가 느끼는 불안도, 나를 대하는 그의 태도로 모두 사라졌다. 특히 그것은 그가 누구에게도 보여주지 않았던 친밀하고 자유로운 우정이었다. 학교에 있을 때도 나를 대하는 그의 태도는 다른 누구를 대할 때와도 달랐다. 그걸 보고 나는 같은 친구라도 다른 사람들과는 다르다고 믿었고, 그것이 진심으로 기뻤다. 누구보다도 그의 마음에 가까운 친구로서, 내 마음도 그에 대한 애정으로 불타오른 것이었다.

스티어포스는 나와 함께 시골에 가기로 결정했고, 출발할 날이 왔다.

처음에는 리티머를 데려가나 어쩌나 하다가 결국 집에 두고 가기로 결정했다. 의젓한 그 사람은 어떤 운명에 처하든 만족했으므로, 우리를 런던으로 실어다 줄 조그마한 마차에 여행 가방을 몇 년 동안 흔들거려도 끄떡없도록 단단히 실었다. 내가 우물거리며 팁을 내밀어도 그는 의젓한 태도로 받았다.

우리는 스티어포스 부인과 미스 다틀에게 작별을 고했다. 내가 스티어포스 부인에게 대단히 감사하다고 인사했더니, 부인은 친절하게도 좋은 말을 해주었다. 그리고 마지막으로 본 것은 여전히 침착한 리티머의 눈이었다. 생각 탓인지 그 눈은, 말을 하지 않아도 '거참, 어리군'이라는, 그의 생각을 또렷이 드러내는 듯했다.

이처럼 순조롭게 정든 옛 고장으로 돌아가는 나의 감회는 새삼 묘사할 필요도 없다. 우리는 우편마차를 타고 갔다. 나는 야머스의 명예에 관심이 많았으므로 마차가 어두운 거리를 지나 여관에 닿았을 때 스티어포스가 이곳은 야릇하고 색다른 곳이라고 말하자 기분이 정말 좋았다. 우리는 여관에 닿자 즉시 잠자리에 들었다. (방으로 들어갈 때, 옛 생각나는 '돌고래' 방의 입구에 더러운 구두 한 켤레와 각반이 놓여 있는 것을 보았다.) 다음 날 아침 식사는 늦게 했다. 활기 넘치는 스티어포스는 내가 일어나기 전에 바닷가를 산책하고 와서, 이미 이곳 뱃사람들 절반과 친구가 되었다고 말했다. 그리고 저 멀리서, 틀림없이 페거티의 집으로 생각되는 곳에서 굴뚝 연기가 나는 것을 보았다고 했다. 그길로 가서 대뜸, 코퍼필드예요, 너무 커서 몰라보겠지요, 하고 말하고 싶은 마음이 굴뚝같았다고도 했다.

"데이지, 언제 나를 그리로 데려갈 거야?" 스티어포스가 물었다. "난 네가 하자는 대로 따를 테니, 마음대로 해."

"오늘 저녁이 좋겠어. 저녁에는 식구가 모두 난롯가에 모여 있거든. 아늑할 때 데려가고 싶어. 아주 재미있는 곳이니까."

"그래 좋아! 오늘 저녁으로 해."

"우리가 여기에 왔다는 것을 미리 알리진 않을 생각이야." 나는 기뻐서 말했다. "그 집 식구들을 깜짝 놀라게 해줘야지."

"아, 물론 그래야지. 안 그럼 재미없잖아. 그들을 놀라게 하지 않으면 말이야. 원시 그대로의 토인들을 구경해야지."

"그야 네가 말한 '그런 부류'의 사람이긴 하지만." 나는 대꾸했다.

"아하! 뭐야! 내가 미스 로사와 말다툼한 것을 기억하고 있군?" 스티어포스가 소리쳤다. "망할! 나는 그 여자가 기분 나빠. 악마 같은 여자야. 그러나 걱정할 건 없지. 자, 너는 어떻게 할 셈이야? 아마 유모한테 가겠지?"

"응, 그래. 나는 누구보다도 먼저 페거티를 만나야 해."

"그렇다면," 스티어포스는 시계를 보면서 말했다. "한 두어 시간쯤 울도록 너를 보내야겠군. 그러면 충분하지?"

나는 웃으면서 그만한 시간이면 충분하다고 말한 뒤 덧붙였다. "너도 같이 가자. 페거티는 이미 너를 충분히 알고 있고, 나보다 더 위대한 사람이라고 생각하니까 말이야."

"네가 좋다면 어디든 가야지." 스티어포스는 말했다. "또 네가 하라면 무슨 짓이라도 하겠어. 어디로 가야 하는지 장소만 말해. 그러면 두 시간 뒤에는 감상적인 모습이든 익살스런 모습이든 네가 원하는 모습으로 나타날 테니."

나는 블룬더스톤과 다른 지역을 오가는 마부인 바키스 씨의 주소를 되도록 자세히 말해주고, 혼자 집을 나왔다. 피부를 찌르는 듯한 대기였다. 땅은 메말랐고, 맑은 바다에는 잔물결이 일고 있었다. 태양은 눈부시게 빛을 내뿜고 있었으나, 그렇게 따뜻하지는 않았다. 모든 것이 상쾌하고 활기에 차 있었다. 나는 이곳에 왔다는 즐거움만으로 기분이 좋았으며 생기가 넘쳤다. 길가는 사람 아무나 붙잡고 악수라도 하고 싶은 심정이었다.

물론 거리는 좁았다. 어릴 때 보았던 거리를 커서 다시 보면 언제나 좁아 보이는 법이다. 그러나 나는 그 거리에 있던 것을 하나도 잊지 않았고, 무엇 하나 달라진 것도 없었다. 오머 씨의 상점에 닿았다. 전에는 간판에 '오머'라고만 씌어 있던 것이 이제는 '오머 앤드 저램'이라고 되어 있었지만 그뿐, '포목상, 양복점, 잡화상, 장의사' 따위라고 쓰인 것은 옛날과 같았다.

길 맞은편에서 간판 글씨를 읽고 나자, 내 발이 저절로 그 상점으로 움직이는 것 같았다. 나는 어느 틈엔가 길을 건너 안으로 들어갔다. 상점 안에는 아름다운 한 여인이 어린아이를 안고 어르고 있었고, 다른 꼬마가 그 여인의 앞치마에 매달려 있었다. 나는 그들이 미니와 그녀의 아이들이라고 쉽게 알아보았다. 거실 유리문은 닫혀 있었으나, 뜰 건너 작업장에서는 귀에 익은 나무망치 소리가 어렴풋이 들려왔다. 애초에 그 소리는 한 번도 멈춘 적이 없는 것만 같았다.

"오머 씨 계십니까?" 나는 들어서자마자 말했다. "계시면 잠깐 뵙고 싶은데요."

"네, 계십니다." 미니가 대답했다. "이런 날씨에 밖에 나오시면 천식에 좋지 않아서요. 조, 할아버지께 여쭈어라."

어머니의 앞치마를 잡고 있던 꼬마가 기운차게 소리를 질렀다. 그러나 큰 소리에 자기도 부끄러웠는지 꼬마는 얼굴을 어머니의 치마에 묻었다. 그러나 어머니는 그러한 행동을 아주 만족하게 여기는 것 같았다.

심하게 헐떡헐떡하는 소리가 점점 가까이 들리더니, 오머 씨가 나타났다. 전보다 숨이 더 가쁜 것 같았으나 얼굴은 크게 달라지지 않았다.

"어서 오십시오!" 오머 씨는 말했다. "무엇을 도와 드릴까요?"

"오머 씨, 악수부터 해주세요." 나는 손을 내밀면서 말했다. "아저씨는 언젠가 저에게 무척 친절하게 대해주셨는데 그때는 고맙다는 말을 제대로 하지 못했지요."

"내가 그랬단 말이오?" 노인은 되물었다. "그 말씀을 들으니 기분은 좋습니다만 언제 그랬는지는 기억나지 않는군요. 정말 내가 틀림없습니까?"

"틀림없습니다."

"내 기억력도 숨결처럼 짧아진 모양입니다." 오머 씨는 고개를 저으며 나를 바라보았다. "나는 도무지 손님을 본 기억이 없군요."

"마차 정류장까지 나를 마중 나와 여기로 데려와서 아침을 먹인 뒤, 블룬더스톤까지 같이 타고 간 것 기억나지 않으세요? 당신과 나, 그리고 저램 부인과 저램 씨도 같이 갔지요. 그때는 저램 씨가 결혼하지 않았지만요."

"오!" 깜짝 놀란 오머 씨가 거칠게 콜록거리면서 소리쳤다. "이거 원! 얘, 미니, 너 기억하겠니? 저기, 그 당사자는 부인이었죠?"

"제 어머니였습니다."

"아—알—겠어." 오머 씨는 집게손가락으로 내 조끼를 만지면서 말했다. "그리고 갓난아기도 있었지! 그래, 두 사람이었어. 갓난아기는 부인과 합장을 했지요. 물론 블룬더스톤에서요. 그건 그렇고, 그 뒤로 어떻게 지내십니까?"

"아주 잘 지냅니다, 고맙습니다. 댁에서도 안녕하셨지요?"

"아! 뭐 푸념할 것은 없지요." 오머 씨는 대답했다. "다만 숨이 점점 가빠져서 힘들어요. 그러나 늙을수록 숨이 길어지는 법은 없으니까요. 그냥 형편에 맞춰서 열심히 살아가는 거지요. 그게 최선의 길이 아니겠습니까?"

오머 씨는 웃다가 또 기침이 나왔으나, 어린 딸을 카운터 위에 눕혀놓고 얼러대면서 우리 바로 곁에 서 있던 딸의 도움으로 겨우 가라앉혔다.

"정말 놀랍군요!" 오머 씨는 말했다. "그렇지, 틀림없이 두 사람이었어! 그리고 거짓말 같겠지만, 그날 마차여행 덕분에 내 딸 미니와 저램의 결혼 날짜가 정해졌지요. '결혼 날짜를 정해 주십시오'라고 저램이 애원했고, 딸년 미니도 '그래요, 아버지,' 하고 졸라댔거든요. 그래서 사위도 지금은 이 상점 일을 하고 있어요. 이거 보세요! 이놈이 맨 끝놈입니다."

미니는 웃으면서 양쪽 관자놀이 위에 묶은 머리채를 쓸어올렸다. 오머 씨는 미니가 카운터 위에 올려놓고 어르던 손자의 손에다가 굵은 자기 손가락 하나를 집어넣었다.

"그렇지, 두 사람이었어!" 그는 아주 먼 옛날을 떠올리듯이 고개를 주억거렸다. "분명히 그랬지! 마침 지금 저램은 은못을 박은 회색 관을 만들고 있어요. 아이가 이만하지는 않았죠."

그는 카운터 위의 아기를 가리키며 말했다. "2인치는 족히 차이가 날 겁니다. 참, 뭘 좀 드시지요?"

나는 고맙다고 말하고는 사양했다.

"가만있자!" 오머 씨는 말했다. "마부 바키스의 부인—, 뱃사람 페거티의 누이동생—, 그 여자와 댁과는 무슨 관계가 있지요? 당신 집에 고용되어 있었다든가."

내가 그렇다고 대답하자 그는 아주 만족해했다.

"이만큼 기억력이 되살아났으니 숨도 따라서 길어지겠죠. 그런데 그 여자의 친척뻘인 한 젊은 여자가 저희 집에서 고용살이를 하고 있습니다. 그 여자는 옷에 관해선 눈썰미가 아주 좋아요—. 공작부인도 그 처녀의 솜씨에는 미치지 못해요."

"꼬마 에밀리 아니에요?" 나도 모르게 큰 소리를 냈다.

"이름이 에밀리 맞아요." 오머 씨는 말했다. "아직 한참 어린 아가씬데 얼굴이 아주 예뻐서 마을 여자들이 미친 듯이 시샘한답니다."

"아버지, 그만둬요!" 미니가 소리쳤다.

"애야, 네가 그렇다는 게 아니야." 오머 씨는 내 쪽을 가볍게 흘겨보면서 덧붙였다. "내 말은, 이 야머스 여자의 절반, 아아, 그렇지. 그리고 우선 여기 사방 5마일 안에 있는 여자들은 시샘에 눈이 멀어 있지."

"그러면 그 여자가 자기 분수를 지키고 얌전히 처신해야죠." 미니가 말했다. "괜한 소문이 날 짓을 하지 않으면 될 텐데. 그러면 아무도 이러쿵저러쿵 떠들어대지 않을 거예요."

"그러면 떠들지 않는다고? 애야!" 오머 씨가 반박했다. "떠들지 않는다고! 네가 보는 세상은 그렇더냐? 해선 안 되는 일이라고 여자가 가만히 놔두는 경우가 어디 있더냐? 특히 다른 여자의 아름다움이 도마 위에 오를 때 말이다."

오머 씨는 딸을 나무라는 것만큼 심하게 기침을 했다. 숨을 돌리려고 무던히 애썼지만 헛일이었다. 끝내는 머리가 카운터 뒤로 넘어가고 반대로 무릎 근처에 작은 빛바랜 리본 방울을 단 검은 반바지가 마지막 부질없는 발버둥을 치면서 높이 들려 올라가는 게 아닌가 싶었다. 그러다가 마침내 겨우 좋아졌다. 그러나 오머 씨는 너무 지쳐서 의자에 앉아 한동안 안정을 취해야 했다.

"이봐요." 오머 씨는 숨을 헐떡거리면서 말을 이었다. "그 처녀는 이곳 사람을 그렇게 좋아하지 않아요. 애인은 말할 것도 없고, 특별히 누구와 사귀려고도 않고, 친해지려고 들지도 않지요. 그래서 자연히 에밀리는 귀부인이 되고 싶어 한다는 좋지 못한 소문이 퍼진 겁니다. 그런데 내가 볼 때 원인은, 에밀리가 학교 다닐 때 자기가 귀부인이 되면 아저씨에게 이러이러한 것을 해드리고, 이러이러한 좋은 것을 사드리겠다고 가끔 말했으므로 그러한 소문이 도는 거예요."

"그게 틀림없습니다, 오머 씨. 에밀리는 나에게도 그렇게 말한 적이 있거든요." 나는 열심히 변호했다. "우리가 어렸을 때 말입니다."

오머 씨는 고개를 끄덕이고는 턱을 어루만졌다. "바로 그래요. 그리고 에밀리는 아주 보잘것없는 것도 훌륭하게 입어 내거든요. 다른 여자들은 아무리 돈을 써도 안 되는데 말이에요. 그게 말썽입니다. 더욱이 사실 행실이 좀 제멋대로예요. 참을성은 있지만, 귀염받고 자라서, 그래서 처음엔 자기 마음을 잘 다스릴 수가 없었던 겁니다. 그것 때문에 손가락질당하는 거지요, 미니, 그렇지?"

"그래요, 아버지. 고작 그런 문제죠." 저램 부인이 말했다.

"그래서 한번은," 오머 씨는 말했다. "까다로운 노파를 돌봐 드리는 일을 했는데, 도저히 맞지가 않아서 그만둬 버렸죠. 그래서 결국 3년 계약으로 여기에 왔고, 이제 두 해가 지났습니다. 지금까지 그 처녀가 최고였어요. 혼자 여섯 사람 몫을 해내죠. 안 그러냐, 미니?"

"그래요, 아버지. 그러니까 내가 험담했다는 얘기도 하지 말아 주세요." 미니가 대답했다.

"오냐, 알았다. 내 그러마. 자, 젊은 양반." 그는 또 잠깐 턱을 쓸다가 말했다. "숨을 헐떡거리는 주제에 말은 많다고 생각할지 모르니 이쯤 해 둡시다."

그들이 에밀리 이야기를 할 때는 나직한 목소리로 말한 것으로 보아, 에밀리가 가까이에 있음이 분명했다. 그래서 내가 그 처녀가 가까이에 있느냐고 묻자 오머 씨가 턱으로 거실 문을 가리키며 고개를 끄덕였다. 안을 들여다보아도 괜찮으냐고 급히 물었더니, 마음대로 하라고 했다. 유리창을 통해 들여다보니, 에밀리가 앉아서 일을 하고 있었다. 내 어린 가슴을 속까지 꿰뚫어 보았던 그 맑고 푸른 눈동자의 아름다운 꼬마 에밀리가 앉아 있었다. 바로 옆에서 놀고 있는 미니의 아이를 웃으면서 상대해주고 있었지만, 확실히 에밀리의 밝은 얼굴에는 방금 들은 대로 고집이 살아 있었고, 옛날의 변덕스러운 수줍음도 스며 있었다. 그러나 그 얼굴은 자애와 행복으로 차 있었으며, 착하고 복된 삶을 누리고 있음이 분명했다.

그리고 그 동안에도, 끊이지 않는 그 일정한 소리—그 소리는 영원히 끊어지지 않을 것이다—는 여전히 뜰을 가로질러 조용히 울리고 있었다.

"젊은 양반, 들어가서 에밀리와 이야기하시겠어요?" 오머 씨가 말했다. "들어가서 이야기하십시오! 사양할 것 없습니다!"

나는 너무 부끄러워서 그렇게 하지 못했다. 나는 에밀리를 당황하게 하는 것이 두려웠으며 또한 나 자신도 어색해서 용기가 나지 않았다.

그래서 저녁에 에밀리의 일이 끝나는 시간을 알아두었다. 그 시간에 다시 찾아오기로 하고, 나는 오머 씨와 그의 아름다운 딸과 손자들과 헤어져 페거티의 집으로 향했다.

페거티는 타일을 붙인 부엌에서 저녁 식사를 준비하고 있었다. 내가 문을 두드렸더니 페거티가 문을 열어주면서 "무슨 일이십니까?"라고 물었다. 내가 미소를 지었으나 페거티는 아무런 반응이 없었다.

편지는 계속 주고받아왔지만, 우리가 만난 지는 7년이나 되었던 것이다.

"바키스 씨 집에 있습니까, 부인?" 나는 일부러 거만한 체하며 물었다.

"집에 있습니다." 페거티는 대답했다. "류머티즘으로 몸이 아파 누워 있지요."

"이제 블룬더스톤으로는 안 가나요?" 나는 물었다.

"몸이 성하면 가지요." 페거티가 대답했다.

"당신도 거기에 갑니까, 바키스 부인?"

그녀는 나를 더욱 자세히 바라보았다. 그러더니 두 손을 재빨리 마주 잡는 것이었다.

"왜 그 집 있잖습니까? 그쪽의 떼까마귀 집에 관해서 묻고 싶은 것이 있어서요." 나는 말했다.

페거티는 한 걸음 뒤로 물러서더니, 어찌할 바를 모른 채 두려운 듯이 두 손을 내밀었다.

"페거티!" 나는 소리쳤다.

페거티도 소리쳤다. "도련님!" 우리는 울음을 터뜨리며 얼싸안았다.

페거티는 야단스럽게 나를 반겼다. 나를 보고 웃기도 하고, 울기도 하고, 자랑스러워하고, 기뻐하기도 했다. 페거티의 자랑이고 기쁨인 나를 지금까지 품에 안고 애지중지할 수 없었던 것이 그녀를 슬프게 했다. 나도 그녀의 감정에 호응하여 행동했다. 나를 어리다고 생각하면 어쩌나 하는 불안도 그때만은 없었다. 이제껏 그날 아침처럼 진심으로 웃고 운 적은 없었다. 전에 페거티 앞에서도 그런 적은 없었다.

"바키스 씨도 무척 기뻐할 거예요." 페거티는 앞치마로 눈물을 닦으면서 말했다. "바르는 약보다 더 효력이 있을 거예요. 도련님이 오셨다고 가서 알릴까요? 아니면 2층으로 올라가서 직접 만나시겠어요, 도련님?"

나는 물론 그렇게 하겠다고 대답했다. 그러나 페거티는 마음 먹은 것처럼 쉽게 방에서 나갈 수가 없는 모양이었다. 문으로 갔다가 뒤돌아보고, 다시 와서는 내 어깨를 끌어안고 웃고, 울기를 되풀이했다. 결국 나는 그러한 분위기를 원만하게 수습하려고, 페거티와 함께 2층으로 올라갔다. 페거티가 남편에게 내가 왔다는 소식을 알리는 동안, 나는 잠깐 밖에서 기다렸다가 환자 앞에 섰다.

그도 나를 아주 열렬히 맞아주었다. 그러나 류머티즘이 너무 심해 악수도 할 수 없었다. 그가 나이트캡 꼭대기에 달린 장식술에 악수해 달라고 간곡히 부탁했으므로 나는 진심으로 그것과 악수를 했다. 내가 그의 침대 옆에 앉자, 지금 자기는 나를 태우고 블룬더스톤으로 향하는 길을 달리는 기분이라서, 이보다 좋은 약이 없다고 말했다. 그가 얼굴만 내놓고, 온몸을 꽁꽁 덮고서 누워 있는 모습은 꼭 그림 속의 아기 천사 같아서, 내가 지금까지 본 것 가운데에서 가장 신기한 광경이었다.

"그렇지, 제가 마차에 쓴 이름이 무엇이었지요?" 바키스 씨는 류머티즘 환자답게 느릿느릿 미소 지으면서 물었다.

"아! 바키스 씨, 우리는 그 문제에 관해 정말 심각하게 이야기했지요, 그렇지요?"

"페거티와의 결혼을 오랫동안 바랐으니까요." 바키스 씨가 말했다.

"그래요, 오랫동안 그랬지요." 나도 거들었다.

"저는 조금도 후회하지 않아요. 도련님, 언젠가 저에게 한 말 기억하죠? 페거티는 사과로 만드는 것은 무엇이든 잘하고, 요리 솜씨가 뛰어나다고."

"네, 기억하고말고요." 나는 대답했다.

"그 말은 사실이었습니다." 그는 나이트캡을 한 번 움직여 보였다. 힘을 주고 싶어도 달리 방법이 없었던 것이다. "세금처럼 정확했어요. 시계와 세금보다 더 정확한 것은 없으니까요." 바키스 씨는 자기의 주장에 동의를 구하듯이 나를 돌아보았다. 물론 나는 그의 말에 동의했다.

"나처럼 가난한 사람이 아파서 누워 있으면 아주 잘 알게 되지요. 나는 정말 가난한 사람입니다, 도련님."

"바키스 씨, 그런 말씀 마세요."

"정말 가난합니다, 나는." 바키스 씨가 말했다.

그렇게 말하고 오른손을 이불 밑에서 천천히 힘없이 빼더니, 침대 옆에 헐렁하게 묶어놓은 막대를 힘없이 잡고서는 얼굴을 이상하게 일그러뜨리고 사방을 찔러보았다. 바키스 씨의 막대기가 어떤 궤짝에 부딪혔다. 그 궤짝 모서리는 처음부터 내 눈앞에 있던 것이었다. 막대기가 닿자 그제야 바키스 씨의 얼굴 표정이 누그러졌다.

"헌 옷 상자지요." 바키스 씨가 말했다.

"아, 그래요!"

"이게 다 돈이라면 좋겠습니다."

"정말, 그랬으면 좋을 텐데요."

"그런데 돈이 아니랍니다." 바키스 씨는 눈을 크게 뜨며 말했다.

내가 "그렇군요" 하고 대꾸하자 바키스 씨는 비로소 부인을 아주 다정하게 바라보며 말했다.

"C.P. 바키스 부인은 가장 쓸모 있고, 가장 으뜸가는 여자랍니다. 많이 칭찬해 주시는 분도 있지만 그야 당연하죠. 아니 어떤 칭찬도 모자라요! 여보, 오늘 저녁에는 한턱 써. 좋은 음식과 술을 준비해야겠어. 알았지?"

나를 위한 이런 불필요한 환대는 하지 않아도 된다고 말하고 싶었지만, 문득 보니 침대 맞은편에서 페거티가 그렇게 해서는 안 된다고 눈짓을 보냈다. 그래서 그냥 가만히 있었다.

"여보, 내 어디엔가 돈을 좀 놔뒀는데," 바키스 씨가 말했다. "그런데 좀 피곤해. 한숨 자도록 해준다면 자고 일어나서 그 돈을 찾아주지."

요청에 따라 우리는 방에서 나왔다. 그러자 페거티는, 바키스 씨는 전보다도 더 구두쇠가 되었다고 말해주었다. 모아놓은 돈에서 동전 하나 꺼내는 데에도 이런 수법을 쓰며, 엄청난 고통을 감수하면서까지 굳이 직접 침대에서 기어 나와 신음을 내면서 궤짝에서 꺼내 준다고 한다. 과연 짓눌리는 듯한 아주 고통스러운 신음 소리가 들려왔다. 그는 그 반 푼어치도 안 되는 돈을 꺼낼 때 마디마디가 쑤시고 아팠던 것이다. 페거티는 딱하다는 듯이 남편 쪽을 바라보았지만, 남편의 이러한 따뜻한 충동은 그에게도 좋은 것이니 말리지 않는 편이 낫다고 말했다. 그가 다시 침대에 들어갈 때까지 신음 소리가 이어졌다. 그는 순교자처럼 엄청난 고통을 받았음이 틀림없다.

이윽고 그는 상쾌한 잠에서 갓 깨난 것처럼 우리를 방으로 불러들여 베개 밑에서 1기니를 꺼내주었다. 그는 우리를 멋지게 속였고 궤짝의 비밀을 지켰다는 만족감에서, 모든 고통을 보상받은 것처럼 보였다.

나는 페거티에게 스티어포스의 도착을 예고해두었는데, 얼마 있지 않아 스티어포스가 왔다. 페거티는 그가 페거티의 은인이건, 나의 친한 친구이건 관계없이, 여하튼 아주 친절하게 그를 맞이했다. 어느 쪽이든 진심어린 감사를 담아 헌신적으로 그를 환영하고 싶은 것이 페거티의 마음이었다. 그러나 그의 침착하고 활달한 성격, 온화한 태도, 잘생긴 얼굴, 그리고 자기 마음에 드는 사람의 기분은 언제나 맞춰주고, 마음만 먹으면 누구든지 자신에게 반하도록 하는 선천적인 기질은 5분도 못 되어 페거티의 마음을 모두 사로잡고 말았다. 물론 나에 대한 태도 하나만 가지고도 그는 페거티의 환심을 사고도 남았을 것이다. 그런데 거기에 이러한 이유까지 복합적으로 작용해서, 그날 밤 스티어포스가 그 집을 떠나기 전까지 페거티는 그에게 어떤 존경심까지 품게 되었던 것이다.

스티어포스는 나와 같이 그 집에서 저녁을 먹었다. 우리가 얼마나 유쾌하게 시간을 보냈는지 말로는 나타낼 수가 없다. 스티어포스는 바키스 씨의 방에도 들어갔다. 흡사 빛이나 공기처럼, 건강에 좋은 기후처럼 그곳을 명랑하고 상쾌하게 해주었다. 그가 하는 일은 전혀 소리를 내지 않고, 힘을 들이지도 않았으며, 무리하지도 않았다. 그런데 하는 일마다 경쾌하고, 품위 있고, 자연스럽고, 기분 좋아서 감탄이 절로 나왔다.

우리는 작은 거실에서 이야기를 나누었다. 방에는 그때 이후로 들춰보지도 않은 《순교자열전》이 옛날 그대로 책상 위에 놓여 있었다. 그 무시무시한 삽화를 차례차례 다시 훑어보았지만, 그때 느꼈던 세찬 감동은 고사하고, 지금은 아무것도 느껴지지 않았다. 잠시 뒤에 페거티가 내 방이 준비되었으니 꼭 자고 가라고 했다. 나는 망설이면서 스티어포스를 바라볼 용기도 없었지만, 그는 이미 모든 것을 알아차리고 있었다.

"우리가 여기 머무는 동안 너는 물론 여기서 자야지. 나는 호텔에서 자고."

"하지만 너를 이 먼 곳까지 데려와서 떨어져 자게 하다니, 이건 우정이 아닌 것 같아, 스티어포스."

"그럼 넌 도대체 어디에 있어야 마땅하겠니? '것 같아'와 비교할 수 있는 문제가 아니잖아?" 스티어포스의 말에 따라 이 문제는 단박에 결정되었다.

늦은 8시에 페거티 씨 집으로 떠날 때까지 그의 이런 명랑한 태도는 이어졌다. 오히려 시간이 지날수록 더욱 밝고 명랑해졌다. 그때도 생각했고, 지금도 그렇게 믿고 있다. 그는 일단 누구에게든 잘하자고 마음먹으면 그것을 훌륭하게 성공시키기 위해 더욱 마음씀씀이가 섬세해지고 자연스러워지는 것 같았다. 그래서 그날 밤 만약 누군가가, 그런 것은 결국 순간의 즐거움을 위한 솜씨 좋은 게임일 뿐이다, 이른바 자신의 우월성을 나타내기 위한 매정한 기술—어차피 손에 넣어봐야 자기에게는 시시한 것이라 다음 순간에는 거리낌 없이 내다버릴, 단지 이기고 싶은 공허한 허영이고, 재미일 뿐이라는, 그런 말을 하는 사람이 있다면—나는 과연 어떻게 그 분노를 발산했을지 모를 일이었다.

그렇다, 그에 대한 내 우정과 충성은 오히려 더욱 커졌을 것이다(물론 그런 것은 이미 충분히 끝까지 부풀어 올라 있었지만). 아무튼 그런 마음으로, 나는 그와 나란히 컴컴한 모래 위를 걸으면서 페거티 씨의 집으로 향했다. 바람은 내가 처음 페거티 씨의 집을 방문했을 때보다 한층 더 구슬프게 울어댔다.

"스티어포스, 황량한 곳이지?"

"밤이 되니 엄청난걸. 바다가 우리를 집어삼킬 듯이 노하고 있어. 저쪽에 불빛이 보이는데, 그것이 배로 된 집이야?"

"그래."

"그럼 내가 아침에 본 그 집이로군. 아마 본능적으로 그곳에 갔던 모양이야."

우리는 불빛을 향해 말 없이 걸었다. 현관으로 조용히 다가가서, 빗장을 열면서 스티어포스에게 나를 바싹 따라 들어오라고 속삭였다.

웅얼거리는 소리가 밖에서도 들렸다. 우리가 들어가는 순간 손뼉 치는 소리가 들렸다. 놀랍게도 손뼉을 친 사람은 언제나 울적했던 거미지 부인이었다. 그러나 특별히 흥분해 있는 사람은 거미지 부인만이 아니었다. 페거티 씨도 아주 만족한 표정으로 웃으면서 당장에라도 꼬마 에밀리가 뛰어들어와 안기기를 기다리며 억센 두 팔을 활짝 벌리고 있었다. 햄은 감탄과 환희의 표정과 함께 그에게 딱 어울리는 듬직하면서도 수줍음이 뒤엉킨 표정으로 얼른 에밀리를 페거티 씨에게 넘겨주려는 듯이 그녀의 손을 잡고 있었다. 꼬마 에밀리는 부끄러운 나머지 얼굴을 붉히다가 페거티 씨가 기뻐하자 그녀도 두 눈에 기쁨을 가득 담고 햄의 손에서 빠져나와 페거티 씨의 품에 안기려 했다. 바로 그 순간 우리가 들어가자, 에밀리는 행동을 멈추었다. (우리를 가장 먼저 본 사람은 에밀리였다) 이것이 우리가 어둡고 찬 밤공기에서 따뜻하고 밝은 방으로 들어서는 순간 처음 맞닥뜨린 광경이었다. 거미지 부인마저 뒤쪽에서 미친 사람처럼 손뼉을 치고 있었던 것이다.

그러나 이러한 광경은 우리가 들어감으로써 순식간에 사라져 버려서, 마치 모든 것이 거짓말처럼 되고 말았다. 놀란 식구들 가운데 서서, 나는 페거티 씨를 바라보고 손을 내밀었다. 그때 햄이 소리쳤다. "데이비 도련님! 데이비 도련님이에요!"

우리는 이내 모두와 악수를 하고, 서로 그동안의 안부를 물으며 다시 만난 기쁨을 나누었다. 페거티 씨는 너무도 자랑스럽고 기뻐서 어찌할 바를 몰랐다. 몇 번이고 나와 악수하다가, 스티어포스와 악수하고, 다시 나와 악수하였다. 그 더부룩한 머리카락을 온통 흐트러뜨리고는 매우 유쾌하게 웃어서 보는 사람들도 절로 신이 날 지경이었다.

"두 분이, 어엿한 어른이 되어서, 내 일생의 여러 밤 가운데에서 때마침 오늘

밤 내 지붕 밑에 오시다니!" 페거티 씨는 말했다. "애, 에밀리야, 이리 와! 데이비 도련님의 친구도 오셨다! 너도 전에 들은 적이 있는 귀한 분이야. 에밀리, 데이비 도련님과 같이 너를 만나러 오셨단다. 내 평생에 이렇게 기쁜 밤은 전에도 없었고, 앞으로도 없을 거다."

페거티 씨는 신이 나서 단숨에 말하고는 큰 손으로 조카딸의 두 뺨을 잡고 여러 번 키스했다. 그러고는 아주 자랑스럽고 사랑스러운 마음으로 에밀리를 넓은 그의 가슴에 안고서 부드럽게 어루만져준 다음 놓아주었다. 에밀리는 내가 전에 잠을 잤던 조그마한 방으로 달려가서, 아주 만족한 듯이 얼굴을 붉히고 숨을 헐떡이며 우리를 살펴보았다.

"두 분 다 이제는 어엿한 어른이, 아니, 훌륭한 신사가 되셨어요!" 페거티 씨가 말했다.

"정말 그래요. 데이비 도련님도 그렇고, 정말 두 분 다 어엿한 신사가 되셨어요!" 햄이 소리치듯 말했다.

"어른이 된 두 신사 분이 제가 흥분한 모습을 보고 불쾌할 수도 있겠지만, 사정을 들으면 분명 용서해주시리라 믿습니다. 내 귀여운 에밀리! 그 애는 내가 말할 것을 알고 있지요." 페거티 씨의 즐거움이 또다시 폭발했다. "그래서 달아났어요. 이봐요, 아주머니, 저 애를 잘 보살펴주세요!"

거미지 부인은 고개를 끄덕이며 나갔다.

"만약 이 밤이, 내 평생의 가장 즐거운 밤이 아니라면, 나는 조개나 마찬가지예요. 그것도 삶은 조개. 더 말하지 않겠어요." 페거티 씨는 우리와 함께 난롯가에 앉으면서 스티어포스에게 나지막하게 말했다. "아무튼 저 꼬마 에밀리는 보시다시피 부끄럼쟁이라서요."

스티어포스는 말없이 끄덕였다. 페거티 씨의 감정에 동의하며 재미있다는 표정을 짓고 있었으므로 페거티 씨는 그에게서 대답을 들은 것처럼 말을 이었다.

"정말 그렇다니까요. 그런 애예요. 고맙습니다."

햄도 자기 역시 그렇게 말하고 싶었다는 듯이 고개를 여러 번 끄덕였다.

"에밀리는," 페거티 씨는 말했다. "이 집에서는, 뭐랄까 —그렇지, 나는 배운 것 없는 무지렁이지만, 이건 내 신념 같은 겁니다—말하자면, 저 아름다운 눈을 보면 알 수 있듯이, 이 집의 등불 같은 존재입니다. 내 자식이 아니에요. 나에게는 자식이 없습니다. 그러나 나는 저 애를 끔찍이 사랑합니다. 아시겠어요? 아주 예뻐서 못 견딜 지경이지요."

"잘 압니다." 스티어포스가 말했다.

"그러시겠지요. 감사합니다. 데이비 도련님은 전에 저 애가 어떠했는지 잘 아실 테고, 나리도 한 번 보면 저 애가 어떤 애인지 잘 아실 거예요. 그러나 두 분은 과거 내가 저 애에게 얼마나 애정을 쏟았으며, 지금도 얼마나 사랑하는지, 그리고 앞으로도 얼마나 사랑할지 모르실 거예요. 나는 거칠고 막돼먹은 놈이지만, 꼬마 에밀리를 얼마나 사랑하는지는 여자가 아니고는 모를 겁니다." 거기서 그는 목소리를 낮추어 말했다. "내가 말하는 여자란 거미지 부인을 가리키는 건 아니에요. 부인에게도 장점은 있지만."

페거티 씨는 아직 하고 싶은 말이 남은 것처럼 또다시 두 손으로 머리카락을 흐트러뜨리고는 무릎에 손을 올려놓고 말을 이었다.

"에밀리의 아버지가 물에 빠져 죽은 뒤부터 에밀리를 잘 아는 사람이 꼭 한 명 있어요. 에밀리를 어린애 때부터, 소녀 때, 처녀인 지금까지 보아온 사람이죠. 뭐 대단한 인물은 아닙니다. 체격은 저와 비슷해요, 거칠고, 바닷바람을 많이 쐰 사람이지요. 소금기가 몸에 밴, 그러나 천성이 정직하고 마음이 곧은 이이지요."

나는 햄이 지금처럼 우리를 바라보고 싱글거리며 웃고 있는 모습을 전에는 본 적이 없었다.

"이 복 받을 뱃사람이 어리석게도 에밀리에게 반해버렸어요. 그 작자는 에밀리를 쫓아다녔고, 그 애의 노예가 되었어요. 끝내는 식음까지 전폐하는 바람에 하루빨리 무슨 수를 써야 했죠. 이제는 보시다시피, 에밀리도 시집갈 때가 되었으니까요. 어떤 일이 있더라도, 저 애를 지켜줄 정직한 자와 연을 맺어주고 싶어요. 내가 얼마나 더 오래 살지, 아니면 곧 죽을지 모르는 일 아닙니까? 어느 날 밤, 야머스 수역에서 큰 파도를 만나 내 배가 뒤집힐 수도 있지요. 그럴 때에, 큰 파도는 내 힘으로 어쩔 수 없어도, 마지막으로 마을의 등불을 보면서, '아아, 다행이다, 저 육지에는 에밀리를 지켜주는 믿을 만한 사내가 있다. 그 사내가 살아 있는 한 에밀리가 잘못 되는 일은 절대 없다'고 믿고, 안심하고 죽을 수 있으니까요."

페거티 씨는 아주 진지하게, 마치 마지막으로 시내 등불을 향하여 손을 흔들듯이 오른손을 흔들며, 햄과 눈길이 마주치자 서로 고개를 끄덕이며 다시 이야기를 이었다.

"나는 그 젊은이에게 에밀리와 직접 상의하라고 말했습니다. 그런데 그는 덩치에 안 맞게 부끄럼을 타서, 직접 이야기하기를 싫어했어요. 하는 수 없이 내가 대신 전했지요. 에밀리가 말했어요. '그 사람 말이에요? 오랫동안 친하게 지내왔으니 좋은 사람인 줄은 알지만, 그러나 아저씨, 그와 결혼할 수는 없어요. 그는 너무도 좋은 사람이지만!' 그러니 할 수 있나요. 나는 에밀리에게 '애야, 너는 솔직히 말할 권리가 있어. 네 마음대로 배우자를 고르렴. 너는 어린 새처럼 자유로우니까'라고 말해주었습니다. 그리고 그 젊은이에게 전했어요. '일이 성사되기를 바랐지만 잘되지 않았어. 그러나 너희는 옛날처럼 다정히 지내줘. 특히 너에게 하고 싶은 말은, 그 애에게 사나이답게 대해주라는 거야.' 그랬더니 그 젊은이는 내 손을 잡고 흔들면서 '네, 그렇게 하겠어요'라고 대답했지요. 그리고 정말 훌륭하게, 사내답게 잘해줬어요. 그 뒤로 두 해가 지나도록 그는 전과 같이 단란하게 여기서 살아왔습니다."

이야기의 구절마다 표정이 달랐던 페거티 씨가 다시 본디의 명랑함을 되찾으며(자기의 행동을 더욱 강조하기 위해 땀이 밴 양손을) 한 손은 내 무릎 위에, 다른 한 손은 스티어포스의 무릎 위에 놓고서, 우리를 번갈아 보면서 말했다.

"어느 날 저녁—오늘 밤인지도 모르지요—갑자기, 에밀리가 일을 마치고 집에 왔는데, 그 젊은이와 함께 오지 않았겠습니까! 그야 뭐, 그 정도는 대단한 일이 아니라고 할 수도 있지요. 날이 어두워지거나, 아니 아직 환할 때에도 그 녀석은 언제나 오빠처럼 에밀리를 보살펴 왔으니까요. 그런데 그날 밤은 그놈이 에밀리의 손을 잡고는 즐거워서 나에게 외쳤습니다. '보세요! 제 마누라가 될 거예요!'라고 말이에요. 이어서 에밀리도 부끄러운 건지 대담한 건지 웃기도 하고 울기도 하면서 말했습니다. '네 그래요, 아저씨! 아저씨가 좋으시다면'—내가 좋다면!" 페거티 씨는 생각만으로도 아주 기뻐서 고개를 빙빙 돌리면서 외쳤다. "마치 내가 반대라도 하는 것처럼! '아저씨만 좋으시다면, 결정하겠어요. 저도 이제 어른이에요. 이 문제에 대해서 많이 생각해 보았어요. 그는 소중하고도 참 좋은 분이지요. 그에게 착한 아내가 되겠어요!' 그래서 거미지 부인이 좋아라고 손뼉을 치고 있는데 당신들이 들어온 거예요. 야아! 이제 비밀이 다 드러나고 말았습니다."

페거티 씨는 말했다.

"정말 좋은 때에 들어왔던 겁니다! 방금 여기서 그런 일이 있었지요. 이 젊은이가 에밀리와 결혼할 사람입니다. 에밀리의 도제 기간이 끝나는 대로 식을 올려야지요."

햄은 비틀거렸다. 페거티 씨가 너무 기쁜 나머지, 신뢰와 애정의 표시로 햄을 밀었기 때문이다. 햄은 우리에게 무슨 말을 해야겠다는 생각이 들었는지, 더듬거리면서 겨우 입을 열었다.

"데이비 도련님, 에밀리는 도련님 키만 했지요. 도련님이 여기 처음 오셨을 때 말이에요. 저는 에밀리가 얼마나 자랄까 궁금했어요. 그리고 그 애가 꽃처럼 무럭무럭 자라는 것을 보았지요. 신사 분들, 저는 에밀리를 위해서는 목숨까지도 바칠 작정이에요. 데이비 도련님, 아! 진심으로 기꺼이 말입니다! 에밀리는 저에게는 더할 수 없는 존재예요. 두 신사 분들, 그 애는 제가 바라는 모든 것이랍니다. 말로는 다 나타낼 수가 없어요. 저는, 저는 진실로 그 애를 사랑합니다. 땅 위에서나 바다 위에서나, 이 세상 어느 누구도, 제가 에밀리를 사랑하는 것 이상으로 자기 아내를 사랑하진 못할 거예요. 자기 마음을 저보다 더 잘 털어놓을 사람은 많겠습니다만."

햄처럼 건장한 친구가 자기 마음을 사로잡은 예쁜 꼬마에게 느끼는 강렬한 사랑 때문에 몸을 떠는 모습은 매우 감동적이었다. 페거티 씨와 햄 자신이 우리에게 보내는 믿음 자체만으로도 아주 감격스러웠다. 나는 그 이야기를 듣고 무척 감명받았다.

그러나 내 마음속에서 어린 날의 추억이 얼마나 꿈틀대고 있었는지는 모르겠다. 내가 아직도 에밀리를 사랑한다는 미련을 품고서 이곳에 온 것인지 어떤 것인지도 모르겠다. 다만 아무튼 이 얘기를 듣고 진심으로 기뻤던 것은 사실이다. 처음에는 그 즐거움의 일부가 고통으로 변할 수 있는, 말할 수 없는 민감한 즐거움도 있기는 했지만.

따라서 내가 책임을 다하기 위해 그들의 심금을 울려야 했다면, 나는 아주 서투른 짓을 하고 말았을 것이다. 그러나 다행히도 스티어포스가 그 일을 맡아주었다. 그는 아주 능숙하게 임무를 완수해서 잠시 뒤에는 우리 모두가 아주 즐거워졌고 마음이 밝아졌다.

"페거티 씨," 스티어포스는 말했다. "당신은 아주 좋은 분입니다. 그러니 오늘 저녁처럼 행복한 일이 생기는 것은 당연하지요. 자, 내 손을! 햄, 축하하네. 자, 내 손을! 데이지, 난로의 재를 털어 불을 활활 타게 해줘! 그리고 페거티 씨, 당신의 조카딸을 다시 이 자리로 데려오지 않는다면 저는 가겠습니다! 이처럼 즐거운 밤에 난롯가를—그것도 이렇게 중요한 자리를—비워 두다니요! 인도의 부를 모조리 준다 해도 절대로 그럴 순 없지요."

이리하여 페거티 씨는 에밀리를 데려오기 위해 전에 내가 쓰던 방으로 갔다. 처음에는 에밀리가 오려고 하지 않았으므로 햄도 갔다. 이윽고 그들은 에밀리를 난롯가로 데려오기는 했으나, 에밀리는 몹시 당황하고 수줍어했다. 그러나 스티어포스가 점잖고 공손하게 이야기하면서 에밀리가 난처해할 화제는 교묘히 피했으므로, 에밀리는 차차 자신을 찾게 되었다. 스티어포스는 페거티 씨에게 배와 조수와 생선에 관한 이야기를 했고, 나에게는 세일렘 학교에서 페거티 씨를 처음 만난 날짜를 물으며, 페거티 씨의 배로 된 집과 그 배의 모든 것이 자기를 매우 즐겁게 해주었다고 말했다. 스티어포스는 아주 경쾌하고도 쉽게 이야기를 이끌어나갔으므로 분위기는 점점 화기애애해졌고, 다들 스스럼없이 이야기를 주고받았다.

그날 저녁 에밀리는 거의 말이 없었으나, 이야기는 열심히 듣고 있었다. 얼굴에도 점점 생기가 돌아서 더욱 매력적으로 보였다. 스티어포스는 무시무시한 조난 사고 이야기를 꺼냈다. (페거티 씨와의 대화 중에 그 이야기가 튀어나왔다) 실제로 눈앞에 보이는 듯이 실감나게 이야기했으므로 에밀리 역시 그 장면을 실제로 보는 것처럼 한눈팔지 않고 스티어포스의 얼굴을 바라보고 있었다. 침울했던 분위기를 바꾸기 위하여, 스티어포스는 자신의 즐거운 모험담을 털어놓았다. 그가 아주 신나게 지껄이는 바람에 우리도 덩달아 모험을 하는 것처럼 신이 났으며, 에밀리도 뱃집을 즐거운 음악으로 가득 채울 듯이 소리 높여 웃어댔다. 우리도, 스티어포스까지도 그 신바람 나는 경쾌한 이야기에 참지 못하고 크게 웃었다. 스티어포스는 페거티 씨에게 〈폭풍은 몰아치고 또 몰아치고〉라는 노래를 부르게 하고는—그것은 노래라기보다 고함에 가까웠지만—자기도 사공의 노래를 불렀다. 그의 노랫소리가 너무도 처량하고 아름다워서, 뱃집 주위에서 윙윙거리는 사나운 바닷바람까지도 조용한 우리 사이로 끼어들어 나지막하게 흐느끼는 것 같았다.

거미지 부인도 예외는 아니었다. 남편이 죽은 이래, 언제나 낙심에 빠져 있던 우울한 생각에서 완전히 벗어났던 것이다. 그런 일은 처음이라고 페거티 씨가 말했다. 비참한 생각을 할 여유가 없었던 것이다. 그래서 이튿날 거미지 부인은, 어제는 무슨 마법에 걸렸던 게 틀림없다고 말했다.

그러나 스티어포스는 주위 사람들의 관심과 대화를 독점하지는 않았다. 꼬마 에밀리도 점차 용기가 생겨서(그러나 아직도 부끄러워했지만) 난로를 사이에 두고 내게, 우리는 옛날 둘이 같이 바닷가를 거닐며 조개껍데기와 갯돌을 줍던 이야기도 하고, 그 시절 내가 얼마나 헌신적으로 에밀리를 대했던가를 기억하는지에 대해서 묻기도 했다. 지금 생각하면 꿈만 같은 그 옛일을 떠올리면서 서로 낯을 붉히고 웃기도 했다. 그러는 동안 스티어포스는 말없이 잔뜩 긴장한 채 유심히 우리를 바라보고 있었다. 에밀리는 저녁 내내 그녀의 지정석인 난로 곁 조그마한 구석에 놓인 궤짝 위에 앉아 있었고, 그녀 옆, 내가 앉았던 자리에는 햄이 앉아 있었다. 고민이 있어서 그랬는지, 우리 앞이라 처녀다운 수줍음에서 그랬는지는 몰라도, 에밀리는 햄과 떨어져 벽에 바싹 기대어 앉아 있었다.

우리는 저녁으로 비스킷 몇 개와 말린 생선을 먹었다. 스티어포스가 주머니에서 네덜란드산 술을 꺼냈다. 그것은 우리 남자들(이제 나도 얼굴을 붉히지 않고 남자라고 할 수 있을 것이다)이 다 마셨다. 자정이 가까워서야 우리는 즐거운 마음으로 헤어졌다. 온 식구가 대문에 나와서 되도록 멀리까지 길을 비추어주었다. 꼬마 에밀리는 귀여운 푸른 눈으로 햄의 어깨 너머로 우리를 바라보면서 '조심해서 가세요'라고 부드러운 목소리로 말해 주었다.

"아주 매력 있는 아가씨야!" 스티어포스는 내 팔을 잡으며 말했다. "참으로 재미있는 곳이야. 사람들도 모두 재미있고. 저들과 같이 있으면 참으로 신선한 기분이 들어."

"또 우리한테는 얼마나 다행한 일이야. 햄과 에밀리의 결혼 약속으로 온 식구가 기뻐하는 모습을 직접 보게 되었으니! 나는 그 식구들이 그처럼 행복해하는 것을 본 일이 없어. 그들이 기뻐하는 모습을 보고, 그들의 가식 없는 즐거움을 함께 나누게 되었으니, 정말이지 얼마나 기쁜가 몰라!"

"그런데 햄이란 녀석은 에밀리에 비해 바보스럽게 보이던걸. 그렇지?" 스티어포스가 말했다.

지금까지 스티어포스는 햄을 비롯하여 그 집 식구 모두에게 매우 다정하게 대해주었으므로, 그처럼 불쑥 냉담한 반응을 보이는 것에 나는 놀랐다. 그러나 스티어포스를 쳐다보았을 때, 그가 눈에 웃음을 띠고 있는 것을 보자 크게 안심이 되어서 나는 나직이 대답해주었다.

"아, 스티어포스! 네가 불쌍한 그들을 놓고 농담하는 것은 좋아. 네가 미스 다틀과 말다툼한다든가 너의 동정심을 농담인 양 숨기더라도, 나는 네 마음을 잘 알고 있어. 네가 그들을 아주 완벽하게 파악하고, 소박한 어부들의 행복 속에 아주 교묘히 파고들고, 내 유모의 기분도 잘 맞춰주는 것을 보면, 네가 그들의 기쁨과 슬픔을 놓칠 리가 없다는 것을 알 수 있어. 스티어포스, 그래서 나는 너를 스무 배나 더 좋아하고 더욱 존경하게 되었어."

스티어포스는 발길을 멈추었다. 그리고 내 얼굴을 바라보며 말했다. "데이지, 너는 진지하고 좋은 놈이야. 사람들 모두가 그렇다면 얼마나 좋을까!"

다음 순간 우리는 힘찬 걸음으로 야머스로 돌아가는 길을 걸으며, 예의 페거티 씨의 노래를 즐겁게 불렀다.

22장
옛 생각, 새로운 사람들

    스티어포스와 나는 두 주일 이상을 그곳에서 보냈다. 우리는 대부분 붙어 다녔지만, 가끔 몇 시간씩 떨어져 있기도 했다. 그는 배타기를 아주 좋아했으나 나는 썩 내키지 않아 했다. 스티어포스가 페거티 씨와 배를 타고 바다로 나갈 때면 나는 육지에 남았다. 그리고 나는 페거티의 집에서 묵었으므로 다소 활동에 제약을 받았지만, 스티어포스는 아주 자유로웠다.

    나는 페거티가 온종일 남편 바키스 씨를 간호하느라 바쁜 것을 알고 있었으므로, 밤늦게까지 외출하는 것을 삼갔다. 그러나 스티어포스는 여관방에 있었기에 마음 내키는 대로 행동했다. 머지않아 내가 잠자는 동안, 스티어포스가 페거티 씨의 단골 술집인 '윌링 마인드'에서 어부들에게 한턱냈다는 둥 달 밝은 밤 어부 옷을 입고서 밤새도록 배를 타고 아침 만조 때에야 돌아왔다는 둥의 소문이 들려왔다. 그러나 나는 그의 행동에 놀라지 않았다. 스티어포스의 대담한 정신은 무엇이든 새로운 흥분을 찾으면 이내 뛰어들고야 마는데, 이번에는 힘든 일과 거친 기후 속에서 출구를 찾고 기뻐한다는 것을 알았기 때문이다.

    우리가 가끔 떨어져 있게 된 또 하나의 이유가 있었다. 나는 자연히 블룬더스톤에 가서 유년 시절의 낯익은 풍경을 다시 찾아보는 것에 관심이 갔던 반면, 스티어포스는 그곳에 한 번 가본 뒤로는 다시 발걸음하기를 싫어했던 것이다. 그래서 사나흘은 아침 일찍 식사를 마치고 각자 제 갈 길을 찾아 나섰다가 늦은 저녁을 함께 들며 얼굴을 마주하게 되었다. 그동안 그가 무엇을 하고 보냈는지 전혀 모르지만, 넌지시 물어보면, 여기서도 그는 이내 인기인이 되었고, 다른 사람이라면 시간을 죽일 방법이 없는 곳에서도 정말 재미있게 노는 법을 알았던 듯하다.

    나는 혼자 외로운 순례를 하면서, 정들었던 길을 한 걸음 밟을 때마다 회상에 잠겼다. 정든 곳곳을 찾아다니는 것은 나에겐 조금도 지루한 일이 아니었다. 회상 속에서만 수없이 찾던 장소를 다시 찾아왔고, 멀리 떨어진 어린 마음의 상상으로만 헤매던 장소를 지금은 실제로 걷고 있는 것이다. 내 부모님이 묻힌 저 나무 밑 무덤—아버지 혼자 묻혀 있을 때는 동정심을 품고 바라보았으며, 사랑하는 어머니와 동생을 맞아들이기 위해 파헤쳐졌을 때는 너무나 쓸쓸한 생각이 들어 멍하니 그 곁에 서 있기만 했던 그 무덤—은 페거티가 정성껏 보살펴서 정원처럼 깨끗이 가꾸어져 있었다. 나는 그 주위를 몇 시간씩 거닐었다. 무덤은 묘지의 오솔길에서 조금 벗어난 조용한 구석에 있었는데, 그다지 멀지는 않았다. 오솔길을 왔다 갔다 할 때마다 묘비의 글자가 또렷하게 보였다. 머지않아 시간을 알리는 교회 종소리에 깜짝 놀란다. 마치 죽은 이의 목소리처럼 울리기 때문이다. 그런 때 나는 뒷날 출세했을 때의 내 모습과 해야할 훌륭한 일들을 생각했다. 그러면 내 발소리도, 다시 내가 살아 있는 어머니 곁에서 끝없는 공상을 하기 위해 집으로 온 것처럼 언제까지나 울리는 것이었다.

내가 살았던 옛 집은 많이 변해 있었다. 오랫동안 까마귀가 살진 않았었지만, 그 둥지들도 간곳이 없었다. 나무들까지 가지를 쳐내고 꼭대기까지 잘라내어 옛 모습은 더욱 찾을 수 없었다. 정원도 황폐해졌고, 집의 창문들도 닫힌 채였다. 사람은 살고 있었지만, 정신이상의 신사와 그를 간호하는 사람들뿐이었다. 그 신사가 내 방의 작은 창가에 앉아서 교회 묘지를 바라보고 있었다. 과연 그도, 일찍이 내가 장밋빛 아침마다 잠옷 차림으로 저 조그마한 방 창가에 서서, 아침햇살 속에서 조용히 풀을 뜯던 양 떼를 바라보면서 부질없는 공상에 빠졌던 것처럼, 그것과 똑같은 망상을 펼치고 있을까?

이웃에 살던 그레이퍼 부부는 남미로 떠나고 없었으며, 그들이 살다간 빈집은 빗물이 새어 바깥벽에까지 커다란 얼룩이 져 있었다. 칠립 씨는 키가 크고 말랐으며 코가 유난히 뾰족한 부인과 재혼했다. 그들 사이에는 몹시 야윈 갓난애가 있었는데, 버티기 어려울 정도의 큰 머리에 두 눈은 생기가 없었다. 두리번거리는 그 눈빛은 꼭 어째서 이 세상에 태어났는가를 스스로 묻고 있는 것처럼 보였다.

붉게 타는 겨울 태양이 이제는 돌아갈 시간임을 알릴 때까지 나는 슬픔과 기쁨이 한데 얽힌 묘한 기분으로, 고향 땅에 서 있었다. 그러나 그곳을 뒤로

하고, 스티어포스와 함께 난롯가에 앉아서 행복하게 저녁 식사를 할 때면, 그곳에 갔다 온 것이 정말 즐겁기 그지없었다. 밤에 깨끗한 내 방에 갔을 때에도, 아까만큼은 아니지만 그래도 고향 땅에 다녀온 것이 여전히 즐겁게 느껴졌다. 그래서 나는 (지금도 조그마한 탁자 위에 놓여 있다) 악어책의 책장을 넘기면서, 스티어포스와 같은 친구, 페거티와 같은 친구, 그리고 비록 어머니는 잃었지만 대신 대고모처럼 훌륭하고 너그러운 분이 있으니 이 얼마나 고맙기 짝이 없는가 하고 생각했던 것이다.

그러한 긴 산책에서 야머스로 돌아오는 가장 가까운 길은 나룻배를 타는 것이었다. 나룻배를 타면, 시내와 바다 사이의 들판에 내려주므로, 거기서는 큰길을 따라 멀리 돌아갈 필요 없이 똑바로 가면 되었던 것이다. 페거티 씨의 집은 그 벌판에 자리하고 있어 길에서 100미터도 떨어지지 않았으므로, 나는 그곳을 지나칠 때마다 그 집 안을 들여다보았다. 스티어포스는 으레 그 집에서 나를 기다리고 있었고, 우리는 함께 서리 찬 공기와 안개 속을 헤치며, 불빛이 깜박이는 시내를 향해 걸어갔다.

어느 어두운 저녁, 내가 평소보다 늦게 돌아와 보니—이제 집에 돌아갈 때가 머지않았으므로 마지막 인사차 블룬더스톤에 다녀오느라 늦었던 것이다—스티어포스가 페거티 씨 집 난롯가에 혼자 앉아서 깊은 생각에 잠겨 있었다. 그는 생각에 몰두해서 내가 방에 들어온 것도 모르고 있었다. 하기야 생각에 잠겨 있지 않아도 몰랐을 것이다. 집 밖의 모래땅에서는 발소리가 거의 들리지 않기 때문이다. 그러나 그날은 들어가도 눈치채지 못했다. 내가 바싹 다가가서 그를 마주 보며 서 있는데도, 그는 여전히 얼굴을 잔뜩 찌푸린 채 깊은 생각에 빠져 있었다.

스티어포스의 한쪽 어깨에다 손을 댔더니, 그가 놀라서 펄쩍 뛰는 바람에 나까지 놀라고 말았다.

"마치 유령처럼 나를 놀라게 하는구나!" 스티어포스는 거의 화를 내면서 말했다.

"어떻게 해서든 내가 왔다는 것을 알려야 하지 않겠어? 내가 별세계에서 너를 부르기라도 했단 말이야?"

"아니야. 그건 아니지만."

"그럼, 반대로 지옥에서?" 나는 그의 가까이에 앉으며 말했다.

"나는 불 속에서 그림을 보고 있었어."

그가 불이 붙은 장작으로 불을 쑤셨으므로, 빨간 불똥이 화드득화드득 튀면서 엄청난 기세로 둑을 통해 공중으로 솟아올랐다.

"그러면 내가 아무것도 볼 수 없잖아."

"어차피 너한테는 안 보여. 나는 낮도 아니고 밤도 아닌 어중간한 이 시간을 싫어해. 너 많이 늦었구나! 어디 갔다 왔어?"

"늘 하던 산책을 완전히 끝내고 오는 길이야." 나는 말했다.

"그런데 나는 여기에 계속 앉아 있었지." 스티어포스가 방을 둘러보며 말했다. "우리가 여기에 닿았던 날 밤 그렇게 기뻐하던 사람들이, 황폐해진 이 집처럼, 앞으로 뿔뿔이 헤어진다든가, 죽는다든가, 아무튼 나는 도저히 상상도 못할 해를 입을지도 모른다는 생각을 하고 있었어. 데이비드, 지난 20년 동안 나에게도 현명한 아버지가 계셨더라면 얼마나 좋았을까!"

"스티어포스, 무슨 일 있었어?"

"올바른 길로 이끌어줄 사람이 있었더라면 더 좋았을 거라고 진심으로 뉘우치고 있어!" 스티어포스는 소리쳤다. "나란 놈에게는 더욱 가르침이 필요했던 거야!"

스티어포스의 태도에서 뜻밖의 침통한 빛이 보였기에 나는 몹시 놀랐다. 그는 딴 사람 같았다.

"차라리 가난한 페거티나 그의 얼뜨기 조카가 되었으면 좋았을 걸!" 스티어포스는 일어서더니, 우울한 표정으로 난로 선반에다 몸을 기대고 불을 바라보며 말했다. "그들보다 스무 배나 부유하고 똑똑한 내가 지난 30분 동안 이 집에서 겪었던 고통, 스스로가 꼴 보기 싫어서 미칠 것 같은 그런 기분보다는 그쪽이 낫단 말이야!"

나는 그가 이상하게 변한 것을 보고 얼떨떨하여, 손으로 머리를 괸 채 우울하게 난롯불을 바라보는 그를 말없이 쳐다보고만 있었다. 드디어 나는 아주 진지하게 물었다.

"왜 그렇게 화가 났지? 내가 충고할 처지는 못 되지만 그 마음만이라도 좀더 알 수 있게 해줘."

그러나 내 말이 끝나기도 전에 스티어포스는 너털웃음을 터뜨렸다. 처음에는 초조한 듯했으나 곧 쾌활해졌다.

"데이지, 아무것도 아니야! 아무것도 아니라고! 나는 가끔 우울해질 때가 있다고 런던 여관에서 말한 적 있잖아. 나는 악몽을 꾸고 있었어, 틀림없어. 때때로 할 일 없이 지루할 때면 옛 동화가 생각나곤 해. 뭔지 모를 온갖 동화들이. 그리고 어느새 분별없이 놀다가 사자 밥이 된 나쁜 소년과 나 자신을 혼동하고 말아. 사자 밥이 되는 것은 다른 것에 비하면 무척 사치스러운 죽음이지만. 옛날 노인들이 말하는 공포심이 내 머리에서 발끝까지 퍼져 있었어. 그래서 나는 자신이 두려웠던 거야."

"네가 두려워할 것이 뭐가 있어." 내가 말했다.

"그럴지도 몰라. 하지만 실제로는 무서운 것이 잔뜩 있어." 스티어포스는 대답했다. "하지만, 이제는 다 지나갔어! 다시 우울해지는 일은 없을 거야. 데이비드, 다시 얘기하지만, 나에게도 현명한 아버지가 계셨더라면 참 좋았을 거야!"

스티어포스는 본디 표정이 풍부한 사내였다. 그러나 난로를 바라보며 이러한 고백을 할 때처럼, 진지하고도 어두운 표정은 본 적이 없었다.

"자, 이 얘기는 이 정도로 해 두자!" 스티어포스는 공중에다 가벼운 물건을 던지는 듯이 말했다. "맥베스 같이, '뭐야, 사라졌다고? 그럼 창이든 대포든 다 덤벼!' 이제 식사하러 가자! 만약 내가 맥베스처럼 잔치를 훌륭하게 망쳐놓지 않았다면 말이야, 데이지!"*1

"그런데 이 집 사람들은 모두 어디 있지?" 내가 말했다.

"너를 찾으러 나루터까지 갔다가 되돌아오니 텅텅 비어 있었어. 그래서 나는 생각에 잠겼고, 그때 네가 돌아온 거야."

그때 거미지 부인이 바구니를 들고 들어섰다. 거미지 부인은, 만조가 되면 돌아올 페거티 씨를 대접할 물건을 사기 위해 밖으로 나갔었으며, 자기가 없는 사이에 햄과, 오늘은 일이 일찍 끝나는 에밀리가 돌아오면 들어갈 수 있도록 문을 열어놓았다고 했다. 스티어포스는 반갑게 인사하고 익살스럽게 껴안아 부인의 기분을 북돋아준 다음, 내 팔을 잡더니 급히 끌어냈다.

스티어포스도 거미지 부인만큼이나 쾌활해졌다. 다시 평소처럼 걸으면서 신나게 이야기를 시작했다.

"내일이면 이런 해적 같은 생활을 끝내는 거지?" 스티어포스가 쾌활하게 물

*1 〈맥베스〉 3막 4장 참고.

었다.

"그러기로 합의했잖아? 역마차의 좌석까지 예약해놓았어."

"그럼 이제는 어쩔 수 없군. 나는 여기서 바다에 나가 몸을 맡기는 것 말고는 이 세상에서 다른 할일이 없다는 생각에 빠져 있었어. 정말 그렇다면 좋으련만."

"모든 것이 신기하게 여겨질 동안에는 말이지." 내가 웃으며 말했다.

"그야 그렇지. 너처럼 순진하고 착한 녀석치고는 그 말에 가시가 돋아 있는걸. 그야 나는 정말로 변덕스러운 놈이야. 나도 나를 잘 알아. 그렇지만 쇠는 뜨거울 때 두드려야 하거든. 나는 이곳 수로 안내인이라면 당장에라도 제법 좋은 성적으로 시험에 합격할 자신이 있어."

"페거티 씨도 네가 정말 놀랍다고 했어." 나는 말했다.

"항해술의 천재라고 말이지?" 스티어포스는 너털웃음을 터뜨리며 말했다.

"그래, 정말로 그렇게 말씀하셨다니까. 너는 무슨 일이든 아주 열심이고 또 쉽게 해내잖아. 그래서 나는 참 놀라워. 스티어포스, 네가 그 재능을 변덕스럽게 쓰는 데 만족하다니 말이야."

"만족한다고?" 그는 재미있다는 듯이 대답했다. "난 너의 순진함 말고는 아무것에도 만족하지 않아, 나의 데이지. 내 변덕성을 말하자면, 나는 아직까지 현대의 익시이언*²처럼 자신을 바퀴에 붙들어 매고 빙빙 돌아가는 재주를 배우지 못했을 뿐이야. 배울 기회를 어쩌다 놓쳐버린 탓이지만, 지금은 그것을 문제 삼지 않겠어. 데이비, 내가 여기서 배를 한 척 산 것 알고 있니?"

"넌 진짜 특이한 녀석이로구나!" 나는 걸음을 멈추고 소리쳤다. 처음 듣는 소리였기 때문이다. "이곳에 두 번 다시 안 올지도 모르는데!"

"그건 모르지. 나는 이곳이 좋아졌거든. 하여간 팔려고 내놓은 배가 있어서 사둔 거야. 페거티 씨 말로는 쾌속정이래. 내가 없는 동안에는 페거티 씨가 선장이야." 나를 재촉하면서 스티어포스가 말했다.

"이제야 이해했어. 스티어포스! 사실은 페거티 씨를 위해서 사준 거지? 너를 잘 아는 사람으로서 처음부터 알아챘어야 했는데. 내 사랑하는 스티어포스, 너의 넓은 마음에 어떻게 인사를 해야 할까?"

---

*2 그리스 신화에 나오는 테살리아족의 왕. 제우스의 아내 헤라를 범하려다 제우스의 노여움을 사게 되고, 그 벌로 영원히 돌아가는 지하의 불 수레바퀴에 묶임.

"아, 아, 그만둬!" 그는 얼굴을 붉히며 말했다. "그런 말은 하지 않을수록 좋아."

"내가 모를 줄 알고?" 나는 소리쳤다. "그 소박한 사람들이 기뻐하거나 슬퍼하거나 또는 어떠한 감정을 품건, 너는 잘 헤아릴 줄 아는 사람이라고 내가 말했었지?"

"그래, 너는 그렇게 말해주었어. 그 얘기는 이쯤 해두자. 충분히 이야기했으니까!"

스티어포스가 대단치 않게 생각하는 문제를 자꾸 입에 담았다가 그의 기분을 언짢게 할까 두려워서, 나는 걸음을 재촉하면서 속으로만 그 일을 생각했다.

"그 배에다 새로운 장비를 갖추어야 해." 스티어포스는 말했다. "리티머를 여기에 머물게 해서 감독하게 할 생각이야. 그러면 완성 소식을 들을 수 있으니까. 참, 리티머가 왔다고 너에게 말하지 않았던가?"

"안 했지."

"오늘 아침 어머니의 편지를 가지고 왔어."

눈길이 마주치자, 스티어포스는 아주 태연하게 나를 바라보았으나, 나는 그가 입술까지 창백해진 것을 보았다. 혹시 어머니와 의견 충돌이 있어서, 아까 혼자 난롯가에 앉아 우울한 기분에 젖어 있었던 것이 아닐까 하는 생각이 들었다. 그래서 그러냐고 넌지시 물어보았더니, 뜻밖에 고개를 저으며 가볍게 웃었다.

"아아, 아니야! 그런 건 절대로 아니야. 그래, 내 하인이 와 있다니까."

"여전하시지?" 나는 물었다.

"여전해." 스티어포스는 말했다. "북극처럼 냉정하고 말 없는 사람이야. 그에게 배에 새 이름을 달라고 시킬 작정이야. 배의 지금 이름은 바다제비인데, 이런 이름을 페거티 씨가 좋아하겠어? 그래서 이름을 새로 지을 생각이야."

"무슨 이름으로?"

"꼬마 에밀리."

스티어포스는 계속해서 나를 태연히 바라보았다. 그것을 나는 칭찬받기를 거부한다는 뜻으로 받아들였지만, 내 얼굴엔 큰 기쁨이 그대로 드러났다. 그래도 말은 거의 하지 않았다. 그는 평소처럼 빙그레 웃었다. 그제야 안심하는 것 같았다.

"그런데 봐. 진짜 꼬마 에밀리가 온다! 그 사람과 같이 오는군, 응? 야, 저자야말로 틀림없는 기사야. 에밀리 곁을 떠나는 일이 절대로 없는걸!" 그가 문득 앞을 보면서 말했다.

햄은 배 만드는 일을 하고 있다. 선천적으로 재능이 있는 데다 실력을 갈고 닦아 이제는 어엿한 기술자가 된 것이다. 작업복을 입은 그의 모습은 초라하기 짝이 없었으나 동시에 사나이다웠다. 그래서 그의 곁에 있는 한창 꽃다운 귀여운 처녀의 보호자로는 아주 적격이었다. 실제로 그의 얼굴에는 솔직함과 성실함이 잘 나타나 있고, 더욱이 에밀리를 얻은 자랑스러움과 그녀에 대한 애정을 거리낌 없이 드러내는 점이, 적어도 나에게는 더없이 아름답게 보였다. 점점 가까워질수록 두 사람은 정말 천생연분 부부처럼 보였다.

우리가 걸음을 멈추고 그들에게 말을 건네자, 꼬마 에밀리는 끼고 있던 팔에서 부끄러운 듯이 손을 빼더니, 얼굴을 붉히며 스티어포스와 나에게 악수를 청했다. 우리와 몇 마디 나눈 뒤 그들은 다시 걸음을 옮겼다. 그런데 꼬마 에밀리는 햄과 팔짱을 끼지 않고 주뼛주뼛하면서 떨어져 걸었다. 희미한 초승달 빛을 받으며 사라져가는 그들의 뒷모습은 참으로 아름답고 매력적이었다. 스티어포스도 그렇게 생각하는 것 같았다.

갑자기 우리 옆을 한 젊은 여자가 지나갔다. 분명히 햄과 꼬마 에밀리의 뒤를 밟고 있는 것 같았다. 우리는 그 여자가 가까이 오는 것을 전혀 눈치채지 못했다. 그런데 그 여자가 우리 곁을 지나칠 때 얼굴을 보니, 어딘지 모르게 낯이 익었다. 가벼운 차림에, 표정은 삭막하고 부루퉁하고, 가진 것이라곤 가난밖에 없어보였지만, 지금은 아무 생각 없이 오직 두 사람을 열심히 쫓고 있었다. 어두운 먼 지평선이 그 두 사람을 집어삼키자, 우리와 바다와 구름 사이에 남아 있는 것은 새카만 벌판뿐이었다. 뒤따라가던 여자도 어둠 속으로 빨려들어가 버렸다.

"저건 꼬마 에밀리를 뒤쫓는 검은 그림자로군." 스티어포스는 가만히 서서 말했다. "왜 그럴까?"

스티어포스가 나지막하게 말했다.

"틀림없이 그들에게 구걸하려는 걸 테지." 나는 말했다.

"거지라면 신기할 것이 없군." 스티어포스가 말했다. "그러나 거지가 오늘 저녁 저런 차림으로 나타난 게 이상하단 말이야."

"뭐가 이상해?" 나는 스티어포스에게 물었다.

"이유는 없어. 그냥 느낌이 그래. 그 여자가 우리 곁을 지날 때 문득 그런 생각이 들었어. 도대체 저 여자는 어디서 왔을까?"

"이 담 그늘에 숨어 있다가 나온 것 같아." 우리가 길을 따라 담이 이어져 있는 곳을 지나갈 때, 내가 말했다.

"이제 가버렸어!" 스티어포스는 어깨 너머로 되돌아보면서 말했다. "재수 없는 것이 모든 것들이 저것과 사라져 버렸으면. 자, 저녁 식사나 하러 가자."

그러나 스티어포스는 또다시 어깨 너머로 멀리서 아물거리는 수평선을 돌아다보았다. 결국 그다지 먼 거리도 아니건만 여관에 닿을 때까지 몇 번씩이나 생각난 듯이 그 얘기를 꺼내는 것이었다. 난로와 불빛이 비치는, 따뜻하고 기분 좋은 식탁에 앉았을 때에야 그는 그 일을 잊은 것 같았다.

리티머가 와 있었다. 그에 대한 인상은 늘 마찬가지였다. 스티어포스 부인과 미스 다틀은 안녕하시냐고 물으니, 그는 아주 공손하게 그렇다고 대답했다. 그러고는 고맙다고 말하고 나서, 그분들도 나에게 안부를 전하라고 하셨다고 말했다. 겨우 이 말만 했을 뿐인데, "아주 어리군요, 정말 어려요" 하고 또렷이 말하는 것 같은 느낌이 드는 것이다.

우리가 식사를 거의 끝낼 때쯤—라티머는 식사 내내 한쪽 구석에서 우리 두 사람, 아니 기분 탓인지 나 한 사람만을 가만히 바라보고 있는 것 같았다—그가 구석에서 한두 걸음 식탁 쪽으로 걸어나와 주인에게 말했다.

"식사 중에 죄송합니다만, 미스 모처가 여기 와 있습니다."

"누구?" 스티어포스가 깜짝 놀라 물었다.

"미스 모처 말입니다."

"도대체, 그 여자가 여기에 뭣 하러 왔지?"

"여기가 모처의 고향인 것 같습니다. 모처 말로는 매년 한 번씩 사업차 여기를 들른답니다. 오늘 오후 길에서 미스 모처를 만났습니다만, 식사 뒤에 주인님을 찾아봬도 좋겠냐고 물었습니다."

"데이지, 자네 그 문제의 '거물 여자'를 아나?" 스티어포스는 나에게 물었다.

나는 리티머 앞에서 모른다고 말하려니 아주 창피했지만, 미스 모처에 대해 전혀 아는 바가 없다고 솔직히 털어놓을 수밖에 없었다.

"그러면 내가 그 여자를 소개하지. 그 여자는 세계 7대 불가사의 가운데 하나야. 미스 모처가 오면 이리로 안내해줘."

나는 그 여자에 대해 묘한 호기심이 생겼다. 특히 내가 그 여자에 대한 이야기를 꺼내면 스티어포스는 갑자기 웃음을 터뜨렸고, 그 뒤로는 내가 모처에 대해 질문이라도 할라치면 일부러 답변을 회피했으므로 더욱 그러했다. 그래서 나는 큰 기대를 품고 기다렸다. 식탁을 치운 뒤 30분이나 지났다. 우리가 난로 앞에 앉아서 포도주를 마시고 있을 때 문이 열리더니, 리티머가 조금도 흔들리는 빛 없이 태연히 나타나서 알렸다.

"미스 모처가 오셨습니다."

문 쪽을 바라보았으나 아무도 보이지 않았다. 시간이 꽤 오래 걸리나 보다고 생각하면서 가만히 바라보고 있다가 나는 정말 질겁했다. 나와 문 사이에 놓여 있는 소파를 돌아서 마흔대여섯 되어 보이는 뚱뚱한 난쟁이가 어기뚱어기뚱 걸어 들어오는 것이 아닌가.

머리와 얼굴이 유별나게 컸고, 장난꾸러기 같은 회색 눈동자에, 팔은 나무 그루터기 같았다. 스티어포스에게 추파를 보내면서 자기 들창코를 잡으려고 했으나, 팔이 너무 짧아 미치지 않자 코를 돌려서 손에 닿도록 했다. 살이 너무 쪄서 모자 끈과 나비 모양 목걸이가 이중턱에 파묻혀 보이지 않았다. 목도 허리도 없고, 다리도 있다고 할 수 없을 정도로 짧았다. 그녀에게 허리가 있다손 치더라도 보통 사람의 허리 부분이 바로 그녀의 상체였고, 그 밑에 짤막한 두 다리가 붙어 있었다. 키도 작았으므로 보통 크기의 의자 옆에 서서 손가방을 올려놓는 모습이 마치 다른 사람들이 탁자 옆에 서 있는 것과 같았다. 옷차림은 수수한 편이었으며, 아까도 말했듯이 간신히 손에다 코를 대고 있었다. 그러자니 자연히 고개를 한쪽으로 돌리고 한쪽 눈이 감겼으니 참으로 심술궂고 간사해 보였다. 또 스티어포스에게 잠깐 추파를 보내더니, 이내 말을 늘어놓았다.

"아! 사랑하는 사람아!" 미스 모처는 커다란 머리를 스티어포스를 향해 내저으면서 기쁜 듯이 입을 열었다. "여기 와 계셨군요. 오, 철없는 애같이, 그럼 못 써요. 이렇게 멀리까지 와서 뭘 하고 있어요? 틀림없이 짓궂은 짓을 했겠지, 안 그래요? 정말 당신한테선 눈을 뗄 수 없다니까. 여기서 나를 만나리라고는 꿈에도 생각을 안 했지요? 그렇지만 나는 어디에나 갈 수 있답니다. 못 가는 데가 없어요. 귀부인 손수건에서 나타난 마술사의 반 크라운짜리 은화처럼. 손수건 이야기가 나왔으니 말인데—귀부인 이야기도 그렇고—어쨌든 당신은 정말 어머니에게 얼마나 큰 위안이 되실까! 안 그래요, 나의 귀여운 자기? 내 두 팔 가운데 하나 이상으로. 어느 팔이라고는 말할 수 없지만."

그 말을 하고 나서 미스 모처는 모자 끈을 풀어 뒤로 젖히고, 숨을 헐떡이며 난로 앞에 있는 발 디딤판 위에 앉았다. 식탁이 마치 정자처럼 되어서, 마호가니 지붕을 그의 머리 위에 펼쳐놓은 것 같았다.

"오, 이런!" 미스 모처는 양쪽 무릎을 한 손으로 번갈아 치면서 나를 날카롭게 곁눈질하고는 말했다. "나는 살이 너무 쪘어요, 스티어포스 씨. 마치 물이 가득 든 양동이라도 들고 다니는 것 같아요. 계단을 올라왔더니 숨이 차서 죽을 지경이군요. 하지만 내가 2층 창문에서 내려다본다면, 아마 당신도 나를 아름답다고 생각할 거예요, 그렇죠?"

"어디에서 봐도 나는 그렇게 생각할 거예요." 스티어포스가 대답했다.

"못된 사람 같으니! 다시 한 번 말해 봐요!" 난쟁이는 얼굴을 닦고 있던 손수건을 스티어포스 앞에서 휘휘 내저으며 소리쳤다. "그런 터무니없는 소리는 하지 말아요! 그건 그렇고, 난 지난주에 마이더스 부인한테 갔었거든요. 그런데 부인의 그 옷 꼴이라니! 게다가 부인을 기다리고 있는데 마이더스 씨가 들어왔어요. 그 남자의 꼴도 말이 아니었지요! 더구나 가발까지 쓰고 있었어요. 그 가발은 자그마치 10년이나 써 왔지요. 그러면서 간살은 또 얼마나 잘 떠는지, 그럼 앞으로도 자꾸 벨을 울려줘야겠다고 생각했다니까요. 하! 하! 그는 사람은 좋지만, 예의범절을 몰라요."

"당신은 마이더스 부인에게 무엇을 해주었나요?" 스티어포스가 물었다.

"그 말 한번 잘 했어요, 도련님." 모처는 자신의 코를 다시 가볍게 두드리며, 얼굴을 찡그리고, 도깨비처럼 눈을 반짝이면서 응수했다. "쓸데없는 걱정은 하지 말아요! 내가 그 부인의 머리카락이 빠지는 것을 멈추게 해줬다든가, 머리에 염색을 해주었다든가, 얼굴을 손질해줬다든가, 눈썹을 다듬어줬다든가 하는 따위의 사실을 알고 싶은 거지요? 내가 모두 말해주지요, 때가 되면 말이에요! 그런데 당신은 내 증조할아버지의 이름을 아나요?"

"모르는데요." 스티어포스가 말했다.

"그래요, 엄청난 허풍쟁이였죠."

미스 모처의 침착한 태도 이외에 그의 윙크처럼 이상한 것을 본 적이 없었다. 모처는 또한 남의 말에 귀를 기울일 때나, 자기의 물음에 대한 대답을 기다릴 때도, 머리를 한쪽으로 기울이고, 까치처럼 한 눈을 위로 치켜뜨는 요상한 버릇이 있었다. 나는 너무나 놀라서, 실례인 줄도 모르는 채 넋을 잃고 바라보고 있었다.

미스 모처는 어느 틈에 의자를 자기 옆으로 당겨 놓고서, 가방에서 작은 병과 스펀지, 빗, 솔, 플란넬 천, 인두, 기타 다른 기구를 열심히 꺼내어(물건을 꺼낼 때마다 짧은 팔을 어깨까지 가방에 밀어 넣었다) 의자에 쌓아놓았다. 모처가 갑자기 하던 일을 멈추고, 스티어포스를 향해 "이 친구 분은 누구죠?"라고 묻는 바람에 나는 깜짝 놀랐다.

"코퍼필드 씨예요. 당신과 사귀고 싶답니다." 스티어포스가 말했다.

"그럼 그렇게 하지요! 어쩐지 그런 것 같다는 생각이 들었어요!" 미스 모처는 가방을 한 손에 들고 내게로 아장아장 걸어와서는, 나를 보고 깔깔 웃으면서 말했다. "복숭아같이 생겼군!"

그러고는 발끝으로 서서 앉아 있는 내 뺨을 꼬집으려고 했다. "아주 마음에 들어요! 나는 복숭아라면 맥을 못 추니까. 코퍼필드 씨, 알게 되어서 기쁩니다."

나도 영광으로 생각하며, 기쁜 것도 마찬가지라고 말해주었다.

"오, 당신은 정말 예의가 바르군요!" 미스 모처는 장난감 같은 작은 손으로 큰 얼굴을 가리려는, 어림도 없는 시늉을 하면서 소리쳤다. "얼마나 엉터리 같은 세상이랍니까, 그렇지요?"

마치 비밀이라도 털어놓는 듯한 투였다. 모처는 조그마한 손을 얼굴에서 떼더니, 또다시 팔을 어깨까지 가방에 집어넣었다.

"미스 모처, 무슨 뜻으로 한 말이지요?" 스티어포스가 물었다.

"하! 하! 그렇잖아요. 우리는 모두 어수룩한 바보니까요, 귀여운 도련님." 축소판 여인은 고개를 기울이고, 한쪽 눈을 치켜뜨며, 가방을 뒤져 뭔가를 꺼내면서 말했다. "이것 봐요! 러시아 공작의 손톱이에요! 나는 그를 뒤죽박죽 알파벳 공작이라고 부르지요. 그의 이름은 알파벳의 모든 글자가 마구 뒤섞여 있는 것 같으니까요."

"그 러시아 공작은 당신의 단골인가요?" 스티어포스가 물었다.

"맞았어요, 도련님. 나는 그의 손톱과 발톱을 손질한답니다. 1주일에 두 번씩."

"보수는 후하겠죠?" 스티어포스가 무었다.

"아주 후하시죠. 콧노래를 부르듯이 값을 쳐주신답니다. 공작님은 당신들처럼 수염이 없지 않아요.*³ 도련님들도 그분의 수염을 보면 틀림없이 인정하실 거예요. 본디는 빨간색이지만 검게 염색했지요."

"물론 당신 솜씨겠지요."

미스 모처는 눈빛만으로 끄덕이며 말했다. "그래요. 결국 할 수 없이 나를 부르러 왔지요. 그럴 수밖에 없었거든요. 날씨 때문에 염색약이 엉망이 되었나 봐요. 러시아에서는 괜찮았지만 여기서는 못쓰게 되었죠. 하지만 그토록 무능한 공작을 당신들은 본 적이 없을 거예요. 마치 온통 녹슨 고철 같지요!"

"그래서 아까 다들 어수룩한 바보라고 말한 거로군요?"

"천만에요." 미스 모처는 세차게 고개를 저으면서 말했다. "내 말은, 우리 세상 사람들이 모두 바보처럼 어수룩하다는 뜻이에요. 그래서 지금도 공작의 손톱을 보여 드렸죠. 그게 증거예요. 상류사회에서는 내 실력을 모조리 긁어모은 것보다 공작의 손톱이 더욱 효과가 있지요. 그래서 언제나 가지고 다니는데, 정말 어중간한 소개장보다 훨씬 잘 들어요. '미스 모처는 그 공작 나리의 손톱을 손질해주고 있다지? 그렇다면 역시 그 사람이 제일이야'라고 생각하니까요. 나는 이 손톱을 곧잘 젊은 부인들에게 드린답니다. 그들은 분명 앨범에 넣어서 보관할 거예요. 하! 하! 하! 회의 연설 같은 데서 '모든 사회 조직'이라고 곧잘 말하잖아요. 하지만 내가 볼 때 사회 조직은 결국 공작 나리의 손톱 조직이에요!" 축소판 여인은 짧은 팔을 억지로 꼬고 커다란 머리를 끄덕이면서 말했다.

스티어포스는 크게 웃었고, 나도 웃었다. 한편 미스 모처는 끊임없이 고개를 저으며(오로지 한쪽으로만 기울었지만) 한쪽 눈은 허공을 노려보고 다른 한쪽 눈으로는 여전히 윙크를 하고 있었다.

"하지만 이런 건 다 부질없는 얘기지요!" 미스 모처는 작은 무릎을 한 번 탁 치고 일어났다. "자, 스티어포스 도련님, 극지 탐험을 해치웁시다."

그러고는 미스 모처는 조그마한 도구 두서너 개와 조그마한 병을 하나 고

---

*3 수염이 없다는 말에는 구두쇠라는 뜻도 있음.

르더니, (놀랍게도) 탁자가 튼튼하냐고 물었다. 스티어포스가 튼튼하다고 대답하자, 미스 모처는 의자 하나를 기대놓고, 나의 도움을 청했다. 내가 잡아주자, 미스 모처는 무대에 뛰어오르듯이 탁자 위로 뛰어오르는 것이었다.

"도련님들, 내 발목을 보셨어요?" 미스 모처가 무사히 탁자 위로 올라가서 말했다. "보았다고 말만 해보세요. 나는 집에 가서 죽어 버릴 테니까."

"나는 못 봤어요." 스티어포스가 말했다.

"나도 못 봤는데요." 내가 말했다.

"그럼, 됐어요. 계속 살기로 하지요. 자, 도련님, 도련님, 본드 부인에게 가서 죽음을 당합시다."[*4] 미스 모처가 소리쳤다.

이것은 스티어포스를 자기 손아귀에 넣으려는 하나의 주문이었다. 스티어포스는 탁자에 몸을 기대고 앉아서 웃는 얼굴로 나를 보면서, 머리를 그녀에게 내맡겼다. 우리를 즐겁게 해주려는 것 말고는 다른 목적이 없는 행동이었다. 아무튼 미스 모처가 탁자 위에 서서, 주머니에서 꺼낸 크고 둥근 확대경으로 그의 숱 많은 갈색 머리칼을 들여다보는 모습은 정말 가관이었다.

"어찌 된 일람!" 잠깐 검사해 보고 나더니 미스 모처가 말했다. "내가 없으면 도련님은 해가 가기 전에 대머리가 될 거예요. 30초만 기다려주세요, 젊은 친구. 그러면 앞으로 10년 동안 당신의 머리칼이 그대로 유지되도록 손봐 드리지요!"

미스 모처는 조그마한 병에 든 약물을 플란넬 붕대에 약간 묻히고, 또다시 그 약물을 조그마한 솔에 칠해서는 그것들로 스티어포스의 머리 한가운데에 문지르고 비벼댔다. 물론 그동안에도 수다는 조금도 멈추지 않았다.

"후작의 아드님, 찰리란 사람 아세요?" 미스 모처는 그의 얼굴을 들여다보면서 말했다.

"조금은 알지요."

"그 사람, 턱에서 귀밑까지 수염이 아주 멋지죠! 그리고 그 다리, 두 개 뿐이지만—실은 더 있을 텐데—하지만 두 개라도, 겨루면 누구에게도 지지 않을 거예요. 그런데 그 사람이 근위 기병으로 있을 때 내 도움 없이 했다면 당신은 믿겠어요?"

"정신 나간 짓이야!" 스티어포스가 말했다.

"정신이 나갔든 제정신이든, 그렇게 한 것만은 사실이에요. 그는 화장품점에 가서 마다가스카르 액체를 한 병 사려고 했지요."[*5]

"찰리가요?"

"그랬다니까요. 그런데 그 가게에는 마다가스카르 액체가 없었어요."

"마다가스카르 액체란 음료수 종류인가요?" 스티어포스가 물었다.

[*4] 그 무렵 런던의 보드 거리에서 장사하던 여자 미용사 가운데, 독극물이 든 화장품을 써서 문제를 일으킨 사람이 있었다고 한다.

[*5] 마다가스카르 액체는 동양에서 수입하던 유명한 머릿기름. 그것을 착각했다는 뜻.

"마시는 것이냐고요? 콧수염을 손질할 때 쓰는 것이에요. 그 가게에는 여자가 한 사람 있었어요. 나이가 지긋한 분이지요. 마다가스카르란 이름을 들어본 적도 없는 아주 풋내기였어요. 그 풋내기가 찰리에게 이렇게 말했죠. '미안합니다마는 선생님, 그거 혹시 루주가 아닙니까?' 찰리가 그 풋내기에게 소리쳤어요. '뭐라구, 루주가 아니냐구요! 도대체, 내가 루주 같은 것이 필요해서, 제기랄, 이렇게 공손하게 당신에게 물어 봤겠소?' 점원은 점원대로, '선생님, 저는 나쁜 뜻으로 이야기한 게 아닙니다. 손님들이 루주를 여러 가지 이름으로 주문하시거든요. 그래서 선생님이 주문하시는 것도 루주인 줄 알았지요' 하고 납죽 엎드려 사과하고요. 자아, 도련님, 이것이 내가 말한 어리숙한 바보의 본보기입니다. 그야 저도 가끔은 이런 짓을 할 때가 있지요. 가끔인지, 자주인지. 하지만 빈틈없이 처리하죠. 그러니 걱정 마세요!"

"이런 짓이라니, 루주 이야기 말인가요?" 스티어포스가 물었다.

"그건 이 방법 저 방법 잘 궁리해서, 뭐든 사업의 '비결'을 쓰면, 좋은 결과가 나오거든요. 어떤 마나님은 루주를 입술 연고라 하고, 또 다른 마나님은 장갑이라고도 하고, 부채라고도 하지요. 그러면 나도 그렇게 부르면서 그들에게 루주를 제공하는 거지요. 그야 우리 사이에서는 서로 다 알면서 천연덕스런 얼굴로 서로 속아 주는 거지요. 손님들은 완전히 우쭐해져서, 내 앞에서는 물론 다른 손님들 앞에서까지 아무렇지 않게, '그거 발라줘' 하고 말씀하신다니까요. 그래서 그런 손님의 화장을 해주면, 이런 말씀까지 하신다니까요. '그걸 바르니—물론 듬뿍 발랐죠—내 모습이 어때? 너무 연하지 않아?' 하! 하! 얼마나 재미있는 일입니까, 도련님?"

미스 모처는 탁자 위에 서서 스티어포스의 머리칼을 열심히 비벼대며 나에게는 끊임없이 윙크를 보냈다. 그리고 이렇게 손님의 허물을 들춰내면서 매우 재미있어 했다.

"그런데 여기서는 그런 주문이 별로 없어요. 따라서 내가 돋보이는 거죠. 내가 여기에 온 뒤로 예쁜 여자는 보지 못했어요." 미스 모처는 말했다.

"하나도 없어요?" 스티어포스가 물었다.

"예쁜 여자 그림자도 보지 못했어요." 미스 모처가 대답했다.

"정말로 진짜 미인을 보여줄 수 있는데." 스티어포스는 나에게 눈길을 돌리며 말했다. "그렇지, 데이지?"

"그렇고말고." 나는 대답했다.

"뭐라고요?" 미스 모처는 나를 날카롭게 흘겨보고, 또 스티어포스의 얼굴을 살피면서 소리쳤다. "그게 사실이우?"

처음의 외침은 우리 두 사람을 향한 것이었지만 나중 것은 명백히 스티어포스에게만 해당되었다. 미스 모처는 답을 찾지 못하고 여전히 고개를 한쪽으로 기울이고 눈을 치켜뜬 채 스티어포스의 머리를 문지르고 있었다. 마치 허공에서 답을 찾다 보면 금방이라도 떨어질 거라고 굳게 믿고 있는 모습이었다.

"코퍼필드 씨, 당신의 여동생인 모양이지요?" 한숨 삼켰다가 미스 모처가 소리쳤다. 여전히 손은 바빴지만. "그렇죠?"

"아니요." 내가 대답하기 전에 스티어포스가 말했다. "절대로 그렇지 않아요. 코퍼필드는, 내가 잘못 보지 않았다면, 한때 그녀를 좋아했었지."

"지금은 좋아하지 않나요? 코퍼필드 도련님은 변덕쟁이인가 봐! 그럼 도련님은 폴리가 받아들일 때까지 이 꽃 저 꽃 돌아다니면서 단물만 빨아먹는 바람둥이로군요? 그녀의 이름이 폴리가 맞나요?"*6

난쟁이의 이런 갑작스런 질문과 부리부리한 시선 때문에, 나는 잠깐 아주 당황했다.

"아닙니다, 미스 모처. 그 여자는 에밀리입니다."

"뭐라고요?" 난쟁이는 아까와 같이 소리쳤다. "으흠? 내가 왜 이렇게 왁자지껄 떠들고 있지! 코퍼필드 씨, 내가 그렇게 수다스럽지는 않지요?"

그 화제에 관한 미스 모처의 말투와 표정에는 불쾌한 점이 있었다. 그래서 나는 지금까지 어느 누구에게도 보인 적이 없는 심각한 태도로 말했다. "그 여자는 예쁘기도 하고 정숙해요. 지금은 자기처럼 아주 가치 있고 훌륭한 남자와 약혼했죠. 나는 그녀의 예쁜 얼굴 못지않게 그녀의 훌륭한 분별력을 존경하고 있어요."

"말 잘했어, 데이지!" 스티어포스가 소리쳤다. "그럼 어디, 말 나온 김에 내가 모조리 얘기해서 파티마 선생의 호기심*7이 더 이상 억측을 펼치지 못하도록 만들어 주겠어. 그녀는 지금 도제로 일하고 있어요, 미스 모처, 이 도시의, 여자용 장신구와 기타 여러 가지를 취급하는 상점에서 말입니다. 오머 앤드 저

---

*6 18세기 시인 존 게이의 명작 〈거지 오페라〉 제1막에 나오는 소곡을 비꼰 것.

*7 파티마는 '푸른 수염'의 마지막 아내. 캐묻기 좋아하는 여자라는 뜻으로 쓰인다.

램 상회 알아요? 이 친구가 방금 이야기한 약혼 상대는 그녀의 사촌이지요. 이름은 햄이고, 성은 페거티이며, 직업은 배 만드는 목수로서 이 지방 토박이지요. 그 처녀는 이 세상의 누구보다 아름답고 귀여운 천사와도 같아요. 이 친구도 그렇지만 나도 그녀를 몹시 사모하고 있어요. 이런 말을 하면 코퍼필드가 싫어하고, 내가 그녀의 약혼자를 비방하는 것처럼 보일까 봐 조심스럽지만, 한 마디 하자면, 이 결혼은 그녀가 자기 몸뚱이를 그냥 주어버리는 것 같단 말이에요. 그녀에겐 더 좋은 길이 틀림없이 있을 텐데. 확실히, 그 처녀는 귀부인의 자질을 타고났거든요.”

미스 모처는 얘기를 매우 귀 기울여 듣고 있었다. 스티어포스가 이야기를 아주 천천히, 또박또박 했기 때문이다. 스티어포스의 이야기가 끝나자마자 미스 모처는 다시 놀라울 정도로 유창하게 이야기를 늘어놓았다.

“아, 그것이 전부예요?” 미스 모처는 스티어포스의 머리 주위로 이리저리 가위를 움직이면서 구레나룻을 다듬으며 외쳤다. “좋았어요! 좋았어! 꽤 긴 이야기군요. 그리고 이야기의 끝은 ‘한평생 그들은 행복하게 살았다’ 이거겠지요? 아! 내 말이 틀림없지요? 틀렸다면 벌금놀이라도 할까요? ‘그녀는 매력적(Enticing)이니까 E자를 가진 그녀를 사랑합니다. 그녀가 약혼(Engaged)을 했으니까 E자를 가진 그녀를 미워합니다. 나는 그녀를 화려한(Exquisite) 가게로 데려가서 사랑의 도피(Elopement)란 구실로 그녀를 기쁘게 해주었습니다. 그녀의 이름은 에밀리(Emily), 그녀는 지금 동쪽(East)에 살고 있습니다’ 이거겠죠? 하! 하! 코퍼필드 씨, 내가 성가신가요? 시끄러운가요?”

미스 모처는 약삭빠른 눈으로 나를 바라보았지만, 물음에 대한 대답도 기다리지 않고 이야기를 이었다.

“자! 어떤 악동을 손질해서 완벽하게 만들었습니다. 도련님의 머리는 머리카락 한 올까지 다 알고 있으니까요. 도련님, 내 말 듣고 있어요?” 스티어포스의 얼굴을 내려다보면서 미스 모처는 말했다. “이제 끝났으니 가도 좋아요. 코퍼필드 씨도 마음이 있다면 내가 손질해 드리지요.”

“데이지, 어떻게 할래?” 스티어포스는 자리에서 일어나며 말했다. “너도 모양을 내는 게 어때?”

“미스 모처, 감사합니다만, 오늘 저녁엔—”

“거절하지 마세요.” 마치 감정하듯이 내 얼굴을 빤히 보면서 말했다. “눈썹을 조금 다듬으시겠어요?"

"고맙습니다만, 다음에 하지요!"

"관자놀이 쪽으로 8분의 1인치만 당기면 좋을 텐데."

"고맙습니다만, 지금은 안 됩니다."

"그러면 수염이라도 손질하세요. 아니면 구레나룻이라도, 어때요?"

나는 거절했지만 부끄러워서 얼굴이 새빨갛게 달아올랐다. 이야기가 점점 내 약점 쪽으로 향했기 때문이다. 그러나 미스 모처는 내가 그녀의 완벽한 기술로 치장하길 원치 않는다는 것과 눈앞에서 조그마한 약병을 흔들어 보이며 온갖 달콤한 말로 설득하려 해도 내가 단호히 거절하자, 그럼 빠른 시일 안에 다시 시작하자고 말한 뒤, 높은 탁자에서 내려가는 데 나의 도움을 청했다. 내가 미스 모처를 도와주자 그녀는 아주 경쾌하게 내려와서는 턱을 모자 끈으로 맸다.

"요금은요?" 스티어포스가 물었다.

"5실링이에요, 아주 싸죠, 도련님. 내가 성가시진 않죠, 코퍼필드 씨?"

"절대로 그렇지 않습니다." 나는 예의상 정중하게 대답했지만 사실은 그랬다.

미스 모처는 받은 반 크라운 은화 두 닢을, 마치 파이장수가 그러는 것처럼 위로 휙 던졌다가 받아서 주머니에 넣고, 주머니 위로 팡팡 소리나게 두드렸다. "이게 내 지갑이죠!"

미스 모처는 다시 의자 앞에 서서, 아까 꺼집어냈던 조그마한 잡동사니들을 가방에 챙겨 넣으며 말했다. "자, 이제 다들 들어갔나? 들어간 모양이군요. 그 키다리 네드 비드우드처럼, 자기가 직접 결혼식 올리자고 교회에 데려가서는 정작 중요한 신부를 놔두고 돌아오면 안 되니까요. 하! 하! 하! 정말 무정한 놈이지요, 그 네드란 놈은. 말도 안 되는 이야기지만. 코퍼필드 도련님, 내 이야기에 낙담하실지 모르지만, 어쩔 수 있나요. 나는 이만 가보겠습니다. 용기를 내서 꾹 참으세요. 잘 있어요. 코퍼필드 씨! 노퍽의 도련님, 조심하세요. 내가 너무 떠들어댔지요? 그러나 그건 다 두 악당 도련님들 때문이에요. 그러니 내가 용서하지요. 밥 스워(Bob swore)—글쎄, 어떤 영국인이 프랑스어를 막 배우기 시작했을 때 잘 자라는 말을 하려고 밥 스워[8]라고 했대요. 그러고는 이거 영

---

*8 '밥은 맹세했다'라는 뜻. 불어 봉수아(bonsoir)를 잘못 말한 것이다.

어와 아주 비슷한걸, 하고 생각했다지 뭐예요. 자, 그럼 도련님들, 밥 스워!"

난쟁이 여인은 가방을 팔에 걸고 아장아장 걸어가면서도 수다를 떨었다. 문 있는 데까지 가더니 걸음을 멈추고서 자기의 머리채를 한 타래 두고 가는 것이 어떻겠느냐고 물었다. 그러고는 이런 제의에 대한 해설인 양 "내가 성가신가요?"라고 덧붙이더니, 손가락을 코에 대고 나가버렸다.

그러자 스티어포스가 더는 못 참겠다는 듯이 웃음을 터뜨렸으므로 나도 덩달아 웃었다. 이런 물꼬가 없었다면 웃지 않았겠지만. 한참만에야 우리는 웃음을 그쳤다. 스티어포스의 이야기에 따르면, 미스 모처는 아주 폭넓은 단골손님을 확보하고 있으며, 많은 사람들에게 다양하게 도움을 주고 있다고 한다. 괴짜라는 이유만으로 가볍게 보는 사람도 있지만 그녀만큼 신랄하고 날카로운 관찰자는 없다고 한다. 비록 팔은 짧아도 머리는 길다는 것이다. 미스 모처 본인은 이런 이야기를 해야 할 곳에 저런 얘기를 했지만, 그가 볼 때는 미스 모처 말이 옳다고 한다. 시골에도 곧잘 달려가서 가는 곳마다 손님을 발견하고, 누구하고나 친해진다. 나는 확인하기 위하여 그녀가 어떤 사람인가, 나쁜 뜻은 있는가 없는가, 한 마디로 말해 좋은 사람인가 나쁜 사람인가를 물었지만, 그는 조금도 진지하게 들어주지 않았다. 두세 번 다시 물어도 소용없자 참았는지 잊어버렸는지, 아무튼 그 이상 거듭 묻지는 않았다. 대신 그는 끊임없이, 그녀의 실력과 수입, 그리고 어쩌면 내가 신세를 질 일이 있을 수도 있다며, 그녀가 과학적 진공요법 전문가라는 것까지 빠른 말로 얘기해 주었다.

그날 저녁에는 그 난쟁이 여자가 우리 이야깃거리의 주인공이었다. 헤어질 때도 스티어포스는 계단을 내려가는 내 등 뒤에서 "밥 스워!"라고 소리쳤다.

바키스 씨 집에 돌아온 나는 햄이 집 앞에서 왔다 갔다 하는 것을 보고 깜짝 놀랐다. 그리고 꼬마 에밀리가 집 안에 있다는 소리를 듣고 더욱 놀랐다. 그래서 나는 자연히 그에게, 왜 같이 들어가지 않고 여기서 혼자 이러고 있느냐고 물었다.

"하지만 데이비 도련님, 에밀리가 안에서 누구와 이야기를 하고 있어서요." 햄은 무엇 때문인지 망설이면서 대답했다.

"그렇다면 더욱 집 안으로 들어가야지요." 나는 웃으면서 말했다.

"데이비 도련님, 여느 때라면 그래야지요. 그러나 아주 젊은 여자와 이야기를 하고 있답니다. 에밀리가 옛날에 사귄 여자 친구인데, 앞으로는 더 이상 사귈 필요가 없는 여자이지요." 햄은 목소리를 낮추고 매우 진지한 얼굴로 말했다.

그 말을 듣자 몇 시간 전에 그들을 뒤쫓아가던 여자가 떠올랐다.

"온 시내에서 배척당하는 여자랍니다. 이 거리 저 거리, 어딜 가나 말이에요. 모두가 그 여자를 싫어하고 피하는 마당이니 어디 공동묘지인들 그를 받아주겠어요."

"햄, 오늘 저녁 우리가 헤어진 뒤 바닷가에서 그 여자를 보았던 것 같아요."

"우리를 미행했단 말입니까? 아마 그랬을 거예요. 나는 그 여자가 따라오는 줄 몰랐지만 얼마 뒤에 그 여자가 에밀리의 방에서 불빛이 새나오는 것을 보고선 창 밑으로 기어와서는, '에밀리, 에밀리, 내 후배니가 제발 상냥한 마음으로 나를 맞아줘, 나도 옛날에는 너와 같았어!' 이렇게 말하지 않겠어요. 이 얼마나 듣기 무시무시한 말이에요, 데이비 도련님!"

"정말로 그렇군요, 햄. 그런데 에밀리의 반응은 어땠나요?"

"에밀리가 '어머, 마사 아니야? 오, 정말 마사야?'라고 했어요. 둘은 오머 씨의 상점에서 같이 일했던 사이거든요."

"아, 이제 생각났어요!" 나는 언젠가 처음 오머 상점에 갔을 때 본 두 여자 가운데 한 사람을 떠올리며 외쳤다. "지금도 확실히 기억해요!"

"마사 엔델이에요. 에밀리보다 두세 살 위이고, 둘이 같이 학교에도 다녔답니다."

"그 여자의 이름은 들어본 적이 없어요." 나는 말했다. "햄의 이야기를 방해할 뜻은 없었어요."

"그거야 당연하지요, 데이비 도련님." 햄이 말했다. "그녀의 이런 말에 모든 것이 뚜렷이 나타나 있잖습니까? '에밀리, 에밀리, 제발 후배답게 나를 상냥한 마음으로 맞아줘, 나도 옛날에는 너와 같았어!' 그 여자는 에밀리와 얘기하고 싶어했어요. 그러나 에밀리는 그럴 수가 없었지요. 삼촌이 집에 돌아왔거든요. 삼촌은 마사 엔델을 아주 싫어했으니까요. 절대로 같이 어울리지 못하게 했어요, 데이비 도련님." 햄은 아주 진지하게 말했다. "삼촌은 착하고 친절하신 분이지요. 그래도 에밀리와 마사가 함께 있는 모습은 절대로 그냥 봐 넘기지 않으실 거예요."

그것은 나도 동감이었다. 순식간에 햄과 마찬가지로 사정을 전부 읽을 수 있었다.

"그래서 에밀리는 종잇조각에 연필로 글을 써서, 그것을 이 집으로 가져가도록 창밖으로 마사에게 건넨 거예요. 에밀리는 이렇게 썼죠. '이 쪽지를 우리 이모인 바키스 부인에게 보여줘. 그러면 나를 귀여워하는 이모가 언니를 난롯가에 있도록 해줄 거야. 아저씨가 나가시고, 내가 갈 때까지.' 그러곤 그 이야기를 내게 해주면서, 그 여자를 좀 데려다주라는 거예요. 그러니 어떡합니까? 그런 여자와 사귀는 게 마뜩잖지만, 에밀리가 울면서 부탁하니 통 거절할 수가 있어야 말이지요."

햄은 털 탈린 외투 가슴 속에 한 손을 집어넣더니, 아담하고 예쁘장한 지갑 하나를 아주 조심스럽게 꺼냈다.

"에밀리의 눈물어린 호소는 거절할 수 있다 해도 말입니다, 데이비 도련님." 햄은 그 지갑을 우락부락한 손으로 조심스럽게 매만지며 말했다. "저 여자를 위해 이놈을 가져가달라고 하니, 어떻게 거절할 수 있겠어요? 에밀리가 이걸 대체 왜 가져왔는지 아는데 말이에요. 이런 장난감 같은 걸!" 햄은 생각에 잠겨 그것을 내려다보았다. "얼마 안 되지만 돈까지 넣어서 말이죠."

햄이 지갑을 다시 넣자, 나는 그와 따뜻하게 악수했다. 어떤 말보다도 악수가 더 어울릴 것 같았기 때문이다.

우리는 잠깐 말없이 주변을 거닐었다. 그때 문이 열리더니 페거티가 얼굴을 내밀고 햄에게 들어오라고 손짓했다. 나는 물러나 있고 싶었으나, 페거티가 나를 따라와서 같이 들어오라고 청했다. 비록 집으로 들어가기는 했지만, 그들이 모여 있는 방만은 피하고 싶었다. 내가 여러 번 이야기한, 깨끗하게 타일이 깔린 부엌이 아니었으면 했다. 그러나 문이 열리자마자, 어디로 가는지 생각할 겨를도 없이 나는 모두가 모여 있는 가운데로 들어가고 말았다.

그 여자—모래톱에서 보았던 바로 그 여자—가 난롯가에 앉아 있었다. 그 여자는 머리와 한쪽 팔을 의자에 기대고 바닥에 주저앉아 있었다. 그 자세로 보아 에밀리는 이제 막 일어난 모양으로, 여자는 조금 전까지 에밀리의 무릎에 머리를 파묻고 있었을 것이다. 마치 자기 손으로 쥐어뜯은 것처럼 엉클어진 머리카락이 얼굴을 온통 뒤덮고 있어서 얼굴은 거의 보이지 않았지만, 젊고 금발머리라는 것만은 알 수 있었다. 페거티는 소리내어 울고 있고, 꼬마 에밀리도 울고 있었다. 우리가 방에 들어가도 어느 누구도 말이 없었고, 화장대 곁의 네덜란드제 시계만이 적막 속에서 보통 때보다 두 배 큰 소리를 내면서 똑딱거리고 있었다.

에밀리가 먼저 입을 열었다. "마사가 런던으로 가고 싶대요."

"런던에는 왜?" 햄이 물었다.

햄은 그 두 여인 사이에 서서, 동정과 질투가 뒤섞인 감정으로 엎드려 있는 여자를 바라보았다. 자기가 깊이깊이 사랑하는 여인과 친하다는 데 대한 질투였다. 나는 그의 그러한 감정을 지금도 뚜렷이 기억한다. 두 사람의 대화는, 마치 에밀리가 병이라도 걸린 것처럼 꾹 억누른 낮은 투로 오고갔지만, 거의 속삭임이나 다름없는 그 얘기는 귀에 또렷하게 들렸다.

"여기보다는 런던이 나아." 마사의 목소리가 크게 울렸다. "거기 가면 나를 아는 사람이 없어. 여기선 모두가 나를 알지만."

"거기서 무엇을 하려구요?" 햄이 물었다.

마사가 고개를 들고 잠깐 햄을 넌지시 바라보다가, 다시 푹 숙이고는, 마치 열병에 걸렸거나 총에 맞아 바르작대는 것처럼 오른팔을 목에 감고 온몸을 고통스러운 듯이 비틀었다.

"마사는 잘하려고 힘쓸 거예요." 꼬마 에밀리가 말했다. "마사가 지금 우리에게 무슨 이야기를 해줬는지 당신은 몰라요. 다른 사람들도. 안 그래요 이모?"

페거티는 불쌍하다는 듯이 고개를 끄덕였다.

"저는 노력하겠어요, 여기서 벗어나도록 도와주신다면. 지금보다 더 나쁘게 될 리는 없으니까요. 뭐든 할 수 있어요. 틀림없이!" 마사는 몸을 떨며 말했다.

"이 거리에서 나를 빼내주세요. 어릴 때부터 나를 다 알고 있는 이 거리에서!"

에밀리가 햄에게 손을 내밀자, 햄이 돛천으로 된 조그마한 지갑을 에밀리의 손에 쥐여주었다. 에밀리는 자기 지갑이라고 생각해서 받아들고 한두 걸음 앞으로 나가다가, 이내 잘못 알았다는 것을 깨닫고는 내 옆으로 물러선 햄에게로 되돌아와서 지갑을 내보였다.

"에밀리, 그건 당신 거야." 햄이 말하는 소리가 들렸다.

"이 세상에서 내 것은 뭐든 모조리 당신 거야. 당신이 없다면 나에게 즐거움이란 없으니까."

에밀리의 눈에서 눈물이 솟구쳤다. 에밀리는 돌아서서 마사에게로 갔다. 마

사에게 돈을 얼마나 줬는지는 모르지만, 그녀를 끌어안으면서 얼마간의 돈을 주머니에 넣어주었다. 이 정도면 되겠냐고 물으면서 작은 소리로 뭐라고 속삭였다.

"응, 충분해. 남을 정도야." 마사가 대답했다. 그리고 에밀리의 손을 잡고 입을 맞추었다.

마사는 일어나서, 숄로 얼굴을 가리고는 울면서 문 쪽으로 천천히 걸어갔다. 나가기 전에 못다 한 말이 있는 것처럼 한 번 멈칫 했으나 숄을 뒤집어쓰고서 나지막하고 처량하게 신음 소리를 내며 그대로 말없이 나가버렸다.

문이 닫히자, 에밀리는 당황하여 우리 세 사람을 돌아보았지만, 그대로 손으로 얼굴을 가리고 흐느끼기 시작했다.

　"울지 마, 에밀리!" 햄이 에밀리의 어깨를 가볍게 치며 말했다.

　"아, 햄!" 에밀리는 울면서 소리쳤다. "난 정말 나쁜 애야! 고마워해야 하는 줄 알면서도 때로는 그렇게 되지 않아요."

　"아니야, 아니야, 당신은 착해. 나는 확신해." 햄이 말했다.

　"아니에요! 그렇지 않아요!" 꼬마 에밀리는 흐느끼면서 고개를 저었다. "나는 정말 나빠요. 나쁘다고요!"

　가슴이 찢어질 듯한 울음은 멈추지 않았다.

　"나는 당신의 사랑을 지나치게 시험하고 있어요. 그 사실을 잘 알고 있어요!" 에밀리는 마침내 흐느끼기 시작했다. "심술궂게 굴고, 변덕을 부리고. 그럼 안 되는데 말이에요. 당신은 나한테 절대 그러지 않아요. 그런데 나는 왜 이럴까요? 사실은 당신에게 감사하고 당신을 행복하게 할 것만 생각해야 하는데!"

　"당신은 언제나 나를 행복하게 해줘, 에밀리. 나는 당신을 보기만 해도 행복하단 말이야. 당신 생각을 하면 온종일 행복하다고."

　"아! 그것으로는 충분치 않아요! 그건 당신이 착하기 때문이지 제가 착하기 때문은 아니에요. 아, 당신이 딴 여자를 좋아했더라면, 당신은 더 행복했을 텐데. 당신에게 헌신적이고, 나같이 허영심도 없고, 변덕스럽지도 않으며, 나보다 더 착실하고 훌륭한 여자를 좋아했더라면!"

　"딱하게도!" 햄은 나지막하게 말했다. "마사 때문에 너무 놀란 거야."

　"이모," 에밀리가 흐느끼며 말했다. "이리 오셔서 제 머리를 안아주세요. 이모, 오늘 밤은 너무 괴로워요! 오, 착해야 되는 줄 알면서도! 나는 아주 못됐어요!"

　페거티가 서둘러 난로 앞으로 가자 에밀리는 두 팔로 페거티의 목을 껴안고, 그의 곁에 무릎을 꿇고 아주 진지한 표정으로 페거티를 올려다보았다.

　"오, 이모, 제발 저를 도와주세요! 햄, 저를 도와주세요! 데이비 도련님, 옛날을 생각해서라도 저를 도와주세요! 나는 착한 애가 되고 싶어요. 지금보다 더 감사하는 마음을 갖고 싶어요. 착한 사람의 부인이 되어 평화로운 삶을 누리는 것이 얼마나 복받은 일인가를 더 느끼고 싶어요. 오! 내 가슴이, 내 가슴이!"

에밀리의 모든 행동이 그렇듯 여자 같지도 않고 아이 같지도 않은, 말할 수 없이 고통스러운 애원이었다. (나는 그것이 다른 어떤 태도보다 자연스럽고, 에밀리의 아름다움에 더 잘 어울린다고 생각했다.) 페거티는 훌쩍거리는 에밀리를 마치 갓난아기처럼 달래주었다.

에밀리가 차차 냉정을 되찾아갔다. 우리는 에밀리를 위로하기 시작했다. 격려하기도 하고 또 약간의 농담도 했다. 드디어 에밀리도 고개를 들고 우리에게 말을 걸 수 있게 되었다. 우리가 더더욱 에밀리를 격려하고 위로해주자 에밀리는 다시 미소 짓고, 소리 내어 웃기도 하더니, 부끄러워하면서 일어나 앉았다. 페거티는 집에 가서 왜 울었느냐고 추궁당하지 않도록, 흐트러진 머리를 손질해주고, 눈물을 닦아주고, 옷을 매만져주느라 바빴다.

그날 밤, 나는 에밀리가 전에는 하지 않았던 행동을 하는 것을 보았다. 에밀리는 약혼자의 뺨에 키스하고, 그가 자신의 가장 큰 버팀목이라도 되는 것처럼 그의 옆에 딱 붙어섰다. 그들이 달빛을 받으며 돌아가는 뒷모습을 보면서, 나는 아까 마사가 문을 나갈 때의 모습과 그들을 비교해 보았다. 에밀리는 두 손으로 남자의 팔을 꼭 잡고서 그에게 바짝 붙어 가고 있었다.

23장
첫 직장

아침에 눈을 뜨자 나는 꼬마 에밀리가 어제 저녁 마사가 떠난 뒤 슬퍼하던 모습을 떠올렸다. 그러자 어떤 성스럽고, 서로 마음을 허락한 사이에 나타나는 이른바 가족적인 나약함과 다감함이 무엇인지 알 것 같아서, 그것을 남에게 얘기하면 상대가 스티어포스라고 해도 안 될 것 같아서 그만두었다. 나는 에밀리에게 쏟았던 다정한 마음을 다른 어느 누구에게도 품은 적이 없었다. 한때는 소꿉친구요, 또 그때는 내가 진심으로 사랑했던 사람이라고 지금도 굳게 믿으며, 죽는 날까지도 그러한 믿음에는 변함이 없을 것이다.

그렇다면 어제 우연히 에밀리가 자기 마음의 문을 열고, 참지 못하고 여러 사람들 앞에서 심정을 토로하던 사실을 다른 사람들—스티어포스에게조차도—에게 이야기한다는 것은, 스스로를 배신하는 분별없는 행동, 적어도 에밀리를 떠올릴 때면 언제나 머리를 비추는 순수한 어린 시절을 배반하는 행동이라는 생각이 들었다. 그래서 이것만큼은 끝까지 마음 깊은 곳에 묻어두기로 결심했다. 그리고 그로 말미암아 에밀리는 새로운 매력을 더해갔다.

아침을 먹다가 대고모가 보낸 편지를 받았다. 편지에는 스티어포스가 좋은 충고를 해줄 것이니 그와 상의해서 일을 처리하라는 내용이 씌어 있었으므로, 우리는 곧 돌아갈 길을 의논하기 시작했다. 많은 사람들에게 작별인사를 해야 했으므로 제법 일이 많았던 것이다. 바키스 씨는 우리의 출발을 매우 섭섭해했다. 우리가 야머스에 이틀 더 머문다면, 자기의 비밀 돈궤를 열어 기꺼이 1기니를 희생했을 것이다. 페거티 씨 가족들도 우리가 떠나는 것을 몹시 슬퍼했다. 오머 앤드 저럼 상회 사람들도 모두 인사를 하러 와주었고, 여행 가방을 마차에 실을 때는 스티어포스와 함께 일했던 뱃사람들이 우르르 몰려와서 일을 대신해 주었다. 그것이 1개 연대 병력의 군용 장구일지라도, 짐꾼을 살 필요가 없을 정도였다. 요컨대 우리는 관련된 모든 사람들의 애정과 서운함 속에서 그곳을 떠났으며, 그곳 사람들에게 많은 섭섭함을 남겨주었다.

"리티머, 이곳에 오래 머무를 작정이에요?" 마차가 떠나는 것을 보려고 서 있는 그에게 나는 물었다.

"아닙니다, 도련님. 오래 있을 것 같지 않습니다."

"지금으로선 리티머도 알 수 없지." 스티어포스가 불쑥 말했다. "하지만 자기가 해야 할 일을 알고 있으니 잘하겠지."

"그야 당연히 그렇겠지." 나도 맞장구쳤다.

내가 칭찬하자 고맙다는 표시로 리티머는 자기 모자에 가볍게 손을 대고 인사했다. 순식간에 나는 여덟 살짜리 꼬맹이가 된 것만 같았다. 그는 잘 가라는 뜻으로 다시 모자에 손을 댔다. 이집트의 피라미드 못지않게 공손하고 신비롭게 길가에 서 있는 리티머를 그대로 남겨둔 채 우리는 떠났다.

얼마간 우리는 말이 없었다. 스티어포스는 이상할 정도로 입을 굳게 다물고 있었고, 나 역시 수많은 생각에 잠겨 있었다. 언제 또다시 이 정든 고장을 찾을 수 있을까? 그때까지 나와 이 고장에 어떠한 변화가 일어날까? 그런 생각만으로 머리가 가득했다. 그때 스티어포스가 내 팔을 잡아당겼다. 그는 마음만 먹으면 어떤 기분으로든 순식간에 바꿀 수 있었으므로, 그때도 이미 무척 떠들어대고 있었다.

"무슨 말이라도 해봐, 데이비드. 아침 먹을 때 편지, 누구한테서 왔지?"

"아, 대고모님한테서." 나는 편지를 주머니에서 꺼내 보였다.

"생각해야 할 문제가 있다고 했는데, 그게 뭐지?"

"이번 여행은 주변을 돌아보고 앞날의 계획을 생각해 보는 게 목적이었다는 걸 다시 돌이키게 해 주신 거야."

"그렇다면 그건 이미 생각했겠지?"

"그게 그렇지도 않아. 실은 까맣게 잊고 있었어."

"뭐야! 그렇다면 지금 하면 되지. 주변을 돌아보고 잊고 있던 것을 채워 넣는 거야. 먼저 오른쪽을 봐. 평평한 이 들판, 곳곳에 늪이 있지. 다음은 왼쪽. 여기도 마찬가지야. 그럼 앞은 어떻지? 여기도 똑같아. 뒤는? 여전히 허허벌판이야!"

나도 소리 높이 웃었다. 과연 이 경치를 보면서 좋은 일자리를 찾긴 글렀군. 이게 다 허허벌판 때문이야, 라고 대답했다.

"그런데 대고모님은 그 문제를 어떻게 생각하시지?" 스티어포스가 내 손에 든 편지를 흘겨보며 물었다. "무슨 암시라도 해주셨어?"

"편지에는 소송대리인이 되면 어떻겠느냐고 하셨어. 너는 어떻게 생각해?"

"글쎄, 나는 모르겠어." 스티어포스는 쌀쌀맞게 대답했다. "뭐 나쁘진 않겠지. 어차피 직업은 다 똑같으니까."

나는, 이렇게까지 모든 직업을 똑같이 보다니 재미있다고 말하며 웃음을 참지 못했다.

"스티어포스, 그런데 소송대리인이 뭐지?" 나는 물었다.

"말하자면 수도원의 법정대리인 같은 거지. 세인트폴 성당 근처의 한가롭고 오래된 거리 한구석에 자리한 낡은 민법박사회관에서 지금은 별 의미도 없는 법안을 처리하는 직업이야. 사무 변호사가 보통 법정에서 처리하는 일과 같은 것이지. 세상 돌아가는 자연적 추세에 따른다면 이런 직업은 벌써 2백 년 전에 없어졌어야 마땅하지. 민법박사회관이 뭘 하는 곳인지 설명하는 쪽이 빠르겠군. 민법박사회관이란 이미 시대착오적인 고물이야. 교회법을 집행하며, 구태의연한 낡은 괴물과 같은 법령을 적용하여 온갖 장난을 치는 곳이지. 그런데 애당초 교회법이 뭔지 세상 사람들 4분의 3은 전혀 모르고, 나머지 4분의 1은 그것을 에드워드 왕조*¹ 때 발굴한 화석 같은 골동품쯤으로 알고 있어. 어쨌든 케케묵은 관습에 따라, 유언이나 결혼이나 선박에 관한 소송 사건이나 크고 작은 논쟁에 관한 독점권을 쥐고 있는 곳이지."

"스티어포스, 터무니없는 소리 마." 나는 소리쳤다. "바다 문제와 교회 문제 사이에 무슨 공통점이 있다는 거야?"

"오, 그런 뜻이 아니야. 내 말은 같은 민법박사회관에 있는 같은 사람들이 그 두 사건을 처리하고 판결을 내린다는 뜻이야. 한번 가 봐. '낸시 호'와 '사라 제인 호' 충돌사건이니, 페거티 씨나 다른 야머스 선주들이 난파한 인도 무역선 '넬슨 호'에 폭풍을 무릅쓰고 구조하러 나선 사건 같은 것을, 영 바다용어사전*² 에 의거하여 변변치 않은 지식으로 처리하고 있을 거야. 그런데 그 뒤에 또

---

*1 에드워드 1세부터 3세까지. 즉 13세기 후반부터 14세기 후반까지의 약 100년.
*2 19세기 중엽에 나온 바다용어사전.

가 봐. 똑같은 녀석들이 이번에는 수도사들의 난잡한 행실 문제로 흑이니 백이니 어쩌고 하면서 증거를 찾느라 머리를 쥐어짜고 있을 테니까. 아무튼 어제 해사(海事) 재판을 하면 오늘은 수도사 사건의 변호인으로 앉아 있지. 물론 그 반대도 있고. 말하자면 배우 같은 거야. 재판을 하고 있는가 싶으면 벌써 다른 걸 하고 있지. 고양이 눈동자처럼 처음부터 끝까지 달라져. 그런데 돈은 제법 버는 유쾌한 연극인 것만은 틀림없어. 더구나 손님은 한정된 높으신 분들뿐이니, 특별 공연이라고 보면 될 거야."

"대변인과 소송대리인은 다르지?" 나는 알쏭달쏭했다.

"다르지." 스티어포스가 대답했다. "대변인은 민간인, 즉 대학에서 박사학위를 받은 사람들이야. 나도 대학에 다니므로 조금 알게 된 거지. 소송대리인이 대변인을 고용하는 거야. 양쪽 다 수입은 좋아. 그들은 똘똘 뭉쳐 강력한 조직을 형성하고 있지. 그러니까 너도 그 민법박사회 녀석들과는 잘 지내는 게 좋을 거야, 데이비드."

스티어포스의 의견은 매우 신랄했다. 그러나 그의 성격을 고려하고, '세인트 폴 성당 근처의 한가롭고 오래된 거리의 한구석'이란 말에 어려 있는 차분하고 고풍스러운 느낌을 생각하면, 대고모의 제의가 마음이 내키지 않는 것은 아니었다. 게다가 대고모는 그 결정을 전적으로 나의 자유에 맡겼다. 요즈음 나를 위해 유언장을 만들려고, 민법박사회관에 소송대리인을 만나러 자주 드나들다가 갑자기 그런 생각을 했노라고 편지에 털어놓았던 것이다.

내가 그런 생각들을 스티어포스에게 말하자, 그는 힘주어 말했다. "어쨌든 대고모님 편에서는 장한 처사야. 멋진 격려에다 아주 지당한 제의군. 데이지, 내가 충고하고 싶은 것도, 민법박사회관을 좋아하도록 해야 한다는 거야."

나는 그렇게 하기로 결심했다. 그리고 나는 스티어포스에게 대고모가 런던에서 나를 기다리고 있다는 것(편지에 그렇게 씌어 있었다), 돌계단이 있고 지붕에 문이 나 있어서 편리한 링컨스인필드에 있는 어떤 여관에 1주일간 묵고 있다는 사실을 얘기했다. 그리고 대고모가 지붕에 문이 있는 방을 특히 좋아하는 이유는, 런던에 있는 집들이 매일 밤 한 채씩 불타 없어진다고 믿기 때문이라고 설명해 주었다.

우리는 나머지 여행을 즐겁게 마쳤다. 때때로 다시금 민법박사회관 얘기가 나와서 내가 그곳의 소송대리인이 되어 있는 먼 미래의 이야기가 나왔지만, 그

때마다 스티어포스는 그야말로 재미있게 그때의 모습을 그려보였으므로 우리는 줄곧 유쾌하게 웃었다. 런던에 닿자, 스티어포스는 내일모레 찾아오겠다고 약속하고 집으로 가버렸다. 나는 혼자 마차를 타고 링컨스인필드로 향했다. 대고모는 저녁 식사를 미루며 기다리고 있었다.

내가 세계 일주를 마치고 대고모를 만났다 해도, 그처럼 반가울 수는 없었을 것이다. 대고모는 나를 껴안으면서 울음을 터뜨렸다. 그러면서도 곧 애써 웃으면서 만약 네 어미가 살아 있었다면, 그 어리석은 것이 틀림없이 눈물을 쏟으며 울었을 것이라고 허세를 부리는 것이었다.

"대고모님, 딕 씨는 집에 두고 오셨나요?" 나는 물었다. "아쉽네요. 아, 자넷, 잘 있었어요?" 자넷이 도련님도 잘 있었냐면서 다리를 굽혀서 인사를 하자, 대고모의 얼굴이 매우 어두워졌다.

"나도 잘못했다고 생각하고 있어." 대고모는 코를 비비며 말했다.

"여기 온 뒤로 마음이 편한 날이 없었단다."

대고모는 내가 무슨 일이냐고 묻기도 전에 말을 이었다.

"애당초 말이야," 대고모는 우울한 표정으로 책상 위에다 단호히 손을 놓으면서 말했다. "딕 씨의 성격으로는 그 당나귀를 쫓을 수가 없을 텐데 말이다. 딕 씨 대신 자넷을 집에 두고 왔어야 했어. 그럼 내 마음이 좀더 편했을 텐데. 잔디밭을 짓밟는 당나귀만 없다면 모르지만, 그놈들은 분명 오늘 오후 4시에 들어와 있을 거야." 대고모는 힘주어 말했다. "머리끝부터 발끝까지 소름이 오싹 돋았는걸. 당나귀가 틀림없어!"

나는 대고모를 위로하려고 했으나 대고모는 받아들이지 않았다. "분명 당나귀 때문이야." 대고모는 말했다. "머더링*3 남매가 우리 집에 왔을 때 타고 왔던, 뚱뚱한 당나귀가 틀림없어." 그때 이후로 대고모가 미스 머드스톤에 대해서 기억하고 있는 유일한 이름은 머더링 남매였던 것이다. "도버 전체를 통틀어 가장 참을 수 없는 무례한 당나귀가 있다면," 대고모는 책상을 치면서 말했다. "바로 그놈이야!"

자넷은 대고모가 쓸데없이 불안해하고 있는 것을 염려하여 조심스럽게 말했다. 문제의 그 당나귀는 지금 모래와 자갈을 운반하는 일에 바빠서 남의 잔

---

*3 살인하다라는 뜻.

디밭을 침입할 시간이 없다고. 그러나 대고모에게 자넷의 말은 들리지 않았다.

저녁 식사는 아주 맛이 좋았다. 대고모의 방은 매우 높은 층에 있었지만 음식은 따뜻했다. (대고모가 돈을 낸 만큼 계단이 많은 방을 원했는지, 아니면 지붕에 난 문에 더 가까이 있고 싶어서 그렇게 했는지는 나로서는 알 수가 없었다.) 나는 구운 닭과 스테이크와 채소를 배불리 먹었다. 모두 맛있었다. 그러나 대고모는 런던 음식에 대해서 나름대로의 생각이 있어서 조금만 들었다.

"이 불행한 닭은 지하실에서 태어나서 자랐지." 대고모는 말했다. "역마차 정거장을 제외하면 바깥 공기를 마셔본 적이 없을 거야. 또 스테이크 하면 보통 쇠고기지만, 이건 쇠고기가 아닐 거야. 런던에서는 오물을 제외하고는 진짜라곤 없어."

"닭은 시골에서 가지고 온 것이 아닐까요, 대고모님?" 나는 넌지시 말했다.

"절대로 아니야. 런던 상인들이 선전한 그대로 팔 것 같아? 어림도 없지!"

나는 더 이상 대고모의 의견에 반대하지 않고 저녁을 맛있게 먹었다. 그것을 보고 대고모도 크게 기뻐하는 것 같았다. 식탁이 깨끗이 치워지자, 자넷은 대고모의 머리를 깨끗이 빗겨 드리고는, 특별히 멋지게 만든 나이트캡을 씌웠다.(대고모의 말에 의하면 '만약의 화재에 대비해서'였다.) 그리고 대고모는 가운을 무릎 위까지 접어서 올렸다. 그것들은 대고모가 잠자리에 들기 전에 몸을 따뜻이 하기 위한 평소의 과정이었다. 이윽고 나는 조금도 탈선이 허락되지 않는 단호한 규칙에 따라서, 따끈한 백포도주 한 잔과 길쭉하게 자른 토스트를 대고모를 위해 만들었다. 그러한 것들을 준비해서 자기 전에 대고모와 단둘이 남는다. 대고모는 내 맞은편에 앉아서 물 탄 포도주를 마시고, 토스트 조각을 하나씩 포도주에 적셔 먹었다. 그리고 이따금씩 나이트캡 차양 너머로, 인자하게 나를 바라보는 것이었다.

"애, 트롯아. 너 소송대리인이 되는 것을 어떻게 생각하니? 아니면 아직 생각해 보지 않았니?"

"대고모님, 거듭 생각해 봤습니다. 스티어포스와 의논도 해보았고요. 저는 소송대리인이 참 좋다고 생각합니다."

"그래. 그것 참 기쁜 일이다."

"대고모님, 그런데 어려움이 하나 있어요."

"말해 보렴, 트롯아."

"제가 아는 바로는 인원수가 제한된 특수 직업 같은데, 그러면 돈이 많이 드는 것 아닙니까?"

"돈이 필요하지." 대고모가 대답했다. "너를 수련시키는 데 꼭 1천 파운드가 든단다."

"그것 때문에 불안해요. 1천 파운드는 큰돈이니까요. 대고모님은 저를 가르치는 데 이미 많은 돈을 쓰셨어요. 무슨 일이나 아낌없이 베풀어주셨고요. 그러니 이제는 그렇게 엄청난 돈을 쓰지 않더라도 인생을 출발하게 되는 새 길이 꼭 있을 거예요. 마음을 단단히 먹고 열심히 노력하면 희망이 있지 않겠어요? 그러한 길을 택하는 것이 더 좋지 않을까요? 그렇게 많은 돈을 투자할 여유가 있으세요? 대고모님은 저에게는 제2의 어머니이시니까 제발 다시 한 번 더 생각하시라고 여쭙는 것입니다. 틀림없이, 괜찮으세요?"

토스트를 먹다가 내가 말하는 동안 죽 내 얼굴을 유심히 바라보던 대고모는 그제야 마지막 조각을 입에 넣었다. 그리고 컵을 난로 선반에 놓고서, 둘둘 감싼 치마 위로 팔짱을 끼면서 말했다.

"트롯, 내 인생에 목적이 있다면, 네가 착하고 분별력이 있고 행복한 사람이 되도록 뒤치다꺼리를 해주는 거란다. 나는 그것만 생각하고 있어. 딕 씨도 마찬가지이다. 내가 아는 누구에게든 그 문제에 관한 딕 씨의 생각을 들려주고 싶을 정도야. 그는 정말 현명해! 딕 씨의 지혜가 얼마나 깊은가를 아는 사람은 나뿐이야!"

대고모는 말을 잠깐 멈추고 내 손을 꼭 잡더니 다시 이야기를 이었다.

"트롯, 현재에 보탬이 되지 않는다면, 과거를 생각해 봤자 소용이 없어. 그야 나도 너의 불쌍한 아버지나 어린애 같은 네 어머니와 더 친해질 수가 있었을 거야. 비록 네 누이동생 벳시 트롯우드가 나를 실망시켰어도 말이야. 그러고 보니 네가 먼지를 뒤집어쓰고 거지꼴로 나를 찾아왔을 때도, 나는 그렇게 못한 것을 후회했었지. 그렇지만 그 뒤로 지금까지 트롯, 너는 나의 명예요, 자랑이요, 기쁨이야. 나는 내 재산을 딴 목적에 쓸 생각은 없단다." 여기서 대고모는 갑자기 혼란스러워하면서 망설이는 것 같았다. "그래, 달리 쓰고 싶은 곳은 없단다. 너는 내 양자야. 그러니 늙은 내게 귀여운 아이가 되어 주렴. 내 변덕과 고집을 참아주기만 하면 돼. 한창때 행복하지 못하고 만족하지도 못했던 이 늙은이한테는, 내가 너에게 해준 것보다 그게 훨씬 더 고맙단다."

대고모가 자신의 과거를 이야기한 것은 이번이 처음이었다. 그리고 얘기하는 대고모의 침착한 태도에는 너그러움이 있어 보였다. 그것만으로도 대고모에 대한 나의 존경심과 애정은 더욱 커져갔다.

"자, 이제 우리 둘 사이에서는 얘기가 다 끝났구나, 트롯아. 더 이상 이 얘기를 꺼낼 필요는 없다. 와서 뽀뽀해주렴. 그리고 내일 아침을 먹은 뒤 민법박사회관에 가자꾸나."

그러고도 우리는 난롯가에 앉아서 오랫동안 잡담을 나눈 뒤에 잠자리에 들었다. 나는 대고모와 같은 층에서 잤다. 그러나 밤사이 멀리서 들려오는 역마차와 짐마차 소리에 잠을 깬 대고모가 그때마다 내 방문을 두드리면서, "소방차 소리 아니냐?"라고 묻는 통에 나는 잠을 설쳤다. 새벽녘이 되어 대고모가 곤히 잠든 뒤에야 나도 푹 잘 수 있었다.

정오가 다 되어 우리는 민법박사회관에 있는 스펜로 앤드 조킨스 법률사무소로 향했다. 대고모는 런던 사람은 모두가 소매치기라는 별난 생각을 가지고 있어서, 지갑을 아예 내게 맡겼다. 지갑에는 10기니와 몇 개의 은화가 들어 있었다.

우리는 플리트 거리의 장난감 가게 앞에서 잠깐 쉬었다. 세인트 던스탄 교회*4의 거인상이 시각을 알리는 종을 치는 것을 보고 싶었기 때문이다. 12시에 닿기 위해 일부러 출발 시각을 맞추었던 것이다. 우리는 러드게이트힐과 세인트폴 성당을 향해 걸음을 옮겼다. 마침 우리가 러드게이트힐로 가려고 길을 재촉할 때, 대고모가 아주 빠른 걸음으로 뛰다시피 하며 놀란 표정을 지었다. 그와 동시에 나도, 지나가는 우리를 유심히 보고 있던 인상이 험악하고 누추한 차림의 사내가 바로 뒤에서 쫓아오는 것을 보았다.

"트롯! 내 귀여운 트롯!" 대고모는 겁에 질려 속삭이며, 내 팔을 꼭 잡았다. "어쩌면 좋지?"

"두려워할 것 없어요. 가게로 들어가세요. 내 당장 저놈을 떼버리겠어요."

"안 된다, 애야! 절대로 그에게 말을 걸어서는 안 된다. 내 명령이야!"

"대고모님, 염려 마세요! 저놈은 그저 멀쩡한 몸으로 일하기 싫어서 빌어먹는 게으른 거지인 걸요."

---

*4 플리트 거리에 있는 오래된 교회. 나무로 된 거인상이 매 시간마다 종을 친다.

"너는 저 사나이의 정체를 모른다! 너는 아무것도 몰라."

우리는 어떤 빈 집 문간에서 걸음을 멈추었다. 그랬더니 그 사나이도 걸음을 멈추는 것이었다.

"안 된다! 그 사내를 보지 마!" 내가 성난 얼굴로 그자를 바라보자, 대고모가 황급히 말렸다. "마차를 불러 다오. 그리고 애야, 세인트폴 성당 안에서 기다려라."

"대고모님을 기다리라고요?" 나는 되물었다.

"그래. 난 혼자 가야 해. 저 사내와 가야만 해."

"대고모님이 저 사나이와 같이요?"

"그래, 걱정 말거라. 내가 알아서 할 테니. 아무튼 나는 갈 테니 마차를 불러 다오!"

나는 깜짝 놀랐지만, 이토록 단호하게 명령조로 나오면 더 이상 거역할 수가 없었다. 나는 몇 걸음 달려가서 마침 지나가던 빈 마차를 불렀다. 내가 발판을 내릴 새도 없이 대고모가 잽싸게 마차 안으로 뛰어들었다. 그 사나이도 뒤따라 올라탔다. 대고모는 나에게 빨리 떠나라고 자꾸 손짓을 했기에, 나는 아주 당황스러웠지만, 서둘러 그곳을 떠났다. 떠나면서 대고모가 마부에게, "아무 데나 갑시다. 똑바로 가요!"라고 말하는 소리가 들렸다. 그리고 머지않아 마차는 나를 앞질러 언덕을 넘어갔다.

언젠가 딕 씨가 이야기한 말, 딕 씨의 망상이라고 생각했던 말이 퍼뜩 머리에 떠올랐다. 저 사나이가 바로 딕 씨가 이야기해준 그 신비스러운 작자가 틀림없었다. 그러나 저 사나이가 누구이며, 대고모가 꼼짝 못하고 쩔쩔매는 이유를 나는 도저히 상상도 할 수가 없었다. 30여 분쯤 세인트폴 성당 구내에서 흥분된 마음을 가라앉히고 있으려니, 마차가 돌아오는 것이 보였다. 마차는 내 바로 옆에서 멈춰섰다. 마차 안에는 대고모 혼자 타고 있었다.

대고모는 아직도 흥분된 상태여서 예정된 방문을 준비할 수가 없었다. 대고모는 나를 마차에 타게 하고, 잠깐 이리저리 말을 몰도록 마부에게 말하라고 부탁했다. 정작 중요한 문제에 대해서는, "애야, 어찌 된 일인지 절대로 묻지 말아 다오. 그리고 이 일은 더 이상 꺼내지도 말거라"라고 한 다음 일체 말이 없었다. 드디어 대고모는 냉정을 되찾고, 마부에게 마차비를 내도록 지갑을 내게 건네주었다. 지갑에는 10기니의 돈은 없어지고 은전만 남아 있었다.

나지막하고 좁은 아치형 길을 따라가니 민법박사회관이 나왔다. 그 길을 지나 조금 더 내려가니 시내의 소란스러움이 점점 멀어지다가 마법처럼 모두 사라졌다. 몇 개의 음침한 정원과 좁은 길을 지나, 스펜로 앤드 조킨스 법률사무소에 닿았다. 사무실 천장에 난 창에서는 빛이 들어오고 있었다.

문을 두드리는 절차 없이도 들어갈 수 있는 법률사무소의 문간방에는 서너 명의 서기들이 무엇인가를 베끼고 있었다. 그들 가운데 몸집이 작고 생강과자로 만든 것 같은 빳빳한 갈색 가발을 쓰고서, 일행과 떨어져 혼자 앉아 있던 한 사나이가 일어나서 대고모를 반가이 맞아주었다. 그러고 나서 우리들을 스펜로 씨의 사무실로 안내해주었다.

"부인, 스펜로 씨는 지금 법정에 나가시고 계시지 않습니다." 깡마른 사나이가 말했다. "마침 오늘이 종교재판일이라서요. 그러나 법정은 바로 옆이니 곧 사람을 보내서 모셔오겠습니다."

그가 스펜로 씨를 부르러 간 동안 사무실에는 우리 둘만 남았으므로, 덕분에 나는 주위를 꼼꼼히 살펴볼 수가 있었다. 방의 가구들은 매우 낡았고 먼지투성이었다. 책상에 씌운 녹색 모직 책상보도 색이 바래어 마치 늙은 거지처럼 희끄무레했다. 책상 위에는 서류 뭉치가 산처럼 쌓여 있었다. 그것에는 각각 '진술서', '고소장'(이건 놀라웠다), '감독재판', '종교재판', '유언재판', '해사(海事)재판', '위임재판' 같은 어마어마한 말이 쓰여 있었다. 그렇다면 대체 법정이 전부 몇 개나 있는 걸까? 그리고 그것을 다 알려면 얼마나 많은 시간이 걸릴까? 나는 완전히 기가 질리고 말았다. 또 그 밖에도 엄청난 양의 선서·구술에 의한 증거 서류가 쌓여 있었다. 튼튼하게 제책된 것이 각각 사건별로 산처럼 엮여 있었다. 마치 한 사건마다 10권, 20권의 대역사서라도 읽는 것이나 마찬가지였다. 과연 돈은 많이 들겠지만, 그만큼 소송대리인의 일이 크게 나쁘진 않겠다는 생각이 들었다. 우쭐해져서 서류 뭉치를 바라보고 있을 때 방 밖에서 바삐 걸어오는 발소리가 들렸다. 흰 털로 가장자리를 꾸민 검은 가운을 입은 스펜로 씨가 모자를 벗으면서 서둘러 들어왔다.

스펜로 씨는 키가 작은 금발의 신사로, 멋진 장화를 신고 빳빳하게 풀을 먹인 흰 넥타이를 하고 셔츠 깃을 달고 있었다. 아주 단정하고 깔끔하게 단추를 채웠고, 물결치는 구레나룻은 몹시 공을 들여 손질했음이 틀림없었다. 차고 있는 금 시곗줄이 어찌나 무거워 보이는지, 시곗줄을 꺼내자면 금방 간판의 황금 팔처럼 튼튼한 근육을 가져야겠다는 생각이 떠올랐다. 아무튼 머리끝부터 발끝까지 완벽하게 치장하느라 온몸이 막대기처럼 빳빳했으므로 제대로 몸을 굽힐 수도 없었다. 의자에 앉아 책상 위의 서류 하나를 볼 때도, 마치 인형극의 펀치[*5]처럼 등 끄트머리에서부터 몸을 움직여야 했다.

전에 대고모가 나를 소개해 두어서 나는 친절하게 대접을 받았다. 스펜로 씨가 입을 열었다.

"그러면 코퍼필드 씨, 우리와 같이 일을 해 볼 작정인가? 그저께 미스 트롯우드를 만났을 때도 이야기를 드렸는데, 마침 자리가 하나 비어 있다네. 그 말을 들은 미스 트롯우드가, 특별히 아끼는 조카가 하나 있는데 그 애가 품위 있게 인생을 살아갈 수 있는 직업을 찾고 있는 중이라고 말씀하셨지. 그 조카가 바로 자네로군."

그렇다고 나는 정중하게 허리 굽혀 인사를 했다. 그리고 대고모의 말씀을 듣고, 나도 마음이 내켜서 꼭 해보고 싶었다고 말했다. 그러나 사정을 자세히 알아보기 전에는 이 일을 하겠다고 확답할 수가 없으며, 형식적이기는 하지만, 결정하기 전에 이 일이 나에게 맞는지를 시험해 볼 기회를 주셨으면 좋겠다고 나의 입장을 밝혔다.

"암, 그래야지! 우리 사무소에서는 한 달의 수습 기간을 주고 있어—나로서는 두 달이고 석 달이고 얼마든지 시간을 주고 싶지만—조킨스 씨라는 동업자가 있어서—"

"수습 기간에도 1천 파운드를 내야 하나요?" 나는 정중하게 물었다.

"수습 기간에도 인지대를 포함하여 1천 파운드를 내야 한다네. 미스 트롯우드에게 이야기했다시피 나는 돈을 탐하는 사람이 아니야—사실 나처럼 잇속을 따질 줄 모르는 사람도 드물 거야—그러나 미스터 조킨스는 나와 의견이 달라. 그래서 나는 그 사람의 뜻을 따르지 않을 수 없다네."

"선생님, 제 생각으로는," 나는 대고모의 돈을 조금이라도 아끼려는 생각에서 말했다. "만약 수습 서기가 특히 능력이 있고, 그의 업무를 모두 숙달했다면, 연기(年期) 계약 말기에는 그에게 어떤 대우를 해주는 것이 관례가 아닌지요?" 나는 스스로를 칭찬하는 것 같아서 얼굴이 조금 붉어졌다.

[*5] 유명한 인형극 '펀치와 주디'의 주인공.

스펜로 씨는 '급료'라는 말을 예상하고, 고개를 흔들어 머리를 목도리에서 겨우 쳐들고 말했다.

"안 되네, 코퍼필드. 혼자라면 그 점에 대해서 약간의 고려를 할 수도 있지만, 지금 입장으로는 불가능하다네. 미스터 조킨스가 고집불통이라서."

나는 그 지독한 조킨스란 사람을 생각하니 기가 질렸다. 그러나 그는 조금 음침하지만 온화한 사람이었으며, 사업에 있어서는 언제나 뒤에 숨어 있는데도, 완고하고 무자비한 인물로 소개되고 있다는 사실을 나중에야 알게 되었다. 예를 들어 서기가 승급을 요구하면, 언제나 완고하게 거절하는 사람은 조킨스 씨였다. 또 의뢰인의 지급이 늦어질 때 강경하게 걷는 사람도 조킨스 씨였다. 스펜로 씨는 마음이 무척 괴로운데도(아니, 언제나 피를 토하는 심정이라고 한다) 조킨스 씨는 지급 날짜를 절대 늦춰주지 않았다. 그 악마 같은 조킨스만 없으면, 천사처럼 고운 스펜로 씨의 마음과 손은 언제나 활짝 열려 있다고 한다. 나도 점점 나이를 먹으면서 나중에야 알게 되었는데, 이 스펜로―조킨스 방식으로 운영하는 사무소는 이 밖에도 매우 많다고 한다.

나는 되도록 빨리 한 달간의 수습기간을 시작하기로 했고, 대고모는 내 문제에 관한 합의서류에다 서명을 하기 위해 시내에 머물 필요도 없고, 한 달 뒤에 일부러 다시 올 필요도 없다는 이야기까지 마무리되었다. 계약서는 대고모 집으로 보내면 되었기 때문이다. 일이 결정되자 스펜로 씨는 나를 당장 법정으로 데리고 가서 어떤 곳인가 보여주겠다고 제의했다. 나는 알고 싶어서 대고모를 혼자 남겨두고 스펜로 씨를 따라 밖으로 나왔다. 대고모는 그런 곳은 딱 질색이라고 말했다. 틀림없이 대고모는, 법정이 언제 폭발해서 날아갈지 모르는 화약 창고와 같다고 생각했을 것이다.

스펜로 씨는 육중한 벽돌 건물로 둘러싸인 포장된 안뜰을 지나 나를 데리고 갔는데, 집집마다 박사들의 이름이 붙어 있었다. 그래서 나는 이것이 스티어포스가 말한 대변인 박사들의 주택이라고 생각했다. 드디어 그는 왼편에 있는 예배당 같은 크고 어둠침침한 방으로 나를 데리고 들어갔다. 방 윗부분은 칸막이를 하여 구분해 놓았고, 말굽형으로 된 한층 더 높은 연단 양쪽에는 붉은 가운을 입고 회색 가발을 쓴 여러 명의 신사들이 고풍스러운 식당 의자에 앉아 있었다. 이분들이 아까 말한 박사님들이라고 생각했다. 말굽처럼 생긴 곳에 설교단과 같은 조그마한 책상이 있고, 거기에 노신사 한 분이 눈을 깜박이며 앉아 있었다. 그보다 약간 낮은 말굽형 공간에는—즉 바닥과 거의 같은 높이에—스펜로 씨와 같은 계급의 여러 신사들이 스펜로 씨와 같이 흰 털이 달린 검은 가운을 입고서 기다란 녹색 책상에 앉아 있었다. 그들의 목도리는 하나같이 빳빳하고 표정이 거만하다고 생각했다. 그런데 거만해 보인다는 생각은 잘못이었다는 것을 곧 깨닫게 되었다. 왜냐하면 그들 가운데 두세 명이 일어나서 재판장의 물음에 대답하는 자세는 양처럼 순했기 때문이었다. 이곳의 고요한 적막을 깨는 것은, 난롯불 타는 소리와 증거물이 산더미같이 쌓여 있는 사이를 박사들이 느릿느릿 누비다가, 여행길에 오른 바쁠 것 없는 나그네가 길가 술집에서 쉬어가듯이, 걸음을 멈추고 서로 뭐라곤가 말하는 소리뿐이었다. 요컨대 내 평생에, 어떠한 경우에도 나는, 어느 조그마한 가족 파티에서도 이처럼 아늑하고, 나른하고, 구식이고, 시간관념을 저버린 졸음 쏟아지는 분위기에 젖어 본 적은 없었다. 당사자인 원고만 아니라면, 어떤 역할로든 이런 사람들의 동료가 된다면 참 좋을 것이며, 마치 아편에 취한 느낌일 거라고 생각했다.

이 세상과 동떨어진 곳의 꿈 같은 분위기에 나는 아주 만족했다. 그래서 스펜로 씨에게 이제 충분히 보았다고 말을 하고서, 대고모가 기다리고 있는 곳으로 돌아갔다. 대고모와 함께 민법박사회관을 떠나 스펜로 앤드 조킨스 사무실을 빠져나올 때, 서기들이 서로에게 펜으로 쿡쿡 찌르면서 나를 가리켰는데 그것은 아마 내가 너무 어려서 그러는가 보다고 생각했다.

머지않아 우리는 링컨스인필드로 돌아왔는데, 올 때는 딱히 아무 일도 일어나지 않았다. 다만 운 나쁘게, 과일장수의 수레를 들이받은 당나귀를 보았는데, 대고모는 어김없이 싫은 기억을 떠올린 것 같았다. 아무튼 무사하게 여관에 돌아와서, 우리는 내 앞날에 대해서 오랫동안 이야기를 나누었다. 나는 대고모가 집으로 돌아가고 싶어한다는 것과, 화재와 불량 음식과 소매치기에 대한 걱정 때문에 런던에서는 단 30분도 마음이 편치 않다는 것을 알고 있었다. 그래서 나는 대고모에게, 내 일 때문에 불안하게 런던에 있을 필요가 없으며, 내 일은 내가 알아서 처리할 터이니, 맡겨두고 떠나라고 말했다.

"트롯, 내일이면 런던에 온 지 꼭 일주일인데, 실은 나도 생각해 보지 않은 건 아니야. 그래서 말인데, 아델피에 너에게 꼭 맞는 가구가 딸린 셋방이 있더구나"라고, 간단히 소개를 하면서, 대고모는 신문에서 조심스럽게 오려낸 광고

문을 주머니에서 꺼냈다. 그 광고문에는 다음과 같이 씌어 있었다. '아델피의 버킹엄 가에 셋방 있음. 템스 강이 내려다보이는 아름다운 전망이 있으며, 가구가 딸려 있고, 특히 법정에 근무하는 분이나 젊은 신사 분이 살기에 알맞음. 즉시 입주할 수 있음. 집세는 싸고, 필요하면 1개월 계약도 가능.'

"아, 대고모님, 이것 마침 잘됐어요!" 나는 마침내 내 집을 가질 수 있다는 기쁨에 흥분을 감추지 못했다.

"그럼, 가 보자꾸나." 대고모는 방금 벗어놓았던 모자를 다시 쓰면서 말했다.

우리는 곧바로 그곳으로 향했다. 광고에 크럽 부인을 찾으라고 적혀 있어서 크럽 부인에게 전해지는 것으로 생각되는 벨을 눌렀다. 벨을 서너 번 누르자 부인이 나타났다. 부인은 건장하게 생겼으며 난징 무명으로 만든 드레스 밑에 주름 장식이 달린 속치마를 입은 뚱뚱한 부인이었다.

"방을 보러 왔습니다, 부인." 대고모가 말했다.

"이분이 쓰실 겁니까?" 크럽 부인은 주머니에서 열쇠를 찾으며 물었다.

"예, 내 조카입니다."

"그렇다면 딱 알맞은 방이지요!"

우리는 2층으로 올라갔다.

방은 집의 맨 위층에 있었다. 비상구 옆에 있다는 것이 대고모에게는 매우 좋게 여겨졌다. 그 방은 시야를 거의 가리는 반 밀폐된 입구와, 아무것도 안 보이는 캄캄한 부엌과 거실, 그리고 침실로 이루어져 있었다. 가구가 꽤 낡았으나 내가 쓰기에는 손색이 없었다. 창밖으로 템스 강도 분명 보이기는 했다.

나는 마음에 든다고 말하고 거실 소파에 앉아, 이런 훌륭한 집에서 살게 되다니 꿈 같은 일이라고 생각했다. 그러는 동안 대고모와 크럽 부인은 부엌으로 들어가서 방세를 의논했다. 마침내 교섭을 끝내고 함께 부엌에서 나왔다. 두 사람의 표정으로 보아 기쁘게도 원만히 해결된 것 같았다.

"모두 전에 살던 사람의 가구인가요?" 대고모가 물었다.

"예, 그렇습니다, 부인." 크럽 부인이 대답했다.

"그분은 어떻게 됐어요?"

"그 사람은 여기서 병을 얻었지요, 부인. 그러다가—어! 안타깝게도! 죽고 말았습니다!" 크럽 부인은 갑자기 기침을 하느라 괴로워하며 간신히 대답했다.

"어쩌나! 무슨 병으로 죽었나요?" 대고모가 물었다.

"그게요, 부인, 술 때문입니다." 크럽 부인은 터놓고 말했다. "그리고 연기 때문이지요."

"연기라고요? 굴뚝 연기를 말하는 건 아니겠지요?" 대고모가 물었다.

"물론 아니지요, 부인. 여송연과 파이프 담배 연깁니다."

"트롯, 어쨌든 전염병은 아니지?" 대고모는 나를 돌아보며 말했다.

"예, 아닙니다." 나는 대답했다.

간단히 말해서, 내가 그 방을 맘에 들어하자 대고모는 한 달간 방을 계약했다. 그 계약 기간이 끝나고 더 있고자 하면 1년 더 있어도 되었다. 크럽 부인은 침대 커버를 가져다주고 음식까지 준비해주기로 했다. 그 밖에 필요한 것들은 이미 준비되어 있었고, 크럽 부인은 나를 친자식처럼 보살펴주겠다고 분명하게 말했다. 내가 이틀 뒤에 이사오겠다고 하자 크럽 부인은 보살필 자식이 생긴 것 같다며 크게 기뻐했다.

돌아오는 길에 대고모는, 앞으로의 생활이 나를 더욱 굳건하게 자립시켜줄 것으로 믿는다고 말했다. 그런데 애당초 이것이야말로 내가 원하는 것이었다. 그 다음 날, 내가 위크필드 씨 집에서 옷가지와 책을 옮기려고 준비하고 있을 때도 대고모는 그 말을 수없이 되풀이했다. 나는 이러한 일과 내가 최근 했던 긴 여행에 관해 자세한 내용을 아그네스에게 편지로 썼고, 다음 날 대고모가 떠나면서 전해주기로 했다.

대고모는 한 달 간의 수련 기간 동안 내게 필요한 모든 비용을 부담했으므로 불편한 것은 전혀 없었다. 다만 대고모가 떠날 때까지 스티어포스가 나타나지 않아서, 대고모와 나는 크게 실망했다. 대고모는 침입하는 당나귀를 혼내줄 생각에 벌써부터 흥분하며 자넷을 데리고 도버행 마차에 앉았다. 마차가 떠나자 나는 아델피 쪽을 바라보면서, 지하를 떠돌았던 그 옛날 불행했던 시절과, 나를 지상으로 나오게 하여 햇빛을 보게 한 행복한 변화 따위를 곰곰이 생각해 보았다.

24장
사치스러운 하룻밤

높은 성곽에 터를 잡고 성문을 닫을 때는, 마치 로빈슨 크루소가, 자기가 만든 성채에 들어간 뒤에 사다리를 치울 때와 같은 말할 수 없이 멋진 기분이었다. 내 집 열쇠를 주머니에 넣고 시내를 거닐다가 누군가를 만나면 거리낌 없이 내 집으로 청할 수 있다는 것도 기분 좋은 일이다. 남한테 말하지 않고서도 마음대로 드나들 수 있고, 필요할 때는 언제든지 벨을 눌러 크럽 부인을 흡사 땅속 깊은 곳에서 나오는 것처럼 숨을 헐떡이며 달려나오게 하는 것도 참 신나는 일이었다. 그리고 크럽 부인 스스로 나를 찾아오는 것도 똑같은 기분이었다. 이와 같은 것들은 모두 신나는 일이었다. 그러나 때로는 서글플 때도 있었다.

아침에는, 특히 맑은 아침에는 기분이 좋았다. 낮에도 아주 자유롭고 생기가 넘쳤다. 햇빛이 밝게 빛날 때는 생활이 더한층 자유로워지는 느낌이었다. 그러나 날이 저물면, 내 생활도 덩달아 저물었다. 촛불로는 내 마음을 충족시키기가 어려웠다. 그럴 때는 말할 상대가 필요했다. 나는 아그네스가 그리웠다. 마음놓고 이야기할 수 있는, 언제나 웃음 짓는 아그네스가. 마음이 텅 빈 것 같았다. 크럽 부인이 있었지만, 너무 멀었다. 나는 술과 담배로 죽었다는, 전에 살던 사람을 떠올렸다. 그가 살아 있어서, 내가 죽음을 떠올리지 않아도 된다면 얼마나 좋을까!

겨우 이틀 밤과 낮이 지났는데, 나는 꼬박 1년을 산 것 같았다. 그런데도 나는 전혀 자라지 않았을뿐더러 여전히 유치한 열등감에 사로잡혀 있었다.

스티어포스가 한 번도 나타나지 않았기에 틀림없이 병이 났으리라 생각하고, 사흘째 되던 날 나는 민법박사회관을 일찍 나와 하이게이트로 가 보았다. 스티어포스 부인은 나를 보고 무척 반가워했다. 부인은 스티어포스가 옥스퍼드 친구와 같이 세인트알번스 근처에 있는 다른 친구의 집에 가서, 내일 돌아올 거라고 말해주었다. 나는 그를 매우 좋아했으므로 그 옥스퍼드 친구들에게 강한 질투를 느꼈다.

스티어포스 부인이 저녁을 먹고 가라고 붙잡는 바람에 나는 머물기로 했다. 그러고는 종일토록 스티어포스에 대한 이야기만 했다. 나는 야머스 사람들이 스티어포스를 좋아했다는 것과, 멋진 여행 상대였다고 말했다. 미스 다틀은 교묘하게 떠보기도 하고 이상한 질문도 했지만, 역시 주된 관심은 우리의 여행 중에 일어났던 여러 가지 사건이었다. 미스 다틀은 "정말 그럴까요?"라는 질문을 여러 번 되풀이하면서 결국 알고 싶은 것을 내게서 모조리 캐냈다. 미스 다틀의 모습은 처음 만났을 때와 똑같았지만, 두 부인과 얘기하는 것은 매우 즐겁고 자연스럽게 느껴졌으므로, 미스 다틀에게 어느 정도 호감을 느낀다고 생각할 정도였다. 함께 버킹엄 거리를 걷는다면 얼마나 즐거울까—그날 밤, 나는 날이 저물어 집으로 돌아오면서 몇 번씩 그런 생각을 했다.

아침에 민법박사회관으로 출근하기 전에 커피와 롤빵을 먹고 있는데—참고로, 크럽 부인은 커피를 많이 넣었지만 놀랍게도 맛은 연했다—스티어포스가 불쑥 들어왔다. 나는 말할 수 없이 기뻤다.

"야, 스티어포스." 나는 소리쳤다. "다시는 너를 못 보는 줄 알았어!"

"집으로 돌아간 다음 날 아침 억지로 끌려갔었어, 데이지, 넌 여기서 독신자 생활을 멋있게 하고 있구나!"

나는 스티어포스에게 집안 구석구석을 자랑스러운 마음으로 보여주었다. 그도 칭찬을 아끼지 않았다. "네가 나를 내쫓지 않는다면, 이곳을 나의 별채로 삼고 싶어."

참으로 반가운 소리였다. 나가라는 말은, 최후의 심판날까지 절대 하지 않을 거라고 대답했다.

"아침 식사를 해야지?" 나는 초인종 줄에다 손을 대면서 말했다. "크럽 부인이 새 커피를 끓여올 것이고, 나는 여기 있는 불고기용 냄비에 베이컨을 구워줄게."

"아니, 괜찮아! 초인종을 울리지 마. 나는 여기서 식사할 수가 없어. 코벤트 가든의 피아자 호텔에 있는 친구와 같이 먹기로 했거든."

"그럼 저녁은 나와 같이 할 수 있겠지?" 나는 물었다.

"그것도 안 되겠는데. 마음은 굴뚝같지만 그들과 같이 있어야 하거든. 그리고 내일 아침에 우리 세 사람은 떠나야 해."

"그럼 그 두 사람도 여기서 저녁을 같이 하지. 그들이 오려고 할까?"

"아! 그들이야 기꺼이 오지." 스티어포스는 말했다. "그러나 너에게 너무 폐를 끼치거든. 네가 우리 쪽으로 와서 같이 하는 게 어때?"

나는 그 말에는 절대로 응하고 싶지 않았다. 이 멋진 기회를 이용하여, 이사한 것을 축하하는 파티를 열고 싶었기 때문이었다. 스티어포스가 칭찬해 주었으니, 이 방은 나의 새로운 자랑거리가 되었다. 더욱 좋은 모습을 보이고 싶었다. 그래서 나는 스티어포스에게 그의 두 친구 대신 굳게 약속하도록 했으며, 시간을 6시로 정했다.

스티어포스가 나간 뒤, 나는 크럽 부인을 불러서, 이 무모한 계획을 설명했다. 크럽 부인은 먼저, 시중을 들 수 없다는 것은 잘 알고 있다고 말한 뒤, 다행히 자기가 아는 한 젊은이가 있으니 그에게 부탁하면 될 것이라고 했다. 보수는 최소한 5실링은 줘야 하고, 그 이상 더 주는 것은 관계없다고 했다. 그리고 크럽 부인은 자기가 한꺼번에 두 곳의 일을 볼 수가 없으니(나는 당연히 그렇다고 생각했다), '젊은 처녀'를 고용해서 침실용 촛불을 가지고 부엌에 대기시켜 놓고 설거지를 하게 하는 것이 필요하다고 했다. 그 처녀에게는 얼마를 줘야 하느냐고 물었더니, 18펜스 정도라면 무리 없이 낼 수 있지 않겠느냐고 말했다. 나는 그렇다고 말하고 크럽 부인의 말대로 모두 결정해버렸다. 마지막으로 정찬을 어떻게 하겠느냐고 크럽 부인이 물었다.

그런데 부엌 오븐을 만든 철물상의 짧은 소견으로 인해, 크럽 부인의 오븐으로는 갈비구이와 으깬 감자 말고는 아무것도 만들 수 없었다. 생선 냄비에 대해서는, 크럽 부인이 잠깐 와서 보고 가라고 했다. 말은 참 그럴듯하다. 잠깐 와서 보고 가라니. 어차피 봐도 모르므로 나는, 생선은 필요 없다고 말하고 거절했다. 하지만 크럽 부인은, 그러지 말고, 굴이 있는데 쓰시겠어요? 하고 물었다. 그래서 그렇게 하기로 했다. 또한 부인은 이렇게 차리면 어떻겠냐고 했다. 즉 요릿집에서 구운 닭 두 마리와 채소를 곁들인 쇠고기 스튜를 주문하고, 잘 부풀게 구운 파이와 콩팥 한 접시 같은 간단히 곁들일 두 가지 요리와, 과일 파이와, (원한다면) 젤리까지 주문하는 것이다. 그렇게 하면 자기는 감자 요리에 전념하고 치즈와 샐러드를 멋지게 차려내겠다고 말했다.

나는 크럽 부인의 의견대로 따르기로 하고, 요릿집에 직접 주문하러 갔다.

그 뒤 나는 스트랜드 거리를 걷다가 햄과 고기를 파는 식육점 창문에, 대리석처럼 생긴 얼룩덜룩하고 딱딱한 물체를 보았는데, 거기에는 '모형 거북'*¹이라고 쓰여 있었다. 나는 들어가서 그것 한 덩이를 샀다. 나중에야 알았는데, 그것은 열 다섯 사람도 먹을 수 있는 양이었다. 그러나 크럽 부인에게 부탁해서 막상 요리를 해 보니까, 많이 줄어서 스티어포스의 말처럼 겨우 네 사람이 먹을 정도였다.

모든 준비를 끝내고, 나는 코벤트 가든 시장에 가서 약간의 디저트를 사고, 근처 포도주 소매점에서 포도주를 대량 주문했다. 오후에 집에 돌아오니, 부엌 마루에 포도주 병들이 직사각형으로 즐비하게 놓여 있는 것을 보고 너무 많은 것 같아서 깜짝 놀랐다. 그나마도 두 병이 모자란다며 크럽 부인이 계속 투덜거리고 있었다.

스티어포스 친구들 이름은, 그레인저와 마캄이었다. 두 사람 다 아주 명랑하고 쾌활한 친구였다. 그레인저는 스티어포스보다 나이가 많았고, 마캄은 어려 보였는데, 기껏해야 스무 살 정도였다. 가만 보니, 마캄은 자신을 말할 때마다 막연하게 '사람'이라고 지칭했으며, '나'라는 1인칭은 절대로 쓰지 않았다. 예를 들면 이런 식이었다.

"코퍼필드 군, 이 사람도 여기서는 아주 멋진 시간을 가질 수 있겠군." 즉 '나도'라는 뜻이다.

"위치도 나쁘지 않지." 나는 말했다. "방도 제법 넓고."

"너희 둘 다 식욕이 왕성하겠지?" 스티어포스가 말했다.

"그야 당연하지." 마캄이 대답했다. "런던에 오면 사람은 식욕이 더해지는 것 같아. 사람은 온종일 배가 고프단 말이야. 아침부터 저녁까지 쉬지 않고 먹지." 전부 자기가 그렇다는 말이다.

나는 처음에는 좀 거북하기도 하고, 또 주인 역을 하기에는 나이가 어린 것 같아서, 식사가 준비되자, 나는 스티어포스를 윗자리에 앉히고 나는 그와 마주앉았다. 음식은 다 좋았다. 포도주도 계속 나오고, 스티어포스가 분위기를 잘 이끌어 나갔으므로, 모임은 조금도 김빠진 데가 없이 순조로웠다. 다만 나는 식사 중에 생각만큼 편하지 못했다. 왜냐하면 내 자리가 문을 정면으로 보

---

*¹ 송아지고기를 거북이 모양으로 만든 것.

고 있어서, 그 시중드는 젊은이가 계속 밖으로 나가서 포도주를 마시는 그림자가 여지없이 입구 벽에 비쳐서 거기에 정신이 쏠렸기 때문이었다. 젊은 처녀도 내 마음을 괴롭혔다. 그 처녀가 일을 안 해서가 아니라, 접시가 남아나지 않을까 봐 걱정스러웠다. 그 처녀는 무엇이든 알고 싶어하는 성격이어서, 가만히 부엌에 앉아 있지를 못하고 우리 쪽을 자꾸 들여다보았다. 그러다가는, 들켰다고 생각하고서 뒷걸음질을 치다가 자기가 바닥에 내놓았던 접시를 여러 번이나 밟아서 깨버렸다.

그러나 그것들은 큰 잘못이 아니라서, 식사 접시를 치우고 디저트가 나올 무렵에는 나도 모두 잊고 있었다. 그때쯤에는 시중드는 젊은이도 술이 얼큰하게 취해 있었다. 그래서 나는 그에게 내려가서 크럽 부인과 어울리라고 말하고, 처녀한테도 지하실로 내려가라고 지시한 뒤, 마음껏 즐기며 놀았다.

나는 매우 즐겁고 마음이 홀가분해졌다. 거의 잊고 있던 이야기들이 쉼 없이 머리에 떠올랐다. 그리고 평소와 다르게 혀가 술술 돌아갔다. 다른 사람의 농담은 물론 내 농담에도 마음껏 웃었다. 스티어포스에게 옥스퍼드에 가겠다고 몇 번이나 약속을 하기도 했다. 또 추후 통지가 있을 때까지 매주 이런 연회를 열겠다고 큰소리치기도 했다. 그리고 그레인저의 코담배 통에서 담배 가루를 지나치게 마셨으므로, 부엌에 가서 10분 동안 몰래 재채기를 하기도 했다.

나는 점점 더 빨리 포도주 병을 돌렸으며 아직 필요가 없는데도 계속해서 코르크 마개를 땄다. 스티어포스의 건강을 위해 한 잔 하자고 떠들기도 했다. 스티어포스는 나의 가장 친한 친구이고, 어렸을 때는 나의 보호자였고, 지금은 나의 동료라고 말하며, 그런 뜻에서 그의 건강을 위해 꼭 건배하고 싶다고 했다. 그에게 입은 은혜는 산보다 높고 바다보다 깊으며, 말할 수 없이 그를 존경한다고 덧붙였다. 그리고 "여러분, 스티어포스를 위하여 건배! 신이여, 스티어포스에게 은총을 내리소서! 스티어포스 만세!"라고 외쳤다. 우리는 아홉 번 건배를 하고, 또 마지막으로 한 번 더 호쾌하게 건배하고야 끝마쳤다. 나는 스티어포스와 악수하려고 식탁을 돌아가다 내 술잔을 깨버렸고, 해롱거리며 그에게, "스티어포스, 너는 나를 인도하는 별이야!"라고 말했다.

갑자기 누군가 노래를 하고 있다는 것을 깨달았다. 마캄이었다. 〈남자의 마음에 내리는 비〉를 부르고 있었는데, 노래를 마치자, '여자를 위하여 건배!'하자고 말했다. 나는 곧바로 이의를 제기하고 그건 건배를 하는 점잖은 방법이 아니라고 말했다. 그리고 '숙녀를 위해서 건배!'하는 것이 아니면 내 집에서는 절대로 허락하지 않겠다고 말하며 기염을 토했다. 아마도 스티어포스와 그레인저가 나를 향해—그를 향해—아니면 우리 둘 모두를 향해 큰 소리로 웃고 있었기 때문이라고 생각하는데, 아무튼 나는 그에게 유난히 거만하게 굴었다. 그는 사람은 남의 지시를 받는 것을 싫어한다고 말했다. 그런 바보 같은 말이 어디 있느냐고 내가 맞섰다. 그러자 사람은 모욕당하고 있을 수 없다고 대꾸했다. 그래서 나도 말했다. 네 말이 옳다. 그러므로 이 지붕 아래에서, 성스러운 라레스*²가 다스리는, 접대 규칙을 으뜸으로 치는 이 집에서 그런 일은 절대 있을 수 없다고. 그러자 뜻밖에 그는, 너는 참 좋은 녀석이며, 그 점을 솔직하게 털어놓는다고 해서 사람의 품위가 떨어지지는 않는다고 말했다. 나는 곧바로 마감을 위해서 축배를 들자고 제의했다.

누군가 담배를 피우고 있었다. 우리 모두 담배를 피웠던 것이다. 나도 담배를 피우면서, 몸이 떨리는 것을 억누르려고 애썼다. 그전에 스티어포스가 나에 대해서 일장 연설을 하고, 나는 눈물을 흘리면서 감격했다. 나는 곧바로 답례를 하고, 내일도 모레도 넷이서 함께 저녁 식사를 하고 싶으며, 매일 5시에 시작해서 긴긴 밤을 유쾌하게 떠들며 보내고 싶다고 말했다. 그리고 누군가를 위해서 건배하지 않고는 못 견딜 것 같아서, 이번에는 여성의 귀감인 나의 대고모, 미스 벳시 트롯우드를 위하여 건배!라고 말했다.

누군가 내 침실 창문으로 몸을 내밀며 차가운 돌난간에 이마를 대고 바람을 쐬고 있었다. 가만 보니 그건 나였다. 스스로 "코퍼필드 군"이라고 부르면서 "왜 담배를 피웠지? 피울 줄 모른다는 걸 알고 있었으면서"라고 중얼거리고 있었다. 또 누군가가 비틀거리며 거울을 보고 있었다. 그것도 나였다. 거울 속의 나는 몹시 창백했고 두 눈은 멍청하게 풀려 있었다. 머리카락—오직 내 머리카락만이 홀로—취해 있었다.

누군가 나에게, "야 코퍼필드, 연극 보러 가자!"고 말했다. 눈앞에 있던 침실이 어느새 사라지더니, 다시 식탁 위에는 시끄럽게 부딪히는 유리잔 소리와 등불에서 흘러나오는 빛이 가득하고, 오른쪽에는 그레인저, 왼쪽에는 마감, 정면

---

*2 로마 신화에 나오는 가정의 수호신.

에는 스티어포스가 앉아 있었지만, 다들 안개 속에 있는 것처럼 멀고 부옇게 보였다. 연극? 좋지, 바로 그거야. 자 가자구! 그런데 미안하지만 다들 한 걸음 먼저 나가주게. 나는 등불을 끄고 갈 테니. 불이 나면 안 되니까.

어둠 속에서 우물쭈물하다가 문을 찾지 못했다. 창문 커튼을 더듬거리고 있자 스티어포스가 웃으면서 내 팔을 잡고 밖으로 나갔다. 다 같이 한 줄로 내려갔다. 몇 계단 남겨놓고 누군가가 굴러떨어졌다. 누군가가, 코퍼필드다, 하고 말했다. 헛소리 하지 말라고 화를 냈는데, 정신을 차려 보니 바닥에서 나뒹굴고 있었다. 그렇다면 아주 엉뚱한 말은 아니었던 모양이다. 그제야 겨우 그런 생각이 들었다.

안개가 자욱하여, 가로등 주위에 빛무리가 지는 밤이었다! 누군가가 비가 온다고 말했지만 나는 안개가 내리고 있다고 생각했다. 스티어포스는 가로등 밑에서 내 옷을 털어주었고, 또 누군가가 어디선가 마술처럼 꺼내온 모자 같은 것을 씌워 주었다. 그때까지 나는 모자를 쓰고 있지 않았던 것이다. 스티어포스는, "코퍼필드, 괜찮지, 그렇지?" 라고 물었다.

"괜찮아. 고마워." 나는 대답했다.

극장 매표소에 앉아 있던 사나이가 안개 속에서 얼굴을 내밀고서, 누군가로부터 돈을 받고서, 당신도 돈을 낸 사람 중 한 분인가요, 하고 물었다. 그 사나이는 내게서 돈을 받을까 말까 망설이는 것 같았다. 잠시 뒤 우리는 무더운 극장 상석에 자리잡고 앉아서 값이 싼 낮은 관람석을 내려다보았다. 그러나 그곳은 연기가 자욱하게 끼어 있어서 가득 찬 사람들도 그저 흐릿하게 보일 뿐이었다. 커다란 무대가 보였는데, 거리를 걷고 난 뒤에 보니 매우 아름답고 반듯해 보였다. 무대 위에서 사람들이 뭐라고 지껄이고 있었으나 나는 그것이 무슨 소리인지 전혀 알아들을 수가 없었다. 찬란하게 조명이 비치고 음악이 연주되고 있었으며 특등석에는 귀부인들이 앉아 있었고, 그 밖에도 잘은 모르지만 많은 사람들이 있었다. 극장 전체가 마치 수영을 하고 있는 것처럼 울렁울렁 흔들리고 있었다. 어떻게든 그것을 멈추어 보려고 오히려 더욱 이상하게 몸을 흔들기 시작했다.

누군가 제의를 해서, 우리는 귀부인들이 앉아 있는 1층 특별석으로 내려갔다. 나는 한 특별석으로 안내되었다. 나는 앉으면서 누군가에게 계속 무슨 말인가를 지껄였고, 주위 사람들은 누구에게 하는 말인지는 몰라도 자꾸 "조용히 해요!"라고 소리쳤고, 귀부인들은 성난 눈초리로 나를 노려보았다. 그런데 —이 얼마나 놀랄 일이냐! 아—아그네스가 내가 전혀 모르는 신사 숙녀와 함께 나와 같은 박스에 앉아 있는 것이었다. 그때보다 지금 더 또렷하게 떠오르는 나를 바라보던 아그네스의 당혹스러움과 놀라움의 시선.

"아그네스!" 나는 혀 꼬부라진 목소리로 말했다. "아아! 아그네스!"

"쉬, 제발 조용히 해요!" 아그네스가 말했다. 아그네스가 왜 그러는지 영문을 알 수가 없었다. "다른 분들에게 방해가 됩니다. 무대를 보세요!"

아그네스가 시키는 대로 나는 무대를 바라보면서 대사를 들으려고 했으나 헛일이었다. 그래서 다시 아그네스를 보았더니, 아그네스는 한쪽 구석에 웅크리고 앉아서 장갑을 낀 손으로 이마를 감싸고 있었다.

"아그네스." 나는 말했다. "몸이 불편한가요?"

"아니요, 아프지 않아요. 제 걱정은 마세요, 트롯우드. 연극을 봐요! 곧 가시지요?"

"곧 갈 거냐고요?"

"그래요."

누군지 모르지만 오페라글라스를 손에 들고 소파에 길게 늘어져 있는 정장 차림의 신사가 언뜻 눈에 스치고, 다음에는 내 전신상이 거울 속에 비쳤다. 그리고 아그네스는 잠시 나를 유심히 바라보더니, 나지막하게 말했다.

"제가 진정으로 말씀드리면 제 부탁을 들어주시리라 생각합니다. 트롯우드, 저를 위해서 지금 바로 떠나주세요! 친구들에게 부탁해서 집으로 데려다 달라고 하세요."

그제야 나는 잠깐이나마 정신이 번쩍 들었다. 화도 났지만 부끄러운 생각이 들어서 "안녕!"이라고 인사를 한 뒤에 일어나서 나와버렸다. 친구들이 내 뒤를 따라나왔다. 나는 집까지 달려갔다. 침실에서 스티어포스만이 내 옷을 벗겨주면서 나를 도왔다. 나는 스티어포스에게 아그네스는 내 누이동생이라는 것과, 한 병 더 마실 테니 술병 따개를 가지고 오라는 말을 되풀이해 말했다.

누군가 내 침대에 숨어들어서 밤새도록 열에 들뜬 것처럼 지리멸렬한 말들을 몇 번이고 되풀이했다. 그러나 마치 파도치는 바다처럼 침대가 계속 울렁거렸다. 조금씩 정신이 들면서 그 사람이 나라는 것을 알자 목이 타들어가고, 온몸의 피부는 뻣뻣한 나무판자 같았다. 혀는 오랜 세월 불꽃 위에 얹어놓은 빈

주전자 밑바닥 같았다. 손바닥은 얼음으로도 식힐 수 없는 새빨갛게 달아오른 철판 같았다.

그러나 그보다 더 지독한 것은, 이튿날 눈을 떴을 때의 고통, 후회, 부끄러움이었다! 기억나진 않지만, 돌이킬 수 없는 실수를 수없이 저질렀다고 생각하니 소름이 오싹 끼쳤다. 아그네스가 내게 보낸 지울 수 없는 눈길! 내가 짐승이나 다름없었던 탓에 아그네스가 어떻게 해서 런던에 왔으며, 어디서 묵고 있는지도 모르는 이 괴로움! 난장판을 벌인 방을 바라보았을 때의 혐오감—쪼개질 듯이 아픈 머리—코를 찌르는 담배 냄새, 사방에 흩어져 있는 술잔들, 나갈 수도 없고 일어날 수도 없는 이 참담함! 아, 얼마나 한심한 날이었던가!

아, 얼마나 울적한 밤이었던가! 나는 기름방울이 떠 있는 양 고깃국 그릇을 앞에 놓고 난롯가에 앉아 내가 전에 세들었던 사람과 같은 길을 가고 있으며, 그의 방과 더불어 그의 비참한 운명도 함께 계승하고 있다는 생각이 들자 곧장 도버로 달려가 모든 것을 털어놓고 싶었다! 크럽 부인이 양 고깃국 그릇을 치우기 위하여 방에 들어와서 어제의 잔치 음식 가운데 남은 것이라며 콩팥 한 조각을 치즈 그릇에 내놓았을 때, 나는 뼈저리게 후회가 되어 무명옷을 입은 부인의 가슴에 머리를 묻고서, "오, 크럽 부인, 남은 고기는 필요 없어요! 나는 말할 수 없이 부끄러워요!"라고 하소연하고 싶었지만, 이러한 상황에서도 나는 크럽 부인이, 내 모든 것을 털어놓아도 좋을 만한 인물인지를 의심해 보고 있었다.

25장
선한 천사, 악한 천사

머리가 아프고, 구역질을 하고, 후회되고, 그 운나빴던 날의 다음 날 아침이었다. 그저께의 만찬을 거인족들이 큰 지렛대를 가지고 몇 달이나 뒤로 밀쳐놓은 것처럼, 이상하게 뒤죽박죽된 마음으로 문을 나설 때였다. 배달원 하나가 손에 편지를 들고 계단을 올라오고 있었다. 마침 한숨 돌리면서 쉬고 있는 중이었지만, 위에서 난간에 기대 내려다보고 있는 나를 발견하자 갑자기 뛰기 시작하더니 금방이라도 숨이 끊어질 것처럼 헐떡이며 계단을 올라왔다.

"티(T) 코퍼필드 도련님이죠?" 배달원은 그의 짧은 지팡이를 모자에 대고 정중하게 예의를 나타내며 말했다.

나는 내 이름을 밝힐 수 없었다. 그 편지가 틀림없이 아그네스에게서 온 것이라 생각하니 가슴이 떨렸기 때문이다. 그러나 내가 바로 티(T) 코퍼필드라고 대답했더니, 그는 나를 믿고 편지를 주면서 답장을 받아오라는 부탁을 받았다고 말했다. 나는 그를 계단 층계참에서 기다리라고 내려보낸 뒤에 다시 방으로 들어갔다. 나는 흥분해 있었으므로 편지를 식탁 위에다 놓고 잠시 바라본 뒤 겉봉을 뜯었다.

편지를 열었다. 극장에서 내가 주책을 떨었던 것에 대해서는 한 마디도 없는 아주 친절한 내용이었다. 편지의 내용은 다음과 같았다.

'트롯우드. 나는 지금, 홀본의 앨리플레이스에 있는 아버지의 대리인인 워터 브룩 씨 댁에 묵고 있습니다. 오늘 나를 찾아오시겠어요? 시간은 언제라도 좋아요. 아그네스로부터.'

마음에 차는 답장을 쓰기까지는 제법 오랜 시간이 걸렸다. 배달부는 뭐라고 생각했을까? 글씨 연습이라도 한다고 생각하지 않았을까? 적어도 6통 정도는 다시 쓴 것 같다. 처음에는 이렇게 썼다. '친애하는 아그네스, 그날의 실례를 어찌 잊어달라고 바랄 수 있겠습니까마는'—써놓고 보니 마음에 들지 않아서 찢어버렸다. 그 다음에는, '친애하는 아그네스, 셰익스피어도 말했지만, 스스로 나서서 적을 배 속으로 불러들이는 것은 얼마나 이상한 일입니까.*¹—그러나 이것도 마캄을 떠올릴 뿐이라 그만두었다. 한번은 시를 써보기도 했다. 1행 6 음절로 '아 잊어 주세요' 하고 썼지만 어쩐지 11월 5일을 연상시키므로*² 역시 바보 같아서 그만두었다. 결국 이것저것 시도한 끝에, 이렇게 썼다.

'친애하는 아그네스, 정말 당신다운 편지로군요. 당신의 편지를 더 이상 칭찬할 말이 생각나지 않는군요. 4시에 찾아가겠습니다. 기쁨과 슬픔에 젖은 티 (T) 시(C).'

이윽고 배달원이 편지를 가지고 떠났다. 일단 내 손에서 떠나자 다시 되찾아 오고 싶은 마음에 안정을 찾을 수 없었다.

만약 그날이 나에게처럼 민법박사회관에 있는 다른 변호사에게도 몸서리쳐지는 날이었다 해도, 그는 썩은 치즈에 대한 보상을 받으므로 약간 위안을 얻었을 것이라고 나는 믿었다. 나는 3시 30분에 사무실을 나와, 몇 분 뒤에는 약속한 장소에서 어슬렁거리고 있었다. 마지막 용기를 짜내어 워터브룩 씨 댁의 문기둥에 있는 전용 벨의 손잡이를 당겼지만, 세인트 앤드류 성당의 시계를 보니 이미 약속 시간에서 15분이 지나 있었다.

워터브룩 씨는 법률문제는 1층에서 취급했고, 사교상의 용건(이 일이 많았다)은 위층에서 다루었다. 나는 아름답고 아담한 응접실로 안내되었다. 그곳에 아그네스가 앉아서 지갑을 짜고 있었다.

아그네스는 침착하게 보였다. 캔터베리에서의 쾌활하고 발랄했던 내 학창시절과 만취되어 담배를 피우면서 소란을 피웠던 전날 밤의 내 초라한 모습이 아주 생생하게 되살아났다. 자책감과 부끄러움에 나는 얼굴을 들 수가 없었다. 나는 창피하게도 눈물까지 흘렸다. 전반적으로 그것이 잘한 일이었는지 아니면 가장 어리석은 태도였는지는 지금도 확신이 서지 않는다.

"아그네스, 내 행동을 본 사람이 하필이면 당신이라니! 당신이 아니었다면

---

*1 〈오셀로〉 2막 2장 292행. 적을 배 속으로 불러들이는 것은, 술을 마셔서 제정신을 잃는다는 뜻.

*2 11월 5일은 1605년 영국 가톨릭교도인 가이 포크스의 의회폭파 음모가 발각된 기념일. 옛 동요에 '잊지 말라, 5일, 11월'로 시작하는 것이 있다.

나는 지금의 반만큼도 뉘우치지 않았을 텐데. 나는 거의 죽고만 싶어요." 나는 고개를 돌리며 말했다.

아그네스는 잠시 한 손으로 내 팔을 잡아주었다. 아그네스 손의 촉감이 위안이 되는 것 같아서 무심코 그 손에 감사의 키스를 했다.

"앉으세요. 지난 일로 끙끙 앓지 마세요. 트롯우드, 당신이 나를 진정으로 믿을 수 없다면 누구를 믿겠어요?" 아그네스는 명랑하게 말했다.

"아, 아그네스, 당신은 나의 천사요!"

아그네스는 약간 슬픈 미소를 지으면서 고개를 저었다.

"아니, 당신은 나의 천사예요. 언제나 그랬죠!"

"트롯우드, 내가 정말 그렇다면, 꼭 부탁드리고 싶은 것이 있어요."

나는 말하라는 뜻으로 아그네스를 바라보았으나 아그네스의 말뜻을 이미 알고 있었다.

"당신에게 경고하고 싶은 게 있어요." 아그네스는 나를 뚫어지게 한 번 바라보고는 말했다. "당신의 나쁜 천사를 조심하세요."

"나의 나쁜 천사라니요?"

"당신은 내 말뜻을 알고 있어요." 아그네스는 대답했다.

"아그네스, 스티어포스 말인가요?"

"네, 그래요. 트롯우드."

"아그네스, 당신은 그를 아주 잘못 알고 있어요. 그가 나의 나쁜 천사라니요, 아니에요. 그는 누구에게도 나쁜 천사가 아닙니다. 그는 내 지도자이자 아군이자, 친구예요. 아그네스! 전날 밤의 내 행동만 보고서 스티어포스를 그렇게 평하는 것은 정당하지 못한 게 아닐까요?"

"나는 전날 밤, 당신을 보고서 그를 판단한 것이 아니에요." 아그네스는 조용히 대답했다.

"그럼 무엇 때문이지요?"

"여러 가지를 보고서. 하나하나를 보면 보잘것없는 것 같지만, 그것이 합쳐지면 그렇게 보이지 않거든요. 트롯우드, 내가 그를 판단하게 된 것은, 첫째 그에 대한 당신의 이야기를 들어서이고, 다음에는 당신의 성격을 보아서고, 마지막으로 그가 당신에게 끼친 영향을 감안한 거예요."

내 속에는 아그네스의 조심스러운 목소리에만 공명하는 마음의 선율이 언제나 있었다. 아그네스의 말은 언제나 진지했다. 그러나 지금처럼 아그네스의 목소리가 아주 진지할 때는 나는 저절로 머리가 수그러지면서 꼼짝도 할 수가 없었다. 나는 아그네스가 눈을 내리뜨고서 뜨개질하는 것을 앉아서 보고 있었지만, 아직도 아그네스의 목소리가 울리는 것 같았다. 스티어포스에게 큰 애착을 가지고 있었음에도 아그네스의 목소리를 들으면 그의 존재가 흐릿해졌다.

"내가 너무 심했지요?" 아그네스가 나를 다시 바라보면서 말했다. "누구와 사귀어본 적도 없고 세상일도 전혀 모르면서, 당신에게 거만하게 충고하고 내 의견을 단호히 말했으니까요. 그런데 왜 내가 그러한 마음을 갖게 되었는지 알고 있어요, 트롯우드? 우리가 함께 자랐다는 사실을 늘 기억하고 있을 뿐만 아니라, 당신에 관한 일에 언제나 깊은 관심을 가지고 있기 때문이에요. 그래서 그런 대담한 말도 할 수 있는 거예요. 제가 말한 건 틀림없이 사실입니다. 당신이 위험한 친구를 사귀고 있다는 것을 당신에게 충고할 때는 내가 아니고 마치 다른 사람이 나를 통해서 말하는 것 같아요."

나는 다시 아그네스를 바라보았다. 아그네스가 잠자코 있을 때에도 그의 목소리는 여전히 울리고 있는 것 같았다. 스티어포스의 그림자는 아직도 마음에 단단히 들러붙어 있긴 했지만 점점 어두워졌다.

"물론 나는 그렇게 분별없는 사람은 아니에요." 잠시 뒤 아그네스는 평소의 어조로 말했다. "당신에게 확고부동하게 굳어 있는 감정을 곧바로 바꾸라는 뜻은 아니에요. 바뀌리라고 생각지도 않고요. 그건 남을 쉽게 믿어버리는 당신의 장점에서 나오는 마음이니까요. 그러니 급하게 바꿀 필요는 없어요. 다만 트롯우드, 당신이 나를 조금이라도 생각한다면, 부탁해요." 아그네스는 내가 하고 싶은 말을 이미 눈치채고 조용히 미소지었다. "당신이 나를 생각할 때마다 내가 말씀드린 것을 생각해 주세요. 이런 말을 한 걸 용서하겠죠?"

"물론이죠, 아그네스. 당신이 스티어포스를 공정하게 판단하고 나처럼 그를 좋아하게 된다면."

"그전에는 안 되나요?" 아그네스가 물었다.

내가 스티어포스에 대해 그와 같이 말했을 때 나는 아그네스의 얼굴에 어둠의 그림자가 스치는 것을 보았다. 그러나 아그네스는 내게 미소지어 보이고 다시 예전처럼 거리낌 없이 얘기를 시작했다.

"그런데 아그네스," 나는 말했다. "그저께 밤 내가 행패를 부렸던 것을 언제쯤 용서해주시겠소?"

"기억날 때 용서하지요." 아그네스가 대답했다.

아그네스는 그 문제를 대강 처리하려 했으나 나는 그 일이 뼈에 사무쳐서 이대로 넘길 수는 없었다. 그래서 나는 어째서 그런 수치스러운 행동을 했으며, 또 어쩌다가 극장까지 가게 되었는지의 사정을 장황하게 이야기했다. 그때의 상황을 모두 이야기하고, 내가 취해서 정신도 차리지 못할 때 스티어포스가 나를 돌봐주었다며 그의 은혜를 자세히 이야기하고 나니 마음이 한결 가벼워졌다.

"당신은 잊어서는 안 돼요." 내 이야기가 끝나자 아그네스는 조용히 화제를 바꾸어 말했다. "당신이 어려움에 처했을 때나 사랑에 빠졌을 때나 모두 나에게 꼭 알려야 해요. 미스 라킨스 다음에는 누구와 사귀었나요, 트롯우드?"

"없어요, 아그네스."

"누군가 있지요, 트롯우드?" 아그네스는 웃으며 손가락을 세우고 말했다.

"없어요, 아그네스. 절대로! 아, 스티어포스 부인 댁에는 미스 다틀이란 숙녀가 있었는데, 그와 이야기하길 좋아했지요. 아주 똑똑하고 재미있는 분이에요. 그러나 그를 사모하진 않았습니다."

아그네스는 자기의 추측이 들어맞자 재미있어하며 웃었다. 그리고 아그네스는, 만약 당신이 약속을 지켜서 나에게 숨김없이 말해준다면 영국 역사에 나오는 왕과 여왕의 연대표와 같이, 당신의 연애 기록을 모아서 언제 좋아했고, 또 얼마나 이어졌으며, 언제 끝났는가에 대한 일람표를 만들겠다고 말했다. 이어서 아그네스는 느닷없이 우라이아를 만난 일이 있느냐고 물었다.

"우라이아 힙 말인가요? 못 봤어요. 그가 런던에 있나요?"

"그래요. 매일 아래층 법률사무실에 들른답니다." 아그네스가 말했다. "그는 나보다 한 주일 먼저 런던에 왔지요. 별로 좋지 못한 일로 온 것 같아 불안해요, 트롯우드."

"아그네스, 당신을 괴롭히는 일인가요?" 나는 다시 물었다.

아그네스는 뜨개질하던 지갑을 옆으로 밀쳐놓고 깍지를 끼고서 그 아름답고 상냥한 눈으로 시름에 잠긴 듯이 나를 바라보며 말했다.

"그가 아버지와 동업을 하려는 것 같아요."

"뭐요? 우라이아가? 그 비열한 아첨꾼 녀석이 이렇게 출세를 한다는 겁니까!" 나는 화가 나서 외쳤다. "아그네스, 당신은 그 일에 맞서지 않았나요? 그 관계가 앞으로 어떻게 발전하리라는 것을 생각해야지요. 분명히 말해야 해요. 아버님이 잘못을 하시지 않도록 당신이 나서야 합니다. 아그네스, 당신이 막아야 합니다."

내가 말을 시작할 때부터 이미 아그네스는 내 흥분에 대해 가볍게 웃으면서 고개를 젓고 있다가 이윽고 입을 열었다.

"아버지에 관해 지난번에 우리가 나눈 대화를 기억해요? 지금 내가 말한 사실을 아버지께서 나에게 알려주신 것은 그 이야기가 있고 나서 얼마 안 됐을 때였어요. 2, 3일 뒤였을 거예요. 정말 슬펐어요. 아버지는 스스로 그렇게 한 것이라고 말씀하시고 싶었지만, 한편으로는 강요에 못 이겨 그렇게 하시지 않을 수 없었다는 것을 숨기지 못해 괴로워하시는 모습을 보려니, 가슴이 미어지더군요."

"아그네스, 강요를 한다고요! 누가 그런 짓을?"

"우라이아가. 자신을 아버지에게 없어서는 안 될 인물로 만들어놓았어요. 그는 교활하고 빈틈없는 인물입니다. 아버지의 약점을 캐내어 그것을 미끼로 삼아 교묘히 이용했어요. 이제 아버지는, 한 마디로 말하자면, 그를 두려워하고 있어요." 아그네스는 잠깐 망설이다가 대답했다.

하려고만 하면 할 말은 많은 것 같았다. 더 깊이 알고 있는 일도 있고, 의심스러운 점도 아직 많다는 것을 잘 알고 있었지만, 그것이 무엇이냐고 물어서 아그네스를 괴롭히기는 싫었다. 아그네스가 자기 아버지를 사랑하므로 숨기고 있다는 것을 나는 알고 있었기 때문이다. 이미 오래전에 시작된 일이라는 것은 나도 눈치채고 있었다. 다만 조금만 생각해 보아도, 그것이 오랫동안 이어져 왔다는 것을 알 수 있었다. 나는 계속 침묵을 지키고 있었다.

"아버지에 대한 그의 영향력은, 아주 대단해요. 그는 신분이 천하고 늘 감사히 생각하고 있다고 입버릇처럼 말하고 있지요—아마 그것은 어느 정도 진심일 겁니다. 나는 그렇기를 바라요—그러나 지금 그의 위세는 엄청나서 그가 자기 권력을 악용할까 두려워요."

그놈은 사냥개 같은 놈이라고 말하는 순간, 나는 마음이 아주 후련해졌다.

"아버지가 처음 저에게 말씀하셨던 그때," 아그네스는 계속했다. "우라이아는 아버지에게 일을 그만두겠다고 말했어요. 무척 죄송하고 떠나기는 싫지만 장래를 생각해서 그만두는 것이 좋겠다고 했어요. 아버지는 아주 우울해하셨어요. 그렇게 걱정스러워하는 얼굴은, 당신도 그렇겠지만 나도 여태껏 한 번도 본 적이 없었어요. 하지만 결국 공동경영이라는 형태로 이야기가 마무리되자 아버지도 어느 정도 힘을 얻은 것 같았어요. 물론 매우 큰 충격을 받으셨고 수치스러워하셨지만."

"아그네스, 당신은 아버지의 그런 결정을 어떻게 받아들였어요?"

"아버지를 편안하게 해 드리려면 무언가를 희생할 수밖에 없다고 생각했어요. 그래서 저도 우라이아에게 동업을 해 달라고 애원했지요. 그러면 아버지 생활의 무거운 짐이 가벼워질 테고—지금도 그렇게 되기를 바라요!—그래야만 제가 아버지와 함께 있을 기회도 많아질 것이라고요, 아, 트롯우드!" 눈물이 흘러내리자 아그네스는 두 손으로 얼굴을 가리고 소리쳤다. "저는, 아버지를 사랑하는 딸이 아니라 평생 아버지의 적이었던 느낌이에요. 오직 저만 생각하느라 아버지가 얼마나 달라지셨는지 몰라요. 저를 중심으로 모든 것을 생각해 주신 것은 고맙지만, 그 때문에 아버지의 감정과 일이 얼마나 좁게 한정되었는지 잘 알고 있어요. 아버지가 저를 위해 얼마나 많은 흥미로운 것들을 외면했으며, 저에 대한 근심 때문에 아버지의 생활이 얼마나 우울하신가를 너무나 잘 알고 있어요. 이 모든 것을 보상할 수만 있다면! 아버지를 늙게 만든 원인이 바로 나니까, 어떻게든 아버지께 젊음을 되찾아 드릴 수만 있다면!"

나는 지금까지 아그네스가 소리내어 우는 것을 본 일이 없었다. 눈물을 흘리는 것은 보았다. 예를 들어 내가 우등상을 타왔을 때, 그리고 저번에 둘이 그녀의 아버지에 대한 이야기를 했을 때도 아그네스는 눈물을 글썽거렸다. 우리가 헤어질 때도 아그네스는 고개를 돌렸다. 그러나 지금처럼 무척 슬퍼하는 모습을 나는 본 적이 없었다. 나는 그 모습이 너무나 안쓰러워서, "아그네스, 제발 울지 말아요. 울지 말아요!"라는 말만 되풀이하면서 한심스럽고 신통치 않은 위로를 건넬 뿐이었다.

그러나 아그네스는 성격도 의지도 나보다 훨씬 뛰어난 인간이었으므로, 언제까지나 그렇게 매달릴 필요는 없었다(물론 지금에야 다 아는 것처럼 말하지만, 과연 그때도 내가 그것을 알고 있었는지 어떤지는 매우 의심스럽다). 내가 기억하는 한 다른 사람과는 확연히 다른 아그네스의 아름답고 고요한 태도가,

마치 구름이 걷힌 푸른 하늘처럼 다시 돌아왔다.

"우리도 언제까지나 둘이서 있을 수는 없으니, 이 기회에 부탁할게요. 제발 우라이아에게 친절히 대해주세요, 트롯우드. 따돌리지 말고 당신 마음에 들지 않는 점이 있더라도 분개하지 마세요. (당신에게 그런 기질이 있다는 것을 알기 때문에 부탁드리는 거예요.) 따돌리거나 화를 낼 필요는 없어요. 그가 정말로 나쁜 사람인지 어떤지는 확실히 모르니까요. 아무튼 아버지와 저를 생각해서 참아주세요!"

아그네스의 이야기는 여기서 끝났다. 문이 열리고 몸집이 큰 워터브룩 부인이 위풍당당하게 들어왔던 것이다. 부인의 몸집이 거대한 건지, 아니면 옷이 거대한 건지, 나로서는 잘 알 수 없었다. 요컨대 어디까지가 옷이고 어디까지가 사람인지 확실치 않았던 것이다. 마치 빛바랜 그림을 보는 듯한 인상이었다. 나는 그 부인을 극장에서 본 기억이 희미하게 떠올랐다. 그런데 부인은 나를 뚜렷하게 기억하고 있었으며, 아직까지도 내가 취해 있다고 의심하는 것 같았다.

그러나 내가 취해 있지 않다는 것과 얌전한 젊은이임을 차차 깨닫자 워터브룩 부인은 나를 상냥하게 대해주었다. 그리고 공원에는 자주 가는가, 사교계에는 자주 나가는가를 물었다. 둘 다 가지 않는다고 대답하자, 또다시 신용은 바닥으로 뚝 떨어졌다. 그러나 그런 내색은 조금도 하지 않고, 나를 다음 날 만찬에 초대했다. 나는 부인의 초대를 받아들이고 그 집을 떠났다. 떠나기 전에 사무실에 들러 우라이아를 찾았으나 없었으므로 나는 명함을 남겨놓고 왔다.

다음 날 만찬에 가자, 현관문이 열리며 양고기 삶는 김이 자욱하게 쏟아져 나왔다. 오늘 손님이 나뿐이 아니라는 것을 알 수가 있었다. 지난번의 배달원이 하인 차림을 하고, 계단 아래에서 손님을 맞이하고 있었기 때문이다. 그는 천연덕스럽게 내 이름을 물으면서 나를 전혀 모르는 사람처럼 굴었다. 그러나 나는 그를 잘 알고 있었고 그도 나를 잘 알고 있었다.

위터부룩 씨는 목이 짧고 엄청 큰 옷깃이 달린 셔츠를 입은 중년 신사였다. 코만 검다면 퍼그와 똑같았을 것이다. 그는 나에게 알게 되어 영광이라고 말했다. 내가 워터브룩 부인에게 인사를 하고 나자 워터브룩 씨는 점잔을 빼며, 나를 검은 우단 옷을 입고 크고 검은 우단 모자를 쓴 아주 무섭게 생긴 부인에게 소개했다. 지금도 기억하는데, 마치 햄릿의 친척—고모—같은 부인이었

다.*³

그 부인의 이름은 헨리 스파이커였다. 남편도 같이 있었는데, 그는 아주 차가워 보였으며, 머리칼은 희다 못해 하얀 서리로 뒤덮인 것 같았다. 모두들 헨리 스파이커 부부에게 큰 경의를 표했다. 아그네스의 말로는, 그가 재무성과 관계있는, 무엇인지 누구인지는 잊어버렸지만, 아무튼 그 고문변호사를 했었기 때문이라고 한다.

손님들 가운데 우라이아 힙도 끼여 있었다. 그는 검은 양복을 입고 무척 겸손한 태도를 하고 있었다. 그에게 손을 내밀자, 그는 내가 찾아주어서 영광이고, 내 쪽에서 먼저 인사를 해오리라고는 생각도 못했다며 정말 감사하다고 했다. 그러지 않는 편이 훨씬 좋았다. 그날 저녁 내내 그는 감사한 마음으로 내 주위를 서성거리며 떠나지 않았다. 그리고 내가 아그네스에게 한 마디라도 할 것 같으면 뒤에서 눈을 부릅뜨고서 파랗게 질린 얼굴로 우리를 노려보는 것이었다.

그 밖에도 손님들이 있었지만, 내가 볼 때 그들은 모두 마치 포도주처럼, 얼음으로 차게 식혀놓은 것 같았다. 하지만 여기에 들어오기 전부터 내 관심을 끄는 손님이 딱 한 사람 있었다. 트래들스 씨가 오셨습니다 하고 알리는 소리를 들었기 때문이다. 그 말을 듣는 순간, 내 마음은 세일렘 학교 시절로 되돌아갔다. 언제나 해골만 그리던 토미 트래들스가 아닐까 하는 생각이 들었던 것이다.

나는 큰 관심을 가지고 트래들스 씨를 찾았다. 그는 더부룩한 머리를 우스울 정도로 얌전하게 깎고, 크게 부릅뜬 듯한 눈을 가진, 침착하고 착실해 보이는 젊은이였다. 게다가 들어오자마자 바로 어두운 구석으로 숨어버려서 처음에는 찾아내기도 어려웠다. 드디어 나는 그를 똑똑히 볼 수가 있었다. 내가 잘못 보지 않았다면, 그는 옛날 불행했던 토미가 틀림없었다.

나는 워터브룩 씨에게 다가가서, 저기 있는 이는 옛날 내 학교 친구 같다고 말했다.

"그래요!" 워터브룩 씨는 놀라며 말했다. "자네 같은 어린 친구가 헨리 스파이커 씨와 학교 친구라고?"

---

*3 셰익스피어의 햄릿은 아버지 덴마크 왕의 죽음을 슬퍼하며 내내 검은 상복을 입고 등장한다.

"그분이 아니라, 트래들스라는 젊은이 말입니다."

"아, 그래!" 주인은 크게 흥미가 없어진 듯이 말했다. "그럴 수도 있겠군."

"만약 옛 친구가 맞다면, 함께 지낸 곳은 세일렘 학교라는 곳입니다. 정말 좋은 친구였어요."

"확실히 트래들스는 좋은 친구지." 그는 크게 끄덕이며 말했다. "정말 좋은 친구야."

"참 이상한 우연이지요."

"트래들스가 오늘 이 자리에 온 것부터가 아주 우연이야. 실은 스파이커 부인의 동생이 오기로 되어 있었는데, 오늘 갑자기 몸이 아파서 올 수 없다더군. 그래서 대신 부른 걸세. 그런데 코퍼필드, 그 동생이란 사람은 정말 신사 중의 신사야."

나는 어쩔 수 없이 우물거리면서 끄덕였다. 하지만 전혀 모르는 사람치고는 매우 성의를 보인 태도였다. 나는 트래들스의 직업을 물었다.

"트래들스는 변호사가 되기 위해 공부하고 있지. 참 좋은 사람이야—자기 자신 말고는 적이라곤 없는 사람이야."

"자기 자신이 자기의 적이라고요?" 나는 그 말이 너무 서글퍼서 물었다.

"그래." 워터브룩 씨는 입을 오므리고, 기분 좋고 만족한 태도로 시곗줄을 만지작거리며 대답했다. "그는 스스로를 그늘 속에 묻어버리는 경향이 있어. 예컨대 그는 돈으로 치면 5백 파운드의 가치도 없는 사람이지. 동업하는 친구가 트래들스를 나에게 추천했다네. 아, 그렇지. 그는 소송 사건을 초안하라고 시키면 간단명료하게 아주 잘해. 나는 올해 안에 트래들스에게 무엇인가 돈이 될 법한 큰일을 맡길 생각이야. 그럼, 그렇고말고."

툭하면 매우 자랑스럽게 "그럼, 그럼" 하고 말하면서 만족스러워하는 워터브룩 씨의 태도가 나한테는 아주 인상적이었다. 정말 의미 있는 '그럼, 그럼'이었다. 곧 은수저까지는 아니더라도[4] 인생의 성공 사다리는 가지고 태어나서, 한 걸음씩 밟고 올라가 마침내 성벽 꼭대기에 서서 까마득한 아래, 여전히 참호 속에서 밀치락달치락하는 사람들을 마치 철학자나 보호자 같은 눈으로 내려다보는, 그런 사람의 사고를 유감없이 드러낸 '그럼, 그럼'이었던 것이다.

---

*4 은수저를 물고 태어났다는 말은 행운을 쥐고 태어났다는 뜻.

이런 생각을 하고 있는 사이에 저녁 식사가 준비되었다는 말을 듣고, 워터브룩 씨는 그 햄릿의 고모와 함께 아래로 내려갔다. 헨리 스파이커 씨는 워터브룩 부인을 안내했다. 내가 안내하고 싶었던 아그네스는 히죽히죽 웃는, 다리가 불편한 친구에게 빼앗겼다. 결국 우라이아, 트래들스, 그리고 나 같은 젊은이들은 신분에 맞게 제일 마지막에 내려갔다. 그러나 아그네스를 빼앗긴 것은 그다지 분하지 않았다. 그 덕에 계단을 내려가다 트래들스를 만날 수 있었기 때문이다. 트래들스는 매우 즐겁게 나를 맞아주었다. 한편 우라이아는 변함없이 불쾌한 자기비하와 무례한 참견을 해대며 몸을 요상하게 꼬고 있었다. 나는 난간 너머로 내던지고 싶은 마음을 꾹 참아야 했다.

트래들스와 내 자리는 멀리 떨어진 식탁 양끝이었으므로 식사를 할 때는 떨어져 앉았다. 트래들스는 붉은 우단을 입은 화려한 숙녀와 함께 앉았으며 나는 햄릿 고모의 어두운 그림자 속에 앉았다. 식사 시간은 길었다. 화제는 온통 귀족과 혈통에 관한 것이었다. 워터브룩 부인은 자기에게 약점이 있다면 바로 혈통이라고 거듭 강조했다.

만약 우리가 지나치게 점잔을 빼지 않았으면 분위기가 더 좋았을 것이라고 나는 여러 번 생각했다. 모두들 너무나 점잔을 뺐으므로 화제가 아주 제한되었다. 걸피지 부부가 있었는데, 그들(적어도 걸피지 씨)은 은행의 법률문제에 간접적으로 관여하고 있었다. 따라서 궁정기사도 아니건만 이야기는 자연히 은행과 재무부 문제로 한정되었다. 그런데 그것을 더 채울 생각에서인지, 햄릿 고모는 툭하면—집안 전통의 결함인 듯한—혼잣말하는 버릇까지 있어서, 이야기마다 종잡을 수 없는 말을 지껄여대는 것이었다. 이야기의 종류는 많지 않았다. 그러나 이야기가 혈통 문제로 옮겨가자마자 이내 조카 왕자*5 뺨칠 기세로 끝없는 명상의 벌판을 헤매는 것이었다.

우리는 악귀 집단과 마찬가지였고, 이야기는 핏빛을 띠었다.

"나도 집사람과 같은 생각이오." 워터브룩 씨는 포도주잔을 눈앞까지 들어올리며 말한다. "다른 것은 그런대로 괜찮지만, 역시 절실한 것은 피—혈통이지요!"

"그럼요! 그렇고말고요!" 햄릿 고모가 말했다. "혈통보다 뛰어난 게 어디 있겠

─────────

*5 햄릿을 말함.

어요! 말하자면—뭐가 좋다고 말할 것도 없이—인생 최고의 이상이니까요. 세상에는 야비한 인간도 있지요—많지는 않지만. 하지만 틀림없이 있어요—그래서 우상 앞에서 무릎 꿇는 거죠—그래요, 맞아요, 우상이요! —사업이나 학문 앞에 머리를 숙이는 사람도 있어요. 하지만 이런 것은 눈에 보이지 않지요. 그런데 피는 그렇지 않아요. 예를 들어 피가 코로 나오면 바로 보이고, 턱으로 흐르면 '봐요, 저게 피예요!' 하고 말하니까요. 이것이 둘도 없는 증거예요. 분명히 가리킬 수 있고, 의심할 여지가 없지요."

이어서 아그네스를 데리고 내려온, 히죽히죽 웃는 다리가 불편한 신사가 똑같은 말을 더욱 또렷하게 지껄였다.

"그야 그렇지요. 여러분," 하고 그는 자못 아둔해 보이는 웃음을 지으면서 전원을 둘러보고 말했다. "피는 버릴 수 있는 게 아닙니다. 이것만큼은 반드시 필요하지요. 아시다시피 여러분, 세상에는 학문이나 품행 면에서 지위에 어울리지 않는 젊은이도 있습니다. 잘못을 저질러서 본인뿐 아니라 다른 사람에게까지 엄청난 피해를 입히는 이도 있고요. 그런데 말입니다, 그게 참 이상해요. 혈통 좋고 집안 좋은 젊은이가 그러면 별로 기분이 나쁘지 않으니, 정말 신기하지요. 실제로 나만 해도, 혈통도 모르는 사람에게 도움을 받는 것보다는 어엿한 가문의 녀석에게 얻어맞는 쪽이 오히려 기쁠 것 같다니까요!"

그런데 이 의견으로 혈통 문제가 완벽하게 마무리되자 모두들 크게 만족스러워했고, 덕분에 다리 불편한 신사는 여자들이 물러날 때까지 사람들의 주목을 한 몸에 받았다. 혈통론이 끝나자 이번에는 걸피지 씨와 스파이커 씨가 서로 이제까지의 어색함을 내던지고 갑자기 공동의 적인 우리에 맞서 동맹을 맺고, 우리를 타도하기 위해 식탁 너머로 이상한 대화를 시작했다.

"그 4천5백 파운드의 제1회 공채 말입니다만," 하고 걸피지 씨가 말을 꺼냈다. "좀처럼 생각대로 되지 않는군요."

"그러면 A의 D란 말입니까?" 스파이커 씨가 말했다.

"B의 C예요." 걸피지 씨가 말했다.

스파이커 씨는 눈썹을 추켜세우며 매우 걱정스러운 얼굴을 했다.

"물론 각하께도 말씀드리고—이름은 말씀드리지 않아도 될 겁니다—" 걸피지 씨는 말하려다가 다시 삼켰다.

"알고 있습니다. N이지요?"

걸피지 씨는 애매하게 끄덕였다. "각하께 말씀드리고 상의했는데, 돌아온 말씀은 '지급하지 않으면 용서할 수 없다'는 한마디였습니다."

"어렵게 되었군요!"

"지급하지 않으면 용서할 수 없다고 말씀하셨어요!" 걸피지 씨는 한 번 더 단호하게 되풀이했다. "최근의 상속권자라고 하면 누군지 아시겠습니까?"

"K지요." 스파이커 씨는 어두운 표정을 지었다.

"그 K가 서명을 거절했어요. 뉴마켓*6에서 붙잡아서 설득했는데 두 말도 안 하고 거절하더군요."

스파이커 씨는 한껏 열이 올라 몸이 돌처럼 뻣뻣하게 굳었다.

"뭐, 지금으로서는 상황이 그렇다는 겁니다." 걸피지 씨는 의자 위에서 몸을 뒤로 크게 젖혔다. "그러니 이해관계의 범위가 매우 넓은 문제라, 나도 모조리 털어놓을 수는 없다는 것을 워터브룩 씨도 이해해 주시리라고 믿습니다."

워터브룩 씨는 매우 흡족해 보였다. 식탁 너머에서 그런 큰 이해관계와 이름이—비록 암시되었을 뿐이지만—언급된 것으로 이미 충분히 만족스러운 것 같았다. 짐짓 걱정스러운 얼굴을 하고(사실 이야기 내용을 나보다 더 많이 이해했다고는 보기 어려웠다), 충분히 배려해 주어서 고맙게 생각한다는 모습을 보였다. 한편 스파이커 씨는 상대가 이만큼 터놓고 얘기했으니 자기도 그에 상응하는 만큼 가슴을 열어 보여야 한다고 생각했는지, 앞에서 했던 이야기를 이어서 했다. 이번에는 걸피지 씨가 놀랄 차례였고, 그 다음에는 다시 스파이커 씨가 놀랄 차례—이런 상태로, 이야기는 서로를 깜짝깜짝 놀라게 하며 끝없이 이어졌다. 그동안 문외한인 우리는 그저 이야기 속의 놀라운 이해관계라는 것에 압도되었고, 또 그 위압감의 희생자로서, 주인 워터브룩 씨의 우쭐거리는 시선을 받아야 했다.

나는 2층의 아그네스의 방으로 올라가 구석에서 아그네스와 이야기도 하고 또 트래들스를 소개할 수도 있어서 매우 기뻤다. 그는 여전히 수줍음이 많았지만 상냥하고 옛날과 다름없는 호인이었다. 트래들스는 한 달 예정으로 내일 아침 일찍 여행길에 오를 예정이어서 빨리 돌아가야 했으므로 마음껏 그와 이야기를 나눌 수가 없었다. 그러나 우리는 서로 주소를 주고받았으며 그가 여

---

*6 서척 주의 마을.

행에서 돌아오면 그때 만나자고 약속했다. 내가 스티어포스를 만났다는 이야기를 했더니 그는 큰 관심을 보였다. 그리고 스티어포스에 대해 아주 열을 내며 칭찬했으므로 나는 그것을 아그네스에게도 이야기해 주라고 했다. 그러나 아그네스는 그동안에도 나를 바라볼 뿐이었다. 내가 그녀를 바라볼 때만 눈을 돌리고 고개를 약간 저었다.

아그네스가 그다지 친하지 않은 사람들 틈에 있다는 걸 잘 알았으므로, 며칠 뒤 이곳을 떠난다는 이야기를 들었을 때는 만나자마자 헤어진다는 생각 때문에 섭섭하기도 했지만 한편 기쁘기도 했다. 그래서 나는 손님들이 다 돌아갈 때까지 남아 있었다. 아그네스와 이야기를 나누고 아그네스의 노래를 듣고 있으니, 그녀 때문에 아름답기만 했던 그 옛 집에서의 행복했던 시절이 생각났다. 그러나 워터브룩 씨의 사교 파티에 참석했던 저명인사들이 다 떠나자 나도 더 이상 머물 구실이 없었으므로 싫지만 그곳을 떠나야만 했다. 그날 밤만큼 절실하게, 아그네스가 정말로 나의 선한 수호신이라고 느낀 적은 없었다. 그 상냥한 얼굴과 부드러운 미소—그것은 마치 천사 같은 아득한 존재에게서 뿜어져 나오는 빛과 같아서—그것을 떠올리고 있을 때는 나쁜 일이 조금도 떠오르지 않았다.

손님들이 모두 돌아갔다고 했지만, 우라이아는 아니었다. 나는 우라이아를 손님으로 생각하지 않았던 것이다. 그는 내내 우리 곁에서 떠나지 않았다. 아래층으로 내려갈 때도 바로 뒤에서 따라왔고, 집에서 나온 뒤에도 옆에 딱 붙어서 해골 같은 긴 손가락을, 그보다 더 길고 마치 가이 포크스 인형[7]을 만드는 데에나 쓰일 법한 커다란 장갑 속으로 천천히 밀어 넣고 있었다.

나는 우라이아와 같이 있는 것이 싫었으나 아그네스가 간곡히 부탁한 말이 생각나 내 방으로 가서 커피나 한 잔 하자고 청했다.

"아, 정말입니까, 코퍼필드 도련님? 아니, 코퍼필드 씨. 아무래도 도련님이라는 말이 자연스럽게 나오네요. 저와 같이 천한 놈을 도련님 집에 초청하셔서 난처한 입장을 만들지는 마십시오."

"조금도 난처한 것 없어요. 가지 않겠어요?"

"가고말고요." 우라이아는 몸을 비틀며 말했다.

---

*7 1605년 11월 5일 의회폭파 음모사건이 발각된 기념일에, 거지꼴의 범인 가이 포크스 인형을 만들어 태우는 풍습이 있다.

"자, 그럼 가지!" 나는 말했다.

나는 그에게 매우 무례하게 대했지만 그는 조금도 신경 쓰지 않았다. 가는 도중에 우리는 별로 이야기도 없이 가장 가까운 길을 택해 걸었다. 우라이아는 그 허수아비 장갑 같은 큰 장갑이 매우 부끄러운지, 여전히 조급해하면서 열심히 손가락을 끼워 넣고 있었다. 집에 닿았을 때에도 여전히 그 상태였다.

나는 우라이아의 머리가 부딪히지 않도록 그의 손을 잡고 어두운 계단을 조심스럽게 올라갔다. 그러나 솔직히 말하면, 그의 손은 마치 개구리처럼 차갑고 축축해서 무심코 잡은 손을 내팽개치고 달아나고 싶은 심정이었다. 그러나 아그네스의 말과 손님에 대한 예의를 생각해서 겨우 마음을 억누르고 난로 앞까지 데리고 갔다. 촛대에 불을 붙이자 내 방의 전경을 둘러보고 입이 마르도록 칭찬하며 마치 여자처럼 황홀해했다. 나는 크럽 부인이 즐겨 쓰는 수수한 양은 주전자에 커피를 끓여주었다.(사실 이 주전자는 본디 면도할 때 쓰는 것으로, 결코 커피를 끓이는 그릇이 아니었다. 또한 더 비싼 특허품 커피 주전자도 있었지만, 그것은 부엌에서 덧없이 먼지만 뒤집어쓰고 있었다.) 그동안에도 그는 너무 호들갑스럽게 흥분하여 떠들어댔으므로, 끓는 물이라도 퍼부어주고 싶었다.

"아, 코퍼필드 도련님—아니, 코퍼필드 씨, 당신이 저를 이렇게 대접해주시리라고는 꿈도 꾸지 못했습니다! 그러나 요즘은 저처럼 천한 놈에게 꿈도 꾸지 못할 좋은 일들이 많이 일어나고 있습니다. 제 머리 위로 축복의 비라도 내리는 것 같습니다. 도련님—아, 실례, 코퍼필드 씨도 아마 저의 앞날에 큰 변화가 있을 것이라는 소식을 들으셨을 겁니다."

그는 긴 무릎을 커피잔 밑에 나란히 모으고 모자와 장갑은 자기 옆 바닥에 놓고서 내 소파에 앉아 계속 숟가락으로 커피를 젓고 있었다. 눈썹을 홀랑 태워먹은 듯한 눈꺼풀 없는 눈은 보지 않는 척하면서 가만히 나를 보고 있었다. 앞에서도 말했던 그의 움푹 팬 콧구멍은 숨을 쉴 때마다 벌룽거렸다. 그리고 턱에서 발끝까지 온몸을 뱀같이 비비꼬는 것이었다. 그런 꼴을 보고 있자니 정나미가 떨어졌다. 이런 사내를 손님으로 맞이하다니 정말이지 불쾌했다. 그때는 나도 아직 젊었으므로, 이런 강렬한 감정을 숨기는 데에 익숙하지 못했기 때문이다.

"코퍼필드 도련님, 아니, 코퍼필드 씨, 제 앞날에 일어날 어떤 변화에 관한 이

야기를 조금은 들으셨지요?" 우라이아가 말했다.

"아, 조금은."

"그렇죠! 미스 아그네스가 알고 있었을 테니까요! 미스 아그네스가 알고 있
다는 사실을 알게 되어 기쁩니다. 고마워요, 도련—아니, 코퍼필드 씨."

젠장! 구두주걱이라도 던져버릴까 하고 생각했다(마침 바로 옆의 깔개 위에
있었다). 아무리 보잘것없는 일이라도 나를 덫에 밀어 넣어 아그네스에 관한
이야기를 털어놓게 하려는 속셈이었기 때문이다. 그러나 나는 묵묵히 커피만
마셨다.

"코퍼필드 씨는 정말 예언자세요! 언젠가 저에게 자네는 위크필드 씨의 동업
자가 될 것이라고 말씀하신 것 기억하세요? 그러면 위크필드 앤드 힙의 사무
실이 될 것이라고 말씀하셨지요. 하기야 당신은 이미 잊으셨겠죠. 하지만 저
같은 천한 놈은 그런 고마운 말씀을 소중하게 간직하고 있답니다!"

"그 말을 한 것은 기억하고 있어요. 하지만 그때는 정말로 그렇게 되리라고
는 생각도 못했지요." 나는 말했다.

"그럼요! 누군들 그렇게 되리라고 생각했겠습니까!" 우라이아가 열렬히 말했
다. "저도 생각지 못했는걸요. 저같이 천한 놈이 어찌 감히 그러겠냐고 제 입으
로도 말씀드렸었잖아요. 정말로 그렇게 생각했으니까요."

그의 얼굴을 힐끗 보니, 마치 조각처럼 능글맞은 웃음을 지으며 난롯불을

바라보고 있었다. 그리고 조금 있다가 다시 입을 열었다.

"하지만 아무리 천한 놈이라도 뜻밖에 도움이 되기도 한답니다, 도련님. 그래서 이제까지도 위크필드 씨에게 힘이 되어 드렸고, 또 앞으로도 그럴 것을 생각하면 정말 기쁩니다. 아, 그분은 참으로 훌륭한 분입니다. 그러나 지금까지 분별없는 짓도 많이 하셨지요!"

"그런 이야기를 듣다니, 유감이군." 내가 말했다. "어느 점으로 보든지 말이오."

"어느 점으로 보든지 그렇지요. 특히 미스 아그네스를 위해서는! 언젠가 도련님이 모든 사람은 아그네스를 칭찬해야 한다고 한 말씀을 잘 기억하고 있답니다. 그 말씀에 제가 얼마나 기뻐했는지 몰라요! 도련님은 잊으셨죠?"

"기억하고 있어요." 나는 쌀쌀맞게 말했다.

"아, 도련님, 정말 기쁩니다! 이 비천한 가슴에 야심의 불꽃을 붙여 주신 데다가, 또 그 일을 잊지 않고 계시다니! 아!—커피 한 잔 더 주시겠습니까?"

야심의 불꽃을 타오르게 했다고 힘주어 말하면서 나를 바라보는 그 눈빛 속에서, 나는 마치 한 줄기 불빛이 그를 비춘 듯한, 놀랄 만한 어떤 것을 발견했다. 이상하게 정중한 투로 커피를 요구하는 그의 부탁을 떠올리고 나는 면도용 주전자에서 커피를 따라주었다. 그런데 어째서인지 커피를 따르는 손이 부들부들 떨리며, 이 사내에게는 도저히 당해 낼 수 없다고 생각했다. 이다음에는 또 무슨 얘기가 나올지 몰라 극심한 불안에 휩싸였다. 게다가 이러한 내 상태를 상대가 꿰뚫고 있는 것만 같아 더욱 안절부절못했다.

그는 아무 말도 없었다. 자기 커피를 저어 홀짝홀짝 마시기도 하고 그 기분 나쁜 손으로 자기 턱을 만지작거리기도 했다. 그러다가 난롯불을 바라보고 방 안을 두루 살폈다. 몸을 구부정하게 굽히고, 웃는다기보다는 숨을 꺽꺽거리며 뱀처럼 몸을 비비 꼬았다. 그러다가 커피를 저어 홀짝 마시는 것이었다. 그러나 새로운 화제는 나에게 맡겼다. 나는 입을 열 수밖에 없었다.

"그래서 위크필드 씨가," 이윽고 나는 말을 시작했다. "당신이나 나보다 수백 배나 더 훌륭한 그분이, 그렇게 분별없는 짓을 했다는 말이오, 힙 씨?"

"아, 그렇습니다. 정말 그분은 분별이 없었답니다, 코퍼필드 도련님." 우라이 아가 한숨을 쉬면서 공손히 말했다. "뭐랄까, 정말로 어리석은! 그런데 도련님, 역시 우라이아라고 불러주시겠어요? 그쪽이 훨씬 정겨우니까요."

"자, 우라이아."

"감사합니다, 코퍼필드 도련님. 도련님이 우라이아라고 불러주시면 상쾌한 산들바람이 불고, 그리운 옛 종소리가 들리는 것 같습니다. 그런데 죄송하지만, 방금 제가 무슨 이야기를 하고 있었지요?"

"위크필드 씨에 관한 이야기예요."

"아! 그렇지요. 그분은 정말 분별이 없었어요, 코퍼필드 도련님. 이건 도련님에게만 이야기하는 겁니다. 하기야 아무리 도련님이라도 큰 윤곽만 얘기하고 그 이상은 말씀드릴 수 없지만요. 만약 딴 사람이 지난 2, 3년 동안 저의 입장에 있었다면 그는 위크필드 씨를, 모두 자기 손안에 넣고 말았을 겁니다. 옴짝달싹 못하게 말이에요." 우라이아는 마지막 말을 유난히 천천히 말하면서 그의 무자비한 손을 내 책상 위에 뻗어 주먹을 쥐고 책상뿐만 아니라 방까지도 흔들릴 정도로 강하게 내리찍었다.

저 볼썽사나운 발을 위크필드 씨 머리 위에 올린 모습을 눈앞에서 보았다 해도, 나는 지금만큼 불타는 증오를 느끼지는 않았을 것이다.

"그렇게 된 겁니다, 도련님." 내리찍은 주먹의 힘이 조금도 달라지지 않았으니 이상한 일이지만, 목소리만은 완전히 부드러워졌다. "그 점만큼은 틀림없습니다. 손해도, 치욕도, 그 밖에도 저는 모르지만 아마 온갖 경험을 하셨을 겁니다. 위크필드 씨 본인이 가장 잘 알 거예요. 그런데 잡일이나 하던 놈인 저를 생각지도 못한 높은 지위로 발탁해 주시겠다지 뭡니까! 정말 감사하고 감사할 일이지요." 여기서 일단 말을 끊고 얼굴을 내 쪽으로 돌렸으나 딱히 나를 보는 것은 아니었다. 그리고 주먹을 책상에서 떼더니, 이번에는 천천히 거드름을 피우며 마치 수염을 깎듯이 말라빠진 턱을 쓸어내렸다.

지금도 뚜렷하게 기억하는데, 시뻘건 난롯불에 비친 그의 교활한 얼굴이 또다시 무슨 계략을 꾸미고 있는 것처럼 보여 내 속이 얼마나 부글부글 끓었는지 모른다.

"코퍼필드 도련님," 그가 말했다. "제가 도련님을 못 주무시게 방해하는 것이 아닌지요?"

"아니오, 힙. 나는 보통 늦게 잠자리에 들어요."

"감사합니다, 도련님. 처음에 곧잘 말을 걸어 주시던 때와 비교하면 저도 제법 출세했지만, 여전히 별 볼 일 없는 인간입니다. 이것은 평생 벗어날 수 없는 굴레예요. 그런 제가 이런 내밀한 얘기를 털어놓았다고 해서 비천한 놈이라고 나쁘게 생각하진 않으시겠지요?"

"물론 그렇게 생각하진 않겠지요." 나는 속이 쓰렸지만 애써 말했다.

"감사합니다." 그는 주머니에서 손수건을 꺼내더니 두 손바닥을 닦았다. "미스 아그네스는, 코퍼필드 도련님—"

"뭐죠, 우라이아?"

"아, 그렇게 자연스럽게 우라이아라고 불러주시니 정말 기쁩니다!" 그는 물고기가 펄떡 뛰듯이 몸을 벌떡 세우며 소리쳤다. "코퍼필드 도련님, 오늘 밤 미스 아그네스가 참 예뻤다고 생각지 않으세요?"

"나는 미스 아그네스가 평소와 다름없이 아름답다고 생각했소—모든 점에서 주위 사람들보다 뛰어났어요."

"아, 고맙습니다! 지당한 말씀이에요! 정말 고맙습니다!"

"당신이 내게 고마워할 일이 아니오."

"그게 그렇지도 않아요, 코퍼필드 도련님. 실은 도련님을 믿고 이야기할 비밀이 있습니다. 저는 보시다시피 비천한 놈입니다." 우라이아는 두 손을 쓱쓱 닦고 그것과 난롯불을 번갈아 바라보면서 말했다. "그리고 저의 어머니도 비천하고, 집은 부끄러울 건 없지만 가난한 오두막이죠. 하지만 그럼에도 미스 아그네스의 모습은 오랫동안 제 마음을 차지하고 있었습니다. 이런 얘기는 도련님한테만 하는 거예요. 저는 맨 처음 도련님이 당나귀 마차를 타고 오시는 것을 보았을 때부터, 당신에게만큼은 매우 친밀한 정을 느꼈거든요. 도련님, 저는 아그네스가 걸어간 땅까지를 얼마나 순수한 애정으로 사랑하는지 모릅니다!"

나는 빨갛게 달아오른 난로 부지깽이로 놈의 몸뚱이를 찔러 구멍을 내고야 말겠다는 미치광이 같은 생각에 빠졌다. 이런 생각은 총알처럼 휙 하고 날아가서 사라져 버렸지만, 이 붉은 짐승을 생각만 해도, 더럽혀진 아그네스의 모습이 언제까지나 내 마음속에 남아 눈앞이 캄캄해졌다. (더욱이 그는, 그 비천한 영혼이 육체까지 좀먹고 있는 것처럼 추잡하게 몸을 비틀며 앉아 있었다.) 보고 있으면, 그의 몸이 부풀어오르고, 방 안 가득 그의 목소리가 메아리치는 것 같았다. 그리고(이 일은 누구나 겪은 적이 있다고 생각하는데) 이것과 아주 똑같은 일이 이전에도 한 번 있어서, 다음에 그가 무슨 말을 할지조차 이미 알고 있는 듯한 참으로 이상한 기분이 드는 것이었다.

그때 그런 그의 얼굴에 권력이 있다는 것을 발견하고, 언젠가 아그네스가 부탁했던 일이 또렷하게 떠올랐다. 1분 전만 해도 생각할 수 없었던 침착함을 되찾고, 그 마음을 아그네스에게 알렸느냐고 조용히 물었다.

"아, 아닙니다. 절대로 아닙니다! 도련님 말고는 아무에게도 말하지 않았습니다. 도련님이 아시다시피 저는 이제 겨우 비천한 처지에서 벗어나려는 참입니다. 제가 아그네스의 아버지에게 얼마나 유익하며(이 점은 자신 있습니다), 그분을 얼마나 편안하게 해드리고 경영을 순조롭게 풀어드리는가를 미스 아그네스에게 보여드리고 싶은 마음뿐입니다. 아그네스는 아버지에게 무척 깊은 애정을 갖고 있으니까요. 바람직한 딸이에요. 이렇게 볼 때, 아그네스는 아버지를 위해 저에게도 친절하리라고 생각합니다."

나는 비로소 이 악당의 계획을 모조리 알 수 있었으며, 왜 그가 이러한 계획의 전모를 나에게 밝혔는지 그 의도까지도 알게 되었다.

"코퍼필드 도련님, 만약 도련님께서 저의 비밀을 지켜주시고, 반대하지 않으신다면 저는 특히 감사하게 생각하겠습니다. 도련님도 말썽을 일으키고 싶진 않으시겠죠. 도련님이 얼마나 친절하신지는 잘 알고 있습니다. 그러나 도련님은 제가 비천한 생활을 하고 있을 때(까마득한 밑바닥이라고 말씀드려야 정확하겠지요. 아무튼 지금도 엄청 밑바닥이니까요) 저를 알았으므로 도련님 자신도 모르게 아그네스와 저의 문제에 반대하실 수도 있으니까요. 하지만 코퍼필드 도련님, 아그네스는 제 것입니다. 이런 노래가 있지요. '왕관도 마다하리라, 그녀와 함께할 수 있다면*8 내 소망이 바로 이거예요."

아, 맙소사, 아그네스! 그 누구보다도 사랑스럽고 착한 아그네스가 이 비천한 놈의 아내가 되려고 몸을 고이고이 키워왔다니, 이럴 수가 있는가? 내가 놀랍고 기가 막혀서 이런 생각을 하고 있는 동안에도 그는 말을 이었다.

"지금 바로 서둘 필요는 없습니다. 내 아그네스는 아직 어립니다. 그 사이에 어머니와 제가 노력해서 우리의 처지를 높여야지요. 모든 일이 순조로우려면 아직 많은 준비도 필요하고요. 그동안 기회가 있는 대로 나는 여유를 가지고 내 포부를 아그네스에게 알릴 생각입니다. 아무튼 이렇게 속내를 털어놓을 수 있는 기회를 주셔서 뭐라고 감사를 드려야 할지 모르겠습니다! 이제 사정도

---

*8 18세기에 유행했던 노래의 한 소절. 레너드 맥낼리의 작품.

대충 아셨고, (도련님도 집안에 풍파가 나는 것은 싫으실 테니까요) 도련님이 반대하지 않을 것을 생각하니 저에게는 큰 위안이 됩니다!"

그는 내 손을 잡고(차마 물리칠 수는 없었다) 자신의 축축한 손으로 힘껏 쥐면서 시계를 꺼내 보았다.

"아이구! 코퍼필드 도련님, 옛정을 생각해서 거리낌 없이 이야기를 하다 보니 시간이 흘러 벌써 한 시 반이 다 되었네요!"

나는 더 늦은 줄 알았다고 대답했다. 정말 그렇게 생각한 것은 아니지만, 머릿속이 어지러워서 대화할 상황이 아니었던 것이다.

"이거 어쩌지!" 그는 뭔가를 골똘히 생각하면서 말했다. "제가 묵고 있는 집은—코퍼필드 도련님, 뉴리버 상단 가까이 있는 하나의 개인 호텔 겸 하숙집입니다—두 시간 전에 벌써 잠자리에 들었을 겁니다."

"미안하지만," 내가 말했다. "여기는 침대가 하나뿐이라서, 그리고 나는—"

"아, 코퍼필드 도련님, 침대는 필요 없습니다!" 그는 한 다리를 치켜들면서 신바람이 나서 말했다. "제가 난로 앞에 누워 자는 것은 반대하지 않겠지요?"

"정 그렇다면 내 침대에서 누우시오. 내가 난로 앞에서 자겠소."

그는 정말로 깜짝 놀란 듯이 머리를 조아리며 거절했다. 그런데 그 모습이 야단스럽고 소리가 거의 비명에 가까워서, 저 아래층 방, 간조수위표 높이에서 시끄러운 시계 소리에 파묻혀 자고 있는 크럽 부인까지 깨웠음이 틀림없다. (조금 다른 얘기지만, 그녀와 나 사이에 시간 차이가 생기면 그녀는 반드시 그 괘종시계를 보라고 말하는데, 그것은 45분 이상 늦지 않는 때가 없고, 아침마다 반드시 정확한 시간을 맞춰줘야 하는 성가신 물건이었다) 나는 당황했지만, 상대가 비굴하게 나오기 시작하면 무슨 말을 해도 소용없었다. 그래서 나는 그가 난로 앞에서 자도록 모든 준비를 잘 해주는 수밖에 다른 방법은 없었다. 소파 매트리스(호리호리한 그에게는 좀 짧았지만), 소파 쿠션, 담요, 식탁보, 빨아놓은 아침 식사용 식탁보, 외투 따위를 그러모아서 잠자리를 만들어 주었다. 그는 또다시 머리를 조아리며 감격했다. 하는 김에 나이트캡도 빌려 주었다. 뒤집어쓴 모습이 너무도 끔찍해, 그 뒤로 나도 두 번 다시 그것을 쓰지 못할 정도였다. 아무튼 우리는 그렇게 잠자리에 들었다.

나는 그날 밤을 평생 잊지 못할 것이다. 잠을 못 이루고 이리저리 뒤척거렸고, 아그네스와 저 녀석을 생각하느라 완전히 녹초가 되었다. 어떻게 된 일이며, 어떠한 행동을 해야만 하는지 온갖 궁리를 다 했지만, 결국 나는 아그네스의 마음을 편하게 하려면 그냥 가만히 있어야 하고, 내가 들은 이야기는 나만 알고 있는 것이 최선의 방법이라 결론지었다. 잠깐이라도 잠이 들면, 상냥한 아그네스의 모습과 그녀를 눈에 넣어도 안 아플 것처럼 바라보는 그녀의 아버지 모습이 내게 무엇을 호소하면서 눈앞에서 어른거리는 바람에 공포에 질렸다. 눈을 뜨면, 옆방에 우라이아가 누워 있다는 생각이 악몽처럼 나를 짓누르는 것이었다. 파렴치한 악마를 내 방에 머물게 하는 듯한 납덩이처럼 무거운 불안이, 나를 숨 막히게 했다.

게다가 그 부지깽이까지 옅은 잠 속으로 밀고 들어와서는 도저히 나갈 생각을 하지 않았다. 비몽사몽간에 보는 부지깽이는 새빨갛게 달구어져 있었고, 나는 그것을 손에 잡고 느닷없이 그의 몸을 푹 찌르는 것이었다. 이 몽상이 너무나 끈질기게 떠오르는 바람에, 아무 일도 없다는 것을 알면서도 끝내 옆방으로 몰래 들어가서 그의 안위를 확인하지 않을 수 없었다. 그는 대자로 뻗어서 자고 있었는데, 두 다리는 터무니없이 멀리 뻗어 있었고, 코를 드르렁드르렁 골며, 입을 우체통처럼 쩍 벌리고 있었다. 그 모습은 그 정신 나간 꿈에서 본 것보다도 더욱 끔찍했다. 그런데 나는 그 소름 돋는 광경이 오히려 신경 쓰여서 거의 30분마다 한 번씩 몰래 들어가서 엿보지 않을 수 없었다. 긴긴 밤은 여전히 답답하고 암담하기만 했다. 어두컴컴한 하늘은 도무지 동이 틀 것 같지 않았다.

다음 날 아침 일찍, 그가 아래층으로 내려가는 것을 보자(고맙게도, 아침까지 먹고 갈 생각은 없었나보다), 지난밤이 그자의 몸뚱이와 함께 사라지는 것 같았다.

나는 민법박사회관으로 나가면서 특별히 크럽 부인에게 부탁하여 방의 창문을 모두 열어놓도록 했다. 내 방을 환기시켜 그자의 냄새를 말끔히 날려버리고 싶었기 때문이다.

26장
사랑의 포로

그 뒤로, 아그네스가 런던을 떠나는 날까지, 나는 우라이아 힙을 만나지 않았다. 그런데 아그네스가 떠나는 날 작별인사를 하려고 역마차 발착사무실에 나갔는데, 그도 같은 마차로 캔터베리로 돌아가려고 거기에 나와 있었다. 그가 초라하고 허리가 짧고 어깨가 올라간 짙은 자주색 외투를 걸치고 작은 천막 같은 우산을 가지고 지붕 위의 뒷좌석 끝에 앉아 있고, 아그네스가 마차 한가운데에 타고 있는 것을 보자 그나마 마음이 놓였다. 그러나 아그네스가 보고 있는 동안, 내가 얼마나 마음을 억누르고 겉으로 친절을 가장했는가를 생각하면 이 정도 보상은 당연한 것이었다. 그는 파티 때와 같이 마차에서도 조금도 방심하지 않고 내가 아그네스에게 하는 말과 아그네스가 내게 하는 말을 하나도 놓치지 않고 듣고 있었다.

그날 우라이아가 난롯가에서 했던 말이 매우 걱정스러웠으므로, 언젠가 아그네스가 공동경영에 대해 했던 말을 여러모로 생각해 보았다. 그녀는 말했었다. '나는 내가 옳다고 믿는 대로 받아들였다. 아버지를 편안하게 해 드리려면 무언가를 희생할 수밖에 없다고 생각했으므로, 동업해 달라고 애원했'고. 그렇다면 장래 문제에 대해서도, 아버지를 위하는 마음에서 어떤 희생이든 달게 치를 것이다. 그러한 예감이 줄곧 나를 괴롭혀왔다. 아그네스가 얼마나 아버지를 사랑하며, 얼마나 효성이 지극한 딸인가는 나도 잘 알고 있었다. 또 아그네스는 모르는 사이에 아버지의 실수의 원인이 되었고, 따라서 아버지에게 큰 빚을 지고 있다. 어떻게든 그것을 갚고 싶다는 간절한 소망은 아그네스에게서 직접 들은 바이다.

짙은 자주색 외투를 걸친 불결한 빨간 머리의 사나이와 아그네스는 인간으로서는 하늘과 땅 차이지만, 그래도 나는 안심이 되지 않았다. 왜냐하면, 아그네스의 아름다운 자기희생 정신과 우라이아의 불결한 야비함 사이에 오히려 엄청난 위험이 있었기 때문이다. 게다가 우라이아는 그것을 누구보다 잘 알고 빈틈없이 계산에 넣고 있었다.

아그네스의(아버지를 위한) 희생이 먼 뒷날의 일이라고는 하나 그녀의 행복을 모두 망쳐버릴 것이 확실했다. 그런데도 그것을 조금도 알지 못하고, 어두운 그림자 한 점 드리우지 않은 아그네스의 모습을 볼 때, 지금 그것을 경고했다가는 오히려 그녀에게 상처를 주는 셈이라 도저히 입이 떨어지지 않았다. 그래서 그때도 아무 말도 하지 않고 헤어졌던 것이다. 아그네스는 창 밖으로 손을 흔들며 작별의 미소를 보냈다. 한편 악귀 같은 우라이아는 이미 아그네스를 자기 손아귀에라도 넣은 것처럼 지붕에서 의기양양하게 몸을 비틀어대고 있었다.

나는 그들과 헤어지던 그 순간의 모습을 오랫동안 잊을 수가 없었다. 아그네스에게서 무사히 도착했다는 소식을 받았을 때에도 그녀가 떠나던 날 못지않게 비참한 생각이 들었다. 혼자 사색에 잠길 때에는 반드시 이 문제가 고개를 쳐들었고, 내 불안은 더욱 커졌다. 꿈에 나타나지 않은 날은 거의 없었다. 이제는 그것이 내 생활의 일부가 되어 나의 뇌리에서 빼버릴 수 없듯이 내 생활에서도 빼버릴 수가 없었다.

게다가 시간이 남아돌았으므로 불안은 점점 더 커졌다. 편지에 의하면 스티어포스는 옥스퍼드에 있다고 하고, 민법박사회관에 나가지 않을 때는 완벽하게 혼자였기 때문이다. 나는 비로소 스티어포스를 의심하기 시작했다. 그에게 아주 다정하게 답장을 했지만, 그가 런던에 올 수 없다는 것을 속으로 기뻐했다. 스티어포스의 얼굴을 직접 볼 수 없었으므로 오히려 아그네스의 영향이 강하게 작용했고, 그녀의 문제가 내 관심을 크게 차지하면 할수록 그만큼 영향력도 강해졌던 것이다.

그러는 사이에 여러 주일이 지났다. 나는 스펜로 앤드 조킨스 법률사무소에 연기계약으로 고용되었고, 대고모로부터 연 90파운드(집세와 기타 경비를 제외하고)를 받았다. 방도 1년간 계약했다. 그런데도 저녁이면 여전히 쓸쓸했고 밤이 길게만 느껴졌다. 그러나 나는 커피를 마시며, 쓸쓸하긴 하지만 마음을 차분하게 가라앉힐 수 있었다. 그 무렵에는 하루에 몇 갤런씩 커피를 마셨다. 그러한 생활에서 나는 세 가지 사실을 발견했다. 첫째는, 크럽 부인이 '경련'이라는 이상한 병으로 고생하고 있는 것이었다. 그 병은 일반적으로 코에 염증을 동반하므로 언제나 박하를 가지고 치료해야 했다. 둘째는, 내 식료품실의 온도가 갑자기 변해서 브랜디 병이 여러 개 터졌다는 것. 셋째, 나는 거의 매일 혼자였으므로 그때그때의 감정을 짧은 영시(英詩)로 쓰는 습관이 생긴 것이다.

내가 정식으로 계약을 맺던 날도 서기들을 위하여 샌드위치와 셰리주를 가지고 간 것과, 그날 밤에 혼자 극장에 간 것 말고는 별다른 축하도 하지 않았다. 연극 〈낯선 이〉*¹라는 것을, 박사회관 식의 연극이라고 생각하고 보러 갔는데, 보는 내내 눈물을 펑펑 쏟아서, 집으로 돌아와 거울을 볼 때도 내 얼굴을 알아볼 수 없을 정도였다. 또한 그날 스펜로 씨는 이런 말을 했다. 딸이 파리에서 공부를 끝내고 돌아오므로 집안이 어수선한데, 그것만 아니면 나를 노우드의 자기 집으로 초대하여 오늘 우리의 관계를 축하하고 싶었다고. 이어서 그는 자기 딸이 돌아오면 꼭 놀러오라고 덧붙였다. 나는 그가 딸 하나뿐인 홀아비라는 사실을 알고 있었기에 고맙다고 했다.

스펜로 씨는 약속을 지켰다. 두 주일이 지났을 때 전에 약속한 것을 언급하면서 이번 토요일에 와서 월요일까지 머물다 가면 좋겠다고 말했다. 물론 나는 호의를 감사히 받아들이겠다고 대답했다. 그러자 그는 나를 자기의 사륜마차로 데리러 오고 또 갈 때도 데려다주겠다고 했다.

그날이 오자 내 여행 가방조차 유급 서기들의 부러움의 대상이 되었다. 서기들은 노우드의 저택을 성스럽고 신비한 곳으로 여기고 있었다. 한 서기는 스펜로 씨가 아주 귀한 도자기와 은그릇에만 음식을 담아 먹는다고 말해주었고, 또 한 서기는 보통 사람들이 맥주를 마시듯 스펜로 씨는 샴페인을 마신다고 귀띔해 주기도 했다. 가발을 쓴 티피란 늙은 서기는 지금까지 근무하면서 사업상의 볼일로 그곳에 여러 번 간 일이 있고, 그 때마다 아침 식사를 하고 있는 식당으로 들어갔다고 했다. 식당은 아주 호화로웠으며, 그도 거기서 갈색의 동인도산 셰리주를 마셨는데, 맛이 기가 막혀서 눈이 저절로 감기더라는 것이다.

그날 우리는 종교재판부에서 휴정되어 있던 사건의 재판에 나갔다. 교구회의에서 포장도로세에 반대한 빵집을 파문하기 위한 재판이었는데, 그 증거서류만 하더라도, 내가 살펴본 바에 따르면, 무려 《로빈스 크루소》의 두 배가 넘는 엄청난 양이었다. 따라서 재판은 매우 늦게야 끝났다. 그러나 결국 빵집은

---

*1 B. 톰슨의 멜로드라마. 1797년에 첫 공연.

6주 동안 파문당했고, 막대한 재판비용까지 물어야 했다. 재판이 끝나자 빵집의 소송대리인과 재판장, 원고와 피고 양쪽의 대변인(흥미롭게도 이들은 모두 인척관계였다)은 다함께 시내로 나갔고, 스펜로 씨와 나는 사륜마차를 타고 그의 집으로 향했다.

사륜마차는 아주 훌륭했다. 말들은 꼭 자기들이 민법박사회관에 소속되어 있는 것을 아는 것처럼 목을 아치형으로 구부리고 다리를 높이 들며 경쾌하게 달렸다. 그 무렵 민법박사회관에서는 무엇이든지 아름다움을 뽐내려는 경쟁이 치열해서 마차도 일류 장비로 꾸미고 있었다. 그러나 내가 있던 그때 가장 치열한 경쟁을 벌인 것은 빳빳하게 풀을 먹인 옷깃이었다. 그런 것을 잘도 입고 다닌다는 감탄이 절로 나올 정도로 빳빳하게 풀을 먹이는 것이 소송대리인들 사이에서 아주 널리 유행하였다.

우리는 아주 유쾌하게 달렸다. 스펜로 씨는 내 직업에 관해서 이것저것 이야기해주었다. 이 직업은 세상에서 가장 품위 있는 직업이며 무슨 일이 있어도 변호사 따위와 혼동해서는 안 되며, 훨씬 전문적이고, 변호사처럼 기계적이지도 않고, 수입도 훨씬 좋다고 말해주었다. 또한 민법박사회관 사람들은 고생을 거의 모르므로, 일종의 특권계급으로서 다른 사람들과는 다르다고 했다. 물론 나쁜 점이 없지는 않다. 예를 들면 우리가 주로 변호사들에게 고용되어 있다는 사실이다. 그러나 어차피 변호사란 천한 종자들이며 긍지를 가진 모든 대리인들에게 멸시받고 있다고 알려주었다.

나는 스펜로 씨에게 소송대리인의 용무 가운데에서 어떤 일이 최고라고 생각하느냐고 물었다. 그는 3, 4만 파운드의 재산이 걸려 있는 순수한 유언사건을 다루는 것이 아마도 최고일 것이라고 대답했다. 그러한 사건을 맡으면 소송 단계마다 논증을 해야 하고, 심문과 반대 심문의 증거서류가 산더미같이 쌓이므로 제법 많은 수입이 생기며(그 뒤에 법무 위원들과 귀족 위원들에게 상고해야 함은 두말할 여지가 없다), 비용은 그 유산에서 나올 것이므로 쌍방은 돈의 액수에 상관하지 않고 재판에 열중하는 것이다. 그리고 이야기는 민법박사회에 대한 예찬으로 바뀌었다. 특히 좋은 점은, 매우 아담하게 뭉쳐 있다는 점으로, 이보다 편리한 조직은 없으며, 편안하고, 작지만 즐거운 집이라고 한다. 예를 들어 이혼소송이나 손해배상 소송이나 종교재판에 넘겨졌을 때 이보다 좋을 수는 없다. 당연히 종교재판부에서 그 문제를 다루게 되므로, 친한 몇몇 집

안사람들끼리 원탁에 둘러앉아 느긋하게 카드놀이를 즐기는 것이나 마찬가지인 것이다. 만일 종교재판부에서 만족스러운 결과를 얻지 못하면 어떻게 할까? 당연히 상고재판으로 끌고 간다. 상고재판이 무엇이냐 하면, 법정도 똑같고 방도 똑같고, 소송대리인도 똑같고 변호인들도 똑같은데, 다만 재판장만 바뀔 뿐이다. 왜냐하면 종교재판 때의 재판장이 이번에는 대변인으로서 얼마든지 변론할 수 있기 때문이다. 그러면 또다시 빙 둘러앉아 카드놀이를 시작한다. 역시 결과에 수긍하지 못해도 상관없다. 이번에는 어떻게 할까? 바로 법무위원회에 상고하는 것이다. 법무위원회는, 역시 하는 일 없는 대변인이라고 생각하면 된다. 어쨌든 두 번에 걸친 법정에서 놀이를 다 본 사람들이다. 카드를 섞다가 멈추는 곳도, 한 장씩 나눠주는 것도 모두 보았을 뿐만 아니라 그 능란하고 서투름에 대해서까지 남김없이 참가자와 논의를 마친 사람이 새로이 재판장이 되어 누구나 납득할 수 있는 판결을 내리는 것이다! 불만을 품은 작자들은, 민법박사회가 부패했고 제 밥그릇만 챙긴다며, 개혁할 필요가 있다고 말한다. (여기서 스펜로 씨는 갑자기 심각한 표정을 지으며) 그러나 민법박사회는, 부셸*² 당 소맥 가격이 최고치를 기록했을 때 누구보다 바쁘게 움직였으며, 그것을 생각하면 사람들은 가슴에 손을 얹고 온 세계를 향해 이렇게 외쳐야 할 것이다. '민법박사회에 손가락 하나라도 댔다가는 나라가 순식간에 주저앉을 것이다!'라고.

이것이 스펜로 씨의 이야기였는데, 나는 내내 열심히 귀를 기울였다. 솔직히, 과연 나라가, 그가 말하는 것만큼 민법박사회의 덕을 보고 있는지 어떤지는 매우 의문스럽지만, 아무튼 그의 의견에는 경의를 나타내 보였다. 부셸 당 밀 가격이라는 것도, 솔직히 나로서는 알 수 없는 문제라 이의를 제기할 수도 없었다. 이 문제만큼은 내가 지금까지도 풀 수 없는 어려운 문제로 남아 있다. 그리고 오늘날까지 툭하면 튀어나와 나를 괴롭히는 것이었다. 그것이 나와 무슨 관계이며, 어째서 이렇게 시시때때로 나를 괴롭힐 권리를 갖는지는 잘 모르지만, 아무튼 이 오랜 친구 부셸이 억지로 끌려 나오면(꼭 그런 것처럼 보였다), 나는 모두 포기하기로 마음먹었다.

이것은 전혀 상관없는 이야기로, 나는 민법박사회 문제에 참견하여 나라를

---

*2 곡물이나 과일의 무게를 재는 단위.

망하게 할 생각은 애당초 없었다. 나는 연배로 보나 지식으로 보나 나보다 뛰어난 스펜로 씨의 이야기를 그저 묵묵히 들으면서 찬성한다는 뜻을 나타냈다. 그리고 그 뒤에는 〈낯선 이〉 이야기나 연극 이야기, 또 말 이야기 따위를 하며 그의 집 앞에 닿았다.

스펜로 씨 댁 정원은 아름다웠다. 한창때가 아닌데도 정말로 잘 가꾸어져 있어서 나는 완전히 반해버렸다. 아름다운 잔디밭이 있고 나무들이 있고, 어둠 속에서도 알아볼 수 있는 산책로가 이어져 있었다. 산책로에는 쇠창살로 아치를 만들어 제철이 되면 관목과 꽃나무가 자라서 그 위를 덮도록 해놓았다. '이 길을 미스 스펜로가 혼자 거니는구나. 참으로 멋지다!' 나는 생각했다.

우리는 환하게 불이 켜진 집 안으로 들어갔다. 현관에는 온갖 종류의 모자와 외투와 긴 숄과 장갑과 말 채찍과 여러 개의 단장이 놓여 있었다. "도라는 어디 있지?" 스펜로 씨가 하인에게 물었다. '도라!' 나는 생각했다. '정말 아름다운 이름이구나!'

우리는 바로 옆방(동인도산 셰리주 이야기로 뇌리에 박힌 그 아침 식사를 하는 식당이었다)으로 들어갔다. 이어서 누군가가 "코퍼필드 군, 내 딸 도라와 도라의 친구라네!"라고 말하는 소리를 들었다. 틀림없이 스펜로 씨의 목소리였을 것이다.

그러나 나는 누군지 잘 알 수 없었고, 또 그게 누구든 아무래도 좋았다. 순식간에 모든 것이 끝났다. 내 운명은 결정된 것이다. 나는 사랑의 포로이자 노예가 되어버렸다. 나는 미칠 듯이 도라 스펜로를 사랑하게 되었다!

나에게는 도라가 인간 이상이었다. 그녀는 선녀이자 요정이고, 또 아직까지 아무도 본 적이 없지만 누구나가 사랑하고 갈구하는 대상이었다. 나는 순식간에 사랑의 심연에 깊이 먹혀버렸다. 낭떠러지에서 발을 멈출 여유도 없이, 내려다보고 뒤를 돌아볼 틈도 없이, 아니, 직접 말을 걸 분별조차 없이 이내 굴러떨어진 것이다.

내가 허리를 굽히고서 혼잣말로 중얼거리고 있을 때, 귀에 익은 또 다른 목소리가 들렸다. "전에 코퍼필드 씨를 만난 적이 있습니다."

이렇게 말한 사람은 도라가 아니었다. 도라의 친구 미스 머드스톤이었다!

나는 크게 놀라지 않았다. 놀랄 기력조차 없었던 것이다. 이제 이 세상에 놀라운 것이라고는 도라 스펜로밖에 없었다. 나는 "안녕하세요? 미스 머드스톤?

별고 없으시리라 믿습니다"라고 인사말을 했다.

"네, 잘 있습니다." 머드스톤이 대답했다.

"머드스톤 씨도 잘 있지요?"

"동생도 여전히 잘 있습니다. 고맙습니다."

스펜로 씨는 우리가 서로 아는 사이라는 것을 알고 매우 놀란 것 같았으나 이윽고 이렇게 말했다.

"코퍼필드 군, 자네와 미스 머드스톤이 서로 알고 있다니 반가운 일일세."

"코퍼필드 씨와 나는 천척간입니다." 미스 머드스톤이 아주 태연하게 말했다. "한때는 꽤 가까이 지냈지요. 코퍼필드 씨가 어렸을 때였습니다만. 그 뒤로는 사정이 있어서 떨어져 살았습니다. 못 알아볼 정도로 변했는데요."

나는 어디서든지 미스 머드스톤을 알아볼 수 있다고 대답했다.

"고맙게도 미스 머드스톤은—어떻게 말해야 좋을지 모르겠네만—내 딸 도라의 미더운 의논상대가 되어 주겠다고 승낙했지." 스펜로 씨가 말했다. "불행하게도 도라에게는 어미가 없어. 그래서 미스 머드스톤에게 도라의 친구 겸 보호자가 되어 달라고 부탁했다네."

그 순간 나는, 미스 머드스톤으로 말하자면, 호신용으로 주머니에 넣고 다니는 무기처럼 보호의 임무보다는 공격의 임무에 더 알맞다고 생각했다. 나는 도라 말고는 다른 것을 오래 생각할 수 없었기 때문이다. 도라를 한번 바라보았다더니, 그녀의 토라진 귀여운 태도로 보아 자기의 친구 겸 보호자에게 그다지 호감을 가지고 있는 것 같지 않았다. 그때 벨이 울렸는데 스펜로 씨가 만찬을 알리는 것이라고 말했다. 그래서 나는 서둘러 옷을 갈아입으러 갔다.

사랑에 도취된 상태로 옷을 갈아입는다든가 그 밖의 다른 행동을 한다는 것은 생각만 해도 조금 우스웠다. 실제로 할 수 있는 일이라고는, 단지 난로 앞에 앉아 융단가방의 열쇠를 깨물면서 내 마음을 사로잡은 귀여운 도라를 생각하는 것뿐이었기 때문이다. 도라는 몸매도 아름다웠고 얼굴도 아름다웠으며 태도도 우아하고, 매혹적이었다!

또다시 벨이 울렸으므로, 아직 하고 싶은 일이 많았지만 옷도 입는 둥 마는 둥 하며 아래층으로 내려갔다. 손님들이 몇 분 와 있었다. 도라는 백발의 늙은 신사와 이야기를 하고 있었다. 상대가 백발노인이었지만—더군다나 증조할아버지라고 했지만—나는 그를 질투하지 않을 수 없었다.

내 마음이 어떻게 되어 버린 걸까! 나는 온갖 사람들을 질투했다. 아무튼 나보다 스펜로 씨를 잘 알고 있는 사람은, 그가 누구이건 참을 수 없었다. 모두는 내가 모르는 이야기를 하고 있었고, 그것을 듣는 것이 고통스러웠다. 번쩍번쩍 빛나는 대머리를 한 살가운 느낌의 신사가 식탁 너머로 여기에 처음 왔느냐고 물었다. 이때 그것만으로도 나는 자칫 폭력 사태를 일으킬 것 같은 이상한 기분이 되었다.

도라 말고는 거기에 누가 있었는지도 기억에 없다. 도라에 대한 생각 말고는, 무엇을 먹었는가도 기억하지 못한다. 마치 도라만 우걱우걱 먹고, 나머지 음식은 손도 대지 않은 채 그대로 돌려보낸 느낌이었다. 내 자리는 도라의 옆이었으므로 많은 이야기를 나누었는데, 그녀는 아주 쾌활하고 차분한 목소리로 이야기했다. 아주 기쁜 듯이 미소를 짓고 가장 상냥하고 매혹적인 태도로 내 말을 받아 주었다. 젊은이가 얼이 빠져 노예가 되는 것도 당연했다. 도라는 몸집이 작았으므로, 그래서 더욱 보석처럼 귀여웠다.

도라가 미스 머드스톤과 같이 방에서 나가자(다른 숙녀는 없었다), 나는 미스 머드스톤이 도라에게 나를 헐뜯지나 않을까 하는 걱정 때문에 몹시 괴로웠다. 반짝이는 대머리의 노신사가 나에게 뭐라고 긴 이야기를 했는데, 원예에 관한 이야기 같았다. 그가 몇 번이나 '내 집 원예사'라고 이야기한 것이 생각난다. 나는 그 노신사의 말에 열심히 귀를 기울이는 척했지만 사실은 도라와 함께 에덴동산을 헤매고 있었다.

마침내 다 같이 응접실로 들어가 미스 머드스톤의 우울한 모습을 멀리서 보았을 때, 나는 내 마음을 송두리째 바치고 있는 도라에게 내 비방을 하지 않았을까 또다시 걱정이 되었다. 그러나 나는 의외로 그러한 걱정에서 벗어나게 되었다.

"데이비드 코퍼필드," 미스 머드스톤이 나를 창가로 부르며 말했다. "할 말이 있어요."

나는 미스 머드스톤과 단둘이 마주섰다.

미스 머드스톤이 말했다. "집안사정을 남에게 자세히 이야기할 필요는 없다고 생각해요. 그렇게 듣기 좋은 이야기도 아니니까요."

"그럼요." 나는 대답했다.

"옛날에 다투었던 일이라든가 학대를 받았던 일들을 다시 꺼내고 싶지는 않습니다. 예를 들어 나는 그 사람에게서―같은 여성으로서 유감이지만―큰 모욕을 당했어요. 그래서 그 사람만 생각하면 경멸과 혐오감을 느껴요. 그러니 그 사람 이야기는 아예 꺼내지 않겠어요."

그것은 대고모에 관한 이야기였기에 나는 화가 치밀었지만 꾹 참고, 미스 머드스톤이 원한다면 대고모에 관한 이야기는 하지 않는 것이 좋겠다고 말했다. 하지만 내 대고모에 대해 모욕적인 말을 하면 절대로 참을 수 없다고 단호히 말해두었다.

미스 머드스톤은 두 눈을 감고서 경멸하듯이 고개를 끄덕였다. 그러더니 천천히 눈을 뜨고 다시 이야기를 시작했다.

"데이비드 코퍼필드, 나는 당신이 어렸을 때, 당신을 좋게 보지 않았다는 것을 변명하지는 않겠어요. 내가 잘못했을 수도 있지만, 당신도 이제는 그런 일을 떠벌리지 못하는 상황일 수도 있지요. 하지만 그것은 지금 우리의 문제가 아니에요. 나는 엄하고 훌륭한 가문에서 자랐으므로 환경에 따라 생각을 바꾸는 연약한 여자가 아닙니다. 나는 나대로 당신에 대한 생각을 가질 수 있고 당신은 당신대로 나에 대한 생각을 가질 수 있습니다."

이번에는 내가 고개를 끄덕였다.

미스 머드스톤이 말했다. "하지만 여기서 서로의 생각을 내세우며 헐뜯을 필요는 없다고 봐요. 우리는 운명의 장난으로 다시 만났지만, 앞으로도 어떠한 경우에 다시 만날지 누가 압니까. 그러니까 여기서는 서로 먼 친척으로서 만난 걸로 합시다. 우리 집안 사정을 생각하면 그것이 가장 좋지 않겠어요? 서로 헐뜯어봐야 무슨 의미가 있겠어요. 내 말에 찬성하지요?"

"당신과 머드스톤 씨가 나를 무척 학대했고 내 어머니에게도 아주 지독하게 대했다는 것을 나는 또렷이 기억하고 있습니다. 내가 살아 있는 한 그 일을 잊을 수는 없을 겁니다. 그러나 당신의 제의에는 찬동합니다."

미스 머드스톤은 두 눈을 감고서 고개를 끄덕였다. 그러고는 차갑고 딱딱한 손가락 끝으로 내 손등을 가볍게 만지더니 자기 팔찌와 목걸이를 매만지면서 저쪽으로 가버렸다. 그 팔찌와 목걸이는 전에 보았던 것과 똑같은 것들이었다. 그것을 보고 나는, 미스 머드스톤의 본성과 연관시켜서 문득 형무소 문에 달려 있는 쇠사슬을 떠올렸다. 그것은 바로, 안에 무엇이 있는가를 들여다보는 사람에게는 외부적 표상이었다.

그 뒤로 그날 저녁에 대해 내가 기억하는 것을 더듬어 보면, 우선 내 마음
의 여왕 도라가 기타 같은 멋진 악기로 반주를 하며 프랑스어로 매혹적인 노
래를 불렀다. 듣고 있는 우리는 춤이 저절로 나올 것 같았다. 나는 행복에 취
해 차와 다과까지도 먹을 생각이 없어서 거절했다. 미스 머드스톤이 도라를
데리고 갈 때, 도라는 방긋 미소를 지으며 보드라운 손을 나에게 내밀었다. 그
리고 문득 거울에 비친 내 모습을 보았는데, 아주 둔하고 백치 같아 보였다.
나는 눈물이 쏟아질 것 같은 심정으로 잠자리에 들었고, 이튿날은 얼이라도
빠진 듯한 한심스런 몰골로 일어났다.

화창한 아침이었다. 아직 이른 시간이었으므로, 나는 아치가 있는 산책로를 걸으며 도라에 대한 사랑을 음미해보기로 했다. 현관을 지나다가 집*3이라는 이름의 도라의 조그마한 개를 만났다. 그녀의 것이라면 개까지도 사랑스러워서 상냥하게 다가가 보았지만, 개는 나를 보더니 의자 밑으로 들어가서 이빨을 드러내며 으르렁거렸다. 나를 따를 생각은 조금도 없어 보였다.

정원은 시원했고 다른 사람은 아무도 없었다. 나는 어슬렁거리면서 도라와 약혼할 수 있다면 얼마나 행복할 것인가를 생각했다. 에밀리를 좋아했던 때와 마찬가지로, 결혼이나 재산 같은 것에 대해서는 순진할 정도로 전혀 생각해보지 않았다. 그러나 그녀를 '도라'라고 부르고, 편지를 쓰고, 여신처럼 숭배하고, 그녀가 다른 사람과 함께 있을 때도 나를 떠올린다는 확신만 가질 수 있다면, 그것만으로 이미 인간으로서 가장 큰 소망—적어도 내 소망은 이루어진 것 같았다. 내가 여자에게 반하기 쉬운 성격이었던 것은 틀림없지만, 그럼에도 마음은 언제나 순결했던 것도 사실이다. 따라서 지금도 그때를 되돌아보고 웃을 수는 있어도 경멸하고 싶은 마음은 없다.

조금 걷다가 모퉁이를 돌았을 때, 그녀와 마주쳤다. 지금도 그 모퉁이를 생각하면 머리 꼭대기부터 발끝까지 간질간질하고, 손에 잡고 있는 펜까지 흔들릴 지경이다.

"미스 스펜로, 일찍 나왔군요." 나는 말을 걸었다.

"집에만 있으면 너무 따분한 걸요." 그녀가 대답했다. "미스 머드스톤은 참 어처구니없어요! 산책하겠다고 하면 날씨가 따뜻해야만 외출할 수 있다느니, 그런 엉터리 말만 한다니까요.—여기서 정말로 유쾌하게 웃었다—일요일 아침에는 연습이 없거든요. 그러니 뭐 딴 것을 해야지요. 그래서 어젯밤에는 아빠에게, 오늘은 무슨 일이 있어도 산책을 해야겠다고 말씀드렸지요. 더군다나 아침은 하루 가운데에서 가장 멋진 시간이잖아요. 안 그래요?"

나는 크게 용기를 내어(반쯤 더듬거리면서), 나는 조금 전만 해도 답답했는데 지금은 날씨가 맑아서 아주 명랑해졌다고 대답했다.

"예의로 하는 말이지요?" 도라가 말했다. "아니면 정말로 날씨가 변했단 말인가요?"

---

*3 집시의 줄임말.

나는 예의로 한 말은 아니라고 대답했다. 나는 더욱 더듬으면서, 예의상 한 말이 아니라 사실을 말했을 뿐이라고 대답했지만, 애당초 날씨 변화 같은 건 전혀 신경 쓰지 않았다. 그래서 좀더 정확하게 설명하기 위해 부끄러운 듯이, 그것은 단지 내 마음의 문제입니다만, 하고 덧붙였다.

그녀는 홍당무가 된 얼굴을 가리려고 머리채를 흔들었다. 나는 그녀의 머리처럼 아름다운 고수머리를 본 일이 없었다. 그렇게 물결치듯이 아름다운 머리채는 어디에도 없으니까! 그리고 그 위에 덮어쓰고 있는 푸른 리본이 달린 밀짚모자! 만약 그 모자를 버킹엄 거리의 내 방에 걸어둘 수만 있다면, 나는 더없는 보물로 간직할 텐데!

"파리에서 방금 돌아오셨지요?"

"네. 파리에 가 본 적이 있어요?"

"없습니다."

"아! 그럼 얼른 가 보세요! 무척 마음에 드실 겁니다!"

깊은 고민의 흔적이 내 얼굴에 나타났다. 도라가 파리에 가보라고 말하고, 또 내가 마음만 먹으면 언제든 갈 수 있을 것이라고 생각하는 게 견디기 힘들었다. 그래서 나는 파리를 깎아내리고, 프랑스를 헐뜯었다. 지금으로서는 아무리 좋아도 영국을 절대로 떠나고 싶지 않으며 어떤 것도 나를 유혹하지 못한다고 말했다. 내 말을 듣고, 도라는 또다시 곱슬머리를 흔들었다. 그때 그녀의 개가 산책로를 뛰어왔으므로 둘 사이의 어색한 분위기는 사라지게 되었다.

개는 나에게 질투를 느끼고 맹렬하게 짖어댔다. 도라가 개를 두 팔에 안고—오! 맙소사!—부드럽게 쓰다듬어주었지만, 그래도 개는 계속 짖었다. 나도 만져주려 했지만 놈은 받아들이지 않았다. 그러자 도라는 개를 때렸다. 벌을 주려고 동그란 콧잔등을 가볍게 톡톡 때렸다. 그것을 보는 내 마음은 더욱 고통스러웠다. 개는 두 눈을 깜박거리면서 그녀의 손을 핥았다. 그리고 마치 소형 더블베이스처럼 목 깊은 곳에서 낮게 으르렁거렸다. 그것도 마침내 조용해졌다. 그도 그럴 것이, 그녀가 작은 보조개가 있는 턱을 개의 이마에 딱 붙였던 것이다! 우리는 온실을 구경하려고 발길을 옮겼다.

"당신은 미스 머드스톤과 친하지 않지요? 옳지, 착하지!" 도라가 말했다.

(물론 마지막 말은 개에게 한 말이었다. 아아! 만약 그것이 나에게 한 말이라면 얼마나 좋을까!)

"네. 전혀 친하지 않아요."

"그 여자는 정말 지루한 사람이에요." 도라가 입을 비죽거리며 말했다. "그런 사람을 내 친구로 택한 아버지의 마음을 알 수가 없어요. 누가 보호자를 원했나요? 적어도 나에게는 보호자가 필요 없어요. 저런 미스 머드스톤보다는 이 집이 훨씬 더 좋은 보호자예요. 그렇지, 집?"

도라가 개의 둥근 머리에 키스를 해주었지만, 개는 귀찮은 듯이 눈을 게슴츠레 뜨고 있을 뿐이었다.

"아빠는 그녀를 나의 의논상대라고 말씀하시지만 그녀는 그런 인물이 못 돼요—그렇지, 집? 우리는 그렇게 엉큼한 사람은 믿지 않아요. 나도, 집도 말이에요. 마음을 열어보이는 일은 스스로 '이 사람이다'라고 생각한 사람에게만 해야 해요. 친구 역시 자기가 직접 찾는 것이잖아요? 다른 사람이 찾아줄 수 있는 게 아닌 걸요.—그렇지 집?"

집은 주전자 끓는 소리 같은 기쁜 목소리로 대답했다. 한편 도라의 한 마디 한 마디는 나를 족쇄로 채우듯이 꼼짝도 못하게 했다.

"어머니가 계시지 않는다고 심술궂고 엉큼한 늙은 미스 머드스톤과 함께 생활해야 하다니, 괴로운 일이에요. 그렇지, 집? 하지만 신경 쓰지 마! 의논 따위 절대 하지 않을 거야! 그런 여자는 내버려두고, 우리는 우리끼리 즐겁게 지내면서 그 여자를 괴롭혀주자. 절대 기쁘게 해 주지 않을 거야. 그렇지, 집?"

이런 이야기가 이 이상 이어졌다면, 아마 나는 그대로 자갈길에 무릎을 꿇어서, 단지 무릎을 깰 뿐 아니라 순식간에 저택에서 쫓겨났을지도 모른다. 그러나 다행히 온실은 그리 멀지 않아서 이야기를 하는 동안 온실에 닿았다.

온실에는 아름다움을 뽐내는 제라늄이 많이 있었다. 우리는 그 꽃들을 보며 걸어다녔다. 도라가 자꾸 걸음을 멈추고 이 꽃 저 꽃을 정신없이 찬미했기에 나도 발길을 멈추고 똑같은 꽃을 칭찬했다. 그러면 도라는 웃으면서 아이처럼 개를 안아 올려서 꽃향기를 맡게 했다. 우리 모두가 요정 나라에 있었는지는 모르겠지만 적어도 나는 확실히 그러했다. 지금도 나는 제라늄 향기를 맡으면, 그때 순간적으로 내 안에 얼마나 큰 변화가 일어났었는지를, 우스꽝스러우면서도 한편으로는 진지한 경이를 느끼며 떠올린다. 그 다음에 떠오르는 것이, 푸른 리본을 단 밀짚모자, 탐스러운 곱슬머리, 그리고 가느다란 팔에 안겨 꽃과 어린 잎 사이로 코를 들이밀던 검고 작은 개의 모습이다.

미스 머드스톤은 아까부터 우리를 찾고 있었던 모양이다. 우리를 발견하자 잔주름 사이로 분가루가 잔뜩 낀 보기 흉한 그녀의 뺨을 도라에게 내밀어 키스하게 했다. 이어서 미스 머드스톤은 도라의 팔을 잡고서 아침 식사에 우리를 끌다시피 데리고 갔다.

도라가 차를 타주었으므로 나는 몇 잔을 마셨는지도 잊어버렸다. 다만 또렷하게 기억하고 있는 것은, 마치 내 온 신경(그때 아직 그런 것이 남아 있었다면)이 어떻게 된 것이 아닐까 싶었을 정도로 정신없이 벌컥벌컥 들이켰다는 사실이다. 그리고 다음에는 교회로 갔다. 미스 머드스톤이 도라와 나 사이에 앉았지만 도라의 찬송가 소리를 들으니 교회에 모인 모든 사람들이 안개처럼 사라졌다. 설교가 있었다. 물론 도라에 관한 것으로 들렸다. 그날 교회에서의 기억은 다 이런 식이었다.

조용하게 하루를 보냈다. 다른 사람은 없었다. 산책하고 저녁에는 네 식구가 오붓하게 식사를 했다. 밤에는 책을 읽고 그림을 보았다. 미스 머드스톤은 앞에 설교집을 놓고 있었으나 눈으로는 우리를 빈틈없이 감시하고 있었다. 저녁 식사 뒤 내 맞은편에 앉아서 손수건을 머리에 대고 있던 스펜로 씨는, 내가 그의 사위가 된 공상을 하면서 얼마나 열렬하게 자기를 포옹하고 있었는지를 꿈도 꾸지 못했을 것이다. 마지막 밤인사를 할 때도 도라와의 약혼을 그가 쾌히 승낙했다고 가상하고 그에게 축복이 내리기를 얼마나 바랐는지, 그는 생각도 못했을 것이다!

우리는 다음 날 아침 일찍 떠났다. 해사(海事)재판소에서 해난 구조사건 재판이 열리기 때문이었다. 그 사건을 처리하자면 항해술 전반에 관한 정확한 지식이 필요했기에(민법박사들에게는 그 지식이 부족했으므로), 재판장은 노련한 전문가 두 명을 파견해 달라고 해사협회에 요청했던 것이다. 그러나 도라는 그날 아침에도 어김없이 차를 끓여 주었다. 그리고 마침내 사륜마차가 떠날 때에는, 현관에서 집을 안아 올리고 배웅해 주었는데, 나는 슬프기도 하고 기쁘기도 하여 그녀에게 모자를 흔들며 인사했다.

그날 해사재판의 인상은 어떠했던가. 나는 재판의 논고를 듣고는 있었지만 속으로는 전혀 엉뚱한 생각을 하고 있었다. 나는 해사재판의 표장으로서 책상 위에 놓여 있는 은으로 된 노에까지 '도라'라고 새겨져 있는 것을 본 것 같았다. 스펜로 씨가 나를 남겨둔 채 혼자 집으로 가버린 뒤에는(나를 오늘도 자기 집으로 데려가 주기를 나는 미친 듯이 바랐다), 내가 선원이 된 것 같았는데, 배는 떠나버리고 나만이 무인도에 남겨진 기분이었다. 그러나 그런 것은 아무리 조바심을 낸들 다 쓸 수 없으니 아예 그만두기로 하겠다. 다만 진실을 밝히고자 한다면, 고요히 잠든 법정에 다시 한 번 숨을 불어넣어, 도라에 대한 그때의 내 백일몽을 눈에 보이는 형태로 고스란히 다시 나타내는 수밖에 없다.

그날의 공상만을 말하는 것이 아니다. 매일, 매주, 매기마다의 꿈을 말하는 것이다. 나는 법정에 자주 나갔지만, 진행 중인 심리를 보기 위해서가 아니라 오로지 도라를 생각하기 위해서였다. 느릿느릿하게 진행되는 재판에 내가 조금이라도 관심을 보인 것이 있다면, 이혼사건을 보면서(물론 도라를 생각하면서), 결혼한 사람들이 반드시 행복한 것은 아니라는 데에 놀라고, 유언장 분쟁을 보면서, 만약 그러한 돈이 내게 주어진다면 도라와의 관계를 위해 제일 먼저 무엇을 해야 하는가 하는 생각뿐이었다.

사랑에 빠진 첫 주에 나는 네 개의 비싼 조끼를 샀다. 내가 사치하기 위해서가—나는 그런 것을 조금도 자랑스럽게 생각하진 않았다—아니라 도라에게 잘 보이기 위해서였다. 시내에 나갈 때는 연한 갈색의 양가죽 장갑을 끼었고, 덕분에 처음으로 물집이 생기는 원인을 만들었다. 또한 그 무렵 신었던 구두가 지금도 있는데, 내 발 크기와 비교해 보면 그때의 내 마음을 절절하게 알 수 있다.

나는 도라를 향한 일념에서, 그녀를 한 번이라도 만날 수 있으리라는 덧없는 희망을 걸고서 애처롭게 절뚝거리면서도 매일 몇 마일씩을 걸어다녔다. 머지않아 나는 노우드 가(街)에서는 그 구역을 맡은 우편집배원 못지않게 사람들에게 잘 알려지게 되었다. 그리고 그 기세로 런던 전역을 쏘다녔다. 나는 귀부인들 전용의 최고급 상점 지역을 어슬렁거렸고, 잡화점 거리를 길 잃은 유령처럼 돌아다녔다. 완전히 지친 뒤에도 공원을 수없이 드나들었다. 오랜만에 아주 드물게 도라를 가끔 보았다. 마차 창문을 통하여 도라가 장갑을 흔드는 것을 보았고, 때로는 그녀와 미스 머드스톤과 같이 잠깐 산책하며 이야기를 나눈 일도 있었다. 그러나 이야기를 한 뒤에는 언제나 아주 비참한 생각을 하게 되었다. 이유는 내가 결국 제대로 된 말을 전혀 말하지 못했으며, 내가 얼마나 헌신적으로 사랑하는가를 도라는 전혀 모르고 있었고, 게다가 그녀는 나에게 아주 무관심하다는 생각만 들었기 때문이었다. 나는 스펜로 씨가 또다시 나를 집으로 초대해주기만을 학수고대했지만, 끝내 초대를 받지 못해 완전히 실망하고 말았다.

크럽 부인은 눈치가 무섭게 빠른 사람임에 틀림없었다. 사랑에 눈이 먼 지 불과 몇 주일도 안 되었을 때, 나는 아그네스에게 스펜로 씨 댁에 갔었다는 것과 그 집에 외동딸이 있다는 것만을 써 보냈었다. 그 이상은 도저히 쓸 용기가 나지 않았던 것이다. 그런데 이러한 초기 단계에 크럽 부인은 이미 내 마음을 눈치채 버렸으니, 부인의 통찰력은 정말 대단했다. 어느 날 저녁 내가 몹시 우울해하고 있을 때, 크럽 부인이 내 방으로 올라와서(그 무렵 그녀는 전에 말한 그 병을 앓고 있었다), 카르다몸과 대황근을 섞은 팅크에 정향나무의 순액을 몇 방울 떨어뜨려 주면 고맙겠다고 했다. 그것이 자기 병에 특효약인데, 만약 없다면 약간의 브랜디를 달라고 했다. 물론 브랜디는 자기 입에 맞는 약은 아니지만 효과는 좋다고 했다. 나는 처음 약은 들어 보지도 못했으나 두 번째 약은 늘 벽장 안에 있었으므로 브랜디 한 잔을 부인에게 따라 주었다. 그랬더니 크럽 부인은 그 자리에서 바로 마셨다. (아마 다른 좋지 않은 목적에 쓰지나 않을까 하는 나의 의심을 사기가 싫었던 것 같다.)

"기운을 내요, 도련님." 크럽 부인이 말했다. "도련님이 그렇게 시무룩하게 있는 것을 차마 보지 못하겠어요. 이래 봬도 저 역시 엄마니까요."

크럽 부인이 엄마인 게 나와 무슨 상관이 있는지는 모르지만, 아무튼 나도 될 수 있는 한 부인에게 다정한 미소를 보냈다.

"용서하세요. 왜 도련님이 시무룩하신지 나는 알아요. 그 처녀 때문이지요?"

"뭐라구요, 크럽 부인?" 나는 새빨갛게 낯을 붉히며 말했다.

"아, 괜찮아요, 코퍼풀 도련님. 기운 내세요!" 크럽 부인이 혼자 끄덕이며 격려해 주었다. "그 아가씨가 도련님에게 웃어 주지 않는다 해도 도련님에게 웃어 줄 처녀는 많이 있어요. 좀더 자신을 가지세요!"

크럽 부인은 언제나 나를 코퍼풀이라고 부른다. 첫 번째 이유는 그것이 내 이름이 아니기 때문이고, 두 번째 이유는 아마도 세탁하는 날을 떠오르게 하기 때문일 것이다.*4

"하지만 부인, 어떻게 여자 문제란 걸 알죠?"

---

*4 코퍼풀의 '코퍼'에는 세탁용 가마솥이라는 뜻이 있으니까 코퍼풀은 '가마솥이 가득하다'라는 뜻이 되기 때문일까?

"그야 제가 엄마이기 때문이지요, 코퍼풀 도련님." 부인은 유난히 차분하게 말했다.

크럽 부인은 얼마 동안 한손을 가슴에 대고 브랜디를 조금씩 마시면서 아픔을 참는 것이었다. 통증이 가라앉자 부인은 다시 말을 이었다.

"도련님의 대고모님이 오셔서 이 방을 빌렸을 때 제가 말씀드렸었지요. 이제야 내가 돌봐줄 분이 생겼다구요. 그래서 '하느님 고맙습니다'라고 말했었지요. 그런데 도련님은 먹지도 않고 마시지도 않으신단 말이에요."

"그래서 사랑에 빠졌다고 생각하셨군요, 크럽 부인?" 나는 말했다.

"저는 도련님 말고도 많은 젊은 신사 분들을 보살펴왔답니다. 그런 분들 가운데에는 지나치게 몸치장을 하는 분도 있고 또 전혀 신경을 쓰지 않는 분도 있더군요. 머리를 언제나 깔끔하게 손질하는 분이 있는가 하면 빗질도 하지 않는 분도 있어요. 아마 각자 타고난 개성이 달라서겠지요. 그런데 흥미롭게도, 어느 쪽으로든 극단으로 향하는 분에게는 젊은 여자가 개입되어 있더라고요."

크럽 부인은 자신 있는 태도로 고개를 저었다. 나로서는 항변의 여지가 없었다.

"도련님보다 먼저 이 방에 살다가 돌아가신 젊은 분도, 사랑을 하게 되자—상대는 술집 처녀였지만—곧바로 조끼를 몇 개 샀어요. 술을 마셔서 몸집이 아주 뚱뚱했는데도."

"크럽 부인, 제가 좋아하는 처녀와 같은 사람이라고 생각하면 곤란해요."

"도련님, 저도 엄마니까, 그런 걱정은 하지 않으셔도 돼요. 그래도 혹시 제가 지나쳤다면 용서하세요. 저는 환영받지 않는 일에는 참견하고 싶지 않으니까요. 그러나 도련님은 젊어요. 제가 드리고 싶은 말은 좀더 힘을 내라는 것과 자신감을 가지라는 것, 그리고 도련님의 가치를 아시라는 것입니다. 일단 스키틀스*5라도 시작해 보는 게 어때요? 건강에도 좋고, 마음이 복잡할 때도 많은 도움이 될 거예요."

이런 말을 하고서 크럽 부인은, 브랜디를 아주 소중히 여기는 체하면서(실은 다 마셔버리고 한 방울도 남아 있지 않았다) 과장스레 허리 굽혀 인사를 하고 물러가버렸다. 부인의 모습이 어두컴컴한 현관으로 사라지는 것을 보면서, 크

---

*5 공을 굴려 9개의 곤봉을 쓰러뜨리는 놀이.

럽 부인의 무례한 충고에 기분이 나빴으나, 다른 각도에서 본다면 그러한 말은 자명한 충고로, 앞으로 내 비밀을 단단히 지키라는 경고로 풀이할 수 있었으므로, 나는 부인의 충고를 달게 받아들이기로 했다.

27장

토미 트래들스

크럽 부인의 충고가 효과가 있었기 때문일 수도 있고, 우연히 스키틀스와 트래들스 두 발음이 비슷했기 때문일 수도 있다. 아무튼 다음 날 나는 트래들스를 찾아가 보려고 생각했다. 그가 말한 한 달이라는 기간은 이미 지나 있었으므로, 지금은 캠든타운*¹의 수의과대학 근처의 조그마한 거리에 살고 있을 것이다. 그 근처에 사는 한 서기의 말에 의하면, 그 지역은 주로 집안이 좋은 학생들이 세들어 사는데, 그들은 살아 있는 당나귀를 사서는 자기들 방에서 동물실험을 한다는 것이었다. 나는 그 서기로부터 수의과대학의 위치를 물어 두고, 그날 오후 곧바로 옛 동창을 찾아 나섰다.

그 거리는 트래들스에게 맞는 곳이 아니었다. 주민들은 자신들에게 필요 없는 것을 거리에 마구 버리는 습관이 있는 것 같았다. 축축하고 악취가 코를 찔렀으며, 썩은 양배추 잎들이 보기에도 아주 지저분했다. 쓰레기는 채소뿐만이 아니었다. 집 호수를 찾는 동안에도 나는 구두 한 짝, 납작하게 찌그러진 냄비, 검은 보닛, 우산 따위가 새로운 것 묵은 것이 한데 뒤엉켜 여기저기서 썩어가고 있는 것을 보았다.

거리의 전체적인 분위기를 보니 미코버 씨 부부와 같이 살던 그 옛날이 생각났다. 게다가 내가 찾고 있는 집에서 풍기는, 말로 나타낼 수 없는, 몰락했지만 늠름한 위엄이 더욱더 미코버 씨 부부를 생각나게 했다. 그런 점에서 그 집은 다른 집들과는 달랐다. 다른 집들은 구조가 단조롭고, 집짓기를 처음 배우는, 아직도 벽돌을 모르타르로 붙이는 기술을 모르는 수습공의 습작처럼 보였다.

마침 오후의 우유배달원이 와서 열어놓은 문을 발견했을 때는 더한층 미코

---

*1 런던의 서북지역.

버 씨 부부 생각이 났다.

"지난번의 우유 값 청구서를 주인에게 잘 전달했겠지요?" 우유배달원이 어린 하녀에게 말했다.

"아, 바로 내겠다고 주인께서 말했어요." 하녀가 대답했다.

"왜냐하면," 우유배달원은 하녀의 말을 못 들은 척하며 계속했다. 목소리로 볼 때 하녀가 아니라 집 안에 있는 다른 사람에게 들으라는 듯이 말하는 것 같았다. 복도 안쪽을 노려보는 그의 눈초리에서도 그러한 인상을 느낄 수가 있었다. "왜냐하면 그 청구서가 배달된 지가 오래되어서 주인이 잊어버리고 있는 것 같거든요. 떼먹고 안 주면 어쩌나 하는 생각도 들고요. 아무튼 이제는 더는 기다릴 수 없어요. 아시겠어요!" 우유배달원은 아직도 집 안을 향해 소리치면서 복도를 노려보았다.

조금 벗어난 이야기지만, 우유 같은 차분한 상품을 다루기에는, 이 사내는 매우 별종이었다. 정육점이나 브랜디 상인이라고 하기에도 너무 맹렬한 편이었다.

어린 하녀의 목소리가 갑자기 작아졌다. 입 모양으로 추측하건대, 다음에 내겠다는 똑같은 말을 되풀이하고 있는 것 같았다.

"이봐요." 우유배달원은 처음으로 하녀를 무섭게 노려보더니 그녀의 턱을 잡고 말했다. "당신, 우유 좋아해요?"

"네, 좋아해요." 하녀가 대답했다.

"그럼 내일은 우유를 못 먹을 거요. 알겠수? 내일은 한 방울도 마실 수 없단 말이오."

그러나 하녀의 얼굴은, 그렇다면 오늘은 조금이라도 얻을 수 있겠구나 하고 오히려 안심하는 눈치였다.

배달원이 험악한 눈초리로 하녀를 쏘아보며 고개를 저었으나, 그녀의 턱을 놓고 우유통을 열더니 그 집 그릇에다 평소의 양을 부어주었다. 그러고는 투덜거리며 가버렸지만 바로 옆집에 대고 분풀이라도 하는 것처럼 엄청나게 큰 소리로 "우유 왔어요!" 하고 버럭 소리를 질렀다.

"여기에 트래들스 씨가 살고 있나요?" 내가 물었다.

복도 끝에서 이상한 목소리로 "네" 하는 대답이 들렸다. 그러자 어린 하녀도 "네"라고 앵무새처럼 대답했다.

"지금 집에 있나요?"

또다시 이상한 목소리가, 있다고 대답하자 하녀도 똑같이 있다고 되풀이했다.

나는 안으로 들어가서 하녀의 안내에 따라 2층으로 올라갔다. 그런데 안쪽 응접실 앞을 지나칠 때 그 이상한 목소리의 주인공이 수상한 눈으로 나를 감시하고 있음을 알았다.

계단 꼭대기에 닿자—그 집은 이층집이었다—트래들스가 층계참에서 나를 맞이했다. 그는 매우 반가워했고, 진심으로 환영하면서 나를 방으로 안내했다. 그의 방은 집의 앞쪽에 위치하고 있었으며, 가구는 별로 없었지만 아주 깔끔했다. 나는 그의 방이 그것 하나뿐이라는 것을 알았다. 방에는 의자 겸용의 침대가 있고, 구둣솔과 구두약이 서가 제일 위의 책 사이에—사전 뒤에—끼어 있기 때문이었다. 책상 위에는 서류가 흐트러져 있었다. 그는 낡은 코트를 입고 열심히 공부하고 있었던 것이다. 나는 딱히 둘러볼 생각은 없었으나 자리에 앉았을 때는 도자기로 된 잉크병에 그려진 교회 풍경화까지 모든 것을 본 뒤였다. 그것 또한 내가 옛날 미코버 씨와 같이 살던 시절에 터득한 재능이었다. 장롱, 구두 용구, 면도용 거울 따위를 가리기 위하여 그가 만들어놓은 교묘한 장치들은 특히 인상적이었다. 왜냐하면 그것을 보니까, 옛날에 파리를 잡아넣으려고 편지지로 코끼리 우리 모형을 만들고, 지독한 처사를 견뎌내기 위해 여러 차례 말했던 그 불굴의 예술 작품을 그리면서 스스로 마음을 달래던 바로 그 트래들스가 떠올랐기 때문이었다.

방 한쪽 구석에는 커다란 흰 보자기로 단정하게 덮어놓은 것이 있었다. 그러나 그것이 무엇인지는 알 수 없었다.

"트래들스," 의자에 앉아서 그와 다시 악수를 하면서 말했다. "만나서 기쁘다."

"나도 너를 만나서 기뻐, 코퍼필드." 그는 대답했다. "정말 잘 왔어. 내가 사무실 주소 대신에 여기 주소를 말해준 것은 우리가 앨리플레이스에서 만났을 때, 정말 기뻤고 너도 무척 기뻐했다고 확신했기 때문이야."

"아! 너 사무실을 가지고 있어?" 나는 물었다.

"물론이지. 복도가 있는 방의 4분의 1과 서기의 4분의 1도 데리고 있어. 다른 동료 셋하고 방 하나를 같이 빌렸어—제법 일하는 것처럼 보이도록 하기 위해서—그리고 서기도 넷이서 나누어 쓰고 있어. 1주일에 반 크라운씩 경비를 나누어 내고 있지."

옛날 그대로의 그의 단순한 성격, 착한 마음씨, 운이 따르지 않는 점 따위가, 싱글벙글 웃으면서 설명하는 그의 미소 속에 고스란히 드러났다.

"코퍼필드, 말해 두지만, 여기 주소를 가르쳐 주지 않는 것은 절대로 내가 거만해서가 아니야, 오히려 다른 사람들이 여기에 오는 것을 싫어하는 것 같아서 말하지 않는 거야. 나는 살아가는 것만으로도 악전고투하고 있어. 그러니 안 그런 체해 봤자 오히려 어리석은 일이거든."

"너는 변호사 준비를 하고 있다면서? 워터브룩 씨한테 들었어." 나는 물었다.

"그래." 트래들스는 두 손을 천천히 문지르며 대답했다. "나는 변호사시험 준비를 하고 있어. 사실은 오랫동안 빈둥거리며 놀다가 수습을 시작한 것은 얼마 되지 않아. 수습 이야기가 나온 지는 꽤 되었지만 1백 파운드를 내야 하는 게 나에게는 큰 부담이었거든." 트래들스는 얼굴을 찌푸리며 말했다.

"트래들스, 이렇게 앉아서 너를 보고 있자니 저절로 생각나는 것이 있는데, 무엇인지 알겠니?" 나는 그에게 물었다.

"모르겠는데." 그가 대답했다.

"네가 늘 입고 다녔던 하늘색 양복이야."

"아, 그래! 팔과 다리가 꼭 끼던 양복 말이지? 그러나 그때는 참 재미있었지!"

"교장선생님이 우리를 그렇게 못살게 굴지만 않았더라면 더욱 좋았을 텐데."

"아마 그랬을 거야. 그러나 우리도 제법 장난꾸러기였어. 침실에서 가끔 야식을 사다 먹고, 또 매일 이야기를 들려주던, 그 밤들이 생각나? 하, 하! 그리고 내가 멜 선생 때문에 울었다고 매를 맞던 일도 기억해? 그때가 그립다. 늙은 크리클! 그를 한 번 더 만나보고 싶어!"

"그는 너에게 지독하게 굴었지." 나는 분개하면서 말했다. 트래들스가 이렇게 명랑하게 이야기하는 것을 들으니, 그가 두드려 맞는 모습이 마치 어제 일처럼 또렷하게 떠올랐기 때문이다.

"너도 그렇게 생각하니? 정말로? 분명히 그는 나에게 지독하게 굴었지. 그러나 이제는 다 지나간 일이야. 늙은 크리클!"

"너는 그때 삼촌 집에서 살았지?" 나는 말했다.

"그랬어! 늘 삼촌에게 편지를 쓴다 쓴다 하다가 결국에는 못 썼지. 하, 하, 하!

그래, 그때는 삼촌이 계셨었구나. 삼촌은 내가 학교를 나오자 곧 돌아가셨어."

"저런!"

"그래, 삼촌은—그걸 뭐라고 하지?—포목상—옷감장수—아무튼 그런 일을 하셨는데, 은퇴하시고 나를 후계자로 삼으셨어. 그러나 내가 자랄수록 나를 싫어하게 되셨지."

"그게 정말이야?" 무심코 되물었다. 말하는 사람이 너무 침착했으므로, 분명 다른 뜻이 있을 것이라고 생각했기 때문이다.

"정말이야, 코퍼필드! 불행한 일이었지만, 그는 나를 싫어했어. 기대를 배신했다고 삼촌은 말했어. 그러고는 가정부와 결혼해 버렸지."

"그래서 너는 어떻게 했어?"

"아무것도 하지 않았어. 언젠가는 쫓겨날 거라고 생각하면서도 그들과 같이 살았지. 그러다가 불행하게도 삼촌은 배에 통풍이 걸리고—그래서 돌아가셨어. 가정부는 젊은 놈과 재혼을 했고, 나는 쫓겨났지."

"그럼 결국 유산은 한 푼도 받지 못했어, 트래들스?"

"아, 받았어! 50파운드를 받았지. 하지만 나는 직업교육을 받은 것도 아니고 해서 처음에는 어떻게 해야 할지 막막했어. 그러다가 어떤 변호사 아들의 도움으로 일을 시작하게 되었어. 그 아들도 세일렘 학교에 다녔었지. 왜 코가 한쪽으로 비뚤어진 욜러라는 학생 있었잖아. 생각 안 나?"

"모르겠는걸. 내가 있던 때가 아닌 것 아냐? 내가 다니던 때의 학생들은 모두가 코가 반듯했어."

"그런 건 아무래도 상관없어. 아무튼 나는 그 학생의 도움으로 법률서류를 베끼는 일을 시작했어. 그런데 수입이 신통치가 않아 소송사건을 대리진술하고 개요를 작성하기도 하는 따위의 일을 시작했지. 코퍼필드, 나는 끈기 있는 인간이라 이런 일을 간결하게 처리하는 법을 익히게 되었어. 그래서 여기까지 온 바에야 법률학도가 되자는 생각을 하게 되었거든. 덕분에 50파운드는 모조리 날아가 버렸지. 그런데 이번에도 욜러가 나를 한두 군데 사무실에 추천을 해주었어—그 가운데 하나가 워터브룩 씨 사무실이야—나는 일을 많이 맡게 되었고, 게다가 운 좋게도 백과사전을 내는 출판업계 사람과도 알게 되어 그 사람에게서도 일을 받게 되었지."(그는 자기 책상을 한번 보고는)"지금 하고 있는 것도 그 사람의 일이야. 코퍼필드, 나는 편집자로서는 결코 실력이 모자라지 않거든." 트래들스는 여전히 자신만만하고 명랑한 태도로 말했다. "그러나 내게는 창의성이 전혀 없어. 아마 젊은이치고 나만큼 독창성이 없는 젊은이도 없을 거야."

트래들스는 내가 당연히 그의 말에 동의할 것이라고 기대하는 것 같아서 나는 일단 고개를 끄덕였다. 그는 활기찬 참을성을 보이며—달리 나타낼 말이 없다—말을 이었다.

"이렇게 나는 사치한 생활은 전혀 하지 않고 조금씩 모아 드디어 1백 파운드가 되었지. 다행히도 그 돈으로 빚을 다 갚았어—확실히 괴로운 이야기이긴 하지." 그는 또다시 인상을 찌푸렸다. "나는 아직까지도 지금 말한 종류의 일을 해서 살아가고 있어. 하지만 머지않아 어떤 신문에 관계되는 일을 할 수 있을 것 같아. 그것만 손에 넣으면 나도 겨우 운이 트이겠지. 그런데 코퍼필드, 너는 과거와 똑같네. 늘 기분 좋은 얼굴이야. 너를 만나서 정말 기쁘기 때문에 너에게만은 아무것도 숨기지 않고 털어놓고 싶어. 실은 나는 약혼도 했어."

약혼! 아, 도라!

"목사의 딸이야. 그 집에는 딸이 열이야. 데본서에 살고 있어." 트래들스는 내가 문득 잉크병에 그려진 그림을 바라보는 것을 보고서 "저게 바로 그 교회야! 이 대문을 나가서 왼쪽으로 돌아가면," 그는 손가락으로 잉크병을 더듬어가면서 말했다. "펜 끝이 가리키는 바로 여기에 목사관이 있어—교회를 마주 보고서 있지."

자못 즐거운 듯이 설명하는 그의 기쁨을 진정으로 이해한 것은 훨씬 나중일이다. 그 순간에 나는 스펜로 씨네 집의 모양새를 마음속으로 그리고 있었기 때문이다.

"아주 사랑스러운 처녀지!" 트래들스는 말했다. "나보다 나이가 조금 많지만아주 착한 여자야! 내가 여행을 간다고 말했었지? 나는 그 여자 집에 갔다 왔어. 거기까지 걸어서 갔다 왔는데 아주 즐거웠어! 그런데 아무래도 약혼 기간이 길어질 것 같아. 그러나 우리의 좌우명은, '기다리라, 그러면 희망이 있다!'라는 것이야. 우리는 늘 '기다리라, 그러면 희망이 있다!'는 말을 해. 게다가 그녀는 환갑이 되어도 기다린다고 했어!"

트래들스는 의자에서 일어나 흐뭇하게 미소를 지으면서 아까부터 신경 쓰이던 그 흰 보자기로 싼 것에 한 손을 가져다 댔다.

"그러나, 가정을 꾸려나갈 준비를 하지 않은 것은 아니야. 이미 시작을 했지. 조금씩이지만 시작은 했어. 자 보라구." 그는 만족스러운 얼굴로 보자기를 조심스럽게 벗겼다. "우선 가구가 두 개 있는데, 화분과 받침대는 그녀가 직접 샀어. 여기에 꽃을 심어서 응접실 창에 놓으려고 해. 이런 식으로." 아주 감탄을 하면서 그것을 바라보려고 조금 뒤로 물러서며 말했다. "그리고 이 대리석으로 된 둥근 탁자—둘레는 2피트 10인치야—는 내가 샀어. 책을 놓고 싶을 때도 있을 테고, 또 누군가 손님이 찾아올 때는 찻잔도 놓아야 하니까.—자, 이렇게!" 트래들스는 말했다. "아주 훌륭한 물건이야—바위처럼 단단하지!"

나는 그 두 세간을 침이 마르도록 칭찬했다. 트래들스는 보자기를 벗겼을 때와 마찬가지로 아주 조심스럽게 그것을 쌌다.

"아주 대단한 가구는 아니지만, 그래도 가구는 가구지. 다만 아무래도 어려운 건 식탁보와 베갯잇 같은 것들이야. 그리고 철제 도구—양초함이나 구이용 석쇠 같은 필수품—이런 것들은 비싸서 타격이 크니까 말이야. 그러니 그건 '기다리라, 그러면 희망이 있다!'야. 그녀는 세상에서 제일 사랑스러우니까!"

"틀림없이 그러리라고 생각해." 나는 대답했다.

"그런데," 트래들스는 자기 의자로 되돌아오면서 말했다. "따분한 내 이야기는 그만하자. 아무튼 최선을 다해 살아가고 있으니까. 많이 벌지는 못하지만 많이 쓰지도 않고. 식사는 대체로 1층의 주인과 함께하고 있어. 그들은 정말 좋은 사람들이야, 미코버 씨 부부는 인생 경험이 많은 사람들로서 같이 얘기하면 정말 즐거워."

"이봐, 트래들스!" 나는 엉겁결에 큰 소리로 물었다. "너 지금 누구라고 했지?"

트래들스야말로 무슨 일이냐며 놀란 눈으로 나를 바라보았다.

"미코버 씨 부부라고 했지?" 나는 되풀이해서 물었다. "이봐, 나는 그들과 친한 사이야!"

마침 그때 문을 두드리는 소리가 났다. 윈저 테라스에서의 오랜 경험을 통해 나는 미코버 씨 말고는 그렇게 두드리는 사람이 없다는 것을 알고 있었으므로, 그가 옛 친구라는 점은 의심할 여지도 없었다. 나는 트래들스에게 주인을 올라오게 하라고 부탁했다. 트래들스는 계단의 난간 너머로 주인을 불렀다. 미코버 씨는 조금도 변하지 않았다. 몸에 꼭 맞는 옷, 지팡이, 셔츠 깃, 외알 안경까지 모두가 옛날과 같았다. 그는 여전히 점잔을 빼면서 들어왔다.

"죄송합니다, 트래들스 씨." 미코버 씨는 나지막하게 콧노래를 흥얼거리다가, 역시 옛날과 똑같은 낭랑한 목소리로 말했다. "손님이 오신 줄은 전혀 몰랐습니다."

미코버 씨는 가볍게 몸을 굽혀 나에게 인사를 하고는 셔츠 깃을 세웠다.

"안녕하세요, 미코버 씨?" 내가 말했다.

"네, 선생님, 저는 건강히 잘 있습니다."

"부인은요?" 나는 계속했다.

"네, 선생님. 덕분에 그 사람도 잘 있습니다."

"아이들은요, 미코버 씨?"

"감사합니다. 애들도 건강을 누리고 있습니다."

미코버 씨는 코앞에서 바라보면서도 나를 알아보지 못했다.

이윽고 내가 웃는 것을 보더니 자세히 내 얼굴을 들여다보다가 느닷없이 뒤로 펄쩍 물러서면서 소리쳤다. "이게 사실인가? 정말 놀랍군. 코퍼필드가 아닌가?" 그는 내 두 손을 잡고 열렬히 흔들었다.

"트래들스 씨, 이런 일이 있다니요! 당신이 내 옛 친구, 내 젊은 날의 친구와 막역한 사이였다니!—이봐요!" 그는 난간 너머로 미코버 부인을 불렀다. 한편 트래들스도 미코버 씨가 나를 자기의 친구라고 말하는 것을 보고 꽤 놀란 듯했다. (당연했다.) "여보, 트래들스 씨의 방에 귀한 손님이 오셨는데, 꼭 한 번 만나고 싶다는구려!"

미코버 씨는 이렇게 말하고서 이내 돌아와 또 내 손을 잡고 흔들었다.

"코퍼필드, 우리의 좋은 친구, 박사님도 안녕하신가?" 미코버 씨는 말했다. "그리고 캔터베리에 계시는 다른 분들도 안녕하시고?"

"모두가 잘 있다는 말밖에 할 말이 없어요." 나는 대답했다.

"그렇다니, 정말 기쁘구나." 미코버 씨는 말했다. "우리가 마지막으로 만났던 곳이 캔터베리였지. 초서*²에 의하여 불멸의 장소가 된 대성당의 그늘에서 말이야. 옛날에는 세계 방방곡곡에서 순례자들이 몰려들었던 성지에서. 즉 그 성당 바로 근처였다는 말이야."

---

*2 G. Chaucer. 14세기 영국의 시인. 미완성 운문 설화집 《캔터베리 이야기》 저자.

그렇다고 나는 대답했다. 미코버 씨는 계속 수다를 떨었지만 그의 얼굴은 걱정스러운 빛을 띠고 있었다. 옆방에서 들리는 소리—부인이 손을 씻고 잘 열리지 않는 장롱을 덜그럭거리며 여닫는 소리가 몹시 신경 쓰이는 것 같았다.

"코퍼필드, 자네도 알겠지만," 미코버 씨는 한편으로 트래들스를 바라보면서 말했다. "지금은 보잘것없이 소박하게 지내고 있네. 그러나 알다시피 나는 지금까지 살아오는 동안 수많은 장애물을 이겨 내 왔으니까 말이야. 내게도 참고 기다려야 했던 시기—큰 운이 터지기 전까진 조용히 엎드려 있어야 할 시기가 있었다는 것을 잘 알고 있겠지? 큰 도약을 하기 전에 준비 과정으로 뒤로 한 걸음 물러나야 할 시기가 있었다는 것 말이야. 말하자면 지금이 나에게는 가장 중요한 시기라네. 즉 지금은 도약하기 위해 일시적으로 물러서고 있는 것뿐이야. 그리고 머지않아 박력 있게 도약하여 좋은 결과를 가져올 수 있음을 믿어 의심치 않지."

내가 잘됐다고 말하고 있는데, 미코버 부인이 들어왔다. 부인은 차림새가 전보다 더 허술해진 것 같았다. 그러나 손님 앞에 나오기 위해 어느 정도 단장했고, 갈색 장갑도 끼고 있었다.

"여보," 미코버 씨는 부인을 내게로 인도하면서 말했다. "여기 코퍼필드라는 신사 분이 당신과 옛정을 새롭게 하고 싶다오."

결과적으로 미코버 씨가 이러한 발표를 좀 천천히 했더라면 좋았을 텐데. 워낙 몸이 허약해진 미코버 부인이 그 말을 듣자마자 깜짝 놀라 상태가 아주 나빠졌던 것이다. 미코버 씨는 당황하여 뒷마당에 있는 물통으로 달려가서 물을 대야로 떠다가 부인의 이마를 적셔주었다. 부인은 금방 정신을 차리고서, 정말 기쁘다고 했다. 우리는 30분 동안 이야기를 나누었다. 내가 쌍둥이의 안부를 물었더니, "아주 다 컸지요"라고 대답했다. 그리고 다른 아들과 딸도, "거인처럼 무척 자랐습니다"라고 대답했다. 그러나 그때는 아무도 모습을 나타내지 않았다.

미코버 씨는 저녁을 먹고 가라고 간곡히 부탁했다. 나는 거절하고 싶지 않았지만 미코버 부인의 눈에서, 틀림없이 차가운 고기가 없음으로 해서 풍기는 난처한 기색을 발견했다. 그래서 나는 다른 약속이 있어서 곤란하다고 했다. 그러자 미코버 부인의 얼굴이 갑자기 환해졌다. 나는 아무리 권해도 끝까지 거절했다.

나는 집을 나서기 전에 날을 정해서 내 집에서 식사를 같이 하자고 트래들스와 미코버 부부에게 말했다. 트래들스는 지금 서약해놓은 일 때문에 날짜를 조금 늦추자고 했는데, 다행히 우리 모두에게 적합한 날짜가 정해졌다. 나는 집으로 돌아왔다.

미코버 씨는 내가 왔던 길보다 더 가까운 지름길을 가르쳐주겠다는 핑계로 거리의 모퉁이까지 나를 따라나왔다. (나중의 설명에 의하면) 실은 나에게 비밀리에 할 말이 있다는 것이었다.

"내 친애하는 코퍼필드," 미코버 씨는 말했다. "이제 와서 굳이 말할 필요도 없겠지만, 지금 처지에서 우리와 같은 지붕 아래에서 빛나는 마음씨를 가진 —이런 표현을 해도 괜찮다면—자네 친구 트래들스와 같은 훌륭한 사람과 함께 생활하는 것은 말할 수 없는 즐거움이라네. 날마다 거실 창문에 과자를 내다놓고 파는 이웃집 세탁부라든가, 길 건너에 사는 보(Bow) 거리의 경찰관 같은 인물들과 같이 살아가고 있는 것을 보면, 트래들스 씨와 사귄다는 것이 내게는 물론 아내에게도 얼마나 위로가 되는지 짐작하고도 남을 걸세. 코퍼필드, 현재 나는 곡물을 위탁 판매하고 있네. 수지가 맞는 직업은 아니야. 그래서 지금은 금전적으로 어려움을 겪고 있지만 머지않아 좋은 수가 터질걸세. 무슨 일이냐고? 아직은 말할 수 없지만, 아무튼 이 일만 잘되면 나 자신은 물론 자네 친구 트래들스 씨를 평생 도울 기틀이 마련되는 셈이지. 그리고 코퍼필드, 이 얘기도 들어두게. 현재 내 아내의 건강 상태를 보면 우리 집의 사랑의 결정체—아이 말이네—가 하나 더 추가될 가능성이 아예 없는 건 아니야. 처가에서는 절대 안 된다고 반대하지만, 그건 쓸데없는 참견이지. 그런 의사표시에는 경멸과 도전이 있을 뿐이야!"

그리고 미코버 씨는 또다시 나와 악수를 하고 돌아갔다.

28장
미코버의 도전

　다시 만난 옛 친구들을 대접할 날이 오기까지, 나는 오로지 커피와 도라를 양식 삼아 살았다. 그리움으로 몸을 태우다보니 식욕까지 없어졌지만 그것이 오히려 기뻤다. 사랑하는 사람을 그리워하면서도 식욕을 느낀다면 도라에 대한 배신행위라고 생각했기 때문이다.

　산책을 많이 했지만 상쾌한 공기도 실의 때문에 상쇄되어 별 효과가 없었다. 또 이 시기의 뼈아픈 경험을 토대로 얻은 교훈이 있다. 언제나 꼭 맞는 장화를 신고 다니느라 괴로워하는 인간이 육식을 향한 기호를 마음껏 발산시킬 수 있을까 의아심을 가지기도 했다. 위가 활발하게 움직이려면 먼저 팔과 다리를 편안하게 할 필요가 있지 않을까?

　이번의 작은 모임을 위해, 전처럼 거창한 준비는 하지 않기로 했다. 가자미 두 마리와 조그마한 양의 허벅살 하나와 비둘기 파이만을 준비하기로 했다. 그런데 크럽 부인에게 조심스럽게 생선과 양고기 요리를 부탁했더니, 부인은 무슨 모욕이라도 당한 것처럼 소리쳤다. "안 됩니다! 싫어요! 도련님이 이런 일을 저에게 부탁하실 줄은 정말 몰랐어요. 제가 스스로 납득할 수 없는 일은 절대로 하지 않는다는 사실을 도련님도 잘 아시잖아요!" 그러나 결국에는 타협이 이루어졌다. 앞으로 보름 동안 내가 외식을 하겠다는 조건 아래 크럽 부인은 요리를 해주기로 동의했다.

　다른 얘기지만 말이 나온 김에 덧붙이자면, 크럽 부인의 나에 대한 독재권을 확립하는 바람에 생긴 내 피해는 정말 엄청난 것이었다. 나에게는 부인보다 무서운 사람이 아무도 없었다. 우리는 모든 것을 타협했다. 내가 망설이고 있으면 부인은 이내 그 이상한 병에 걸리는 것이었다. 게다가 그 병은 부인의 몸속에 숨어 있다가 사정이 안 좋으면 불쑥 나타나 부인의 중추기관을 괴롭혔다. 예를 들어 내가 여섯 번이나 종을 울려도, 전혀 반응이 없다. 화가 나서 줄을 잡아당기면 그제야 나타나긴 하는데—반드시 나타나는 것도 아니다—우울한 얼굴로 숨을 씩씩거리면서 문 옆의 의자에 쓰러지듯이 주저앉아 한 손을 가슴에 대고 마치 중병에 걸린 환자처럼 행동한다. 그러면 나는 브랜디 같은 보잘것없는 희생을 기꺼이 치르면서 어서 빨리 돌아가 주기만을 바라게 된다. 또한 부인은 저녁 5시가 되기 전에는 절대 자리를 깔아 주지 않는데—물론 그러면 매우 곤란하므로—한 마디라도 불평을 하면 상처받은 마음이 어디 있는지를 가리키듯 또다시 손을 가슴 위로 올린다. 그러면 나는 쩔쩔매며 사과하는 수밖에 도리가 없다. 다시 말하면, 크럽 부인을 화나게 하느니 차라리 무엇이든 스스로 해야 하는 것이다. 아무튼 이렇게 무서운 여자는 태어나서 처음 보았다.

이번 만찬에는 지난번의 그 솜씨 좋은 젊은이를 고용하지 않고 중고품의 회전식 식품선반*1을 샀다. 그 젊은이를 믿을 수 없기 때문이란다. 어느 일요일 아침, 스트랜드 거리에서 우연히 그 젊은이를 만났는데, 지난번 연회 때 잃어버렸던 내 조끼와 똑같은 것을 입고 있었던 것이다. 그런데 '젊은 처녀'는 다시 쓰기로 했다. 다만 그 처녀는 음식을 나르는 일만 하도록 했다. 그 일이 끝난 뒤에는 곧바로 바깥문 너머에 있는 층계참으로 물러나 있기로 계약을 했다. 그러면 음식 냄새를 맡는 그녀의 습관도 손님들 눈에 띄지 않을 것이며, 뒷걸음질치다가 접시를 깨는 일도 물리적으로 불가능할 것이기 때문이다.

미코버 씨에게 만들어 달라고 하기 위해 펀치 술 재료도 사들였고, 미코버 부인이 화장을 고칠 수 있도록 라벤더 향수 한 병과 양초 두 개, 머리핀 한 꾸러미, 핀꽂이 한 개를 내 방 화장대 위에 준비해놓았다. 또 미코버 부인을 위해 침실 난로에 불을 피워놓았다. 식탁 준비도 스스로 했다. 이제 남은 일은 느긋하게 결과를 기다리기만 하면 되었다.

약속 시간에 맞춰 세 손님이 함께 도착했다. 미코버 씨는 보통 때보다 더 셔츠 깃을 세웠고 외알 안경의 끈까지 새것으로 달았다. 미코버 부인은 연한 갈색의 종이 봉지에 모자를 넣어 트래들스에게 들려 가지고, 그의 시중을 받으며 나타났다. 그들은 내 집을 보고 기뻐했다. 미코버 부인을 화장대 있는 곳으로 안내하자, 자기를 위해 준비해놓은 것들을 보더니 매우 기뻐하며 미코버 씨

---

*1 식탁 가운데에 놓고 빙글빙글 돌리며 원하는 요리를 직접 집을 수 있다.

를 불러 구경까지 시켰다.

"코퍼필드." 미코버 씨는 말했다. "이거 굉장한걸. 이걸 보니까 내가 독신이었을 때, 즉 하느님 앞에서 부부가 되기로 맹세해 달라고 부탁하기 전의 시절이 생각나는군."

"코퍼필드 씨, 자기가 부탁했다는 뜻이에요." 미코버 부인이 능청스럽게 말했다. "저이는 다른 사람의 책임은 질 능력이 없으니까."

"여보, 확실히 나는 남의 책임을 지기는 싫어요." 미코버 씨는 갑자기 진지한 얼굴로 말을 이었다. "불가사의한 운명의 장난으로 당신이 내 아내가 되도록 정해져 있었다면, 처음부터 당신은 아등바등 애쓰다가 끝내는 복잡한 금전상의 어려움에 희생되도록 운명 지워진 한 남자의 아내가 되는 것이 당신의 숙명인지도 모르오. 당신의 불만은 잘 알고 있고, 미안하게 생각하지만, 그것은 참기로 합시다."

"여보!" 미코버 부인은 눈물을 글썽이며 말했다. "내가 고작 이런 대우밖에 받지 못하나요? 나는 당신을 버린 적도 없고, 버릴 생각조차 해 본 적이 없는데요, 미코버!"

"여보, 내가 잘못했소." 미코버 씨는 아주 감동하여 말했다. "그 권력의 총아—다시 말하면 수도국 급수전을 맡은 애송이인데—그 녀석과 어쩌다보니 싸우고 말았거든. 그래서 예민해진 상태에서 잠시 흥분한 것뿐이오. 그러니 당신도 용서해 주리라 믿고, 우리 친구 코퍼필드도 너그럽게 봐 주리라고 생각해요. 조금 도를 넘었다고 해서, 불쌍하게 여길지언정 꾸짖진 않을 거요."

미코버 씨는 부인을 껴안으면서 내 손까지 꼭 잡았다. 나는 토막토막 들었을 뿐이지만 전후사정을 추측해 보면, 오늘 오후 요금이 밀렸다는 이유로 회사에서 수도를 막아버린 것 같았다.

나는 우울한 분위기를 바꾸기 위해, 펀치 술을 만들 분은 당신뿐이라고 미코버 씨에게 말하고는, 그를 레몬 있는 데로 안내했다. 그러자 그 순간 절망 상태까지는 아니지만 요즈음 침울했던 그의 마음이 순식간에 살아났다. 레몬 껍질과 설탕 냄새, 강렬한 럼주의 향기, 피어오르는 수증기 속에서 그날의 미코버 씨처럼 황홀한 기분에 젖어 있는 사람을 나는 본 적이 없다. 섞고, 휘젓고, 맛을 보고, 향기로운 냄새 속에서 즐거워하는 그의 표정은 펀치를 만드는 것이 아니라 마치 후손들에게 대대로 물려 줄 재산이라도 장만하는 것 같았다.

미코버 부인은 모자 때문인지, 향수 때문인지, 머리핀이나 난로, 혹은 양초 때문인지는 몰라도 꽤 아름다워져서 내 방에서 나왔다. 게다가 그 명랑함은 종달새도 울고 갈 정도였다.

한편 크럽 부인은—절대로 직접 물어 본 것은 아니다—가자미를 튀기고 난 뒤에 또다시 그 병이 발병했을 것이다. 왜냐하면 음식이 엉망이었기 때문이다. 양의 다리가 올라왔는데 속은 익지 않아 여전히 빨갛고 겉도 아직 허옇게 남아 있었다. 그뿐 아니라 아마 유명한 부엌 난로의 재 속에 떨어뜨리기라도 한 것처럼 모래 같은 것이 잔뜩 묻어 있었던 것이다. 그러나 우리는 고기 국물을 보고 그와 같은 사실을 확인할 수도 없었다. 왜냐하면 젊은 처녀가 국물을 모두 계단에 엎질러버렸기 때문이다. 참고로, 그 흔적은 결국 사라지긴 했지만 꽤 오랫동안 지워지지 않고 남아 있었다. 비둘기 파이는, 나쁘진 않았지만 잘 된 것도 아니었다. 파이 껍질은, 골상학에서 말하는 열등한 두개골처럼 온통 작은 혹이 나 있었고, 속에도 내용물이 거의 없었다. 간단히 말해서 이번 연회는 아주 실패였기에 만약 손님들의 멋진 유머와 미코버 씨의 근사한 제안이 없었더라면, 나는 매우 우울했을 것이다. 참고로 이 우울은 그날의 실패 때문에 생긴 것이다. 일반적으로는 이미 도라 문제로 하루하루가 우울함의 연속이었기 때문이다.

"이보게, 코퍼필드." 미코버 씨는 말했다. "아무리 훌륭한 집안이라도 사고란 으레 따라다니는 법이야. 가정의 질을 높이고 신성하게 하는 아내라는 고상한 성격을 가진 여자의 세력에 의해서 다스려지지 않는 가정에서는 사고란 언제나 일어나는 법이지. 그러니 사고가 났을 때는 달관한 경지에서 묵묵히 참아야 하네. 그런데 내가 생각할 때, 이 세상에 겨자와 후추를 잔뜩 발라서 구운 고기보다 맛있는 건 없거든. 저 아가씨가 석쇠를 가져다준다면 우리 각자가 조금씩 수고를 해서 멋진 음식을 만들 수 있다네. 그러면 이 조그마한 실수는 곧바로 만회할 수 있지!"

식료품 저장실에는 내 아침 식사용 베이컨을 굽는 석쇠가 언제나 있었다. 우리는 바로 그 석쇠를 가져다가 미코버 씨의 제안을 실행에 옮겼다. 그가 말한 우리 각자의 수고란 다음과 같은 것이었다. 트래들스는 양고기를 썰고, 미코버 씨는(그는 이런 종류의 일은 무엇이든 완벽하게 해낼 수 있다) 거기에 후추와 겨자와 소금과 고추를 바르는 것이었다. 나는 미코버의 지시대로 그것을 석쇠에 올려놓고 포크로 이리저리 뒤집어서 적당한 때에 내려놓으면 된다. 미코버 부인은 조그마한 냄비에다 버섯 케첩을 넣고 끓이면서 계속 젓고 있었다. 처음 한 판이 다 구워지자 바로 먹기 시작했다. 여전히 소매를 걷어붙인 채였고, 한쪽에서는 두 번째 고기가 석쇠 위에서 지글지글 소리를 내며 익어가고 있었다. 그리고 우리의 주의력은 접시 위의 고기와 석쇠 위의 고기 사이를 바쁘게 왔다 갔다 했다.

이러한 요리는 신기하고 맛이 있으면서도 부산스러웠다. 몇 번이나 일어나서 요리가 되는 것을 살펴보고, 또 앉아서 바삭바삭하게 구워진 고기를 뜨거운 석쇠에서 내려 후후 불면서 먹었다. 바쁘기도 하고 불빛을 받아 얼굴이 빨개졌지만 즐거웠다. 설명할 수 없는 맛과 소리에 둘러싸여 우리는 양고기를 뼈만 남기고 깨끗이 먹어치웠다. 내 식욕도 기적같이 되돌아왔다. 고백하기 부끄럽지만 한동안은 도라에 대한 생각조차 잊고 있었다. 미코버 부부가 비록 침대를 내다 팔아도 이보다 즐거운 식사는 하지 못했을 거라는 생각에, 나는 매우 흡족했다. 트래들스도 끝까지 만족하게 웃으면서 먹고 일했다. 감히 말하건대 더 이상의 성공은 있을 수 없었다.

우리의 즐거움이 최고조에 달해 각자의 위치에서 고기의 마지막 조각을 멋지게 요리하여 연회의 마지막을 장식하려고 열심히 일하고 있을 때, 문득 방 안에 낯선 사람이 있는 것을 보았다. 내 앞에 모자를 들고 서 있는 그는 다름 아닌 리티머였다.

"무슨 일로?" 나는 무의식중에 묻고 말았다.

"용서하십시오, 도련님. 밑에서 들어가도 된다고 해서 이렇게 불쑥 들어왔습니다. 여기 우리 집 도련님, 안 계십니까?"

"아니오."

"그분을 못 보셨나요?"

"못 보았는데. 그럼 스티어포스가 보내서 온 것이 아닙니까?"

"예, 도련님. 곧바로 온 게 아니라서요."

"여기에 오겠다고 했나요?"

"꼭 그렇게 말씀 하시지는 않았습니다, 도련님. 그러나 오늘 오시지 않았으니, 내일은 오실 것으로 생각합니다."

"옥스포드에서 돌아오나요?"

"도련님, 제발." 리티머는 공손하게 말했다. "앉아 계십시오, 제가 하도록 해 주십시오." 그는 내가 거절할 사이도 없이 내 손에서 포크를 빼앗더니 석쇠에 다 고기를 구웠다. 마치 자기의 모든 관심을 거기에 모으는 것 같았다.

스티어포스가 직접 나타났더라면 아마 우리가 그토록 불안해하지 않았을 것이다. 그러나 그의 공손한 하인 앞에서는 우리는 아주 온순해졌다. 당황하지 않은 척하려고 미코버 씨가 콧노래를 부르면서 의자에 털썩 앉았지만, 재빨리 숨긴 포크 손잡이가 윗옷 밖으로 튀어나와 있는 것이, 마치 가슴을 찔러 자살이라도 하려는 듯한 모양새였다. 미코버 부인은 장갑을 끼고 자못 정숙하게 앉아 있었다. 트래들스는 기름 범벅이 된 손을 머리칼로 닦은 것까지는 좋았지만, 덕분에 머리칼이 빳빳하게 위로 치솟아서 식탁을 굽어보는 꼴이 되었다. 나는 꼭 어린애처럼 식탁 상석에 앉아 있었다. 나는 뒷정리를 해주기 위해서 나타난 듯한 이 공손한 괴물을 감히 바라보지도 못했다.

그 사이에 리티머는 석쇠에서 양고기를 집어 근엄한 태도로 우리에게 나누어 주었다. 우리는 조금씩 먹었으나 이미 식욕이 없었으므로 다만 먹는 시늉만 했다. 각자 접시를 옆으로 밀쳐놓자 리티머는 소리도 없이 치우고 치즈를 가지고 왔다. 치즈를 다 먹고 나자 그는 그것도 깨끗이 치웠다. 리티머는 우리에게 포도주를 나눠 주고 나서, 회전식 식품선반에 모든 것을 싣고는 멋대로 식료품실로 밀고 갔다. 그러한 일을 그는 빈틈없이 해치웠고, 일을 하는 내내 한 번도 한눈을 팔지 않았다.

"도련님, 제가 더 도와드릴 일이 있습니까?"

나는 리티머에게 고맙다고 말하고 더 이상 일이 없다고 했다. 그리고 식사를 하지 않겠느냐고 물었다.

"괜찮습니다. 고맙습니다, 도련님."

"스티어포스는 옥스퍼드에서 오나요?"

"도련님, 다시 한 번 말씀해 주십시오."

"스티어포스가 옥스퍼드에서 오냐고요?"

"아니요, 내일은 여기로 오실 겁니다. 저는 오늘 와 계신 줄 알았습니다. 오로지 제 실수였습니다, 도련님."

"당신이 먼저 스티어포스를 만나게 되면—" 내가 말했다.

"죄송합니다만, 제가 먼저 만날 것 같지는 않습니다, 도련님."

"그러니까 만약 만나게 되면, 오늘 이 자리에 참석하지 못해서 매우 아쉽다고 전해 주세요. 스티어포스의 옛 동창도 왔었다고요."

"아, 그러십니까, 도련님!" 리티머는 나와 트래들스에게 가볍게 절을 하고는 트래들스를 한 번 바라보았다.

리티머는 문 쪽으로 조용히 걸어갔다. 하다못해 한마디라도 자연스럽게 말해보고 싶어서—나는 그에게 전혀 그러지 못했던 것이다—마지막 용기를 짜내어 말했다.

"아, 리티머!"

"네, 도련님."

"그때 야머스에 오래 있었소?"

"그다지 오래 있지는 않았습니다."

"배가 완성되는 것을 보았나요?"

"네, 그렇습니다. 배가 완성되는 것을 보기 위해 남아 있었으니까요."

"그건 아는데!" 그러자 리티머가 갑자기 공손하게 눈을 들어 나를 바라보았다.

"그럼, 스티어포스는 완성된 배를 보지 못했겠군?"

"글쎄요, 아마 그럴 겁니다—자세히 말할 수가 없습니다. 안녕히 주무십시오."

리티머는 손님들에게도 정중하게 인사를 하고 돌아갔다. 리티머가 가 버리자 사람들은 안도의 한숨을 내쉬었다. 특히 내 마음이 편안했던 것은 말할 나위가 없었다. 왜냐하면 리티머 앞에서는 열등감 때문에 거북했을 뿐 아니라, 속으로 그의 주인을 의심했으므로 양심의 가책까지 느껴서였다. 혹시 들키진 않았을까 하는 막연한 불안을 억누를 수 없었다. 하지만 사실 숨기는 일은 아무것도 없으면서 어째서 언제나 들킬 걱정만 하고 있었던 것일까?

그러나 그러한 불안—스티어포스를 직접 만났을 때의 양심의 가책도 포함되어 있었다—도 미코버 씨가, 가버린 리티머를 아주 존경할 만한 사람이니, 대단히 훌륭한 하인이니 하면서 칭찬을 늘어놓는 바람에, 순식간에 사라져 버렸다. 그는 리티머가 모두에게 한 인사를 자기 혼자 받은 것처럼 완전히 느긋하게 앉아 있었다.

"그런데 코퍼필드, 펀치는 말이야," 미코버 씨는 술을 맛보며 말했다. "세월과 같아서, 사람을 기다리지 않아. 아! 지금이 가장 맛이 좋을 때야. 여보, 당신 의견은 어떻소?" 그는 미코버 부인을 돌아보면서 말했다.

미코버 부인도 지금이 최고라고 말했다.

"그럼 우선 건배하지." 미코버 씨는 말했다. "만약 내 친구 코퍼필드가 허락한다면, 그와 내가 젊었을 때 서로 힘을 합쳐 세상을 살아갔던 그날을 위하여! 그렇지, 나와 코퍼필드는 곧잘 함께 노래 불렀었지.

들로, 산으로, 둘이 같이 뛰놀며,
들국화를 땄었네, 그 언덕에서[*2]

이것을 예의 표현대로 말하자면—수없이라는 말이지!" 예나 다름없는 낭독조와 점잔빼는 버릇도 조금도 달라지지 않았다. "무슨 국화인지는 잘 몰랐지만, 아무튼 둘이서 그 꽃을 땄던 것만은 틀림없지."

---

*2 영국의 시인 로버트 번스의 〈그리운 옛날〉의 제3절.

미코버 씨는 펀치 한 잔을 들이켰다. 우리도 모두 한 잔씩 마셨다. 트래들스는 우리가 그렇게 오랜 친구이며, 함께 인생을 헤쳐 온 동료라는 데에 아주 놀란 것 같았다.

펀치와 난롯불로 몸이 충분히 데워지자, 미코버 씨는 "어험!" 하고 헛기침을 하더니 말했다. "당신도 한 잔 더 하지?"

미코버 부인은 아주 조금만 달라고 말했다. 그러나 우리는 그 말을 듣지 못하고 그득하게 따랐다.

"코퍼필드 씨, 여기 있는 우리는 모두 허물없는 사이죠." 미코버 부인이 펀치를 홀짝거리며 말했다. "트래들스 씨도 가족과 같으니까요. 그러니 이 자리를 빌려 우리 집 양반의 앞날에 대해 어떻게 생각하시는지 의견을 듣고 싶습니다. 곡식 관련 일은," 미코버 부인은 이치를 따지는 투로 말했다. "이이에게도 몇 번 말했는데, 점잖은 직업이지만 수지가 맞지 않아요. 두 주에 2실링 9펜스의 수수료를 가지고는 아무리 우리가 소견이 좁다고 해도 이해타산이 맞지 않습니다."

우리는 모두 미코버 부인의 말에 찬성했다.

미코버 부인은 으스대면서 말을 이었다. "그래서 이렇게 물어보고 싶습니다만, 만약 곡식이 수지가 맞지 않다면 어떻게 하죠? 석탄으로 옮겨가나요? 하지만 석탄도 전혀 수지가 맞지 않습니다. 내 친정식구의 권유에 따라 그 방면도 시도해 보았지만 다 틀려버렸지요."

미코버 씨는 주머니에 두 손을 넣고서 바로 그렇다는 듯이, 의자에서 상체를 뒤로 젖히고는 고개를 끄덕이고 있었다.

"곡식과 석탄은, 둘 다 수지가 맞지 않아요, 코퍼필드 씨. 저도 여러 가지로 생각해 보았습니다. 남편 같은 사람도 잘 할 수 있는 일이란 무엇일까요? 수수료를 받는 일은 힘들어요. 확실성이 없으니까요. 이 사람처럼 특수한 기질을 가진 사람에게는 확실성이 가장 중요하다고 생각해요."

트래들스와 나는 미코버 씨의 경우에는 틀림없이 그러하며, 좋은 발견을 했다고 중얼거리며 동의했다. 명철함을 자랑하고, 다른 길로 빠지기 쉬운 미코버 씨를 언제나 여인의 지혜로 올바른 길로 이끈다는 데서 자부심을 느끼는 미코버 부인이 이상하게 물고 늘어졌다.

"코퍼필드 씨, 당신에겐 숨김없이 털어놓겠어요." 미코버 부인이 말했다. "전

오래전부터 양조업에 종사하는 것이 우리 집 양반에게 알맞다고 생각해왔어요. 바클레이 앤드 퍼킨슨을 보세요! 트루먼, 한버리, 그리고 벅스톤은 어떻고요!*3 남편은 넓은 곳에 가야만 진가를 발휘한다고 생각해요. 듣건대, 이익도 많고요! 그러나 이름난 양조 회사에서 받아주지 않는다면—저이는 그런 회사에 막노동이라도 시켜달라고 몇 번이나 편지를 냈지만 답이 없어요—그러니 그런 생각을 고집해 보았자 무슨 소용이 있겠습니까? 아무 소용이 없지요. 그래서 또 생각했어요. 이이의 풍채는—"

"에헴! 정말 그래요." 미코버 씨가 끼어들었다.

"여보, 조용해요." 미코버 부인은 갈색 장갑을 낀 손을 남편 손 위에 놓으면서 말했다. "코퍼필드 씨, 남편의 풍채는 은행에 특히 맞다고 생각합니다. 혼자서 곧잘 생각하는데, 제가 은행에 예금한 것이 있을 때, 은행 대표자로 남편처럼 풍채 좋은 사람이 나타나면 역시 믿고 맡길 수 있지 않겠어요? 그러면 자연히 단골도 늘겠죠. 그러나 여러 은행에서 그 능력을 이용하기를 거절한다든가, 업신여긴다면 그 생각만 고집해 보았자 무슨 소용이 있겠습니까? 은행을 만드는 문제에 대해서는 많은 사람이 자진해서 남편에게 돈을 맡겨준다면, 저의 친정 식구들이 창설기금을 마련해줄 것으로 알고 있어요. 그러나 사람들이 자진하여 돈을 맡기지 않는다면—맡기지는 않겠죠—이런 생각인들 무슨 소용이 있겠습니까? 그러니 다시 말하지만 우리의 형편은 옛날보다 조금도 나아진 게 없습니다."

나는 고개를 저으며 말했다. "그렇군요."

트래들스도 고개를 저으며 "그렇군요"라고 말했다.

"그러니 어떻게 해야 할까요?" 또다시 명석한 해석을 내리듯이 미코버 부인이 말했다. "코퍼필드 씨, 마땅히 제가 닿을 수밖에 없는 결론이 무엇이겠습니까? 아무튼 우리는 살아야 한다는 저의 생각이 잘못입니까?"

"절대로 아닙니다!" 나는 대답했다. 트래들스도 "절대로 아니에요"라고 대답했다. 그리고 이번에는 나 혼자, 물론 사람은 살아가지 않으면 죽을 수밖에 없으니까요, 하고 매우 현명한 체하며 덧붙였다.

"정말 그래요, 코퍼필드 씨. 사실은 지금과는 아주 다른 환경의 변화가 당장

---

*3 모두 실제로 유명한 양조업자.

일어나지 않는다면 우리는 살아갈 수가 없습니다. 그래서 저는 요즈음 남편에게, 무슨 일이든 저절로 되리라고 기대해서는 안 된다고 자꾸 이야기하고 있어요. 조금은 우리가 노력을 해야만 무슨 운이 트일 거라구요. 내가 틀렸을 수도 있지만, 아무튼 내 생각은 그래요."

트래들스와 나는 당연히 부인의 생각이 맞다고 칭찬했다.

"좋습니다." 미코버 부인은 말했다. "그러면 이이의 쓸모는 어디에 있죠? 남편은—무엇에나—재주가 대단해요."

"그래요, 여보." 미코버 씨가 말했다.

"제발 가만히 있어요, 여보. 남편은 천재적인 재능을 갖추고 있어요. 단지 아내인 저의 편견인지는 모르지만."

트래들스와 나는 중얼거렸다. "절대로 그렇지 않습니다."

"그런데 현재 남편은 알맞은 직책도 없고 일자리도 없습니다. 이건 누구의 책임일까요? 분명히 사회가 잘못이에요. 그래서 저는 이러한 부당함을 널리 알려 그것을 시정하도록 사회에 도전할 생각입니다. 코퍼필드 씨, 이게 제 생각입니다. 남편이 지금 해야 할 일은 사회에 결투를 신청하는 것입니다. 내게 맞설 사람 있으면 어서 나오라고 외치는 일입니다."

나는 미코버 부인에게 어떻게 할 생각이냐고 물었다.

"모든 신문에 광고를 내는 거예요. 그것이 본인을 위해서나 가족을 위해서, 그리고 지금까지 남편을 잊고 있던 사회를 위해서도, 지금 이이가 당연히 해야 할 일이라고 생각해요. 나 아무개는 이러이러한 능력이 있다고 쓴 뒤, '구직. 좋은 조건 희망. 우편 요금 선불. 캠든타운 우체국 전교(轉交) W.M.' 이렇게 광고를 내는 거예요."

"코퍼필드, 아내의 이 생각이 내가 전에 자네를 만났을 때 말했던 그 일대비약을 뜻해." 미코버 씨는 셔츠 깃의 턱 부분을 만지작거리며 나를 곁눈으로 바라보며 말했다.

"광고를 하자면 돈이 많이 드는데요." 나는 건성으로 말했다.

"맞아요." 미코버 부인은 한결같이 논리 정연하게 말했다. "바로 그렇죠, 코퍼필드 씨. 그래서 저도 그와 똑같은 말을 남편에게 했어요. 그러므로(앞에서 말씀 드린 것같이 본인과 가족을, 사회를 위하여) 돈을 마련할 궁리를 해보라고 말했어요—현금이 아니면 어음이라도."

미코버 씨는 여전히 의자에 등을 기대고 외알 안경을 만지작거리면서 천장을 쳐다보고 있었지만, 한편으로는 난롯불을 바라보고 있는 트래들스에게서는 눈을 떼지 않았다.

"제 친정 식구들 가운데," 미코버 부인은 말했다. "어음을 현금으로 변환해 줄 사람이 아무도 없다면, ─상거래 용어로 뭐라고 하더라, 더 좋은 방법이 있죠─."

계속 천장을 쳐다보면서 미코버 씨가, "어음 할인 말이지"라고 말했다.

"맞아요. 어음을 할인하기 위해서," 미코버 부인은 말했다. "저는 남편에게 시내로 들어가서 어음을 금융시장에 내놓고 최대로 유리하게 처분해야 한다고 말하고 있어요. 저쪽에서 너무 심하게 나온다면, 그건 그 사람들과 그들 양심에 문제가 있는 거죠. 저는 그것을 하나의 투자라고 봐요. 코퍼필드 씨, 그래서 남편에게도 권하는 거예요. 나처럼 하나의 투자라고 생각하고 하면 반드시 결과가 돌아오니까, 어떤 희생이든 과감하게 치러 보라고 말이에요."

나는 그것이 미코버 부인의 자기희생, 헌신이라고 생각했다. (왜냐하고 물으면 대답할 수는 없었지만) 그래서 '바로 그렇다'고 나지막하게 말했는데, 그러자 트래들스도 여전히 난롯불을 바라보면서, 나를 따라 똑같이 말했다. 그래서 나와 트래들스는 그와 같은 취지로 중얼거렸다.

"남편의 주머니 사정에 대해서는," 미코버 부인은 펀치 술을 다 마신 뒤에 내 침실로 물러가기 위해 스카프를 어깨에 걸치면서 말했다. "이 이상 말씀드리지 않겠습니다만, 아무튼 코퍼필드 씨, 당신의 난롯가 앞이고, 자리를 함께한 사람은 트래들스 씨뿐이다 보니, 제가 남편에게 평소에 하는 말을 털어놓지 않을 수 없었어요. 트래들스 씨는 오랜 친구는 아니지만 어쩐지 한집안 식구 같은 느낌이 들었어요. 남편에게도 이제 분발하고, 단호하게 결단을 내릴 시기가 닥쳤다고 생각합니다. 그리고 제가 지금 말씀드린 것들이 그러기 위한 유일한 수단이라고 생각했습니다. 물론 내가 여자라는 점과, 세상에서 일반적으로 이런 문제에는 남자의 생각을 더 믿는다는 것도 알고 있어요. 하지만 나는 기억하고 있어요. 아직 친정 부모님 댁에서 함께 살던 무렵, 아버지께서 늘 말씀하셨죠. '에마는 몸집은 가냘프지만 문제를 이해하는 능력만큼은 누구에게도 뒤지지 않는다'고요. 물론 부모라서 너그럽게 본다는 것은 알고 있어요. 하지만 아버지는 사람을 보는 눈이 매우 뛰어나셨어요. 그것만큼은 딸로서 보더라도, 그리고 냉철한 이성으로 판단하더라도, 의심할 여지가 없어요."

그런 말을 하고 부인은 마지막으로 펀치 술을 돌릴 테니 그때까지 함께 있어달라는 모두의 부탁을 물리치고 내 방으로 가버렸다. 나는 미코버 부인이 정말 훌륭한 여자라고 생각했다. 유명한 고대 로마의 주부도 국가가 위기에 처하면 이처럼 용감하게 활약할 것이라고, 나는 진심으로 생각했다.

나는 그런 강한 인상을 받으며 미코버 씨에게 보배 같은 부인을 가졌다고 축하해주었다. 트래들스도 옆에서 축하를 했다. 미코버 씨는 손을 내밀어 우리와 차례로 악수하고 손수건으로 얼굴을 가렸다. 그 손수건은 담배 냄새가 지독하게 쩔어 있었지만 정작 본인은 느끼지 못하는 것 같았다. 그리고 다시 명랑함을 되찾은 뒤 펀치 술이 있는 곳으로 갔다.

게다가 정말 신나게 떠들어댔다. 미코버 씨는, 사람은 누구나 자신의 아이라는 형태로 새로이 인생을 살아가므로, 아무리 경제적으로 어렵더라도 자식을 늘리는 것은 이중의 기쁨이다. 아내도 얼마 전까지는 다소 의문을 품고 있었으나, 내가 설득하여 안심시켰다고 말했다. 그리고 처가 식구들은 자기 부인과는 천양지차여서, 내 생각은 조금도 해주지 않으며, 그런 녀석들은―그의 표현을 그대로 옮기면―악마에게 잡아 먹혀버리라고 말했다.

이번에는 미코버 씨가 트래들스를 입에 침이 마르도록 칭찬했다. 트래들스는 인품이 매우 훌륭하며, 자기로서는 도저히 가질 수 없는 확고한 덕을 지녔다고 말했다. 그는 또 감격스럽게, 트래들스가 애지중지하고, 트래들스를 존경하는 미지의 그 젊은 숙녀를 위해 축배를 들었다. 나도 축배를 들었다. 트래들스는 우리에게 "정말 감사합니다. 그런데 사실 참으로 귀여운 아가씨예요" 하고 말했다. 그 소박한 정직함에는 나도 진심으로 감동하지 않을 수 없었다.

미코버 씨는 기회를 놓치지 않고 내 연애 이야기까지 꺼냈다. 아주 조심스러웠으므로 이야기가 외설로 흐르지는 않았다. 그는 '내 친구 코퍼필드'가 진심으로 부정하지 않는 한, 그가 사랑을 하고 있고 또 사랑받고 있다는 인상을 지워버릴 수가 없다고 말했다. 처음에는 너무 흥분해서 울컥하기도 했고, 새빨개지거나 말을 더듬거리며 부인도 해 보았지만, 끝내는 어쩔 수 없다고 각오를 다지고, 술잔을 들고서 "좋아요! 그럼 디(D) 양을 위하여 건배합니다!" 라고 말했다. 그 말에 미코버 씨는 펄쩍 뛰며 기뻐했다. 펀치 술잔을 손에 든 채로 내 침실로 달려가, 미코버 부인에게도 디(D)를 위해 건배를 들도록 했다. 부인도 열광적으로 건배를 들고 방에서 큰 소리로 외쳤다.

"정말 축하해요! 코퍼필드 씨, 참으로 기쁩니다. 찬성이에요!" 그리고 박수 대신 벽을 쿵쿵 두드렸다.

그 뒤로 이야기는 세속적으로 흘렀다. 미코버 씨는 캠든타운은 불편한 곳이기 때문에 광고로 인해 아주 만족스러운 수라도 터지는 날에는, 제일 먼저 이사를 하겠다고 했다. 그는 하이드파크와 마주한 옥스퍼드 거리의 서쪽 끝에 위치한 높은 주택지를 눈여겨보고 있지만, 그곳은 집이 너무나 커서 곧바로 사기가 어렵다고 했다. 그래서 그는 우선 살 만한 일류 상업 지역—예컨대 피카딜리 같은 곳—에서 2층에 방을 얻고 싶다고 했다. 그곳이라면 활기찬 곳이어서 아내도 기뻐할 테고, 내닫이창을 단다든가 한 층을 더 올린다든가 해서 조금만 손을 보면 2, 3년은 편안하고 남부끄럽지 않게 살 수 있다는 것이었다. 그리고 그는 앞으로 자기에게 어떤 일이 일어나고, 어디에 가서 살든 반드시 트래들스가 쓸 방 하나와, 나를 위해서는 나이프와 포크를 한 개씩 준비해놓을 것이니 안심하라고 말했다. 우리는 그의 친절에 감사했다. 그는 아주 현실적인 이야기만 한 것처럼 인생을 새롭게 출발하는 사람으로서 당연한 것 아니겠느냐며 이해해 달라고 했다.

미코버 부인의 차 준비가 다 되었는지를 알기 위해 또다시 벽을 두드리는 바람에 우리의 이야기는 멎고 말았다. 부인은 아주 기분 좋게 우리에게 차를 끓여 주었다. 찻잔과 버터 바른 빵을 나르기 위해 부인 옆으로 갈 때마다 작은 소리로, 디(D)는 금발인가 갈색 머리인가, 키는 작은가 큰가, 이런 질문을 받았다. 나는 그것이 너무 기뻤다. 차를 마신 뒤 우리는 난로 앞에 앉아 여러 가지 이야기를 했다. 미코버 부인은 신이 나서 (부인을 처음 만났을 때 듣고 김 빠진 맥주 같다고 생각했던, 그 모기처럼 작고 단조로운 목소리로) 부인이 가장 좋아하는 노래인 '하얀 군복의 멋쟁이 병장'*4과 '귀여운 태플린'*5을 불러 주었다. 부인은 결혼 전부터 이 두 노래로 유명했다고 한다. 미코버 씨의 이야기에 따르면, 그가 처음으로 부인의 부모 집에서 부인과 만났을 때도, 부인은 이 '하얀 군복의 멋쟁이 병장'을 노래했다. 그 모습에 마음이 흔들리기 시작했고, '귀여운 태플린'을 부를 때는, 무슨 일이 있어도 그녀와 결혼할 것이며, 그럴 수

*4 18세기 영국에서 유행했던 노래. 버고인 작사, 비숍 작곡.
*5 8세기 영국의 오페라 〈세 사람과 악마〉에 나오는 소곡.

없다면 죽어도 좋다고 결심했다고 한다.

미코버 부인이 엷은 갈색 종이봉투에 모자를 싸고 보닛을 쓴 것은 10시에서 11시 사이였다. 미코버 씨는 트래들스가 외투를 입는 사이에, 내 손에 편지 한 장을 슬쩍 쥐여주면서 한가할 때 읽으라고 속삭였다. 그리고 그는 맨 앞에 서서 미코버 부인과 모자를 든 트래들스를 데리고 돌아가려고 했으므로, 나도 촛불을 들고 난간 너머로 그들의 발밑을 비춰주면서 틈을 이용하여 계단 위에서 트래들스를 불러세웠다.

"트래들스," 나는 말했다. "미코버 씨는 조금도 악의가 있는 사람은 아니야. 다만 무능할 뿐이지. 만약 내가 너라면 그에게 아무것도 빌려주지 않겠어."

"야, 코퍼필드." 트래들스는 미소 지으면서 말했다. "내게는 빌려줄 것이라곤 아무것도 없어."

"이름은 있잖아?"

"오! 이름도 빌려준단 말인가?" 그리고 잠깐 생각에 잠겼다.

"물론이지."

"오! 그래, 틀림없어! 코퍼필드, 참으로 고맙다. 그러나—이미 빌려줬어."

"하나의 투자가 된다는 그 어음에 쓰도록 빌려줬나?"

"아니야. 어음 이야기는 오늘 처음 들었어. 아마 가는 길에 그 어음에 관한 이야기를 할 것 같아. 그건 다른 건이었어."

"아무런 잘못이 없으면 좋을 텐데." 나는 말했다.

"잘못되진 않으리라고 생각해. 얼마 전에도 대책이 다 있다고 미코버 씨가 직접 말했거든. '대책이 있다'는 것은 그의 입버릇이지만."

그때 미코버 씨가 우리가 서 있는 곳을 올려다보고 있었으므로 나는 단지 조심하라는 말만 되풀이했다. 트래들스는 고맙다고 대답하고서 계단을 내려갔다. 저 마음씨 착한 사람이 부인의 모자를 들고 내려가서 부인에게 팔까지 내어주는 것을 보고 있자니, 나는 그가 금융시장으로 끌려갈 것 같아서 몹시 염려되었다.

나는 난롯가로 되돌아와서 미코버 씨의 성격과 나와의 옛 관계를 웃기지만 웃을 일은 아니라고 생각하고 있을 때, 계단을 올라오는 빠른 발소리를 들었다. 처음에는 트래들스나 미코버 씨가 잊고 간 물건을 가지러 돌아왔다고 생각했으나, 발소리가 점점 가까워지자 그가 누구라는 것을 알았다. 갑자기 심장이 쿵쾅거리고 얼굴이 화끈거렸다. 스티어포스의 발소리였던 것이다.

나는 아그네스를 잊은 적은 한 번도 없었다. 아그네스는 처음부터 그녀에게 내어준 내 마음의 성역을—이렇게 말해도 좋다면—떠난 적이 없었다. 그러나 스티어포스가 방으로 들어와서 손을 내밀어 악수를 청하자, 그에게 엉겨 있던 어둠의 그림자가 순식간에 밝은 빛으로 변했다. 이토록 경애하는 참다운 벗을 의심한 것이 당황스럽고 부끄러웠다. 하지만 그렇다고 해서 아그네스에 대한 마음이 달라진 것은 아니었다. 여전히 옛날과 변함없는 상냥한 내 천사였으며, 그를 의심한 잘못은 오로지 내 탓으로 돌렸다. 그리고 무엇을 어떻게 해야 하는가만 알 수 있다면 어떤 보상이든 기꺼이 치르겠다고 생각했다.

"야, 데이지, 왜 넋을 놓고 있어!" 스티어포스는 다정하게 악수를 하고는 내 손을 기분 좋게 뿌리치며 말했다. "또 네가 연회를 베푼 현장을 잡아냈군? 야, 사치와 향락을 좋아하는 사람아. 그 민법박사회관 사람들은 이 도시에서 가장 놀기 좋아하는 사람들이라서 우리처럼 소박한 옥스퍼드 사람들은 도저히 상대가 안 된단 말이야!" 그는 방금 전까지만 해도 미코버 부인이 앉았던 내 맞은편 소파에 털썩 주저앉아서 즐거운 듯이 방 안을 둘러보고는 재빨리 난롯불을 휘저었다.

"처음에는 너무 놀라서," 나는 진심으로 그를 환영하면서 말했다. "뭐라고 인사해야 좋을지 말이 나오지 않았어, 스티어포스."

"야, 스코틀랜드 사람들 말처럼 나를 보면 아픈 눈도 나을 텐데." 스티어포스는 말했다. "그건 그래. 꽃이라면 흐드러지게 피었을 때지. 건강하고 발랄한 모습을 보니 정말 기쁘군. 그동안 어떻게 지냈어, 술통아."

"잘 있었어." 나는 대답했다. "하지만 오늘 밤에는 전혀 취하지 않았어. 비록 세 사람 정도 초대했지만."

"그 세 사람을 방금 거리에서 만났는데, 자네 칭찬이 대단하더군." 스티어포스는 말했다. "그런데 몸에 꼭 붙는 옷을 입은 사람은 누구지?"

나는 되도록 간단하게 미코버 씨에 대해 설명해 주었다. 신통치 않은 소개였는데도 그는 배꼽을 부여잡고 웃으며, 정말 재미있는 사람이군, 꼭 소개시켜 주게나, 하고 말했다.

"그런데 다른 한 친구는 누구라고 생각하나?" 이번에는 내가 물었다.

"모르겠는데. 설마 내가 싫어하는 사람은 아니겠지? 그렇게 보이지는 않았지만."

"트래들스야!" 나는 조금 우쭐거리며 대답했다.

"트래들스가 누구야?" 그의 반응은 시들했다.

"트래들스 생각 안 나? 세일렘 학교에서 같은 반에 있었던 트래들스야."

"아! 그 친구!" 스티어포스는 부지깽이로 난로 맨 위의 석탄을 탁 때리면서 말했다. "여전히 멍청한가? 도대체 그 친구와는 어디서 만났나?"

스티어포스가 트래들스를 얕보는 것 같아 나는 트래들스를 칭찬했다. 스티어포스는 고개를 약간 끄덕이고 미소를 지으면서, 그 친구는 늘 독특했었으니까 만나고 싶다는 말을 하면서 이야기를 끝냈다. 이어서 그는 먹을 것을 요구했다. 이 짧은 대화가 이루어지는 동안 그는 매우 명랑하게 쉬지 않고 지껄이는 것 같았지만, 대체로는 멍하니 불을 들쑤시며 석탄 덩어리를 두드리고 있었다. 내가 남은 비둘기 파이와 다른 음식들을 차리고 있는 사이에도 그 모습은 조금도 달라지지 않았다.

"야, 데이지, 이건 제왕의 저녁상 같군!" 그가 갑자기 침묵을 깨며 소리쳤다. 그리고 식탁 앞에 앉아 말했다. "아주 호화롭군. 아무래도 야머스에서 오는 길이다 보니 말이야."

"옥스퍼드에서 온 게 아니야?"

"야머스에서 왔어." 스티어포스는 말했다. "배를 탔지—그쪽이 훨씬 더 멋지잖아?"

"오늘 리티머가 너를 찾아왔었어. 그의 말로는 네가 옥스퍼드에 있는 것 같았는데. 지금 생각해보니 그렇다고 분명히 말하지는 않았지만."

스티어포스는 유쾌하게 술을 따라 나에게 잔을 내밀었다.

"나를 찾아다니다니, 리티머도 생각보다 바보로군. 그런데 그자가 하는 말을 알아듣다니, 데이지, 자네도 제법 머리가 좋군."

"정말 그 말은 맞아. 스티어포스, 야머스에서 오래 있었어?"

나도 식탁 쪽으로 의자를 바짝 붙이면서 가장 궁금하던 것을 물었다.

"그렇진 않아. 1주일가량 도피생활을 했지."

"그곳 사람들은 모두 잘 있어? 꼬마 에밀리는 아직 결혼하지 않았겠지?"

"아직은 안 했어, 아마 당분간은 하지 않을 걸. 그 사람들과는 별로 만나지도 못했고. 아, 그렇지," 그는 열심히 움직이고 있던 나이프와 포크를 놓더니 갑자기 주머니 속을 뒤적거렸다. "너에게 보내는 편지를 가지고 왔어."

"누구의 편지인데?"

"너의 옛 유모의 편지야." 그는 가슴 주머니에서 뭐라고 끼적인 것을 꺼냈다. "어디 보자, 'J. 스티어포스 님, 윌링 마인드' 아, 이건 아니군! 조금만 기다려 봐. 곧 꺼낼 테니까. 아, 이름이 뭐더라, 그 늙은이가 위독해. 아마 그것에 대한 편지일 거야."

"바키스?"

스티어포스는 주머니의 내용물을 하나하나 살피면서 대답했다.

"그래 맞아! 가엾게도 바키스는 이제 끝장이 났어. 나는 거기서 너의 산파역을 담당했던 약제사—아니, 의사였나. 아무래도 상관없지만—를 만났는데, 그 사람이 나에게 바키스의 병세에 대해 자세하게 가르쳐주었어. 그의 말로는, 그 마부가 이번에는 아무래도 저승길로 떠날 것 같다더군. 이봐, 데이지, 거기 의자에 있는 내 외투의 가슴주머니를 좀 뒤져 봐. 분명 거기 있을 텐데, 없나?"

"아, 여기 있어."

"그래, 그거야."

페거티가 보낸 편지는 짧았지만 보통 때보다도 읽기가 어려웠다. 남편의 절망적인 상태를 알리고, 여태까지보다도 남편이 더 까다로워서 그의 영양섭취와 위생을 위한 것인데도 비위를 맞추기가 아주 힘이 든다고 썼다. 자기의 피로함이나 병간호에 대한 말은 전혀 없고 줄곧 남편을 칭찬하는 내용이었다. 꾸밈없고 소박하고 경건한 필치에는 페거티의 진정어린 마음이 고스란히 드러나 있었다. 그리고 끝에는 '내 영원한 도련님께'라고 씌어 있었다.

내가 그 편지를 해독하고 있는 동안 스티어포스는 계속 먹고 마셨다.

"전혀 희망이 없다더군." 편지를 다 읽고 나자, 스티어포스가 말했다. "그러나 태양은 매일 지고, 사람은 매 분 죽어가지. 그와 같은 만인의 운명에 겁을 먹어서는 안 돼. 모든 인간을 두루 찾아가는 발소리가 가까이서 들려온다고 해서 용기를 잃으면, 아무것도 손에 넣을 수 없어. 앞으로 나아가야 해! 억지로 밀고 나가든 사정을 하든 아무튼 나아가야 해! 장애물 따위는 개의치 말고 경기에서 이겨야 해!"

"경기라니, 무슨 경기 말이야?"

"자기가 시작한 경기야. 아무튼 나아가야 해!"

그는 단정한 얼굴을 뒤로 약간 젖히고, 잔을 든 채 내 얼굴을 보면서 잠깐 말을 끊었다. 그의 얼굴에는, 생기 넘치는 바닷바람의 향기가 어리고, 햇볕에 적동색으로 그을기는 했지만, 그 밖에도 지난번에 만났을 때에는 보지 못했던 것, 뭐랄까, 줄곧 격렬한 긴장상태에 있다고 해도 좋을 어떤 흔적이 나타나 있었다. 대체로 스티어포스에게는, 한번 무언가에 빠지면 정신없이 몰두하는 버릇이 있었다. 예를 들어 이번처럼 거친 바다로 배를 타고 나간다든가, 일부러 험한 날씨에 도전한다든가—아무튼 생각난 것은 무엇이든 저돌적으로 해내고 마는 이 버릇에 대해 다소나마 충고를 하고 싶었지만, 우연히 화제가 페거티의 문제로 향했으므로, 나도 그 이야기를 이었다.

  "스티어포스, 모처럼 즐겁게 놀다 온 뒤에 이런 부탁을 해도 좋을지 모르겠지만—."

  "괜찮아, 나는 기분이 아주 좋아. 네가 말하는 것은 다 들어줄게." 그는 식탁에서 다시 난롯가로 돌아오면서 말했다.

  "나는 유모를 찾아갈 작정이야. 내가 찾아간다고 해서 상황이 나아지거나 실질적으로 도움이 되진 않을 거야. 그러나 유모는 나를 정말 좋아하니까, 내가 가면 두 가지 효과는 나타날 거야. 그녀는 아주 기뻐할 테니 조금은 위로가 되고 힘이 될 거야. 그녀가 지금까지 보여준 따뜻한 인정에 비하면 내가 방문하는 것은 아무것도 아니야. 네가 나라도 하루쯤 방문하지 않겠어?"

  그의 얼굴은 갈피를 잡지 못했다. 앉아서 잠시 생각하더니 갑자기 나지막하게 대답했다. "그러면 가 봐! 아무 문제 없어."

  "너는 지금 돌아왔으니, 같이 가자고 부탁할 수는 없겠지?"

  "그건 좀 어렵겠어." 그가 대답했다. "게다가 오늘 밤에는 하이게이트로 가야 해. 너무 오랫동안 어머니를 뵙지 못해서, 조금 마음에 걸리거든. 나 같은 '방탕아'를 이렇게 사랑해 주는 것은 역시 보통 일이 아니니까. 흥! 시시하군! 이런 이야기는 그만하지! 그보다 자네는 내일 갈 건가?" 그는 내 양쪽 어깨에 손을 올리고 꾹 누르며 말했다.

  "그럴 생각이야."

  "그럼, 하루 더 늦추도록 해. 실은 너를 우리 집에 며칠 초대할 생각이었어. 이 말을 하려고 일부러 여기까지 왔는데, 너는 야머스 같은 곳으로 달려가겠다고 하다니!"

"무슨 소리야, 스티어포스. 내달리는 건 바로 너잖아. 언제나 어딘지 모를 곳으로 총알처럼 튀어 다니는 것은 바로 너야!"

스티어포스는 잠깐 말없이 나를 바라보았다. 여전히 내 어깨를 잡고 한 번 크게 흔들면서 말했다. "자! 모레 떠난다고 말해. 내일은 우리 집에서 쉰다고 해! 지금이 아니면 언제 다시 만날지 누가 알아? 자! 모레 간다고 말해! 제발 네가 로사 다틀과 나 사이에 서서 우리를 좀 떼놓아 주면 좋겠어."

"내가 없으면 사랑이 깊어진다는 거야?"

"그래. 그게 아니면 미움이—." 스티어포스는 웃었다. "그런 것은 아무래도 좋아! 그보다 자, 어서 모레 간다고 확실히 말해!"

나는 결국 동의했다. 그러자 그는 외투를 입고 여송연에다 불을 붙이고 집을 향해 떠났다. 그것을 보고 나도 외투를 걸치고(여송연은 피우지 않았다. 당분간 그것에는 진저리가 났다), 큰길까지—그 무렵에도 밤이면 여전히 매우 적적했다—배웅했다. 가는 동안에도 그는 기분이 매우 좋았다. 기운차게, 가벼운 발걸음으로 돌아가는 것을 지켜보고 있을 때, 나는 문득 그가 한 말이 생각났다. '장애물 따위는 개의치 말고 경기에서 이겨야 해!' 아아, 그도 멋진 경기를 펼칠 수 있기를! 처음으로 나는 진심을 담아 기도했다.

방에 돌아와 옷을 벗는데, 미코버 씨의 편지가 방바닥에 떨어졌다. 그제야 편지를 떠올리고 봉투를 뜯어서 읽기 시작했다. 만찬 1시간 반 전에 이 편지를 쓴다고 적혀 있었다. 내가 전에 이야기했는지는 확실히 모르겠는데, 미코버 씨는 어떤 위기에 처할 때면 꼭 법률 용어를 썼다. 그렇게 하면 자기의 일이 해결된다고 생각되는 모양이었다.

　　절하고 아뢰네—이제는 친애하는 코퍼필드라고 할 수도 없으니 이해 바라네.

　　내가 완전히 망했다는 사실을 친애하는 자네에게는 말해주어야 한다고 생각했네. 내 딱한 입장을 자네에게만은 알리지 않기 위해 얼마나 고생하고 있는지는 오늘 알게 되리라고 생각하네. 그러나 희망은 이미 지평선 너머로 사라졌고, 나는 완전히 망했네.

　　나는 이 글을, 한 중개인의 일개 고용인 앞에서(일부러 '동석'이라는 표현은 쓰지 않겠네) 쓰고 있는데, 그는 기쁨에 겨워 어찌할 줄 모르고 있네. 왜냐하면 그는 집세조로 내 집을 강제 차압하여 소유권을 합법적으로 가지게 되었기 때문이지. 그의 재산 목록에는 1년간 살겠다고 계약한 내 모든 가재 도구는 물론, 하숙인이고 법률협회 회원인 토머스 트래들스 씨의 소유물까 지 포함되어 있네.

(불후의 문호인 셰익스피어의 말을 빌리면) 내 입술에 마시라고 권하고 있 는 남실남실한 술잔에 쓰디쓴 한 방울도 남아 있지 않다면,*6 그것은 앞에 서 말한 토머스 트래들스 씨가 호의를 베풀어 빌려준 23파운드 4실링 9펜스 반의 어음을, 기한이 지나도록 갚지 못했기 때문일세. 또한 내 생활의 부담 감은 음력으로 여섯 달 뒤에는 태어날 또 한 사람의 가련한 희생자의 증가 로 인해 필연적으로 가중될 것이네.

여기까지 이야기를 하면, 다음에 덧붙는 말은 사족이 될지 모르나, 이후 로, 내 머리에는 평생 후회의 재가 끊이지 않을 것이야.

윌킨스 미코버 경구

불쌍한 트래들스! 미코버 씨는 지금까지 보아온 것처럼 그러한 타격을 어떻 게든 추스릴 수 있는 사람이지만, 트래들스와 10자매 가운데 하나라는 목사의 따님—머나먼 데번셔의 시골에서 환갑까지라도(참으로 불길한 칭찬이다!), 아 니 언제까지나 트래들스를 기다리겠다고 한 그 아가씨를 생각하니 걱정이 되 어 잠을 이룰 수가 없었다.

---

*6 《맥베스》 제1막 제7장.

29장
다시 스티어포스와의 결별

　다음 날 아침, 나는 스펜로 씨에게 2, 3일간의 휴가를 신청했다. 나는 아직 급료를 받지 않았으므로, 까다로운 조킨스 씨도 별말 없이 선선히 휴가를 내어주었다. 나는 이 기회를 이용하여 미스 스펜로도 잘 있느냐고 물었다. 목소리는 갈라지고, 눈앞이 캄캄해지며 아찔하게 현기증이 났다. 그러나 내 물음에 대해 스펜로 씨는 전혀 상관없는 사람에 대해 이야기하듯 아무 감정도 없이 고맙네, 잘 있다네, 라고 대답했다.

　우리 수습 서기들은 소송대리인이라는 귀족계급의 올챙이와 같은 존재여서 꽤 높은 대우를 받았고, 언제나 거의 자기 멋대로 행동할 수 있었다. 그러나 하이게이트에는 그날 1시나 2시 정도에 가면 되었고, 게다가 오전에는 법정에서 종교법원 형사소송이라고 불리는 파문재판이 있었다. 팁킨스가 피고 블럭을 상대로 혼을 내줄 목적으로 소송을 제기한 사건이었다. 스펜로 씨와 함께 그 사건을 처리하기 위해 법정에서 한두 시간 정도 매우 흥미로운 시간을 보냈다. 그 사건은 교구위원들 간에 싸움이 벌어져 한 사람이 다른 한 사람을 펌프에 밀어던졌는데, 우연히 펌프의 손잡이가 교회 지붕 밑에 있는 학교 지붕에 박힌 것이 교회법상 범죄로 성립된다는 것이다. 매우 재미있는 사건이었기에 역마차를 타고 하이게이트로 가는 도중에도 민법박사회라는 조직과, 또 민법박사회관에 손을 댔다가는 나라가 망한다는 스펜로 씨의 말을 곰곰이 생각해 보았다.

　스티어포스 부인은 나를 보자 기뻐했으며 로사 다틀도 반가워했다. 리티머가 집에 없는 것이 조금 뜻밖이었지만, 오히려 기뻤다. 푸른 리본을 단 모자를 쓴 아주 얌전한 어린 하녀가 시중을 들어주었는데, 어쩌다 그녀의 눈과 마주쳐도 근엄한 리티머의 눈보다 기분이 더 좋았으며, 불안하지도 않았다.

　내가 그 집에서 채 30분을 보내기도 전에, 특히 눈치챈 것은 미스 다틀이 나를 주의 깊게 살피고 있다는 것이었다. 내 얼굴과 스티어포스의 얼굴을 번 갈아 비교하면서 우리 두 사람 사이에서 뭔가 나타나기를 기다리는 것 같았 다. 볼수록 움푹 꺼진 그 검은 눈동자는 나를 빤히 바라보다가 갑자기 시선을 스티어포스 쪽으로 돌리거나, 우리 둘의 표정을 동시에 살피고 있었다. 살쾡이 같은 그 눈은 내가 그것을 눈치채고 있음을 알면서도 당황하기는커녕 더한층 예리하고 진지한 눈길로 나를 뚫어지게 바라보는 것이었다. 물론 나는 미스 다 틀에게 의심을 살 만한 짓은 아무것도 하지 않았지만, 그래도 그 눈은 어쩐지 으스스했고, 특히 무언가에 굶주린 듯한 안광은 차마 눈 뜨고 볼 수 없었다.

그날은 미스 다틀이 온 집안을 석권하고 있는 것 같았다. 스티어포스의 방 에서 그와 이야기하고 있는 동안에도 바깥 복도에서 미스 다틀의 옷자락 스치 는 소리가 들려왔다. 스티어포스와 내가 집 뒤 잔디밭에서 옛날에 곧잘 하던 운동을 하고 있을 때는 미스 다틀의 얼굴이 이 창에서 저 창으로 시계추처럼 왔다 갔다 하더니, 마침내 한곳에 서서 우리를 가만히 지켜보았다.

오후에 넷이서 산책을 할 때엔 갑자기 야윈 손으로 내 팔을 용수철처럼 꼭 감고서 나를 붙잡아세웠다. 그리고 스티어포스와 그의 어머니가 말소리가 들 리지 않는 곳까지 멀리 떨어지자 이야기를 시작했다.

"정말 오랜만에 오셨네요. 당신의 관심을 송두리째 빼앗을 정도로, 당신의 직업은 그렇게도 매력이 있고 재미있나요? 저는 모르는 것이 있으면 꼭 알고 싶거든요. 정말 그런가요?"

나는 내 직업이 참 좋기는 하지만, 그 정도까지는 아니라고 대답해주었다.

"아! 그 말을 들으니 기쁘군요. 제가 잘못 알고 있는 것은 언제나 시정을 받 고 싶거든요." 로사 다틀은 말했다. "아마 그 일이 약간 따분한 모양이지요?"

"약간은, 따분해요."

"아! 그래서 휴식과 기분 전환을 위해 갖가지 자극을 원하는 게지요? 알겠 어요! 잘 알겠어요! 하지만 저 사람—아, 당신 말고요—저 사람도 그럴까요?"

로사 다틀의 눈이 어머니를 부축하여 산책하고 있는 스티어포스 쪽을 한번 훔쳐보는 것으로 보아 누구를 뜻한다는 것은 알았지만, 그 이상은 전혀 알 수 없었다.

"나는 알고 싶은 마음뿐입니다—그 사람은 너무 열중해 있는 것이 아닐까 요? 그렇다고 단언하는 것은 아니에요. 맹목적인 사랑에 빠져서 다른 일은 모조리 잊고 있는 게 아닐까요? 그렇지요?" 로사 다틀은 또 스티어포스 모자를 흘깃 보더니 이번에는 내 속까지 들여다보려는 듯이 내 얼굴을 빤히 노려보았다.

"미스 다틀," 나는 말했다. "그렇게 생각하지 마세요!"

"그렇게 생각하지 않아요! 제가 어떤 생각을 하고 있다고는 생각하지 마세요! 나는 남을 의심치 않습니다. 단지 묻는 것뿐입니다. 내 의견을 말씀드리는 게 아니에요. 당신이 이야기해 준 것을 바탕으로 내 의견을 구축하고 싶었을 뿐입니다. 그럼, 그것은 그렇지 않지요? 이제 알고 나니 참 기쁘군요!"

"그건 사실이 아닙니다." 나는 어찌할 바를 모르고 말했다. "스티어포스가 집을 멀리한 것은—설사 그것이 사실이라고 하더라도—내 책임이 아닙니다. 당신이 이야기하지 않았다면, 나는 그런 사실조차 몰랐을 테니까요. 어젯밤에 그가 찾아오기 전까진 오랫동안 그를 만나지 못했어요."

"오랫동안 못 만났다고요?"

"못 만났어요!"

나를 바라보는 로사 다틀의 얼굴이 점점 더 날카롭고 창백해져 갔다. 옛날의 상처 자국이 입가부터 일그러진 아랫입술까지 깊이 파고들며, 얼굴 전체에 비스듬히 뻗치고 있었다. 그 모습과 나를 뚫어지게 바라보는 눈은 어쩐지 두렵기까지 했다.

"그럼 스티어포스는 무엇을 하고 있습니까?"

나는 놀라서 로사 다틀에게라기보다는 나 자신에게 물었다.

"그가 무엇을 하고 있느냐고요?" 로사 다틀은 자기를 불태워버릴 것 같은 열의를 가지고 말했다. "그가 나를 볼 때마다 그의 눈 속에는 불가사의한 거짓의 그림자가 있으니, 그 사람은 무엇에다 힘을 쏟고 있는지요? 당신이 명예를 중시하고 신의가 있는 분이라면 당신의 친구를 배신하라는 부탁은 않겠어요. 하지만 이것만은 말씀해 주세요. 그의 마음을 차지하고 있는 것은 노여움, 원한, 자만심, 초조함, 변덕, 사랑 같은 것뿐인가요?"

"미스 다틀," 나는 대답했다. "내가 무슨 말을 해야만 믿겠는지요? 내가 볼 때 스티어포스는 달라지지 않았어요. 내가 처음 여기에 왔을 때와 조금도 달라진 데가 없습니다. 달라졌다고는 꿈도 꿀 수 없고, 사실 달라지지 않았으니, 당신이 무엇을 말씀하시는지 잘 모르겠습니다."

미스 다틀은 여전히 나를 뚫어지게 바라보았다. 그때 경련이나 떨림 같은, 고통과 따로 떼어놓고 생각할 수 없는 무언가가 상처에 나타나면서, 상대를 얕보거나 비웃는 것처럼 입꼬리를 실룩거렸다. 미스 다틀은 재빨리 들어—그 손은 야위고 섬세해서 전에 그가 난로 앞에서 손으로 얼굴을 가렸을 때, 아름다운 도자기를 떠올렸던 생각이 난다—입가를 가리고는 빠르고 격한 투로, "이 얘기는 절대 비밀로 해요!"라고 말하고는 더 이상 아무 말도 하지 않았다.

스티어포스 부인은 아들이 돌아온 것이 무엇보다도 기뻤으며 스티어포스도 이번에는 특히 어머니를 공경했다. 두 사람이 함께 있는 모습을 보는 것은 매우 재미있었다. 그들은 서로 애정을 나누었을 뿐만 아니라 용모도 아주 비슷했다. 스티어포스의 거만하고 성급한 성격이 어머니에게서는 연세와 여자의 섬세한 성격과 조화를 이루어 오히려 위엄을 갖추고 있었다. 나는 두 사람 사이에 큰 불화가 일지 않아서 정말 다행이라고 생각했다. 실제로 그런 일이 생기면, 이런 두 사람의 성격—한 가지 성격의 미묘한 차이라고 말하는 쪽이 더 정확할지도 모르겠다— 때문에, 정반대의 극단적인 사람들보다도 오히려 서로 협조하기 어려울 것이라고 생각했기 때문이다. 그러한 생각은, 정확히 말하면 스스로 발견한 것이 아니라, 미스 다틀의 말에 암시되어 있었다.

저녁을 먹을 때 미스 다틀이 말했다.

"아, 누구든지 말해주세요. 저는 하루 종일 그것만 생각했어요. 알고 싶어요."

"로사, 무엇을 알고 싶단 말이니?" 스티어포스 부인이 말했다. "제발, 로사, 그런 괴상한 말은 쓰지 말아요."

"괴상하다구요? 정말 그래요? 저를 그렇게 생각하세요?"

"내가 늘 말했잖아. 네가 생각하는 바를 뚜렷하게 이야기하라고."

"아! 제 이야기가 자연스럽지 않았나요? 이런 말씀을 드려서 죄송해요. 하지만 저는 알고 싶거든요. 누구나 자기 자신을 가장 모르고 있으니까요."

"그러나 너는 그것이 제2의 천성이 되어버렸어." 스티어포스 부인은 아무렇지 않게 말했다. "나는 틀림없이 기억하고 있단다. 아마 너도 그렇겠지만. 넌 예전에는 그렇지 않았잖니? 이상하게 경계하지도 않았고, 좀더 순순히 남을 믿는 아이였어."

"부인의 말씀이 옳아요. 나쁜 습관이 이렇게 해서 자라는군요! 아, 그랬나요? 이상하게 경계하지도 않고, 순순히 남을 믿었다고요? 그런데 어쩌다가 저도 모르는 사이에 그렇게 변해버린 걸까요? 제가 생각해도 이상해요. 옛날의 저 자신으로 돌아가기 위해 노력을 해야겠어요."

"제발 그랬으면 좋겠어." 스티어포스 부인은 미소를 지으며 말했다.

"네, 그럴게요! 그런 솔직함을—그렇지—제임스에게서 배우겠어요."

"그래, 그게 좋겠구나." 스티어포스 부인은 재빨리 말했다. 왜냐하면 로사 다틀의 말 속에는 안 그런 것 같으면서도 언제나 비꼬는 투가 있었기 때문이다. "솔직함에 있어서는, 제임스보다 좋은 본보기가 없으니까."

"그럼요. 그렇고말고요." 그녀는 아주 열정적으로 대답했다. "그보다 분명한 사실은 어디에도 없죠."

스티어포스 부인은 약간 불쾌함을 드러냈던 것을 뉘우치는 것 같았다. 부인은 곧 친절하게, "그런데 로사, 네가 알고 싶어하는 것이 무엇인지조차 묻질 않았구나. 그게 뭐지?"

"제가 알고 싶은 것은," 로사 다틀은 쌀쌀맞게 말했다. "아! 정신구조가 서로 매우 닮은 두 사람이—말이 되나요, 제임스?"

"되고말고요." 스티어포스가 말했다.

"고마워요!—정신구조가 서로 비슷한 두 사람 사이에 어떤 불화 요인이 생겼을 경우 화를 내며 완전히 헤어질 위험성이, 성격이 비슷하지 않은 사람들의 경우보다 더 크지 않을까요?"

"나는 크다고 생각합니다." 스티어포스가 말했다.

"그런가요? 그렇군요! 그러면 예컨대 이러한 경우를 생각해 보세요—어차피 가정이니까 조금 뜬금없어도 괜찮겠죠—당신과 어머니가 심하게 다투기라도 한다면."

"이봐요, 로사." 스티어포스 부인이 친절하게 웃으면서 말참견을 했다. "아무리 가정이라지만 다른 것으로 하렴. 제임스와 나는 각자의 의무가 무엇인지 누구보다 잘 알고 있으니까."

"아! 그야 그렇죠." 미스 다틀은 신중하게 고개를 끄덕이며 말했다. "그러니까 있을 수 없는 일이라고 말씀드렸잖아요? 그렇고말고요. 암요! 하지만 아무리 어리석은 질문이라도 물어봐서 다행이라고 생각해요. 모자분께서는 각자의 의무를 잘 알기 때문에 절대로 있을 수 없다고 말씀하셨어요. 그 말을 들은 것만으로도 큰 성과라고 생각해요. 정말 대단히 감사합니다."

그런데 미스 다틀에 대해서 절대 빼먹을 수 없는 것이 한 가지 더 있다. 그 것은 돌이킬 수 없는 과거가 모조리 드러난 나중의 일인데, 다시금 그것을 떠 올릴 필요가 있었기 때문이다. 그날 하루 종일, 아니, 이 대화가 있은 뒤로 특 히 스티어포스는 거의 온 힘을 다해(그러나 그의 경우 그것은 매우 수월한 일이 었다) 이 이상한 상대의 심기를 맞추는 일에 몰두했다. 그리고 머지않아 그녀 는 완전히 기분이 좋아졌다. 그의 성공은 전혀 놀랍지 않았고, 또한 그 명랑한 기교의 매력—그때의 나는 그것을 명랑한 성격이라고 생각하고 있었지만—에 대하여 그녀가 줄곧 맞서고 있던 점도 딱히 놀라울 것이 없었다. 왜냐하면, 미 스 다틀이 때로는 지독하게 뒤틀린 괴팍한 사람이라는 것을 나도 잘 알고 있 었기 때문이다. 그러나 그럼에도, 그녀의 얼굴과 태도가 점점 바뀌더니 이윽고 는 그의 얼굴을 황홀하게 바라보는 것을 나는 보았다. 또한 그 저항이 점점 누 그러지기는 했지만, 마치 무언가, 자기 안의 그러한 나약함을 분노로 바꾸는 것처럼, 아무튼 그의 매력에 맞서 일단은 싸우고 있는 그녀를 보았다. 그러나 마지막에는 그 날카로운 눈이 부드러워지고, 웃음도 조용하고 상냥해졌으며, 내가 하루 종일 느끼던 두려움마저 사라져 버렸다. 우리는 모두 난롯가에 모 여, 마치 아이들처럼 허물없이 웃고 얘기했다.

　그러나 우리가 식당에 너무 오래 있었기 때문인지, 아니면 스티어포스가 모 처럼 손에 넣은 유리한 입장을 잃고 싶지 않았기 때문인지, 아무튼 미스 다 틀이 일어서자 우리도 5분도 지나지 않아 다함께 자리를 떴다. "로사가 하프를 연주하고 있어." 응접실 입구를 지나갈 때 스티어포스가 작은 소리로 말했다. "요즘 3년 동안 저 하프 소리를 들은 사람은 아마 어머니밖에 없을 거야." 그의 입술에 기묘한 미소가 떠올랐다가 이내 사라졌다. 우리 두 사람은 응접실로 들어갔다. 미스 다틀은 혼자 있었다.

　"아아, 그대로 있어요. 일어서지 말아요." 스티어포스가 말했다.(미스 다틀은 이미 일어서 있었지만) "로사, 제발 오늘만은 아일랜드 노래라도 불러줘요. 부탁 해요."

　"그런 노래가 왜 듣고 싶죠?"

　"듣고 싶어요, 아주 많이요! 특히 아일랜드 노래가 듣고 싶어요. 그리고 데이 지도 음악을 아주 좋아해요. 아일랜드 노래를 불러 줘요, 로사. 옛날에 곧잘 그랬던 것처럼. 나는 여기에 앉아 들을게요."

스티어포스는 미스 다틀의 몸에도, 또 그녀가 앉아 있던 의자에도 손을 대지 않고, 하프 옆에 가서 말없이 앉았다. 미스 다틀은 얼마 동안 옆에 서서, 이해할 수 없지만, 오른손으로 하프를 타는 시늉만 하고 소리는 내지 않으며 가만히 서 있었다. 그러나 이윽고 자리에 앉아 악기를 느닷없이 확 끌어당기더니, 반주를 하면서 노래를 불렀다.

그런데 이유도 모르고 애당초 꿈도 꿀 수 없지만, 그 노래에는 기법이나 목소리에 거의 이 세상 것이라고는 믿을 수 없는 어떤 기분 나쁜 무언가가 있었다. 야릇하게 생생한 섬뜩함이 있었다. 누군가가 작사하고 작곡한 노래라기보다는, 미스 다틀 내면의 정열이 그대로 바로 쏟아져 나와, 마치 웅얼거리는 것 같은 그의 목소리 안에서 간신히 불안한 표현을 찾아내고, 다시 조용히 마음속으로 숨어버린 느낌이었다. 노래를 다 부른 뒤에도 그가 하프에 기대듯이 앉아, 오른손으로 소리 없는 연주를 계속했다. 나는 한 마디도 하지 않았다.

그러나 1분도 지나지 않아 내 몽상은 모두 깨졌다—스티어포스가 자리에서 일어나 미스 다틀 옆으로 가더니, 웃으면서 한 손을 그녀 어깨에 두르고, "자, 로사, 앞으로는 사이좋게 지내요, 서로 사랑하면서!" 하고 말했다. 그런데 그때였다. 미스 다틀의 손이 짝 하고 그의 뺨으로 날아가더니, 마치 살쾡이처럼 그를 밀쳐내고 사나운 기세로 방에서 뛰쳐나가 버렸다.

"로사가 왜 그러니?" 스티어포스 부인이 들어와서 말했다.

"글쎄요, 한동안은 마치 천사처럼 얌전했는데, 그 반동 때문인지 느닷없이 정반대로 변해 버렸어요."

"제임스, 그래서 말했잖니, 화나게 하지 말라고. 로사는 조금 이상하니까, 건들면 안 돼."

로사는 그 뒤로 돌아오지 않았고, 우리도 두 번 다시 그의 이야기는 꺼내지 않았다. 그러나 이윽고 잘 시간이 되어 스티어포스의 방까지 따라가자, 갑자기 그가 큰 소리로 웃으며, 저렇게 속을 알 수 없는 여자를 본 적이 있느냐고 나에게 물었다.

나도 실은 매우 놀랐다는 것을, 그 당시 떠오르는 말을 모두 동원해 가면서 그에게 설명했다. 그리고 대체 왜 그렇게 갑자기 화를 냈는지 너는 아느냐고 물었다.

"그런 걸 내가 어떻게 알겠어! 좋을 대로 생각해—어쩌면 아무것도 생각하지 않는 게 가장 좋겠군. 언젠가 너에게 말했었지? 아무튼 로사는, 자기를 포함한 모든 것을 숫돌에 대고 모조리 갈아야 성이 차는 여자야. 즉 조심해서 다루어야 하는 칼날 같은 여자지. 아무튼 위험인물이야. 그럼 잘 자게!"

"스티어포스! 내일 아침 네가 일어나기 전에 난 떠날 거야. 잘 자!"

스티어포스는 나를 보내고 싶어하지 않았다. 그는 전에 내 방에서 그랬던 것처럼 내 두 어깨에 손을 올려놓고 나를 꼭 잡았다.

"데이지," 그는 미소를 지으며 말했다. "이건 너의 부모님이 지어주신 이름은 아니지만 나는 이 이름으로 너를 부르는 것이 제일 좋아—그래서 말인데, 나에게도 그런 이름을 하나 지어 줄 수 없겠니? 부탁이야!"

"그야 나도 마음만 먹으면 그렇게 할 수 있지—"

"데이지, 만약 피치 못하여 우리가 헤어져야 한다면 최고의 나를 생각해야 해. 자, 약속해! 사정이 있어 헤어지더라도 나의 좋은 점만을 생각하는 거야!"

"스티어포스, 너에게는 가장 좋은 것도, 가장 나쁜 것도 없어. 나는 언제나 너를 한결같이 사랑하고, 소중한 친구라고 생각하고 있어."

막연한 의심이긴 했지만 그를 나쁘게 생각한 것에 대해 나는 양심의 가책을 느끼고, 하마터면 실토할 뻔했다. 아무리 생각해도 아그네스의 믿음을 배신하지 않으면서 이 문제를 언급하는 것은 도저히 불가능했으므로 참았지만, 그러한 위험만 없었다면 스티어포스에게 곧바로 고백했을 것이다. 이윽고 스티어포스가 "데이지, 신의 은총을, 잘 자!"라고 말했으므로, 나는 그와 힘차게 악수를 하고 방에서 나왔다.

다음 날 아침, 나는 먼동이 틀 무렵 조용히 일어나서 옷을 입고 스티어포스의 방을 들여다보았다. 그는 한쪽 팔을 베고서 편안히 누워 곤하게 자고 있었다. 학교 시절에도 그는 가끔 그렇게 잤었다.

스티어포스의 잠든 얼굴을 보면서, '어떻게 그러고도 잠을 방해하는 근심이 없을 수 있을까' 하고 놀랍고도 신기하게 여기는 날이 이윽고 생각보다 빨리 찾아왔지만, 적어도 이때에는 학교에서 가끔 보던 모습 그대로 곤히 잠들어 있었다. 그리고 나는 그 이른 조용한 아침에 그의 곁을 떠났다.

—아, 스티어포스! 너도 불쌍한 사람이다! 이제 두 번 다시 그 부드러운 손을 사랑과 우정을 담아 잡는 일은 없을 것이다! 두 번 다시, 절대로!

30장
바키스의 죽음

야머스에는 그날 저녁에 도착해 곧바로 여관에 들었다. 페거티 집의 빈 방—내 방이라고 남겨둔 방—에는 무시무시한 방문자, 그 앞에서는 모든 생명체가 자리를 양보해야 하는 그 방문자[1]가, 아직 찾아오지는 않았어도 머지않아 머물 것 같았다. 그래서 나는 여관으로 가서 저녁을 먹고 방을 빌렸다.

여관을 나섰을 때는 10시였다. 대부분의 상점은 닫혀 있었으며 거리는 쥐 죽은 듯이 고요했다. 오머 앤드 저램 상점에 가 보았더니 덧문은 닫혀 있었지만, 상점 문은 아직 열려 있었다. 들여다보니 오머 씨가 거실 문 옆에서 파이프 담배를 피우고 있는 것이 보였다. 나는 들어가서 그에게 안부를 물었다.

"야, 이거 웬일이오! 어떻게 지내세요?" 오머 씨가 말했다. "앉으세요—담배 피워도 괜찮지요?"

"괜찮아요. 나도 좋아해요—다른 사람이 피우는 걸 좋아하지요."

"그럼 직접 피우지는 않나요?" 오머 씨는 크게 웃으면서 말했다. "피우지 않는 것이 좋지요. 젊은이에게는 나쁜 버릇이니까요. 앉으세요. 저는 천식이 있어서 피웁니다."

오머 씨는 자리를 만들고 의자를 가져다주었다. 그는 몹시 숨을 헐떡이면서 다시 자리에 앉았다. 그리고 꼭 생명의 묘약이라도 마시는 것처럼, 그것이 없으면 죽기라도 할 것 같이 파이프를 빨았다.

"바키스 씨가 위독하다니, 유감입니다."

오머 씨는 나를 바라보면서 고개를 흔들었다.

"바키스 씨의 병세가 오늘 저녁에는 어떠한지 아십니까?" 내가 물었다.

"도련님, 제가 묻고 싶었던 질문입니다. 미묘한 문제지요. 이것이 우리 업계의

---

[1] 죽음을 말함.

불편한 점입니다. 동료가 아프더라도 증상을 물을 수가 없어요."

나는 그러한 어려움이 있는 줄은 꿈에도 몰랐었다. 상점 안으로 들어설 때 옛날의 그 망치 소리가 들리지나 않을까 걱정했지만, 거기까지는 생각하지 못했다. 그러나 오머 씨의 말을 듣고 보니 이해가 되었으므로 나는 그 정도로 끝냈다.

"제 말을 아시겠지요?" 오머 씨는 고개를 끄덕이며 말했다. "우리는 감히 그렇게 할 수가 없어요. 요컨대 우리가 찾아가서 '오머 앤드 저램 상회에서 왔습니다. 오늘 아침은 상태가 어떻습니까?' 하고—오후나 저녁이나, 언제든 상관없습니다만—물어보기라도 해 보십시오. 누구나 맥이 탁 꺾일 겁니다. 충격이 클 테니까요."

오머 씨와 나는 동시에 고개를 끄덕였다. 그는 파이프 담배로 겨우 숨을 가라앉히고 말했다.

"그래서 병문안하고 싶어도 사업 때문에 못하는 경우가 가끔 있지요. 지금처럼, 저는 바키스 씨를 40년간 알고 지냈지만 가서 병세가 어떠냐고 물을 수는 없어요."

그것은 그에게는 매우 괴로운 일일 것이므로, 그렇게 말해주었다.

"사실 나는 장사에 눈이 먼 사람이 결코 아닙니다. 저를 보세요! 보시다시피 언제 숨이 멎을지 아무도 몰라요. 그러니 이제 와서 그렇게 장사에 열을 낼 필요도 없지요. 그렇고말고요. 여차하면 눈 깜짝할 사이에 마치 풀무가 터지듯 숨을 거둘 사람이에요. 더욱이 손자까지 있는데 말이지요."

"절대 그렇지 않겠지요." 나도 맞장구쳤다.

"딱히 제 본업에 대해 불평하는 건 아닙니다. 암요, 그런 일은 절대 없어요. 모든 장사에는 좋은 면도 있고 나쁜 면도 있으니까요. 그러니 제가 부탁드리고 싶은 것은, 여러분들이 마음을 더욱 크게 먹었으면 하는 겁니다."

오머 씨는 아주 만족스러운 얼굴로 말없이 담배 연기를 몇 번 내뿜고서, 다시 바키스 씨 이야기로 돌아갔다.

"사정이 그러하니 바키스 씨의 병세를 확실히 알기 위해서는 에밀리에게 물어 볼 수밖에 없어요. 그 아이라면 내 진심을 그대로 알아주고, 우리를 무서워하거나 의심하지도 않으니까요. 고작해야 우리를 가련한 어린양쯤으로 생각하고 있지요. 사실은 미니와 저램이 오늘 밤 에밀리에게 바키스 씨의 병세를 확인하기 위해 방금 그 집으로 갔습니다. (에밀리는 이모를 돕기 위해 퇴근 뒤 몇 시간씩 그 집에 있었다.) 그러니까 그들이 돌아올 때까지 기다리면 자세한 것을 알 수 있어요. 무엇을 좀 드시겠습니까? 물에 탄 스럽*²은 어떠세요? 저는 담배를 피우면서 곧잘 이놈을 마시지요." 그러면서 그는 잔을 들었다. "이놈은 기관지에 아주 좋아요. 이놈을 마시면 씩씩거리는 숨통이 확 뚫리지요. 하기야 저는 기관지가 나쁜 게 아니라고 딸 미니에게 언제나 말하고 있지요. '숨 돌릴 틈을 좀 다오. 한숨 돌리면 기관지는 금방 좋아지니까' 하고 말이에요." 오머 씨는 형편없이 쉰 목소리로 말했다.

정말로 숨 돌릴 틈도 없는 것 같았다. 그만큼 그가 웃는 모습은, 보는 사람을 괴롭게 했다. 간신히 이야기를 할 수 있을 정도로 돌아오기를 기다렸다가, 방금 식사를 하고 왔으므로 스럽은 정중하게 예를 갖추어 사양했다. 그리고 바키스 씨의 용태를 알기 위해, 오머 씨의 호의를 받아들여 미니와 저램이 돌아올 때까지 기다리겠다고 했다. 그리고 겸사겸사 에밀리의 안부를 물었다.

"그게 말입니다." 오머 씨는 파이프를 입에서 떼고 턱을 쓰다듬으면서 말했다. "사실대로 말씀드리자면, 저는 어서 결혼식을 올리기를 바라고 있습니다."

"왜 그러십니까?" 내가 물었다.

"지금으로선 그 아이도 안정을 찾지 못하니까요. 미모가 떨어지진 않았어요. 오히려 전보다 더 예뻐졌지요— 그 점은 제가 보증합니다. 일을 못하는 것도 아니에요. 변함없이 열심히 일하고 있으니까요. 애당초 그 아이는 여섯 사람 몫의 일을 했는데, 지금도 여전히 여섯 사람 몫을 하고 있어요. 다만 빈틈없던 부분이 사라졌지요. 아시겠습니까?" 오머 씨는 다시 한 번 턱을 쓰다듬으면서 담배를 한 모금 빨았다. "그러니까 그거예요. '길게 당겨라! 힘껏 당겨라! 한 번 더, 다 같이 힘껏 당겨라!'*³ 하는 그것이, 그 의기가 모자라요."

오머 씨의 얼굴과 태도가 너무나 많은 것을 뜻하고 있어서 그의 뜻을 추측하고 진심으로 고개를 끄덕여주었다. 내가 재빨리 이해하는 것이 그를 즐겁게 했던지, 그는 이야기를 이었다.

"이게 다 에밀리가 마음이 들떠 있기 때문이라고 생각합니다. 그래서 일이 끝난 뒤에 저는 이 문제를 에밀리의 아저씨와도 의논했고 그의 애인과도 여러

_____
*2 럼주, 과즙 따위를 물에 탄 것.
*3 배를 저을 때 노를 당기는 구호.

번 상의했습니다. 그리고 역시 에밀리가 마음이 안정되지 않아서 그렇다고 결론을 내렸지요. 아무튼 에밀리는," 오머 씨는 점잖게 고개를 저으면서 말했다. "사람을 아주 잘 따르는 아가씨예요. 이 점을 잊어서는 안 됩니다. 속담에 이런 말이 있지요. '오이 덩굴에서 가지 열리는 법은 없다'고요. 그런데 잘은 모르지만, 저는 열린다고 생각해요. 일찍부터 시작만 하면 말이에요. 왜냐하면, 그 허름한 배로 된 집을 돌이나 대리석 못지않은 훌륭한 집으로 만든 것은 그 아이의 힘이잖아요?"

"그야 그렇지요."

"그 귀여운 것이 그의 아저씨에게 달라붙는 것을 보면, 그것도 날이 갈수록 더 찰싹 엉겨붙는 모습을 보면, 참 놀랍다니까요. 그런데 생각하기에 따라서는, 거기에 어떤 말 못할 괴로운 사정이 있는 게 아닐까요? 어째서 필요 이상으로 그런 것을 계속하느냔 말입니다."

나는 이 착한 노인의 말을 귀담아 들으며 진심으로 동의했다.

"그래서 저는 그들에게 '에밀리가 기한부로 내게 매여 있다는 생각은 마십시오. 그런 것은 언제든지 끊을 수 있습니다. 에밀리는 생각보다 더 열심히 일해 주었고, 일도 놀라울 만큼 빨리 배웠어요. 그러므로 오머 앤드 저램 상회는 나머지 계약기간을 언제든지 해제할 수 있어요. 원하는 때에 그만둘 수 있고, 나중에라도 에밀리가 다시 일하고 싶어한다면 그때 또 오면 되는 거예요. 싫다면 어쩔 수 없고요. 어쨌든 우리가 손해 볼 것은 없으니까요' 하고 말해주었어요." 오머 씨는 파이프로 나를 건드리면서 말했다. "나같이 숨도 제대로 못 쉬고 손자까지 둔 늙은이가 꽃송이 같은 귀여운 어린 아가씨에게 무리한 것을 요구하며 괴롭힐 턱이 있겠습니까, 안 그래요?"

"물론, 그렇고말고요." 나는 대답했다.

"그렇지요! 아무렴요! 그런데 도련님, 에밀리의 사촌 말입니다―에밀리가 결혼할 상대가 사촌이지요?"

"네, 그래요. 나도 그를 잘 알고 있습니다."

"물론 그러시겠지요." 오머 씨는 계속했다. "그런데, 그 햄이라는 녀석은 부지런하고, 주머니 사정도 좋아요. 저번에도 나에게 인사를 하러 왔는데, 그 말투가 또 어쩌나 사내다운지 감탄이 절로 나오더군요. 아담하고 깔끔한 집까지 마련해놓았습니다. 지금은 마치 인형의 집처럼 가재도구까지 다 갖춰 놓았지요. 바키스 씨의 병만 악화되지 않았어도 지금쯤 부부가 되었을 텐데, 사정이 이러니 미루어졌지요."

"그런데 오머 씨, 에밀리는 전보다 마음이 안정되었나요?"

"지금으로서는," 오머 씨는 또다시 그의 이중턱을 쓰다듬으면서 대답했다. "기대하기 힘들지요. 에밀리는 지금 환경의 변화와 이별이, 언제 닥쳐올지 모르는 어중간한 상태에 있으니까요. 차라리 바키스 씨가 빨리 죽는다면 많이 늦춰질 건 없지만, 이렇게 죽지 않고 질질 끈다면 그녀의 결혼은 언제가 될지 모르죠. 여하튼 이도저도 아닌 모호한 상황입니다."

"그렇군요."

"그래서 에밀리는 약간 낙담해 있거나 약간 흥분한 상태에 있습니다. 이제까지 없던 일이지요. 에밀리는 날이 갈수록 더욱더 아저씨에게 어리광을 부리고, 우리와 헤어지는 것도 더 싫어하는 것 같아요. 제가 친절한 말 한마디라도 건네면 에밀리는 금방 눈물을 쏟아낸답니다. 만약 도런님이, 에밀리가 미니의 어린 딸과 같이 있는 것을 보신다면 그 모습을 결코 잊지 못할 겁니다."

마침 좋은 기회였기에, 딸과 사위가 돌아와 대화를 끊기 전에, 나는 오머 씨에게 마사의 소식을 물었다.

"아!" 그는 고개를 저으며 아주 낙담해서 대답했다. "아주 좋지 않습니다. 들으면 들을수록 슬픈 얘기입니다. 마사에게 잘못이 있었다고는 절대로 생각하지 않습니다. 하기야 제 딸 미니 앞에서는 이 얘기를 하고 싶지 않아요—그 애가 싫어하거든요—그래서 그 얘기를 입 밖에 낸 적은 한 번도 없어요. 아니, 아무도 말하지 않죠."

마침 그때 나보다 먼저 딸의 발소리를 들은 오머 씨는 조심하라는 뜻으로 파이프로 나를 가볍게 누르면서 윙크를 했다. 조금 뒤에 딸과 사위가 들어왔다.

그들의 보고에 의하면, 바키스 씨는 '아주 나쁜 상태'이며 의식이 전혀 없다는 것이다. 돌아오는 길에 칠립 씨가 부엌에서 한 말에 의하면, 내과, 외과, 약대의 모든 교수를 다 동원한다 해도 바키스 씨는 살 가망이 없다고 한다. 약을 써 보았자 죽음만 재촉한다는 것이 칠립 씨의 주장이었다.

이러한 소식을 듣고, 또 페거티 씨까지 그곳에 와 있다는 말을 들은 나는 바로 그곳으로 갈 결심을 했다. 나는 오머 씨와 저램 부부에게 작별인사를 한 다음, 곧바로 그쪽으로 걸음을 옮겼다. 매우 비장한 기분이 들면서, 바키스 씨가 마치 새로운, 전혀 다른 사람처럼 생각되었다.

내가 나지막하게 문을 두드렸더니 페거티 씨가 나왔다. 그는 나를 보고 그다지 놀라지는 않았다. 조금 있다가 내려온 나의 옛날 유모 페거티도 그다지 놀라지 않았다. 죽음과 같은 큰 놀라움 앞에서는 다른 변화나 놀라움은 아무렇지도 않게 보인다는 것을 나는 뒷날 겪게 되었다.

나는 페거티 씨와 악수를 하고 부엌으로 들어갔다. 페거티 씨는 살며시 문을 닫았다. 꼬마 에밀리는 두 손으로 얼굴을 가리고 난로 앞에 앉아 있었다. 햄은 바로 옆에 서 있었다.

우리는 때때로 2층에서 무슨 소리가 들리지나 않는지 귀를 기울이면서 귀엣말로 이야기했다. 지난번에 찾아왔을 때는 아무렇지 않았는데, 지금은 부엌에 바키스 씨의 모습이 보이지 않는 것이 매우 이상하게 생각되었다.

"데이비 도련님, 이렇게 와 주셔서 고맙습니다." 페거티 씨는 말했다.

"정말 친절하세요." 햄이 큰 소리로 말했다.

"애야, 에밀리, 데이비 도련님이 오셨어! 자, 기운을 내려무나! 인사를 드려야지, 데이비 도련님께."

에밀리는 몸을 떨고 있었다. 악수할 때의 얼음장 같은 손의 떨림이 지금도 뚜렷하게 남아 있는 것 같다. 에밀리가 손을 뺄 때에야 겨우 살아 있다고 느꼈을 정도였다. 에밀리는 아저씨 뒤에 숨어서 그의 가슴에 머리를 파묻고는 말없이 몸을 떨었다.

"정말 마음씨가 고운 아이지." 페거티 씨가 크고 억센 손으로 에밀리의 풍성한 머리채를 쓰다듬으면서 말했다. "이런 슬픔을 견딜 수가 없는 모양이에요. 지금 같은 시련은 처음이라 어린 새처럼 겁을 먹고 있어요—당연한 반응이지요."

에밀리는 아저씨에게 더 찰싹 매달렸다. 얼굴을 들지도 않았고 말 한마디 없었다.

"에밀리, 시간이 늦었구나. 여기 너를 데려가기 위해 햄도 와 있으니 같이 돌아가거라. 응? 왜 그러니, 우리 귀여운 에밀리?" 페거티 씨가 말했다.

내게는 에밀리의 목소리가 들리지 않았지만 에밀리는 뭐라고 말했다. 페거티 씨는 고개를 숙이고 에밀리에게 귀를 기울이고 있었다. 이윽고 그는, "아저씨와 같이 있고 싶다고? 애야, 그런 말 하면 못 쓴다. 곧 남편이 될 사람이 널 데려가려고 여기 와 있잖니? 너처럼 귀여운 아가씨가 나 같은 우락부락한 아저씨한테. 사람들이 다 흉본다." 하지만 그것이 싫지는 않은 듯, 우리를 둘러보며 덧붙였다. "아무튼 너의 아저씨 사랑은 바다의 소금보다도 진하다니까!"

"에밀리가 원하고 있고, 또 겁에 질려 벌벌 떨고 있으니까 내일 아침까지 여기 있게 해주십시오. 저도 여기 같이 머물겠습니다!" 햄이 말했다.

"안 돼, 그건 안 돼." 페거티 씨는 말했다. "너 같은 한 집안의 가장—아니, 가장이나 다름없는 사람이 하루 일을 그르치는 건 좋지 않아. 더구나 아픈 사람을 돌보고 일과 생업을 함께 하는 것은 안 돼. 그건 안 되지. 집에 가서 잠이나 자. 에밀리를 소홀히 할까 봐 걱정이 되어서 그런 건가?"

햄은 그와 같은 설득에 집으로 가려고 모자를 집어들었다. 햄이 에밀리에게 마지막으로 키스할 때도—나는 햄이 에밀리에게 가까이 갈 때마다 언제나 그의 본성은 신사라는 것을 느꼈다—에밀리는 미래의 남편을 피하듯이 아저씨에게 더욱 매달리는 것이었다. 나는 햄을 배웅하고, 고요한 분위기를 깨뜨리지 않으려고 조용히 문을 닫았다. 돌아와 보니 페거티 씨가 에밀리에게 무슨 이야기를 하고 있었다.

"자, 나는 이모에게 데이비 도련님이 오셨다는 것을 알리러 2층으로 올라가야겠다. 그럼 이모도 조금은 힘을 낼 거야." 그는 말했다. "그동안 에밀리야, 너는 난롯가에 앉아서 그 차디찬 손이나 녹이고 있어라. 그렇게 두려워하고 걱정할 필요 없다. 뭐라고? 같이 가겠다고? 자! 그럼 같이 가자—" 이번에도 그는 흐뭇하게 말했다. "큰일이에요, 도련님. 정말이지 이러다가는 내가 집에서 쫓겨나 하수구 속에서 자게 되더라도 에밀리는 함께 따라오겠다고 하겠어요. 그러나 언젠가는 누군가—그렇지, 에밀리, 누군가의 아내가 되겠지!"

나도 나중에 2층으로 올라갔다. 문득 컴컴한 내 방 앞을 지나갈 때 보니 안에서 에밀리처럼 보이는 여자가 혼자 바닥에 엎드린 채로 쓰러져 있는 것 같았다. 그것이 정말 에밀리였는지, 아니면 단지 방 안의 그림자였는지, 나는 지금까지도 제대로 알지 못한다.

나는 부엌 난로 앞에서 꼬마 에밀리의 죽음에 대한 공포를 곰곰이 생각해 보았다. 오머 씨가 이야기해준 것도 있었으므로 에밀리의 평소와 다른 행동은 영락없이 그 두려움 때문이라고 생각했다. 페거티가 내려올 때까지 혼자 시계

소리를 들으면서 고요해진 주변 공기에 오싹함을 느끼면서도, 그녀의 심약함에 동정을 느낄 여유는 충분히 있었다. 페거티가 내려와서 나를 두 팔로 안고서 몇 번이나 고맙다고 하면서, 이토록 괴로울 때 내가 찾아와 주니 살 것 같다고 말했다. (이것은 그녀의 말을 그대로 옮긴 것이다.) 그러고 나서 그녀는 2층으로 올라가자고 권했다. 그녀는 바키스 씨가 늘 나를 좋아하여 칭찬했으며 의식을 잃기 전까지도 내 이야기를 했다고 흐느끼면서 말했다. 그가 정신이 돌아온다면, 나를 보고 기운을 차릴 것이며, 그에게 기운을 북돋워줄 수 있는 사람은 지구상에 오직 나뿐이라는 것이었다.

그러나 바키스 씨를 보니 도저히 그럴 가망은 없을 것 같았다. 그는 머리와 어깨를 침대 밖으로 내놓은 채 그에게 평생 수많은 고통과 괴로움을 주었던 그 돈궤짝에 몸을 반쯤 기대고 누워 있었다. 그가 침대에서 기어 내려와 그 궤짝을 열 수 없게 되고 언제나 그가 쓰던 그 지팡이로 궤짝이 무사하다는 것을 확인할 수가 없게 되자, 침대 곁 의자에 그 궤짝을 가져다놓게 하고는 밤낮으로 그것을 부둥켜안고 있는 것이었다. 지금도 한쪽 팔을 궤짝 위에 올리고 있었다. 시간과 온 세상이 그의 손에서 빠져나가고 있는데도 그 궤짝만은 거기에 있었다. 그리고 그가 마지막으로 둘러대듯이 중얼거린 말은, '헌옷!'이었다.

"여보, 바키스!" 페거티는, 그녀의 오빠와 내가 침대 곁에 서 있으니까, 남편에게 몸을 굽혀 기쁜 듯이 말했다. "도련님이 왔어요—우리를 짝지워준 귀여운 데이비 도련님이 말이에요, 바키스! 당신이 곧잘 전언을 부탁한 그분, 아시지요! 당신, 무언가 전할 말은 없어요?"

그는 끌어안고 있는 궤짝처럼 말이 없고 무감각했다. 잠든 그의 표정은 궤짝의 그것과 조금도 다를 바 없었다.

"그는 이번 조수(潮水)와 함께 떠날 거예요." 페거티 씨가 손으로 입을 가리고 나에게 말했다.

내 눈에서 눈물이 흘렀고, 페거티 씨도 마찬가지였다. 그러나 나는 귀엣말로 속삭였다. "조수와 함께라구요?"

"바닷가에 사는 사람들은 썰물 때가 아니면 죽지 않아요. 또 밀물 때가 아니면 아기가 태어나지도 않지요—바키스도 썰물과 함께 숨을 거둘 겁니다. 오늘은 3시 30분에 썰물이 되어 30분 동안 조수가 멈춘 상태에 있습니다. 그러니 만약 그가 썰물이 빠질 때까지 살아 있다면 만조가 지날 때까지 목숨을 지탱

하다가, 다음 썰물이 나갈 때 죽을 겁니다."

우리는 오랫동안—여러 시간 동안 그의 곁을 지켰다. 내가 그곳에 있음으로
해서 의식도 없는 환자에게 어떤 영향을 끼쳤는지를 내 입으로 말할 자신은
없다. 그러나 바키스 씨가 드디어 들릴락 말락 하게 뭐라고 중얼거렸다. 그는
나를 학교에 태워다주었을 때를 이야기하고 있었다.

"정신이 돌아온 모양이에요." 페거티가 말했다.

페거티 씨는 가볍게 나를 찌르며 경건하고도 공손한 투로 속삭였다. "아아,
썰물도 생명도 이제 사라질 거예요."

"여보, 바키스!" 페거티가 소리쳤다.

"C.(클라라) P.(페거티) 바키스." 바키스 씨가 가냘프게 말했다. "당신보다 나은
여자는 어디에도 없었소!"

"자 봐요! 데이비 도련님이 왔어요!" 또다시 페거티가 외쳤다. 그가 눈을 번
쩍 떴기 때문이었다.

나를 알겠어요? 하고 물으려는 순간 그는 느닷없이 팔을 뻗치려고 애를 쓰

면서, 미소를 머금고 나에게 또렷이 말했다.

"바키스가 기다리고 있어요!"

그리고 썰물 때가 되자, 조수와 함께 그는 영원히 가버렸다.

31장
돌이킬 수 없는 상실

　페거티가 간청하기도 했고, 나로서도 아무 지장이 없었으므로, 나는 불쌍한 마부의 유해가 블룬더스톤까지의 마지막 여행을 마칠 때까지 그곳에 남기로 했다. 페거티는 오래전에, 자기가 저축한 돈으로 우리의 옛 교회 공동묘지에 약간의 땅을 사 놓았었다. 페거티가 언제나 '사랑스러운 아씨'라고 부르던 내 어머니의 무덤 근처로, 언젠가는 그들 부부가 잠들 곳이었다.

　언제나 페거티의 이야기를 들어주고 내가 할 수 있는 데까지 그녀를 도왔다는 것(해봤자 별수 없었지만)을 생각하면 아쉬운 것도 없고 기뻤다. 거기에는 내 개인적, 직업적 만족감도 있었다고 생각하는데, 바키스 씨의 유언장을 받아서 그 내용을 설명하는 역할도 모두 내가 했기 때문이었다.

　자랑은 아니지만 궤짝 속에 유언장이 있을 것이니 찾아보라고 말한 사람도 나였다. 한참 뒤진 끝에 유언장이 발견되었는데, 사료주머니 밑에 있었다.

　주머니 안에는 건초 말고도 쇠사슬과 인장이 달린 낡은 금시계가 있었다. 바키스 씨가 결혼식날 차고 있는 것을 보고는 그전에나 뒤에도 결코 본 적이 없는 금시계였다. 그리고 사람 다리처럼 생긴, 살남배를 담뱃대에 재는 은으로 만든 도구가 나왔으며, 잔과 받침 접시가 잔뜩 든 레몬 모양의 모조 완구 세트도 나왔다. 이것은 틀림없이 내가 어렸을 때 나에게 선물하려고 산 것으로, 나한테 주기가 싫어서 자기가 가졌을 것이다. 1기니와 반 기니짜리 금화로 87기니와, 빳빳한 지폐로 210파운드, 영국 은행주의 영수증 몇 장과 낡은 말발굽 하나, 흉하게 생긴 1실링 은화 한 개, 방충제와 굴껍데기 하나도 나왔다. 굴껍데기는 반짝반짝하게 닦여 있었고 안쪽은 다채로운 색으로 빛나고 있었다. 이러한 점으로 보아 바키스 씨는 진주라는 물건에 대해서 막연한 개념밖에 갖지 못하고, 그것이 어떻게 만들어지는가에 대해서는 전혀 몰랐던 것 같다.

　몇십 년 동안, 바키스 씨는 매일같이 이 궤짝을 가지고 다녔다. 게다가 남의 의심을 사지 않기 위해, '이 궤짝은 블랙보이 씨 것으로, 찾으러 올 때까지 바키스가 임시로 맡고 있음'이라고 뚜껑에 정성껏 써 놓았는데, 이 엉터리 글자는 지금은 거의 보이지 않았다.

현금만 해도 3천 파운드 가까이 되었다. 1천 파운드의 이자는 페거티 씨가 평생 받기로 하고, 그가 죽은 뒤에는 원금을 페거티와 꼬마 에밀리, 그리고 나 또는 우리의 후계자가 골고루 나누어 갖도록 유언장에 씌어 있었다. 나머지 모든 재산은 부인인 페거티 앞으로 남김으로써 페거티를 유산 상속자, 그리고 마지막 유서의 유일한 유언장 집행자로 정했다.

나는 할 수 있는 한 모든 격식을 갖추어 이 유언장을 소리내어 읽어 주고 관계된 사람들에게 각 규정을 여러 차례 설명해 주었을 때는 제법 소송대리인이 된 것 같아, 민법박사회도 나쁘지 않다는 생각이 들었다. 유언장을 꼼꼼하게 검토하고, 모든 내용을 빠짐없이 설명하고, 여백에 연필로 두세 군데 표시를 했을 때는, 스스로도 법률을 잘 알고 있어서 새삼스레 놀랐다.

나는 페거티가 받을 재산을 계산하고 온갖 사무를 정리해 주고, 그 밖에도 그녀의 중재인과 조언자 역할을 했다. 이 일은 우리 둘 모두에게 즐거움이었다. 이런 골치 아픈 일들을 처리하며 장례식 전 일주일을 보냈다. 그동안 에밀리를 한 번도 보지 못했으나 두 주일 뒤에는 마침내 결혼식을 올린다고 들었다.

혹시 이런 표현이 가능하다면, 나는 정식으로 장례식에 참여하지 않았다. 즉 검은 상복을 입지 않았으며 리본도 달지 않았다. 그러나 나는 아침 일찍 블룬더스톤까지 걸어가서 페거티와 그녀의 오빠만이 뒤따르는 장례 행렬이 닿기 전에 교회 부속 묘지에 와 있었다.

전의 우리 집에 살고 있는 그 미친 신사는 내 방의 조그마한 창문으로 내다보고 있었다. 칠립 씨의 아기는 유모의 어깨 너머로 커다란 머리를 흔들고 눈알을 또록또록 굴리며 목사를 바라보았다. 오머 씨는 뒤쪽에서 가쁘게 숨을 내쉬고 있었다. 다른 사람은 아무도 없었다. 쥐 죽은 듯이 고요했다.

장례식이 끝나자 우리는 한 시간 동안 교회 묘지를 산책했다. 내 어머니의 무덤 위로 드리워져 있는 나무에서 어린잎을 몇 개 따기도 했다.

그런데 여기까지 쓰고 나자, 나는 갑자기 두려워졌다. 쓸쓸한 옛 마을에는 불안한 구름이 걸려 있었다. 내 발걸음이 저절로 멈춘다. 잊을 수 없는 그날 밤 일어난 꿈도 꾸지 못할 일, 이대로 계속 가면 피할 수 없이 맞닥뜨려야 한다고 생각하자 나는 참을 수 없었다.

그러나 생각해보면, 지금 그것을 글로 쓴다고 해서 상황이 더 나빠지는 것도 아니고, 머뭇적거리는 펜을 내려놓는다고 해서 더 좋아지는 것도 아니다. 지난 일은 지난 일이다. 어차피 돌이킬 수 없으며, 벌어진 일은 이제 와서 어쩔 수 없다.

아무튼 나의 옛날 유모는 유언 문제 때문에 다음 날 나와 같이 런던으로 출발하기로 되어 있었다. 그리고 에밀리는 오늘 오머 씨 집에 가 있으니까, 오늘 밤은 다 같이 그 낡은 뱃집에서 만나기로 했다. 에밀리는 평소와 같은 시간에 햄이 가서 데리고 올 것이다. 나는 어슬렁어슬렁 걸어서 갈 것이고 페거티 남매는 왔을 때와 마찬가지로 마차로 돌아가서, 저녁 무렵에 난롯가에서 우리를 기다리기로 했다. 그것이 그날의 대체적인 예정이었다.

나는, 옛날 로데릭 랜덤의 배낭을 짊어진 종복 스트랩이 걸음을 멈추고 한숨 돌리는 광경을 떠올렸던 그 쪽문 앞에서 페거티 남매와 헤어진 뒤, 곧바로 돌아가지 않고 로우스토프트 거리로 조금 걸었다. 거기서 방향을 돌려 다시 야머스로 향했다. 그런데 전에도 한 번 말했던 그 나루터에서 2마일 정도 떨어진 곳에 아담한 술집이 보이기에 들어가서 식사를 했다. 이러는 동안 날은 저물었다. 야머스에 닿았을 때는 저녁이었다. 때마침 비가 세차게 내려서 힘든 밤이었으나 구름 속에 달이 숨어 있어 그래도 그렇게 어둡지는 않았다.

머지않아 페거티 씨의 집이 보였다. 따뜻한 불빛이 창문 밖으로 새나오고 있었다. 발이 묻힐 정도로 빠지는 모래를 밟고서 허덕이며 걸어 그 집 문 앞에 닿았다. 나는 곧바로 안으로 들어갔다.

집 안은 아주 아늑하게 보였다. 페거티 씨는 막 저녁을 먹으려 하고 있었다. 난롯불이 불꽃춤을 추며 타오르고, 재는 말끔히 치워져 있었다. 에밀리가 앉았던 조그마한 찬장도 옛날 그 자리에 놓여 있었다. 페거티도 지금까지 아무런 일도 없었던 것처럼 옛날 그대로 똑같은 자리에(옷도 똑같았다) 앉아 있었다. 그녀는 옛날에 쓰던 뚜껑에 세인트폴 교회 그림이 그려진 반짇고리와 오두막처럼 생긴 용기에 든 줄자와 그리고 옛날의 양초 조각을 꺼내 들고 있었으므로, 보이는 것 모두가 옛날 그대로였다. 거미지 부인도 약간 화가 난 표정으로 옛날 그 구석자리에 아주 자연스럽게 앉아 있었다.

"데이비 도련님께서 제일 앞에 섰지요." 페거티 씨가 행복한 얼굴로 말했다.

"외투를 벗으세요, 젖은 것 같은데."

"페거티 씨, 감사합니다. 지금은 거의 다 말랐어요." 나는 외투를 벗어서 그에게 주면서 말했다.

"그렇군요. 아주 잘 말랐네요. 새삼스럽게 와주셔서 고맙다는 말을 할 필요는 없겠습니다만, 아무튼 도련님을 진심으로 환영해요. 자, 앉으세요." 페거티 씨는 내 어깨에 손을 올리며 말했다.

"감사합니다, 페거티 씨. 정말 감사해요. 그런데 페거티," 나는 그녀에게 키스하며 말했다. "이제는 괜찮아요?"

"하, 하!" 우리와 같이 자리에 앉은 페거티 씨가 이제 다 모여서 안심이 되는 것처럼, 두 손을 비비며 기분 좋게 말했다. "도련님, 누이에게도 말하지만, 이 세상에서 제 누이동생보다 태평스러운 여자는 없어요. 제 동생은 죽은 남편에게 아내로서 의무를 다했으니까요. 이건 죽은 남편도 알고 있지요. 또한 바키스도 제 동생에게 남편으로서의 할 일을 기꺼이 다했습니다—이만하면—된 거지요!"

거미지 부인이 신음하듯이 몇 마디 중얼거렸다.

"기운 내세요, 우리의 어머니!" 페거티 씨가 말을 이었다(요즈음 사태로 인해 자연히 거미지 부인이 죽은 남편을 떠올린다는 것을 페거티 씨는 잘 알았지만, 차마 말을 못하고 우리를 향해 고개를 저어 보였다). "기력을 잃어서는 안 돼요! 조금만 기운을 내세요. 그러면 더 좋은 일들이 저절로 생길 거예요!"

"내게는 좋은 일이 생기지 않아요." 거미지 부인이 대답했다. "기댈 곳 없이 나 혼자 외롭게 살아가는 것이 내 운명이니까."

"그렇지 않아요, 절대로." 페거티 씨는 그녀의 슬픔을 위로하며 말했다.

"아니에요, 그래요. 나는 유산을 이어받는 사람과 한집에 살 자격이 없어요. 하는 일마다 모조리 꼬이고 뒤엉키기만 하는걸요. 차라리 죽는 게 나아요."

"그놈의 유산 타령, 어째서 내가 당신만 쏙 빼놓고 그 돈을 쓸 거라고 생각하는 거요?" 어지간한 페거티 씨도 진심으로 화가 난 것 같았다. "도대체 무슨 말을 그렇게 합니까? 앞으로는 당신이 지금보다 더 애를 써 줘야 하는데."

"다 알고 있어요. 애당초 나 같은 사람한테는 아무 볼일도 없다는 것을!" 숨이 끊어질 듯이 울면서 말했다. "게다가 지금 분명히 말했잖아요! 나 같은 사람한테 무슨 쓸모가 있겠어요—기댈 곳 하나 없이 외롭고, 하는 일마다 어긋나기만 하는데!"

이렇게 큰 오해를 살 만한 말을 했다는 것에 대해서 페거티 씨는 매우 놀랐다. 그러나 이내 페거티가 소매를 잡아끌며 고개를 가로저었으므로, 이제 와서 대답할 수도 없었다. 어찌할 바를 모르고 거미지 부인을 바라보고 있다가, 네덜란드 시계를 흘깃 보고는 벌떡 일어나서 양초에 불을 붙여 창가에 올려두었다.

"이거 봐요!" 페거티 씨는 명랑하게 말했다. 그러나 거미지 부인은 작게 신음할 뿐이었다. "역시 평소처럼 여기에 이렇게 불을 켜 두어야지요! 아, 무엇 때문인지 데이비 도련님은 아직 모르시죠? 바로 에밀리를 위해서예요. 해가 지면 길이 아주 캄캄하니까요. 에밀리가 돌아올 시간에 내가 집에 있으면 반드시 이 창가에 촛불을 켜 둔답니다." 그는 매우 기뻐서 내 위로 몸을 기울이며 말했다. "여기에는 두 가지 뜻이 있어요. 먼저 에밀리가, '아아, 저기가 집이야' 하고 알 수 있지요. 그리고 곧이어 이렇게도 생각할 거예요. '아, 아저씨도 집에 계시는구나!' 하고요. 내가 없으면 촛불을 켜놓지 않으니까요."

"오라버니도 아직 어린애라니까요!" 페거티가 말했다. 그러나 말은 그렇게 해도 오빠의 마음씀씀이가 말할 수 없이 기뻤다.

"그럴지도 모르지. 겉으로 보기에는 전혀 아니지만 말이야." 페거티 씨는 두 다리를 크게 벌리고 서서 두 손으로 쓰다듬으면서 말했다. 그리고 매우 만족스러운 표정으로 나와 난로를 번갈아 바라보았다.

"그야 그렇죠." 페거티가 말했다.

"암, 그리고말고." 페거티 씨는 큰 소리로 웃었다. "보기에는 그렇지 않아도 생각해보면 그렇다니까요. 아무래도 상관없지만! 그런데 나는 우리 꼬마 에밀리의 집을 여기저기 보고 있으면─뭐랄까, 이 이상은 말할 수 없지만─" 갑자기 이상하게 열을 내며 말했다. "아무리 하찮은 것도 전부 에밀리처럼 보여서 큰일이에요. 손으로 잡아보고, 내려놔 보고, 만져보는 것 하나하나가 다 에밀리처럼 생각되어 함부로 할 수가 없지요. 모자 하나도 그래요. 거칠게 다뤄지는 것을 보기만 해도 참을 수가 없으니 말 다 했지요. 그러니 다른 사람 눈에는 역시 어린애로 보일 테죠, 마치 가시복처럼 생긴!" 그는 큰 소리로 웃음을 터뜨렸다.

페거티와 나도 웃었다. 그러나 속으로는 웃을 수 없었다.

그는 여전히 두 다리를 문질러대면서 자못 기쁜 듯이 말했다. "생각해 봤는데, 역시 이건 내가 옛날부터 그 아이와 곧잘 어울려 놀았기 때문이에요. 터키 사람이 되었다가, 프랑스 사람이 되었다가, 상어가 되었다가, 아무튼 온갖 것을 흉내냈어요—그렇지, 사자가 되기도 하고, 고래도 되었지요. 안 해 본 게 없어요! 그때에는 그 아이도 내 무릎 높이밖에 안 되었는데. 아무튼 정말 잘 놀았지요. 옳거니, 이 촛불 말입니다만!" 그는 기쁜 듯이 촛불 쪽으로 손을 내밀었다. "나는 그 아이가 시집을 가도 지금처럼 여기에 이렇게 촛불을 놔 둘 생각이에요. 밤에 집에 있을 동안에는—여기에 있다는 걸 잘 알 수 있듯이! 아무리 돈이 들어도—그 아이가 있든 없든, 누가 어디에 있더라도 역시 이 촛불만은 창가에 둘 거예요. 이대로, 지금과 똑같이, 이렇게 켜 두고 난로 앞에 앉아 있을 생각이에요. 언제나 기다리고 있겠다는 뜻이지요. 이런, 이런, 또다시 가시복 같은 어린애가 되었군!" 그는 또다시 크게 웃었다. "지금도 이렇게 촛불을 보고 있으면 무심코 혼잣말이 튀어나와요, '지금도 에밀리가 보고 있다. 이제 금방 올 것이다!' 하고 말이에요. 정말 어린애라니까요! 하지만 그래도 좋아요. 왜냐하면, 봐요! 저기 오잖아요!" 그는 갑자기 웃음을 거두고 손뼉을 쳤다.

그러나 들어온 사람은 햄 혼자였다. 밖에는 내가 왔을 때보다 비가 더욱 세차게 내리고 있었다. 햄은 큰 방수용 모자를 어깨까지 내려오도록 쓰고 있었다.

"에밀리는 어디 있어?" 페거티 씨가 물었다.

에밀리는 밖에 있다는 듯이 햄이 고개를 움직였다. 페거티 씨는 창가에서 촛불을 집어 심지를 자르고 나서 탁상 위에 놓았다. 그러고는 난롯불을 열심히 휘저었다. 그때 꼼짝도 않고 서 있던 햄이 느닷없이 나에게 말했다.

"데이비 도련님, 잠깐 밖으로 나가서 에밀리와 제가 가져온 것을 구경해주세요. 직접 보여드리려고 가져왔어요."

우리는 밖으로 나갔다. 그런데 나가면서 보니, 그의 얼굴이 죽은 사람처럼 창백했다. 나는 놀라기도 했고 두렵기도 했다. 햄은 나를 서둘러 밖으로 밀어내고는 문을 쾅 닫아버렸다.

"햄! 무슨 일이야?"

"데이비 도련님—!" 아, 이것은 또 무슨 일이란 말인가! 그는 숨이 넘어갈 듯이 울음을 터뜨렸다!

너무도 슬피 우는 모습을 보고 나는 어안이 벙벙해서 어쩔 줄을 몰랐다. 무엇을 생각하고, 무엇을 두려워했는지, 아무튼 나는 그저 멍하니 그를 바라보고만 있었다.

"햄! 이 착한 사람아! 제발 어떻게 되었는지 이야기해 봐!"

"데이비 도련님—내 마음의 자랑이요 희망이었던 에밀리가—그녀를 위해서라면 죽을 수도 있고 또 지금도 그 마음에는 변함이 없는데—그 에밀리가 사라졌습니다!"

"사라졌다고?"

"에밀리가 달아났어요! 아, 데이비 도련님, 나는 너그럽고 인자한 하느님께 그녀를 죽여 주십사고 빌고 싶은 심정입니다(이 세상 무엇보다도 더 소중한 그녀를 죽여 달라구요). 정조를 빼앗기고 치욕을 당하느니 차라리 죽여 달라구요!"

폭풍우 치는 하늘을 쳐다보는 그의 얼굴, 부들부들 떨고 있는 움켜쥔 두 손, 어둠 속에서도 알 수 있는 고통에 찬 모습, 그것이 황량한 모래톱 풍경과 하나가 되어, 아직도 내 뇌리에 또렷하게 박혀 있다. 무대는 언제나 밤이었고, 주인공은 그 한 사람이었다.

"도련님은 배우신 분이니까 어떻게 해야 좋을지 아실 겁니다. 집에 들어가서 무슨 말을 해야 하지요? 데이비 도련님, 제가 아저씨에게 어떻게 이 사실을 말씀드려야 합니까?" 햄은 안달하며 말했다.

나는 그때 문이 움직이는 것을 보고 본능적으로 바깥 빗장을 잡으려 했으나 한발 늦었다. 페거티 씨가 고개를 내밀었다. 그는 우리를 본 순간 얼굴빛이 변했다. 그 표정은 우리가 설령 오백 살까지 산다고 해도 결코 잊을 수 없을 만큼 격렬한 변화였다.

우리는 집 안으로 들어가 말할 수 없는 비탄에 잠겼다. 여자들은 울부짖으며 햄에게 매달렸다. 나는 햄이 준 편지를 들고 우두커니 서 있었다. 페거티 씨는 조끼를 잡아 뜯었다. 머리카락이 흐트러지고, 얼굴과 입술은 창백해졌다. 가슴에는 피가 묻어 있었다(아마도 입에서 나온 것 같았다). 그는 그런 상태로 나를 가만히 바라보고 있었다. 나는 그 광경을 지금도 잊을 수 없다.

"읽어 주세요. 천천히요. 제가 이해할 수 있을는지 모르겠어요."

죽음처럼 고요해진 가운데, 나는 젖은 편지를 읽어나갔다.

"'제가 천진난만했을 때부터 저를 한없이 사랑해주셨던 당신이 이 편지를 보실 때는 저는 이미 멀리 가고 없을 겁니다.'"

"멀리 가고 없다고?" 페거티 씨가 말했다. "잠깐만 기다려요. 멀리! 에밀리가 멀리 가고 없다고! 그리고?"

"'내일 아침—정든 저의 집—아, 저의 소중한 집을 떠난 뒤에는—'"

편지에는 전날 밤 날짜가 씌어 있었다.

"'그 사람이 나를 귀부인으로 만들어 데려오지 않으면, 나는 다시는 돌아오지 않을 것입니다. 나 대신 이 편지를 받아보시는 것은 아마 내일 밤이 되겠지요. 아, 지금 내 가슴이 찢어지게 아프다는 것을 알아주신다면! 당신에게는 정말 미안해요. 크나큰 잘못을 저질렀으므로 용서를 바랄 수는 없지만, 내가 정말 괴로워한다는 것만은 알아주세요! 나는 나쁜년이라서 내 이야기는 쓸 수가 없습니다. 아, 나를 아주 나쁜년이라고 생각하시고 마음만이라도 달랠 수 있기를. 그리고 아저씨에게 말씀해 주세요. 지금처럼 아저씨를 사랑한 적은 없다는 것을. 부탁드려요. 여러분이 저를 얼마나 귀여워해주셨고 사랑했던가를, 이젠 잊어 주세요—우리가 결혼하기로 했던 것도 없던 일로 해주세요. 어렸을 때 죽어서 어디엔가 묻혀 있다고 생각하세요. 아, 하느님, 나는 멀리 사라집니다. 제발 저의 아저씨를 불쌍히 여기소서! 그리고 내가 지금만큼 아저씨를 사랑하고 걱정했던 때는 이제껏 한 번도 없었다는 것을 부디 전해 주세요. 부디 아저씨를 위로해 주세요. 그리고 당신은 더 훌륭한 아가씨와—아저씨에게는 내 빈자리를 채워줄 수 있고, 절대 당신을 배신하지 않을 훌륭한 여자와 사랑을 하세요. 내게 당한 이런 지독한 일을 두 번 다시 당하지 않도록. 하느님! 여러분들께 축복을 내리소서! 저는 앞으로도 여러분의 행복을 위해 매일 무릎을 꿇고 기도드리겠습니다. 만약 제가 귀부인이 되어 돌아오지 못하고, 또 저 자신을 위한 기도는 잊는다 해도, 여러분을 위한 기도는 결코 잊지 않을 것입니다. 아저씨, 건강하세요. 저의 마지막 눈물과 마지막 감사를 아저씨께 드립니다! 그럼.'"

편지는 이것이 전부였다.

내가 편지를 다 읽은 뒤에도 페거티 씨는 여전히 나를 바라보며 멍하니 서 있었다. 나는 그의 손을 잡고, 정신을 차리고 힘을 내라고 말했다. 그러나 그는 꼼짝도 않고, "감사합니다. 도련님, 감사해요!"라고만 했다.

햄이 그에게 말을 걸었다. 페거티 씨는 햄의 괴로운 마음을 잘 알고 있었으므로 그의 손을 꼭 쥐었지만 여전히 멍하니 서 있었다. 그래서 어느 누구도 그에게 말을 걸지 않았다.

이윽고 그는 내 얼굴에서 천천히 눈길을 돌려, 방 안을 둘러보더니 나지막하게 말했다.

"그가 누구지? 이름을 말해."

그 순간 햄이 나를 바라보았다. 나는 깜짝 놀라 무심코 뒷걸음질쳤다.

"의심이 가는 자가 있기는 한데," 페거티 씨가 말했다. "그가 누구지?"

"데이비 도련님!" 햄이 애원하듯 내게 말했다. "잠시만 나가 주세요. 하고 싶은 말은 역시 해야겠습니다. 도련님이 들으시면 안 돼요."

나는 다시금 놀랐다. 쓰러지듯이 의자에 주저앉아 무슨 말을 하려 했으나 혀가 움직이지 않고 목소리가 나오지 않았다. 눈앞이 흐릿해졌다.

"그자의 이름을 말해!"

"지난 얼마 동안," 햄은 더듬거리며 말했다. "이곳에 어떤 하인이 와 있었습니다. 그리고 젊은 신사 한 분도 와 있었지요."

페거티 씨는 여전히 우두커니 서서 햄을 바라보았다.

"어젯밤에도 그 하인이, 같이 있는 것을 보았어요—우리 가련한 에밀리와 함께. 그 하인은 최근 일주일 가까이 이곳에 숨어 있었어요. 다들 그 하인이 가 버렸다고 생각했는데 사실은 숨어 있었던 거예요. 데이비 도련님, 제발 자리를 비켜주세요, 제발요!"

페거티 씨의 한쪽 팔이 내 목을 감는 것이 느껴졌다. 그러나 물론 나는 움직이지 않았다. 이 집이 내 위로 무너져 내린다 해도 나는 움직이지 않았을 것이다.

"오늘 동이 트기 전에 낯선 사륜마차가 동구밖 노리치 도로상에 있었어요. 하인은 마차 있는 데로 갔다가 되돌아오더니 다시 그곳으로 갔어요. 그리고 에밀리도 틀림없이 그때 같이 있었어요, 게다가 마차 안에도 누군가가 있었고요. 바로 그자예요."

"제발, 그만." 페거티 씨는 두려움을 쫓아내려는 것처럼 한 손을 휘저으며 뒤로 주춤했다. "햄, 설마 그자의 이름이 스티어포스라고는 하지 않겠지!"

"데이비 도련님." 햄이 괴로운 듯이 말했다. "도련님의 잘못은 아니에요—저는 도련님을 탓하지 않아요—그러나 그자의 이름은 스티어포스예요. 그자는 악질입니다!”

페거티 씨는 소리도 내지 못했다. 눈물도 흘리지 않았다. 미동도 하지 않았다. 이윽고 마치 꿈에서 깨어나듯이 정신을 차리더니 갑자기 방구석 못에 걸려 있는 외투를 집어들었다.

“자, 좀 도와줘! 정신이 없어서 팔이 들어가질 않네.” 그는 초조하게 말했다. “자, 나를 거들어서 이 옷 좀 입혀 줘!”

햄이 어디에 가느냐고 물었다.

“에밀리를 찾으러 가는 거야. 먼저 그놈의 배에 구멍을 뚫어서 가라앉혀 버려야겠어. 진작 그놈의 시커먼 속을 알았더라면 놈도 같이 배에 처넣고 수장시켰을 텐데!” 그는 주먹을 거칠게 내지르며 말했다. “내 눈앞에 나타나기만 해봐, 절대 가만 두지 않겠어! 아무튼 에밀리를 찾아오겠어!”

“어디로 가세요?” 햄이 문을 막아서며 소리쳤다.

“어디라도! 온 세상을 뒤져서라도 조카딸을 찾아올 거야! 욕을 당하고 있는 불쌍한 조카딸을 찾아서 데려와야 해! 말리지 마! 에밀리를 찾아오겠다고 하잖아!”

“안 돼, 안 돼!” 거미지 부인이 갑자기 울음을 터뜨리며 두 사람 사이에 끼어들었다. “안 돼요. 지금 그 상태로는 안 돼. 한숨 돌렸다가 가요. 그래도 충분해요! 이대로는 안 돼요. 거기 앉아요. 내가 지금까지 당신에게 걱정 끼친 것 모두 용서하고 가요. 생각해 보면 내 불행은 어느 것 하나 조금도 대수롭지 않으니까요! 그리고 옛날 이야기도 좀 하구요. 에밀리와 햄이 아직 어린 고아였고, 내가 불쌍한 과부였을 때, 당신이 데려다 키워주고 먹여 살렸던 시절 이야기를 해보자구. 그러면 당신 마음도 조금은 누그러질 거예요.” 거미지 부인은 페거티 씨에게 조용히 머리를 기대며 말했다. “그리고 슬픔을 참기도 더 쉬울 거예요. 이런 말을 알고 있지요. ‘너희가 여기 내 형제 가운데 매우 작은 자 하나에게 한 것이 곧 내게 한 것이니라.’[1] 이 말은 여러 해 동안 우리의 안식처가 되어 왔던 이 지붕 밑에서는 절대로 변하지 않아요!”

이제는 페거티 씨도 그냥 듣기만 했다. 그가 흐느껴 우는 소리를 듣자, 나도

---

[1] 〈마태복음〉 25 : 40.

아까부터, 모두 앞에 무릎을 꿇고서 나 때문에 일어난 불행에 대해 용서를 빌고 스티어포스를 저주하고 싶던 충동도 겨우 누그러졌다. 답답한 내 심정이 조금 가라앉자 어느 틈에 나도 소리내어 울고 있었다.

32장
긴 여행의 시작

　나한테 자연스러운 감정은 다른 사람들에게도 자연스러운 감정이라고 믿으므로 서슴지 않고 적는 바이지만, 나와 스티어포스를 이어주던 우정의 끈이 끊어진 그때만큼 내가 그를 좋아했던 적은 없었다. 그의 배덕을 알고 슬퍼하면서도 나는 그의 눈부신 재능을 생각했다. 그에게 온갖 우정을 쏟던 때보다도, 지금 그가 지닌 모든 장점에 더욱더 깊게 마음이 끌렸고, 그를 고귀한 성품의 훌륭한 인물이 되게 할 수도 있었던 그의 소질에 대해서도 그 진가를 전보다 더욱 정당하게 인정했던 것이다. 그가 성실하고 정직한 한 가정을 욕되게 한 데 대해서는 나 자신에게도 책임이 있다고 절실히 느끼기는 했지만, 그와 직접 맞대면 꾸짖는 말은 한 마디도 하지 못했을 것이다. 더 이상 그의 매력에 사로잡히는 일은 없고—그에 대한 친애의 정은 여전히 굳게 남아 있었으며, 그에게서 받은 온갖 친절은 그립기 그지없었다—다시 예전의 우정을 되찾으려는 뜻은 버렸지만, 다른 점에서는, 마음에 큰 상처를 입은 어린아이처럼 참으로 공허했다.

　그러나 우리의 우정을 되찾을 수 있다는 생각만은 절대 하지 않았다. 스티어포스도 그렇게 생각했을 것이다. 나는 우리 두 사람 사이가 이것으로 모두 끝났다고 분명하게 느꼈다. 이후로 그가 나를 어떻게 생각했는지에 대해서는 끝내 알 수 없었지만, 아마도 대수롭지 않게 여기며 이내 잊었을 것이라고 생각한다. 그러나 그에 대한 나의 추억은 유명을 달리한 그리운 벗에 대한 추억과 조금도 다르지 않았다.

　그렇다. 이제 이 이야기에서 멀리 사라져버린 스티어포스! 내 슬픔은 최후의 심판장에서 불리한 증언을 할지도 모른다. 그렇지만, 그것이 자네에 대한 내 분노나 비난하는 감정에서 그렇게 하는 것이 아니라는 것만큼은 이 자리를 빌려 분명히 밝혀두는 바이다!

사건에 관한 소식은 곧 마을에 퍼졌다. 다음 날 아침, 거리를 지나갈 때 사람들이 문간에 서서 그 이야기를 하는 것이 분명하게 들려올 정도였다.

대부분의 사람들은 에밀리가 나쁘다고 했고, 드물게 스티어포스를 욕하는 사람도 있었지만, 페거티 씨와 햄에 대해서는 단 한 가지 생각만을 갖고 있었다. 모든 사람이 한결같이 두 사람에게 동정을 나타냈으며, 그것은 친절과 세심한 배려로 가득 차 있었다.

내가 그 두 사람을 만난 것은 바닷가를 걷고 있을 때였다. 날이 완전히 밝은 뒤 나는 페거티 씨 집에서 나왔는데, 페거티의 말에 의하면 그때까지도 두 사람은 한숨도 자지 않았다고 했다. 그러나 그 말을 듣지 않아도 한눈에 그것을 알 수 있었다. 그만큼 그들은 초췌한 모습이었다. 페거티 씨의 머리는 하룻밤 사이에, 지난 오랜 세월 동안 한 번도 본 적 없을 정도로 기력을 잃고 푹 수그러져 있었다. 두 사람 모두 그 아침 바다처럼 몹시 침울해 보였다. 암담한 하늘 아래 펼쳐진 파도 한 점 없는 바다에는—그러나 그것은 잠든 이의 숨결처럼 크고 높게 너울을 만들고 있었다—아직 솟아오르지 않는 태양으로부터 한 줄기 은빛 햇살이 쏟아져나와 수평선 위를 물들이고 있었다.

우리 세 사람은 말없이 걸었다. 한참 뒤에 페거티 씨가 내게 말했다. "앞으로 어떻게 해야 좋을지에 대해 많은 이야기를 나누었고, 대체적인 방향도 잡았습니다."

나는 문득 햄을 바라보았다. 그는 멀리 바다 위에 비치는 햇살을 바라보고 있었다. 그 순간 어떤 무서운 생각이 떠올랐다. 그의 얼굴이 분노에 차 있었기 때문이 아니다. 반대로 그의 얼굴에는 단호한 결의가 나타나 있었다. 당장에라도 스티어포스를 만나면 가차없이 그를 죽여 버리고 말겠다는 결사적인 표정이었다.

"여기서 제가 할 일은 다 끝났습니다. 이제부터는 저의—" 페거티 씨는 말을 끊었다가 단호한 목소리로 다시 이었다. "에밀리를 찾으러 가겠습니다. 그것만이 제가 해야 할 일입니다."

어디로 찾으러 갈 생각이냐고 내가 물었지만, 그는 고개를 저으면서 대답을 피하고, 내일 런던으로 돌아갈 것이냐고 내게 물었다. 실은 오늘 떠날 생각이었으나 당신에게 도움이 되고 싶어서 늦추었으므로, 당신만 좋다면 언제든지 떠나겠다고 대답했다.

"그럼 저도, 도련님만 좋으시다면 내일 같이 가겠습니다."

우리는 다시 묵묵히 걸음을 옮겼다.

"햄은," 페거티 씨가 다시 말을 이었다. "지금 하고 있는 일을 계속할 것입니다. 누이동생 집에서 같이 살기로 했어요. 저기 저 낡은 배는—"

"저 낡은 배는 버리려고요, 페거티 씨?" 나는 조용히 물었다.

"그래요. 앞으로 제 근거지는 여기가 아니니까요. 바다 위가 캄캄해졌을 때 배가 한 척 가라앉았다는 소식을 들으시면, 그게 이 배구나 하고 생각하세요. 하지만 이건 농담이고, 데이비 도련님. 저는 저 배를 버릴 생각은 없습니다. 오히려—"

우리는 또 조금 전처럼 잠깐 걸었다. 이윽고 그가 나직이 설명했다.

"제 소원은, 여름에도 겨울에도, 낮에도 밤에도, 그 애가 저 배를 처음 보았던 그 모습 그대로 남겨두는 것이랍니다. 그 애가 돌아왔을 때 옛날 정들여 살던 곳에서 쫓겨난 것처럼 느끼게 하고 싶지는 않습니다. 유령 같을지 몰라도, 이끌리듯이 비바람을 뚫고 찾아와 창문을 통해 난로 곁에 있는 자리를 들여다보고 싶도록 하고 싶습니다. 어차피 남아 있는 사람은 거미지 부인밖에 없을 테니, 그럼 에밀리도 부들부들 떨면서도 들어가 볼 용기가 날 겁니다. 그리고 그리운 정든 침대에서 재우는 거예요. 옛날의 즐거운 기억이 가득 담긴 베개에 지친 머리를 누이고 쉴 수 있겠죠."

나는 그의 말에 대답을 하려 했으나 목소리가 나오지 않았다.

"그러니까 밤마다," 페거티 씨는 말했다. "매일 그 유리창 앞에 촛불을 밝혀 두어야 해요. 에밀리가 돌아와서 그것을 보고, '얘야 어서 오너라!'라고 말하는 것처럼 느낄 수 있도록 말입니다. 그렇지, 햄. 어두워진 뒤 누가 고모네 문을 두드리는 소리가 들려도—어차피 콩콩 하는 작은 소리일 게 뻔해—너는 나가면 안 된다. 비참한 몰골을 한 에밀리를 맞이하려면—너는 안 된다—역시 고모가 나가야 해."

그는 이렇게 말하면서 우리보다 약간 앞서서 걸었다. 그대로 얼마 동안을 걸어갔다. 그 사이에 나는 또다시 햄을 돌아보았다. 그의 얼굴 표정은 여전했다. 눈은 먼 수평선을 향하고 있었다. 나는 그의 팔을 잡았다.

잠들어 있는 사람을 깨우는 투로 그의 이름을 두 번 불렀더니 그제야 그는 겨우 내가 자기를 부르고 있다는 것을 깨달았다.

내가 무얼 그리 골똘하게 생각하고 있느냐고 물었더니 그는, "제 앞에 있는 것이죠, 데이비 도련님. 그리고 그보다 더 멀리 있는 것하고요"라고 대답했다.

"앞으로의 생활 말이오?" 그가 멍하니 수평선을 가리키고 있었으므로 그렇게 물어보았다.

"어찌된 일인지 잘은 모르겠습니다만, 저 멀리서 최후라고 하는 것이 제게로 다가오고 있는 것만 같습니다." 그는 지금 막 잠에서 깨어난 것 같은 눈으로 나를 바라보았다. 표정만은 여전히 확고했다.

"어떤 최후 말이오?"

나는 두려움에 사로잡힌 채 물어보았다.

"글쎄요, 저도 잘 몰라요." 그는 천천히 생각하면서 대답했다. "모든 것이 여기서 시작되었으니까—그 끝장도 여기서 올 것이라고 생각하는 것이겠지요. 그렇지만 이젠 다 틀렸습니다! 데이비 도련님." 그리고 내 눈길에 답하는 것이었으리라. "제 걱정을 하실 필요는 없습니다. 그렇지만 실은 저도 갈피를 잡지 못하겠습니다. 어쩐지 멍하기만 해요." 말인즉슨, 머리가 어떻게 되어서 뭐가 뭔지 전혀 모르겠다는 것이었다.

페거티 씨가 우리와 함께 가려고 걸음을 멈추고 기다리고 있었다. 그래서 우리는 걸음을 재촉하여 그와 합쳤다. 다시 아무도 말을 하지 않았다.

그러나 이날의 산책은, 앞서 내가 말했던 불안과 결합하여 그 예정된 참혹한 결말이 와야 할 때에 어김없이 찾아왔을 때까지 수시로 나를 괴롭혔다.

어느새 우리는 그 낡은 뱃집 앞에 닿아 안으로 들어갔다.

거미지 부인도 이제는 늘 멍하게 앉아 있던 구석에서 자리를 털고 일어나 아침 식사를 준비하기에 바빴다. 거미지 부인은 페거티 씨의 모자를 받기도 하고 의자를 내주기도 하며 아주 상냥하게 말했다. 이제껏 한 번도 본 적 없는 모습이었다.

"당신은 먹고 마시고 해서 기운을 내야 해요. 그렇지 않으면 아무 일도 못해요. 그래야 대장부이지요! 그리고 내 잔소리가 언짢으면 그렇다고 말해요. 조용히 할 테니까요."

우리의 식사 시중을 들고 난 다음 그녀는 창가로 물러가서 페거티 씨의 셔츠며 옷가지를 꿰매고는 곱게 접어서 뱃사람들이 가지고 다니는 낡은 방수가방에 넣었다. 그러는 동안에도 그녀는 여전히 조용한 태도로 혼잣말하듯이 말했다.

"난 사시사철 언제나 여기서 모든 일을 당신 마음에 들도록 보살피겠어요. 배운 것은 없지만 당신이 멀리 떠나 있는 동안 때때로 당신에게 편지도 쓰겠어요. 데이비 도련님한테도요. 당신도 가끔은 내게 편지를 주겠지요? 외롭고 쓸쓸한 나그네의 심정을 알려주겠지요?"

"당신도 혼자서 여기 있으면 외로울 거요!" 페거티 씨가 말했다.

"아니에요. 조금도 외롭지 않아요. 내 걱정은 말아요. 언젠가는 당신도 돌아올 테고,—그렇지, 그리고 당신뿐 아니라 언제 누가 돌아올지 모르잖아요. 그날을 위해 여기서 이렇게 숨 쉬고 있으면(집을 지킨다는 뜻이다) 할 일도 얼마나 많은데요. 날씨가 좋으면 평소처럼 현관 밖에 앉아 있을 거예요. 누군가가 돌아와서, 아, 말한 대로 집을 잘 지키고 있구나 하고 멀리서도 알 수 있도록 말이에요."

그건 그렇고, 그 짧은 사이에 거미지 부인은 얼마나 많이 변했는가! 그녀는 아주 딴 여자가 되었다. 그녀는 헌신적이었다. 말해도 좋을 것과 안 되는 것을 재빨리 구분했고, 자신은 뒤로 돌리고 주위 사람들의 슬픔에만 온 마음을 다 썼다. 나는 어떤 존경심마저 느꼈다. 게다가 그날 그녀가 일하는 품은 또 어땠는가! 노, 그물, 돛, 밧줄, 새우 항아리, 바닥짐 주머니 등 물가에서 가지고 올라와 곳간에 넣어두어야 할 것들이 제법 많았다. 페거티 씨는 일만 하면 품삯은 언제나 넉넉히 주었으므로, 일을 거들겠다고 나서는 사람은 얼마든지 있었다. 그런데도 그녀는 어디까지나 자신도 일하겠다고 주장하며, 아침부터 밤까지 힘에 부치는 무거운 짐까지 척척 옮기고, 그 밖에도 필요 없는 용무에까지 여기저기 쉴 새 없이 뛰어다녔다. 불행을 한탄하는 일은, 여태껏 단 한 번도 그래 본 적이 없다는 듯이 까맣게 잊고 동정어린 말만 늘어놓았다. 그녀는 밝고 조용하며 침착했다. 이것이 그녀에게 일어난 변화 가운데 가장 놀라운 점이었다. 잔소리 심하고 까다로운 부분은 어디론가 사라져 버렸다. 하루 종일, 목이 메고 눈물짓는 모습은 한 번도 보이지 않았다. 거미지 부인은 저녁이 되어서야 처음으로 눈물을 보였다. 그녀와 나, 그리고 페거티 씨, 이렇게 세 사람만이 남은 뒤, 페거티 씨가 아주 지쳐서 잠들어버리자 터져 나오는 울음을 억지로 참으며 나를 문까지 바래다주었다.

"도련님, 부디 페거티 씨에게 힘이 되어 주세요. 불쌍한 사람이에요!" 거미지 부인은 이렇게 말하고는 곧바로 달려가서 얼굴을 씻고 왔다. 그가 일어났을 때, 바로 옆에서 아무렇지 않게 일을 하고 있으면서 눈물자국을 보이지 않기 위해서였다.

다시 말하면, 그날 밤 내가 거미지 부인과 인사하고 돌아왔을 때, 그녀는 이미 페거티 씨의 괴로움을 달래주고 의지할 기둥이 되었던 것이다. 아무튼 그때 거미지 부인으로부터 받은 교훈과 그녀가 보여준 새로운 태도는 내가 아무리 되새겨도 모자랄 귀중한 것이었다.

내가 울적한 기분으로 시내를 떠돌다가 오머 씨의 집에 닿은 것은 밤 9시에서 10시 사이였다. 그의 딸이 나와, 오머 씨는 이번 일로 너무나 큰 충격을 받아 온종일 기운 없이 풀이 죽어 있다가 그 좋아하는 담배도 피우지 않고 잠자리에 들었다고 전했다.

"모두를 감쪽같이 속이다니, 정말 몹쓸 계집이에요." 저램 부인이 말했다. "그 앤 도대체 돼먹지를 않았어요."

"그런 말씀 마세요!" 나는 대꾸했다. "설마 진심으로 그렇게 생각하는 것은 아니겠지요?"

"아뇨, 진심으로 그렇게 생각합니다." 저램 부인은 화를 내며 외쳤다.

"그렇지 않습니다!" 나는 말했다.

저램 부인은 일부러 고약스럽게 고개를 저었지만, 상냥한 그녀의 본디 마음씨를 숨기지 못하고 그만 울음을 터뜨렸다. 그녀가 그토록 동정심이 많은 것을 보자 그녀를 좋은 사람이라고 생각했으며, 그러한 마음씀씀이가 덕성 있는 아내와 어머니로서 더없이 적합한 조건이라고 생각했다.

"그 앤 앞으로 어떻게 할 작정일까요?" 미니는 훌쩍이며 말했다. "어디로 갈 생각일까? 아! 그 앤 어쩌면 그렇게도 무자비할 수가 있죠. 약혼자는 물론 자기 자신에게도 말이에요!"

나는 그녀가 아직 어리고 아름다웠던 처녀 시절을 뚜렷하게 기억하고 있다. 그런 만큼, 그녀 쪽에서도 그것을 이토록 잘 기억하고 있는 점이 정말로 기뻤다.

"제 딸아이는 지금 막 잠이 들었는데, 자면서도 에밀리를 찾으며 훌쩍거린답니다. 오늘은 하루 종일 울면서 에밀리 얘기만 했어요. 그리고 에밀리는 나쁜 언니냐고 내게 몇 번이나 물었답니다. 그러니 그 애에게 뭐라고 대답할 수 있겠습니까? 에밀리가 여기 있었던 마지막 날 밤에는 자기 목에서 리본을 풀어 딸애의 목에다 둘러 주고 그 애가 깊이 잠들 때까지 옆에 누워서 함께 자 주었답니다! 그 리본은 아직도 제 딸아이 목에 둘려 있어요. 그러면 안 되지만, 풀어버릴 수도 없잖아요? 정말 몹쓸 것이에요, 에밀리는. 하지만 딸아이 미니와는 서로 정말로 마음이 잘 맞았고, 미니는 아직 어려서 아무것도 모르지요!"

저램 부인이 너무 슬퍼하자 남편이 와서 그녀를 위로해주었다. 두 사람을 남겨두고 나는 페거티의 집으로 돌아왔다. 나 자신도 전에 없이 우울한 기분이었다.

그 뼛속까지 착한 사람은—페거티를 두고 하는 말이다—요즘 근심 걱정으로 잠 못 이루는 밤이 이어졌지만, 전혀 피로한 기색 없이 오빠네 집에 가서 오늘 밤도 묵고 올 예정이었다. 페거티네 집에는 나 말고도 한 노파가 있었는데, 그 노파는 지난 몇 주일 동안 페거티가 간병에 전념하기 위해 집안일을 돌보아 달라고 고용한 사람이었다. 나는 그 노파에게 가서 자라고 말하고는 (상대도 기뻐하는 것 같았다) 한동안 부엌 난로 앞에 앉아서 이번 일을 여러모로 생각해 보았다.

자연히 바키스 씨의 임종에 관해서도 이리저리 생각해 보았다. 어느 틈에 썰물과 함께 내 마음도, 오늘 아침 햄이 이상하게 진지한 표정으로 멀리 바라보던 수평선 쪽으로 흘러가기 시작했다. 그때 문을 두드리는 소리를 듣고 종잡을 수 없는 공상에서 퍼뜩 깨어났다.

문에는 노커[1]가 붙어 있었지만 지금 들려온 소리는 손으로 두들기는 소리였으며, 꼭 어린아이가 두드린 것처럼 문 아래쪽에서 들려왔다.

마치 지체 높은 분의 하인이 두드리는 것처럼 들려서 나는 깜짝 놀랐다. 재빨리 가서 문을 열었지만, 아무도 없었다. 단지 커다란 박쥐우산이 저절로 걸어온 것처럼 내 아래쪽에서 움직이고 있었다. 그 우산 밑에는 난쟁이 미스 모처가 있었다.

그녀는 우산을 옆에 두고(아무리 애를 썼지만 그녀는 우산을 접을 수 없었다) 나를 올려다보았다. 그녀가 처음이자 마지막으로 보았던 그 만남에서 나에게 깊은 인상을 주었던 그 쾌활한 표정을 보여주었다면 나는 절대 그녀를 안으로

---

[1] 손으로 두드리는 대신 쓰는 현관문에 달린 쇠고리.

들이지 않았을 것이다. 그렇지만 나를 돌아다보는 그녀의 얼굴은 진지하기 그지없었다. 내가 우산(아일랜드의 거인도 다루기 힘들 정도로 터무니없이 큰 우산이었다)을 집어 주었더니, 그녀는 몹시 괴로운 태도로 조그마한 손을 꼭 쥐었다. 그 모습에는 나도 연민을 느꼈다.

"미스 모처! 무슨 일로 여기 오셨지요, 웬일이십니까?" 나는 인적이 끊긴 거리를 두세 번 둘러본 다음 말했다(그러나 딱히 무엇을 보려고 기대한 것은 아니었다).

그녀는 짧은 오른팔을 움직여서 우산을 좀 접어 달라는 시늉을 하고는 허둥지둥 내 옆을 지나 부엌으로 들어가버렸다. 내가 문을 닫고 우산을 들고 뒤따라 가 보니, 그녀는 난로 철망 한구석에 앉아서 몸을 앞뒤로 흔들면서 고통스러운 사람처럼 두 손을 무릎 위에 놓고 비벼대고 있었다.

나 혼자서 뜻하지 않은 손님을 맞아들인 데다가 불길한 행동까지 보게 되니, 나는 놀라서 무심코 큰 소리를 냈다. "미스 모처, 제발 말해주시오, 어찌된 일입니까? 어디 불편한 곳이라도 있습니까?"

"들어 보세요, 도련님." 미스 모처는 두 손을 가지런히 모아 자기 가슴을 누르며 대답했다. "전 여기가 아파요. 설마 일이 이렇게 될 줄이야! 내가 이렇게 멍청하지만 않았어도 훨씬 전에 눈치채고 어떻게든 막아볼 수 있었을 텐데!"

조그마한 몸을 흔들 때마다 그녀의 큰 보닛이(몸집에 맞지 않는 큰 모자였다) 앞뒤로 흔들거렸다. 그리고 그에 맞춰서 벽에 비친 엄청나게 큰 모자 그림자도 함께 흔들거렸다.

"난 놀랐습니다. 미스 모처가 그토록 고통스러워하다니요." 그녀는 이내 내 말을 가로막았다.

"그래요, 언제나 모두들 놀라지요. 요즘 젊은이들 나이깨나 먹고도 여전히 생각이 없어요! 나 같은 조그마한 사람에게도 남 못지않은 감정이 있어요! 그런데도 다들 신기해하며 깜짝 놀란단 말이에요! 다들 나를 장난감처럼 여기고 심심풀이로 가지고 놀다가 질리면 휙 던져 버리지요. 그래서 내가 화를 내면, 허허, 그래도 감정은 있나 보군. 장난감 말이나 나무 병정이라고 생각했는데, 하고 말하지요. 네, 그래요, 옛날부터 그랬지요!"

"다른 사람들은 그럴지 모르지만, 나만은 절대 그렇지 않습니다. 그야 지금 당신을 보고 깜짝 놀랐다고 말한 건 실례일지 모르지만, 그건 내가 정말로 당신에 대해서 잘 모르기 때문이에요. 별 생각 없이 생각한 대로 말이 튀어나왔을 뿐입니다."

"하지만 저로서도 어쩔 수가 없지 않겠어요?" 그녀는 일어서서 이걸 좀 보란 듯이 두 팔을 펼쳐 보였다. "이게 저예요. 아버지도 이렇고, 여동생도, 남동생도 역시 이렇습니다. 저는 그 동생들을 위해—들어봐요, 코퍼필드 씨—몇 년째 몸이 바서져라 일해 왔어요. 저도 살아야 하지 않겠어요? 전 남에게 피해를 주지 않습니다. 그런데도 다들 어찌나 지독한지, 저를 웃음거리로 삼을 생각밖에 안 해요. 그러니 저도, 저를 포함하여 모두를 우스갯거리로 삼아 놀릴 수밖에 없지 않겠습니까? 지금은 그런 방법으로 살아가고 있어요. 그런데 그게 제 잘못이겠습니까?"

그것은 결코 미스 모처의 잘못이 아니라고 말해주었다.

"이를테면 당신의 그 잔인한 친구에게 내가 세심하게 배려를 한다고 한들 무슨 보람이 있겠습니까?" 그녀는 마음속에 쌓인 울분을 풀어놓듯, 세차게 고개를 저으며 말을 이었다. "과연 내가 얼마만큼 그의 도움과 호의를 받으리라고 생각하십니까? 이 난쟁이 모처가 얼마만큼—제가 이렇게 태어난 것조차 전혀 제 탓이 아니에요—제 불행을 그분 같은 사람들에게 한탄한다고 해서, 그 가느다란 목소리가 그들에게 들리리라고 생각하십니까? 그야, 제가 아무리 심술궂고 둔감한 불구자라고 해도, 역시 목숨은 이어가야 해요. 그런데 그것이 저한테는 결코 쉽지가 않아요. 숨이 끊어지도록 휘파람을 불어봐야 빵과 버터를 나눠주는 사람은 아무도 없으니까요."

미스 모처는 또다시 난로 철망 위에 걸터앉아 손수건을 꺼내 눈물을 닦았다.

"도련님, 그럴 것이라고 생각하지만 만약 당신께 친절한 마음이 있다면, 저 자신의 불행을 잘 알고 있으면서도 그 모든 것을 꾹 참고 활기찬 마음을 가질 수 있다는 점에 대하여 감사하게 생각해야 합니다. 그 누구의 신세도 지지 않고, 비록 보잘것없기는 하지만 이 세상을 헤쳐온 것, 그리고 지금까지 살아오면서 겉모습 때문인지 머리가 나쁜 탓인지는 몰라도 사람들한테서 온갖 소리를 들어오면서 그런 것을 하나하나 되받아칠 수 있었던 것을 설사 제가 여러분 거인들한테는 장난감 같을지라도 역시 저는 친절을 받을 자격이 있어요. 자기가 불구자라고 끙끙 앓을 필요는 전혀 없어요. 그래야 자신한테도 좋고, 남들한테도 피해를 주지 않으니까요."

미스 모처는 골똘한 표정으로 나를 바라보면서 손수건을 주머니에 집어넣고는 다시 말을 이었다.

"방금 길거리에서 도련님을 봤어요. 하지만 저는 보시다시피 다리도 짧고 호흡도 짧아서 도련님처럼 빨리 걸을 수 없으니 끝내 따라잡지 못했지요. 그렇지만 행선지를 대충 짐작하고 뒤따라온 것입니다. 여기에는 낮에도 한 번 왔었지만, 안주인이 집에 없었지요."

"페거티를 알아요?" 나는 물었다.

"오머 앤드 조램 상회에서 소문은 들었답니다. 오늘 아침 7시에 그 상점에 들렀거든요. 그건 그렇고 도련님을 여관에서 처음 뵜던 때 그 불행한 처녀에 대해서 스티어포스가 제게 말한 것을 기억하세요?"

미스 모처의 커다란 모자와 벽에 비친 그림자가, 그녀의 질문과 함께 또다시 앞뒤로 크게 흔들렸다.

그 말은 그날도 여러 번 내 머릿속에 떠올랐던 것이므로 나는 아주 잘 기억하고 있었다. 그래서 기억하고 있다고 말했다.

"그 사람은 정말 저주받아 마땅해요." 미스 모처는 나와 그녀의 눈 사이에 집게손가락을 치켜들며 말했다. "그리고 그 못된 인간의 하인은 주인의 열 배나 더 저주받을 놈이죠. 그렇지만 그 아가씨를 순수하게 좋아한 사람은 도련님이 아닌가요?"

"나라고요?"

"괜찮아요, 괜찮아요! 그럼 어디 말해 봐요." 그녀는 또다시 난로 철망에 앉은 채로 몸을 흔들면서, 속이 타는 사람처럼 두 손을 비벼댔다. "왜 도련님은 그 아이를 극구 칭찬하면서 얼굴을 붉히고 수줍어했지요?"

그녀가 떠올렸던 것과는 매우 다른 이유에서였지만, 내가 그랬다는 것만은 인정하지 않을 수 없었다.

"하기야 제가 뭘 알겠어요?" 그녀는 또다시 손수건을 꺼내서 두 손으로 부산스럽게 눈가에 댈 때마다 발을 동동 굴렀다. "그러나 그가 당신 말을 반박하고 달콤한 말로 농락하려고 한 것은 알고 있어요. 그리고 그놈 손에 걸려들면 도련님은 녹은 밀초처럼 흐물거렸지요. 그때 제가 돌아갈 때 하인이 저를 붙들고 하는 말이, '순진한 애송이'(놈은 도련님을 그렇게 불렀어요. 도련님도 이제부터는 평생 그놈을 '천벌받을 늙은이'라고 부르셔도 좋아요)가 그 처녀를 좋아하고 있고, 처녀도 생각 없이 들떠서 그 애송이에게 마음이 기울어 있지만, 자기 주인께서는 행여나 잘못된 일이 일어나지 않길 바란다는 거예요. 그래서 그 처녀를 위해서가 아니라 도련님을 위해서, 그래서 그들이 여기까지 찾아온 것이라고 말했어요. 그 말을 제가 어찌 믿지 않을 수 있었겠습니까? 스티어포스가 그 처녀를 칭찬하며 도련님을 즐겁게 해드리는 것을 보았으니까요! 처음에 그 처녀의 이름을 꺼낸 것은 도련님이었지요. 옛날부터 찬미하고 있다고 말하면서, 내가 그 처녀 얘기를 꺼내면 빨개졌다가 하얘졌다가, 열이 올랐다가 식었다가 하면서 아주 가관이었다고요. 그러니 나로서는 당연히 도련님이 아직 새파랗고 경험은 없지만 말할 수 없는 색골이며, 또한 정사 경험은 셀 수 없이 많고 (마음만 먹으면) 도련님을 위해 언제든지 자리를 펴줄 수 있는 사내의 동생뻘로 생각하지 않겠어요? 그렇게 생각할 수밖에요. 아! 아! 그거예요! 그들은 제가 자기네 본심을 알아낼까 두려웠던 거예요."

미스 모처는 난로 철망에서 떠나 그 짧은 두 팔을 치켜들고 비통한 표정으로 부엌 안을 이리저리 종종거리면서 말했다. "저는 이래 봬도 사람 보는 눈만큼은 확실해요. 그렇지 않으면 저 같은 인간은 세상을 살아갈 수 없으니까요! 하지만 그들은 저를 완전히 속였답니다. 그래서 전 그 가엾고 불행한 처녀에게 편지를 전해 주었어요. 그 편지가, 일부러 뒤에 남은 리티머에게 처녀가 말을 걸게 된 시초가 되었을 거예요!"

새삼스럽게 드러난 스티어포스의 배신에 놀랍고 어이가 없어서, 나는 멍하니 서서 미스 모처의 얼굴만 바라보았다. 그녀는 계속 부엌을 왔다 갔다 하다가 숨이 차자 다시 난로 철망 위에 앉아 손수건으로 얼굴을 닦았다. 그리고 오랫동안 고개를 저으며 가만히 앉은 채 한 마디도 하지 않았다. 이윽고 마지막으로 입을 열었다.

"계속 시골을 여기저기 돌아다니다가, 그저께 밤에 노리치에 갔더니 이런 소문이 들리더라고요. 코퍼필드 씨. 그들이 도련님은 빼놓고 자기들끼리만 몰래 드나들고 있다지 뭐예요—이상하잖아요?—저는 뭔가 잘못되었구나 하고 생각했어요. 그래서 어젯밤, 런던에서 오는 역마차가 노리치를 지나갈 때 곧바로 그 마차를 타고 오늘 아침 이곳으로 온 것입니다. 아! 아! 하지만 이미 늦었군요!"

불쌍한 난쟁이 모처는 울면서 격분한 뒤, 다시 추위를 느끼고 난롯가 쪽으로 돌아앉아 젖은 작은 발을 재 속에 집어넣고 데우면서, 마치 커다란 인형과 같은 모양으로 난롯불을 바라보고 있었다. 나는 우울한 생각에 사로잡힌 채 난로 맞은편에 있는 의자에 앉아 이따금 난롯불과 그녀를 번갈아 바라보았다.

"전 가 봐야겠습니다." 그녀는 드디어 일어나면서 말했다. "너무 늦었어요. 도련님, 저를 믿지 않으시는 것은 아니겠죠?"

그녀가 날카로운 눈으로 물었다. 눈길이 마주치자, 그렇다고 솔직하게 대답할 수가 없었다.

"그래요?" 그녀는 내가 난로 철망 너머로 그녀를 도우려고 손을 내밀자 기꺼이 그 손을 잡으며 아쉬운 듯 내 얼굴을 쳐다보면서 말했다. "제가 평범한 몸집의 여자라면 도련님께선 저를 믿겠지요?"

그녀의 말이 옳았으므로 나는 나 자신이 몹시 부끄러웠다. 그녀는 고개를 끄덕이며 말했다.

"도련님은 아직 젊어요. 그러니 아무리 내 키가 석 자밖에 안 된다 하더라도 충고는 충고로 받아들여야 해요. 보세요, 도련님. 신체적 결함과 정신적 결함은 전혀 다른 거예요. 뚜렷한 이유도 없이 그 둘을 같은 것으로 보지 마세요."

그녀는 난로 철망에서 내려와 있었고, 나도 의혹에서 벗어나 있었다. 나는 그녀에게, 솔직하게 말해주어서 고맙다, 우리 둘 다 그들의 계략에 말려서 불운한 도구가 되어버렸다고 말했다.

그랬더니 그녀도 기쁜 듯이 고맙다고 인사를 하며, 내게 찬사를 보내는 것이었다.

"그런데, 잘 들어 보세요!" 그녀는 문 쪽으로 가다가 다시 돌아서서, 집게손가락을 세우며 큰 소리로 말했다. "제가 여태까지 들은 말로 미루어 보면, 그들은 외국으로 달아나버린 것 같아요. 저는 귀가 아주 밝아요. 이 아까운 능력을 안 쓰고 썩힐 이유가 없지요. 그들이—아니, 그들 가운데 한 사람이라도—돌아온다면, 어차피 이렇게 사방을 돌아다니고 있으니, 가장 먼저 제 귀에 그 소식이 들어올 겁니다. 그러니까 새로운 소식이 들리는 대로 모조리 도련님께 알려드리지요. 가엾게도 속아넘어간 그 처녀를 위해서 제가 할 수 있는 일이 있다면 무엇이든 할 것입니다. 하기야 리티머 같은 놈에게는 저 같은 난쟁이보다는 사냥개를 붙여주는 것이 나을 테지만요!"

미스 모처가 마지막 말을 했을 때 그 진지한 얼굴을 보자 나는 그 말을 전적으로 믿지 않을 수 없었다.

"나를 믿으라고 했지만, 평범한 여자 이상으로 믿을 필요는 없어요. 그렇다고 해서 그 이하라면 곤란해요." 미스 모처는 강하게 호소하듯이 내 손목을 잡고 말했다. "다음에 만날 때는 오늘 같은 제가 아니라, 예전에 처음 뵈었던 때의 저로 돌아가 있을지도 몰라요. 그러나 설사 그렇더라도, 제가 언제나 어떤 사람과 함께 있는가를 생각해 주세요. 나는 보시다시피 불쌍한 난쟁이이고, 일이 끝나고 집으로 돌아가면 저와 똑같은 불구자 동생들과 함께 있다는 점도 잊지 말아 주세요. 그러면 당신도 그렇게 무정하게 나를 생각할 일도 없을 것이고, 내가 이렇게 슬픔에 빠져 자괴감을 느낀다고 해서 결코 놀라지도 않으리라 생각해요. 그럼 안녕히 계세요."

그녀는 지금까지 내가 생각하던 것과는 전혀 다른 사람이었다. 손을 내밀어 악수를 청했고, 그녀가 나갈 수 있도록 조용히 문을 열어주었다. 그러나 그 큰 우산을 펴서 그녀가 잘 잡도록 해주는 것은 결코 쉬운 일이 아니었다. 마침내 그 일이 잘 끝나자, 우산 속에 누가 있는 것처럼 보이지는 않았지만 비가 쏟아지는 거리를 깡충깡충 뛰듯이 걸어갔다. 그런데 물받이에서 흘러넘친 빗물이 한꺼번에 주르륵 쏟아지는 바람에 우산이 한쪽으로 기울자, 그녀는 필사적으로 바로잡으려고 애썼다. 한두 번 정도는 나도 무심결에 도와주러 달려나갔으나, 곁으로 가면 우산은 다시 커다란 새처럼 깡충거리며 걸어갔다. 나는 그 일을 몇 번 되풀이하고 난 뒤 집으로 돌아와, 아침까지 깊은 잠에 빠져들었다.

아침에 페거티 씨와 유모 페거티가 왔으므로, 우리는 이른 시간에 역마차 매표소로 나갔다. 매표소에는 거미지 부인과 햄이 우리를 배웅하려고 기다리고 있었다.

페거티 씨가 짐 속에 가방을 밀어넣고 있는 동안, 햄이 나를 자기 곁으로 끌어당겨 나지막하게 말했다. "데이비 도련님, 삼촌의 생활은 모조리 산산조각이 났어요. 저분은 지금 어디로 가야 할지, 자기 앞에 무슨 일이 닥쳐올지조차 전혀 모르고 있어요. 운 좋게 에밀리를 찾으면 다행이지만, 그렇지 못하면 이제부터 한평생, 가다 멈추다 하며 언제 끝날지 알 수 없는 여행길이 이어질 겁니다. 도련님, 도련님만큼은 저분의 힘이 되어 주시겠지요?"

"물론이에요. 날 믿어요." 나는 햄과 진지하게 악수를 하면서 말했다.

"정말 고맙습니다. 도련님은 참으로 친절하십니다. 한 가지만 더 부탁드리겠습니다. 도련님도 아시다시피 저는 벌이가 좋은 일을 하고 있지만, 지금으로서는 전 돈을 쓸 데가 없어요. 먹고 사는 것 말고는 제게는 돈이 필요 없으니까요. 그러니 이 돈을 삼촌을 위해 쓸 수 있다면 저도 일하는 보람을 찾을 수 있을 것 같습니다. 그럴 수만 있다면 할 수 있는 일은 무엇이든 하며 열심히 돈을 벌 거예요." 그는 단호한 투로 담담하게 말했다.

나도 그렇게 굳게 믿는다고 그에게 말했다. 그리고 지금은 당신도 고독한 독신생활을 결심하고 있겠지만 언젠가는 그것을 포기할 때가 오면 좋겠다고 넌지시 덧붙였다.

그는 세차게 고개를 저으며 말했다.

"제겐 모든 것이 끝장났어요. 누구도 그 텅 빈 자리를 메울 수는 없습니다. 그러나 돈에 관해서만은 기억해 주세요. 삼촌을 위해서 언제나 착실하게 저축해둘 테니까요."

그 점은 기억하겠지만, 다만 아저씨의 경우 얼마 전에 죽은 매부의 유산에서 많진 않아도 일정한 수입을 갖게 되었으니 그 점도 잊지 말라고 나는 대답했다. 이윽고 우리는 헤어졌다. 나는 하늘을 채우고도 남을 슬픔 속에서도 햄이 훌륭하게 내보인 침착한 용기를 마음 깊이 느끼면서 돌아섰다.

그런데 거미지 부인은 마차가 움직이기 시작한 뒤에도 여전히 마차를 따라 달려왔다. 그러나 눈물을 억누르면서 지붕 위의 페거티 씨만 바라보며 달렸으므로 이내 마주 오는 통행인과 부딪치기 일쑤였다. 마침내 숨이 차서 빵가게 앞에서 주저앉고 말았다. 모자는 이미 헝클어져서 형태를 갖추지 못했고, 구두는 한쪽이 벗겨져서 멀리 떨어진 포장도로 위에서 외따로 뒹굴고 있었다.

런던에 도착하여 맨 먼저 할 일은 페거티와 그녀의 오빠가 묵을 알맞은 하숙을 구하는 것이었다. 다행히도 하나를 구했다. 내 숙소에서 거리 둘을 건넌 곳에 있는 잡화점 2층의 깨끗하고 싼 방이었다. 이 숙소를 계약한 뒤 나는 근처의 식품점에서 요리해 식힌 고기를 샀고, 페거티 남매에게 차를 대접하기 위해 내 집으로 초대했다. 그런데 크럽 부인이 불같이 화를 내며 그것을 절대 허락하지 않았다. 이때의 그녀의 심리상태를 설명할 필요가 있다. 그녀는 페거티가 집에 온 지 십 분도 지나기 전에 곧바로 상복을 걷어붙이고 내 방을 청소한 것이 마음에 들지 않았던 것이다. 크럽 부인의 말로는 이것이 아주 큰 실례이며, 절대 용서할 수 없다고 말했다.

　나는 각오는 하고 있었지만, 페거티 씨는 런던으로 오는 도중 제일 먼저 스티어포스 부인부터 만나겠다고 말했다. 이 문제에 대해서는 내가 그를 돕고 또 중간에서 조정 역할을 해야 한다고 느꼈으므로, 되도록이면 스티어포스 부인의 모정이 상하지 않기를 바라며 나는 그날 밤 부인에게 편지를 썼다. 페거티 씨가 얼마나 끔찍한 일을 당했으며, 이번 사건에는 나에게도 이러저러한 책임이 있다는 것을 되도록 모나지 않은 말투로 썼다. 페거티 씨는 신분은 낮아도 매우 온후하고 정직한 인물이며, 그런 그가 지금 몹시 괴로워하고 있으므로 꼭 만나달라고 간곡하게 적었다. 오후 2시에 들르겠다고 썼으므로, 나는 이 편지를 아침 첫마차 편으로 직접 부쳤다.

　약속한 시각에 우리는 그 집 문간에 서 있었다. 며칠 전만 해도 그렇게 즐거운 시간을 보냈으며 젊음 특유의 믿음과 따뜻한 우정을 거침없이 바쳤던 집이다. 그런데 지금은 굳게 닫혀서 황폐해진 폐허처럼 보였다.

　리티머는 나타나지 않았다. 지난번에 왔을 때에도 그를 대신해서 나타났던 상냥해 보이는 하인이 오늘도 우리를 응접실로 안내했다. 스티어포스 부인은 이미 방에 앉아 있었다. 우리가 방에 들어서자, 로사 다틀이 방 반대편에서 나타나 부인의 의자 뒤에 섰다.

　나는 부인의 얼굴을 본 순간 부인도 자기 아들한테서 사건을 듣고서 이미 알고 있다는 것을 이내 알 수 있었다. 부인의 얼굴은 아주 창백하고 비통해 보였다. 아들에 대한 사랑에 이끌려 내 편지만으로는 믿을 수 없다는 듯한 깊은 감정의 흔적이 얼굴에 나타나 있었다. 나는 여태껏 생각했던 것보다도 이 모자가 더 닮았다고 생각했다. 그것은 페거티 씨도 눈치챘을 것이다. 분명히 본 것은 아니지만 어쩐지 그런 느낌이 들었다.

　부인은 그 무엇에도 흔들리지 않겠다는 듯이 당당하고 확고하고 냉정한 태도로 안락의자에 꼿꼿하게 앉아 있었다. 페거티 씨가 앞에 서자 그녀는 눈도 깜박이지 않고 그를 쏘아보았다. 그도 지지 않고 부인을 쏘아보았다. 로사 다틀도 날카롭게 눈을 빛내며 우리 두 사람을 번갈아 바라보았다. 얼마 동안 아무도 입을 열지 않았다. 부인은 페거티 씨에게 앉으라고 손짓했다.

　그는 나직한 목소리로 말했다. "말씀은 고맙지만 여기서는 앉고 싶은 마음이 들지 않습니다. 서 있는 것이 오히려 편하겠습니다." 그리고 다시 침묵이 계

속되었다.

차갑고 무거운 침묵을 깨고 스티어포스 부인이 말했다.

"참으로 유감스럽습니다만, 여러분이 찾아오신 이유는 잘 알고 있어요. 제게 무엇을 원하시죠? 제게 어떻게 해 달라는 말씀이십니까?"

그는 모자를 겨드랑이에 끼고 가슴에 손을 넣어 에밀리의 편지를 꺼냈다. 그것을 펴서 부인에게 건네주었다.

"읽어 보십시오, 부인. 제 조카딸이 쓴 것입니다!"

부인은 여전히 당당하고 태연하게 읽은 다음—편지 내용에 마음이 움직인 기미는 전혀 없었다—다시 그에게 건네주었다.

"'그분이 저를 귀부인으로 만들어 데리고 오시지 않는다면,'" 페거티 씨는 집게손가락으로 편지의 이 부분을 가리키면서 말했다.

"부인, 저는 아드님께서 이 약속을 지킬지 어떨는지를 알기 위해서 왔습니다."

"그건 안 돼요."

"왜 안 된다는 거죠?"

"그 애의 체면이 손상되니까요. 조카 따님의 신분이 우리 아들에 훨씬 미치지 못한다는 것을 잘 알고 계실 텐데요."

"그럼 그 신분을 올려주면 될 것입니다!" 페거티 씨는 말했다.

"조카 따님은 교육도 받지 못했고 세상이 어떻게 돌아가는지도 모르잖아요."

"부인, 저는 그렇지 않다고 생각합니다. 하지만 저도 그런 것은 잘 모릅니다. 그러니 부인께서 그 애를 잘 가르쳐주십시오!"

"이런 말까지 하고 싶지는 않았습니다만, 내가 좀더 솔직히 말해야 한다면 그러지요. 일가친척의 천한 신분만 보아도, 조카 따님은 그런 일을 꿈도 못 꿀 것입니다."

"그럼 이건 어떻습니까, 부인?" 페거티 씨는 조용한 투로 천천히 반박했다. "부모가 자식을 사랑한다는 것이 어떤 것인지는 부인도 잘 알고 계실 겁니다. 그 애가 지금의 백배쯤 더 귀한 자식이라 할지라도 제가 이보다 더 그 애를 사랑할 수는 없는 것입니다. 자식을 빼앗긴다는 것이 어떤 심정인지 부인께선 모르십니다. 이 세상의 온갖 재물도(비록 저한테는 그런 것이 없지만) 그 애를 다시 돌려받을 수만 있다면, 조금도 아깝지 않습니다! 부탁드립니다! 이 불명예스러운 일에서 그 애를 구해주십시오. 그러면 저희는 다시는 그 애를 욕되게 하지 않을 것입니다. 우리는 그 애를 고이고이 길러 왔습니다. 십몇 년 동안 함께 살면서 눈에 넣어도 안 아플 정도로 애지중지하며 보듬어 왔습니다. 하지만 우리 가운데 그 누구도, 그 애의 아름다운 얼굴을 두 번 다시 보지 않을 것입니다. 이대로 헤어져서, 머나먼 다른 하늘 아래 살고 있다고 생각하는 것만으로 만족하겠습니다. 기꺼이 그 애를 남편에게—그리고 앞으로 태어날 아이들에게—맡길 것입니다. 그리고 우리 모두가 언젠가 하느님 앞에서 위아래 구분 없이 살 수 있는 날을 꾹 참고 기다릴 것입니다!"

세련됐다고는 할 수 없는 그의 능변이 전혀 효과가 없었던 것은 아니었다. 부인은 여전히 거만한 태도를 하고 있었지만 목소리에는 한 가닥의 부드러움이 엿보였던 것이다.

"나는 둘러댈 이유도 없거니와, 당신의 말을 반박할 생각도 없습니다. 그러나 미안하지만 절대 안 된다고 거듭 말하는 수밖에 없습니다. 이러한 결혼은 우리 아이의 일생을 다시 돌이킬 수 없을 정도로 망쳐 놓을 것이며, 그 애의 앞길을 파멸로 이끌 것입니다. 그러므로 결혼은 절대로 인정할 수 없습니다. 달리 보상할 방법이 있다면 하겠습니다만—"

"아아, 그 얼굴과 똑같은 얼굴이군요." 페거티 씨는 불꽃이 이는 눈으로 뚫어지게 부인을 바라보면서 말했다. "우리 집 난롯가에서, 그리고 내 배에서 곧잘 보았던 그 얼굴과 똑같군요. 끔찍한 배신을 꾸미고 있으면서도 겉으로는 미소 지으며 다정하게 나를 바라보던 그 얼굴을 생각하면 나는 지금도 창자가 끊어지는 것 같습니다. 남의 집 처녀를 타락시켜 망쳐놓고 돈으로 해결하겠다는 생각 자체가 부끄럽지 않으십니까? 얼굴만 똑같은 게 아니라 성격도 똑같군요. 아니지, 여자이니만큼 오히려 더 나쁠 수도 있겠군요."

부인의 태도는 갑자기 변했다. 그녀의 온 얼굴이 노기로 가득 차면서, 더는 못 참겠다는 듯이 두 손으로 안락의자를 꽉 붙잡으며 말했다.

"당신이야말로 나와 내 아들 사이에 이토록 깊은 수렁을 파놓고, 내게 어떻게 보상하실 생각입니까? 당신의 사랑 따위가 내 사랑에 비교나 될 줄 아십니까? 당신이 그 애와 헤어진 것이, 내가 우리 아이와 헤어진 것에 비교해 무엇이 대수라는 겁니까?"

미스 다틀이 뒤에서 부인의 몸에 살며시 손을 대고 머리를 숙여 소곤거렸으나 부인은 한 마디도 들으려 하지 않았다.

"가만히 있어, 로사. 네가 끼어들 일이 아니야! 이 사람에게 내 뜻을 알려 줘야 해요! 잘 들어요. 내 아들로 말하자면 내 삶의 전부예요. 나는 그 아이만 바라보고 살아왔어요. 어린 시절부터 그 애가 원하는 것이라면 무엇이든 다 들어주었으며, 그 애가 태어난 뒤로는, 말하자면 일심동체나 마찬가지였어요. 그런데 그 애가 순간이나마 보잘것없는 계집애와 눈이 맞아서 이 어미를 버리다니! 그깟 계집애 때문에 이토록 굳건한 어미의 믿음을 거역하고, 내 곁을 떠나다니! 나는 내 아들에게 어미에 대한 의무와 사랑, 감사하는 마음을 갖길 기대했었어요. 그 아이와는 소원해지기는커녕 날로 돈독해져서, 무슨 일이 있어도 절대 끊어지지 않을 끈끈한 유대가 있었다고요! 그런데 그것이 이런 볼썽사나운 연애문제로 단박에 파탄나다니! 그런데도 내가 피해자가 아니란 말입니까?"

다시금 로사 다틀은 부인을 진정시키려 했으나 효과가 없었다.

"안 돼, 로사. 한 마디도 하지 마! 그 하찮은 계집애 때문에 그 애가 자기의 모든 것을 걸고자 한다면, 나도 더 큰 목적을 위해서 내가 가진 모든 것을 걸 수 있어. 내가 사랑하므로 물려준 재산을 가지고 그 애가 어디론가 가겠다면 멋대로 해도 좋아! 오래도록 돌아오지 않으면 내가 꺾일 줄 알고? 천만에! 그렇게 생각한다면 그 애는 이 어미를 전혀 모르고 있는 거야. 지금이라도 그 애가 마음을 바꾼다면 내 기꺼이 그 애를 맞아주겠어. 그러나 그게 싫다면 그 녀석이 살아서 돌아오든 죽어서 돌아오든 이 집에는 절대로 들이지 않을 거야. 그 천한 계집애와 영원히 헤어져서 머리를 숙이고 용서를 빌지 않는다면, 내 눈에 흙이 들어가기 전에는 절대로 못 돌아오는 거야. 이것은 어미의 권리이니 절대 양보할 수 없어. 아무리 부모 자식 사이라도 이것만은 분명히 해 두겠어!" 처음 만났을 때의 거만하고 단호한 태도로 우리를 쏘아보며 덧붙였다. "이래도 내가 피해자가 아니란 말입니까?"

부인의 이러한 말을 들으며 그 태도를 바라보고 있자니, 나는 어쩐지 그 어머니에게 대드는 아들의 말과 표정이 선하게 떠오르는 느낌이었다. 스티어포스에게서 보아온 고집 세고 방자한 모습이 부인에게도 그대로 있었다. 이상하게 비뚤어진 그의 정열을, 이제는 모두 이해할 것 같았다. 생각해 보면 그것은 고스란히 그의 어머니의 성격이었으며, 그 둘이 근본적으로는 하나라는 것도 알았다.

부인은 전과 같은 자제력을 되찾아, 더 들어도 소용없고 말해도 소용없으니 이것으로 면담을 끝내자고 말했다. 부인은 방에서 나가려고 위엄 있는 태도로 일어섰다.

그때 페거티 씨가 일어설 필요 없다고 말했다.

"더 이상 막지 않겠습니다. 저도 더 이야기할 것은 없습니다, 부인." 그는 문께로 걸어가며 말했다. "어차피 희망을 가지고 온 것은 아니었으니까, 아무런 희망도 갖지 않고 떠나겠습니다. 다만 저는 해야 할 일을 했을 뿐입니다. 이 집은 저나 제 조카딸에게는 몹시 유해하며, 제정신으로 무슨 부탁을 할 수 있는 곳이 아니라는 것도 잘 알았습니다."

그 말을 마지막으로 우리는 나왔다. 스티어포스 부인은 안락의자 옆에 서 있었다. 과연 고귀해 보이는 아름다운 모습이었다.

우리는 돌바닥으로 된 홀을 가로질러 나갔다. 양쪽 벽과 지붕 모두 유리로 되어 있고, 지붕에는 포도송이가 매달려 있었다. 잎도 새싹도 푸르렀고, 마침 아주 맑은 날이었으므로 정원으로 이어진 유리문도 양쪽으로 활짝 젖혀져 있었다. 우리가 문 가까이 갔을 때 로사 다틀이 소리도 없이 다가와서는 내게 말했다.

"저런 사람을 이곳에 잘도 데려왔군요!"

그녀의 얼굴빛을 흐리게 하고 그 검은 눈 속에서 반짝거리며 빛나는 분노와 비웃음으로 인해, 쇠망치에 맞아서 생긴 상처가 더욱 뚜렷하게 보였다. 전에도 보았듯이 상처가 실룩거리기 시작했다. 그러자 그녀는 느닷없이 손을 들어 그곳을 때렸다.

"어떻게 저런 사람을 옹호하면서 이곳까지 데려올 수 있죠, 네? 정말 친절한 분이시군요!"

"미스 다틀," 나는 대꾸했다. "당신이 설마 나를 꾸짖는 건 아니겠죠?"

"그렇지만 당신은 어째서 그 광적인 모자 사이를 일부러 갈라놓으려고 하는 거죠? 그들은 둘 다 자기 고집과 자존심으로 거의 제정신이 아니라는 것을 모르세요?"

"그게 내 탓이란 말입니까?"

나는 대꾸했다.

"그렇고말고요! 왜 저 사람을 이리로 데려오셨습니까?"

"저분은 마음의 상처를 심하게 입은 사람입니다. 미스 다틀께서는 모르시겠지만."

"물론 알고 있어요. 제임스 스티어포스는," 그녀는 손을 올려 가슴을 눌렀다. 마치 그곳에서 미쳐 날뛰는 폭풍우가 고스란히 목소리로 나오는 것을 두려워하는 것처럼. "마음보가 뒤틀린 잔인한 사람이에요. 성실치 못하고 퇴폐한 생각을 하고 있어요. 그리고 배신자이기도 하지요. 하지만 그렇다고 저 사람이나 그 조카딸인가를 제가 염려할 필요가 어디 있습니까?"

"미스 다틀, 당신은 저분을 또 한 번 모욕하는군요. 상처는 이것만으로도 이미 넉넉합니다. 마지막으로 이 말만은 해야겠습니다. 당신은 저분께 큰 잘못을 저질렀습니다."

"그런 일은 없어요. 두 사람 모두 타락하고, 보잘것없는 사람들인걸요. 그 계집을 흠씬 매질하고 싶은 마음뿐입니다."

페거티 씨는 아무 말도 없이 우리 곁을 지나 문밖으로 나가 버렸다.

"부끄러운 줄 아십시오, 미스 다틀! 정말 너무 하십니다! 아무 죄도 없이 지독한 일을 당한 저분을 당신은 어찌 그렇게 마구 짓밟을 수 있습니까!" 나는 불끈 화를 냈다.

"나는 저 두 사람 다 마구 짓밟고 싶어요. 집이든 뭐든 모조리 허물어뜨리고, 그 계집애 얼굴엔 낙인을 찍고 누더기를 입혀서, 길가로 내동댕이쳐 굶어 죽게 하고 싶어요. 내가 재판관이라면 틀림없이 그렇게 하겠어요! 할 수 있냐고요? 물론이죠, 하고말고요! 난 그 계집애가 정말 싫어요. 만약 그 계집애를 비참하게 만들 수만 있다면 난 어디까지든 쫓아가서 짓밟아 주겠어요. 죽어서도 괴롭힐 수 있다면 기꺼이 하고말고요. 그 계집애가 죽는 순간이 닥쳐왔을 때 위로가 되는 말을 가지고 있다고 해도, 나는 절대로, 내 목이 떨어져나가는 한이 있어도 말하지 않겠어요!"

그녀는 소리치기는커녕 평소보다도 목소리는 낮았지만 온몸에서 뿜어져 나오는 무엇에 홀린 듯한 분노는, 이런 과격한 말을 아무리 늘어놓아도 도저히 채워지지 않는다는 사실을 나는 알았다. 어떤 말로도 그날 그녀에게서 받은 인상, 분노로 미쳐 날뛰던 그녀의 모습을 제대로 나타낼 수 없다. 이제까지 흥분한 사람을 많이 보아 왔지만, 그날의 그녀 같은 사람은 아직 본 적이 없다.

내가 페거티 씨를 따라잡았을 때, 그는 천천히 생각에 잠겨 언덕을 내려가고 있었다. 그의 옆에 서자 그는 런던에서 할 일은 다 끝났으니 오늘 밤 곧 '여행길에 오르겠다'고 말했다.

어디로 갈 작정이냐고 물었더니 그는 단지 "조카딸을 찾으러 가렵니다, 도련님" 하고 대답했다.

우리가 잡화점 2층에 있는 조그마한 하숙으로 되돌아왔을 때, 나는 기회를 틈타 페거티에게 페거티 씨가 내게 한 말을 전해 주었다. 그녀는 그날 아침 오빠가 자기에게 똑같은 말을 했다고 알려 주었다. 그가 어디로 갈 것인지는 페거티도 몰랐지만, 오빠의 마음속에는 이미 뚜렷한 계획이 서 있다고 그녀는 덧붙였다.

나는 이러한 상태로는 페거티 씨와 헤어지기 싫었으므로, 셋이서 함께 저녁으로 비프스테이크 파이를 먹었다. 이것은 페거티가 잘하는 요리 가운데 하나였다. 그러나 그날은 아래층 가게에서 홍차, 커피, 버터, 베이컨, 치즈, 갓 구운 빵, 장작, 양초, 호두, 케첩 등 온갖 냄새가 끊임없이 뒤엉켜 올라왔으므로 지금도 잊을 수 없는 정말 이상한 맛이었다. 식사를 마치고 우리는 별로 할 말은 없었지만 한두 시간쯤 창가에 앉아 있었다. 이윽고 페거티 씨가 일어나서 방

수 가방과 굵은 단장을 꺼내어 식탁 위에 놓았다.

그는 유산의 명목으로 페거티에게서 돈을 조금 받았다. 아껴 써야 겨우 한 달 생활비를 채울 정도의 돈이었다. 그리고 무슨 일이 생기면 연락하겠다고 약속하고는 가방을 어깨에 짊어지고, 모자와 단장을 집어 들고서 우리 두 사람에게 작별인사를 했다.

"몸조심 해라, 동생아."

그는 페거티를 힘껏 끌어안고 말했다. 이어서 내 손을 굳게 잡으며 "데이비 도련님도 안녕히 계십시오!"라고 말했다. "그럼, 어디까지 가든 반드시 찾아오겠어. 만약 내가 없는 사이에 그 아이가 돌아오면—그럴 일은 없겠지만—그러니까 내가 데리고 돌아온 뒤에는, 아무도 그 아이를 비난하는 사람이 없는 곳으로 가서 평생 둘이서 살 거야. 만약 나에게 무슨 일이 생기면 꼭 기억해 줘. 이것이 에밀리에게 남기는 유언이야. '귀여운 에밀리, 내 마음은 변함없다. 모든 것을 용서하마!'라고."

그는 모자를 벗은 채로 엄숙하게 말하고 나서 모자를 쓰고 계단을 천천히 내려갔다. 우리는 문까지 따라 나갔다. 후덥지근하고 먼지투성이의 저녁이었다. 골목을 빠져나간 큰길에는 온종일 이어지던 발소리가 잦아들고, 붉은 저녁 해가 한바탕 빛을 쏟아내고 있었다. 그의 고독한 그림자가 그늘진 골목 모퉁이를 돌아 환한 햇살 속으로 사라져 가는 것을, 우리는 언제까지나 바라보았다.

그는 우리가 있는 그늘진 거리 모퉁이를 돌아서 홀로 햇볕이 내리쬐는 쪽으로 나갔다.

그 뒤에도 저녁 그 시각이 되거나, 밤중에 잠이 깨거나, 별이나 달을 바라보거나, 빗소리나 바람 소리를 들으면, 나는 혼자 터벅터벅 걸어가던 슬픈 순례자와도 같은 그의 쓸쓸한 뒷모습과 그가 했던 말이 생각나는 것이었다—.

"그럼, 어디까지 가든 반드시 찾아오겠어. 만약 나에게 무슨 일이 생기면 꼭 기억해 줘. 이것이 에밀리에게 남기는 유언이야. '귀여운 에밀리, 내 마음은 변함없다. 모든 것을 용서하마!'라고."

33장
행복

그러는 동안에도 도라에 대한 내 사랑은 점점 커지기만 했다. 그녀를 생각하면 실망과 슬픔이 어느 정도 가라앉았고, 친구를 잃은 아픔도 얼마간 잊혔다. 나 자신이나 남이 가엾게 보일수록 나는 도라의 모습에서 위안을 찾게 되었다. 이 세상의 허위와 번뇌가 쌓이면 쌓일수록 도라라는 존재는 이 세상 위에 드높이, 별처럼 밝고 순수하게 빛났다. 물론 도라가 어디서 왔으며 천사와 얼마나 가까운 존재인가에 대해서 내가 뚜렷한 생각을 갖고 있던 것은 아니지만, 그녀가 여느 젊은 숙녀들과 마찬가지로 단지 평범한 인간에 불과하다는 생각에는 경멸로 일축했을 것이다.

나는 도라에게 머리만 빠져버린 것이 아니라 온몸이 푹 빠져버린 것이었다. 말하자면, 누구든 빠져들게 할 정도의 애정을 내게서 쥐어짠다 하더라도, 내게는 여전히 내 몸과 마음을 흠뻑 적실 정도의 애정이 꽤 남아 있었다. 그만큼 그녀에게 깊이 빠져 있었던 것이다.

그런데 내가 집에 돌아와서 나를 위해 제일 먼저 한 일은 밤에 노우드까지 걸어가서, 어린 시절 곧잘 하던 수수께끼 풀이처럼, '그 집에는 다가가지 않고 집 주위를 빙빙 도는' 것이었다. 이 풀 수 없는 수수께끼의 해답은 '달'이었다. 아무튼 달의 매력에 사로잡힌 듯 꼼짝없이 도라의 노예가 되어버린 나는 2시간 동안이나 그녀의 집 주위를 어슬렁거렸다. 울타리 사이로 들여다보기도 하고, 울타리의 녹슨 못 위로 고개를 들이밀기도 하고, 창문 안의 불빛을 향해 무턱대고 키스를 보내기도 하고, 때로는 나의 도라를 지켜주옵소서 하고 밤하늘을 향해 기도하기도 했다. 무엇으로부터 지켜달라고 했는지는, 지금은 기억나지 않는다. 아마도 그것은 화재였던 것 같지만 어쩌면 쥐였을 수도 있다. 그 무렵 나는 쥐를 매우 싫어했다.

내 가슴은 도라에 대한 사랑으로 꽉 차 있었으므로 페거티에게 털어놓는 것이 아주 당연할 것 같았다. 나는 어느 날 밤, 페거티가 내 장롱 속을 온통 뒤진 끝에 찾아낸 낡은 일감을 손에 들고 옛날처럼 내 곁에 앉았을 때, 빙빙 둘러서 말하긴 했지만 아무튼 내 중대한 비밀을 그녀에게 털어놓았다. 페거티는 크게 관심을 보였지만, 끝까지 내 생각에 동의하지는 않았다. 머리로는 찬성해도, 어째서 내가 그 일로 해서 불안에 싸여 있고 우울한가에 대해서는 조금도 이해하지 못했다. "도련님 같은 연인을 가지면 그 아가씨는 아주 행복할 겁니다. 그리고 그 아버지도 무엇을 더 바랄 것이 있겠습니까!" 이것이 페거티의 생각이었다.

그러나 스펜로 씨의 법복과 빳빳한 넥타이에는 어지간한 페거티도 조금 위축되었으며, 날이 갈수록 경외심이 커지는 것 같았다. 하기야 이 점은 나도 마찬가지였다. 내 눈에도 그는 날이 갈수록 인간이 아닌 존재로 보였다. 특히 그가 법정에 나가 서류 틈에서 정색하고 앉아 있을 때에는, 종이와 연필 따위로 된 바다에서 빛나는 작은 등대처럼 보였고, 그의 주위에는 저절로 후광이 비치는 것 같았다.

참고로 나는 법정에 나가 있을 때면 언제나 이런 생각을 했다. 과연 저 늙은 재판관과 박사들은 도라와 알고 지내면서도 아무것도 느끼지 못할까? 아니면, 그녀와 결혼하면 역시 너무 기쁜 나머지 이성을 잃을까? 도라가 멋지게 기타를 치며 노래를 불렀을 때, 나는 날듯이 기뻐서 정신이 혼미해질 지경이었다. 그런데 이 둔감한 사람들은 조금도 마음이 흔들리지 않는 것일까? 나는 이런 생각을 하며 신기함을 금할 수 없었던 것이다.

결국 나는 그들 모두를 경멸했다. 말하자면 그들은 마음이라는 화단에 선 쌀쌀맞은 늙은 정원사였으므로, 그들에게 은밀한 분노를 느꼈다. 재판관은 그저 둔감하고 실수만 저지르는 인간으로 보였으며, 법정은 다정다감한 감정도 시적 정취도 없는 술집 카운터와 다를 바 없었다.

나는 자랑스러운 마음으로 페거티의 법률사무 전부를 맡았다. 유언장을 증명하고, 상속세 문제도 해결해주었다. 중앙은행에도 데리고 가서 모든 일이 순조롭게 진행되도록 주선해주었다.

이러한 법적 수속을 하는 도중에도 우리는 플리트 가에 있는 땀 흘리는 밀랍 인형(그로부터 20년이 지난 지금은 완전히 녹아버렸을 것이다)을 구경하고, 또 자기반성이나 후회를 하는 데에 적격인 자수예술의 본산이라고 할 수 있는 미스 린우드의 전시회*¹에도 가 보고, 런던탑도 구경하고, 세인트폴 성당의 꼭대기에도 올라감으로써 기분을 전환했다. 이러한 볼거리들은 지금의 페거티에게는 더 바랄 것 없이 즐거운 경험이었다. 그러나 세인트폴 성당만은 예외였다. 그 성당 그림은 그녀의 반짇고리 뚜껑에 그려져 있어서 오래전부터 익숙했으므로 진짜 성당을 보아도 쉽게 감동하지 않았던 것이다. 오히려 어떤 점은 실물보다 그림이 낫다고 말할 정도였다.

페거티의 일(민법박사회관에서 '통상 업무'라고 부르는 일로, 처리하기가 아주 쉽고 수지맞는 일이었다)이 다 처리되었으므로 비용을 지급케 하기 위해서 나는 어느 날 아침 그녀를 사무실로 데리고 갔다. 늙은 서기 티피의 말에 의하면 스펜로 씨는 누군가의 결혼 허가증 문제로 선서를 받기 위해서 외출 중이라는 것이었다. 그러나 이 사무소의 위치는 결혼 허가 사무를 취급하는 감독 대리 사무소에서나 주교 총대리 사무소에서나 모두 가까웠으므로 곧 돌아오리라고 생각하고, 나는 페거티에게 기다리라고 말했다.

유언장 검증을 할 때의 민법박사회관은 다소 장의사와 닮은 점이 있다. 상복을 입은 의뢰인을 맡았을 때에는 우리도 조금 슬픈 체하는 것이 통례였다. 반대로 결혼 인가를 의뢰받으면 역시 세심하게 배려하면서 쾌활하고 명랑하게 대한다. 그러므로 나는 페거티에게 스펜로 씨도 바키스 씨의 죽음으로 받은 충격에서 많이 회복되었을 것이라고 넌지시 일러줬었다.

생각했던 대로 스펜로 씨는 갓 결혼한 신랑처럼 들떠서 사무실로 들어섰다.

그러나 페거티와 나는 스펜로 씨를 살필 여유가 없었다. 그가 머드스톤 씨와 함께 들어왔기 때문이었다. 머드스톤 씨는 거의 변한 데가 없었다. 머리칼은 여전히 숱이 많고 새까맸으며 눈초리도 옛날과 변함없이 마음을 허락하지 않겠다는 듯 날카로웠다.

"아, 코퍼필드!" 스펜로 씨는 말했다. "자넨 이분을 알고 있지?"

나는 그자에게 고개를 숙여 쌀쌀하게 인사했다. 페거티도 눈짓으로만 억지로 아는 척했다. 그도 처음에는 우리를 보고 당황한 것 같았으나 곧 어떻게 할 것인가 마음먹고 내 곁으로 다가왔다.

"그래, 잘 지내고 있나?" 그가 말했다.

---

*1 그녀가 고금의 명화를 정묘하게 수놓아 전시한 것. 그 무렵 런던의 명물이었다.

"당신이 궁금해하리라고는 생각지 않지만 굳이 말하자면, 그래요, 잘 지냅니다." 나는 말했다.

우리는 서로 매섭게 쏘아보았다. 곧이어 그는 페거티에게 말을 걸었다.

"부군을 사별했다니 유감이네."

"네, 그러나 소중한 사람을 잃은 것이 처음은 아니니까요." 페거티는 머리 꼭대기부터 발끝까지 부들부들 떨면서 말했다. "다행히 이번에는 어느 누구의 잘못으로 일어난 일이 아니니까 괜찮습니다. 그 누구에게도 책임이 없으니까요."

"아, 그래! 잘됐군. 당신도 할 수 있는 일은 다 했다는 말이지?"

"덕분에 남의 목숨을 단축시킨 일은 하지 않았죠. 머드스톤 씨, 저는 죄 없는 사람을 괴롭히거나 위협해서 일찍 죽게 하진 않습니다!"

그는 페거티를 침울한—뉘우치는 듯한—눈으로 잠시 바라보다가 내 쪽으로 고개를 돌렸으나 내 얼굴이 아니라 발만 내려다보며 말했다.

"우리가 다시 만날 일은 없겠지만, 그것이 오히려 서로에게 다행이라고 생각하네. 이런 만남은 결코 유쾌할 수가 없으니까. 나는 다 자네가 잘되길 바라는 마음에서 했던 일인데, 그 정당한 부모의 권위에 자네는 끊임없이 반항했네. 그런 자네가 이제 와서 내게 호의를 가지리라고는 조금도 생각하지 않아. 우리 사이에는 반감이 있어."

"뿌리 깊은 반감이요?" 내가 그의 말을 자르며 말했다.

그는 미소를 지으며 그 새카만 눈동자에 독기를 가득 담아 나를 노려보았다.

"그거야, 어릴 때 이후로 자네는 줄곧 그것만 생각해 왔어. 자네 어머니의 삶을 불행하게 만든 것도 그것이었지. 자네 말 대로야. 그러나 이제부터라도 좋으니, 마음을 고쳐먹고 좀더 고분고분해지게나."

대기실 구석에서 목소리를 낮추어 속닥거리던 대화는 이것으로 끝이 났다. 그는 스펜로 씨의 방으로 들어가서, 지금까지와는 정반대인 공손한 태도와 큰 목소리로 말했다.

"여기 계신 여러분들은 가정 내의 승강이에는 이미 충분히 익숙하실 테고, 그런 문제가 얼마나 복잡하고 번거로운가도 잘 알고 계실 테니까요." 이런 말을 하면서 그는 수수료를 내고, 스펜로 씨에게서 깨끗하게 접은 결혼허가서를 받았다. 그는 악수를 하면서 그의 행복과 신부의 축복을 빈다는 말까지 듣고 돌아갔다.

그의 말을 듣고 나는 도저히 화를 참을 수 없었다. 하마터면 뭐라고 따질 뻔했지만, 착한 페거티가 나를 대신해 먼저 불같이 화를 내는 바람에, 이곳에서 싸울 수는 없으니 참으라고 달래는 것만으로도 보통 일이 아니었다. 덕분에 내 속의 분노는 억누를 수 있었다. 그녀는 전에 없이 흥분해 있었다. 옛날의 상처가 다시금 되살아난 것이리라. 나는 스펜로 씨나 서기들 앞이었지만, 그녀를 꼭 끌어안고 진심으로 위로해 주었다.

머드스톤 씨와 나와의 관계를 스펜로 씨는 모르고 있는 것 같아서 나는 기뻤다. 왜냐하면 내 불쌍한 어머니의 평생이 어떠했다는 것을 누구보다 잘 알고 있는 나는, 죽어도 그를 아버지라고 인정할 수 없었기 때문이다. 만약 스펜로 씨가 오늘 일에 대해서 조금이나마 생각했더라도, 고작해야 나의 대고모가 우리 집안에서 이른바 여당 당수인데 그에 대항하여 다른 누구의 지휘 아래 모반을 꿈꾸는 야당이 있다는 것 정도였다. 이것이, 늙은 티피가 청구서를 만들고 있는 동안 그의 말을 듣고 내가 종합한 결론이었다.

"미스 트롯우드는 아주 견실한 사람이라 야당에 머리를 숙이는 일은 절대 없지. 아무튼 그녀의 인품에는 고개가 절로 수그러진다네. 그러니 코퍼필드 군, 자네가 올바른 편에 붙어 있는 것은 참으로 좋은 일이야. 가족끼리의 다툼은 참으로 한탄스러운 일이지만—동시에 아주 흔한 것도 사실이지—, 중요한 것은 올바른 쪽에 붙는 것이라네." 여기서 올바르다는 것은 아무래도 돈이 있다는 뜻 같았다.

"그러나 이번 결혼 건은 오히려 좋았다고 생각하네." 스펜로 씨가 말했다.

나는 그 결혼에 대해서는 전혀 아는 바가 없다고 설명했다.

"아, 그런가! 머드스톤 씨가 우연히 말한 몇 마디와—이런 경우 사람들은 입방아 찧기를 좋아하니까—미스 머드스톤에게서 들은 바에 의하면 이번 결혼은 아주 멋진 결혼인 것 같더군."

"상대방에게 돈이 있다는 말씀입니까?" 나는 물었다.

"그래. 돈도 있고, 꽤 미녀라는 소문이야."

"아, 그래요! 그런데 이번 부인은 젊은가요?"

"딱 결혼 적령기라더군. 얼마 전에 나이를 채운 모양이야. 줄곧 나이가 차기만을 기다려왔다고 알고 있어."

"오, 가엾어라!" 페거티가 단호한 투로 불쑥 외치는 바람에 우리는 어리둥절하고 말았다. 마침 그때 티피 씨가 서류를 가지고 들어왔다.

늙은 티피 씨는 먼저 그 서류를 검토해 달라고 스펜로 씨에게 넘겨주었다. 스펜로 씨는 턱을 목도리 속에 파묻고 천천히 비벼대며, 그 서류의 항목을 불평조로 하나하나 읽어내려갔다. 이번에도 모두 조킨스의 짓이라는 듯이. 이윽고 크게 한숨을 내쉬며 서류를 티피 씨에게 되돌려주었다.

"됐어." 스펜로 씨가 말했다. "이 정도면 됐어. 아주 잘했네. 이런 수수료도 딱 실비 정도로 끝낼 수 있다면 얼마나 좋겠나, 코퍼필드. 그렇지만 나 혼자서 마음대로 결정할 수가 없다는 것이 내가 이 직업에 넌더리 내는 점일세. 내게는 조킨스라는 동업자가 있으니 말이야."

그가 이 일을 처리하는 데에는 조금도 비용이 안 든다는 투로 조용하고 침울한 표정으로 말하고 있는 동안, 나는 페거티를 대신하여 고맙다고 말하며, 티피 씨에게 지폐로 계산을 끝냈다. 그리고 페거티는 자기 숙소로 돌아갔고 나와 스펜로 씨는 법정으로 들어갔다. 법정에서는 교묘한 어떤 법령(지금은 폐지되었겠지만, 그 법령 때문에 몇 건의 이혼이 성공한 것을 보았다)에 의거하여 이혼소송이 진행 중이었다.

이 재판의 시비곡직은 이러했다. 토머스 벤자민이란 남편이 자기가 기대한 대로 결혼생활이 순조롭지 않을 경우를 대비해서 벤자민이란 성은 빼고 토머스란 이름만으로 결혼허가서를 받은 것이었다. 그리고 정말 결혼생활이 행복하지 않았던지, 아니면 그가 부인에게 권태를 느꼈는지는 몰라도, 한두 해 뒤에 그는 자기 이름은 토머스 벤자민이며, 그러므로 자기는 결혼한 사실이 없다고 선언하고는 친구를 통해서 법정에 확인소송을 청구했다. 게다가 법정이 그의 주장을 인정하자 그는 아주 만족해했던 것이다.

이와 같은 판결이 정당한가에 대해서는, 솔직히 나도 많은 의문을 가지고 있었다. 그리고 아무리 세상의 모든 불합리한 변칙을 해결하는 경험법칙 같은 것을 들이밀어도 얌전히 물러설 수는 없었다.

그런데 스펜로 씨는 이렇게 말했다.

"세상을 잘 보게, 거기에는 좋은 면도 있고 나쁜 면도 있다네. 교회법도 마찬가지야. 역시 좋은 점과 나쁜 점이 있지. 그게 다 조직의 일부분이니까 조금도 문제될 것 없다네. 안 그런가?"

우리 모두가 아침 일찍 일어나서 웃통을 벗고 열심히 일을 한다면 세상이 조금 더 좋아질 것이라는 주장을 도라의 아버지에게 말할 배짱은 없었으나, 민법박사회관은 마음먹기에 따라서 개선할 수 있지 않겠느냐고 말해 보았다. 그러나 스펜로 씨는, 그러한 생각은 자네 같은 신사에게는 어울리지 않으니까 일찌감치 버리도록 하라고 특별히 충고하는 바이지만, 어떤 점을 실제로 개혁할 수 있다고 생각하는지는 기꺼이 듣겠다고 대답했다.

그때 마침 우리는 법정에서 나와(즉 벤자민은 보기 좋게 독신으로 돌아가 있었다) 유언 등기소 앞을 지나고 있었으므로, 나는 이 유언 등기소도 참으로 기이하게 운영되는 것 같다고 냉큼 말해 버렸다.

스펜로 씨는 어떤 점을 그렇게 생각하느냐고 나에게 물었다. 나는 그의 경험에 대해서 경의를 표하며 공손히 대답했다(실은 그가 도라의 아버지란 것에 더 경의를 표했지만). 3세기 동안 넓은 캔터베리 지구에서 재산을 남긴 모든 사람의 유언 원문을 보관하고 있는 이 등기소는, 보다시피 임시변통으로 쓰는 가건물이고 등기소로 쓸 목적으로 설계된 것이 아니었다. 등기 공무원들이 자기들의 편익을 위해 임대한 것으로, 보안장치가 전혀 되어 있지 않고 방화시설조차 갖추어져 있지 않은 위험천만한 곳이었다. 그 안에는 중요한 서류들이 문자 그대로 지붕에서부터 지하실에 이르기까지 가득 채워져서 등기소 직원들의 돈벌이를 위해, 욕망을 채우기 위해 운영되고 있었다. 그들은 대중들로부터 많은 돈을 받고 있으면서도 대중의 유언장은 아무 곳에나 처박아두고는 싸구려로 처리해버릴 생각만 했다. 또 연간 8, 9천 파운드나 되는 이익을 챙기는 등기 공무원들이(등기 대리인이나 상임 서기들의 이익은 그만두고도) 여러 계층의 시민들이 좋든 싫든 그들에게 맡길 수밖에 없는 중요 서류를 안전하게 보관할 장소를 찾기 위해 한 푼도 쓰지 않는 것은 매우 불합리한 일이라고 지적했다. 그리고 이 중요한 관청의 고위 간부들은 한결같이 한가한 직책을 맡고 있는데 반해, 춥고 컴컴한 2층 방에서 일하고 있는 불행한 하급 직원들은 가장 중요한 일을 하고 있는데도 런던에서 가장 보수가 적고 제일 시시한 대우를 받고 있다는 것은 불공평하다는 것도 지적했다. 특히 등기소 소장은 끊임없이 찾아오는 대중을 위해서 필요한 모든 시설을 마련해주는 것이 그의 본분인데도, 그 직위 덕분에 가장 한가한 사람이다(그래서 이것 말고도 성직자로서 몇 가지 직책을 겸임하고 있으며, 성당참사회의 의원직 등도 겸하고 있다). 반면 등기소가 바쁜 오후면 대중들은 매일같이 불편을 겪어야 하는 기괴한 꼴을 보는 것은 어처구니없는 일이라고 말했다. 간단히 말해서 캔터베리 주교 관할 교구의 이 유언 등기소는 말도 안 되는 난감한 상태이므로, 만약 이 등기소가 사람들에게 거의 알려져 있지 않는 세인트폴 성당 내의 구석에 자리잡고 있지 않았더라면 이미 오래전에 그 속사정이 폭로되었을 것이라고 말했다.

이 문제에 대해서 내가 조심스럽게 열을 올리자 스펜로 씨는 미소를 지으며 평소와 마찬가지로 이 문제를 나와 같이 토론했다. 그는 이렇게 말했다. 결국 그래서 어떻단 말인가? 흔한 감정상의 문제가 아닌가? 대중들이 자기네 유언장은 안전하게 잘 보관되어 있다고 믿고 있다면 건물이 이 상태인들 누가 손해를 보겠나? 손해 보는 사람은 아무도 없어. 그럼 이익을 보는 것은 누구겠는가? 바로 한가한 업무를 맡고 있는 직원들 모두 다야. 그럼 무엇이 문제인가? 이익을 보는 쪽이 지배하는 것은 당연하니까. 물론 완전한 조직은 아니지만, 애당초 완전한 것은 어디에도 없네. 따라서 내가 가장 반대하는 것은 일부러 쐐기를 박아 쪼개는 것일세. 실제로 유언 등기소 덕분에 이 나라가 번영해왔는데, 지금 여기서 유언 등기소에 쐐기를 박아 보게. 나라는 더 이상 번영을 누리지 못할 것일세. 사물을 있는 그대로 받아들이는 것이 신사의 도리일세. 이 유언 등기소 역시 우리가 죽은 뒤에도 계속 존재할 걸세—이것이 그의 의견이었다.

나는 그의 의견에 크게 의문을 가지고 있었지만 일단은 승복했다. 그의 말도 틀린 것은 아니었다.

왜냐하면 유언 등기소는 실제로 지금까지 있어 왔을 뿐만 아니라, 18년 전에 만들어진(내켜서 만든 것은 아니었으나) 방대한 의회 보고서에 내가 말한 모든 결함이 낱낱이 밝혀져 있고, 현재의 보관소는 서류로 가득 차서 앞으로 불과 2년 반밖에 기능할 수 없다고 적혀 있는데도 그대로 이어져왔기 때문이다.

그렇다면 그 뒤에는 어떻게 되었는가. 유언장을 많이 잃어버렸는지 또는 이따금 어딘가에 팔아먹는지는 나로서는 모른다. 다만 내 유언서가 그곳에 있지 않다는 것은 다행이며, 아직 얼마 동안은 거기에 가게 되지 않기를 바랄 뿐이다.

이런 이야기를 이 즐거운 장(章)에서 하는 것은, 마침 여기가 가장 자연스러운 곳이라고 생각했기 때문이다. 스펜로 씨와 나는 이런저런 이야기를 하느라 산책 시간까지 길어졌고 마침내 화제는 일반적인 세상 이야기로 바뀌었다. 마지막으로 스펜로 씨는 다음 주 오늘은 딸 도라의 생일이니 와서 축하 피크닉에 참가해 달라고 말했다. 이 말을 듣는 순간 나는 정신이 아찔해졌다. 그리고 다음 날 '아버지의 호의를 기억하세요'라고 적힌 조그마한 레이스로 꾸며진 편지를 받았을 때는 기분이 날아갈 것 같았고, 그날이 오기까지 완전히 얼이 빠진 사람처럼 굴었다.

이 비할 데 없이 행복한 피크닉 채비를 위해 나는 할 수 있는 모든 바보스러운 일을 다 했다. 그때 산 목도리를 생각하면 지금도 얼굴이 화끈거린다. 구두는 그야말로 고문도구라 해도 손색이 없었다. 또 전날 밤에는 우아하고 조그만 식료품 바구니를 사서 노우드로 가는 역마차 편으로 보내기도 했다. 이것만으로도 거의 사랑 고백이나 다름없었다. 바구니 속에는 돈으로 살 수 있는 것 가운데에서 가장 사랑스러운 점괘가 든 크래커도 넣었다. 아침 6시가 되자 나는 코벤트가든 시장에 가서 도라에게 줄 꽃다발을 샀다. 10시에는 말을 타고(이날을 위해 나는 훌륭한 회색 말을 빌려두었다) 시들지 않도록 꽃다발을 모자 속에 넣고 노우드를 향해 달렸다.

뜰에 있는 도라를 보았지만, 나는 일부러 못 본 체하고 그 앞을 지나가 집을 열심히 찾는 시늉을 했다. 결국 그때 나는 바보짓을 두 가지나 해 버린 셈이었다. 그러나 나로서는 매우 자연스러운 일이었고, 다른 젊은 신사들이라 할지라도 내 처지에 놓이면 곧잘 그렇게 했을 것이다. 아! 마침내 나는 그녀의 집을 찾아 정원 입구에서 말에서 내려, 냉혹하고 무정한 구두를 끌면서 잔디밭을 지나 라일락나무 밑의 벤치에 앉아 있는 도라 곁으로 다가갔다. 그 아름답고 화창한 아침에 무늬목으로 꾸며진 흰색 보닛을 쓰고 하늘색 드레스를 입고 나비들이 날고 있는 가운데 앉아 있는 그녀는 그 얼마나 아름다웠던가!

그녀와 함께 한 젊은 처녀가 앉아 있었다—나이는 비교적 많아 보였다. 거의 스무 살은 되었을 것 같았다. 그녀의 이름은 미스 밀스였는데, 도라는 그녀를 줄리아라고 불렀다. 그녀는 도라의 절친한 친구였다. 미스 밀스는 얼마나 행복할까!

도라의 애견 집도 같이 있었다. 그리고 집은 이번에도 어김없이 나를 향해 짖어댔다. 도라에게 꽃다발을 전해주자 놈은 질투하는 것처럼 이빨을 드러냈다. 그러나 그럴 만도 했다. 내가 이토록 자기 주인에게 빠져 있는 것을 안다면 질투하는 것도 당연했다.

"아아, 고맙습니다, 코퍼필드 씨! 참으로 예쁜 꽃이군요!" 도라는 말했다.

나는(이럴 때에 무슨 말을 하는 것이 가장 좋은가를 3마일을 달려오는 내내 생각했다), '아닙니다. 이렇게 당신을 옆에서 보기 전에는 나도 예쁘다고 생각했습니다만'이라고 곧바로 대답할 생각이었으나 막상 닥치자 그 말이 전혀 나오지 않았다. 너무도 당황했던 것이다. 그녀가 꽃다발을 작은 보조개가 팬 턱에 가만히 가져다대는 것을 보자, 이미 마음이 설레고 정신이 혼미해져서 말이 나오지 않았다. "미스 밀스, 부디 인정을 베풀어 나를 죽여주시겠어요? 나는 이대로 죽어도 여한이 없습니다" 하고 말하지 않은 게 정말 용했다.

그리고 도라는 애견 집에게 꽃향기를 맡게 했다. 그러자 집이란 놈은 끙끙거리기만 할뿐 절대로 맡으려고 하지 않았다. 도라가 웃으며 코앞에 더욱 가까이 들이대자 집은 제라늄 한 송이를 덥석 물고 고양이와 장난치는 시늉을 했다. 도라는 집을 가볍게 '콩' 때리고는 입을 삐죽거리며 "어머, 불쌍한 내 예쁜 꽃이!" 하고 말했다. 정말로 상냥하게 위로하듯 말해서, 마치 나 자신이 집에게 물린 것 같았다. 아아, 차라리 정말로 내가 물렸으면 좋았으련만!

"코퍼필드 씨, 이 이야기를 들으시면 당신도 퍽 기쁘실 거예요." 도라는 말했다. "심술쟁이 미스 머드스톤이 오늘은 여기에 없답니다. 동생 결혼식에 갔어요. 적어도 3주 뒤에나 돌아올 것입니다. 기쁘지 않으세요?"

나는 말했다.

"그것이 미스 도라에게 기쁜 일이라는 것을 잘 알고 있습니다. 그리고 미스 도라에게 기쁜 일은 내게도 기쁜 일이지요."

지혜롭고 배려심 깊어 보이는 미스 밀스는 우리를 보며 빙긋 미소 짓고 있었다.

"그녀는 아주 불쾌한 여자예요." 도라가 말했다. "얼마나 성미가 까다롭고 고약한지 너는 모를 거야, 줄리아!"

"나도 알고 있어, 애!" 줄리아는 말했다.

"그래, 너는 알 거야." 도라는 줄리아의 손 위에 자기의 손을 놓으며 말했다. "너는 특별하니까. 미안해. 용서해 줘."

나는 이 말에서 미스 밀스가 파란 많은 인생을 헤쳐왔다는 것을 알 수 있었다. 그녀의 현명하고 사려 깊은 태도 또한 그러한 어려움을 이겨내는 과정에서 생긴 것이라고 생각했는데, 그 자세한 사정에 대해서는 그날 안에 알 수 있었다. 미스 밀스는 실연의 불행을 겪고, 그로 말미암아 세상에 등을 돌린 것처럼 보이지만, 그래도 젊은이들의 순수한 희망과 사랑에 대해서는 은근히 관심을 가지고 있었던 것이다.

그때 스펜로 씨가 집에서 나오자, 도라는 곧장 그에게로 달려가서, "이것 보세요, 아버지. 이 꽃 정말 아름답지요!"라고 말했다.

미스 밀스는 빙그레 웃으며 의미심장하게 그들을 바라보았다. 마치 속으로 이렇게 말하는 것처럼.

'불쌍한 하루살이 같은 인간들이여, 이 화창한 인생의 아침에 덧없는 생을 즐기라!'

우리는 잔디밭을 지나 이미 준비를 마치고 대기하고 있는 마차를 향해 걸어 갔다.

내가 그처럼 먼 길을 말을 타고 갈 일은 다시없을 것이다. 실제로 그 뒤에도 두 번 다시 없었다. 쌍두 사륜마차 안에는 그들 세 사람과 그들의 음식바구니와 내 바구니, 그리고 기타 케이스만이 있었다. 물론 마차는 포장이 없는 무개 마차였다. 나는 말을 타고 마차 뒤를 따라갔고 도라는 마차의 말 쪽으로 등을 돌리고 앉아서 나를 바라보고 있었다. 꽃다발은 자기 바로 옆의 방석 위에 소중히 놓아두고서 망가지면 큰일이라는 듯이, 애견 집이 곁에 오지 못하도록 했다. 자주 꽃다발을 손에 들고는 그 향기를 맡았다. 그때마다 우리 두 사람의 눈이 마주쳤다. 지금 생각해도, 그때 내가 말의 머리를 넘어 마차 안으로 뛰어들지 않은 것이 이상하게 여겨질 정도였다.

먼지가 일었을 것이다. 꽤 많은 먼지가 피어올랐을 것이다. 스펜로 씨가 먼지가 일 때는 말을 타지 말고 마차 안으로 들어오라고 충고한 것이 어렴풋이 기억났다. 그러나 나에게 먼지 따위는 안중에 없었다. 나는 도라에 대한 사랑과 그녀의 아름다움 때문에 정신이 몽롱해서 다른 것은 전혀 느끼지 못했던 것이다.

스펜로 씨는 이따금씩 일어나서 경치가 어떠냐고 내게 물었다.

참 좋다고 나는 대답했다.

사실 경치는 참 좋았다. 그러나 내게는 모든 것이 도라였다. 태양도 도라로 보이고, 새들의 지저귐도 도라처럼 들리고, 남풍도 도라였으며, 산울타리의 들꽃들도 봉오리 하나하나까지 모두 도라로 보였다. 미스 밀스가 나의 기분을 이해한다는 것이 유일한 위안이 되었다. 그녀만이 내 마음속으로 온전히 들어올 수 있었던 것이다.

우리가 얼마나 멀리까지 갔는지 나는 알 수 없었다. 우리가 간 곳이 어디였는지 지금까지도 기억하지 못한다. 아마도 길드포드 근처였다고 생각된다. 마치 천일야화에 나오는 한 마술사가 어느 날 갑자기 우리를 위해 어떤 장소를 열어 주었다가, 우리가 떠난 뒤에 다시 영원히 닫아 버린 느낌이었다. 그곳은 부드러운 잔디가 깔려 있는 언덕 위의 한 푸른 곳이었다. 울창한 숲이 있고 히스 꽃이 피어 있었고, 눈에 들어오는 것 모두가 온통 아름다운 풍경뿐이었다.

여기서 우리 일행을 기다리고 있는 사람들을 발견한 것은 참을 수 없이 화나는 일이었다. 내 질투심은 부녀자들에게까지도 뻗쳐나갔다. 그러나 특히 남자들은 모두—그중에서도 빨간 구레나룻을 기르고 있으며, 참을 수 없으리만큼 오만불손한 태도를 한, 나보다 서너 살 위로 보이는 협잡꾼 같은 사나이—가 불구대천의 원수였다.

우리는 바구니를 열어서 식사준비를 시작했다. 그런데 그 빨간 구레나룻이 샐러드를 만들 수 있다며(사실인 것 같지는 않았다) 사람들의 주목을 끌기 위해 주제넘게 나섰다. 몇몇 젊은 숙녀들이 그를 위해 상추를 씻어와서, 그의 지시대로 잘게 썰었다. 도라도 그 속에 끼여 있었다.

나는 운명의 여신이 내가 그와 싸우기를 바라고 있고, 우리 둘 가운데 하나는 없어져야만 한다고 느꼈다.

빨간 구레나룻은 샐러드를 다 만들자(사람들이 어떻게 그것을 먹을 수 있었는지 모르겠다. 나는 목이 달아난다 해도 그것에 숟가락을 대고 싶지 않았던 것이다), 다음에는 자기가 술을 책임지겠노라고 나섰다. 그는 재주가 있는 놈이라, 나무줄기의 빈 속에 저장소를 만들었다. 그러는 동안 나는 그가 새우 한 마리를 거의 통째로 자기 접시에 담아 가지고 도라의 발밑에서 식사하는 것을 보았다.

이 밉살스런 사내가 나타난 뒤로 무슨 일이 있었는지 나는 잘 기억하지 못한다. 유쾌하게 행동했던 것만은 사실이지만, 틀림없이 그것은 공연한 법석이었다. 나는 분홍색 옷을 입은 눈이 작은 여자 곁에 바싹 붙어 앉아서 그 여자와 자포자기한 심정으로 노닥거렸다. 상대도 이상하게 호감을 보인 것 같았다. 그것은 다만 그것이 진심에서 우러난 것인지, 아니면 빨간 구레나룻에게 마음이 있어서 그랬는지 어쨌는지는 알 수 없었다. 다 함께 도라를 위해 건배했다. 나는 건배하기 위해 말을 멈추었다가 그것이 끝나자마자 다시 떠드는 체했다. 내가 도라 쪽으로 고개를 숙였을 때 도라와 눈이 마주쳤다. 무언가 호소하는 듯 보였으나 그녀의 눈이 빨간 구레나룻의 머리 너머로 나를 보고 있었으므로, 나의 마음은 차갑게 식어 흔들리지 않았다.

분홍색 옷을 입은 여자에게는 녹색 옷을 입은 어머니가 붙어 있었다. 하나의 책략인지는 모르지만, 그 어머니가 우리 두 사람을 갈라 버렸다. 그런데 식사를 마치고 뒷설거지를 하는 동안 마침 모두들 제각기 흩어질 기회가 있었다. 나는 부아가 올라 툴툴거리면서 나무 사이를 홀로 산책했다. 차라리 기분이 좋지 않다고 말하고, 이대로 말을 타고 어디론가—정해진 곳은 없지만—가 버릴까 하고 생각했다. 그러다가 도라와 미스 밀스를 만났다.

"코퍼필드 씨, 지루하시죠?" 미스 밀스가 말했다.

"죄송합니다. 절대 그렇지 않습니다."

"그리고 도라도 지루한 것 같은데."

"아아, 아냐! 절대로 그렇지 않아."

"코퍼필드 씨, 그리고 도라." 미스 밀스는 아주 의젓한 태도로 말했다. "이것으로 충분해요. 하찮은 오해로 모처럼 핀 봄꽃을 시들게 하지 말아요. 꽃이 피어도 한번 벌레가 먹으면 다시는 원상태로 되진 않으니까요. 저는 저의 과거 경험—머나먼 돌이킬 수 없는 옛일이 되어 버린 과거 경험으로 말씀드리는데요, 반짝반짝 빛나며 용솟음쳐 나오는 샘물을 단순하고 일시적인 기분으로 멈추게 해선 안 돼요. 사하라 사막의 오아시스를 부질없이 말려서는 안 됩니다."

내가 무슨 짓을 했는지 스스로도 알지 못했다. 그만큼 나는 온몸이 불타고 있었다. 나는 도라의 작은 손을 잡고 키스를 했다—도라는 내가 키스를 하도록 허락해주었다! 나는 미스 밀스의 손에도 키스를 했다. 내 마음은 7번째 천국에 올라가 있는 것 같았다.

그리고 두 번 다시 내려오지 않았다. 그날 오후 내내 우리는 천국에 있었다. 처음에는 수줍어하는 도라와 팔짱을 끼고서 숲 속을 이리저리 거닐었다. 아! 어리석은 생각일지는 모르나, 이런 어리석은 기분 그대로 불사의 몸이 되어 영원히 나무들 사이에 머물 수 있다면 얼마나 행복할까!

그러나 그 꿈은 너무 빨리 부서졌다. 다른 사람들이 웃고 떠들며 "도라는 어디 있지?"라고 외치는 소리가 들려왔다. 우리가 그들이 있는 곳으로 돌아가자, 모두들 도라에게 노래를 청했다. 빨간 구레나룻의 사나이가 마차에서 기타 케이스를 찾으려고 하자, 도라가 '기타 케이스를 둔 곳은 코퍼필드 씨밖에 몰라요'라고 말했다. 붉은 구레나룻의 코가 그만 납작해졌다. 그래서 '내가' 재빨리 기타 케이스를 가져와서, '내가' 그것을 열고, '내가' 기타를 꺼내주었다. '내가' 그녀 곁에 앉아서, '내가' 그녀의 손수건과 장갑을 받아들고 그녀의 사랑스러운 목청으로 부르는 가락을 '내가' 빨아들여 삼키듯이 들었다. 그녀도 또한 사랑하는 '나를 위해' 노래를 불러주었다. 다른 사람들은 진심어린 박수를 보냈지만 결국 의미 없는 청중일 뿐이었다.

나는 기쁨에 푹 빠져 버렸다. 너무나도 행복했기에 오히려 현실이 아닌 것 같았다. 꿈에서 깨어나면 나는 여전히 버킹엄 거리에 있고, 크럽 부인이 아침을 차리느라 그릇이 덜그럭거리는 소리가 들려오는 게 아닐까 걱정되었다. 그러나 현실은 도라가 노래를 불렀고, 다른 사람들도 노래를 불렀으며, 미스 밀스도 노래를 불렀다. 마치 백 살 노파라도 된 것처럼, 기억 저편에 깊이 잠들어 있는 메아리를 깨우는 듯한 노래였다. 이윽고 저녁이 다가오자, 집시식으로 주전자에 물을 끓이고, 다 같이 차를 마셨다. 나는 여전히 행복하기만 했다.

소풍이 끝나자 나는 그 어느 때보다 더욱더 행복했다. 패배를 당한 구레나룻의 사나이와 다른 모든 사람들은 제각기 집으로 돌아갔다. 우리도 주위에서 피어오르는 향기로운 냄새를 맡으며 조용한 저녁 속으로 사라져가는 불빛을 지나 갈 길을 재촉했다.

스펜로 씨는 샴페인을 마신 덕분에 약간 졸더니—아아, 그 포도를 키운 대지, 포도주를 만든 포도, 포도를 영글게 한 태양, 그리고 그것을 섞은 상인들에게도 제각기 영광 있으라!—마차 한구석에서 곤히 잠들어버렸다. 그래서 나는 마차와 나란히 말을 몰면서 도라와 이야기를 나누었다. 도라는 내 말을 칭찬하고 말의 목을 부드럽게 쓰다듬어 주었다—아아, 그 귀여운 앙증맞은 손!—. 그리고 그녀의 숄이 떨어질 것 같아서 나는 이따금씩 그것을 그녀의 몸에다 잘 걸쳐주기도 했다. 집도 사정을 파악했는지, 그 뒤로는 나와 사이좋게 지내야 한다고 마음을 고쳐먹은 것 같았다.

그러고 보니 저 영리한 미스 밀스도 그랬다. 지금은 삶에 지쳐서 은둔자처럼 숨어 있지만, 본심은 상냥한 미스 밀스—아직 스무 살도 안 됐는데 이미 노인 같은 생각을 가진 그녀, 세상과는 깨끗하게 손을 끊고 기억의 동굴 깊은 곳에 잠든 메아리를 깨워서는 안 될 그녀이건만, 이때에는 정말로 친절한 말을 베풀어 주었다.

"코퍼필드 씨, 잠깐 마차 이쪽으로 와 주세요. 할 이야기가 있어요."

멋진 회색 말을 타고 마차 문을 한손으로 잡고 미스 밀스 곁으로 몸을 굽히고 있는 내 모습이 참으로 멋지다고 생각했다.

"도라가 저희 집에 놀러올 거예요. 모레 저와 함께 갈 예정인데, 코퍼필드 씨도 함께 오시지 않겠어요? 아버지도 매우 기뻐하실 겁니다."

두 번 생각할 이유는 없었다. 나는 미스 밀스에게 신의 축복이 내리기를 기도하며, 기억의 가장 안전한 곳에다 미스 밀스의 주소를 소중히 새겼다. 나는 기쁨에 겨운 표정과 열렬한 말로써 그녀의 친절함에 대해 한없이 감사하게 생각한다고 똑똑히 말했다.

미스 밀스는 "이제 도라에게 가 보세요!"라고 말하며 나를 부드럽게 놓아주었다. 나는 도라가 있는 쪽으로 갔다. 도라는 마차 밖으로 몸을 내밀듯이 내게 말을 걸었다. 우리는 나머지 길을 줄곧 이야기하며 돌아왔다.

그런데 그 훌륭한 회색 말을 마차 바퀴에 너무 가깝게 모는 바람에, 그만 마차 바퀴에 닿아서 말의 앞다리 허물이 벗겨졌다. 말 주인은 "3파운드어치의 살점이 달아났다"고 했다. 나는 그 돈을 물어주었다. 그러나 오늘 하루의 즐거움에 비하면 아주 싸다고 생각했다. 그동안에도 미스 밀스는 계속 달을 바라보며 시 구절을 읊조렸다. 아마도 그녀는, 그녀가 아직 세상과 관계를 맺고 있던 옛날을 떠올리고 있었을 것이다.

그건 그렇고, 노우드까지는 너무 가까웠고 너무 빨리 닿고 말았다. 스펜로 씨는 닿기 직전에 잠에서 깨어나더니 이렇게 말했다.

"코퍼필드 군, 우리 집으로 가서 잠깐 쉬어가는 것이 어떤가!"

나는 기꺼이 동의했다. 우리는 샌드위치를 먹고 물을 탄 포도주를 마셨다. 밝은 방 안에서 얼굴을 빨갛게 붉히고 있는 도라의 모습이 너무도 귀여워서 난 감히 자리를 떠나지를 못하고 꿈속처럼 황홀하게 그녀를 바라보며 앉아 있었다. 그러는 사이에 스펜로 씨의 코고는 소리가 들리자 정신을 차리고 그곳을 떠나야겠다는 생각이 들었다. 우리는 헤어졌다. 런던으로 돌아오는 길 내내, 작별할 때 만졌던 도라의 손이 아직도 내 손에 닿아 있는 것같이 느껴졌다. 그날 일어났던 하나하나의 사건이며 말들을 몇천 번이고 되새겼다. 그리고 사랑 때문에 모든 감각 기관이 마비되어버린 바보처럼 기뻐서 어쩔 줄 모르며 잠자리에 들었다.

이튿날 아침, 잠이 깨자 나는 무슨 일이 있어도 이 정열적인 사랑을 도라에게 털어놓고 그 결과에 따른 운명을 확인하기로 결심했다. 이제 행복이냐 불행이냐 하는 것만이 문제였다. 그것밖에 생각할 수 없었고, 이 세상에서 도라만이 이 문제에 대해서 답할 수 있었다. 하지만 그럼에도 나는 도라와 나 사이에 지금까지 일어난 모든 일을 곰곰이 생각하고 비관적인 결론을 내리고는 나 자신을 괴롭히면서 비참하게 사흘을 보냈다.

드디어 나는 많은 비용을 들여 정장을 갖추고 머릿속에는 고백해야 할 말을 가득히 담고서 미스 밀스의 집으로 향했다.

그러나 계단을 올라가서 문을 두드리기까지, 나는 몇 번이나 거리를 왔다 갔다 하고 광장을 빙글빙글 돌았는지 모른다―그렇다, 나는 이것이 옛날의 그 수수께끼에 대한 달이라는 답보다도 더 딱 맞는 답이라고 뼈저리게 느꼈다― 그러나 결국 그것은 지금 당장의 문제가 아니다. 마침내 문을 두드리고 열리기를 기다리면서도 바들바들 떨며, 차라리 블랙보이 씨 댁입니까 하고 묻고는(죽은 바키스의 수법이었다) 실례했다고 말하고 그대로 돌아가 버릴까도 생각했다. 하지만 나는 꿋꿋하게 참았다.

밀스 씨는 집에 없었다. 나는 그분에게는 볼일이 없었으므로 집에 있으리라고는 기대하지 않았다. 미스 밀스는 집에 있었다. 미스 밀스만 있으면 되는 것이다.

나는 2층 방으로 안내되었다. 거기에는 미스 밀스와 도라가 있었다. 애견 집도 있었다. 미스 밀스는 악보를 베끼고 있었고(〈사랑의 비가〉라는 신곡이었다) 도라는 꽃을 그리고 있었다. 내가 준 바로 그 꽃, 코벤트가든 시장에서 산 그 꽃다발을 그리고 있다는 것을 알았을 때의 내 기분은 말할 수 없이 기뻤다. 그 그림은 실물과는 그다지 닮지 않았고, 오히려 지금까지 내가 본 어떤 꽃과도 비슷하지 않았다. 그러나 꽃을 싼 포장지만은 매우 정밀하게 그려져 있어서, 그것으로 무슨 그림인지 알았던 것이다.

미스 밀스는 나를 보자 무척 기뻐하며 아버지가 집에 계시지 않은 것을 사과했지만, 우리는 그 점을 하는 수 없다는 듯이 받아넘겼다. 미스 밀스는 잠깐 이야기하다가 악보 위에 펜을 놓고 일어서더니 나가버렸다.

역시 그 이야기는 내일 해야겠다고 문득 생각하기 시작했다.

"지난밤 너무 늦게 돌아가시는 바람에 불쌍한 말이 지치진 않았나요?" 도라는 아름다운 눈을 들어 올리며 말했다. "말한테도 먼 길이었으니까요."

역시 오늘이다. 지금 해야 한다!

"정말 먼 길이었지요." 나는 대답했다. "도중에 놈을 격려해줄 만한 것이라곤 아무것도 없었으니까요."

"가엾어라. 중간에 아무것도 먹이지 않았나요?" 도라가 물었다.

아니다, 역시 내일 하는 것이 좋겠다.

"아니, 아닙니다. 그놈을 잘 보살펴 주었어요. 다만 제가 미스 도라 곁에 있을 때 느꼈던, 그런 말할 수 없는 행복을 그놈은 맛보지 못했다는 뜻입니다."

도라는 한동안 자기 그림을 들여다보았다. 그동안 나는 얼굴이 달아오르고, 뻣뻣하게 굳은 두 다리를 어색하게 세우고서 앉아 있었다. 이윽고 그녀가 입을 열었다.

"코퍼필드 씨는 어제 적어도 한때는 그런 행복을 느끼는 것 같아 보이지 않던데요?"

지금이다. 말한다면 지금밖에 없다!

"코퍼필드 씨는 까맣게 잊고 계셨어요." 도라는 눈썹을 약간 치켜세우고 머리를 저으면서 말했다. "미스 키트 곁에 앉아 있었을 때 말이에요."

키트는 눈이 작고 분홍 옷을 입은 그 여자를 말하는 것이었다.

"왜 당신이 그렇게 즐거워했는지 저는 몰라요." 도라가 말했다. "또 그것을 행복이라고 말하는 이유도 모르고요. 그러나 그것이 진심에서 한 말은 아니겠지요? 물론 당신이 좋을 대로 하셔도 상관없어요. 아이 참, 어쩔 수 없구나! 집, 이리 오렴!"

그 뒤 내가 어떻게 행동을 했는지 나도 잘 모른다. 순식간에 저질러버린 것이다. 집을 밀쳐내고 느닷없이 도라를 두 팔로 껴안았다. 나는 웅변조로 이야기를 시작했다. 한 마디도 막히지가 않았다. 내가 그녀를 얼마나 사랑하는가. 그녀가 없으면 죽어 버리겠다고 말했다. 나는 그녀를 신이나 성녀처럼 숭배하며 떠받든다고 말했다. 그동안에도 집은 맹렬하게 짖어댔다.

도라가 고개를 숙이고 울면서 몸을 떨자 나는 더욱더 열변을 토했다. 내가 죽기를 원한다면 그렇다고 한 마디만 해 달라. 나는 언제라도 죽을 각오가 되어 있다. 당신의 사랑이 없는 인생이란 어떤 여건이 다 갖추어져 있다 해도 내게 아무런 의미가 없다. 나는 처음 만난 이래로 한시도 빼지 않고 당신을 사랑해 왔다. 지금 이 순간에도 미치도록 사랑하고 있다. 지금뿐 아니라 앞으로도 이 미칠 듯한 사랑은 변함이 없다. 지금까지도 앞으로도 연인들은 얼마든지 있을 것이다. 그러나 내가 지금 당신을 사랑하는 만큼 사랑했던 것은 이제껏 없었고 앞으로도 결코 없을 것이다, 아니, 있을 턱이 없다고 말했다. 내가 혼신을 다할수록 집은 점점 더 격렬하게 짖어댔다. 개도 나도 의미는 다르지만 점점 더 이상하게 변해갔다.

아무튼 이윽고 정신을 차리자, 도라와 나는 마음을 가라앉히고 소파에 나란히 앉아 있었다. 집도 얌전히 그녀의 무릎 위에 안겨 나를 쳐다보며 눈을 끔벅이고 있었다. 이제 마음의 짐은 내려놓았다. 나는 황홀하여 어찌할 바를 몰랐다. 도라와 나는 결혼할 것을 약속한 것이다.

우리는 이것이 당연히 결혼으로 마무리될 것이라고 생각했던 것 같다. 적어도 조금은 그렇게 믿었음이 틀림없다. 왜냐하면 도라가 아버지의 허락만 받으면 결혼할 수 있다고 분명하게 말했기 때문이다. 그러나 둘 다 젊은 혈기를 주체하지 못했고, 앞뒤를 따져본다든가 앞날이 캄캄한 현재를 넘어 먼 미래를 내다보고 있었다고는 생각할 수 없다. 우리는 이 일을 스펜로 씨에게는 비밀로 하기로 약속했다. 그러면서도 그것이 나쁜 일이라고는 당시에는 털끝만큼도 생각하지 않았던 것이다.

도라가 가서 미스 밀스를 데리고 왔을 때 그녀는 여느 때보다 더 침울해 있었다. 생각건대, 지금 일어난 일이 그녀에게는 기억의 동굴 깊이 잠들어 있는 메아리를 불러일으키는 효과가 있었기 때문일 것이다. 그러나 미스 밀스는 우리를 축복해 주었다. 앞으로도 우정은 변치 않으리라고 말하고, 수도원에서 들리는 소리와도 같은 목소리로 많은 이야기를 해 주었다.

그 얼마나 한가한 시간이었던가! 얼마나 꿈같고 행복하고 바보스러운 시간이었던가!

예를 들어 물망초로 된 결혼반지를 만들기 위해 도라의 손가락 크기를 재어 치수를 보석상에게 가지고 갔을 때, 그는 내 마음을 알아차리고는 주문서를 펼치고 웃으며, 그저 청색의 돌이 박힌 예쁜 장난감 같은 것에 대해 자기 마음대로 값을 불렀다. 아무튼 내 기억은 도라의 손과 너무도 강하게 결부되어 있어서, 어제도 우연히 내 딸의 손가락에 비슷한 반지가 끼여 있는 것을 보고, 아주 짧은 순간이었지만 마음에 찌릿한 아픔을 느꼈다.

내가 나의 비밀 때문에 기뻐 어쩔 줄 모르며 내 자신의 흥미에 들떠서 거리를 거닐었을 때, 도라를 사랑하고 또 도라로부터 사랑을 받고 있다는 뿌듯한 느낌에 취해 있었을 때, 설령 내가 하늘을 걸어다녔다 하더라도 그때만큼 행복에 겨워 지상에서 꿈틀거리는 사람들을 오만하게 내려다보진 않았을 것이다!

둘이서 광장 뜰에서 만나 곧잘 음침한 정자에 앉아 있었을 때는 너무도 행복하여 특별한 이유도 없이 나는 아직까지도 런던의 참새들을 사랑하고 연기에 그을린 그 깃털조차 내게는 열대조의 아름다운 깃털로 보이는 것이다.

우리가 처음으로 크게 다투었을 때(약혼을 하고 나서 일주일도 지나지 않았을 때였다) 도라는 그 반지를 삼각 모자 모양으로 접은 편지지에 함께 넣어 되돌려 보내왔었다. 그녀의 편지에는 이렇게 적혀 있었다.

'우리의 사랑은 어리석게 시작되어 미친 짓으로 끝나고 말았습니다.'

이 무서운 내용을 보자 나는 머리카락을 쥐어뜯으며 '모든 것이 끝장났구나!'라고 탄식했었다.

밤의 어둠을 틈타 나는 미스 밀스네 집으로 나는 듯이 달려갔다. 다리미판이 있는 뒷부엌에서 그녀와 몰래 만나, 이대로는 미칠 것 같으니 제발 우리 둘 사이를 바로잡아 달라고 간청했다.

미스 밀스는 기꺼이 그 역할을 맡아 주었다. 도라를 데려와 자신의 쓰라린 젊은 날의 경험담을 들려주면서, 서로가 양보하여 사하라 사막과 같은 무미건조한 생활만은 피하라고 친절하게 충고해주었다.

물론 우리 두 사람은 울면서 화해하고 다시 전처럼 행복해졌으므로, 우리에게 뒷부엌은 다림판까지 통틀어 사랑의 전당으로 변하게 되었다. 그리고 앞으로는 미스 밀스를 통해서, 매일 상대방에게 최소한 한 통의 편지를 보내기로 합의했다.

아, 그 얼마나 한가한 시절이었던가! 그 얼마나 꿈같고 행복하고 바보스러운 한때였던가! 그러나 지금 생각해도, 그 영원의 '시간'의 신이 주관하고 있는 나에게 허락한 시간 가운데, 이때의 반만큼이라도 미소 지을 수 있고, 그 반만큼이라도 따스한 마음으로 생각해 볼 수 있는 시간은 두 번 다시 없었다.

신상웅(辛相雄)

중앙대 영문학과 동대학원 졸업하고 문학박사 학위를 받았다. 역사의 성찰과 날카로운 현실 인식이 돋보이는 중량감 있는 작품들을 발표 한국현대문학을 대표하는 작가의 한 사람으로 자리잡았다. 장편《심야의 정담(鼎談)》으로 제6회 한국일보문학상을 수상하였다. 중앙대 예술대학원장 명예교수 역임, 주요작품《히포크라테스 흉상》《분노의 일기》《돌아온 우리의 친구》장편으로《배회》《일어서는 빛》《바람난 도시》《신상웅문학전집 전10권》, 옮긴책 셰익스피어《햄릿 오델로 리어 왕 맥베드》《로미오와 줄리엣 베니스의 상인 한여름밤의 꿈》, 프레이저《황금가지》, 디킨스《데이비드 코퍼필드》등이 있다.

세계문학전집018
Charles John Huffam Dickens
DAVID COPPERFIELD
데이비드 코퍼필드Ⅰ
찰스 디킨스/신상웅 옮김
동서문화사창업60주년특별출판
1판 1쇄 발행/2016. 9. 9
발행인 고정일
발행처 동서문화사
창업 1956. 12. 12. 등록 16-3799
서울 중구 다산로 12길 6(신당동 4층)
☎ 546-0331~6 Fax. 545-0331
www.dongsuhbook.com
＊

사업자등록번호 211-87-75330
ISBN 978-89-497-1477-6 04800
ISBN 978-89-497-1459-2 (세트)